Richard Adams

# Unten am Fluss

>Watership Down<

Roman

Aus dem Engli
von F



WILHELM HEYNE VERLAG
MÜNCHEN

HEYNE ALLGEMEINE REIHE
Band-Nr. 01/13514

Titel der Originalausgabe
WATERSHIP DOWN

*Umwelthinweis:*
Dieses Buch wurde auf
chlor-und säurefreiem Papier gedruckt.

Taschenbuchausgabe 08/2002

Wilhelm Heyne Verlag GmbH & Co.KG, München
Printed in Germany 2002
Umschlagillustration: ZEFA Visual Media / J. Herbst und
photonica / Wilhelm Scholz
Umschlaggstaltung: Nele Schütz Design, München
Gesamtherstellung: Ebner & Spiegel, Ulm

ISBN: 3-453-19988-X

http://www.heyne.de

Für Juliet und Rosamond
in Erinnerung
an die Straße
nach Stratford-on-Avon

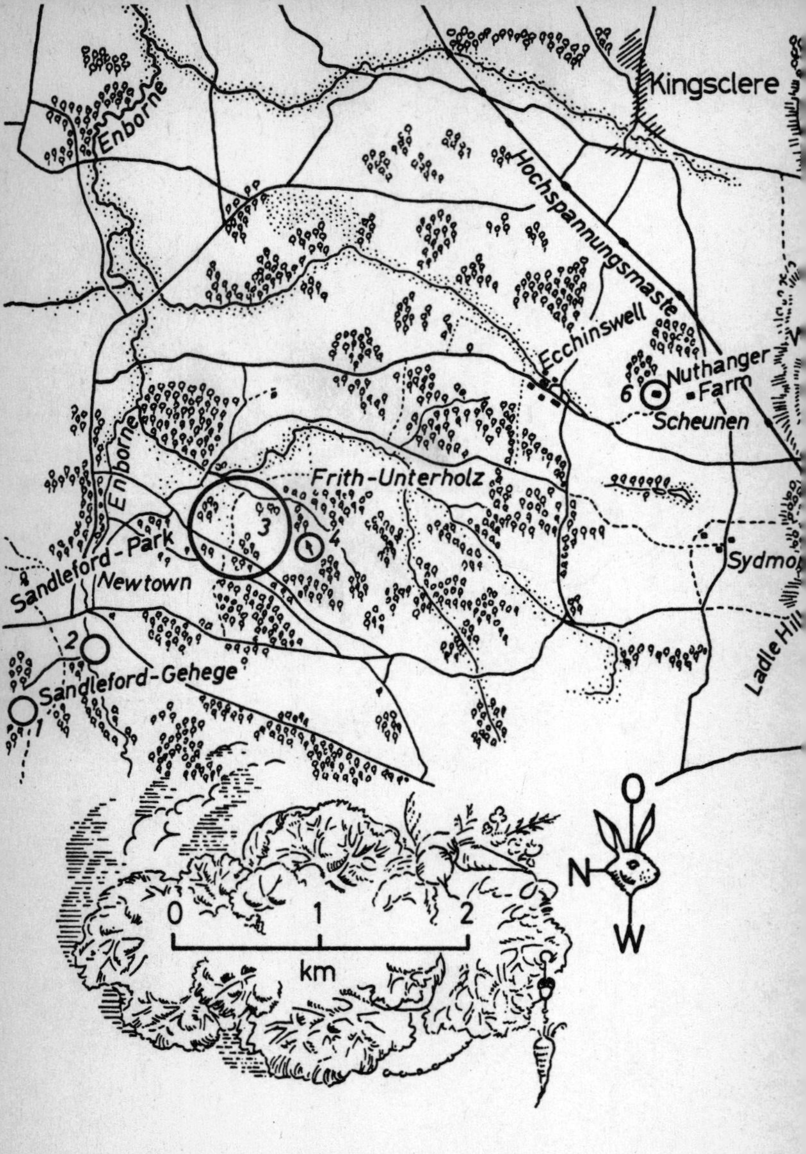
Kingsclere
Enborne
Hochspannungsmaste
Ecchinswell
Nuthanger
Farm
Scheunen
6
Frith-Unterholz
Enborne
3
4
Sandleford-Park
Newtown
2
Sandleford-Gehege
1
O
N
W
0
1
2
km

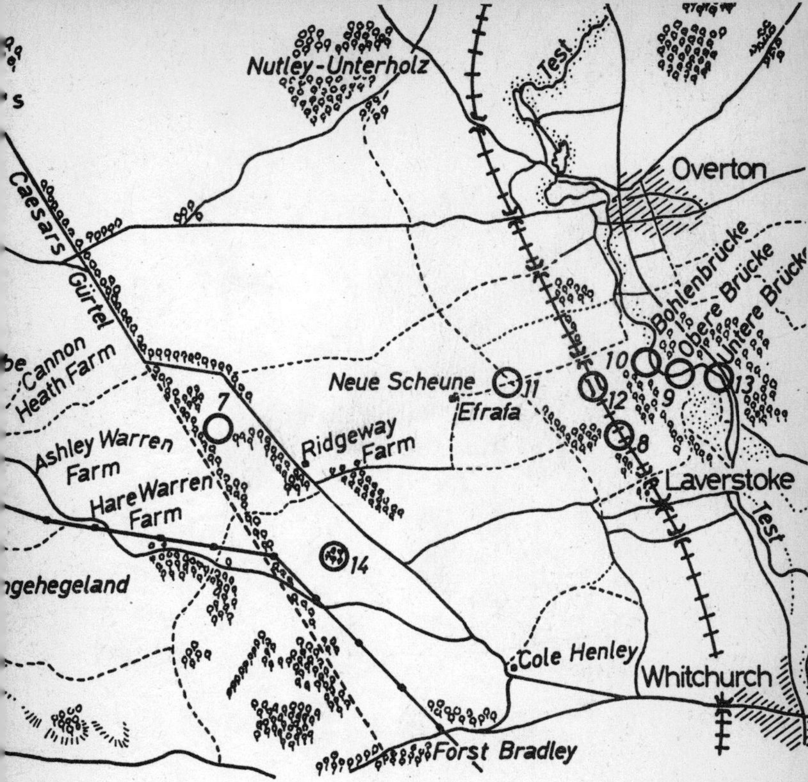


EIL I

1. Die Geschichte beginnt
2. Die Überquerung des Enborne
3. Das Heidekraut
4. Cowslips Gehege

EIL II

5. Die Nordostecke des Buchensteilhanges von Watership Down
6. Nuthanger Farm

TEIL III

7. Die Talmulde, in der Bigwig dem Fuchs begegnete
8. Wo sie die Eisenbahnlinie überquerten
9. Die obere Brücke am Test
10. Wo der Stechkahn lag
11. Efrafa. Der Crixa
12. Die straßenlose Eisenbahnunterführung

TEIL IV

13. Die untere Brücke und der Unkrautfleck
14. Das Unterholz, wo der Fuchs zuschlug

Master Rabbit I saw
*Walter de la Mare*

# Erster Teil

# Die Reise

# 1. Die Anschlagtafel

CHOR: Warum wehklagst du so, wenn nicht bei einem Bild des Schreckens?
CASSANDRA: Das Haus dampft nach Tod und tropfendem Blut.
CHOR: Wieso? Es ist nur der Geruch nach dem Altaropfer.
CASSANDRA: Der Gestank ist wie Grabeshauch.

Äschylus *Agamemnon*

Die gelben Schlüsselblumen waren verblüht. Am Rande des Gehölzes, wo es sich weitete und gegen einen alten Zaun und einen dornigen Graben dahinter abfiel, zeigten sich nur noch ein paar verwelkende blaßgelbe Flecken zwischen dem Bingelkraut und den Eichenwurzeln. Der obere Teil des Feldes jenseits des Zaunes war voll von Kaninchenlöchern. An manchen Stellen war das Gras ganz verschwunden, und überall lagen Haufen trockenen Mistes, zwischen denen nichts als Jakobskreuzkraut wuchs. Hundert Meter entfernt, an der Sohle des Abhanges, floß der Bach, knapp einen Meter breit, halb erstickt durch Sumpfdotterblumen, Kresse und blauen Besenginster. Der Fahrweg überquerte einen Abzugsgraben aus Backstein und kletterte den gegenüberliegenden Hang zu einem mit fünf Querbalken versehenen Tor in der Dornenhecke empor. Das Tor führte auf den Heckenweg.

Der Mai-Sonnenuntergang war wolkig-rot, und es war

immer noch eine halbe Stunde bis zur Abenddämmerung. Der trockene Abhang war mit Kaninchen übersät – einige knabberten an dem spärlichen Gras nahe ihrem Loch, andere drängten weiter nach unten, um nach Löwenzahn oder vielleicht einer Schlüsselblume zu suchen, die die anderen übersehen hatten. Hier und da saß eines aufrecht auf einem Ameisenhaufen und sah sich um, die Ohren aufgerichtet und die Nase im Wind. Aber eine Amsel, die gelassen im Randgebiet des Gehölzes sang, bewies, daß es nichts Beunruhigendes gab, und in der anderen Richtung, am Bach, war alles gut zu übersehen, leer und ruhig. Im Gehege herrschte Frieden.

An der Böschung oben, nahe dem wilden Kirschbaum, wo die Amsel sang, befand sich eine kleine Ansammlung von Löchern, durch Brombeersträucher fast verdeckt. In dem grünen Halblicht am Eingang eines dieser Löcher saßen zwei Kaninchen Seite an Seite. Schließlich kam das größere von beiden heraus, schlüpfte im Schutz des Dornengestrüpps an der Böschung entlang und weiter in den Graben und hinauf in das Feld. Ein paar Augenblicke später folgte das andere.

Das erste Kaninchen verharrte auf einem sonnigen Fleck und kratzte sein Ohr mit schnellen Bewegungen seines Hinterbeins. Obgleich es ein Jährling und immer noch unter seinem vollen Gewicht war, hatte es nicht den gequälten Ausdruck der meisten »Outskirters« – das heißt, der großen Masse der gewöhnlichen Kaninchen im ersten Jahr, denen es entweder an adliger Herkunft oder an ungewöhnlicher Größe und Kraft mangelt und die deshalb von den Älteren schikaniert werden und so gut zu leben versuchen, wie sie eben können – oft im Freien, am Rande ihres Geheges. Es machte vielmehr den Eindruck, als ob es auch für sich selbst sorgen könnte. Es war etwas Schlaues, Heiteres an ihm, als es sich aufsetzte, um sich blickte und beide Vorderpfoten über die Nase rieb. Sobald es sich vergewissert hatte, daß alles in Ordnung war, legte es seine Ohren zurück und machte sich über das Gras her.

Seinem Gefährten war es weniger behaglich. Er war klein, mit großen starrenden Augen und einer Art, den Kopf zu heben und zu drehen, die nicht so sehr Vorsicht erkennen ließ als endlose nervöse Spannung. Seine Nase bewegte sich dauernd, und als eine Hummel summend zu einer Distelblüte hinter ihm flog, sprang er auf und fuhr mit einem Ruck herum, der zwei Kaninchen in der Nähe nach Löchern hasten ließ, ehe das nächste, ein Bock mit schwarzgetupften Ohren, ihn erkannte und zu seinem Futter zurückkehrte.

»Oh, es ist nur Fiver«, sagte das schwarzgetupfte Kaninchen, »springt wieder nach Brummern. Los, Buckthorn, was sagtest du gerade?«

»Fiver?« fragte das andere Kaninchen. »Warum wird er so genannt?«

»Fünf im Wurf, weißt du: Er war der letzte – und der kleinste. Man muß sich wundern, daß ihm bis jetzt nichts passiert ist. Ich sage immer, ein Mensch könnte ihn nicht sehen und ein Fuchs würde ihn nicht wollen. Trotzdem gebe ich zu, daß er imstande zu sein scheint, Gefahren aus dem Weg zu gehen.* «

Das kleine Kaninchen näherte sich seinem Gefährten, auf langen Hinterbeinen hoppelnd.

* Kaninchen können bis vier zählen. Jede Zahl über vier ist *Hrair* – »eine Menge« oder »ein Tausend«. So sagen sie *U Hrair* – »das Tausend« – und meinen insgesamt alle Feinde (oder *elil,* wie sie sie nennen) von Kaninchen – Füchse, Wiesel, Katzen, Eulen, Menschen etc. Wahrscheinlich waren es mehr als fünf Kaninchen in dem Wurf, als Fiver geboren wurde, aber sein Name *Hrairoo* bedeutet »Kleines Tausend«, das heißt, der Kleine einer Menge oder, wie man bei Schweinen sagt, »die Zwergrasse«.

»Gehen wir ein bißchen weiter, Hazel«, sagte es. »Weißt du, es ist etwas Sonderbares an dem Gehege heute abend, wenn ich auch nicht genau sagen kann, was es ist. Wollen wir zum Bach hinuntergehen?«

»Gut«, antwortete Hazel, »und du kannst eine Schlüsselblume für mich suchen. Wenn du keine findest, schafft es niemand.«

Er lief voran, den Abhang hinunter, sein Schatten fiel lang hinter ihm auf das Gras. Sie erreichten den Bach und begannen zu knabbern und dicht neben den Wagenspuren auf dem Pfad zu suchen.

Es dauerte nicht lange, bis Fiver fand, was sie suchten. Schlüsselblumen sind eine Delikatesse für Kaninchen, und in der Regel sind gegen Ende Mai in der Nachbarschaft selbst eines kleinen Geheges nur sehr wenige übrig. Dieses hatte nicht geblüht, und seine flach ausgebreiteten Blätter waren unter dem langen Gras fast gänzlich verborgen. Sie fingen gerade an zu knabbern, als zwei große Kaninchen von der anderen Seite der nahen Viehweide angerannt kamen.

»Schlüsselblumen?« sagte der eine. »Sehr schön – überlaßt sie uns. Los, beeilt euch«, fügte er hinzu, als Fiver zögerte. »Hast du mich verstanden, oder?«

»Fiver hat sie gefunden, Toadflax«, sagte Hazel.

»Und wir werden sie fressen«, erwiderte Toadflax. »Schlüsselblumen sind für *Owsla** da – weißt du das nicht?

* Beinahe alle Gehege haben eine *Owsla* oder Gruppe starker und kluger Kaninchen – im zweiten Jahr oder älter –, die das Oberkaninchen und sein Weibchen umgeben und Autorität ausüben. Owslas können verschieden sein. In einem Gehege ist es vielleicht eine Bande von Kriegsherren; in einem anderen kann es sich zum großen Teil um kluge Polizeistreifen oder um einen Gartenstoßtrupp handeln. Manchmal erlangt ein guter Geschichtenerzähler einen Rang oder ein Seher oder ein Kaninchen mit Intuition. Im Sandleford-Gehege hatte die Owsla diesmal militärischen Charakter (obgleich sie, wie später zu sehen sein wird, nicht so militärisch war wie einige andere).

Wenn du's noch nicht weißt, können wir's dir leicht beibringen.«

Fiver hatte sich schon abgewandt. Hazel holte ihn am Abzugsgraben ein.

»Ich habe das langsam satt«, sagte er. »Es ist immer dasselbe. ›Das sind meine Klauen, also ist dies meine Schlüsselblume.‹; ›Das sind meine Zähne, also ist dies mein Bau.‹ Ich sage dir, wenn ich je in die Owsla hineinkomme, werde ich Outskirter mit einigem Anstand behandeln.«

»Nun, du kannst wenigstens damit rechnen, eines Tages in der Owsla zu sein«, antwortete Fiver. »Du setzt noch Gewicht an, und das ist mehr, als ich je haben werde.«

»Du nimmst doch nicht an, daß ich dich im Stich lassen werde, oder?« sagte Hazel. »Aber um dir die Wahrheit zu sagen, ich habe manchmal große Lust, mich aus diesem Bau vollständig zu verziehen. Na ja, lassen wir das jetzt, und versuchen wir, den Abend zu genießen. Weißt du, was – sollen wir über den Bach hinübergehen? Es werden weniger Kaninchen da sein, und wir können etwas Ruhe haben. Es sei denn, du fühlst, es ist nicht sicher«, fügte er hinzu.

Die Art, wie er fragte, deutete an, daß er tatsächlich meinte, Fiver wüßte es besser als er selbst, und aus Fivers Erwiderung ging klar hervor, daß er derselben Ansicht war.

»Nein, es ist ziemlich sicher«, antwortete er. »Wenn ich das Gefühl habe, daß dort etwas Gefährliches ist, werde ich es dir sagen. Aber es ist nicht eigentlich Gefahr, die ich an dem Ort zu spüren glaube. Es ist, oh, ich weiß nicht – etwas Niederdrückendes, wie Donner: Ich kann nicht sagen, was, doch es macht mir Sorgen. Aber ich komme mit dir.«

Sie rannten über den Abzugsgraben. Das Gras neben dem Bach war naß und dicht; sie liefen den gegenüberliegenden Abhang hinauf und schauten sich nach trockenerem Grund um. Ein Teil des Abhanges lag im Schatten, denn die Sonne ging vor ihnen unter, und Hazel, der einen warmen, sonnigen Fleck suchte, ging weiter, bis sie dicht am Heckenweg waren. Als sie sich dem Tor näherten, blieb er stehen, starrte.

»Fiver, was ist das? Schau!«

Ein kleines Stück vor ihnen war der Boden frisch aufgewühlt worden. Zwei Haufen Erde lagen auf dem Gras. Schwere Pfosten, die nach Kreosot und Farbe rochen, ragten so hoch wie die Stechpalmenzweige in der Hecke empor, und das Brett, das sie trugen, warf einen langen Schatten über den oberen Teil des Feldes. Neben einem der Pfosten waren ein Hammer und ein paar Nägel zurückgelassen worden.

Die beiden Karnickel hopsten zum Brett hin, kauerten sich in einen Fleck Nesseln an der anderen Seite und rümpften die Nase über den Geruch eines Zigarettenstummels irgendwo im Gras. Plötzlich zitterte Fiver und duckte sich.

»O Hazel! Da kommt es her! Jetzt weiß ich's – etwas Schreckliches! Etwas Entsetzliches – das immer näher kommt.«

Er begann vor Furcht zu wimmern.

»Was denn – was meinst du eigentlich? Ich dachte, du sagtest, es gäbe keine Gefahr.«

»Ich weiß nicht, was es ist«, antwortete Fiver unglücklich. »Im Augenblick gibt es hier keine Gefahr, aber sie kommt – sie kommt. O Hazel, schau! Das Feld! Es ist bedeckt mit Blut!«

»Sei nicht blöd, es ist nur das Licht des Sonnenuntergangs. Fiver, komm schon, rede nicht so, du erschreckst mich!«

Fiver saß zitternd und weinend zwischen den Nesseln,

als Hazel versuchte, ihn zu beruhigen und herauszufinden, was es sein konnte, das ihn so plötzlich außer sich geraten ließ. Wenn er sich fürchtete, warum rannte er dann nicht in Sicherheit wie jedes vernünftige Kaninchen? Aber Fiver konnte es nicht erklären und wurde nur immer unglücklicher. Schließlich sagte Hazel:

»Fiver, du kannst hier nicht sitzen und heulen. Auf jeden Fall wird es langsam dunkel. Wir gehen jetzt lieber zum Bau zurück.«

»Zum Bau zurück?« wimmerte Fiver. »Es wird auch dahin kommen – glaube ja nicht, daß es nicht kommt! Ich sage dir, das Feld ist voll von Blut –«

»Jetzt hör auf«, sagte Hazel bestimmt. »Laß mich mal ein Weilchen auf dich aufpassen. Was auch immer droht, wir müssen zurückkehren.«

Er rannte das Feld hinunter und über den Bach zur Viehweide. Hier gab es einen kleinen Aufenthalt, denn Fiver – überall von dem ruhigen Sommerabend umgeben – wurde hilflos und fast gelähmt vor Furcht. Als Hazel ihn schließlich bis zum Graben zurück hatte, weigerte er sich zuerst, unter die Erde zu schlüpfen, und Hazel mußte ihn buchstäblich in das Loch hinunterstoßen.

Die Sonne ging hinter dem gegenüberliegenden Abhang unter. Der Wind, vermischt mit einem gelegentlichen Regenschauer, wurde kälter, und in kaum einer Stunde war es dunkel. Alle Farbe war vom Himmel gewichen, und obgleich das große Brett am Tor leicht im Nachtwind knarrte (als ob es nachdrücklich betonen wollte, daß es nicht im Dunkel verschwunden, sondern dort war, wo man es hingestellt hatte), war da niemand, der vorbeiging, um die großen, kräftigen Buchstaben zu lesen, die wie schwarze Messer in seine weiße Oberfläche schnitten. Sie besagten:

Auf diesem ideal gelegenen sechs Acker
umfassenden Bauland errichten
Sutch & Martin, Limited, Newbury, Berks.
erstklassige moderne Wohnungen

# 2. Das Oberkaninchen

Der finstere Staatsmann, von Lasten und Leid beladen,
bewegte sich so langsam wie ein dichter Mitternachtsnebel.
Er verweilte nicht, noch ging er.

Henry Vaughan
*The World*

In der Dunkelheit und Wärme des Baus wachte Hazel plötzlich auf, strampelte und kickte mit seinen Hinterläufen. Irgend etwas griff ihn an. Da war kein Geruch von Frettchen oder Wiesel. Kein Instinkt befahl ihm zu rennen. Sein Kopf wurde klar, und er merkte, daß er – Fiver ausgenommen – allein war. Es war Fiver, der über ihn hinwegkletterte, sich in ihn krallte und ihn packte wie ein Kaninchen, das in Panik einen Drahtzaun hochklettert.

»Fiver? Fiver, wach auf, du dummer Kerl! Ich bin's, Hazel. Du wirst mir noch weh tun. Wach auf!«

Er hielt ihn nieder. Fiver zappelte und wachte auf.

»O Hazel! Ich habe geträumt. Es war schrecklich. Du warst da. Wir saßen auf Wasser, schossen einen großen tiefen Bach hinunter, und dann merkte ich, daß wir auf einem Brett waren – wie das Brett im Feld –, ganz weiß und bedeckt mit schwarzen Zeilen. Es waren noch andere Kaninchen da – Rammler und Weibchen. Aber als ich hinabblickte, sah ich, daß das Brett ganz aus Knochen und Draht gemacht war; und ich schrie, und du sagtest: ›Schwimmt –

schwimmt alle‹; und dann sah ich überall nach dir und versuchte, dich aus einem Loch in der Böschung herauszuziehen. Ich fand dich, aber du sagtest: ›Das Oberkaninchen muß allein gehen‹, und du triebst fort, einen dunklen Wassertunnel hinunter.«

»Nun, auf jeden Fall hast du meinen Rippen weh getan. Wassertunnel, daß ich nicht lache! Was für ein Unsinn! Können wir jetzt weiterschlafen?«

»Hazel – die Gefahr, das Schlimme. Es ist nicht weg. Es ist hier – um uns herum. Sag mir nicht, wir sollten es vergessen und schlafen gehen. Wir müssen fort, ehe es zu spät ist.«

»Fort? Von hier, meinst du? Aus dem Bau?«

»Ja. Und zwar bald. Es spielt keine Rolle, wohin.«

»Nur du und ich?«

»Nein, alle.«

»Das ganze Gehege? Sei nicht töricht. Die werden nicht mitkommen. Sie werden sagen, du seist nicht bei Trost.«

»Dann werden sie hier sein, wenn das Schlimme hereinbricht. Du mußt mich anhören, Hazel. Glaube mir, etwas sehr Schlimmes steht uns dicht bevor, und wir sollten weggehen.«

»Nun, es wird wohl besser sein, das Oberkaninchen aufzusuchen, dann kannst du *ihm* von der Sache erzählen. Oder ich werde es versuchen. Aber ich glaube nicht, daß er von der Idee sehr angetan sein wird.«

Hazel ging voraus, den Lauf hinunter und wieder hoch auf das Brombeerdickicht zu. Einerseits wollte er Fiver nicht glauben, fürchtete sich aber andererseits davor, es nicht zu tun.

Es war kurz nach *ni-Frith* oder Mittag. Das ganze Kaninchengehege befand sich, meist schlafend, im Bau. Hazel und Fiver liefen eine kurze Strecke über der Erde und dann in ein weites, offenes Loch in einem Sandfleck und weiter hinunter, durch verschiedene Läufe, bis sie zehn Meter tief im Gehölz waren, zwischen den Wurzeln einer Eiche. Hier wurden sie von einem großen schweren Kaninchen angehalten – einem der Owsla. Es hatte eine merkwürdige dichte Pelzwucherung auf dem Kopf, was ihm ein seltsames Aussehen gab, als trüge es eine Art Mütze. Dies hatte ihm seinen Namen gegeben, *Thlayli,* was wörtlich »Pelzkopf« oder Bigwig bedeutete.

»Hazel?« sagte Bigwig, im Zwielicht unter den Baumwurzeln an ihm schnüffelnd. »Es ist doch Hazel, nicht wahr? Was tust du hier – um diese Tageszeit?« Er übersah Fiver, der weiter unten am Lauf wartete.

»Wir wollen das Oberkaninchen sprechen«, sagte Hazel. »Es ist wichtig, Bigwig. Kannst du uns helfen?«

»Wir?« sagte Bigwig. »Will er ihn auch sehen?«

»Ja, er muß. Bitte, vertrau mir, Bigwig, ich pflege sonst nicht herzukommen und so mit dir zu reden, nicht wahr? Wann habe ich je darum gebeten, das Oberkaninchen zu sehen?«

»Nun, ich werde es für dich tun, Hazel, obgleich man mir wahrscheinlich den Kopf abreißen wird. Ich werde ihm sagen, ich wüßte, daß du ein vernünftiger Bursche seist. Das müßte er eigentlich selbst wissen, aber er wird alt. Warte hier, bitte.«

Bigwig ging etwas tiefer in den Lauf hinein und hielt vor dem Eingang zu einem großen Bau inne. Nachdem er ein paar Worte gesagt hatte, die Hazel nicht verstehen konnte, wurde er offensichtlich hineingerufen. Die beiden Kaninchen warteten in einem Schweigen, das nur von dem nervösen Zappeln Fivers unterbrochen wurde.

Der Name und Titel des Oberkaninchens lautete *Threarah,* was »Lord Eberesche« bedeutete. Aus irgendeinem

Grund wurde er immer als »*Der* Threarah« bezeichnet – vielleicht, weil es zufällig nur eine Threar oder Eberesche, von der er seinen Namen ableitete, nahe dem Gehege gab. Er hatte seine Stellung nicht nur aufgrund seiner Stärke in der Blüte seiner Jahre erworben, sondern auch durch Nüchternheit und eine gewisse unabhängige Unvoreingenommenheit, die ganz anders als das impulsive Verhalten der meisten Kaninchen war. Es war überall bekannt, daß er sich nie über Gerüchte oder über eine Gefahr aufregte. Er war kühl – einige sagten sogar kalt – standhaft geblieben während des schrecklichen Ansturms des Myxödems – einer schwammigen Hautanschwellung –, den er rücksichtslos bekämpft hatte, indem er jedes Kaninchen, das davon befallen schien, vertrieben hatte. Er hatte jedem Gedanken an Massenemigration widerstanden und vollständige Isolation im Gehege erzwungen und es dadurch beinahe sicher vor der Vernichtung bewahrt. Er war es auch, der sich einmal mit einem besonders ärgerlichen Wiesel befaßt hatte, indem er es unter die Fasanenpferche und so (unter Lebensgefahr) vor das Gewehr eines Aufsehers lockte. Er wurde jetzt, wie Bigwig sagte, langsam alt, aber sein Geist war immer noch klar. Als Hazel und Fiver hereingebracht wurden, grüßte er sie höflich. Ein Owsla wie Toadflax mochte drohen und einschüchtern. Der Threarah hatte das nicht nötig.

»Ah, Walnut. Es ist Walnut, nicht wahr?«

»Hazel«, sagte Hazel.

»Hazel, natürlich. Wie nett von dir, mich zu besuchen. Ich kannte deine Mutter gut. Und dein Freund –«

»Mein Bruder.«

»Dein Bruder«, sagte der Threarah, mit der leisen Andeutung von »korrigiere mich bitte nicht mehr!« in der Stimme. »Macht's euch bequem. Etwas Salat?«

Der Salat des Oberkaninchens war von der Owsla aus einem Garten eine halbe Meile querfeldein entfernt gestohlen worden. Outskirter sahen selten oder nie Salat. Hazel nahm ein kleines Blatt und knabberte höflich. Fiver lehnte ab und saß da, erbärmlich zwinkernd und zuckend.

»Nun, wie sieht es bei dir aus?« sagte das Oberkaninchen. »Bitte, sag mir, wie ich dir helfen kann.«

»Also, Sir«, sagte Hazel recht zögernd, »es ist wegen meines Bruders – Fiver – hier. Er kann oft voraussagen, wenn etwas Schlimmes bevorsteht, und er hat immer wieder recht behalten. Er wußte letzten Herbst, daß die Flut kommen würde, und manchmal kann er sagen, wo eine Schlinge gelegt wurde. Und jetzt sagt er, er kann eine schlimme Gefahr fühlen, die dem Gehege droht.«

»Eine schlimme Gefahr? Ja, ach so. Wie bestürzend«, sagte das Oberkaninchen und sah gar nicht bestürzt aus. »Und welche Art Gefahr, wenn ich fragen darf?« Er sah Fiver an.

»Ich weiß es nicht«, sagte Fiver. »A-aber es ist schlimm. Es ist so sch-schlimm, daß – es sehr schlimm ist«, schloß er traurig.

Der Threarah wartete höflich ein paar Minuten und sagte dann: »Soso, und was sollten wir nun tun?«

»Fortgehen«, platzte Fiver heraus. »Fortgehen. Alle von uns. Jetzt. Threarah, Sir, wir müssen alle fortgehen.«

Der Threarah wartete wieder. Dann sagte er mit außerordentlich verständnisvoller Stimme: »Also, das habe ich noch nie gehört. Das ist ein bißchen viel verlangt, nicht wahr? Was hältst du selbst davon?«

»Nun, Sir«, sagte Hazel. »Mein Bruder denkt nicht eigentlich über diese Gefühle nach, die ihn überfallen. Er hat eben diese Gefühle, wenn Sie wissen, was ich meine. Sicherlich sind Sie der Richtige, zu entscheiden, was wir tun sollten.«

»Nun, es ist sehr nett von dir, das zu sagen. Ich hoffe, daß ich es bin. Aber jetzt, meine lieben Jungen, wollen wir einen Augenblick nachdenken. Es ist Mai, nicht wahr? Jedermann hat zu tun, und die meisten Kaninchen lassen sich's schmecken. Keine Gefahr auf Meilen hinaus, so sagt man mir jedenfalls. Keine Krankheit, gutes Wetter. Und du willst, daß ich dem Gehege sage, daß der junge – äh – dein Bruder eine Vorahnung hat und wir alle über Land Gott weiß wohin latschen und die Folgen riskieren müssen, he? Was, glaubst du, werden die sagen? Werden die alle entzückt sein, he?«

»Wenn Sie es sagen, werden sie es akzeptieren«, meinte Fiver plötzlich.

»Das ist sehr nett von dir«, sagte der Threarah noch einmal. »Nun, vielleicht würden sie's. Aber ich müßte es mir sehr sorgfältig überlegen. Ein sehr ernster Schritt, natürlich. Und dann – «

»Aber es bleibt keine Zeit, Threarah, Sir«, platzte Fiver heraus. »Ich kann die Gefahr wie eine Drahtschlinge um meinen Hals fühlen – wie eine Schlinge – Hazel, Hilfe!« Er winselte und rollte im Sand herum, kickte heftig wie ein Kaninchen in einer Falle. Hazel hielt ihn mit beiden Vorderpfoten fest, und er wurde ruhiger.

»Es tut mir furchtbar leid, Oberkaninchen«, sagte Hazel. »Das passiert zuweilen. Er wird in einer Minute wieder in Ordnung sein.«

»Was für ein Jammer! Was für ein Jammer! Armer Junge, vielleicht sollte er nach Hause gehen und sich ausruhen. Ja, du nimmst ihn besser mit. Nun, es war außerordentlich nett von euch, mich aufzusuchen, Walnut. Ich bin wirklich sehr dankbar. Und ich werde alles, was ihr mir gesagt habt, sehr sorgfältig überlegen, dessen könnt ihr sicher sein. Bigwig, warte einen Augenblick, bitte!«

Als Hazel und Fiver sich niedergeschlagen auf den Rückweg durch den Lauf außerhalb von Threarahs Bau machten, konnten sie gerade noch die Stimme des Oberkaninchens unterscheiden, die einen schärferen Ton annahm, und dazwischen ein gelegentliches »Ja, Sir«, »Nein, Sir«.

Bigwig bekam, wie er vorausgesagt hatte, den Kopf abgerissen.

# 3. Hazels Entscheidung

Was liege ich hier? ... Wir liegen hier, als ob wir
eine Chance hätten, eine ruhige Zeit zu genießen ...
Warte ich, bis ich etwas älter werde?

Xenophon *Die Anabasis*

»Aber Hazel, du hast doch nicht etwa geglaubt, das Oberkaninchen würde deinen Rat befolgen, oder? Was hast du erwartet?«

Es war wieder einmal Abend, und Hazel und Fiver fraßen zusammen mit zwei Freunden außerhalb des Gehölzes. Blackberry, das Kaninchen mit den umgeklappten Ohren, das am Abend zuvor von Fiver aufgeschreckt worden war, hatte sorgfältig Hazels Beschreibung der Anschlagtafel zugehört und bemerkte, er wäre schon immer der Meinung gewesen, daß die Menschen diese Dinge hinterließen, damit sie als Schilder oder Botschaften irgendwelcher Art dienten, wie die Kaninchen Spuren in Läufen und Öffnungen zurückließen. Ein anderer Nachbar, Dandelion, brachte die Unterhaltung wieder auf den Threarah und seine Gleichgültigkeit gegenüber Fivers Furcht zurück.

»Ich weiß nicht, was ich erwartet habe«, sagte Hazel. »Ich bin vorher noch nie in die Nähe des Oberkaninchens gelangt, aber ich dachte mir: Selbst wenn er mich nicht anhören will, so kann wenigstens nachher niemand sagen, daß wir nicht unser Bestes getan hätten, um ihn zu warnen.«

»Du bist also sicher, daß es wirklich etwas gibt, das wir fürchten müssen?«

»Ganz sicher. Ich kenne doch Fiver, weißt du?«

Blackberry wollte schon etwas antworten, als ein anderes Kaninchen geräuschvoll durch das dichte Hunde-Bingelkraut im Gehölz kam, in das Dornengestrüpp stolperte und aus dem Graben hochsprang. Es war Bigwig.

»Hallo, Bigwig«, sagte Hazel. »Bist du dienstfrei?«

»Dienstfrei, jawohl«, sagte Bigwig, »und wahrscheinlich werd' ich das auch bleiben.«

»Wie meinst du das?«

»Ich habe die Owsla verlassen, das meine ich.«

»Doch nicht etwa unsertwegen?«

»So könnte man sagen. Der Threarah wird ziemlich unangenehm, wenn er um die Mittagszeit wegen eines seiner Meinung nach trivialen Unsinns aufgeweckt wird. Ich wage zu behaupten, daß die meisten Kaninchen still gewesen wären und daran gedacht hätten, sich mit dem Chef gut zu stellen, aber ich fürchte, dazu tauge ich nicht besonders. Ich sagte ihm, die Owsla-Privilegien bedeuteten mir auf jeden Fall nicht allzuviel und daß ein starkes Kaninchen ebensogut leben könnte, auch wenn es das Gehege verließe. Er antwortete mir, ich sollte nicht impulsiv sein und es mir noch einmal überlegen, aber ich werde nicht bleiben. Salat stehlen ist auch nicht gerade meine Vorstellung von einem lustigen Leben, auch nicht Schildwache stehen in der Höhle. Ich habe vielleicht eine Wut, kann ich euch sagen.«

»Bald wird niemand mehr Salatblätter stehlen«, sagte Fiver ruhig.

»Oh, du bist's, Fiver, nicht wahr?« sagte Bigwig, der zum erstenmal Notiz von ihm nahm. »Ausgezeichnet, dich habe ich gesucht. Ich habe über das nachgedacht, was du zu dem Oberkaninchen gesagt hast. Hör mal, ist das nun ein Riesenschwindel, um dich wichtig zu machen, oder ist es wahr?«

»Es *ist* wahr«, sagte Fiver. »Ich wünschte, es wäre nicht wahr.«

»Dann wirst du also das Gehege verlassen?«

Sie waren alle erstaunt, mit welcher Plumpheit Bigwig geradewegs auf das Wesentliche zusteuerte. Dandelion murmelte: »Das Gehege verlassen, *Frithrah!«*, während Blackberry mit den Ohren zuckte und sehr gespannt zuerst Bigwig und dann Hazel ansah.

Es war Hazel, der antwortete: »Fiver und ich werden das Gehege heute nacht verlassen«, sagte er bedachtsam. »Ich weiß nicht genau, wo wir hingehen werden, aber wir werden jeden mitnehmen, der bereit ist, mitzukommen.«

»Großartig«, meinte Bigwig, »dann könnt ihr mich mitnehmen.«

Das hätte Hazel als letztes erwartet – die sofortige Unterstützung durch ein Owsla-Mitglied. Es fuhr ihm durch den Sinn, daß mit Bigwig, wenn er auch bestimmt in einer gefährlichen Lage ein nützliches Kaninchen sein würde, schwierig auszukommen war. Er würde bestimmt nichts tun wollen, was ihm von einem Outskirter gesagt oder worum er gebeten wurde. Es ist mir gleich, ob er in der Owsla ist, dachte Hazel. Wenn wir vom Gehege fortkommen, laß ich Bigwig nicht die ganze Sache leiten – wenn wir überhaupt gehen. Aber er antwortete nur: »Gut. Wir werden froh sein, dich bei uns zu haben.«

Er sah sich nach den anderen Kaninchen um, die abwechselnd Bigwig und ihn anstarrten. Und es war Blackberry, der als nächster sprach.

»Ich glaube, ich werde mitkommen«, sagte er. »Ich weiß

nicht genau, ob du mich überredet hast, Fiver. Aber auf jeden Fall sind zu viele Rammler in diesem Gehege, und für die Kaninchen, die nicht in der Owsla sind, bringt es wenig Spaß. Komisch ist nur, daß du dich fürchtest zu bleiben und ich mich fürchte zu gehen. Füchse hier, Wiesel da, Fiver in der Mitte – fort mit dir, ewige Sorge!«

Er zupfte ein Pimpinelle-Blatt heraus und fraß es langsam, verbarg seine Furcht, so gut er konnte; denn all seine Instinkte warnten ihn vor den Gefahren des unbekannten Landes hinter dem Gehege.

»Wenn wir auf Fiver hören«, sagte Hazel, »bedeutet das, es sollten überhaupt keine Kaninchen mehr hierbleiben. Wir sollten also zwischen jetzt und unserem Aufbruchstermin so viele wie möglich dazu überreden mitzukommen.«

»Ich glaube, in der Owsla sind zwei oder drei, bei denen sich das Sondieren lohnt«, sagte Bigwig. »Wenn ich sie herumkriegen kann, werden sie bei mir sein, wenn ich mich euch heute abend anschließe. Aber sie werden nicht Fivers wegen kommen. Es sind Junioren, unzufriedene Burschen wie ich. Man muß Fiver selbst gehört haben, um von ihm überzeugt zu werden. Er hat mich überzeugt. Es ist offensichtlich, daß er eine Art Botschaft erhalten hat, und ich glaube an diese Dinge. Ich kann nicht begreifen, warum er den Threarah nicht auch überzeugt hat.«

»Weil der Threarah nichts gutheißt, worauf er nicht selbst gekommen ist«, sagte Hazel. »Aber wir können uns jetzt nicht mehr mit ihm abgeben. Wir müssen versuchen, noch mehr Kaninchen zu sammeln, und uns hier wieder treffen, *fu Inlé*. Und wir werden *fu Inlé* loswandern: Wir können nicht länger warten. Die Gefahr – wie auch immer sie aussehen mag – rückt unaufhörlich näher, und außerdem wird der Threarah nicht gerade entzückt sein, wenn er herausfindet, daß du versucht hast, die Kaninchen in der

Owsla zu überreden, Bigwig. Auch Hauptmann Holly nicht, möcht' ich sagen. Sie werden nichts dagegen haben, wenn Kroppzeug wie wir verschwindet, aber dich werden sie nicht verlieren wollen. An deiner Stelle wäre ich vorsichtig bei der Auswahl für eine Unterredung.«

# 4. Der Aufbruch

Der junge Fortinbras hat nun,
Von wildem Feuer heiß und voll,
An Norwegs Ecken hier und da ein Heer
Landflücht'ger Abenteurer aufgerafft,
Für Brot und Kost, zu einem Unternehmen,
Das Herz hat.

Shakespeare *Hamlet*

*Fu Inlé* bedeutet »nach Mondaufgang«. Natürlich haben Kaninchen keine Vorstellung von einer genauen Zeit oder von Pünktlichkeit. In dieser Hinsicht sind sie ganz wie primitive Menschen, die oft mehrere Tage brauchen, um sich zu versammeln, und dann noch weitere Tage benötigen, um aufzubrechen. Ehe solche Menschen gemeinsam handeln können, muß eine Art Gedankenübertragung stattfinden und sich bis zu dem Punkt verstärken, an dem sie alle wissen, daß sie bereit sind zu beginnen. Jeder, der gesehen hat, wie die Mauersegler und die Schwalben sich im September auf den Telefondrähten versammeln, aufgeregt zwitschernd, kurze Flüge einzeln und in Gruppen über die offenen Stoppelfelder unternehmend, zurückkehrend, um längere und immer längere Linien über den gelblichen Wegrändern zu bilden – Hunderte individueller Vögel in wachsender Erregung in Schwärme verschmelzend, und diese Schwärme kommen locker und unordentlich zusammen, um einen großen unorganisierten Flug zu bilden, dicht im Zentrum und unregelmäßig an den Rändern, der sich teilt und ständig neu formt wie Wolken oder Wellen – bis zu dem Augenblick, wenn der größere Teil von ihnen (doch nicht alle) weiß, daß die Zeit gekommen ist: Sie sind fort und haben wieder einmal diesen großen Flug nach Süden begonnen, den viele nicht überleben werden; jeder, der dies sieht, hat den Strom bei der Arbeit gesehen (unter Geschöpfen, die sich primär als Teil einer Gruppe und erst sekundär, wenn überhaupt, als Individuen begreifen), einen Strom, der sie, ohne daß sie sich dessen bewußt oder dazu willens wären, in eine Aktion verschmelzen wird –, jeder, der dies gesehen hat, hat den Engel bei der Arbeit gesehen, der den ersten Kreuzzug nach Antiochia trieb und die Lemminge ins Meer treibt.

Es war tatsächlich etwa eine Stunde nach Mondaufgang und eine gute Weile vor Mitternacht, als Hazel und Fiver noch einmal aus ihrem Bau hinter den Dornenbüschen herauskamen und ruhig über den Boden des Grabens schlüpften. Bei ihnen war ein drittes Kaninchen, *Hlao* – Pipkin –, ein Freund von Fiver. (*Hlao* bedeutet jene kleine Mulde im Gras, wo sich Feuchtigkeit ansammelt, das heißt, die von einem Löwenzahn oder einer Distel gebildete Vertiefung.) Auch er war klein und neigte zur Furchtsamkeit, und Hazel und Fiver hatten den größten Teil ihres letzten Abends im Kaninchengehege damit verbracht, ihn zu überreden, sich ihnen anzuschließen. Pipkin hatte recht zögernd eingewilligt. Er war immer noch außerordentlich ängstlich, was geschehen würde, wenn sie erst das Gehege verlassen hätten, und kam zu dem Schluß, daß es am besten wäre, um Schwierigkeiten zu vermeiden, sich dicht an Hazel zu halten und genau das zu tun, was er sagte.

Die drei befanden sich immer noch im Graben, als Hazel

hörte, daß sich oben etwas bewegte. Er blickte schnell hoch. »Wer ist da?« fragte er. »Dandelion?«

»Nein, ich bin's, Hawkbit«, sagte das Kaninchen, das über den Rand guckte. Es sprang hinunter und landete ziemlich unsanft zwischen ihnen. »Erinnerst du dich an mich, Hazel? Wir waren während des Schnees letzten Winter im selben Bau. Dandelion sagte mir, du würdest den Bau heute abend verlassen. Wenn du das tust, komme ich mit dir.«

Hazel erinnerte sich an Hawkbit – ein ziemlich langsames, dummes Kaninchen, dessen Gesellschaft in fünf eingeschneiten Tagen unter der Erde entschieden langweilig gewesen war. Trotzdem, dachte er, war dies keine Frage des Wählerischseins. Wenn es auch Bigwig gelingen sollte, einen oder zwei herumzukriegen, würden die meisten der Kaninchen, deren Anschluß sie erwarten konnten, nicht von der Owsla kommen. Es würden Outskirter sein, denen es dreckig ging und die sich fragten, was sie dagegen tun sollten. Er ging ein paar von ihnen in Gedanken durch, als Dandelion erschien.

»Je früher wir wegkommen, desto besser, schätze ich«, sagte Dandelion. »Mir gefällt die ganze Sache nicht. Nachdem ich Hawkbit hier überredet hatte, sich uns anzuschließen, wollte ich noch mit einigen anderen sprechen, als ich entdeckte, daß dieser Toadflax-Bursche mir den Lauf hinunter gefolgt war. ›Ich möchte wissen, was du im Schilde führst‹, sagte er, und er glaubte mir bestimmt nicht, als ich ihm sagte, ich versuchte nur herauszufinden, ob es Kaninchen gäbe, die das Gehege verlassen wollten. Er fragte mich, ob ich sicher wäre, nicht eine Art Komplott gegen den Threarah anzuzetteln, und er wurde schließlich zornig und mißtrauisch. Ich habe Schiß gekriegt, kann ich dir sagen, deshalb habe ich Hawkbit mitgebracht und es dabei bewenden lassen.«

»Ich kann es dir nicht verdenken«, sagte Hazel. »Da ich Toadflax kenne, bin ich überrascht, daß er dich nicht erst über den Haufen gerannt und dann Fragen gestellt hat. Trotzdem, laßt uns noch ein bißchen warten. Blackberry müßte bald hier sein.«

Die Zeit verrann. Sie kauerten schweigend, während die Mondschatten im Gras nordwärts zogen. Schließlich, gerade als Hazel den Abhang zu Blackberrys Bau hinunterlaufen wollte, sah er ihn aus seinem Loch herauskommen, hinter ihm nicht weniger als drei Kaninchen. Einen der drei, Buckthorn, kannte Hazel gut. Er war froh, ihn zu sehen; denn er war ein zäher, kräftiger Bursche, der mit Sicherheit zur Owsla gehören würde, sobald er das volle Gewicht erlangte.

Aber ich vermute, er ist ungeduldig, dachte Hazel, oder er hat bei einer Balgerei um ein weibliches Kaninchen schlecht abgeschnitten und es sich zu Herzen genommen. Nun, mit ihm und Bigwig werden wir wenigstens nicht allzu schlecht dran sein, wenn es zu einer Schlägerei kommen sollte.

Die beiden anderen Kaninchen erkannte er nicht, und er war auch nicht klüger, als Blackberry ihm ihre Namen sagte – Speedwell und Acorn. Doch das war nicht überraschend; denn es waren typische Outskirter – dünn aussehende Sechs-Monatslinge, mit dem gespannten, argwöhnischen Blick derjenigen, die nur zu gewohnt sind hintanzustehen. Sie sahen Fiver neugierig an. Nach dem, was Blackberry ihnen erzählt hatte, hatten sie beinahe erwartet, daß Fiver den Untergang in einer Art poetischem Sturzbach vorhersagte. Statt dessen schien er ruhiger und normaler als die übrigen. Die Gewißheit, daß sie fortgehen würden, hatte eine Sorgenlast von Fiver genommen.

Die Zeit schlich dahin. Blackberry kletterte in das Farnkraut hinauf und kehrte dann auf die Böschung zurück, nervös herumzappelnd und halb geneigt, sich aus dem Staub zu machen. Hazel und Fiver blieben im Graben, knabberten lustlos an dem dunklen Gras. Endlich vernahm Hazel, worauf er wartete: ein Kaninchen – oder waren es zwei? –, das sich vom Gehölz her näherte.

Kurz darauf war Bigwig im Graben. Hinter ihm folgte ein muskulöses, flink wirkendes Kaninchen, etwas über zwölf Monate alt. Das ganze Kaninchengehege kannte es vom Sehen; denn sein Fell war vollkommen grau mit fast weißen Flecken, die jetzt das Mondlicht einfingen, als es schweigend dasaß und sich kratzte. Es war Silver, ein Neffe vom Threarah, der seinen ersten Monat in der Owsla diente.

Hazel war im Grunde erleichtert, daß Bigwig nur Silver mitgebracht hatte – einen ruhigen, redlichen Burschen, der noch nicht eigentlich festen Boden bei den Veteranen gefaßt hatte. Als Bigwig davon gesprochen hatte, die Owsla auszuhorchen, war Hazel geteilter Meinung gewesen. Es war nur zu wahrscheinlich, daß sie auf Gefahren außerhalb des Baus stoßen und gute Kämpfer brauchen würden. Außerdem sollten sie, wenn Fiver recht hatte und das gesamte Gehege in unmittelbarer Gefahr war, jedes Kaninchen willkommen heißen, das bereit war, sich ihnen anzuschließen. Andererseits schien es keinen Grund zu geben, sich besonders anzustrengen, Kaninchen anzuwerben, die sich wie Toadflax verhalten würden.

Wo immer wir uns niederlassen werden, dachte Hazel, ich bin entschlossen, dafür zu sorgen, daß Pipkin und Fiver nicht unterdrückt und herumgestoßen werden, bis sie soweit sind, jedes Risiko einzugehen, um bloß wegzukommen. Aber wird Bigwig derselben Ansicht sein?

»Du kennst Silver, nicht wahr?« fragte Bigwig, der seinen Gedankengang unterbrach. »Augenscheinlich haben einige der jüngeren Burschen in der Owsla ihm übel mitgespielt – haben ihn wegen seines Pelzes gehänselt, weißt du, und ihm gesagt, er hätte seine Stelle nur durch den Threarah bekommen. Ich glaubte, ich könnte noch mehr zusammentrommeln, aber beinahe alle Owsla scheinen der Meinung zu sein, es ginge ihnen sehr gut da, wo sie seien.«

Er sah sich um. »Es sind nicht viele hier, nicht wahr? Glaubst du, es lohnt sich wirklich, mit diesem Plan weiterzumachen?«

Silver schien sprechen zu wollen, als plötzlich ein Trappeln im Unterholz über ihnen zu hören war und weitere drei Kaninchen über die Böschung aus dem Gehölz kamen. Ihre Bewegungen waren direkt und zielbewußt, ganz anders als das unsichere Herannahen derjenigen, die jetzt im Graben versammelt waren. Der größte der drei Neuankömmlinge war vorne, und die anderen zwei folgten ihm, als stünden sie unter einem Befehl. Hazel fühlte sofort, daß sie nichts mit ihm und seinen Gefährten gemein hatten, zuckte zusammen und setzte sich gespannt auf. Fiver murmelte in sein Ohr: »Oh, Hazel, die sind gekommen, um uns zu –«, brach aber ab. Bigwig drehte sich zu ihnen um und machte große Augen; seine Nase bewegte sich heftig. Die drei traten direkt an ihn heran.

»Thlayli?« sagte der Führer.

»Du kennst mich sehr genau«, erwiderte Bigwig, »und ich kenne dich, Holly. Was willst du?«

»Du bist verhaftet.«

»Verhaftet? Was soll das heißen? Weshalb?«

»Wegen Verbreitung von Zwietracht und Anstiftung zur Meuterei. Silver, du bist ebenfalls verhaftet, da du dich heute abend nicht bei Toadflax gemeldet hast und deine

Pflichten an einen Kameraden abgegeben hast. Ihr müßt beide mitkommen.«

Unverzüglich griff Bigwig an, kratzte und kickte ihn. Holly gab ihm zurück. Seine Begleiter kamen näher, suchten nach einer Öffnung, um sich dem Kampf anzuschließen und Bigwig festzuhalten. Plötzlich stürzte sich von der Höhe der Böschung Buckthorn kopfüber ins Handgemenge, schlug im Fluge einen der Wachtposten mit einem Kick seiner Hinterbeine beiseite und hieb dann mit den anderen auf ihn ein. Einen Augenblick später folgte ihm Dandelion, der voll auf dem Kaninchen landete, das Buckthorn gekickt hatte. Beide Wachtposten befreiten sich, sahen sich kurz um und stürzten dann über die Böschung hinauf in das Gehölz. Holly kämpfte sich von Bigwig frei und hockte sich hin, scharrte mit den Vorderpfoten und knurrte, wie Kaninchen es tun, wenn sie böse sind. Er wollte etwas sagen, doch Hazel trat ihm gegenüber.

»Geh«, sagte Hazel fest und ruhig, »oder wir werden dich töten.«

»Weißt du, was das bedeutet?« erwiderte Holly. »Ich bin Hauptmann der Owsla. Das weißt du, nicht wahr?«

»Geh«, wiederholte Hazel, »oder du wirst getötet werden.«

»Du wirst es sein, der getötet wird«, erwiderte Holly. Ohne noch ein Wort zu sagen, verschwand auch er über die Böschung im Gehölz.

Dandelion blutete an der Schulter. Er leckte ein Weilchen die Wunde und wandte sich dann an Hazel.

»Sie werden bald wieder zurück sein, Hazel«, sagte er. »Sie lassen die Owsla ausrücken, und dann gnade uns Gott!«

»Wir sollten sofort gehen«, sagte Fiver.

»Ja, die Zeit ist jetzt gekommen«, erwiderte Hazel. »Los,

den Bach hinunter. Dann werden wir der Böschung folgen – das wird uns helfen, zusammenzubleiben.«

»Wenn du meinen Rat hören willst –«, begann Bigwig.

»Wenn wir noch länger hierbleiben, werde ich es nicht mehr können«, antwortete Hazel.

Mit Fiver an seiner Seite, ging er voran, aus dem Graben heraus und den Abhang hinunter. In knapp einer Minute war die kleine Gruppe Kaninchen in der mondtrüben Nacht verschwunden.

# 5. In den Wäldern

Diese jungen Kaninchen ... müssen sich bewegen, wenn sie überleben sollen. Wild und frei ... irren sie manchmal meilenweit umher ... und wandern, bis sie eine angemessene Umgebung finden.
R. M. Lockley *The Private Life of the Rabbit*

Der Monduntergang stand bevor, als sie die Felder verließen und in den Wald eindrangen. Auseinandergezogen, dann wieder aufholend, mehr oder weniger zusammenhaltend, waren sie über eine halbe Meile durch die Wiesen gewandert, immer dem Lauf des Baches folgend. Obgleich Hazel schätzte, daß sie jetzt weiter von dem Gehege fort waren als je ein Kaninchen, mit dem er gesprochen hatte, wußte er nicht, ob sie schon in sicherer Entfernung waren; und während er sich fragte – nicht zum ersten Male –, ob er Geräusche der Verfolger hören konnte, bemerkte er als erster die dunklen Massen der Bäume, zwischen denen der Bach verschwand.

Kaninchen meiden dichtes Waldgebiet, wo der Boden schattig, feucht und graslos ist, und fühlen sich von dem Unterholz bedroht. Hazel schätzte den Anblick der Bäume nicht. Trotzdem, dachte er, würde Holly es sich zweifellos zweimal überlegen, ehe er ihnen an einen Ort wie diesen hier folgen würde, und bestimmt wäre es sicherer, neben dem Bach zu bleiben, als ziellos in den Wiesen hin und her zu wandern, mit dem Risiko, sich am Ende im Gehege wiederzufinden. Er beschloß, geradewegs in den Wald zu gehen, ohne Bigwig zu fragen, und darauf zu vertrauen, daß die übrigen folgen würden.

Wenn wir nicht in Schwierigkeiten geraten und der Bach uns durch den Wald führt, dachte er, werden wir wirklich das Gehege hinter uns haben, und dann können wir nach einem Platz suchen, um uns ein bißchen auszuruhen. Die meisten scheinen mehr oder weniger in Ordnung zu sein, aber Fiver und Pipkin werden in kurzer Zeit genug haben.

Sowie er in den Wald kam, schien der voller Geräusche zu sein. Es roch nach feuchten Blättern und Moos, und überall hörte man das Flüstern von plätscherndem Wasser. Kaum im Wald, fiel der Bach in einen Teich ab, und das Geräusch, von Bäumen eingeschlossen, hallte wie in einer Höhle wider. Schlafende Vögel raschelten oben, die Nachtbrise bewegte die Blätter, hier und da fiel ein toter Zweig. Und es drangen noch mehr unheimliche, unbekannte Geräusche aus weiter Ferne herüber, Geräusche der Bewegung.

Für Kaninchen ist alles Unbekannte gefährlich. Die erste Reaktion ist, aufzuschrecken, die zweite, auszureißen. Wieder und wieder schreckten sie auf, bis sie der Erschöpfung nahe waren. Aber was bedeuteten diese Geräusche, und wohin konnten sie in dieser Wildnis ausreißen?

Die Kaninchen krochen dichter zusammen. Ihr Vordringen verlangsamte sich. Binnen kurzem verloren sie den Lauf des Baches, glitten über die mondbeschienenen Flekken wie Flüchtlinge und verhielten in den Büschen mit gespitzten Ohren und geweiteten Augen. Der Mond stand jetzt tief, und das Licht, wo immer es schräg durch die Bäume fiel, schien trüber, schwächer und gelblicher.

Von einem dicken Haufen toter Blätter unter einer Stechpalme blickte Hazel auf einen schmalen Pfad, der zu beiden Seiten mit Farn und keimendem Unkraut gesäumt war. Der Farn bewegte sich leicht in der Brise, aber entlang dem Pfad war nichts zu sehen außer einer Streuung letztjähriger Eicheln unter einer Eiche. Was lauerte im Farnkraut? Was lag hinter der nächsten Biegung? Und was würde einem Kaninchen passieren, das den Schutz der Stechpalme verließ und den Pfad hinunterrannte? Er wandte sich an Dandelion, der neben ihm hockte.

»Du wartest lieber hier«, sagte er. »Wenn ich zu der Biegung komme, werde ich trommeln. Aber wenn ich in Schwierigkeiten gerate, bringst du die anderen fort.«

Er wartete nicht auf eine Antwort, rannte ins Freie und den Pfad hinunter. In ein paar Sekunden war er an der Eiche. Er pausierte einen Augenblick, starrte um sich, und dann rannte er zu der Biegung. Der Pfad dahinter war derselbe – er lag leer im schwindenden Mondlicht und führte sanft nach unten in den tiefen Schatten eines Hains von Stecheichen. Hazel trommelte, und einige Augenblicke später war Dandelion neben ihm im Farnkraut. Trotz der Anstrengung und seiner Furcht kam ihm der Gedanke, daß Dandelion sehr schnell sein mußte: Er hatte die Entfernung wie ein Blitz zurückgelegt.

»Gut gemacht«, flüsterte Dandelion. »Das Wagnis für uns eingehen, nicht wahr – wie El-ahrairah?«

Hazel schenkte ihm einen schnellen, freundlichen Blick. Es war ein gutgemeintes Lob und ermunterte ihn. Was Robin Hood den Engländern ist und John Henry den amerikanischen Negern, ist Elil-Hrair-Rah oder El-ahrairah – Der Fürst mit tausendfachen Feinden – für die Kaninchen. Onkel Remus kann durchaus von ihm gehört haben; denn einige von El-ahrairahs Abenteuern sind diejenigen von

Brer Rabbit. Übrigens könnte sogar Odysseus ein paar Listen von dem Kaninchen-Helden übernommen haben; denn er ist sehr alt und war nie um eine List verlegen, um seine Feinde zu täuschen. Einmal, so geht die Mär, mußte er, um nach Hause zu gelangen, einen Fluß durchschwimmen, in dem ein großer und hungriger Hecht war. El-ahrairah striegelte sich, bis er genug Pelz hatte, um ein Lehmkaninchen einzuhüllen, das er ins Wasser stieß. Der Hecht schoß darauf zu, biß hinein und gab es mit Abscheu wieder her. Nach einer Weile trieb es an die Böschung, und El-ahrairah fischte es heraus und wartete kurze Zeit, ehe er es wieder hineinschob. Nach einer Stunde ließ der Hecht es in Ruhe, und nachdem er es zum fünften Male gemacht hatte, schwamm El-ahrairah selbst hinüber und ging nach Hause. Einige Kaninchen sagen, er beherrsche sogar das Wetter, weil der Wind, die Feuchtigkeit und der Tau Freunde und Helfer der Kaninchen gegen ihre Feinde sind.

»Hazel, wir werden hier haltmachen müssen«, sagte Bigwig, zwischen den keuchenden, kriechenden Körpern der anderen herankommend. »Ich weiß, es ist keine gute Stelle, aber Fiver und diese andere halbe Portion, die du mit hast – sie sind ziemlich erledigt. Sie werden nicht weiterkönnen, wenn wir nicht ausruhen.«

Die Wahrheit war, daß jeder von ihnen müde war. Viele Kaninchen verbringen ihr ganzes Leben am selben Ort und laufen nie mehr als hundert Meter hintereinander. Obgleich sie gelegentlich monatelang oberirdisch leben und schlafen, ziehen sie es vor, nicht weit von einem Zufluchtsort entfernt zu sein, der als Loch dienen kann. Sie haben zwei natürliche Gangarten – die sanfte, watschelnde Vorwärtsbewegung des Geheges an einem Sommerabend und den blitzartigen Sprung nach Deckung, den jeder Mensch schon irgendwann einmal gesehen hat. Es ist schwer, sich ein Kaninchen vorzustellen, das stetig vorwärts stapft: Sie sind nicht dafür geschaffen. Es ist wahr, daß junge Kaninchen große Wanderer und fähig sind, meilenweit zu ziehen, aber sie tun es nicht aus freien Stücken.

Hazel und seine Gefährten hatten die Nacht damit verbracht, alles zu tun, was für sie unnatürlich war, und dies zum ersten Mal. Sie hatten sich in einer Gruppe bewegt oder versuchten es wenigstens: Tatsächlich waren sie zuzeiten weit auseinandergezogen. Sie hatten versucht, ein stetes Tempo zwischen Hopsen und Laufen durchzuhalten, und es war sie hart angekommen. Seitdem sie in den Wald eingedrungen waren, hatten sie heftige Angst gehabt. Mehrere waren fast *tharn* – das heißt, in einem Zustand der Lähmung, der entsetzte oder erschöpfte Kaninchen überkommt, so daß sie dasitzen und beobachten, wie ihre Feinde – Wiesel oder Menschen – herankommen, um ihnen das Leben zu nehmen. Pipkin saß zitternd unter einem Farn, seine Ohren hingen schlaff an beiden Seiten des Kopfes herunter. Er hielt eine Pfote in seltsam unnatürlicher Art vor sich und leckte unglücklich daran. Fiver war kaum besser dran. Er sah immer noch fröhlich aus, aber sehr müde. Hazel war sich klar, daß sie, bis sie ausgeruht sein würden, alle eher hier in Sicherheit waren, als wenn sie im Freien entlangstolperten und keine Kraft mehr hätten, vor ihren Feinden davonzulaufen. Aber wenn sie grübelnd dalagen, unfähig, sich Nahrung zu suchen oder unter die Erde zu gehen, würde ihr ganzer Kummer in ihre Herzen strömen, ihre Ängste würden wachsen, und sie würden sehr wahrscheinlich auseinanderlaufen oder gar versuchen, ins Kaninchengehege zurückzukehren. Er hatte eine Idee.

»Jawohl, wir werden hier ausruhen«, sagte er. »Kriechen wir zwischen diesen Farn. Komm, Dandelion, erzähl uns eine Geschichte. Ich weiß, du bist begabt darin. Pipkin hier kann's gar nicht erwarten.«

Dandelion sah Pipkin an und merkte, was Hazel von ihm erwartete. Er unterdrückte seine eigene Angst vor dem einsamen, graslosen Waldland, den Eulen, die vor der Frühdämmerung zurückkehren würden und die sie aus einiger Entfernung hören konnten, und dem ungewöhnlich scharfen Tiergeruch, der ganz aus der Nähe zu kommen schien, und begann.

# 6. Wie El-ahrairah gesegnet wurde

Warum sollte er mich für grausam halten
Oder daß er verraten ist?
Ich würde ihn lehren, zu lieben, was war,
Ehe die Welt geschaffen wurde.

W. B. Yeats *A Woman Young and Old*

»Vor längerer Zeit schuf Frith die Welt. Er schuf auch alle Sterne, und die Welt ist einer der Sterne. Er schuf sie, indem er seine Losung über den Himmel verstreute, und deshalb wachsen das Gras und die Bäume so dicht auf der Welt. Frith läßt die Bäche fließen. Die Sterne folgen ihm, wenn er über den Himmel geht, und wenn er den Himmel verläßt, suchen sie ihn die ganze Nacht. Frith schuf alle Tiere und Vögel, aber als er sie machte, waren sie zuerst alle gleich. Der Spatz und der Turmfalke waren Freunde, und sie fraßen beide Samen und Fliegen. Und der Fuchs und das Kaninchen waren Freunde, und beide fraßen Gras. Und es gab Gras in Hülle und Fülle und Fliegen die Fülle, weil die Welt neu war, und Frith schien hell und warm den ganzen Tag herunter.

Nun, El-ahrairah war unter den Tieren in diesen Tagen und hatte viele Weiber. Er hatte so viele Weiber, daß er sie gar nicht zählen konnte, und die Weiber hatten so viele Junge, daß selbst Frith sie nicht zählen konnte, und sie fraßen das Gras und den Löwenzahn und die Salatblätter und den Klee, und El-ahrairah war der Vater von ihnen allen.« (Bigwig knurrte anerkennend.) »Und nach einer gewissen Zeit«, fuhr Dandelion fort, »nach einer Zeit begann das Gras dünn zu werden, und die Kaninchen wanderten überallhin, vermehrten sich und fraßen, während sie gingen.

Da sagte Frith zu El-ahrairah: ›Fürst Kaninchen, wenn du dein Volk nicht kontrollieren kannst, werde ich Wege finden, es zu kontrollieren. Daher paß auf, was ich dir sage.‹ Aber El-ahrairah wollte nicht hören, und er sagte zu Frith: ›Mein Volk ist das stärkste der Welt; denn es vermehrt sich schneller und frißt mehr als andere Völker. Und dies zeigt, wie sehr es den Herrn Frith liebt; denn von all den Tieren ist es am empfänglichsten für seine Warmherzigkeit und seinen Glanz. Du mußt dir klar sein, o Herr, wie bedeutend es ist, und es nicht an seinem schönen Leben hindern.‹

Frith hätte El-ahrairah sofort töten können, aber er hatte die Absicht, ihn in der Welt zu lassen, weil er ihn als Spaßmacher, als Witzeschmied, als Listenreichen brauchte. So beschloß er, die Oberhand über ihn zu gewinnen, nicht mit Hilfe seiner eigenen großen Macht, sondern mit Hilfe einer List. Er ließ wissen, daß er ein großes Treffen veranstalten würde und daß er bei diesem Treffen jedem Tier und jedem Vogel ein Geschenk machen würde, damit sich jeder von dem anderen unterscheide. Und alle Geschöpfe machten sich zu dem Treffpunkt auf. Aber alle kamen zu verschiedenen Zeiten an, weil Frith es so einrichtete. Als die Amsel kam, gab er ihr ihren schönen Gesang, und als die Kuh kam, gab er ihr scharfe Hörner und Stärke, damit sie sich vor keinem anderen Geschöpf zu fürchten brauchte. Und so kamen nacheinander der Fuchs und das Hermelin und das Wiesel. Und jedem gab Frith die Schlauheit und die Wildheit und das Verlangen, zu jagen und zu töten und die

Kinder von El-ahrairah zu fressen. Und so gingen sie von Frith fort, nichts im Herzen als die Begierde, die Kaninchen zu töten.

Die ganze Zeit über tanzte und paarte und brüstete El-ahrairah sich, daß er zu Friths Treffen gehen werde, um ein großes Geschenk zu erhalten. Und endlich machte auch er sich zu dem Treffen auf. Doch unterwegs rastete er einmal auf einem sanften, sandigen Hügel. Und während er rastete, kam über den Hügel der dunkle Mauersegler, der im Fluge schrie: ›Nachrichten! Neuigkeiten! Neuigkeiten!‹ Und das ruft er seit jenem Tag ohne Unterlaß. El-ahrairah rief zu ihm hinauf und fragte: ›Was für Neuigkeiten?‹ – ›Na‹, sagte der Mauersegler, ›ich möchte nicht du sein, El-ahrairah. Denn Frith hat dem Fuchs und dem Wiesel durchtriebene Herzen und scharfe Zähne gegeben, und der Katze hat er stille Füße und Augen gegeben, die in der Dunkelheit sehen können, und sie sind von Friths Ort fortgegangen, um alles zu töten und zu verschlingen, was El-ahrairah gehört.‹ Und er jagte weiter über die Hügel davon. Und in diesem Augenblick hörte El-ahrairah die Stimme Friths rufen: ›Wo ist El-ahrairah? Denn alle anderen haben ihre Geschenke in Empfang genommen und sind gegangen, und ich bin gekommen, um nach ihm zu suchen.‹

Da wußte El-ahrairah, daß Frith zu klug für ihn war, und er begann sich zu fürchten. Er dachte, der Fuchs und das Wiesel kämen mit Frith, und wandte sich dem Boden des Hügels zu und begann zu graben. Er grub ein Loch, aber er hatte nur wenig gegraben, als Frith allein über den Hügel kam. Und er sah El-ahrairahs Gesäß aus dem Loch herausragen und den Sand in Schauern fliegen. Als er das sah, rief er: ›Mein Freund, hast du El-ahrairah gesehen? Denn ich suche ihn, um ihm mein Geschenk zu geben.‹ – ›Nein‹, antwortete El-ahrairah, ohne herauszukommen, ›ich habe ihn nicht gesehen. Er ist weit weg. Er konnte nicht kommen.‹ Worauf Frith sagte: ›Dann komm aus diesem Loch heraus, und ich werde dich an seiner Stelle segnen.‹ – ›Nein, ich kann nicht‹, sagte El-ahrairah, ›ich bin beschäftigt. Der Fuchs und das Wiesel kommen. Wenn du mich segnen willst, kannst du mein Gesäß segnen; denn es ragt aus diesem Loch heraus.‹«

Alle Kaninchen hatten die Geschichte schon mal gehört: in Winternächten, wenn die kalte Zugluft durch die Gehegegänge strich und die eisige Nässe in den Stollen der Läufe unter ihren Bauen lag, und an Sommerabenden im Gras unter den roten Hagedornblüten und der süßen, faulig riechenden älteren Blüte. Dandelion erzählte gut, und selbst Pipkin vergaß seine Müdigkeit und die Gefahr und erinnerte sich statt dessen an die Unausrottbarkeit der Kaninchen. Jeder sah sich als El-ahrairah, der Frith frech entgegentreten und ungestraft davonkommen konnte.

»Da«, sagte Dandelion, »fühlte Frith sich El-ahrairah in Freundschaft zugetan, wegen seines Einfallsreichtums und weil er nicht nachgeben wollte, selbst als er glaubte, der Fuchs und das Wiesel würden kommen. Und er sagte: ›Nun gut, ich werde dein Gesäß segnen, da es aus dem Loch herausragt. Gesäß, sei Stärke und Warnung und Geschwindigkeit für immer und rette das Leben deines Herrn. So sei es.‹ Und während er sprach, wurde die Blume El-ahrairahs leuchtend weiß und blitzte wie ein Stern, und seine Hinterläufe wurden lang und kräftig, und er trommelte auf den Hügel, bis selbst die Käfer von den Grashalmen fielen. Er kam aus dem Loch heraus und raste schneller über den Hügel als irgendein Geschöpf auf der Welt. Und Frith rief ihm nach: ›El-ahrairah, dein Volk kann die Welt nicht regieren, da ich es nicht so haben will. Die ganze Welt wird dein Feind sein, Fürst mit tausendfachen Feinden, und wann immer sie dich fangen, werden sie dich töten. Aber zuerst müssen sie dich fangen, Gräber, Lauscher, Läufer, Fürst der schnellen Warnung. Sei schlau und voller Listen, und dein Volk wird niemals vernichtet werden.‹ Und da wußte El-ahrairah, daß Frith dennoch sein Freund war. Und jeden Abend, wenn Frith seines Tages Arbeit getan hat und ruhig und bequem im rötlichen Himmel liegt, kommen El-ahrairah und seine Kinder und Kindeskinder aus ihren Löchern heraus und spielen vor ihm; denn sie sind seine Freunde, und er hat ihnen versprochen, daß sie nie vernichtet werden können.«

# 7. Der Lendri und der Fluß

Quant au courage moral, il avait trouvé fort rare, disait-il, celui de deux heures apres minuit; c'est-à-dire le courage de l'improviste.

Napoleon Bonaparte

Als Dandelion geendet hatte, schreckte Acorn, der windwärts der kleinen Gruppe war, plötzlich zusammen und setzte sich mit hochgestellten Ohren und zuckenden Nasenflügeln zurück. Der seltsame, scharfe Geruch war stärker denn je, und nach einigen Augenblicken hörten sie alle eine plumpe Bewegung in der Nähe. Plötzlich teilte sich der Farn auf der anderen Seite des Pfades, und ein langer, hundeähnlicher Kopf, der schwarz-weiß gestreift war, sah hervor. Er war nach unten gerichtet, das Maul grinsend, die Nase dicht am Boden. Dahinter konnten sie gerade noch große, mächtige Pfoten und einen zottigen schwarzen Körper ausmachen. Die mit wilder Schläue erfüllten Augen blickten sie an. Der Kopf bewegte sich langsam, die düstere Länge des Waldreitweges in beiden Richtungen in sich aufnehmend, und dann sah er sie wieder mit seinen wilden, schrecklichen Augen an. Die Kinnbacken öffneten sich weiter, und sie konnten die Zähne sehen, die so weiß wie die Streifen auf seinem Kopf schimmerten. Das Tier starrte lange herüber, und die Kaninchen verharrten bewegungslos, starrten lautlos zurück. Dann drehte sich Bigwig, der dem Pfad am nächsten war, um und glitt zurück zwischen die anderen.

»Ein *lendri«*, murmelte er, als er sich durch sie hindurchdrängte. »Es kann gefährlich sein oder auch nicht, aber ich riskiere lieber nichts. Gehen wir.«

Sie folgten ihm durch den Farn und trafen sehr bald auf einen parallellaufenden Pfad. Bigwig bog in ihn ein und rannte los. Dandelion überholte ihn, und die beiden verschwanden zwischen den Stechpalmen.

Hazel und die anderen folgten, so gut sie konnten, und Pipkin hinkte und stolperte hinterher; denn seine Angst trieb ihn trotz des Schmerzes in seiner Pfote an.

Hazel kam auf der anderen Seite der Stechpalmen heraus und folgte dem Pfad um eine Biegung. Dort blieb er schlagartig stehen und setzte sich auf seine Keulen zurück. Direkt vor ihm starrten Bigwig und Dandelion über den steilen Rand einer hohen Böschung, und unterhalb der Böschung strömte ein Fluß. Tatsächlich war es nur der kleine, vier bis fünf Meter breite Enborne, durch den Frühjahrsregen etwa einen Meter tief, aber den Kaninchen schien er riesig, ein Fluß, wie sie ihn sich nie vorgestellt hatten. Der Mond war beinahe untergegangen, und die Nacht war jetzt dunkel, aber sie konnten das dahinfließende Wasser undeutlich schimmern sehen und am anderen Ufer einen dünnen Gürtel von Nußbäumen und Erlen ausmachen. Irgendwo dahinter rief ein Regenpfeifer drei- oder viermal und war dann still.

Nacheinander kamen fast alle anderen heran, blieben an der Böschung stehen und sahen wortlos auf das Wasser. Eine kalte Brise kam auf, und einige von ihnen zitterten.

»Na, das ist eine hübsche Überraschung, Hazel«, sagte Bigwig schließlich. »Oder hast du dies erwartet, als du uns in den Wald führtest?«

Hazel erkannte müde, daß Bigwig wahrscheinlich schwierig werden würde. Er war bestimmt kein Feigling, aber wahrscheinlich würde er nur unerschütterlich bleiben, solange er wußte, wohin es ging und was er zu tun hatte. Für ihn war Bestürzung schlimmer als Gefahr, und wenn er bestürzt war, wurde er gewöhnlich böse. Am Tag zuvor hatte Fivers Warnung ihn bekümmert, und er hatte im Zorn zu dem Threarah gesprochen und die Owsla verlassen. Dann, als er unsicher war, ob er den Kaninchenbau verlassen sollte, war Hauptmann Holly gerade zur rechten Zeit erschienen, um zum Angriff herauszufordern und einen perfekten Grund für ihren Auszug zu liefern. Jetzt, beim Anblick des Flusses, geriet Bigwigs Selbstvertrauen erneut ins Wanken, und wenn Hazel es nicht auf die eine oder andere Art wiederherstellen konnte, hatten sie bestimmt Schwierigkeiten zu erwarten. Er dachte an den Threarah und dessen verschlagene Höflichkeit.

»Ich weiß nicht, was wir soeben ohne dich getan hätten, Bigwig«, sagte er. »Was war das für ein Tier? Hätte es uns töten können?«

»Ein *lendri«,* sagte Bigwig. »Ich habe von ihnen in der Owsla gehört. Sie sind nicht wirklich gefährlich. Sie können kein rennendes Kaninchen fangen, und man kann fast immer riechen, wenn sie kommen. Es sind komische Dinger: Ich habe von Kaninchen gehört, die beinahe auf ihnen lebten, ohne daß ihnen etwas zustieß. Trotzdem weicht man ihnen besser aus. Sie graben junge Kaninchen aus und töten ein verletztes Kaninchen, wenn sie eines finden. Sie sind schon einer von den Tausend! Ich hätte es vom Geruch her erraten müssen, aber er war neu für mich.«

»Es hatte getötet, bevor es auf uns traf«, sagte Blackberry schaudernd. »Ich sah das Blut an seinen Lippen.«

»Vielleicht eine Ratte oder junge Fasane. Wir hatten

Glück, daß es schon getötet *hatte,* sonst wäre es vielleicht schneller gewesen. Zum Glück haben wir uns richtig verhalten. Wir sind ihm wirklich gut entwischt«, sagte Bigwig.

Fiver kam mit Pipkin hinkend den Pfad herunter. Auch sie erstarrten beim Anblick des Flusses.

»Was meinst du, was wir tun sollten, Fiver?« fragte Hazel.

Fiver sah auf das Wasser hinunter und zuckte mit den Ohren.

»Wir werden ihn überqueren müssen«, sagte er. »Aber ich glaube nicht, daß ich schwimmen kann, Hazel. Ich bin erschöpft, und Pipkin geht es noch viel schlimmer als mir.«

»Überqueren?« rief Bigwig. »Überqueren? Wer wird ihn überqueren? Weshalb willst du ihn überqueren? Ich habe noch nie so einen Unsinn gehört.«

Wie alle wilden Tiere können Kaninchen schwimmen, wenn sie müssen, und einige schwimmen sogar zum Spaß. Man hat von Kaninchen gehört, die an einem Waldrand lebten und regelmäßig einen Bach durchschwammen, um auf den dahinterliegenden Wiesen zu fressen. Doch die meisten Kaninchen vermeiden es zu schwimmen., und bestimmt konnte ein erschöpftes Kaninchen nicht den Enborne durchschwimmen.

»Ich möchte da nicht hineinspringen«, sagte Speedwell.

»Warum gehen wir nicht einfach die Böschung entlang?« fragte Hawkbit.

Hazel befürchtete, daß es gefährlich wäre, Fivers Vorschlag, sie sollten den Fluß überqueren, nicht zu folgen. Aber wie sollten die anderen überredet werden? In diesem Augenblick, als er noch unschlüssig war, was er ihnen sagen sollte, wurde er sich plötzlich bewußt, daß etwas seinen Geist erleuchtet hatte. Was mochte es gewesen sein? Ein Geruch? Ein Geräusch? Dann wußte er es. In der Nähe, über dem Fluß, hatte eine Lerche begonnen, zu tirilieren und zu steigen. Der Morgen brach an. Eine Amsel ließ einen oder zwei tiefe, lang anhaltende Töne hören und wurde von einer Ringeltaube nachgeahmt. Bald waren sie im grauen Zwielicht und konnten sehen, daß der Bach das Ende des Waldes begrenzte. Auf der anderen Seite lagen offene Wiesen.

# 8. Die Überquerung

Der Hauptmann . . . hieß, die da schwimmen könnten, sich zuerst in das Meer werfen und entrinnen an das Land, die anderen aber, etliche auf Brettern, etliche auf den Trümmern des Schiffes. Und so geschah es, daß sie alle gerettet ans Land kamen.

*Apostelgeschichte,* Kapitel 27

Der höchste Punkt der sandigen Böschung lag gut zwei Meter über dem Wasser. Von ihrem Platz aus konnten die Kaninchen direkt flußauf und zu ihrer Linken flußab sehen. Offensichtlich befanden sich Nistlöcher in der steilen Front unter ihnen; denn als das Licht zunahm, sahen sie drei oder vier Mauersegler über dem Bach auffliegen und in die Felder dahinter verschwinden. Nach kurzer Zeit kehrte einer von ihnen mit vollem Schnabel zurück, und sie konnten die Nestlinge quietschen hören, als er unter ihren Füßen außer Sicht flog. Die Böschung erstreckte sich nicht weit nach beiden Richtungen. Flußauf fiel sie zu einem grasigen Pfad zwischen den Bäumen und dem Wasser ab. Dieser folgte dem Fluß, der in gerader Linie, so weit sie sehen konnten, ohne Furten, Kiesuntiefen oder Bohlenbrücken sanft dahinfloß. Unmittelbar unter ihnen lag ein breiter Tümpel, und hier stand das Wasser fast still. Zu ihrer Linken fiel die Böschung wieder zu Erlengruppen ab, zwischen denen der Bach, über Kies murmelnd, zu hören war. Stacheldraht war jenseits des Wassers schwach zu erkennen, und sie nahmen an, daß dieser eine Viehweide umgeben mußte wie an dem kleinen Bach in der Nähe des heimatlichen Geheges.

Hazel musterte den Pfad stromauf. »Da unten ist Gras«, sagte er. »Gehen wir fressen.«

Sie kletterten die Böschung hinunter und machten sich daran, neben dem Wasser zu knabbern. Zwischen ihnen und dem Bach selbst standen noch nicht ausgewachsene Haufen gemeinen Pfennigkrauts und Flohkrauts, die nicht vor zwei Monaten blühen würden. Die einzigen Blüten waren ein paar frühe Mädesüß und ein Fleck von rosa Kletten. Als sie zur Vorderseite der Böschung hinüberblickten, sahen sie, daß sie tatsächlich mit Mauerseglerlöchern gesprenkelt war. Am Fuße der kleinen Klippe befand sich ein schmales Vorland, das mit dem Abfall der Kolonie übersät war – Stöckchen, Mist, Federn, ein zerbrochenes Ei und ein paar tote Nestlinge. Die Mauersegler flogen jetzt in großer Zahl über dem Wasser hin und her.

Hazel rückte dicht an Fiver heran und drängte ihn langsam von den anderen weg, während er weiterfraß. Als sie eine kleine Strecke entfernt und von einem Büschel Schilf halb verborgen waren, sagte er: »Bist du sicher, daß wir den Fluß überqueren müssen, Fiver? Wie wär's, wenn wir die Böschung in der einen oder anderen Richtung entlanggingen?«

»Nein, wir müssen den Fluß überqueren, Hazel, damit wir auf diese Wiesen gelangen können – und noch weiter über sie hinaus. Ich weiß, was wir suchen müßten – einen hochgelegenen Ort mit trockenem Boden, wo die Kaninchen alles um sich herum sehen und hören können und die Menschen kaum jemals hinkommen. Wäre das nicht eine Reise wert?«

»Ja, natürlich. Aber gibt es einen solchen Ort?«

»Nicht in der Nähe des Flusses – das brauche ich dir nicht zu sagen. Aber wenn du einen Fluß überquerst, fängst du wieder an, aufwärts zu gehen, nicht wahr? Wir sollten oben sein – auf der Höhe und im Freien.«

»Aber Fiver, ich glaube, sie werden sich weigern, noch viel weiter zu gehen. Einerseits sagst du all das, und andererseits sagst du, du seist zu müde, um zu schwimmen.«

»Ich kann mich erholen, Hazel, aber Pipkin ist sehr schlecht dran. Ich glaube, er ist verletzt. Wir werden vielleicht den halben Tag hierbleiben müssen.«

»Nun, dann wollen wir mit den anderen sprechen. Wahrscheinlich werden sie gegen einen Halt nichts einzuwenden haben. Aber hinüber werden sie nicht gern wollen, es sei denn, etwas jagt ihnen einen Schrecken ein und bringt sie dazu.«

Sobald sie zurück waren, kam Bigwig aus den Büschen am Rande des Pfades zu ihnen herüber.

»Ich habe mich schon gefragt, wo du geblieben bist«, sagte er zu Hazel. »Bist du bereit, weiterzuwandern?«

»Nein«, antwortete Hazel bestimmt. »Ich glaube, wir sollten bis *ni-Frith* hierbleiben. Das wird allen die Möglichkeit geben, sich auszuruhen, und dann können wir zu diesen Wiesen hinüberschwimmen.« Bigwig wollte schon antworten, aber Blackberry sprach zuerst.

»Bigwig«, sagte er, »warum schwimmst du nicht jetzt gleich hinüber, läufst auf die Wiese und siehst dich um? Der Wald scheint sich nicht sehr weit nach der einen oder anderen Richtung zu erstrecken. Du könntest das von dort aus sehen, und dann wissen wir vielleicht, welches der beste Weg wäre.«

»Na schön«, sagte Bigwig ziemlich mißmutig. »Ich nehme an, dein Vorschlag hat Sinn und Verstand. Ich werde den *embleer*[*]*-Fluß* so oft durchschwimmen, wie du willst, immer zu einer Gefälligkeit bereit.«

Ohne zu zögern, war er mit zwei Sprüngen am Wasser, watete hinein und schwamm durch den tiefen, stillen Tümpel. Sie sahen, wie er sich neben einem blühenden Haufen Feigwurz herauszog, einen der zähen Stengel in seine Zähne nahm und einen Schauer von Tropfen aus seinem Fell in die Erlenbüsche schüttelte. Einen Augenblick später sahen sie ihn zwischen den Nußbäumen auf die Wiese springen.

»Ich bin froh, daß er bei uns ist«, sagte Hazel zu Silver. Wieder dachte er beiläufig an den Threarah. »Er ist der Bursche, der alles herausfindet, was wir wissen müssen. Nanu, er kommt ja schon zurück!«

Bigwig raste über die Wiese zurück und sah aufgeregter aus denn je seit seinem Zusammenstoß mit Hauptmann Holly. Er stürzte sich beinahe kopfüber ins Wasser und paddelte schnell herüber, ließ ein pfeilförmiges Kräuseln auf der ruhigen braunen Oberfläche zurück. Er sprach schon, als er auf das sandige Uferland hochschnellte.

»Nun, Hazel, wenn ich du wäre, würde ich nicht bis *ni-Frith* warten. Ich würde jetzt gehen. Ich glaube sogar, du wirst es müssen.«

»Warum?« fragte Hazel.

»Ein großer Hund läuft frei im Wald herum.«

Hazel fuhr zusammen. »Was?« sagte er. »Woher weißt du das?«

»Wenn du auf die Wiese kommst, kannst du den Wald schräg zum Fluß abfallen sehen. Teile von ihm liegen offen. Ich sah den Hund eine Lichtung überqueren. Er zog eine Kette hinter sich her, also muß er sich losgerissen haben.

* Stinkend – das Wort für den Geruch eines Fuchses

Vielleicht ist er dem *lendri* auf der Spur, aber der *lendri* wird inzwischen unter der Erde sein. Was, glaubst du, wird passieren, wenn er durch den Wald läuft und unseren Geruch aufnimmt, und dann noch der Tau dazu? Komm, machen wir, daß wir rüberkommen.«

Hazel wußte nicht, was er sagen sollte. Vor ihm stand Bigwig, triefend naß, unerschrocken, zielbewußt – das typische Bild der Entschlossenheit. An seiner Schulter hockte Fiver, schweigsam, zuckend. Er sah, daß Blackberry ihn aufmerksam beobachtete, darauf wartete, daß er, nicht Bigwig, führte. Dann sah er Pipkin an, der sich in eine Sandkuhle gekauert hatte und stärker von Panik und Hilflosigkeit gepackt war als irgendein Kaninchen, das er je gesehen hatte. In diesem Augenblick hörte man vom Wald her aufgeregtes Kläffen, und ein Eichelhäher begann zu schimpfen.

Hazel sprach in einer Art Trance. »Nun, dann verschwinde jetzt lieber«, sagte er, »und jeder, der will, ebenfalls. Was mich betrifft, werde ich warten, bis Fiver und Pipkin in der Lage sind, die Sache in Angriff zu nehmen.«

»Du blöder Dummkopf!« rief Bigwig. »Wir werden alle erledigt sein! Wir werden –«

»Trample nicht herum«, sagte Hazel. »Man könnte dich hören. Was schlägst du also vor?«

»Vorschlagen? Da gibt es nichts vorzuschlagen. Diejenigen, die schwimmen können, schwimmen. Die anderen werden hierbleiben müssen und das Beste hoffen. Vielleicht kommt der Hund nicht.«

»Tut mir leid, aber das gilt nicht für mich. Ich habe Pipkin in die Sache hineingeritten, und ich hole ihn auch wieder heraus.«

»Nun, Fiver hast du nicht hineingeritten, nicht wahr? Er hat vielmehr dich hineingeritten.«

Hazel stellte mit widerwilliger Bewunderung fest, daß Bigwig, obgleich er in Wut geraten war, es offensichtlich nicht um seiner selbst willen eilig hatte und weniger als irgendein anderer Angst hatte. Er sah sich nach Blackberry um und bemerkte, daß er sie verlassen hatte und sich am oberen Ende des Pfuhls befand, wo der schmale Strand in eine Kiesbank auslief. Seine Pfoten waren halb in dem nassen Kies vergraben, und er beschnüffelte etwas Großes und Flaches über der Wasserlinie. Es sah wie ein Stück Holz aus.

»Blackberry«, sagte er, »kannst du einen Augenblick hierherkommen?«

Blackberry blickte auf, zog seine Pfoten heraus und rannte zurück.

»Hazel«, sagte er hastig, »da ist ein Stück flaches Holz – wie das Stück, das die Lücke bei der Grünen Freiheit oberhalb des Geheges schloß –, erinnerst du dich? Es muß den Fluß heruntergetrieben sein. Es schwimmt also. Wir könnten Fiver und Pipkin daraufsetzen und es wieder schwimmen lassen. Vielleicht treibt es über den Fluß. Verstehst du?«

Hazel hatte keine Ahnung, was er meinte. Blackberrys Erguß von augenscheinlichem Unsinn schien die Maschen von Gefahr und Verwirrung nur enger zu ziehen. Als ob es nicht genügte, sich Bigwigs zorniger Ungeduld, Pipkins Angst und dem sich nähernden Hund gegenüberzusehen – nun war auch das klügste Kaninchen von ihnen allen offenbar übergeschnappt. Er war der Verzweiflung nahe.

»*Frithrah,* ja, ach so!« sagte eine aufgeregte Stimme an seinem Ohr. Es war Fiver. »Schnell, Hazel! Komm und hole Pipkin!«

Es war Blackberry, der den verblüfften Pipkin so lange piesackte, bis er aufstand, und ihn zwang, die paar Meter zu der Kiesbank zu hinken. Das Stück Holz, kaum größer als ein Rhabarberblatt, war leicht aufgelaufen. Blackberry trieb Pipkin beinahe mit den Pfoten darauf. Pipkin duckte sich zitternd, und Fiver folgte ihm an Bord.

»Wer ist kräftig?« fragte Blackberry. »Bigwig! Silver! Stoßt es hinaus!«

Keiner gehorchte ihm. Alle hockten verlegen und unsicher da. Blackberry grub seine Nase in den Kies unter den landeinwärts gelegenen Rand des Brettes und hob es, stieß es ab. Das Brett neigte sich. Pipkin kreischte, Fiver senkte den Kopf und bog seine Pfoten nach außen. Dann kam das Brett wieder ins Gleichgewicht und trieb ein paar Fuß in den Pfuhl hinaus, während die beiden Kaninchen starr und bewegungslos darauf kauerten. Es drehte sich langsam im Kreis, und sie starrten zu ihren Kameraden zurück.

*»Frith und Inlé!«* sagte Dandelion. »Sie sitzen auf dem Wasser. Warum sinken sie nicht?«

»Sie sitzen auf dem Holz, und das Holz schwimmt, siehst du nicht?« sagte Blackberry. »Und jetzt schwimmen wir selbst hinüber. Können wir starten, Hazel?«

In den letzten paar Minuten war Hazel nahe daran, den Kopf zu verlieren. Er war am Ende seines Lateins gewesen, hatte keine Erwiderung auf Bigwigs verächtliche Ungeduld gehabt außer seiner Bereitschaft, sein eigenes Leben gemeinsam mit Fiver und Pipkin zu riskieren. Er konnte immer noch nicht begreifen, was passiert war, aber wenigstens kam ihm zu Bewußtsein, daß Blackberry Autorität von ihm erwartete. Sein Kopf wurde klarer.

»Schwimmt«, sagte er. »Schwimmt alle!«

Er beobachtete sie, als sie hineingingen. Dandelion schwamm so gut, wie er lief, schnell und leicht. Auch Silver schwamm zügig. Die anderen paddelten und krabbelten irgendwie hinüber, und als sie die andere Seite erreichten, sprang auch Hazel. Das kalte Wasser durchdrang sein Fell fast sofort. Sein Atem ging kurz, und als sein Kopf unterging, konnte er undeutliches Knirschen von Kies am Boden hören. Er paddelte, den Kopf hoch über das Wasser haltend, unbeholfen hinüber und schwamm auf die Feigwurz zu. Als er sich herauszog, blickte er sich unter den klitschnassen Kaninchen zwischen den Erlen um.

»Wo ist Bigwig?« fragte er.

»Hinter dir«, antwortete Blackberry mit klappernden Zähnen.

Bigwig war noch im Wasser, auf der anderen Seite des Pfuhls. Er war an das Floß herangeschwommen, hatte den Kopf dagegengelegt und trieb es nun mit kräftigen Stößen seiner Hinterläufe vorwärts. »Sitzt ruhig«, hörte Hazel ihn mit hastiger, würgender Stimme sagen. Dann sank er unter. Aber einen Augenblick später war er wieder oben und hatte seinen Kopf über die Rückseite des Brettes geschoben. Als er stieß und strampelte, schwankte es, und dann, während die Kaninchen von der Böschung aus zusahen, bewegte es sich langsam über den Pfuhl hinweg und lief auf der gegenüberliegenden Seite auf Grund. Fiver stieß Pipkin auf die Steine, und Bigwig watete zitternd und atemlos neben ihnen heraus.

»Mir hat es gedämmert, nachdem Blackberry es uns gezeigt hatte«, sagte er. »Aber es ist schwer, es zu schieben, wenn man im Wasser ist. Hoffentlich ist bald Sonnenaufgang. Mir ist kalt. Gehen wir.«

Es gab kein Anzeichen von dem Hund, als sie zwischen den Erlen und durch die Wiese zur ersten Hecke hasteten. Die meisten hatten nicht erfaßt, was Blackberrys Entdekkung des Floßes bedeutete, und vergaßen es sofort wieder. Fiver jedoch kam zu Blackberry herüber, der am Schaft eines Schlehdorns in der Hecke lag.

»Du hast Pipkin und mich gerettet, nicht wahr?« sagte er. »Ich glaube nicht, daß Pipkin eine Vorstellung davon hat, was sich wirklich zugetragen hat; aber ich habe eine.«

»Ich gebe zu, es war eine gute Idee«, sagte Blackberry. »Wir wollen sie uns merken. Sie könnte uns eines Tages sehr gelegen kommen.«

# 9. Der Rabe und das Bohnenfeld

Mit der Gabe der Bohnenblüte
Und der Melodie der Amsel
Und Mai und Juni!

Robert Browning *De Gustibus*

Die Sonne ging auf, während sie noch in der Dornenhecke lagen. Mehrere der Kaninchen schliefen schon, unbequem zwischen den dicken Schäften zusammengekauert, sich der Gefahr wohl bewußt, aber zu müde, um mehr zu tun, als dem Glück zu vertrauen. Hazel, der sie musterte, fühlte sich beinahe so unsicher wie auf der Flußböschung. Eine Hecke auf freiem Gelände war kein Ort, wo man den ganzen Tag bleiben konnte. Aber wohin sollten sie gehen? Er mußte mehr von ihrer Umgebung wissen. Er bewegte sich an der Hecke entlang, spürte die Brise von Süden und sah sich nach einem Fleck um, wo er ohne großes Risiko sitzen und wittern konnte. Die Gerüche, die von oben herunterkämen, konnten ihm vielleicht etwas verraten.

Er kam zu einem schlammigen Pfad, der von Vieh breitgetrampelt worden war. Er konnte es auf der nächsten Wiese, weiter den Abhang hinauf, grasen sehen. Vorsichtig lief er zur Wiese hin, kauerte sich neben einen Distelhaufen und schnupperte in den Wind. Nun, da er von dem Hagedorn-Geruch der Hecke und dem Gestank des Viehdungs frei war, spürte er besonders deutlich, was schon in seine Nase gedrungen war, während er unter den Dornen lag. Es war nur ein Geruch im Wind, und der war ihm neu: ein starker, frischer, süßer Duft, der die Luft erfüllte und ziemlich gesund schien. Er verhieß keine Gefahr. Aber was war es, und warum war er so stark? Wie konnte er jeden anderen Geruch im offenen Land bei Südwind ausschließen? Die Quelle mußte ganz in der Nähe sein. Hazel fragte sich, ob er eines der Kaninchen schicken sollte, um das herauszufinden. Dandelion wäre über den Kamm und zurück fast so schnell wie ein Hase. Dann trieben ihn seine Abenteuerlust und sein Mutwillen an. Er würde selbst gehen und Nachrichten zurückbringen, ehe die anderen überhaupt wußten, daß er weggegangen war. Daran würde Bigwig ganz schön zu knabbern haben.

Er lief leichtfüßig über die Wiese auf die Kühe zu. Als er näher kam, hoben sie die Köpfe und starrten ihn einen Augenblick an, ehe sie weiterfraßen. Ein großer schwarzer Vogel flatterte und hopste dicht hinter der Herde. Er ähnelte einer großen Saatkrähe, war aber – im Gegensatz zu dieser – allein. Hazel beobachtete, wie er mit seinem grünlichen mächtigen Schnabel in den Boden hackte, aber er konnte nicht ausmachen, was er tat. Zufällig hatte Hazel noch nie einen Raben gesehen. Er kam nicht darauf, daß er der Spur eines Maulwurfs folgte, in der Hoffnung, ihn mit einem Hieb seines Schnabels zu töten und ihn dann aus seinem nicht sehr tiefen Gang herauszuziehen. Wenn er das gewußt hätte, hätte er ihn wahrscheinlich nicht wohlgemut als »Nicht-Falken« eingestuft – so wird alles von einem Zaunkönig bis zu einem Fasan genannt – und seinen Weg den Abhang hinauf fortgesetzt.

Der seltsame Duft war jetzt stärker; er drang über den Kamm der Anhöhe in einer Welle von Wohlgerüchen herab, die ihn mächtig beeindruckte – wie der Geruch von Orangenblüten in den Mittelmeerländem einen Touristen beeindruckt, der sie zum ersten Male riecht. Fasziniert rannte er auf den Kamm. In der Nähe war noch eine Hecke, und dahinter, sich leise in der Brise wiegend, stand ein Feld von Saubohnen in voller Blüte.

Hazel hockte sich auf die Keulen und starrte auf den regelmäßigen Wald kleiner graugrüner Bäume mit ihren Säulen schwarz-weißer Blüten. Er hatte noch nie so etwas gesehen. Weizen und Gerste kannte er, und einmal war er in einem Rübenfeld gewesen. Aber das hier war vollkommen anders und schien irgendwie verlockend, gesund, geeignet. Gewiß, Kaninchen konnten diese Pflanzen nicht fressen: das konnte er riechen. Aber sie konnten geschützt in ihnen liegen, solange sie wollten, und sie konnten sich leicht und ungesehen durch sie hindurchbewegen. Hazel beschloß auf der Stelle, die Kaninchen hinauf zu dieser Bohnenfeld-Dekkung zu bringen und bis zum Abend zu ruhen. Er lief zurück und fand die anderen, wo er sie zurückgelassen hatte. Bigwig und Silver waren wach, aber der Rest döste noch unruhig.

»Schläfst du nicht, Silver?« fragte er.

»Es ist zu gefährlich, Hazel«, erwiderte Silver. »Ich möchte ebenso gerne schlafen wie die anderen, aber wenn wir alle schlafen und etwas kommt, wer wird es erspähen?«

»Ich weiß. Ich habe einen Ort entdeckt, wo wir, solange wir wollen, sicher schlafen können.«

»Eine Höhle?«

»Nein, keine Höhle. Ein großes Feld duftender Pflanzen, das uns davor bewahren wird, gesehen oder gerochen zu werden, bis wir uns ausgeruht haben. Kommt heraus und riecht es selbst, wenn ihr wollt.«

Beide Kaninchen schnupperten. »Du sagst, du hast diese

Pflanzen gesehen?« fragte Bigwig und drehte seine Ohren, um das ferne Rascheln der Bohnen einzufangen.

»Ja, sie sind gleich hinter dem Kamm. Schnell, treiben wir die anderen an, ehe ein Mensch mit einem *hrududu** kommt und sie in alle Winde verstreut sind.«

Silver weckte die anderen und begann, sie mit gutem Zureden vorwärts zu treiben. Sie stolperten schläfrig hinaus, mit Zögern und Widerwillen auf die wiederholte Versicherung reagierend, es sei »nur ein kurzer Weg«.

Sie wurden weit auseinandergerissen, als sie sich die Anhöhe hinaufrappelten, Silver und Bigwig in Führung und Hazel und Buckthorn in kurzer Entfernung hinterher. Die anderen trödelten weiter, hoppelten ein paar Meter, um dann eine Pause zu machen und zu knabbern oder Mist auf dem warmen, sonnigen Gras zurückzulassen. Silver war schon beinahe oben, als plötzlich auf halber Höhe ein spitzer Schrei ertönte – der Laut, den ein Kaninchen von sich gibt, nicht, um um Hilfe zu rufen oder einen Feind einzuschüchtern, sondern einfach aus Entsetzen. Fiver und Pipkin, die hinter den anderen herhinkten und auffallend unter Normalgröße und müde waren, wurden von dem Raben angegriffen. Er war dicht über dem Boden entlanggeflogen. Dann hatte er, herabstoßend, mit seinem großen Schnabel einen Hieb auf Fiver gezielt, der ihm gerade noch hatte ausweichen können. Jetzt sprang und hopste er zwischen den Grasbüscheln und hieb mit entsetzlichem Vorrucken seines Kopfes auf die beiden Kaninchen ein. Raben zielen auf die Augen, und Pipkin, der dies spürte, hatte den Kopf in ein Büschel üppiges Gras vergraben und versuchte, sich noch tiefer hineinzugraben. Er war es, der schrie.

Hazel legte die Entfernung den Abhang hinunter in ein

* Traktor – oder jeder Motor

paar Sekunden zurück. Er hatte keine Ahnung, was er tun würde, und wenn der Rabe ihn ignoriert hätte, wäre er wahrscheinlich in Verlegenheit geraten. Aber durch seinen Ansturm lenkte er dessen Aufmerksamkeit ab, und er wandte sich ihm zu. Er bog seitwärts aus, blieb stehen, und zurückblickend sah er Bigwig von der gegenüberliegenden Seite heranrasen. Der Rabe wandte sich wieder um, stieß auf Bigwig ein und verfehlte ihn. Hazel hörte, wie sein Schnabel auf einen Kiesel im Gras traf, ein Geräusch wie von einem Schneckenhaus, von einer Drossel auf einen Stein geschlagen. Als Silver Bigwig folgte, erholte sich der Rabe wieder und trat ihm direkt gegenüber. Silver verharrte in Angst, und der Vogel schien vor ihm zu tanzen; seine großen schwarzen Flügel flatterten in furchtbarer Erregung. Er wollte gerade zuhacken, als Bigwig von hinten direkt in ihn hineinrannte und ihn beiseite stieß, so daß er mit einem rauhen, heiseren Wutkrächzen über das Rasenstück taumelte.

»Macht weiter so!« rief Bigwig. »Greift ihn von hinten an! Sie sind Feiglinge! Sie wagen sich nur an hilflose Kaninchen heran.«

Aber schon verzog sich der Rabe, flog tief mit langsamen, schweren Flügelschlägen davon. Sie beobachteten, wie er die ferne Hecke hinter sich brachte und im Wald jenseits des Flusses verschwand. In der Stille hörte man ein sanftes, ziehendes Geräusch, als eine grasende Kuh näher kam.

Bigwig schlenderte zu Pipkin hinüber, einen zotigen Owsla-Vers murmelnd:

*»Hoi, hoi u embleer Hrair,*
*M'saion ulé hraka vair**.

* »Hoi, hoi, das stinkende Tausend. Wir treffen sie, selbst wenn wir anhalten, um unseren Mist zurückzulassen.«

Komm schon, Hlao-roo«, sagte er. »Du kannst deinen Kopf jetzt herausnehmen. Das war vielleicht ein Tag, was?«

Er drehte sich um, und Pipkin versuchte, ihm zu folgen. Hazel erinnerte sich, daß Fiver gesagt hatte, er glaubte, er sei verletzt. Jetzt, als er beobachtete, wie er den Abhang hinaufhinkte und stolperte, kam ihm der Gedanke, daß er tatsächlich verletzt sein mochte. Er versuchte immer wieder, mit seiner linken Vorderpfote den Boden zu berühren, und zog sie dann wieder hoch, indem er auf drei Beinen hopste.

Ich werde ihn mir genau ansehen, sobald wir in Deckung gegangen sind, dachte er. Der arme kleine Bursche, in dem Zustand wird er nicht weit kommen.

Auf dem Kamm der Anhöhe führte Buckthorn bereits den Weg in das Bohnenfeld an. Hazel erreichte die Hecke, überquerte einen schmalen Grasstreifen auf der anderen Seite und sah direkt in eine lange, schattige Schneise zwischen zwei Bohnenreihen hinunter. Die Erde war weich und krümelig, mit einer Streuung von Unkraut, das man in angebauten Feldern findet – Erdrauch, Hederich, Pimpernelle und Primelstrauch, die alle in der grünen Düsternis unter den Bohnenblättern wuchsen. Als sich die Pflanzen in der Brise bewegten, warf das Sonnenlicht Sprenkel und Flecken über den braunen Boden, über die weißen Kiesel und das Unkraut. Und doch war in dieser allgegenwärtigen Unruhe nichts Alarmierendes, denn der ganze Wald nahm daran teil, und das einzige Geräusch war die leise, stetige Bewegung der Blätter. Weit unten in der Bohnenreihe sah Hazel Buckthorns Rücken und folgte ihm in die Tiefen des Feldes.

Bald darauf waren alle Kaninchen in einer Art Hohlraum versammelt. Weit umher, auf allen Seiten, standen die ordentlichen Bohnenreihen, sicherten sie gegen feindliche Einflüsse ab, überdachten sie und deckten sie mit ihrem Geruch. Unter der Erde wären sie kaum sicherer gewesen. Selbst ein bißchen Nahrung konnte, wenn es zum Äußersten kam, gewonnen werden, denn hier und da standen ein paar fahle Grasbüschel und ein Löwenzahn.

»Wir können hier den ganzen Tag schlafen«, sagte Hazel. »Aber ich denke, einer von uns sollte wach bleiben; und wenn ich die erste Runde übernehme, gibt mir das die Möglichkeit, mir deine Pfote genauer anzusehen, Hlaoroo. Ich glaube, du hast etwas drin.«

Pipkin, der auf seiner linken Seite lag und schnell und schwer atmete, rollte sich herum und streckte seine Vorderpfote vor, die Unterseite nach oben gewendet. Hazel schaute in das dichte, grobe Haar (der Fuß eines Kaninchens hat keinen Ballen) und sah nach einigen Augenblikken, was er erwartet hatte – den ovalen Schaft eines abgerissenen Dorns, der durch die Haut stach. Es war ein wenig Blut daran, und das Fleisch war zerfetzt.

»Du hast einen großen Dorn da drin, Hlao«, sagte er. »Kein Wunder, daß du nicht rennen konntest. Wir werden ihn herausziehen müssen.«

Es war nicht leicht, den Dorn herauszubekommen, denn der Fuß war so empfindlich geworden, daß Pipkin zusammenzuckte und selbst vor Hazels Zunge zurückschreckte. Doch nach einer ganzen Weile geduldiger Anstrengung gelang es Hazel, genug von dem Stumpen herauszuarbeiten, um den Dorn mit den Zähnen greifen zu können. Der Dorn kam glatt heraus, und die Wunde blutete. Der Stachel war so lang und dick, daß Hawkbit, der zufällig in der Nähe war, Speedwell weckte, damit er ihn sich ansähe.

»Frith im Himmel, Pipkin!« sagte Speedwell, an dem Dorn, der auf einem Kiesel lag, schnüffelnd. »Du solltest noch ein paar mehr von denen da sammeln; dann könntest du eine Anschlagtafel machen und Fiver erschrecken. Du hättest das Auge des *lendris* für uns herausstechen können, wenn du's nur gewußt hättest.«

»Lecke die Stelle, Hlao«, sagte Hazel. »Lecke sie, bis sie nicht mehr schmerzt, und dann geh schlafen.«

# 10. Die Straße und das Gemeindeland

Timorous antwortete, daß sie . . . diesen schwierigen Ort hinaufgegangen waren. »Aber«, sagte er, »je weiter wir gehen, auf desto mehr Gefahren stoßen wir, worauf wir kehrtmachten und wieder zurückgingen.«

John Bunyan *The Pilgrim's Progress*

Nach einiger Zeit weckte Hazel Buckthorn. Dann kratzte er sich ein flaches Nest in die Erde und schlief. Während des Tages folgte eine Wache der anderen. Wie die Kaninchen dabei den Zeitablauf beurteilten, ist etwas, das zivilisierte Menschen nicht mehr begreifen können. Geschöpfe, die weder über Uhren noch Bücher verfügen, sind empfänglich für alle Kenntnisse, die sich über die Zeit, über das Wetter sowie über die Richtung gewinnen lassen, wie wir von ihren außergewöhnlichen Zug- und Heimkehrflügen wissen. Die Veränderungen in der Wärme und Feuchtigkeit des Bodens, das Sinken der Sonnenlichtflecken, die wechselnden Bewegungen der Bohnen im leichten Wind, die Richtung und Stärke der Luftströme entlang dem Boden – all dies wurde von dem wachhabenden Kaninchen wahrgenommen.

Die Sonne begann unterzugehen, als Hazel erwachte und Acorn in der Stille zwischen zwei weißen Kieseln horchen und schnüffeln sah. Das Licht war trüber geworden, die Brise hatte sich gelegt, und die Bohnen waren still. Pipkin lag etwas weiter weg ausgestreckt da. Ein schwarz-gelber Totengräber, der über den weißen Pelz seines Bauches kroch, hielt an, schwenkte seine kurze gekrümmte Antenne und kroch dann wieder weiter. In Hazel spannte sich alles vor plötzlicher Befürchtung. Er wußte, daß diese Käfer zu toten Kleintieren kommen, an ihnen fressen und ihre Eier ablegen. Sie graben die Erde unter den Körpern kleiner Geschöpfe wie Spitzmäusen und aus dem Nest gefallenen Vögeln weg, und dann legen sie ihre Eier auf sie, ehe sie sie mit Erde bedecken. Pipkin war doch nicht etwa im Schlaf gestorben? Hazel setzte sich schnell auf. Acorn schreckte hoch und drehte sich zu ihm um, und der Käfer huschte über die Kiesel fort, als Pipkin sich bewegte und erwachte.

»Was macht die Pfote?« fragte Hazel. Pipkin setzte sie auf den Boden. Dann stand er auf.

»Es fühlt sich viel besser an«, sagte er. »Ich glaube, ich werde jetzt ebenso gut wie die anderen laufen können. Sie werden mich nicht zurücklassen, nicht wahr?«

Hazel rieb seine Nase hinter Pipkins Ohr. »Niemand wird jemanden zurücklassen«, sagte er. »Wenn du bleiben müßtest, würde ich bei dir bleiben. Aber such dir keine neuen Dornen aus, Hlao-roo, weil wir vielleicht noch einen langen Weg vor uns haben.«

Im nächsten Augenblick sprangen alle Kaninchen entsetzt hoch. Aus allernächster Nähe peitschte ein Schuß durch die Felder. Ein Kiebitz flog kreischend auf. Das Echo kam wellenförmig zurück, und aus dem Wald jenseits des Flusses drang das Flügelschlagen der Ringeltauben zwischen den Zweigen herüber. Im Nu rannten die Kaninchen nach allen Richtungen durch die Bohnenreihen, jedes flitzte instinktiv auf Löcher zu, die nicht da waren.

Hazel stoppte am Rande des Bohnenfelds. Er sah sich um und konnte keinen von den anderen sehen. Er wartete zitternd auf den nächsten Schuß, aber es herrschte Stille. Dann fühlte er durch die Schwingungen auf dem Boden den stetigen Schritt eines Menschen, der den Kamm verließ, über den sie an diesem Morgen gekommen waren. Dann erschien Silver, der durch die Pflanzen in der Nähe angerannt kam.

»Ich hoffe, es ist der Rabe – du nicht auch?« sagte Silver.

»Ich hoffe, daß niemand so dumm gewesen ist, aus diesem Feld wegzulaufen«, antwortete Hazel. »Sie sind alle verstreut. Wie können wir sie finden?«

»Ich glaube nicht, daß es uns gelingt«, sagte Silver. »Wir sollten dahin zurückgehen, woher wir gekommen sind. Sie werden schon alle nach und nach zurückkehren.«

Es dauerte tatsächlich lange, bis alle Kaninchen wieder in der Höhlung inmitten des Feldes waren. Während er wartete, wurde es Hazel klarer denn je, wie gefährlich ihre Lage war, ohne Löcher in einem Land zu wandern, das sie nicht kannten. Der *lendri,* der Hund, der Rabe, der Schütze – sie hatten Glück gehabt, ihnen zu entrinnen. Wie lange würde ihr Glück andauern? Würden sie wirklich zu Fivers hochgelegenem Ort gelangen – wo auch immer er sein mochte?

»Ich würde mich für jede anständige, trockene Böschung entscheiden«, dachte er, »solange Gras und keine Menschen mit Flinten da sind. Und je früher wir eine entdecken, desto besser.«

Hawkbit kehrte als letzter zurück, und als er da war, setzte Hazel sich sofort in Bewegung. Er lugte vorsichtig durch die Bohnen und sauste dann in die Hecke. Der Wind, den er schnupperte, als er stoppte, war beruhigend und trug nur die Gerüche von abendlichem Tau, Weißdornblüten und Kuhdung. Er lief voraus in das nächste Feld, eine Weide; und hier stürzten sie sich alle aufs Fressen, knabberten sich so sorglos durch das Gras, als wäre ihr Gehege dicht in der Nähe.

Als er halbwegs durch das Feld hindurch war, wurde Hazel eines *hrududu* gewahr, der sich auf der anderen Seite der entfernteren Hecke in großer Geschwindigkeit näherte. Er war klein und weniger geräuschvoll als der Farm-Traktor, den er manchmal vom Rand des heimatlichen Schlüsselblumen-Waldes aus beobachtet hatte. Wie ein Blitz schoß er vorbei in einer unnatürlichen, von Menschen gemachten Farbe, die hier und da heller glitzerte als eine Winterstechpalme. Etwas später folgte der Geruch von Benzin und Auspuff. Hazel machte große Augen und zuckte mit der Nase. Er konnte nicht verstehen, wie der *hrududu* so schnell und glatt durch die Felder jagen konnte. Ob er zurückkehrte? Würde er schneller durch die Felder fahren, als sie rennen konnten, und sie zur Strecke bringen?

Als er zögerte und sich überlegte, was er nun wohl tun sollte, kam Bigwig heran.

»Da ist eine Straße«, sagte er. »Das wird einige von uns überraschen, nicht wahr?«

»Eine Straße?« sagte Hazel und dachte an den Weg neben dem Anschlagbrett. »Woher weißt du das?«

»Nun, was denkst du wohl, wieso ein *hrududu* so schnell fahren kann? Außerdem, riechst du es denn nicht?«

Der Geruch nach warmem Teer war jetzt ganz deutlich in der Abendluft zu spüren.

»Ich habe das noch nie in meinem Leben gerochen«, sagte Hazel mit einem Anflug von Gereiztheit.

»Ach so«, sagte Bigwig, »dann wurdest du also nie fortgeschickt, um Salatblätter für den Threarah zu stehlen, nicht wahr? Andernfalls wüßtest du Bescheid. Die sind wirklich nicht gefährlich, außer bei Nacht. Dann sind sie *elil,* bestimmt.«

»Du solltest mir Unterricht geben, glaube ich«, sagte Hazel. »Ich gehe mit dir nach oben, und die anderen lassen wir dann folgen.«

Sie liefen weiter und krochen durch die Hecke. Hazel sah erstaunt auf die Straße hinunter. Einen Augenblick glaubte er, er sehe wieder einen großen Fluß – schwarz, glatt und gerade zwischen seinen Böschungen. Dann sah er den geteerten Kies und beobachtete eine Spinne, die über seine Oberfläche lief.

»Aber das ist nicht natürlich«, sagte er, die merkwürdigen Gerüche nach Teer und Öl schnüffelnd. »Was ist es? Wie ist es dahin gekommen?«

»Es ist ein Menschen-Ding«, sagte Bigwig. »Sie schmieren diesen Stoff dahin, und dann lassen sie die *hrududil* darüberlaufen – schneller, als wir können; und was sonst kann schneller laufen als wir?«

»Sind sie gefährlich? Können sie uns fangen?«

»Nein, das ist ja gerade das Seltsame. Sie beachten uns gar nicht. Ich zeige es dir, wenn du willst.«

Die anderen Kaninchen erreichten jetzt nach und nach die Hecke, als Bigwig die Böschung hinunterhopste und sich an den Rand der Straße kauerte. Hinter der Biegung wurde das Geräusch eines anderen sich nähernden Wagens laut. Hazel und Silver blickten gespannt hin. Der Wagen erschien, funkelte grün und weiß und raste auf Bigwig zu. Einen Augenblick erfüllte er die ganze Welt mit Krach und Angst. Dann war er verschwunden, und Bigwigs Fell wehte im Zugwind, der ihm die Hecken hinunter folgte. Er sprang zu den erstaunt starrenden Kaninchen auf der Böschung zurück.

»Seht ihr? Sie tun einem nicht weh«, sagte Bigwig. »Ehrlich gesagt, ich glaube, daß sie lebendig sind. Aber ich gebe zu, daß ich es nicht ganz verstehe.«

Wie an der Flußböschung hatte Blackberry sich davongeschlichen und war schon auf der Straße, schnupperte sich zur Mitte hin, halbwegs zwischen Hazel und der Biegung. Sie sahen ihn aufschrecken und in den Schutz der Böschung zurückspringen.

»Was ist los?« fragte Hazel.

Blackberry antwortete nicht, und Hazel und Bigwig hopsten am Rande des Grasstreifens zu ihm hin. Er öffnete und schloß das Maul, leckte sich die Lippen wie eine Katze, wenn etwas sie anwidert.

»Du sagst, sie seien nicht gefährlich, Bigwig«, meinte er ruhig. »Aber ich glaube, sie sind es trotzdem.«

In der Mitte der Straße lag eine plattgedrückte, blutige Masse von braunen Stacheln und weißem Fell mit kleinen schwarzen Füßen und einer zerquetschten Schnauze. Fliegen krochen darüber, und hier und da staken Kiesecken aus dem Fleisch.

»Ein *yona*«, sagte Blackberry. »Auf wen hat ein *yona* es außer auf Schnecken und Käfer schon abgesehen? Und was kann ein *yona* fressen?«

»Er muß bei Nacht gekommen sein«, sagte Bigwig.

»Ja, natürlich. Die *yonil* jagen immer bei Nacht. Wenn du sie bei Tag siehst, liegen sie im Sterben.«

»Ich weiß. Aber was ich zu erklären versuche, ist, daß die *hrududil* nachts große Lichter haben, heller als Frith selbst. Sie ziehen Geschöpfe an, und wenn sie dich anleuchten, kannst du nicht sehen oder denken, wohin du gehen sollst. Dann wird der *hrududu* dich wahrscheinlich vernichten. Jedenfalls haben wir's so in der Owsla gelernt. Ich habe nicht die Absicht, es auszuprobieren.«

»Nun es *wird* bald dunkel«, sagte Hazel. »Kommt, gehen wir hinüber. Soweit ich sehen kann, dient die Straße uns zu gar nichts. Nachdem ich jetzt alles über sie erfahren habe, möchte ich so bald wie möglich von ihr fort.«

Bei Mondaufgang hatten sie den Friedhof von Newtown durcheilt, wo ein kleiner Bach zwischen dem Rasen und unter dem Pfad hindurchläuft. Sie wanderten weiter, kletterten einen kleinen Hügel hinauf und kamen zum Gemeindeland von Newtown – ein Torfgelände mit Stechginster und Silberbirken. Nach den Wiesen, die sie verlassen hatten, war dies eine fremdartige, abstoßende Landschaft. Bäume, Weide, selbst der Boden – alles ganz ungewohnt. Sie zögerten in dem dichten Heidekraut, konnten nicht mehr als ein paar Fuß voraus sehen. Ihr Fell wurde tropfnaß vom Tau. Der Boden war von Rinnen und Flecken nackten dunklen Torfes zerklüftet, wo das Wasser stand und spitze weiße Steine, einige so groß wie Taubeneier, andere wie der Schädel eines Kaninchens, im Mondlicht schimmerten. Wann immer sie eine dieser Rinnen erreichten, drängten sich die Kaninchen zusammen und warteten darauf, daß Hazel oder Bigwig drüben hinaufkletterten und einen Weg voran fanden. Überall stießen sie auf Käfer, Spinnen und kleine Eidechsen, die eiligst davonhuschten, wenn sie durch das storre, widerstandsfähige Heidekraut stießen. Einmal stöberte Buckthorn eine Schlange auf und sprang in die Luft, als sie zwischen seinen Pfoten hindurch in ein Loch am Fuß einer Birke schoß.

Sogar die Pflanzen waren ihnen unbekannt – Läusekraut mit seinem Gezweig hakenförmiger Blüten, Sumpfgewächse und die dünnstengeligen Blüten des Sonnentaus, deren haarige, fliegenfangende Münder, die sich zur Nacht schlossen, herausragten. In diesem Dschungel war alles Stille. Sie liefen immer langsamer und machten zwischen dem ausgestochenen Torf lange Pausen. Wenngleich das Heidekraut still war, trug die Brise doch ferne Nachtgeräusche über das offene Land. Ein Hahn krähte. Ein Hund rannte bellend umher, und ein Mann schrie ihn an. Eine kleine Eule rief »Kii-wik, kii-wik«, und etwas – eine Wühlmaus oder eine Spitzmaus – gab ein kleines Quietschen von sich. Da war kein Geräusch, das nicht von Gefahren kündete.

Spät in der Nacht, gegen Monduntergang, blickte Hazel von einem Einschnitt, wo sie kauerten, zu einer kleinen Böschung hinauf. Als er noch überlegte, ob er hinaufklettern sollte, um zu sehen, ob er klare Sicht nach vorn bekommen konnte, hörte er eine Bewegung hinter sich, drehte sich um und sah Hawkbit neben sich. Es war etwas Hinterlistiges und Zögerndes an ihm, und Hazel blickte ihn scharf an, fragte sich einen Augenblick, ob er krank oder vergiftet sei.

»Äh – Hazel«, sagte Hawkbit, an ihm vorbei auf die dunkle Klippe blickend. »Ich – äh –, das heißt wir – äh –, wir sind der Meinung, daß wir – nun, daß wir nicht so weitergehen können. Wir haben genug.«

Er hielt inne. Hazel sah jetzt, daß Speedwell und Acorn hinter ihm standen und erwartungsvoll zuhörten. Es trat eine Pause ein.

»Weiter, Hawkbit«, sagte Speedwell, »oder soll ich weiterreden?«

»Mehr als genug«, fuhr Hawkbit mit einer Art dummer Wichtigtuerei fort.

»Nun, ich habe auch genug«, antwortete Hazel, »und ich hoffe, es ist bald vorbei. Dann können wir alle ausruhen.«

»Wir wollen jetzt rasten«, sagte Speedwell. »Wir glauben, es war dumm, so weit zu gehen.«

»Es wird immer schlimmer, je weiter wir gehen«, sagte Acorn. »Wo gehen wir hin, und wie lange wird es dauern, bis einige von uns für immer aufhören zu laufen?«

»Es ist der Ort, der dir Sorgen macht«, sagte Hazel. »Mir gefällt er auch nicht, aber es wird nicht ewig so weitergehen.«

Hawkbit sah verschlagen und falsch aus. »Wir glauben nicht, daß du weißt, wo wir *wirklich* hingehen«, sagte er. »Du wußtest nichts von der Straße, nicht wahr? Und du weißt nicht, was vor uns liegt.«

»Hör zu«, sagte Hazel, »ich schlage vor, daß du mir sagst, was du tun willst, und ich sage dir, was ich davon halte.«

»Wir wollen zurückgehen«, sagte Acorn. »Wir glauben, Fiver hat sich geirrt.«

»Wie könnt ihr durch das zurückgehen, was wir gerade hinter uns gebracht haben?« erwiderte Hazel. »Und wahrscheinlich würdet ihr getötet werden, weil ihr einen Owsla-Offizier verwundet habt, wenn ihr überhaupt zurückkommt. Seid vernünftig, um Friths willen.«

»Wir haben Holly nicht verwundet«, sagte Speedwell.

»Du warst da, und Blackberry brachte dich mit. Glaubst du, sie werden sich nicht daran erinnern? Außerdem –«

Hazel hielt inne, als Fiver, gefolgt von Bigwig, sich näherte.

»Hazel«, sagte Fiver, »könntest du mal mit mir auf die Böschung hinaufkommen? Es ist wichtig.«

»Und während du dort bist«, sagte Bigwig, finster unter dem großen Fellbüschel auf seinem Kopf hervorblickend, »werde ich mit diesen dreien ein Wörtchen reden. Warum wäschst du dich nicht, Hawkbit? Du siehst aus wie das Schwanzende einer gefangenen Ratte. Und was dich anlangt, Speedwell –«

Hazel wartete nicht, um zu hören, wie Speedwell aussah. Er folgte Fiver, krabbelte über die Torfklumpen und Riffe auf den Vorsprung von Kieselerde und dünnem Gras, der sie überragte. Sobald Fiver eine Stelle gefunden, hatte, wo sie hinausklettem konnten, lief er an den Rand der Böschung voraus, die Hazel gemustert hatte, ehe Hawkbit ihn ansprach. Sie lag ein paar Fuß oberhalb des sich neigenden zugigen Heidekrauts und war oben offen und mit Gras bewachsen. Sie kletterten hinauf und hockten sich hin. Der Mond, rauchig und gelb in der dünnen Nachtwolke, stand rechts über einer Gruppe entfernter Fichten. Sie sahen nach Süden über eine trostlose Öde. Hazel wartete darauf, daß Fiver etwas sagen würde, aber der blieb stumm.

»Was wolltest du mir sagen?« fragte Hazel schließlich.

Fiver antwortete nicht, und Hazel schwieg verwirrt. Von unten war Bigwig gerade noch zu hören.

»Und du, Acorn, du Hundesohn, dunggesichtige Schande am Galgen eines Wildhüters; wenn ich nur Zeit hätte, dir zu sagen –«

Der Mond segelte aus der Wolke und beleuchtete das Heidekraut stärker, aber weder Hazel noch Fiver verließen die Böschung. Fiver blickte weit über die Grenze des Gemeindelandes hinaus. Vier Meilen entfernt, am südlichen Horizont, erhob sich die zweihundertfünfzig Meter hohe Kette des Hügellandes. Auf dem höchsten Punkt schwankten die Buchen von Cottington's Baumgruppe in einem stärkeren Wind als jenem, der über das Heidekraut wehte.

»Schau!« sagte Fiver plötzlich. »Das ist unsere Stelle, Hazel. Hohe, einsame Hügel, wo der Wind und der Laut tragen und der Boden so trocken wie Stroh in einer Scheune ist. Dahin müssen wir gelangen.«

Hazel sah zu den undeutlichen, weit entfernten Hügeln hin. Ganz offensichtlich kam ein solcher Versuch nicht in Frage. Wahrscheinlich blieb ihnen nichts anderes übrig, als durch das Heidekraut zu einem ruhigen Feld oder einer niedrigen Gestrüppböschung gleich jener zu laufen, die sie gewohnt gewesen waren. Ein Glück, daß Fiver nicht mit diesem närrischen Gedanken vor den anderen herausgeplatzt war, wo es sowieso schon genug Ärger gab. Wenn er nur überredet werden könnte, ihn hier und jetzt fallenzulassen, wäre kein Schaden angerichtet – außer, er hätte schon etwas zu Pipkin gesagt.

»Nein, das ist insgesamt gesehen zu weit, Fiver«, sagte er. »Denke an die Meilen der Gefahr. Jeder ist schon sowieso erschreckt und müde. Wir müssen unbedingt bald einen sicheren Ort finden, und es wäre besser, wir tun, was wir können, statt etwas zu tun, was wir nicht können.«

Fiver ließ nicht erkennen, ob er ihn gehört hatte. Er schien ganz in Gedanken verloren. Als er wieder sprach, war es, als ob er zu sich selbst spräche. »Es ist ein dicker Nebel zwischen den Hügeln und uns. Ich kann nicht hindurchgehen, aber ihn müssen wir durchqueren. Oder in ihn hinein, auf jeden Fall.«

»Ein Nebel?« sagte Hazel. »Was meinst du?«

»Uns steht eine unbekannte Gefahr bevor«, flüsterte Fiver, »und es ist nichts *elil.* Es fühlt sich mehr wie – wie Nebel an. Als würden wir getäuscht und würden uns verirren.«

Es war kein Nebel um sie herum. Die Maiennacht war klar und frisch. Hazel wartete schweigend, und nach einiger Zeit sagte Fiver langsam und ausdruckslos: »Aber wir müssen weiter, bis wir die Hügel erreichen.« Seine Stimme sank, und er schien wie im Schlaf zu sprechen. »Bis wir die Hügel erreichen. Das Kaninchen, das durch die Lücke zurückgeht, wird Schwierigkeiten bekommen. Dieses Laufen – nicht klug. Dieses Laufen – nicht sicher. Laufen – nicht –« Er zitterte heftig, kickte ein- oder zweimal und wurde dann ruhig.

In der Mulde unten schien Bigwig zu Ende zu kommen.

»Und jetzt, ihr Bande maulwurfsschnäuziger, im Dreck herumwühlender, stallmütiger Schafs-Zecken, verschwindet, und zwar dalli! Sonst werde ich –« Er wurde wieder unhörbar.

Hazel sah noch einmal auf die schwache Linie der Hügel. Dann, als Fiver aufschreckte und neben ihm etwas murmelte, stieß er ihn sanft mit einer Vorderpfote und liebkoste seine Schulter.

Fiver fuhr zusammen. »Was habe ich gesagt, Hazel?« fragte er. »Ich fürchte, ich kann mich nicht erinnern. Ich wollte dir sagen –«

»Es macht nichts«, antwortete Hazel. »Wir gehen jetzt hinunter. Es wird Zeit, daß wir sie auf Trab bringen. Wenn du wieder so komische Gefühle hast, halt dich an mich. Ich kümmere mich um dich.«

# 11. Schweres Vorwärtskommen

Dann ritt Sir Beaumains ... den ganzen lieben langen Tag durch Moraste und Felder und große Täler, so viele Male ... stürzte er kopfüber in tiefen Sumpf; denn er kannte den Weg nicht, sondern nahm den vorteilhaftesten Weg in dieser waldreichen Gegend ... Und letztlich geschah es ihm, auf einen hübschen grünenden Weg zu kommen.

Malory *Le Morte d' Arthur*

Als Hazel und Fiver den Grund der Mulde erreichten, wartete Blackberry auf sie. Er hockte auf dem Torf und knabberte ein paar braune Stengel Riedgras.

»Hallo«, sagte Hazel. »Was ist los? Wo sind die anderen?«

»Dort drüben«, antwortete Blackberry. »Es hat einen schrecklichen Streit gegeben. Bigwig sagte Hawkbit und Speedwell, daß er sie in Stücke kratzen würde, wenn sie ihm nicht gehorchten. Und als Hawkbit sagte, er wolle wissen, wer das Oberkaninchen sei, biß Bigwig ihn. Es scheint eine garstige Angelegenheit zu sein. Wer *ist* übrigens Oberkaninchen – du oder Bigwig?«

»Ich weiß es nicht«, antwortete Hazel, »aber Bigwig ist bestimmt der Stärkste. Es war nicht nötig, Hawkbit zu beißen, er hätte sowieso nicht zurückgehen können, selbst wenn er es versucht hätte. Er und seine Freunde hätten es eingesehen, wenn man ihnen erlaubt hätte, darüber zu sprechen. Jetzt hat Bigwig sie auf die Palme gebracht, und sie werden glauben, daß sie weitergehen müssen, weil er sie dazu zwingt. Ich möchte, daß sie weitergehen, weil sie einsehen, daß es der einzige Weg ist. Wir sind zu wenige, als daß Befehle und Beißen nötig wären. Frith im Nebel! Gibt es nicht schon genug Ärger und Gefahr?«

Sie gingen zum anderen Ende der Grube hinüber. Bigwig und Silver sprachen mit Buckthorn unter einem überhängenden Besenginster. In der Nähe taten Pipkin und Dandelion so, als ob sie von einem Gestrüpp fräßen. In einiger Entfernung tat Acorn sich viel zugute, um Hawkbits Kehle zu lecken, während Speedwell zusah.

»Halte still, wenn du kannst, armer alter Junge«, sagte Acorn, der ganz offensichtlich gehört werden wollte. »Laß mich dich nur vom Blut säubern. Ruhig jetzt!« Hawkbit winselte übertrieben und zuckte zurück. Als Hazel herantrat, drehten sich alle Kaninchen ihm zu und starrten ihn erwartungsvoll an.

»Hört zu«, sagte Hazel, »ich weiß, es hat einigen Streit gegeben, aber das beste ist, wir versuchen, ihn zu vergessen. Dies ist kein schöner Ort, aber wir werden ihn bald verlassen.«

»Glaubst du wirklich daran?« fragte Dandelion.

»Wenn ihr mir jetzt folgt«, erwiderte Hazel verzweifelt, »hab' ich euch bei Sonnenaufgang herausgeholt.«

Wenn es mir nicht gelingt, dachte er, werden sie mich höchstwahrscheinlich in Stücke zerreißen – und möge es ihnen wohl bekommen.

Zum zweiten Mal verließ er die Grube, und die anderen folgten. Die anstrengende, erschreckende Reise begann von neuem, nur von Alarmen unterbrochen. Einmal fegte eine weiße Eule geräuschlos über ihre Köpfe hinweg, so tief fliegend, daß Hazel sah, wie ihre dunklen Augen in die seinen blickten. Aber entweder war sie nicht auf der Jagd, oder er war zu groß, um sich mit ihm anzulegen; denn sie verschwand über dem Heidekraut, und obgleich er einige Zeit bewegungslos verharrte, kehrte sie nicht zurück. Einmal stieß Dandelion auf den Geruch eines Wiesels, und alle sammelten sich um ihn, flüsterten und schnupperten über den Boden. Aber der Geruch war alt, und nach einer Weile gingen sie weiter. In diesem tiefen Unterholz behinderten ihr unorganisiertes Vorgehen und ihr ungleicher Bewegungsrhythmus sie noch mehr als im Gehölz. Dauernd wurde Alarm getrommelt, pausiert, erstarrten sie auf der Stelle beim Geräusch einer tatsächlichen oder eingebildeten Bewegung. Es war so dunkel, daß Hazel selten ganz sicher wußte, ob er führte oder ob Bigwig oder Silver vorne waren. Einmal, als er ein unerklärliches Geräusch vor sich hörte, das sofort wieder verschwand, verhielt er lange Zeit still; und als er schließlich vorsichtig weiterging, stieß er auf Silver, der sich hinter einem Büschel von Hahnenkamm aus Angst vor dem Geräusch seiner Annäherung duckte. Alles war Verwirrung, Unwissenheit, mühsames Klettern und Erschöpfung. Während des ganzen Alptraums der nächtlichen Reise schien Pipkin immer neben ihm zu sein. Obgleich alle anderen verschwanden und wieder erschienen, wie Unrat auf einem Tümpel treibt, verließ Pipkin ihn nie; und dessen Bedürfnis nach Ermutigung wurde schließlich Hazels einziger Beistand gegen seine eigene Müdigkeit.

»Nicht mehr weit jetzt, Hlao-roo, nicht mehr weit«, murmelte er immer wieder, bis er merkte, daß es bedeutungslos geworden war, was er sagte, ein bloßer Kehrreim. Er sprach nicht zu Pipkin oder zu sich selbst. Er sprach im Schlaf oder in etwas, das dem sehr ähnlich war.

Endlich sah er das erste Frühdämmern wie das Licht, das man undeutlich am fernen Ende eines bekannten Baues um die Ecke auftauchen sieht; und im selben Augenblick sang eine Goldammer. Hazels Gefühle glichen denen, die einem besiegten General durch den Kopf gehen mochten. Wo genau waren seine Gefährten? Hoffentlich nicht weit weg. Oder doch? Alle? Wohin hatte er sie geführt? Was sollte er jetzt tun? Was, wenn ein Feind in diesem Augenblick auftauchte? Er wußte keine Antworten auf diese Fragen und hatte keine Lebensgeister mehr, um sich zu zwingen, darüber nachzudenken. Pipkin hinter ihm fröstelte in der Feuchtigkeit, und er drehte sich um und rieb sich an ihm; so wie der General, dem nichts mehr zu tun blieb und der sich um das Wohlergehen eines seiner Untergebenen kümmerte, weil der nun einmal gerade da war.

Das Licht wurde stärker, und bald konnte er sehen, daß ein kleiner Weg vor ihm ein offener, bloßer Kiespfad war. Er humpelte aus dem Heidekraut heraus, setzte sich auf die Steine und schüttelte die Nässe aus seinem Fell. Er konnte jetzt ganz deutlich Fivers Hügel sehen, grünlichgrau und anscheinend ganz nahe in der regengeschwängerten Luft. Er konnte sogar die winzigen Punkte des Stechginsters und der verkümmerten Eiben auf den steilen Abhängen ausmachen. Als er sie anstarrte, hörte er eine aufgeregte Stimme weiter unten auf dem Pfad.

»Er hat es geschafft! Hab' ich euch nicht gesagt, er würde es schaffen?«

Hazel wandte den Kopf und sah Blackberry auf dem Pfad. Er war durchnäßt und erschöpft, aber er war es, der sprach. Aus dem Heidekraut hinter ihm kamen Acorn, Speedwell und Buckthorn. Die vier Kaninchen starrten ihn jetzt direkt an. Er überlegte sich, warum. Dann, als sie näher kamen, merkte er, daß sie nicht ihn ansahen, sondern an ihm vorbei auf etwas weiter Entferntes. Er drehte sich um. Der Kiespfad führte abwärts in einen engen Gürtel von

Silberbirken und Ebereschen. Dahinter war eine dünne Hecke und dahinter ein grünes Feld zwischen zwei niedrigen Wäldchen. Sie hatten die andere Seite des Gemeindelandes erreicht.

»O Hazel«, sagte Blackberry, um eine Pfütze im Kies herum zu ihm kommend, »ich war so müde und verwirrt, ich begann tatsächlich zu zweifeln, ob du deines Weges sicher warst. Ich konnte dich in dem Heidekraut hören, wie du sagtest: ›Nicht mehr weit‹, und es ärgerte mich. Ich dachte, du erfändest das Ganze. Ich hätte es besser wissen müssen. *Frithrah,* du bist wahrhaftig ein Oberkaninchen!«

»Gut gemacht, *Hazel-rah!«* sagte Buckthorn. »Gut gemacht!«

Hazel wußte nicht, was er erwidern sollte. Er sah sie schweigend an, und es war Acorn, der als nächster sprach.

»Los, kommt!« sagte er. »Wer wird der erste in diesem Feld sein? Ich kann noch laufen.« Und schon war er fort, wenn auch recht langsam, den Abhang hinunter, doch als Hazel trommelte, er solle anhalten, tat er es sofort.

»Wo sind die anderen?« fragte Hazel. »Dandelion, Bigwig?«

In diesem Augenblick tauchte Dandelion aus dem Heidekraut auf, setzte sich auf den Pfad, sah sich das Feld an. Nach ihm kamen zuerst Hawkbit und dann Fiver. Hazel beobachtete Fiver, wie er den Anblick des Feldes in sich aufnahm, als Buckthorn seine Aufmerksamkeit wieder auf den Fuß des Abhanges lenkte.

»Sieh, Hazel-rah«, sagte er. »Silver und Bigwig sind da unten. Sie warten auf uns.«

Silvers graues Fell hob sich deutlich gegen ein Gezweig von Stechginster ab, aber Hazel konnte Bigwig nicht sehen, bis der sich aufsetzte und zu ihnen rannte.

»Sind alle hier, Hazel?« fragte er.

»Natürlich«, antwortete Blackberry. »Ich sage dir, er ist in meinen Augen ein Oberkaninchen. Hazel-rah, sollen wir –«

»Hazel-*rah*?« unterbrach Bigwig. »*Oberkaninchen?* Frith in einem Wespennest! Der Tag, an dem ich dich Oberkaninchen nenne, Hazel, wird *der* Tag sein, so wahr mir Frith helfe! An jenem Tag werde ich aufhören zu kämpfen.«

Es sollte sich in der Tat als ein bedeutungsvoller Tag erweisen – und eine bedeutungsvolle Rede obendrein; aber das lag in einer Zukunft, die keiner voraussehen konnte, und im Augenblick konnte der arme Hazel nichts anderes tun, als mit dem enttäuschten Gefühl beiseite zu treten, daß sein Anteil an der Durchquerung des Heidekrauts nicht wirklich sehr bedeutend gewesen war.

»Komm denn, Acorn«, sagte er. »Du willst laufen – ich laufe mit dir.«

Etwas später waren sie unter den Silberbirken, und als die Sonne aufging, rote und grüne Funken aus den Tropfen auf Farnen und Zweigen schlagend, kletterten sie durch die Hecke, über einen niedrigen Graben und in das dichte Gras der Wiese.

# 12. Der Fremde im Feld

Trotzdem können selbst in einem überfüllten Gehege Besucher in Form von jungen Kaninchen, die begehrenswertes trockenes Quartier suchen, geduldet werden ... und wenn sie mächtig genug sind, können sie einen Platz erlangen und ihn halten.

R. M. Lockley *The Private Life of the Rabbit*

Ans Ende der Zeit voll Unruhe und Angst gelangen! Die Wolke, die über einem hing, sich heben und sich zerstreuen sehen – die Wolke, die das Herz unempfindlich und das Glück zu nicht mehr als einer Erinnerung machte! Dies ist zum mindesten eine Freude, die beinahe jedes lebende Geschöpf erfahren haben muß.

Da ist ein Knabe, der seine Bestrafung erwartete. Aber dann, unverhofft, findet er, daß sein Vergehen übersehen oder vergeben worden ist, und sofort erscheint die Welt wieder in leuchtenden Farben, voll köstlicher Aussichten. Hier ist ein Soldat, der schweren Herzens erwartete, in der Schlacht zu leiden und zu sterben. Aber plötzlich hat das Glück sich gewendet. Es gibt neue Nachrichten. Der Krieg ist vorbei, und alle brechen in Gesang aus. Er wird schließlich doch nach Hause gehen! Die Spatzen auf dem Ackerland ducken sich in Furcht vor dem Turmfalken. Aber er ist fort, und sie fliegen wild durcheinander in die Hecke, tanzen herum, plappern und setzen sich hin, wo sie wollen. Der bitterkalte Winter hatte das ganze Land in seiner Gewalt. Die Hasen in dem grasbewachsenen Hügelland, benommen und erstarrt vor Kälte, fügten sich in ihr Schicksal und sanken immer tiefer in den eisigen Kern von Schnee und Schweigen. Aber jetzt – wer hätte davon geträumt? – tröpfelt der Tau, die große Meise läutet die Glocke vom Gipfel einer kahlen Linde, die Erde duftet, und die Hasen springen und hüpfen im warmen Wind. Hoffnungslosigkeit und Widerstreben sind fortgeweht wie ein Nebel, und die stumme Einsamkeit, in der sie sich verkrochen, ein Ort, so unwirtlich wie ein Riß im Boden, öffnet sich wie eine Rose und erstreckt sich bis zu den Hügeln und zum Himmel.

Die müden Kaninchen fraßen und aalten sich in der sonnigen Wiese, als ob sie nicht von weiter als von der Böschung am Rande des nahe gelegenen niedrigen Gestrüpps gekommen wären. Das Heidekraut und die Stockdunkelheit waren vergessen, als ob der Sonnenaufgang sie zerschmolzen hätte. Bigwig und Hawkbit jagten sich gegenseitig durch das hohe Gras. Speedwell sprang über den kleinen Bach, der in der Mitte des Feldes rann, und als Acorn versuchte, ihm zu folgen, und abrutschte, neckte Silver ihn, während er sich herausrappelte, und rollte ihn in einem Haufen toten Eichenlaubs, bis er wieder trocken war. Als die Sonne höher stieg, die Schatten verkürzte und den Tau vom Gras zog, wanderten die meisten Kaninchen zu dem sonnengesprenkelten Schatten unter dem Wiesenkerbel am Rande des Grabens. Hier saßen Hazel und Fiver mit Dandelion unter einem blühenden wilden Kirschbaum. Die weißen Blütenblätter wirbelten auf sie herunter, bedeckten das Gras und tupften ihr Fell, während zehn Meter über ihnen eine Drossel sang: »Kirsch-Tau, Kirsch-Tau. Knietief, knietief, knietief.«

»Nun, das ist der richtige Ort, nicht wahr, Hazel?« sagte Dandelion träge. »Ich glaube, wir sollten uns bald die Böschungen ansehen, obgleich ich sagen muß, ich habe es nicht besonders eilig. Aber mir kommt es so vor, als ob es bald regnen wird.«

Fiver sah aus, als wollte er etwas sagen, schüttelte dann aber seine Ohren und ging daran, einen Löwenzahn zu beknabbern.

»Das sieht wie eine gute Böschung aus, am Baumrand dort oben«, antwortete Hazel. »Was hältst du davon, Fiver? Sollen wir hinaufgehen, oder sollen wir noch ein bißchen warten?«

Fiver zögerte und erwiderte dann: »Ganz wie du meinst, Hazel.«

»Nun, es gibt doch keinen ernsthaften Grund, einen Schutzbau zu graben, nicht wahr?« sagte Bigwig. »Das ist etwas für die Weibchen, aber nicht für uns.«

»Wir sollten trotzdem ein oder zwei Kratzer machen, meinst du nicht auch?« fragte Hazel. »Etwas, das uns im Notfall Schutz gibt. Laßt uns zu dem Unterholz hinlaufen und Umschau halten. Wir können uns Zeit lassen und uns genau vergewissern, wo wir den Unterschlupf haben wollen. Wir wollen die Arbeit nicht zweimal machen.«

»Jawohl, das ist das richtige«, sagte Bigwig. »Und während du das tust, werde ich mit Silver und Buckthorn die Felder dahinter in Augenschein nehmen, um die Sachlage zu beurteilen und sicherzugehen, daß uns nichts Gefährliches droht.«

Die drei Erforscher preschten neben dem Bach los, während Hazel die anderen Kaninchen querfeldein und hinauf zum Rand der Waldung führte. Sie wanderten langsam am Fuße der Böschung entlang, drängten sich durch die Haufen roter Lichtnelken und ausgefranster Büschel. Von Zeit zu Zeit begann einer von ihnen in der kiesigen Böschung zu kratzen oder sich zwischen die Bäume und Nußbüsche zu wagen, um in dem Blätterkompost zu scharren. Nachdem sie suchend einige Zeit ruhig weitergegangen waren, erreichten sie eine Stelle, von der aus sie sehen konnten, daß das Feld unter ihnen sich verbreiterte. Sowohl auf ihrer eigenen als auch auf der gegenüberliegenden Seite wölbten sich die Ränder des Waldes nach außen, von dem Bach weg. Sie bemerkten auch die Dächer einer Farm, die aber in einiger Entfernung lag. Hazel blieb stehen, und sie sammelten sich um ihn.

»Ich glaube nicht, daß es viel ausmacht, wo wir mit der Kratzerei anfangen«, sagte er. »Es ist alles in Ordnung, soweit ich sehen kann. Nicht die geringsten Anzeichen von *elil* – kein Geruch oder Spuren oder Mist. Das ist ungewöhnlich, aber es kann sein, daß das heimatliche Gehege mehr *elil* anzog als andere Stellen. Auf jeden Fall scheinen wir es hier gut getroffen zu haben. Jetzt werde ich euch sagen, was ich für das richtige halte. Gehen wir eine kleine Strecke zurück, zwischen das Gehölz, und kratzen wir neben der Eiche da – neben dem weißen Fleck von Jungferngras. Ich weiß, die Farm ist noch weit entfernt, aber es hat keinen Zweck, ihr näher zu sein als nötig. Und wenn wir dem Gehölz gegenüber ziemlich nahe sind, werden die Bäume im Winter das Ihre dazu tun, den Wind ein bißchen zu brechen.«

»Großartig«, sagte Blackberry. »Es bewölkt sich, siehst du? Regen vor Sonnenuntergang, und wir werden ein Obdach haben. Nun, fangen wir an. O schaut! Dort unten kommt Bigwig zurück, und die anderen beiden sind bei ihm.«

Die drei Kaninchen kehrten von der Böschung des Baches zurück und hatten Hazel und die anderen noch nicht gesehen. Sie liefen unter ihnen vorbei in den schmaleren Teil des Feldes zwischen den beiden niederen Wäldchen, und erst als Acorn halbwegs den Abhang hinuntergeschickt worden war, um ihre Aufmerksamkeit zu erregen, drehten sie sich um und kamen zum Graben herauf.

»Ich glaube nicht, daß uns hier viel belästigen wird, Hazel«, sagte Bigwig. »Die Farm ist eine ganze Strecke entfernt, und die Felder dazwischen zeigen überhaupt keine Merkmale von *elil.* Es ist ein Menschenpfad da – tatsächlich sind verschiedene da, und sie sehen aus, als würden sie ziemlich viel benutzt. Der Geruch ist frisch, und es sind die Enden dieser kleinen weißen Stäbchen da, die sie in ihren Mündern verbrennen. Aber das ist ein Vorteil, schätze ich. Wir halten uns den Menschen fern, und die Menschen verscheuchen die *elil.*«

»Warum kommen wohl die Menschen?« fragte Fiver.

»Wer weiß schon, warum die Menschen irgend etwas tun? Vielleicht treiben sie Kühe oder Schafe auf die Wiesen oder fällen Holz in den niedrigen Wäldchen. Was spielt das für eine Rolle? Ich gehe lieber einem Menschen aus dem Weg als einem Wiesel oder einem Fuchs.«

»Nun, das ist großartig«, sagte Hazel. »Du hast eine Menge herausgefunden, Bigwig, und alles zu unserem Nutzen. Wir waren gerade dabei, ein bißchen entlang der Böschung zu scharren. Fangen wir lieber an. Es wird bald losregnen, wenn ich mich nicht sehr irre.«

Rammler allein graben selten ernstlich. Es ist die natürliche Arbeit eines Weibchens, ein Heim für ihre Jungen zu schaffen, ehe sie geboren sind, und dann hilft der Bock ihr. Trotzdem scharren einzelne Rammler – wenn sie keine bereits vorhandenen Löcher finden, die sie benutzen können – manchmal kurze Tunnel als Schutz, obgleich es keine Arbeit ist, die sie ernstlich anpacken. Während des Morgens ging das Graben fröhlich und mit Unterbrechungen vor sich. Die Böschung rund um die Eiche war kahl und bestand aus leichtem, grobem Sand. Es gab verschiedene Fehlversuche und Neuanfänge, aber bis *ni-Frith* hatten sie drei halbwegs anständige Ausgrabungen. Hazel beobachtete, half da und dort aus und ermutigte die anderen. Immer wieder schlüpfte er zurück, um über das Feld zu blikken und sicherzugehen, daß alles in Ordnung war. Nur Fiver blieb für sich. Er nahm nicht an der Arbeit teil, sondern hockte am Rande des Grabens, zappelte unruhig hin und her, knabberte manchmal, und dann richtete er sich plötzlich auf, als könnte er ein Geräusch im Gehölz hören. Nachdem er ihn ein paarmal angeredet und keine Antwort erhalten hatte, hielt Hazel es für das beste, ihn in Ruhe zu lassen. Als er das nächste Mal die Graberei unterbrach, hielt er sich von Fiver fern und musterte die Böschung, als ob er gänzlich an der Arbeit interessiert wäre.

Eine kleine Weile nach *ni-Frith* bedeckte sich der Himmel mit dichten Wolken. Das Licht wurde trübe, und sie konnten Regen riechen, der aus dem Westen kam. Die Meise, die auf einem Brombeerstrauch geschaukelt und gesungen hatte: »Hei-ho, geh und hol noch ein bißchen Moos«, brach ihre Akrobatik ab und flog ins Gehölz. Hazel überlegte sich gerade, ob es sich lohnte, einen Seitendurchgang zu graben, um Bigwigs Loch mit dem Dandelions zu verbinden, als er ganz aus der Nähe ein warnendes Trommeln spürte. Er drehte sich schnell um. Es war Fiver, der getrommelt hatte, und er starrte jetzt gespannt über das Feld.

Neben einem Grasbüschel, etwas außerhalb des gegenüberliegenden Wäldchens, saß ein Kaninchen und starrte sie an. Seine Ohren waren aufgestellt, und es widmete ihnen offensichtlich seine volle Aufmerksamkeit. Hazel erhob sich auf seine Hinterläufe, blieb so einen Augenblick und setzte sich dann in voller Sicht auf seine Keulen. Das andere Kaninchen rührte sich nicht. Hazel, der es keine Sekunde aus den Augen ließ, hörte drei oder vier der anderen hinter sich herankommen. Nach einem Augenblick sagte er:

»Blackberry?«

»Er ist unten im Loch«, erwiderte Pipkin.

»Geh, hol ihn.«

Das fremde Kaninchen machte immer noch keine Bewegung. Wind kam auf, und das hohe Gras in der Senke zwischen ihnen begann sich unruhig zu bewegen und sich zu kräuseln. Von hinten sagte Blackberry:

»Du hast nach mir geschickt, Hazel?«

»Ich gehe hinüber, um mit diesem Kaninchen zu sprechen«, sagte Hazel. »Ich möchte, daß du mitkommst.«

»Darf ich mitkommen?« fragte Pipkin.

»Nein, Hlao-roo. Wir wollen es nicht erschrecken. Drei sind zuviel.«

»Seid vorsichtig«, sagte Buckthorn, als Hazel und Blackberry sich den Abhang hinunter auf den Weg machten. »Es ist vielleicht nicht das einzige.«

An verschiedenen Stellen war der Bach schmal – nicht viel breiter als ein Kaninchenlauf. Sie sprangen hinüber und erklommen den anderen Hang.

»Benimm dich so, als ob wir hier zu Hause wären«, sagte Hazel. »Ich sehe nicht, inwiefern es eine Falle sein kann, und im übrigen können wir immer noch davonlaufen.«

Als sie sich näherten, verhielt sich das andere Kaninchen still und beobachtete sie angestrengt. Sie konnten jetzt sehen, daß es ein großer Bursche war, geschmeidig und gut aussehend. Sein Fell glänzte, und seine Klauen und Zähne waren in perfekter Verfassung. Nichtsdestoweniger schien es nicht aggressiv zu sein. Im Gegenteil, es war eine seltsame, ziemlich unnatürliche Güte in seiner Art, auf ihr Näherkommen zu warten. Sie blieben stehen und sahen ihn aus einiger Entfernung an.

»Ich glaube nicht, daß er gefährlich ist«, flüsterte Blackberry. »Ich gehe zuerst zu ihm hin, wenn du willst.«

»Wir werden beide gehen«, erwiderte Hazel. Aber in diesem Augenblick kam das andere Kaninchen aus eigenem Antrieb zu ihnen und berührte Hazel mit der Nase; sie schnüffelten und erforschten sich schweigend. Der Fremde hatte einen ungewöhnlichen Geruch, der aber durchaus nicht unangenehm war. Er vermittelte Hazel den Eindruck von gutem Fressen, von Gesundheit und einer gewissen Lässigkeit, als ob der andere aus einem reichen, glücklichen Land käme, wo er selbst nie gewesen war. Er hatte das Wesen eines Aristokraten, und als er sich umwandte, um Blackberry aus seinen großen braunen Augen anzublicken, fühlte Hazel sich als zerlumpter Wanderer, als Führer einer Bande von Vagabunden. Er hatte nicht beabsichtigt, zuerst zu sprechen, aber etwas in dem Schweigen des anderen zwang ihn dazu.

»Wir sind über das Heidekraut gekommen«, sagte er.

Das andere Kaninchen erwiderte nichts, aber sein Blick war nicht feindselig. Seine Haltung drückte eine Art von Melancholie aus, die bestürzend war.

»Lebst du hier?« fragte Hazel nach einer Pause.

»Ja«, erwiderte das andere Kaninchen und fügte dann hinzu: »Wir haben euch kommen sehen.«

»Wir beabsichtigen, auch hier zu leben«, sagte Hazel bestimmt.

Das andere Kaninchen zeigte keinerlei Beunruhigung. Es zögerte und antwortete dann: »Warum nicht? Wir haben das erwartet. Aber ich glaube nicht, daß ihr genug seid, um, auf euch selbst gestellt, sehr angenehm zu leben.«

Hazel geriet durcheinander. Offensichtlich war der

Fremde durch die Nachricht, daß sie zu bleiben beabsichtigten, nicht bekümmert. Wie groß war sein Gehege? Wo war es? Wie viele Kaninchen waren im Unterholz verborgen und beobachteten sie jetzt? Hatten sie die Absicht anzugreifen? Das Verhalten des Fremden verriet nichts. Er schien uninteressiert, beinahe gelangweilt, aber durchaus freundlich. Seine Mattigkeit, sein großer Wuchs und seine schöne, gepflegte Erscheinung, seine ruhige Art, die ausdrückte, alles zu haben, was er wollte, und in keiner Weise durch die Neuankömmlinge beeindruckt zu sein – all dies gab Hazel ein Problem auf, das mit nichts zu vergleichen war, womit er sich zuvor herumzuschlagen hatte. Falls eine List dahintersteckte, hatte er keine Ahnung, welcher Art sie sein mochte. Er beschloß, auf jeden Fall selbst vollkommen offen und ehrlich zu sein.

»Wir sind genug, um uns zu schützen«, sagte er. »Wir wollen uns keine Feinde machen, aber wenn uns irgend jemand dazwischentritt –«

Der andere unterbrach ihn ruhig. »Reg dich nicht auf – ihr seid alle höchst willkommen. Wenn du jetzt zurückgehst, werde ich dich begleiten; das heißt, wenn du nichts dagegen hast.«

Er setzte sich den Abhang hinunter in Bewegung. Hazel und Blackberry, die einen kurzen Blick gewechselt hatten, holten ihn ein und gingen neben ihm her. Er bewegte sich leicht, ohne Eile und zeigte weniger Vorsicht beim Überqueren des Feldes als sie. Hazel war verwirrter denn je. Der andere hatte offenbar keine Furcht, daß sie sich auf ihn stürzen würden, *hrair* gegen einen, um ihn zu töten. Er war bereit, allein unter eine Menge verdächtiger Fremder zu gehen, aber was er sich von diesem Risiko erhoffte, war unmöglich zu erraten. Vielleicht, dachte Hazel vage, würden Zähne und Klauen keinen Eindruck auf diesen großen kräftigen Körper und das schimmernde Fell machen.

Als sie den Graben erreichten, hockten alle anderen Kaninchen zusammen und beobachteten ihr Nahen. Hazel blieb vor ihnen stehen, wußte aber nicht, was er sagen sollte. Wenn der Fremde nicht dagewesen wäre, hätte er ihnen einen Bericht erstattet. Wenn Blackberry und er den Fremden mit Gewalt über das Feld getrieben hätten, hätte er ihn zur Sicherheitsverwahrung an Bigwig oder Silver übergeben können. Aber ihn neben sich sitzen zu sehen, wie er sein Gefolge schweigsam betrachtete und höflich darauf wartete, daß jemand zuerst spräche – das war eine Situation, die jenseits von Hazels Erfahrung lag. Es war Bigwig, geradeheraus und grob wie immer, der die Spannung brach: »Wer ist das, Hazel?« fragte er. »Warum ist er mit dir zurückgekommen?«

»Ich weiß es nicht«, antwortete Hazel, der versuchte, offen auszusehen, sich jedoch albern vorkam. »Er kam von sich aus.«

»Nun, dann fragen wir am besten ihn selbst«, sagte Bigwig mit einem Anflug von Spott. Er trat dicht an den Fremden heran und schnupperte, wie Hazel es getan hatte. Auch er war offensichtlich von dem besonderen Ruch von Prosperität berührt; denn er zögerte, als wäre er unsicher geworden. Dann sagte er in einem rauhen, schroffen Ton: »Wer bist du, und was willst du?«

»Mein Name ist Cowslip«, sagte der andere. »Ich möchte nichts. Wie ich höre, habt ihr einen langen Weg gehabt.«

»Mag sein«, sagte Bigwig. »Wir wissen aber auch, wie wir uns zu verteidigen haben.«

»Davon bin ich überzeugt«, sagte Cowslip und blickte sich unter den beschmutzten, heruntergekommenen Kaninchen um, als sei er zu höflich, einen Kommentar abzugeben. »Aber es kann schwer sein, sich gegen das Wetter zu verteidigen. Es wird Regen geben, und ich glaube nicht, daß eure Buddelei schon beendet ist.« Er sah Bigwig an, als erwartete er eine weitere Frage von ihm. Bigwig schien bestürzt. Offensichtlich konnte er sich ebensowenig einen Reim von der Lage machen wie Hazel. Bis auf das Geräusch des aufkommenden Windes herrschte Stille. Über ihnen begannen die Äste der Eiche zu knarren und zu schwanken. Plötzlich trat Fiver vor.

»Wir verstehen dich nicht«, sagte er. »Es ist besser, das ganz offen zu sagen und zu versuchen, es zu klären. Können wir euch trauen? Sind hier noch viele andere Kaninchen? Dies sind die Dinge, die wir wissen wollen.«

Cowslip zeigte nicht mehr Beunruhigung über Fivers nervöse Spannung als über alles Vorhergegangene. Er fuhr mit einer Vorderpfote über die Rückseite eines seiner Ohren und erwiderte:

»Ich glaube, ihr kompliziert die Sache unnötig. Wenn du aber die Antworten auf deine Fragen haben willst, so sage ich: Ja, ihr könnt uns vertrauen, wir wollen euch nicht vertreiben. Und es ist ein Wildgehege hier, aber wir sind nicht so zahlreich, wie wir es gern sein würden. Warum sollten wir euch schaden wollen? Hier wächst doch genug Gras, nicht wahr?«

Trotz seines eigenartigen, dunklen Verhaltens sprach er so vernünftig, daß Hazel sich ziemlich schämte.

»Wir haben viele Gefahren überstanden«, sagte er. »Alles Neue kommt uns deshalb wie eine Gefahr vor. Schließlich könntet ihr befürchten, wir kämen, um eure Weibchen zu nehmen und euch aus euren Löchern zu vertreiben.«

Cowslip hörte ernst zu. Dann entgegnete er:

»Nun, was die Löcher anlangt, so wäre das etwas, was

ich besser erwähne. Diese Kratzer sind nicht sehr tief oder behaglich, nicht wahr? Und obgleich sie jetzt nicht in Windrichtung liegen, müßt ihr wissen, daß dies nicht der übliche Wind ist, den wir hier haben. Er weht diesen Regen von Süden herauf. Wir haben aber gewöhnlich Westwind, und der bläst direkt in diese Löcher. Es gibt genug leere Baue in unserem Gehege, und wenn ihr herüberkommen wollt, seid ihr willkommen. Und nun entschuldigt mich bitte, ich möchte nicht länger bleiben. Ich hasse den Regen. Das Gehege liegt hinter der Ecke des gegenüberliegenden Gehölzes.«

Er rannte den Abhang hinunter und über den Bach. Sie sahen ihn über die Böschung springen und durch das grüne Farnkraut verschwinden. Die ersten Regentropfen begannen zu fallen, prasselten auf die Eichenblätter und prickelten auf der nackten, rosafarbenen Haut ihres Ohrinneren.

»Feiner großer Bursche, nicht wahr?« sagte Buckthorn. »Er sieht nicht aus, als müßte er sich viel Sorgen um sein Leben hier machen.«

»Was sollten wir tun, Hazel, was meinst du?« fragte Silver. »Es stimmt, was er sagte, nicht wahr? Diese Kratzer – nun ja, wir können in ihnen hocken, um uns vor dem Wetter zu schützen, aber mehr auch nicht. Und da wir nicht alle in einen hineinpassen, werden wir uns verteilen müssen.«

»Wir werden sie miteinander verbinden«, sagte Hazel, »und während wir das tun, möchte ich gerne über das, was er gesagt hat, reden. Fiver, Bigwig und Blackberry, könnt ihr mitkommen? Ihr anderen verteilt euch, wie ihr wollt.«

Das neue Loch war kurz, schmal und uneben. Es bot nicht genügend Platz, daß zwei Kaninchen aneinander vorbeigehen konnten. Vier waren wie Bohnen in einer Hülse, Zum ersten Mal wurde es Hazel klar, wieviel sie aufgegeben hatten. Die Löcher und Tunnel eines alten Geheges werden durch den Gebrauch glatt, beruhigend und bequem. Es gibt keine unerwarteten Hindernisse oder scharfe Winkel. Jedes Fleckchen riecht nach Kaninchen – nach dieser großen, unzerstörbaren Flut von Kaninchentum, in der jeder mitgeschwemmt wird, sicheren Fußes und heil. Die schwere Arbeit ist von zahllosen Urgroßmüttern und ihren Männchen getan worden. Alle Fehler sind ausgemerzt worden, und alles, was benutzt wird, hat seinen erwiesenen Wert. Der Regen läuft leicht ab, und selbst der heftigste Winterwind kann nicht in die tiefergelegenen Baue dringen. Nicht eines von Hazels Kaninchen hatte je ernstlich gegraben. Die Arbeit, die sie an jenem Morgen geleistet hatten, war unbedeutend, und alles, was sie vorzuweisen hatten, waren ein vorläufiger Schutz und wenig Behaglichkeit.

Es geht nichts über schlechtes Wetter, um die Unzulänglichkeiten einer Behausung, besonders wenn sie zu klein ist, aufzudecken. Man ist, wie man so sagt, auf Gedeih und Verderb an sie gebunden und hat Muße genug, all ihre besonderen Ärgernisse und Unbequemlichkeiten zu empfinden. Bigwig, wie üblich flink und energisch, machte sich an die Arbeit. Hazel hingegen ging zurück, setzte sich nachdenklich an den Rand des Loches und blickte auf die stillen, wellenförmigen Regenschleier hinaus, die durch das kleine Tal zwischen den beiden Wäldchen trieben. Direkt vor seiner Nase war jeder Grashalm, jeder Farnwedel gebeugt, triefend und glitzernd. Der Geruch nach den letztjährigen Eichenblättern erfüllte die Luft. Es war kühl geworden. Jenseits der Wiese hing die Blüte des Kirschbaumes, unter dem sie am Morgen gesessen hatten, durchgeweicht und vernichtet herunter. Während Hazel all dies in sich aufnahm, drehte der Wind langsam nach Westen, wie Cowslip vorausgesagt hatte, und trieb den Regen direkt in die Öffnung des Loches. Er duckte sich und kehrte wieder zu den anderen zurück. Das Klatschen und Flüstern des Regens draußen erklang leise, aber deutlich. Die Felder und Gehölze waren in ihn eingehüllt, leer und besiegt. Das Insektenleben auf den Blättern und im Gras war verstummt. Die Drossel hätte singen sollen, aber Hazel konnte keine Drossel hören. Er und seine Gefährten waren eine dreckige Handvoll von Kratzern, die sich in einem einsamen Land in eine enge, zugige Höhle kauerten. Sie waren nicht vor dem Unwetter geschützt. Sie warteten voller Unbehagen, daß das Wetter sich änderte.

»Blackberry«, sagte Hazel, »wie gefiel dir unser Gast, und was hieltest du davon, in sein Gehege zu gehen?«

»Nun«, erwiderte Blackberry, »was ich denke, ist folgendes: Es gibt keine Möglichkeit, herauszufinden, ob man ihm vertrauen kann, außer durch einen Versuch. Er schien freundlich gesinnt. Aber wenn andererseits eine Menge Kaninchen vor einigen Neuankömmlingen Angst hätte und sie täuschen wollte – sie in ein Loch hinunterlocken und dann angreifen –, würden sie zunächst jemanden schicken, der glaubhaft wäre. Vielleicht wollen sie uns töten. Andererseits gibt es, wie er sagte, genug Gras hier, und was das Hinauswerfen oder das Rauben ihrer Weibchen anlangt, so haben sie, wenn sie alle seine Körpergröße und sein Gewicht haben, nichts von einem Haufen wie dem unsern zu befürchten. Sie müssen uns haben kommen sehen. Wir waren müde. Und das wäre doch sicher die beste Gelegenheit gewesen, uns anzugreifen. Oder während wir getrennt waren, ehe wir anfingen zu graben. Aber nichts dergleichen. Ich schätze, es ist wahrscheinlicher, daß sie freundlich gesinnt sind, als das Gegenteil. Nur eines begreife ich nicht: Was versprechen sie sich davon, wenn sie uns bitten, sich ihrem Gehege anzuschließen?«

»Narren ziehen *elil* an, indem sie eine leichte Beute

sind«, sagte Bigwig, der seinen Backenbart von Schmutz reinigte und durch seine langen Vorderzähne blies. »Und *wir sind* Narren, bis wir gelernt haben, hier zu leben. Vielleicht ist es sicherer, uns anzulernen. Ich weiß nicht – soll man's aufgeben? Aber ich fürchte mich nicht, das herauszubekommen. Und wenn die wirklich einige Schliche versuchen, werden sie sehr bald herausfinden, daß ich auch einige kenne. Ich hätte nichts dagegen, mein Glück zu probieren und irgendwo bequemer zu schlafen als hier. Wir haben seit gestern nachmittag nicht geschlafen.«

»Fiver?«

»Ich bin der Meinung, wir sollten mit diesem Kaninchen oder seinem Gehege nichts zu tun haben. Wir sollten diesen Ort sofort verlassen. Aber was hat es für einen Sinn, etwas zu sagen?«

Hazel, kalt und feucht, empfand Ungeduld. Er war immer gewohnt gewesen, sich auf Fiver zu verlassen, und jetzt, da er ihn wirklich brauchte, ließ er sie im Stich. Blackberrys Argumentation war erstklassig gewesen, und Bigwig hatte zumindest dargelegt, worauf sich ein vernünftiges Kaninchen wahrscheinlich stützen würde. Augenscheinlich war der einzige Beitrag Fivers sein einem Käfergeist entsprungenes Hirngespinst. Er rief sich ins Gedächtnis zurück, daß Fiver kleinwüchsig war und daß sie Aufregungen hinter sich hatten und alle müde waren. In diesem Augenblick begann die Erde am anderen Ende des Baus nach innen zu bröckeln; dann brach sie auseinander, und Silvers Kopf und Vorderpfoten erschienen.

»Hier sind wir«, sagte Silver fröhlich. »Wir haben getan, was du wolltest, Hazel, und Buckthorn ist nebenan durch. Was ich aber gerne wissen möchte: Was ist mit Wie-heißt-er-gleich? Cowpat, nein – Cowslip? Gehen wir in sein Gehege oder nicht? Wir werden uns doch nicht etwa hier verkriechen, weil wir Angst haben, ihn aufzusuchen. Was wird er von uns denken?«

»Ich werde es euch sagen«, rief Dandelion über die Schulter. »Wenn er nicht ehrlich ist, wird er wissen, daß wir Angst haben zu kommen; und wenn er ehrlich ist, wird er denken, wir seien mißtrauische, feige Drückeberger. Wenn wir in dieser Gegend leben wollen, müssen wir uns mit seinen Leuten früher oder später arrangieren, und es geht einem gegen den Strich, herumzulungern und zuzugeben, wir wagten es nicht, sie zu besuchen.«

»Ich weiß nicht, wie viele sie sind«, sagte Silver, »aber wir sind eine ganze Menge. Jedenfalls ist mir der Gedanke unsympathisch, uns einfach fernzuhalten. Seit wann sind Kaninchen *elil?* Der alte Cowslip hat keine Angst gehabt, mitten unter uns zu treten, nicht wahr?«

»Ausgezeichnet«, sagte Hazel. »So denke ich auch. Ich wollte bloß wissen, ob ihr derselben Meinung seid. Sollen Bigwig und ich zuerst allein da hinübergehen und dann Bericht erstatten?«

»Nein«, sagte Silver. »Gehen wir alle. Wenn wir überhaupt gehen, dann um Friths willen so, als hätten wir keine Angst. Was sagst du dazu, Dandelion?«

»Ich denke, du hast recht.«

»Dann werden wir jetzt aufbrechen«, sagte Hazel. »Holt die anderen, und folgt mir.«

Draußen, in dem sich trübenden Licht des späten Nachmittags – der Regen lief ihm in die Augen und unter seine Blume –, beobachtete er sie, als sie sich ihm anschlossen. Blackberry, wachsam und intelligent, musterte zuerst den Graben in beiden Richtungen, ehe er ihn überquerte. Bigwig, quietschvergnügt bei der Aussicht auf Aktion. Der stetige, verläßliche Silver. Dandelion, der blendende Geschichtenerzähler, so begierig fortzukommen, daß er den Graben übersprang und ein kleines Stück in das Feld rannte, ehe er stehenblieb und auf die anderen wartete. Buckthorn, vielleicht der vernünftigste und anhänglichste von ihnen allen. Pipkin, der sich nach Hazel umsah und dann herüberkam, um neben ihm zu warten. Acorn, Hawkbit und Speedwell, anständige Männer aus dem Mannschaftsstand, solange sie nicht überfordert wurden. Zuletzt kam Fiver, niedergeschlagen und widerstrebend, wie ein Sperling im Frost. Als Hazel sich von dem Loch abwandte, teilten sich die Wolken im Westen leicht, und plötzlich brach der Glanz regenfeuchten, fahlgoldenen Lichtes durch.

O El-ahrairah! dachte Hazel. Es sind Kaninchen, zu denen wir stoßen werden. Du kennst sie ebensogut wie uns. Laß es das Richtige sein, was ich tue.

»Jetzt schwing dich auf, Fiver!« sagte er laut. »Wir warten auf dich und werden jeden Augenblick nasser.«

Eine tropfnasse Hummel kroch über eine Distelblüte, zitterte ein paar Sekunden mit ihren Flügeln und flog dann fort über das Feld. Hazel folgte und ließ über dem silberhellen Gras eine dunkle Spur hinter sich zurück.

# 13. Gastfreundschaft

Am Nachmittag kamen sie in ein Land,
In dem immer Nachmittag zu sein schien.
Die Küste entlang schien die träge Luft zu schwinden,
Atmend wie einer, der einen bösen Traum hat.

Tennyson *The Lotus-Eaters*

Die Ecke des gegenüberliegenden Gehölzes erwies sich als eine klare Spitze, um die der Graben und die Bäume in einem Bogen herumliefen, so daß das Feld eine Bucht mit einer umlaufenden Böschung bildete. Es war jetzt klar, warum sich Cowslip, als er sie verließ, zwischen die Bäume begeben hatte. Er war einfach in direkter Linie von ihren Löchern zu seinen eigenen gelaufen und dabei unterwegs durch den schmalen Streifen Waldland gekommen, der dazwischen lag. Tatsächlich konnte Hazel, als er um die Spitze kam und stoppte, um sich umzusehen, die Stelle erkennen, wo Cowslip herausgekommen sein mußte. Eine klare Kaninchenspur führte aus dem Farnkraut heraus, unter den Zaun und ins Feld. In der Böschung auf der anderen Seite der Bucht waren die Kaninchenlöcher genau zu sehen; sie zeichneten sich dunkel und deutlich auf dem bloßen Boden ab. Es war ein so auffälliges Gehege, wie man es sich nur vorstellen konnte.

»Um Himmels willen!« sagte Bigwig. »Jedes lebende Geschöpf im Umkreis von Meilen muß wissen, daß es da ist!

Schaut euch bloß all die Spuren im Gras an! Glaubst du, die singen am Morgen wie die Drosseln?«

»Vielleicht fühlen sie sich zu sicher, um sich Gedanken zu machen, wie sie sich verbergen könnten«, sagte Blackberry. »Schließlich war unser Heimatgehege auch ziemlich offen zu sehen.«

»Ja, aber nicht so! Zwei *hrududil* könnten in einige dieser Löcher hineinsausen.«

»Ich auch«, sagte Dandelion. »Ich werde schrecklich naß.«

Als sie sich näherten, erschien ein großes Kaninchen über dem Grabenrand, sah sie schnell an und verschwand in der Böschung. Kurz danach kamen zwei andere heraus und warteten auf sie. Auch diese hatten seidiges Fell und waren ungewöhnlich groß.

»Ein Kaninchen namens Cowslip hat uns Schutz hier angeboten«, sagte Hazel. »Vielleicht wißt ihr, daß er uns besucht hat?«

Beide Kaninchen machten gleichzeitig eine seltsame, tanzende Bewegung mit dem Kopf und den Vorderpfoten. Vom Beschnuppern abgesehen, wie Hazel und Cowslip es getan hatten, als sie sich trafen, waren feierliche Gebärden – außer zur Paarungszeit – Hazel und seinen Gefährten unbekannt. Der Sinn war ihnen dunkel, und sie empfanden Unbehagen. Die Tänzer hielten inne und warteten offensichtlich auf eine Bestätigung oder Gegengeste, aber es kam keine.

»Cowslip ist im großen Bau«, sagte einer von ihnen schließlich. »Würdet ihr uns wohl dorthin folgen?«

»Wie viele von uns?« fragte Hazel.

»Natürlich alle«, antwortete der andere überrascht. »Ihr wollt doch nicht im Regen draußen bleiben?«

Hazel hatte angenommen, daß er und einer oder zwei

seiner Kameraden zum Oberkaninchen geführt werden würden – das wahrscheinlich nicht Cowslip wäre, da Cowslip sie unbegleitet besucht hatte –, und danach würde man ihnen verschiedene Plätze zuweisen. Diese Trennung war es, vor der er sich gefürchtet hatte. Jetzt wurde ihm verwundert klar, daß es offensichtlich einen Teil im unterirdischen Gehege gab, der groß genug war, sie alle aufzunehmen. Er war so neugierig, ihn zu besichtigen, daß er sich nicht damit aufhielt, genaue Anordnungen über die Reihenfolge zu treffen, in der sie hinuntergehen sollten. Jedoch stellte er Pipkin direkt hinter sich. »Das wird sein kleines Herz erwärmen«, dachte er, »und wenn die ersten *doch* angegriffen werden, können wir ihn bestimmt leichter entbehren als andere.« Bigwig bat er, die Nachhut zu bilden. »Wenn es Schwierigkeiten gibt, verschwinde«, sagte er, »und nimm so viele wie möglich mit.« Dann folgte er ihren Führern in eines der Löcher in der Böschung.

Der Lauf war breit, glatt und trocken. Es war offenbar eine Hauptstraße, denn von ihr gingen andere Läufe in allen Richtungen ab. Die Kaninchen vor ihm gingen schnell, und Hazel hatte wenig Zeit, herumzuschnuppem, als er ihnen folgte. Plötzlich machte er halt. Er war an einen offenliegenden Ort gekommen. Sein Backenbart konnte keine Erde vor sich fühlen, und in der Nähe seiner Flanken war auch keine. Vor ihm war ziemlich viel Luft – er spürte den Zug – und über seinem Kopf beträchtlicher Raum. Außerdem waren mehrere Kaninchen in seiner Nähe. Es war ihm nicht in den Sinn gekommen, daß es unter der Erde einen Ort geben könnte, der an drei Seiten ungeschützt war. Er trat schnell zurück und fühlte Pipkin an seinem Schwanz. Was für ein Narr war ich! dachte er. Warum habe ich nicht Silver da postiert?

In diesem Augenblick vernahm er Cowslip. Er schreckte

auf; denn er konnte erkennen, daß er ziemlich weit entfernt war. Dieser Ort mußte ungeheuer groß sein.

»Bist du's, Hazel?« fragte Cowslip. »Sei uns willkommen und deine Freunde auch. Wir sind froh, daß ihr gekommen seid.«

Keine menschlichen Wesen, mit Ausnahme der mutigen und erfahrenen Blinden, können an einem fremden Ort, wo sie nichts sehen können, sinnlich viel wahrnehmen, aber bei Kaninchen ist es anders. Sie verbringen das halbe Leben in Dunkelheit oder in annähernder Dunkelheit, und Tastsinn, Geruch und Gehör vermitteln ihnen ebensoviel oder mehr als das Sehvermögen. Hazel hatte jetzt die klarste Kenntnis dessen, wo er war. Er würde den Ort wiedererkennen, auch wenn er auf der Stelle fortginge und erst sechs Monate später wiederkäme. Er befand sich auf der einen Seite des größten Baus, in dem er je gewesen war; sandig, warm und trocken, mit einem festen, kahlen Boden. Mehrere Baumwurzeln durchzogen die Decke, und sie waren es, die die ungewöhnliche Spannweite trugen. Eine große Anzahl von Kaninchen war hier versammelt – viel mehr, als er mitbrachte. Alle hatten denselben kräftigen, üppigen Geruch wie Cowslip.

Cowslip selbst befand sich am anderen Ende der Halle, und Hazel merkte, daß er auf eine Erwiderung von ihm wartete. Seine eigenen Gefährten kamen immer noch unter Scharren und Schlurfen nacheinander aus dem Eingangsbau. Er überlegte sich, ob er sehr förmlich sein sollte. Ob er sich nun Oberkaninchen nennen konnte oder nicht, er hatte keine Erfahrung in solchen Dinge. Der Threarah hätte sich zweifellos der Lage großartig gewachsen gezeigt. Er wollte nicht verlegen erscheinen oder seine Anhänger im Stich lassen. Er kam zu dem Schluß, daß es am besten wäre, offen und freundlich zu sein. Schließlich hätten sie reichlich

Zeit, während sie sich in dem Gehege niederließen, diesen Fremden zu zeigen, daß sie ihnen in nichts nachstanden, statt Ärger zu riskieren, wenn er gleich am Anfang vornehm tat.

»Wir sind froh, daß wir aus dem schlechten Wetter heraus sind«, sagte er. »Wir sind wie alle Kaninchen – am glücklichsten in der Menge. Als du zu uns ins Feld herüberkamst, Cowslip, sagtest du, euer Gehege sei nicht groß, aber nach den Löchern zu schließen, die wir entlang der Böschung sahen, muß es ein vortreffliches großes sein.«

Als er schloß, spürte er, daß Bigwig soeben die Halle betreten hatte, und wußte, daß sie alle wieder beisammen waren. Die fremden Kaninchen schienen durch seine kleine Rede leicht verstimmt, und er merkte, daß er aus irgendeinem Grunde nicht den richtigen Ton angeschlagen hatte, als er sie zu ihrer großen Zahl beglückwünschte. Vielleicht waren es doch nicht so sehr viele? Hatte eine Krankheit gewütet? Aber weder roch es danach, noch gab es sonstige Anzeichen. Sie waren die größten und gesündesten Kaninchen, die er je kennengelernt hatte. Vielleicht hatten ihre nervöse Unruhe und ihr Schweigen mit dem nichts zu tun, was er gesagt hatte? Vielleicht hatte er einfach nicht gut gesprochen, weil er keine Übung darin hatte, und sie glaubten, daß er sich ihren feinen Bräuchen nicht anpassen könne. Schadet nichts, dachte er. Nach gestern abend bin ich mir meines eigenen Haufens sicher. Wir wären nicht hier, wenn wir schwierigen Situationen nicht gewachsen wären. Diese anderen Burschen werden uns eben kennenlernen müssen. Auf jeden Fall scheinen sie keine Abneigung gegen uns zu empfinden.

Es wurden keine Reden mehr gehalten. Kaninchen haben ihre eigenen Konventionen und Förmlichkeiten, wenn auch nur wenige und kurze, nach menschlichen Normen. Wenn

Hazel ein menschliches Wesen gewesen wäre, hätte man von ihm erwartet, daß er seine Gefährten vorstellte, und zweifellos wäre jeder als Gast von einem ihrer Gastgeber in Obhut genommen worden. In dem großen Bau hingegen ging es anders zu. Die Kaninchen vermischten sich ganz natürlich. Sie redeten nicht um des Redens willen, in der gekünstelten Art, wie es menschliche Wesen – und manchmal sogar ihre Hunde und Katzen – tun. Was aber nicht bedeutete, daß sie sich nicht miteinander in Verbindung setzten; nur geschah es nicht durch Geplauder. Im ganzen Bau gewöhnten sich die Neuankömmlinge und diejenigen, die hier zu Hause waren, auf ihre eigene Weise und wann es ihnen paßte aneinander. Ausfindig zu machen, wie die Fremden rochen, wie sie sich bewegten, wie sie atmeten, wie sie kratzten, Eindruck von ihrem Rhythmus und ihren Impulsen zu gewinnen – das waren ihre Themen und Diskussionsgegenstände, ohne das Bedürfnis nach Reden. In einem stärkeren Ausmaß als ein Mensch in einer ähnlichen Versammlung war jedes Kaninchen, wenn es seinem eigenen kleinen Teil nachging, empfindlich für den Trend des Ganzen. Nach einiger Zeit wußten alle, daß das Zusammentreffen nicht unfreundlich oder in einem Streit enden würde. Genau wie eine Schlacht in einem Stadium des Gleichgewichts zwischen beiden Seiten beginnt, das sich allmählich so oder so verändert, bis sich die Waage so weit geneigt hat, daß das Ergebnis nicht mehr im Zweifel sein kann – so begann diese Zusammenkunft von Kaninchen im Dunkeln mit zögernden Annäherungen, Schweigen, Pausen, Bewegungen, Nebeneinanderhocken und allen Arten von probender Abschätzung, bewegte sich langsam, wie sich die eine Hälfte des Erdballs dem Sommer zuneigt, in einen wärmeren, helleren Bereich gegenseitiger Sympathie und Anerkennung, bis alle sicher waren, daß sie nichts zu befürchten hatten. Pipkin hockte, etwas abseits von Hazel, bequem zwischen zwei riesigen Kaninchen, die ihm in einer Sekunde den Hals hätten brechen können, während Buckthorn und Cowslip eine spielerische Balgerei begannen, sich gegenseitig kneifend wie junge Kätzchen und dann abbrechend, um ihre Ohren in komisch feierlicher Verstellung zu kämmen. Nur Fiver saß allein und abgesondert. Er schien entweder krank oder sehr deprimiert, und die Fremden mieden ihn instinktiv.

Die Gewißheit, daß die Versammlung erfolgreich verlaufen war, überkam Hazel in Form der Erinnerung an Silver, wie dessen Kopf und Pfoten durch den Kies brachen. Sofort empfand er Wärme und Entspannung. Er hatte bereits die ganze Länge der Halle durchquert und wurde dicht an zwei Kaninchen gedrängt, einen Rammler und ein Weibchen, jedes von ihnen so groß wie Cowslip. Als beide zusammen einige gemächliche Hopser einen der in der Nähe gelegenen Läufe hinunter machten, folgte ihnen Hazel, und nach und nach entfernten sich alle drei aus der Halle. Sie kamen in einen kleineren Bau, der tiefer unter der Erde lag. Augenscheinlich gehörte er dem Paar, das sich darin niederließ, als wäre es dort zu Hause, und nichts dagegen hatte, als Hazel dasselbe tat. Hier, während die Stimmung der großen Halle langsam von ihnen wich, schwiegen alle drei eine Weile.

»Ist Cowslip das Oberkaninchen?« fragte Hazel schließlich.

Der andere erwiderte mit einer Gegenfrage: »Wirst du Oberkaninchen genannt?«

Hazel fand es peinlich, darauf zu antworten. Falls er erwiderte, er sei es, wurden seine neuen Freunde ihn in Zukunft vielleicht so anreden, und er konnte sich leicht vorstellen, was Bigwig und Silver dazu sagen würden. Wie gewöhnlich bediente er sich der reinen Wahrheit.

»Wir sind nur wenige«, sagte er. »Wir verließen unser Gehege in Eile, um vor etwas Schlimmem zu fliehen. Die meisten blieben da, einschließlich des Oberkaninchens. Ich habe versucht, meine Freunde zu führen, aber ich weiß nicht, ob sie es gern hören würden, wenn man mich als Oberkaninchen bezeichnete.«

Jetzt wird er mir Fragen stellen, dachte er. Warum gingt ihr? Warum ist der Rest nicht mit euch gekommen? Wovor hattet ihr Angst? Und was um alles in der Welt soll ich sagen?

Als dann das andere Kaninchen sprach, war es klar, daß es entweder nicht an dem interessiert war, was Hazel gesagt hatte, oder sonst einen Grund hatte, ihm keine Fragen zu stellen.

»Wir nennen niemanden Oberkaninchen«, sagte er. »Es war Cowslips Idee, euch heute nachmittag zu besuchen, und deshalb war er auch derjenige, der ging.«

»Aber wer entscheidet, was gegen *elil* zu geschehen hat? Und über das Graben, das Aussenden von Spähtrupps und so weiter?«

»Oh, wir tun nie etwas *Derartiges*. *Elil* halten sich von hier fern. Letzten Winter gab es einen *homba*, aber der Mann, der durch die Felder geht, erschoß ihn mit seinem Gewehr.«

Hazel starrte ihn an. »Aber Menschen schießen keine *homba*.«

»Nun, *er* tötete jedenfalls *diesen* hier. Er tötet auch Eulen. Wir brauchen nie zu graben. Solange ich lebe, hat noch niemand gegraben. Eine Menge Baue stehen leer, müßt ihr wissen. Ratten leben in einem Teil, aber der Mann tötet auch sie, wenn er kann. Wir brauchen keine Spähtrupps. Hier gibt es besseres Futter als irgendwo anders. Deine Freunde werden glücklich sein, hier leben zu können.«

Doch es klang nicht besonders glücklich, wie er es sagte, und wieder war Hazel eigentümlich verdutzt. »Wo kommt der Mann –«, begann er. Aber er wurde unterbrochen.

»Ich heiße Strawberry. Das ist mein Weibchen, Nildrohain*. Einige der besten leeren Baue sind ganz in der Nähe. Ich zeige sie dir, falls deine Freunde sich dort niederlassen wollen. Der große Bau ist fabelhaft, findest du nicht auch? Ich bin sicher, daß es nicht viele Gehege gibt, wo alle Kaninchen sich unterirdisch treffen können. Die Decke besteht aus Baumwurzeln. Und natürlich hält der Baum draußen den Regen ab. Es ist ein Wunder, daß der Baum lebt, aber er lebt.«

Hazel vermutete, daß Strawberrys Plappern den wahren Zweck hatte, Fragen seinerseits zu verhindern. Er war teils irritiert, teils verblüfft.

Schadet nichts, dachte er. Wenn wir alle so groß werden wie diese Burschen, werden wir eine Menge erreichen. Es muß hierherum gutes Futter geben. Sein Weibchen ist ein schönes Geschöpf. Vielleicht gibt es im Gehege noch mehr wie sie.

Strawberry verließ den Bau, und Hazel folgte ihm in einen anderen Lauf, der tiefer unter das Gehölz führte. Es war tatsächlich ein bewundernswertes Gehege. Wenn sie einen Lauf kreuzten, der nach oben zu einem Loch führte, konnte man manchmal den noch immer fallenden Nachtregen hören. Aber obgleich es jetzt seit mehreren Stunden regnete, war keine Feuchtigkeit oder Kälte in den Läufen oder den vielen Bauen, an denen sie vorüberkamen, zu spüren. Sowohl die Entwässerung als auch die Ventilation waren besser, als er es gewohnt war. Hier und da waren andere Kaninchen auf dem Marsch. Einmal trafen sie Acorn, der

* Lied der Amsel

offensichtlich auf einen ähnlichen Rundgang mitgenommen worden war. »Die sind sehr freundlich, nicht wahr?« sagte er zu Hazel, als sie aneinander vorbeikamen. »Ich habe mir nie träumen lassen, daß wir einen solchen Ort erreichen würden. Du hast ein wunderbares Urteilsvermögen, Hazel.« Strawberry wartete höflich, bis er geendet hatte, und Hazel war unwillkürlich froh, daß er alles mit angehört hatte.

Schließlich, nachdem sie sorgsam einige Öffnungen umgangen hatten, aus denen ein merklicher Geruch nach Ratten drang, machten sie in einer Art Grube halt. Ein steiler Tunnel führte an die Luft. Kaninchenläufe sind im allgemeinen bogenförmig angelegt; aber dieser hier war gerade, so daß Hazel über sich, durch die Mündung des Loches, Blätter gegen den Nachthimmel sehen konnte. Er stellte fest, daß eine Wand der Grube nach außen gewölbt war und aus einer harten Materie bestand. Er schnupperte unsicher daran.

»Weißt du nicht, was das ist?« fragte Strawberry. »Es sind Backsteine; die Steine, mit denen die Menschen ihre Häuser und Scheunen bauen. Vor langer Zeit war hier ein Brunnen, aber er ist jetzt zugeschüttet – die Menschen benutzen ihn nicht mehr. Das ist die Außenseite des Brunnenschachtes. Und dieser Erdwall hier ist vollkommen flach, weil dahinter ein Menschen-Ding im Boden befestigt ist, aber ich weiß nicht, was.«

»Da steckt irgend etwas drin«, sagte Hazel. »Nanu, da sind Steine in die Oberfläche gestoßen! Aber wozu?«

»Gefällt es dir?« fragte Strawberry.

Hazel zerbrach sich den Kopf über die Steine. Sie hatten alle dieselbe Größe und waren in regelmäßigen Abständen in den Boden gesteckt.

»Wofür sind die denn?« fragte er wieder.

»Es ist El-ahrairah«, sagte Strawberry. »Ein Kaninchen namens Goldregen machte es vor einiger Zeit. Wir haben andere, aber dies hier ist das beste. Einen Besuch wert, findest du nicht?«

Hazel war mehr in Verlegenheit denn je. Er hatte nie Goldregen gesehen und geriet wegen des Namens, der in der Hasensprache »Gift-Baum« bedeutet, in Verwirrung. Wie konnte ein Kaninchen Gift heißen? Und wie konnten Steine El-ahrairah sein? In seiner Verwirrung sagte er: »Ich begreife das nicht.«

»Wir nennen das eine Gestalt«, erklärte Strawberry. »Hast du noch nie eine gesehen? Die Steine werfen die Gestalt von El-ahrairah an die Wand. Den Salat des Königs stehlen. *Verstehst* du?«

Seitdem Blackberry von dem Floß neben dem Enborne gesprochen hatte, war Hazel nicht so durcheinander gewesen. Offensichtlich konnten die Steine doch nichts mit El-ahrairah zu tun haben. Er fand, daß Strawberry ebensogut gesagt haben könnte, sein Schwanz sei eine Eiche. Er schnupperte und hob dann die Pfote zur Wand hoch.

»Sachte, sachte«, sagte Strawberry. »Du könntest sie beschädigen, und das hätten wir nicht so gern. Schon gut. Wir kommen ein andermal wieder.«

»Aber wo sind –«, begann Hazel, als Strawberry ihn wieder unterbrach.

»Ich nehme an, du bist jetzt hungrig. Ich bin's jedenfalls. Es wird bestimmt die ganze Nacht weiterregnen, aber wir können hier unterirdisch fressen, weißt du? Und dann kannst du in dem großen Bau schlafen oder bei mir, wenn du das lieber möchtest. Wir können schneller zurückgehen, als wir gekommen sind. Es gibt einen Gang, der nahezu gerade verläuft. Tatsächlich führt er hinüber –«

Er plapperte unbarmherzig weiter, während sie zurückliefen. Plötzlich ging es Hazel auf, daß diese verzweifelten Unterbrechungen jeder Frage zu folgen schienen, die mit einem »Wo?« begann. Er wollte die Probe darauf machen. Nach einer Weile schloß Strawberry mit den Worten: »Wir sind jetzt beinahe am großen Bau, aber wir kommen auf einem anderen Weg hinein.«

»Und wo –«, begann Hazel. Sofort bog Strawberry in einen Seitenlauf ein und rief: »Kingcup! Kommst du in den großen Bau herunter?« Schweigen. »Das ist komisch!« sagte Strawberry, der zurückkam und wieder vorausging. »Im allgemeinen ist er um diese Zeit da. Ich hole ihn oft ab, weißt du?«

Hazel, der etwas zurückblieb, erkundete schnell mit Nase und Schnurrbart. Die Schwelle des Baues war mit einem einen Tag alten Belag weicher Erde bedeckt, die von der Decke gefallen war. Strawberrys Abdrücke waren deutlich zu erkennen, aber andere Spuren, gleich welcher Art, gab es nicht.

# 14. »Wie Bäume im November«

Höfe und Lager sind die einzigen Orte, um die Welt kennenzulernen ... Nimm den Tonfall der Gesellschaft an, in der du dich befindest.

The Earl of Chesterfield *Letters to his Son*

Der große Bau war nicht so voll, wie er gewesen war, als sie ihn verlassen hatten. Nildro-hain war das erste Kaninchen, das sie trafen. Sie befand sich in einer Gruppe von drei oder vier schönen Weibchen, die sich ruhig unterhielten und gleichzeitig zu fressen schienen. Es roch nach Grünfutter. Offenbar war irgendein Futter unterirdisch verfügbar, wie der Salat vom Threarah. Hazel hielt an, um mit Nildro-hain zu sprechen. Sie fragte, ob sie bis zur Brunnengrube und zu El-ahrairah von Goldregen gegangen seien.

»Ja«, sagte Hazel. »Es schien mir etwas merkwürdig, fürchte ich. Und ich würde lieber dich und deine Freundinnen bewundern als Steine an der Wand.«

Während er sprach, bemerkte er, daß Cowslip sich zu ihnen gesellt hatte und Strawberry leise mit ihm redete. Er fing die Worte auf – »Nie in der Nähe einer Gestalt gewesen« –, und einen Augenblick später erwiderte Cowslip: »Nun, es macht auch keinen Unterschied von unserem Standpunkt aus.«

Plötzlich fühlte sich Hazel erschöpft und deprimiert. Er

bemerkte Blackberry hinter Cowslips geschmeidiger und wuchtiger Schulter und ging zu ihm hinüber.

»Komm ins Gras hinaus«, sagte er ruhig. »Bring jeden mit, der kommen will.«

In diesem Augenblick wandte sich Cowslip an ihn und sagte: »Du wirst froh sein, jetzt etwas zu fressen zu bekommen. Ich zeige dir, was wir hier unten haben.«

»Ein paar von uns gehen gerade zum *silflay** «, sagte Hazel.

»Oh, dazu regnet es immer noch zu stark«, sagte Cowslip, als könnte es darüber keine unterschiedlichen Ansichten geben. »Wir werden euch hier füttern.«

»Es täte mir leid, darüber zu streiten«, sagte Hazel fest, »aber einige von uns brauchen *silflay*. Wir sind es gewohnt, und der Regen stört uns nicht.«

Cowslip schien einen Augenblick bestürzt. Dann lachte er.

Das Phänomen des Lachens ist Tieren unbekannt, obgleich es möglich ist, daß Hunde und Elefanten eine dunkle Ahnung davon haben. Die Wirkung auf Hazel und Blackberry war überwältigend. Hazel dachte zuerst, bei Cowslip zeigten sich Anzeichen irgendeiner Krankheit, Blackberry nahm offensichtlich an, daß er sie angreifen wollte, und zog sich zurück. Cowslip sagte nichts, aber sein unheimliches Lachen hielt an. Hazel und Blackberry drehten sich um und machten sich den nächsten Lauf hinauf davon, als ob er ein Frettchen wäre. Auf halbem Weg nach oben trafen sie Pipkin, der klein genug war, sie zunächst vorbeigehen zu lassen, um sich dann umzudrehen und ihnen zu folgen.

Der Regen fiel jetzt stetig. Die Nacht war finster und für den Mai kalt. Die drei kauerten sich ins Gras und knabber-

* nach oben gehen, um zu fressen

ten, während der Regen in Strömen an ihrem Fell hinunterrann.

»Meine Güte, Hazel«, sagte Blackberry, »wolltest du wirklich *silflay?* Das ist ja furchtbar! Ich wollte gerade fressen, egal, was sie haben, und dann schlafen gehen. Was ist denn los?«

»Ich weiß nicht«, erwiderte Hazel. »Ich hatte plötzlich das Gefühl, ich mußte hinaus, und ich wollte dich dabeihaben. Mir ist klar, was Fiver beunruhigt, obgleich er bestimmt darüber hinwegkommt. Es *ist* etwas Seltsames an diesen Kaninchen. Weißt du, daß sie Steine in die Wand stoßen?«

»Was tun sie?«

Hazel erklärte es. Blackberry war ebenso ratlos, wie er es gewesen war. »Aber ich kann dir auch etwas erzählen«, sagte er. »Bigwig hatte gar nicht so unrecht. Sie singen *wirklich* wie die Vögel. Ich war in einem Bau, der einem Kaninchen namens Betony gehört. Sein Weibchen hat einen Wurf, und sie stimmte ein Geschrei an, fast wie ein Rotkehlchen im Herbst. Um sie in den Schlaf zu singen, sagte sie. Ich kam mir wirklich komisch vor, kann ich dir sagen.«

»Und was hältst *du* von ihnen, Hlao-roo?« fragte Hazel.

»Sie sind sehr nett und freundlich«, antwortete Pipkin, »aber ich will dir sagen, was mir an ihnen auffällt. Sie wirken alle furchtbar traurig. Ich kann mir nicht vorstellen, warum, wo sie so groß und stark sind und dieses schöne Gehege haben. Aber sie erinnern mich an Bäume im November. Sicher ist es dumm von mir, Hazel. Du hast uns hierher gebracht, und bestimmt ist es ein schöner, sicherer Ort.«

»Nein, es ist durchaus nicht dumm. Mir war es nicht klar, aber du hast vollkommen recht. Sie scheinen alle etwas auf dem Herzen zu haben.«

»Im übrigen«, sagte Blackberry, »wissen wir nicht, warum es so wenig sind. Sie füllen das Gehege bei weitem nicht aus. Vielleicht haben sie irgendeinen Kummer gehabt, den sie nicht verwinden können.«

»Wir wissen es nicht, weil sie uns nichts sagen. Aber wenn wir hierbleiben wollen, müssen wir lernen, mit ihnen zurechtzukommen. Wir können sie nicht bekämpfen – sie sind zu groß. Und wir wollen nicht, daß sie uns bekämpfen.«

»Ich glaube nicht, daß sie überhaupt kämpfen können, Hazel«, sagte Pipkin. »Obgleich sie so groß sind, scheinen sie mir keine Kämpfer zu sein. Nicht wie Bigwig und Silver.«

»Du bemerkst eine ganze Menge, nicht wahr, Hlaoroo?« sagte Hazel. »Bemerkst du vielleicht auch, daß es mehr denn je regnet? Ich habe genug Gras in meinem Magen für 'ne Weile. Gehen wir jetzt wieder hinunter, aber bleiben wir ein Weilchen unter uns.«

»Warum gehen wir nicht schlafen?« sagte Blackberry. »Es ist jetzt über eine Nacht und einen Tag her, und ich falle fast um.«

Sie kehrten durch ein anderes Loch nach unten zurück und fanden bald einen trockenen, leeren Bau, wo sie sich zusammenrollten und in der Wärme ihrer eigenen müden Körper schliefen.

Als Hazel aufwachte, merkte er sofort, daß es Morgen war – einige Zeit nach Sonnenaufgang, dem Geruch nach zu schließen. Der Geruch von Apfelblüten war deutlich genug. Dann nahm er die undeutlicheren Gerüche von Hahnenfuß und Pferden auf und vermischt mit diesen noch einen anderen. Obgleich es ihn ängstigte, konnte er einige Augenblicke nicht sagen, was es war. Ein gefährlicher Geruch, ein unangenehmer Geruch, ein vollkommen unnatürlicher Geruch, sehr dicht draußen: ein Rauch-Geruch –

etwas brannte. Dann erinnerte er sich, wie Bigwig nach seinem gestrigen Spähunternehmen von den kleinen weißen Stöcken im Gras gesprochen hatte. Das war's. Ein Mann war draußen über die Erde gegangen. Das mußte es gewesen sein, was ihn aufgeweckt hatte.

Hazel lag mit einem köstlichen Gefühl der Sicherheit in dem warmen, dunklen Bau. Er konnte den Mann riechen, aber der Mann konnte ihn nicht riechen. Alles, was der Mann riechen konnte, war der scheußliche Rauch, den er machte. Ihm kam die Gestalt in der Brunnengrube in den Sinn, und dann versank er in einen dumpfen Halbschlaf, in dem El-ahrairah sagte, es sei eine List von ihm, sich als Gift-Baum zu tarnen und die Steine in die Wand zu setzen, um Strawberrys Aufmerksamkeit zu erregen, während er selbst sich mit Nildro-hain bekannt machte.

Pipkin regte sich und drehte sich im Schlaf um, murmelte »*Sayn lay narn, marli?*« (»Ist Kreuzkraut fein, Mutter?«), und Hazel glaubte gerührt, daß er von alten Tagen träumte, und rollte sich auf die Seite, damit er Platz hatte, bequem zu liegen. Doch in diesem Augenblick hörte er ein Kaninchen durch einen Lauf in der Nähe herunterkommen. Wer immer es war, es rief – und trommelte auch, wie Hazel bemerkte – auf eine unnatürliche Weise. Der Ton, wie Blackberry schon sagte, war dem Vogelgesang nicht unähnlich. Als es näher kam, konnte Hazel das Wort verstehen.

»*Flayrah! Flayrah!*«

Es war Strawberrys Stimme. Pipkin und Blackberry wachten auf, mehr durch das Trommeln als durch die Stimme, die dünn und ungewöhnlich war und nicht durch den Schlaf in ihr Bewußtsein drang. Hazel glitt aus dem Bau in den Lauf und stieß sofort auf Strawberry, der emsig damit beschäftigt war, mit einem Hinterbein auf den harten Erdboden zu hämmern.

»Meine Mutter sagte immer: ›Wenn du ein Pferd wärest, würde die Decke einfallen‹«, sagte Hazel. »Warum trommelst du unterirdisch?«

»Um alle zu wecken«, antwortete Strawberry. »Es hat beinahe die ganze Nacht geregnet, weißt du? Wir schlafen im allgemeinen etwas länger, wenn das Wetter schlecht ist. Aber es ist jetzt schön geworden.«

»Aber warum weckst du eigentlich alle?«

»Nun, der Mann ist vorübergekommen, und Cowslip und ich dachten, daß das *flayrah* nicht zu lange herumliegen sollte. Wenn wir es nicht holen, kommen die Ratten und Saatkrähen, und ich kämpfe nicht gern mit Ratten. Ich nehme an, das gehört alles zu einem abenteuerlichen Haufen wie dem eurigen mit dazu.«

»Ich verstehe nicht.«

»Nun, komm mit. Ich gehe nur rasch zurück, um Nildro-hain zu holen. Wir haben zur Zeit keinen Wurf, verstehst du, sie wird also mit uns hinauskommen.«

Andere Kaninchen kamen durch diesen Lauf, und Strawberry sprach mit mehreren von ihnen, wobei er mehr als einmal bemerkte, daß er ihre neuen Freunde gerne mit über die Wiese nähme. Hazel wurde sich bewußt, daß er Strawberry mochte. Am gestrigen Tag war er zu müde und verwirrt gewesen, um sich ein Urteil über ihn zu bilden. Aber jetzt, nachdem er gut geschlafen hatte, konnte er sehen, daß Strawberry wirklich ein harmloser, anständiger Bursche war. Er war der schönen Nildro-hain rührend ergeben, und offensichtlich hatte er Heiterkeitsanwandlungen und eine ausgeprägte Fähigkeit, sich zu amüsieren. Als sie in den Maimorgen hinauskamen, hopste er über den Graben und sprang munter wie ein Eichhörnchen in das hohe Gras. Er schien seine Gedankenverlorenheit völlig abgelegt zu haben, die Hazel am Abend zuvor gestört hatte. Hazel selbst blieb am Rande des Loches stehen, wie er es immer hinter dem Dornengestrüpp zu Hause getan hatte, und blickte über das Tal.

Die Sonne, die hinter dem niedrigen Wäldchen aufgegangen war, warf lange Schatten von den Bäumen südwestlich über die Wiese. Das nasse Gras glitzerte, und ein Nußbaum in der Nähe glänzte irisierend, flimmerte und schimmerte, als seine Äste sich in dem leichten Wind bewegten. Der Bach war angeschwollen, und Hazels Ohren konnten das tiefere, ruhigere Geräusch, das sich seit dem Vortag verändert hatte, ausmachen. Der Hang zwischen dem Unterholz und dem Bach war mit blassem Wiesenschaumkraut bedeckt; die zerbrechlichen Blütenstengel über einer Fläche von kresseartigen Blättern standen einzeln im Gras. Die Brise legte sich, und das kleine Tal, auf beiden Seiten von den Reihen der Gehölze eingeschlossen, lag vollkommen still unter langen Sonnenstrahlen. In diese klare Stille fiel, wie Federn auf die Oberfläche eines Teiches, der Ruf eines Kuckucks.

»Es ist ganz sicher, Hazel«, sagte Cowslip hinter ihm im Loch. »Ich weiß, du bist gewohnt, dich genau umzusehen, wenn du *silflay* willst, aber hier gehen wir gewöhnlich stracks hinaus.«

Hazel beabsichtigte nicht, seine Gewohnheiten zu ändern oder Vorschriften von Cowslip anzunehmen. Jedoch hatte ihn niemand gedrängt, und es hatte keinen Zweck, sich über Kleinigkeiten zu zanken. Er hopste durch den Graben ans andere Ende der Böschung und sah sich noch mal um. Mehrere Kaninchen rannten schon durch die Wiese auf eine entfernt gelegene Hecke zu, die mit großen Flecken von Weißdornblüten gesprenkelt war. Er sah Bigwig und Silver und gesellte sich zu ihnen, wobei er die Nässe wie eine Katze Schritt für Schritt von den Vorderpfoten abschüttelte.

»Ich hoffe, deine Freunde haben sich ebenso um dich gekümmert, wie diese Burschen hier für uns gesorgt haben, Hazel«, sagte Bigwig. »Silver und ich fühlen uns wirklich wieder zu Hause. Wenn du mich fragst, so schätze ich, wir haben uns alle mächtig verbessert. Selbst wenn Fiver sich irrt und nichts Furchtbares sich im alten Gehege ereignet hat, sag' ich trotzdem, daß wir hier besser dran sind. Kommst du mit zum Fressen?«

»Was machen die bloß für ein Getue um das Fressen, weißt du das?« fragte Hazel.

»Haben sie's dir nicht gesagt? Offenbar gibt es *flayrah* am Ende der Wiesen. Die meisten gehen jeden Tag.«

(Kaninchen fressen gewöhnlich Gras, wie jedermann weiß. Aber appetitanregenderes Futter wie Salat oder Mohrrüben, für das sie weitere Wege auf sich nehmen oder einen Garten ausrauben, ist *flayrah.)*

»*Flayrah?* Aber ist es nicht schon zu spät am Morgen, um einen Garten zu überfallen?« fragte Hazel, einen Blick auf die fernen Dächer der Farm hinter den Bäumen werfend.

»Nein, nein«, sagte eines der Gehege-Kaninchen, das ihn zufällig gehört hatte. »Das *flayrah* liegt auf den Wiesen, gewöhnlich nahe der Quelle des Bachs. Wir fressen es entweder dort oder holen es oder beides. Aber heute werden wir einiges holen müssen. Der Regen war so schlimm gestern nacht, daß keiner hinausging und wir beinahe alles im Gehege aufgefressen haben.«

Der Bach rann durch die Hecke, und eine Lücke diente als Viehdurchgang. Nach dem Regen waren die Ränder ein Sumpf, das Wasser stand in jedem Hufabdruck. Die Kaninchen machten einen weiten Bogen und schlüpften durch eine andere Lücke weiter oben hindurch, ganz dicht bei dem knorrigen Stumpf eines alten Holzapfelbaums. Dahinter umgab eine halb mannshohe Umzäunung aus Pfosten und Querstangen ein Binsendickicht, in dem Sumpfdotterblumen blühten. Dort entsprang der Bach.

Auf der Weide in der Nähe konnte Hazel rostbraune und orangefarbene Stücke herumliegen sehen, einige mit federartigem hellgrünem Blätterwerk, das sich von dem dunkleren Gras abhob. Sie strömten einen scharfen Stallgeruch aus, als wenn sie frisch geschnitten wären. Es zog ihn an. Er begann Speichel abzusondern und stoppte, um *hraka* abzugeben. Cowslip, der in der Nähe auftauchte, kam mit seinem unnatürlichen Lächeln auf ihn zu. Doch diesmal schenkte ihm Hazel in seinem Eifer keine Aufmerksamkeit. Machtvoll angezogen, rannte er aus der Hecke heraus auf den bestreuten Boden zu. Er erreichte eines der Stücke, beschnüffelte und probierte es. Es waren Mohrrüben.

Hazel hatte schon die verschiedensten Wurzeln in seinem Leben gefressen, aber nur einmal hatte er Mohrrüben gekostet, als ein Karrenpferd in der Nähe des heimatlichen Geheges einen Futterbeutel verschüttet hatte. Dies hier waren alte Mohrrüben, einige von ihnen von Mäusen oder Fliegen angefressen. Aber für die Kaninchen atmeten sie Üppigkeit, ein Festmahl, das alle anderen Sinne ausschaltete. Hazel saß knabbernd und beißend da, der kräftige, volle Geschmack der verfeinerten Wurzeln erfüllte ihn mit einer Welle von Vergnügen. Er hopste im Gras umher, nagte an einem Stück nach dem anderen, fraß die grünen Spitzen zusammen mit den Scheiben. Niemand störte ihn. Es schien genug für alle dazusein. Von Zeit zu Zeit blickte er instinktiv auf und schnupperte den Wind, aber seine Vorsicht war nur halbherzig. »Wenn *elil* kommen, laß sie«, dachte er. »Ich nehme es mit allen auf. Ich könnte sowieso nicht weglaufen. Was für ein Land! Was für ein Gehege! Kein Wunder, daß sie so groß wie Hasen sind und wie Fürsten riechen!« – »Hallo, Pipkin! Friß dich bis zu den Ohren voll! Kein Bibbern mehr auf den Böschungen von Bächen, alter Junge!«

»Er wird in zwei bis drei Wochen total vergessen haben, wie das ist: bibbern«, sagte Hawkbit mit vollem Maul. »Ich fühle mich so viel besser! Ich würde dir überallhin folgen, Hazel. Ich war nicht ganz bei mir in dem Heidekraut neulich nachts. Es ist übel, wenn man weiß, man kann nicht mehr unter die Erde flitzen. Ich hoffe, du verstehst das.«

»Vergessen und vergeben«, antwortete Hazel. »Ich frage jetzt lieber Cowslip, ob wir von dem Zeug einiges ins Gehege mitnehmen sollen.«

Er fand Cowslip nahe der Quelle. Offenbar hatte er genug gefressen und wusch sich das Gesicht mit den Vorderpfoten.

»Gibt es hier jeden Tag Wurzeln?« fragte Hazel. »Wo –« Er hielt sich gerade noch rechtzeitig im Zaum. Ich lerne, dachte er.

»Nicht immer Wurzeln«, erwiderte Cowslip. »Das sind letztjährige, wie du bemerkt haben wirst. Ich nehme an, die Reste werden hinausgeworfen. Es kann alles mögliche sein – Wurzeln, Grünzeug, alte Äpfel –, kommt ganz darauf an. Manchmal liegt überhaupt nichts da, besonders bei gutem Sommerwetter. Aber bei schlechtem Wetter, im Winter, liegt beinahe immer etwas da. Große Wurzeln gewöhnlich oder Kohl oder manchmal Kom. Das fressen wir auch, weißt du?«

»Futter ist also kein Problem. Dieser Ort hier müßte von Kaninchen wimmeln. Ich schätze –«

»Wenn du wirklich fertig bist«, unterbrach Cowslip, »– aber es ist gar nicht eilig, nimm dir Zeit –, könntest du versuchen, einiges fortzuschaffen. Mit diesen Wurzeln ist es leicht – leichter als alles andere, mit Ausnahme von Salat. Du beißt einfach in eine hinein, bringst sie ins Gehege und legst sie in den großen Bau. Ich nehme gewöhnlich zwei auf einmal, aber ich habe ja auch schon viel Übung darin. Kaninchen schaffen im allgemeinen kein Futter fort, ich weiß, aber du wirst es lernen. Es ist ganz nützlich, einen Vorrat zu haben. Die Weibchen brauchen etwas für ihre Jungen, wenn sie größer werden; und für uns alle ist es besonders bequem bei schlechtem Wetter. Komm mit mir zurück, und ich werde dir helfen, wenn du den Transport zuerst schwierig findest.«

Es kostete Hazel einige Mühe, eine halbe Mohrrübe mit seinem Maul zu packen und sie wie ein Hund über die Wiese ins Gehege zurückzutragen. Er mußte sie mehrere Male niederlegen. Aber Cowslip ermutigte ihn, und er war entschlossen, seine Stellung als der einfallsreiche Führer der Neuankömmlinge zu halten. Auf seinen Vorschlag hin warteten sie beide an der Mündung eines der größeren Löcher, um zu sehen, wie seine Gefährten sich machten. Sie schienen sich alle anzustrengen und ihr Bestes zu geben, obgleich die kleineren Kaninchen – besonders Pipkin – die Aufgabe schwierig fanden.

»Kopf hoch, Pipkin«, sagte Hazel. »Denk daran, wie gut es dir heute abend schmecken wird. Jedenfalls bin ich sicher, daß es Fiver ebenso schwerfällt wie dir; er ist genauso klein.«

»Ich weiß nicht, wo er ist«, sagte Pipkin. »Hast du ihn gesehen?«

Tatsächlich, es stimmte: Er hatte ihn nicht gesehen. Er bekam etwas Angst, und als er mit Cowslip über die Wiese zurückkehrte, bemühte er sich, Fivers sonderbare Gemütsart zu erklären. »Ich hoffe, es fehlt ihm nichts«, sagte er. »Ich sollte mich vielleicht nach ihm umsehen, wenn wir die nächste Partie fortgetragen haben. Hast du eine Ahnung, wo er sein könnte?«

Er wartete auf eine Antwort, wurde aber enttäuscht. Nach einigen Augenblicken sagte Cowslip: »Schau, siehst du diese Dohlen, die sich um die Mohrrüben herumtreiben? Sie sind seit Tagen die reinste Plage. Ich muß jemanden finden, der sie verscheucht, bis wir alles fortgetragen haben. Aber sie sind wirklich zu groß, als daß ein Kaninchen sie angreifen könnte. Wogegen Spatzen –«

»Was hat das mit Fiver zu tun?« fragte Hazel scharf.

»Na ja«, sagte Cowslip und lief los, »ich werde selbst nach dem Rechten sehen.«

Aber er griff die Dohlen nicht an, und Hazel sah, daß er eine weitere Mohrrübe auflas und mit ihr davonlief. Verärgert schloß er sich Buckthorn und Dandelion an, und zu dritt kehrten sie zurück.

Als sie sich der Böschung des Geheges näherten, erblickte er plötzlich Fiver. Er saß halb verborgen unter den tiefhängenden Ästen einer Eibe am Rande des Unterholzes, etwas von den Löchern des Geheges entfernt. Hazel legte seine Mohrrübe hin, rannte hinüber, kletterte die Böschung hinauf und setzte sich zu ihm auf den nackten Boden unter den tiefen, dichten Ästen. Fiver schwieg und starrte weiter über die Wiese.

»Willst du nicht auch lernen, wie man etwas trägt?« fragte Hazel schließlich. »Es ist nicht so schwer, wenn man den Dreh einmal raus hat.«

»Ich will nichts damit zu tun haben«, antwortete Fiver leise. »Hunde – ihr seid wie Stöcke tragende Hunde.«

»Fiver! Willst du, daß ich böse werde? Es regt mich nicht auf, daß du mich beschimpfst. Aber du läßt die anderen die ganze Arbeit machen.«

»Ich bin derjenige, der böse sein sollte«, sagte Fiver. »Aber es liegt mir nicht, das ist das Dumme. Warum sollten sie auf mich hören? Die Hälfte von ihnen glaubt, ich sei verrückt. Du bist schuld, Hazel, weil du weißt, daß es nicht so ist, und trotzdem nicht auf mich hören willst.«

»Dir gefällt dieses Gehege also immer noch nicht? Nun, ich glaube, du hast unrecht. Jeder macht mal Fehler. Warum solltest nicht auch du einen Fehler machen? Hawkbit irrte sich im Heidekraut, und du irrst dich jetzt.«

»Das da unten sind Kaninchen, die wie Eichhörnchen mit Nüssen losziehen. Wie kann das richtig sein?«

»Nun, ich würde sagen, sie haben eine gute Idee der Eichhörnchen nachgeahmt, und das macht bessere Kaninchen aus ihnen.«

»Glaubst du, daß dieser Mann die Wurzeln da hinwirft, weil er ein gutes Herz hat? Was führt er im Schilde?«

»Er wirft Abfall fort. Wie viele Kaninchen haben sich eine gute Mahlzeit von den Abfallhaufen der Menschen geholt? Geschossenen Salat, alte Rüben. Du weißt, wir alle tun's, wenn wir können. Es ist nicht vergiftet, Fiver, das kann ich dir versichern. Und wenn er Kaninchen schießen wollte, so hätte er heute früh jede Gelegenheit gehabt. Aber er hat es nicht getan.«

Fiver schien noch kleiner zu werden, als er sich platt auf die harte Erde drückte. »Ich bin ein Narr, euch überreden zu wollen«, sagte er kläglich. »Hazel – lieber alter Hazel –, ich *weiß* eben einfach, daß etwas Unnatürliches und Böses mit diesem Ort verwoben ist. Ich weiß nur nicht, was es ist, und deshalb ist es kein Wunder, daß ich nicht darüber reden kann. Aber ich komme der Sache näher. Weißt du, so wie man mit der Nase an das Drahtnetz stößt und es an den Apfelbaum drückt, und trotzdem kannst du die Rinde wegen des Drahtes nicht abbeißen. Ich bin dicht davor – was immer es sein mag –, aber ich kann es nicht packen. Wenn ich allein hier sitze, gelingt es mir vielleicht doch noch.«

»Fiver, warum tust du nicht, was ich sage? Friß von diesen Wurzeln und geh dann hinunter schlafen. Du wirst dich bestimmt wohler fühlen.«

»Ich sage dir, ich möchte nichts mit diesem Ort zu tun haben«, erwiderte Fiver. »Und lieber würde ich durch das Heidekraut zurücklaufen als hier nach unten gehen. Die Decke dieser Halle besteht aus Gebeinen.«

»Nein, nein – aus Baumwurzeln. Schließlich warst du die ganze Nacht unten.«

»War ich nicht«, sagte Fiver.

»Was? Wo warst du dann?«

»Hier.«

»Die ganze Nacht?«

»Ja. Eine Eibe gibt guten Schutz, wie du weißt.«

Hazel machte sich jetzt ernstlich Sorgen. Wenn Fivers Entsetzen ihn die ganze Nacht draußen im Regen gehalten hatte, ungeachtet der Kälte und herumschleichender *elil*, dann war es offenkundig nicht leicht, ihm das auszureden. Er schwieg eine Weile. Schließlich sagte er: »Wie schade! Ich bin immer noch der Meinung, daß es besser ist, wenn du dich uns anschließt. Aber ich lasse dich jetzt allein und sehe später nach dir. Friß mir nicht die Eibe auf!«

Fiver erwiderte nichts, und Hazel lief wieder auf die Wiese.

Der Tag bestärkte in keiner Weise irgendwelche bösen Vorahnungen. Gegen *ni-Frith* war es so heiß, daß der untere Teil der Wiese feucht war. Die Luft war schwer mit starken Pflanzengerüchen geladen, als wenn es schon Ende Juli wäre; der Wasserminze und dem Majoran, die noch nicht blühten, entströmte Geruch von ihren Blättern, und hier und da stand ein Mädesüß in Blüte. Der Weidenzeisig war den ganzen Morgen hoch in einer Silberbirke neben den verlassenen Löchern über der Senke drüben tätig, und aus der Tiefe des Unterholzes, irgendwo bei dem stillgelegten Brunnen, kam das schöne Lied der Kohlmeise. Gegen den frühen Nachmittag war es still vor Hitze, und eine Kuhherde graste langsam ihren Weg von den höhergelegenen Wiesen in den Schatten hinunter. Von den Kaninchen waren nur einige oben. Fast alle schliefen in den Bauen. Aber immer noch saß Fiver allein unter der Eibe.

Am frühen Abend suchte Hazel Bigwig auf, und zusammen wagten sie sich in das Unterholz hinter dem Gehege. Zuerst bewegten sie sich vorsichtig, aber es dauerte nicht lange, bis sie sicherer wurden, da sie keine Spur eines Geschöpfes fanden, das größer als eine Maus war.

»Nichts zu riechen«, sagte Bigwig, »und keine Spuren. Ich glaube, Cowslip hat uns ganz einfach die Wahrheit gesagt. Hier sind wirklich keine *elil.* Im Gegensatz zu dem Gehölz, wo wir den Fluß überquerten. Ich sag' dir ganz offen, Hazel, ich hatte eine Mordsangst in jener Nacht, aber ich wollte es nicht zeigen.«

»Ich auch«, antwortete Hazel. »Und was diesen Ort betrifft, stimme ich mit dir überein. Er scheint vollkommen sicher zu sein. Wenn wir –«

»Das ist aber sonderbar«, unterbrach ihn Bigwig. Er befand sich in einer Gruppe von Brombeersträuchern, in deren Mitte ein von den Gehege-Gängen heraufführendes Kaninchen-Loch mündete. Der Boden war weich und feucht, in der Mulde mit alten Blättern übersät. Wo Bigwig verharrte, fanden sich Anzeichen von Aufregung. Die verrotteten Blätter waren hochgewirbelt worden. Einige hingen an den Brombeerzweigen, und ein paar flache, nasse Klumpen lagen auf dem Boden hinter den Sträuchern. Genau in der Mitte war die Erde durch lange Kratzer und Furchen freigelegt, und hier befand sich ein nicht sehr tiefes, sauber ausgehobenes Loch, etwa in derselben Größe wie eine der

Mohrrüben, die sie am Morgen fortgeschleppt hatten. Die beiden Kaninchen schnüffelten und glotzten, konnten sich aber keinen Reim darauf machen.

»Komisch, ich spüre keinen Geruch«, sagte Bigwig.

»Nein – nur von Kaninchen, und der ist natürlich überall. Und von Menschen – auch der ist überall. Aber dieser Geruch braucht nicht unbedingt etwas damit zu tun zu haben. Er sagt uns nur, daß ein Mensch durch das Gehölz ging und einen weißen Stengel niederwarf. Es war kein Mensch, der diese Erde aufwühlte.«

»Nun, diese verrückten Kaninchen tanzen wahrscheinlich im Mondlicht oder so was.«

»Das würde mich nicht überraschen«, sagte Hazel. »Es sähe ihnen durchaus ähnlich. Fragen wir Cowslip.«

»Das ist deine einzige dumme Bemerkung bislang. Sag mir, hat Cowslip, seit wir hierherkamen, irgendeine Frage beantwortet, die du ihm gestellt hast?«

»Nein, nein – nicht viele.«

»Frag ihn doch mal, wo er im Mondlicht tanzt. Sag: ›Cowslip, wo –«

»Oh, das hast du also auch bemerkt? Er antwortet prinzipiell nicht auf ›wo‹. Auch Strawberry nicht. Ich glaube, die haben Angst vor uns. Pipkin hatte recht, als er sagte, daß sie keine Kämpfer seien. Also bewahren sie ein Geheimnis, um sich uns gegenüber zu behaupten. Finden wir uns damit ab. Wir wollen sie nicht beunruhigen, und mit der Zeit wird sich das bestimmt geben.«

»Es wird heute nacht wieder regnen«, sagte Bigwig. Und ich glaube, bald. Los, runter mit uns, und dann versuchen wir, sie zum Sprechen zu bringen.«

»Ich glaube, darauf können wir lange warten. Aber ich meine auch, daß wir jetzt nach unten gehen sollten. Und versuchen wir um Himmels willen, Fiver mitzunehmen. Er macht mir Sorgen. Weißt du, daß er die ganze Nacht im Regen draußen war?«

Während sie durch das Unterholz zurückliefen, erzählte Hazel von seiner Unterhaltung mit Fiver an jenem Morgen. Sie fanden ihn unter der Eibe, und nach einer ziemlich stürmischen Szene, in der Bigwig ihn rauh anpackte und ungeduldig wurde, wurde er eher gezwungen als überredet, mit in den großen Bau hinunterzugehen.

Er war voll, und als der Regen zu fallen begann, kamen noch mehr Kaninchen die Läufe herunter. Sie schoben und drängten sich fröhlich plaudernd. Die Mohrrüben, die hereingebracht worden waren, wurden in Gesellschaft von Freunden gefressen oder zu Weibchen und Familien im ganzen Gehege getragen. Aber auch als die Futterei beendet war, blieb die Halle voll. Es war angenehm warm durch die vielen Körper. Allmählich versanken die redseligen Gruppen in eine zufriedene Stille, aber niemand schien geneigt zu sein, schlafen zu gehen. Kaninchen sind lebhaft bei Einbruch der Nacht, und wenn der Abendregen sie nach unten treibt, fühlen sie sich immer noch gesellig. Hazel bemerkte, daß beinahe alle seine Kameraden mit den Gehege-Kaninchen Freundschaft geschlossen hatten. Auch fand er, daß, wann immer er zu einer Gruppe trat, die Gehege-Kaninchen wußten, wer er war, und ihn als Führer der Neuankömmlinge behandelten. Er konnte Strawberry nicht entdecken, aber nach einiger Zeit kam Cowslip vom anderen Ende der Halle zu ihm.

»Ich bin froh, daß du da bist, Hazel«, sagte er. »Einige von uns schlagen vor, daß einer eine Geschichte erzählt. Vielleicht würde es einem deiner Leute Spaß machen, eine zu erzählen, aber wir können auch gerne selbst damit anfangen, wenn euch das lieber ist.«

Es gibt eine Kaninchen-Redensart: »Im Gehege mehr

Geschichten als Verbindungsgänge«, und ein Kaninchen kann sich ebensowenig weigern, eine Geschichte zu erzählen, wie ein Irländer sich weigern kann, sich zu schlagen. Hazel und seine Freunde besprachen sich. Nach kurzer Zeit kündigte Blackberry an: »Wir haben Hazel gebeten, euch von unseren Abenteuern zu erzählen. Wie wir unsere Reise hierher machten und das Glück hatten, uns euch anzuschließen.«

Es folgte eine ungemütliche Stille, die nur durch Scharren und Flüstern unterbrochen wurde. Blackberry wandte sich bestürzt an Hazel und Bigwig.

»Was ist los?« fragte er leise. »Dabei ist doch nichts Unrechtes?«

»Warte«, erwiderte Hazel ruhig. »Sie sollen uns sagen, ob sie's wollen oder nicht. Sie haben hier so ihre eigene Art.«

Die Stille dauerte jedoch noch einige Zeit an, als ob die anderen Kaninchen keinen Wert darauf legten, sich weiter auf die Sache einzulassen.

»Es hat keinen Zweck«, sagte Blackberry schließlich. »Du wirst selbst etwas sagen müssen, Hazel. Nein, wie kämst du dazu? Ich werde es tun.« Er sprach wieder. »Nachdem wir es uns noch einmal überlegt haben, hat sich Hazel daran erinnert, daß wir einen guten Geschichtenerzähler unter uns haben. Dandelion wird uns eine Geschichte von El-ahrairah erzählen. Das kann auf keinen Fall schiefgehen«, flüsterte er.

»Welche?« fragte Dandelion.

Hazel erinnerte sich an die Steine an der Brunnengrube. »Der Salat des Königs«, antwortete er. »Sie halten viel davon, glaube ich.«

Dandelion nahm sein Stichwort mit derselben mutigen Bereitschaft auf, die er in dem Wäldchen gezeigt hatte. »Ich werde euch die Geschichte von dem Salat des Königs erzählen«, sagte er laut.

»Die wird uns gefallen«, erwiderte Cowslip sofort.

»Hoffentlich«, murmelte Bigwig.

Dandelion begann.

# 15. Die Geschichte vom Salat des Königs

Don Alfonso: »Eccovi il medico, signore belle.«
Ferrando und Guglielmo: »Despina in maschera, che triste pelle!«
Lorenzo da Ponte *Cosi fan tutte*

»Es heißt, es gab eine Zeit, in der El-ahrairah und seine Anhänger das Glück verließ. Ihre Feinde trieben sie fort, und sie waren gezwungen, in den Sümpfen von Kelfazin zu leben. Wo die Sümpfe von Kelfazin sind, weiß ich nicht, aber zu der Zeit, als El-ahrairah und seine Anhänger dort lebten, war das einer der trostlosesten Orte der Welt. Das einzige Futter war grobes Gras, und selbst das war gemischt mit bitteren Binsen und Ampfer. Der Boden war zu feucht zum Graben; das Wasser stand sofort in jedem Loch. Aber alle anderen Tiere waren gegenüber El-ahrairah und seinen Schlichen so mißtrauisch geworden, daß sie ihn nicht aus diesem elenden Land hinauslassen wollten, und jeden Tag pflegte Fürst Regenbogen durch die Sümpfe zu gehen, um sich zu vergewissern, daß El-ahrairah noch da war. Fürst Regenbogen hatte die Macht über den Himmel und über die Berge, und Frith hatte ihn geheißen, die Welt nach seinem Gutdünken zu ordnen.

Eines Tages, als Fürst Regenbogen durch die Sümpfe kam, ging El-ahrairah zu ihm und sagte: ›Fürst Regenbogen, meine Leute frieren und können wegen der Nässe nicht unter die Erde gehen. Ihr Futter ist so fade und schlecht, daß sie krank werden, wenn das schlechte Wetter einsetzt. Warum haltet Ihr uns hier gegen unseren Willen? Wir schaden niemandem.‹

›El-ahrairah‹, erwiderte Fürst Regenbogen, ›alle Tiere wissen, daß du ein Dieb und ein großer Gauner bist. Jetzt bist du ein Opfer deiner eigenen Tricks geworden, und du mußt hier leben, bis du uns davon überzeugen kannst, daß du ein ehrliches Kaninchen sein willst.‹

›Dann werden wir nie hier herauskommen‹, sagte El-ahrairah, ›denn ich müßte mich schämen, meinen Leuten ihr Abenteuerleben zu verbieten. Werdet Ihr uns herauslassen, wenn ich durch einen See schwimmen kann, der voller Hechte ist?‹

›Nein‹, sagte Fürst Regenbogen, ›von dieser deiner List habe ich gehört, El-ahrairah, und ich weiß, wie es gemacht wird.‹

›Werdet Ihr uns gehen lassen, wenn es mir gelingt, den Salat aus König Darzins Garten zu stehlen?‹ fragte El-ahrairah.

König Darzin herrschte zu jener Zeit über die größte und reichste aller Tierstädte der Welt. Seine Soldaten waren sehr grimmig, und sein Salatgarten war von einem tiefen Graben umgeben und von tausend Posten Tag und Nacht bewacht. Er lag nahe seinem Palast, am Rande der Stadt, wo alle seine Anhänger lebten. Als nun El-ahrairah davon sprach, König Darzins Salat zu stehlen, lachte Fürst Regenbogen und sagte:

›Du kannst es versuchen, und wenn es dir gelingt, werde ich dein Volk überall vermehren, und niemand wird imstande sein, es aus einem Gemüsegarten herauszuhalten, von heute bis ans Ende der Welt. Aber in Wirklichkeit wirst du von den Soldaten getötet werden, und die Welt wird einen glatten, einnehmenden Schurken los sein.‹

›Sehr gut‹, sagte El-ahrairah, ›wir werden sehen.‹

Nun war Yona, der Igel, ganz in der Nähe, suchte Schnecken in den Sümpfen und hörte mit an, was sich zwischen Fürst Regenbogen und El-ahrairah zugetragen hatte. Er stahl sich zum großen Palast König Darzins davon und wollte für seine Warnung belohnt werden.

›König Darzin‹, schnüffelte er, ›dieser verruchte Dieb El-ahrairah hat gesagt, er werde deinen Salat stehlen, und er kommt, dich zu überlisten, um in den Garten zu gelangen.‹

König Darzin eilte in den Salatgarten hinunter und ließ den Hauptmann der Wache holen.

›Siehst du diesen Salat?‹ sagte er. ›Nicht einer ist gestohlen worden, seit er ausgesät worden ist. Sehr bald wird er geerntet werden können, und ich beabsichtige, zu diesem Zeitpunkt ein großes Fest für mein ganzes Volk zu geben. Aber ich habe gehört, daß der Schurke El-ahrairah plant, zu kommen und ihn zu stehlen, wenn es ihm gelingt. Ihr werdet die Wachen verdoppeln, und alle Gärtner und Jäter sind täglich zu kontrollieren. Nicht ein Blatt geht aus dem Garten heraus, bis nicht ich oder mein Hauptkoster den Befehl dazu geben.‹

Der Hauptmann der Wache tat, wie ihm geheißen. In jener Nacht kam El-ahrairah aus den Sümpfen von Kelfazin und schlich sich zu dem großen Graben. Bei ihm war sein treuer Hauptmann der Owsla, Rabscuttle. Sie hockten sich in die Büsche und sahen die Doppelwachen auf und ab patrouillieren. Als der Morgen kam, sahen sie alle Gärtner und Jäter zur Mauer kommen, und jeder wurde von drei Wachen überprüft. Einer war neu und war anstelle seines Onkels gekommen, der krank geworden war, aber die Wachen ließen ihn nicht hinein, weil sie ihn nicht kannten, und warfen ihn beinahe in den Graben, ehe sie ihm gerade noch erlaubten, nach Hause zu gehen.

El-ahrairah und Rabscuttle machten sich bestürzt davon, und als Fürst Regenbogen an jenem Tag durch die Sümpfe kam, sagte er: ›Nun, nun, Fürst mit tausendfachen Feinden, wo ist der Salat?‹

›Ich lasse ihn mir liefern‹, antwortete El-ahrairah. ›Es sind zum Tragen zu viele.‹ Dann gingen er und Rabscuttle heimlich in eines der wenigen Löcher hinunter, in denen kein Wasser war, stellten einen Posten davor und dachten nach und redeten einen Tag und eine Nacht lang.

Oben auf dem Berg, neben König Darzins Palast, lag ein Garten, in den seine vielen Kinder und die seiner Hauptanhänger von ihren Müttern und Kindermädchen zum Spielen gebracht wurden. Es gab keine Mauer um den Garten. Er wurde nur bewacht, solange die Kinder da waren; nachts war er leer, weil man dort nichts stehlen und auf niemanden Jagd machen konnte. In der folgenden Nacht ging Rabscuttle, der von El-ahrairah genaue Anweisungen erhalten hatte, in den Garten und buddelte ein Loch, in dem er sich die ganze Nacht versteckte. Am anderen Morgen, als die Kinder zum Spielen gebracht wurden, glitt er hinaus und schloß sich ihnen an. Es waren so viele Kinder, daß jede der Mütter und Kindermädchen glaubte, er gehöre zu einer anderen; aber da er ungefähr dieselbe Größe wie die Kinder hatte und auch nicht viel anders aussah, konnte er sich mit einigen von ihnen anfreunden. Rabscuttle kannte viele Kunststücke und Spiele, und bald tollte er herum und spielte, als wäre er einer von ihnen. Als es für die Kinder Zeit wurde, nach Hause zu gehen, ging Rabscuttle mit ihnen. Sie kamen aus dem Stadttor, und die Wachen sahen Rabscuttle mit König Darzins Sohn. Sie hielten ihn an und fragten, wer seine Mutter wäre, aber der Sohn des Königs sagte: ›Laßt ihn in Ruhe. Er ist mein Freund‹, und Rabscuttle ging mit allen anderen hinein.

Sobald Rabscuttle ins Innere des Königspalastes gelangt war, huschte er davon in einen der dunklen Baue, und da versteckte er sich den ganzen Tag. Doch am Abend kam er heraus und fand einen Weg in die königlichen Vorratskammern, wo das Futter für den König und sein Gefolge und dessen Frauen zubereitet wurde. Da gab es Gräser und Früchte und Wurzeln und sogar Nüsse und Beeren; denn König Darzins Volk ging in diesen Tagen überallhin, durch Wälder und Felder. Es waren keine Soldaten in den Vorratskammern, und Rabscuttle versteckte sich dort im Dunkel. Und er tat alles, was er konnte, um das Futter ungenießbar zu machen, mit Ausnahme dessen, was er selbst fraß.

An jenem Abend ließ König Darzin den Oberkoster holen und fragte ihn, ob der Salat schon eßbar wäre. Der Oberkoster sagte, zum Teil sei er ausgezeichnet und er habe schon einiges in die Vorratskammern bringen lassen.

›Gut‹, sagte der König, ›wir werden zwei oder drei heute abend zu uns nehmen.‹

Aber am nächsten Morgen erkrankten der König und einige seiner Untergebenen an einer Magenverstimmung. Was immer sie aßen, sie wurden krank davon, weil Rabscuttle in den Vorratskammern versteckt war und das Futter so schnell verdarb, wie es hereingebracht wurde. Der König aß noch mehrere Salatblätter, aber es ging ihm nicht besser. Sein Zustand verschlimmerte sich sogar.

Nach fünf Tagen schlüpfte Rabscuttle mit den Kindem wieder hinaus und kehrte zu El-ahrairah zurück. Als der vernahm, daß der König krank war und Rabscuttle alles nach Wunsch erledigt hatte, ging er daran, sich zu maskieren. Er stutzte seinen weißen Schwanz, und Rabscuttle mußte sein Fell kurzknabbern und es mit Schlamm und Brombeeren sprenkeln. Dann bedeckte er sich überall mit Strähnen von Klebkraut und fand sogar einen Weg, seinen Geruch zu verändern. Schließlich konnten seine eigenen Frauen ihn nicht mehr erkennen, und El-ahrairah befahl Rabscuttle, ihm in einigem Abstand zu folgen, und los ging's zu König Darzins Palast. Rabscuttle aber wartete draußen, oben auf dem Berg.

Als er zum Palast kam, verlangte El-ahrairah, den Hauptmann der Wache zu sprechen. ›Du mußt mich zum König bringen‹, sagte er. ›Fürst Regenbogen schickt mich. Er hat gehört, daß der König krank ist, und hat mich aus dem fernen Land hinter Kelfazin holen lassen, um den Grund für seine Erkrankung herauszufinden. Beeil dich! Ich bin nicht gewohnt zu warten.‹

›Woher weiß ich, daß dies wahr ist?‹ fragte der Hauptmann der Wache.

›Mir ist es einerlei‹, erwiderte El-ahrairah. ›Was bedeutet die Krankheit eines kleinen Königs dem Oberarzt des Landes hinter dem goldenen Fluß von Frith? Ich kehre zurück und sage Fürst Regenbogen, daß die Wache des Königs so dumm war, mich zu behandeln, wie es von einem Haufen flohgebissener Lümmel nicht anders zu erwarten war.‹

Er drehte sich um und schickte sich an zu gehen, aber der Hauptmann der Wache bekam es mit der Angst zu tun und rief ihn zurück. El-ahrairah ließ sich überreden, und man brachte ihn zum König.

Nach fünf Tagen schlechten Futters und einem kranken Magen war der König nicht dazu aufgelegt, jemandem zu mißtrauen, der vorgab, Fürst Regenbogen habe ihn geschickt, um ihn zu heilen. Er bat El-ahrairah, ihn zu untersuchen, und versprach, alles zu tun, was er befahl.

El-ahrairah machte ein großes Getue aus der Untersuchung des Königs. Er sah sich seine Augen an, seine Ohren, seine Zähne und seinen Mist und die Enden seiner Klauen und fragte, was er gefressen habe. Dann verlangte er, die königlichen Vorratskammern und den Salatgarten zu sehen. Als er zurückkam, sah er sehr ernst aus und sagte: ›Großer König, ich weiß nur zu gut, was für eine traurige Nachricht es für Euch sein wird, aber die Ursache Eurer Krankheit ist ebenjener Salat, den Ihr so hoch schätzt.‹

›Der Salat?‹ rief König Darzin. ›Unmöglich! Er wird aus gutem, gesundem Samen gezogen und Tag und Nacht bewacht.‹

›Ach!‹ sagte El-ahrairah. ›Ich weiß es wohl! Aber er ist von dem gefürchteten Lausbabaus, einem tödlichen Virus, infiziert, der in immer kleiner werdenden Kreisen durch die Lüfte fliegt und, isoliert von dem purpurfarbenen Avvago, in den graugrünen Wäldern von Okey Pokey reift. Das erklärt Euch, soweit ich es vermag, die Angelegenheit in einfachen Worten. Vom medizinischen Standpunkt sieht die Sache etwas komplizierter aus, aber ich möchte Euch damit nicht ermüden.‹

›Ich kann es nicht glauben‹, stöhnte der König.

›Der einfachste Weg‹, sagte El-ahrairah, ›wird der sein, es Euch zu beweisen. Aber dazu brauchen wir nicht einen Eurer Untertanen in Mitleidenschaft zu ziehen. Befehlt den Soldaten, hinauszugehen und einen Gefangenen zu machen.‹

Die Soldaten gingen hinaus, und das erste Geschöpf, das sie fanden, war Rabscuttle, der auf dem Berg graste. Sie schleppten ihn durch die Tore und vor den König.

›Ah, ein Kaninchen‹, sagte El-ahrairah. ›Widerliches Geschöpf! Um so besser. Abscheuliches Kaninchen, friß diesen Salat!‹

Rabscuttle tat es und begann bald danach, zu stöhnen

und um sich zu schlagen. Er kickte in Zuckungen und rollte mit den Augen. Er nagte am Boden und hatte Schaum vor dem Mund.

›Er ist sehr krank‹, sagte El-ahrairah. ›Er muß einen außergewöhnlich schlechten erwischt haben. Oder aber, was wahrscheinlicher ist, die Infektion wirkt besonders stark bei Kaninchen. Auf jeden Fall wollen wir dankbar sein, daß es nicht Eure Majestät war. Nun, er hat seinen Zweck erfüllt. Schmeißt ihn raus! Ich würde Eurer Majestät ernstlich raten‹, fuhr El-ahrairah fort, ›den Salat nicht dort zu lassen, wo er ist, denn er wird schießen und blühen und keimen. Die Infektion wird sich ausdehnen. Ich weiß, wie enttäuschend das für Euch ist, aber Ihr müßt ihn loswerden.‹

In diesem Augenblick kam, wie das Glück es wollte, der Hauptmann der Wache mit Yona, dem Igel, herein.

›Eure Majestät‹, rief er, ›dieses Geschöpf kehrt von den Sümpfen von Kelfazin zurück. Das Volk von El-ahrairah tritt zum Krieg an. Sie sagen, sie kommen, um Eurer Majestät Garten anzugreifen und den königlichen Salat zu stehlen. Habe ich Eurer Majestät Befehl, die Soldaten hinauszuführen und die Feinde zu vernichten?‹

›Aha!‹ sagte der König. ›Ich habe mir da eine doppelte List ausgedacht. Besonders stark bei Kaninchen. Nun gut! Sie sollen so viel Salat haben, wie sie wollen. Ihr werdet sogleich tausend Stück hinunter in die Sümpfe von Kelfazin bringen und sie dort lassen. Haha! Was für ein Witz! Mir geht es gleich viel besser.‹

›Oh, welch todbringende List!‹ sagte El-ahrairah. ›Kein Wunder, daß Eure Majestät Herrscher über ein großes Volk ist. Ich glaube, Ihr werdet sehr schnell gesund werden. Nein, nein, ich nehme keine Belohnung. Auch gibt es hier nichts, was in dem strahlenden Land jenseits des goldenen Flusses von Frith für wertvoll gehalten würde. Ich habe getan, was Fürst Regenbogen verlangte. Das genügt. Vielleicht seid Ihr so gütig, Euren Wachen zu befehlen, mich zum Fuß des Berges zu begleiten?‹ Er verbeugte sich und verließ den Palast.

Später am Abend, als El-ahrairah seine Kaninchen drängte, wütender zu knurren und in den Sümpfen von Kelfazin auf und ab zu rennen, kam Fürst Regenbogen über den Fluß.

›El-ahrairah‹, rief er, ›bin ich behext?‹

›Es ist durchaus möglich‹, sagte El-ahrairah. ›Der gefürchtete Lausbabaus –‹

›Tausend Stück Salat liegen in einem Haufen oben am Sumpf. Wer hat sie dahin gebracht?‹

›Ich sagte Euch, sie würden geliefert werden‹, erwiderte El-ahrairah. ›Ihr könnt von meinem Volk kaum erwarten, schwach und hungrig, wie es ist, sie den ganzen Weg von König Darzins Garten hierher zu tragen. Es wird sich aber bald aufgrund der Behandlung, die ich ihm verordnen werde, erholen. Ich bin Arzt, darf ich bemerken, und wenn Ihr noch nicht davon gehört habt, Fürst Regenbogen, werdet Ihr das bald von anderer Seite erfahren. Rabscuttle, geh und hole den Salat.‹

Da sah Fürst Regenbogen, daß El-ahrairah ein Mann von Wort war und daß auch er sein Versprechen halten mußte. Er ließ die Kaninchen aus den Sümpfen von Kelfazin heraus, und sie vermehrten sich überall. Und von jenem Tag an kann keine Macht der Welt ein Kaninchen aus einem Gemüsegarten heraushalten; denn El-ahrairah gibt ihnen tausend Listen ein, die besten der Welt.«

# 16. Silverweed

Er sagte: »Tanze für mich«, und er sagte:
»Du bist zu schön, als daß der Wind dich zerpflücken
Oder die Sonne dich verbrennen könnte.« Er sagte:
»Ich bin ein armes, zerfetztes Ding, aber nicht herzlos
Dem traurigen Tänzer und den tanzenden Toten gegenüber.«
Sidney Keyes *Four Postures of Death*

»Gut gemacht«, sagte Hazel, als Dandelion geendet hatte.

»Er ist sehr gut, nicht wahr?« sagte Silver. »Wir sind glücklich, ihn bei uns zu haben. Allein ihm zuzuhören belebt die Geister.«

»Das hat ihre Ohren flachgelegt«, flüsterte Bigwig. »Wollen mal sehen, ob sie einen Geschichtenerzähler finden, der ihn schlagen könnte.«

Keiner von ihnen hatte Zweifel, daß Dandelion ihnen Ehre gemacht hatte. Seit ihrer Ankunft hatten sie sich unsicher gefühlt neben diesen prächtigen, wohlgenährten Fremden mit ihrem distanzierten Benehmen, ihren Gestalten an der Wand, ihrer Eleganz, ihrem geschickten Ausweichen beinahe aller Fragen – vor allem aber mit ihren Anfällen von unkaninchenhafter Melancholie. Jetzt hatte ihr eigener Geschichtenerzähler gezeigt, daß sie nicht ein bloßer Haufen von Tramps waren. Gewiß konnte ihm kein vernünftiges Kaninchen seine Bewunderung versagen. Sie warteten auf eine entsprechende Äußerung, aber nach einigen Augenblicken merkten sie überrascht, daß ihre Gastgeber offenbar weniger begeistert waren.

»Sehr hübsch«, sagte Cowslip. Er schien noch mehr sagen zu wollen, wiederholte dann aber: »Ja, sehr hübsch. Eine ungewöhnliche Geschichte.«

»Aber er muß sie doch kennen!« murmelte Blackberry zu Hazel.

»Ich finde immer, daß diese traditionellen Geschichten einen großen Reiz bewahren«, meinte ein anderes Kaninchen, »besonders, wenn sie im echt altmodischen Geist erzählt werden.«

»Ja«, sagte Strawberry. »Überzeugung, das ist nötig. Man muß wirklich an El-ahrairah und Fürst Regenbogen glauben, nicht wahr? Dann kommt alles übrige von selbst.«

»Sag nichts, Bigwig«, flüsterte Hazel, denn Bigwig scharrte empört mit seinen Pfoten. »Du kannst sie nicht zwingen, Gefallen an etwas zu finden, das ihnen nicht zusagt. Warten wir ab, was sie uns zu erzählen haben.« Laut sagte er: »Unsere Geschichten haben sich durch Generationen nicht verändert. Schließlich haben wir uns auch nicht verändert. Unser Leben ist dasselbe wie das unserer Väter und deren Vorväter. Hier ist das anders. Wir merken das, und wir finden eure neuen Ideen und Methoden sehr aufregend. Wir sind neugierig, was für Geschichten *ihr* zu erzählen wißt.«

»Nun, wir erzählen die alten Geschichten nicht mehr allzu häufig«, erwiderte Cowslip. »Unsere Geschichten und Gedichte handeln hauptsächlich von unserem eigenen Leben hier. Gewiß, diese Gestalt von Goldregen, die ihr gesehen habt – aber das ist vorbei. El-ahrairah bedeutet uns wirklich nicht mehr viel. Nicht, daß die Geschichte deines Freundes nicht sehr reizvoll gewesen wäre«, fügte er hastig hinzu.

»El-ahrairah ist ein Gauner«, sagte Buckthorn, »und Kaninchen werden immer Listen brauchen.«

»Nein«, sagte eine neue Stimme vom anderen Ende der Halle hinter Cowslip. »Kaninchen brauchen Würde und vor allem den Willen, ihr Schicksal auf sich zu nehmen.«

»Wir halten Silverweed für einen der besten Poeten, den wir seit langem gehabt haben«, sagte Cowslip. »Seine Gedanken haben eine große Anhängerschaft. Würdet ihr ihn jetzt gerne hören?«

»Ja, ja«, kamen Stimmen von allen Seiten. »Silverweed!«

»Hazel«, sagte Fiver plötzlich, »ich möchte einen klaren Eindruck von diesem Silverweed gewinnen, aber ich wage nicht, allein dichter heranzugehen. Könntest du mitkommen?«

»Nanu, Fiver, was meinst du? Was gibt es da zu fürchten?«

»Oh, Frith steh mir bei!« sagte Fiver zitternd. »Ich kann ihn von hier aus riechen. Er versetzt mich in Schrecken.«

»Ach Fiver, sei nicht albern! Er riecht genauso wie sie alle.«

»Er riecht wie heruntergeregnete und in den Feldern faulende Gerste. Er riecht wie ein verwundeter Maulwurf, der nicht unter die Erde gelangen kann.«

»Meiner Meinung nach riecht er wie ein großes dickes Kaninchen mit einer Menge Mohrrüben im Bauch. Aber ich komme mit dir.«

Als sie langsam durch die Menge ans andere Ende des Baus vorgerückt waren, stellte Hazel überrascht fest, daß Silverweed noch ein junger Bursche war. Im Sandleford-Gehege wäre kein Kaninchen seines Alters gebeten worden, eine Geschichte zu erzählen, außer vielleicht von ein paar Freunden. Er bot einen milden, verwegenen Anblick, und seine Ohren zuckten dauernd. Als er zu sprechen begann, schien er sich seiner Zuhörerschaft immer weniger bewußt zu werden und drehte wiederholt den Kopf, als lauschte er auf ein Geräusch aus dem Eingangstunnel hinter ihm, das nur für ihn hörbar war. Aber es war ein fesselnder Zauber in seiner Stimme, wie die Bewegung des Windes und des Lichtes auf einer Wiese, und als ihr An- und Abschwellen in seine Hörer eindrang, wurde der ganze Bau still.

»Der Wind weht, weht über das Gras.
Er schüttelt die Weidenkätzchen; die Blätter leuchten silbern.
Wohin gehst du, Wind? Weit, weit fort
Über die Berge, über den Rand der Welt.
Nimm mich mit, Wind, hoch über den Himmel.
Ich werde mit dir gehen, ich werde Kaninchen-des-Windes sein,
Im Himmel, der federige Himmel und das Kaninchen.

Der Bach läuft, läuft über den Kies,
Durch die Bachbunge, die Sumpfdotterblumen, das Blau und Gold des Frühlings.

Wohin läufst du, Bach? Weit, weit fort jenseits des Heidekrauts,
Fortgleitend die ganze Nacht.
Nimm mich mit dir, Bach, fort in das Sternenlicht.
Ich werde mit dir gehen, ich werde Kaninchen-vom-Bach sein.
Hinunter durch das Wasser, das grüne Wasser und das Kaninchen.

Im Herbst kommen die Blätter angetrieben, gelb und braun.

Sie rascheln in den Gräben, sie zerren und hängen an
der Hecke.
Wohin geht ihr, Blätter? Weit, weit weg.
In die Erde gehen wir, mit dem Regen und den Beeren.
Nehmt mich mit, Blätter, nehmt mich mit auf eure
geheimnisvolle Reise.
Ich werde mit euch gehen, werde Kaninchen-der-Blätter
sein,
In den Tiefen der Erde, die Erde und das Kaninchen.
Frith liegt im Abendhimmel. Die Wolken sind rot um
ihn.
Ich bin hier, o Frith, ich laufe durch das hohe Gras.
Nimm mich mit, hinter den Wäldern vergehend,
Weit weg zum Herzen des Lichtes, dem Schweigen.
Denn ich bin bereit, dir meinen Atem zu geben, mein
Leben.
Der leuchtende Kreis der Sonne, die Sonne und das
Kaninchen.«

Fiver hatte, während er lauschte, eine Mischung von intensivem Vertieftsein und ungläubigem Entsetzen gezeigt. Er schien jedes Wort in sich aufzunehmen und trotzdem gleichzeitig von Angst befallen zu sein. Einmal sog er den Atem ein, als wäre er überrascht, seine eigenen, halb-bewußten Gedanken wahrzunehmen, und als das Gedicht zu Ende war, schien er mit Mühe zu sich selbst zu kommen. Er entblößte die Zähne und leckte seine Lippen, wie Blackberry es vor dem toten Igel auf der Straße getan hatte.

Ein Kaninchen, das sich vor einem Feind fürchtet, wird sich manchmal mäuschenstill ducken, entweder gebannt oder auf seine natürliche Unauffälligkeit vertrauend, unbemerkt zu bleiben. Aber dann, es sei denn, die Faszination ist zu mächtig, kommt der Punkt, an dem es das Stillhalten aufgibt und sich, als bräche es einen Zauberbann, augenblicklich dem letzten Ausweg zuwendet – der Flucht. Dies schien jetzt bei Fiver der Fall zu sein. Plötzlich sprang er auf und bahnte sich heftig einen Weg durch den großen Bau. Mehrere Kaninchen wurden angerempelt und drehten sich wütend um, aber er achtete nicht darauf. Dann kam er an eine Stelle, wo er sich nicht zwischen zwei schweren Gehege-Rammlern hindurchdrängen konnte. Er wurde hysterisch, kickte und scharrte, und Hazel, der hinter ihm war, hatte Schwierigkeiten, eine Schlägerei zu verhindern.

»Mein Bruder ist in gewisser Hinsicht auch ein Poet«, sagte er zu den zornigen Fremden. »Manche Dinge bewegen ihn zuweilen sehr stark, und er weiß nicht immer, warum.«

Eines der Kaninchen schien hinzunehmen, was Hazel gesagt hatte, aber das andere erwiderte: »Oh, noch ein Poet? Hören wir ihn an. Das wird wenigstens eine kleine Entschädigung für meine Schulter sein. Er hat ein großes Büschel Fell herausgekratzt.«

Fiver war schon weit voraus und eilte auf den gegenüberliegenden Eingangstunnel zu. Hazel fühlte, daß er ihm folgen mußte. Doch nach all der Mühe, die er sich gegeben hatte, freundlich zu sein, war er so böse über die Art, wie Fiver sich ihre neuen Freunde zu Gegnern gemacht hatte, daß er, als er an Bigwig vorbeikam, sagte: »Komm und hilf mir, ihm etwas Vernunft beizubringen. Das fehlte uns gerade noch, jetzt eine Schlägerei.« Er war der Meinung, daß Fiver wirklich eine kleine Zurechtweisung von Bigwig verdiente.

Sie folgten Fiver den Lauf hinauf und überholten ihn am Eingang. Ehe einer von ihnen ein Wort sagen konnte, drehte er sich um und begann zu sprechen, als ob sie ihm eine Frage gestellt hätten.

»Ihr habt es also gefühlt? Und ihr wollt wissen, ob ich es auch gefühlt habe? Natürlich. Das ist das Schlimmste daran. Es ist keine List. Er sagt die Wahrheit. Solange er die Wahrheit sagt, kann es keine Narrheit sein – das wolltest du doch sagen, nicht wahr? Ich mache dir keine Vorwürfe, Hazel. Ich selbst habe mich zu ihm hingezogen gefühlt wie eine Wolke, die in eine andere treibt. Aber dann, im letzten Augenblick, trieb ich weit weg. Wer weiß, warum? Es war nicht mein eigener Wille; es war ein Zufall. Es war nur ein kleiner Teil von mir, der mich weit von ihm wegtrug. Sagte ich, das Dach dieser Halle wäre aus Knochen? Nein! Ein großer Nebel von Torheit bedeckt den ganzen Himmel, und wir werden nie mehr Friths Licht sehen. Oh, was wird aus uns werden? Eine Sache kann wahr und trotzdem eine verzweifelte Narrheit sein, Hazel.«

»Was zum Teufel bedeutet das alles?« sagte Hazel bestürzt zu Bigwig.

»Er spricht von dem hängeohrigen Nichtsnutz von einem Dichter da unten«, antwortete Bigwig. »Soviel verstehe ich. Aber weshalb er zu denken scheint, daß wir etwas mit ihm und seinem phantastischen Gerede zu tun haben wollen – das geht über meinen Verstand. Du kannst dir deinen Atem sparen, Fiver. Das einzige, was uns Sorgen macht, ist der Streit, den du angefangen hast.«

Fiver starrte ihn mit Augen an, die, wie bei einer Fliege, größer als sein Kopf zu sein schienen. »Du denkst das«, sagte er. »Du glaubst das. Aber jeder von euch, jeder auf seine eigene Art, steckt tief in diesem Nebel. Wo ist der –«

Hazel unterbrach ihn, was Fiver zusammenschrecken ließ.

»Fiver, ich will nicht leugnen, daß ich dir hier herauf gefolgt bin, um zornig zu werden. Du hast unseren guten Anfang in diesem Gehege gefährdet –«

»Gefährdet?« rief Fiver. »Gefährdet? Der ganze Ort –«

»Sei still. Ich wollte schon böse werden, aber offensichtlich bist du so außer dir, daß es zwecklos wäre. Du kommst jetzt auf der Stelle mit uns beiden nach unten und schläfst. Komm mit! Und keine Widerrede!«

In einer Hinsicht ist das Leben der Kaninchen weniger kompliziert als das der Menschen: Sie schämen sich nicht, Gewalt anzuwenden. Da er keine andere Wahl hatte, begleitete Fiver Hazel und Bigwig in den Bau, wo Hazel die vergangene Nacht verbracht hatte. Es war niemand da, und sie legten sich hin und schliefen.

# 17. Der glänzende Draht

Wenn das grüne Feld sich hebt wie ein Deckel
Und enthüllt, was viel besser verborgen geblieben wäre,
  Unerfreuliches;
Und schau! Hinten, lautlos
Sind die Wälder heraufgekommen und stehen herum
  in einem tödlichen Halbmond.
Und der Riegel gleitet in seine Vertiefung,
Vor dem Fenster steht der schwarze Wagen des Spediteurs,
Und jetzt plötzlich, schnell erscheinend,
Kommen die Frauen mit dunklen Gläsern,
  die buckligen Chirurgen
  Und der Sensenmann.

W. H. Auden *The Witnesses*

Es war kalt, es war kalt, und das Dach bestand aus Gebeinen. Das Dach bestand aus den verschlungenen Zweigen der Eibe, steifen Ästchen, die sich heraus- und herein-, darüber- und darunterwanden, hart wie Eis und mit mattroten Beeren besetzt. »Komm, Hazel«, sagte Cowslip. »Wir tragen die Eibenbeeren in unserem Maul heim und fressen sie in dem großen Bau. Deine Freunde müssen das lernen, wenn sie unsere Lebensweise annehmen wollen.«

»Nein, nein«, rief Fiver, »Hazel, nein!« Dann aber kam Bigwig, der sich durch die Zweige wand, sein Maul voller Beeren. »Schaut!« sagte Bigwig. »Ich kann's. Ich laufe einen anderen Weg. Rate, wo, Hazel! Rate, wo! Rate, wo!«

Dann rannten sie in eine andere Richtung, nicht zum Bau, sondern über die Felder in die Kälte, und Bigwig ließ die Beeren fallen – blutrote Tropfen, roter Mist, so hart wie Draht. »Es hat keinen Zweck«, sagte er, »keinen Zweck, sie zu beißen. Sie sind zu kalt.«

Hazel wachte auf. Er befand sich im Bau. Er fröstelte. Warum fehlte die Wärme dicht aneinandergedrängter Kaninchenkörper? Wo war Fiver? Er setzte sich auf. In der Nähe regte sich Bigwig, zuckte im Schlaf, suchte Wärme, wollte sich an den Körper eines anderen Kaninchens drükken, das nicht mehr da war. Die flache Mulde in dem sandigen Boden, in der Fiver gelegen hatte, war noch nicht ganz kalt, aber Fiver war fort.

»Fiver!« rief Hazel in die Dunkelheit.

Aber sowie er gerufen hatte, wußte er, daß keine Erwiderung kommen würde. Er stieß Bigwig mit der Nase an, stieß heftig zu. »Bigwig! Fiver ist fort! Bigwig!«

Bigwig war sofort hellwach, und Hazel war noch nie so froh über seine standhafte Bereitschaft gewesen.

»Was hast du gesagt? Was ist los?«

»Fiver ist fort.«

»Wo ist er hin?«

»*Silf* – nach draußen. Es kann nur *silf* sein. Du weißt doch, er würde nicht im Gehege herumwandern. Er haßt es.«

»Er ist ein Quälgeist, nicht wahr? Deshalb hat er diesen Bau kalt verlassen. Du glaubst, er ist in Gefahr, nicht wahr? Willst du ihn suchen?«

»Ja, ich muß. Er ist durcheinander und überreizt, und es ist noch nicht hell. Es können *elil* da sein, was immer Strawberry sagt.« Bigwig hörte zu und rümpfte die Nase.

»Es ist beinahe hell«, sagte er. »Hell genug, um ihn zu finden. Nun gut, ich schätze, ich gehe lieber mit. Keine

Angst, er kann nicht weit gekommen sein. Aber beim Salat des Königs! Dem werde ich vielleicht die Meinung sagen, wenn ich ihn erwische.«

»Ich halte ihn, während du ihn kickst, wenn wir ihn nur finden. Los!«

Sie gingen durch den Lauf zur Mündung des Loches und blieben stehen. »Da unsere Freunde nicht da sind, um uns anzutreiben«, sagte Bigwig, »können wir uns ebensogut versichern, daß der Ort nicht von Wieseln und Eulen wimmelt, bevor wir hinausgehen.«

In diesem Augenblick klang der Ruf einer braunen Eule aus dem gegenüberliegenden Gehölz. Es war der erste Ruf, und instinktmäßig duckten sie sich, zählten bewegungslos vier Herzschläge, bis der zweite folgte.

»Sie fliegt fort«, sagte Hazel.

»Wie viele Feldmäuse sagen das jede Nacht, frag' ich mich. Du weißt natürlich, daß der Ruf irreführend ist. Und das soll er sein.«

»Nun, da kann ich nichts machen«, erwiderte Hazel. »Fiver ist irgendwo da draußen, und ich suche ihn. Du hast übrigens recht.

Es *ist* hell – gerade so.«

»Sollen wir zuerst unter der Eibe nachschauen?«

Aber Fiver war nicht unter der Eibe. Das stärker werdende Licht zeigte das obere Feld, während die ferne Hecke und der Bach als strichförmige Umrisse unten dunkel blieben. Bigwig sprang von der Böschung ins Feld hinunter und rannte in weitem Bogen über das nasse Gras. Er blieb beinahe gegenüber dem Loch stehen, durch das sie heraufgekommen waren, und Hazel stieß zu ihm.

»Das ist seine Spur«, sagte Bigwig. »Ganz frisch. Vom Loch direkt zum Bach hinunter. Er wird nicht weit sein.«

Wenn Regentropfen liegen, kann man leicht sehen, ob das Gras unlängst überquert worden ist. Sie folgten der Spur das Feld hinunter und erreichten die Hecke neben dem Mohrrübenfeld und der Quelle des Baches. Bigwig hatte recht gehabt, als er sagte, die Spur sei frisch. Sobald sie durch die Hecke gekrochen waren, sahen sie Fiver. Er fraß allein. Ein paar Stücke Mohrrüben lagen noch in der Nähe der Quelle herum, aber er hatte sie unberührt gelassen und fraß Gras, nicht weit von dem knorrigen Holzapfelbaum. Sie näherten sich, und er blickte auf.

Hazel sagte nichts und begann neben ihm zu fressen. Er bedauerte jetzt, daß er Bigwig mitgebracht hatte. In der Dunkelheit vor der Frühdämmerung und im ersten Schreck, als er entdeckte, daß Fiver fort war, war Bigwig Trost und Beistand gewesen. Aber jetzt, als er Fiver sah, klein und vertraut, unfähig, jemandem weh zu tun oder zu verbergen, was er fühlte, zitternd im nassen Gras aus Furcht oder vor der Kälte, schwand sein Zorn dahin. Er tat ihm nur noch leid, und er war sicher, daß Fiver, wenn sie eine Weile allein zusammen sein könnten, seinen Sinn ändern würde. Aber wahrscheinlich war es zu spät, Bigwig zu überreden, sanft mit ihm umzugehen; er konnte nur das Beste hoffen.

Entgegen seinen Befürchtungen blieb Bigwig so still wie er selbst. Offenbar hatte er erwartet, daß Hazel zuerst spräche, und war etwas in Verlegenheit. Einige Zeit wanderten alle drei schweigend durch das Gras, während die Schatten kräftiger wurden und die Ringeltauben zwischen den fernen Bäumen rumorten. Hazel fing schon an zu glauben, daß alles gut werden würde und daß Bigwig vernünftiger war, als er ihm zugetraut hatte, als Fiver sich auf seine Hinterbeine setzte, sein Gesicht mit den Pfoten säuberte und ihn dann zum ersten Mal direkt ansah.

»Ich gehe jetzt«, sagte er. »Ich bin sehr traurig. Ich würde dir gern alles Gute wünschen, Hazel, aber an diesem Ort kann man dir nichts Gutes wünschen. Also – leb wohl.«

»Aber wohin gehst du, Fiver?«

»Fort. In die Hügel, wenn ich es schaffe.«

»Allein? Das kannst du nicht. Du würdest sterben.«

»Völlig hoffnungslos, alter Junge«, sagte Bigwig. »Vor *ni-Frith* würde dich etwas erwischen.«

»Nein«, sagte Fiver ganz ruhig. »Du bist dem Tod näher als ich.«

»Willst du mir Angst einjagen, du elendes kleines Stück plappernder Vogelmiere?« rief Bigwig. »Ich habe die größte Lust –«

»Warte, Bigwig«, sagte Hazel. »Sei nicht grob zu ihm.«

»Du hast doch selbst gesagt –«, begann Bigwig.

»Ich weiß. Aber ich habe meine Meinung geändert. Tut mir leid, Bigwig. Ich wollte dich bitten, mir zu helfen, ihn zu bewegen, ins Gehege zurückzukommen. Jetzt aber – nun, ich habe immer erlebt, daß etwas an dem war, was Fiver zu sagen hatte. Die letzten zwei Tage weigerte ich mich, auf ihn zu hören, und ich bin nach wie vor der Meinung, daß er von Sinnen ist. Aber ich bringe es nicht über mich, ihn ins Gehege zurückzutreiben. Ich glaube wirklich, daß der Ort ihn aus irgendeinem Grunde zu Tode erschreckt. Ich begleite ihn eine Strecke, und vielleicht können wir miteinander reden. Ich kann dich nicht bitten, es auch zu riskieren. Auf jeden Fall sollten die anderen wissen, was wir tun, und sie erfahren es nicht, wenn du es ihnen nicht sagst. Ich werde vor *ni-Frith* zurück sein. Ich hoffe, wir werden beide zurück sein.«

Bigwig starrte ihn an. Dann wandte er sich wütend an Fiver. »Du erbärmliche kleine Küchenschabe«, sagte er. »Du hast nie gelernt zu gehorchen, nicht wahr? Ich, ich, ich die ganze Zeit. ›Oh, ich habe ein komisches Gefühl in meiner Zehe, wir alle müssen auf dem Kopf stehen!‹ Und jetzt haben wir ein feines Gehege gefunden und sind aufgenommen worden, ohne darum zu kämpfen, und du hast nichts Besseres zu tun, als jedermann durcheinanderzubringen! Und dann riskierst du das Leben eines der besten Kaninchen, die wir haben, bloß damit er Kindermädchen spielt, während du herumwanderst wie eine mondsüchtige Feldmaus. Nun, ich bin mit dir fertig, ganz offen gesagt. Und jetzt gehe ich ins Gehege zurück, um mich zu vergewissern, daß die anderen auch mit dir fertig sind. Und das *werden* sie sein – darauf kannst du dich verlassen.«

Er drehte sich um und stürzte durch die nächste Lücke in der Hecke.

Im selben Augenblick gab es ein schreckliches Getöse auf der anderen Seite. Geräusche von Kicken und Stampfen waren zu vernehmen. Ein Stock flog in die Luft. Dann schoß ein nasser Klumpen toter Blätter durch die Lücke und landete neben der Hecke, dicht bei Hazel. Die Brombeerzweige droschen auf und ab. Hazel und Fiver starrten sich an, beide gegen den Impuls ankämpfend, die Flucht zu ergreifen. Was für ein Feind war auf der anderen Seite der Hecke an der Arbeit? Es waren keine Schreie zu hören – kein Fauchen einer Katze, kein Winseln eines Kaninchens –, nur das Krachen von Zweigen und das heftige Reißen von Gras.

Gegen seinen Instinkt nahm Hazel allen Mut zusammen und zwang sich vorwärts zur Lücke; Fiver folgte ihm. Ein furchtbarer Anblick bot sich ihnen. Die verfaulten Blätter waren in Schauern emporgeworfen worden. Die Erde war kahl und von langen Kratzern und Furchen durchzogen. Bigwig lag auf der Seite, mit den Hinterbeinen kickend und strampelnd. Ein gezwirnter Kupferdraht, der matt im ersten

Frühlicht glänzte, war um seinen Hals geschlungen und lief straff über eine Vorderpfote zum oberen Ende eines dicken, in die Erde getriebenen Pflocks. Die Schlinge hatte sich zugezogen und war im Fell hinter seinem Ohr verborgen. Ein vorstehender Teil einer Litze hatte seinen Hals verletzt, und Blutstropfen, dunkelrot wie Eibenbeeren, flossen an seiner Schulter hinunter. Einige Augenblicke lag er keuchend da, seine Flanke hob und senkte sich in Erschöpfung. Dann begann wieder das Strampeln und Kämpfen, vor und zurück, stoßend und fallend, bis er würgte und dann still lag.

Rasend vor Qual sprang Hazel aus der Lücke und hockte sich neben ihn. Bigwigs Augen waren geschlossen und seine Lippen in einem starren Fletschen von den langen Vorderzähnen zurückgezogen. Er hatte auf seine Unterlippe gebissen, von der ebenfalls Blut floß. Schaum bedeckte seine Kinnbacken und die Brust.

»Thlayli!« sagte Hazel trampelnd. »Thlayli! Höre! Du bist in einer Schlinge – einer Schlinge! Was sagten sie in der Owsla? Komm schon – denke nach. Wie können wir dir helfen?«

Es trat eine Pause ein. Dann begannen Bigwigs Hinterbeine wieder auszuschlagen, aber nur schwach. Seine Ohren hingen herab. Seine Augen öffneten sich, und das Weiße zeigte sich blutunterlaufen, als die braune Iris hin- und herrollte. Kurz darauf kam seine Stimme dumpf und schwach durch den blutigen Schaum in seinem Maul.

»Owsla – taugt nichts – Draht durchzubeißen. Pflock – muß ausgegraben werden.«

Ein Krampf schüttelte ihn, und er scharrte auf dem Boden, bedeckte sich mit einer Schicht aus nasser Erde und Blut. Dann lag er wieder still.

»Lauf, Fiver, lauf ins Gehege«, rief Hazel. »Hol die anderen – Blackberry, Silver. Schnell! Er wird sterben!«

Fiver war auf und davon wie ein Hase. Hazel, alleingelassen, versuchte zu begreifen, was getan werden mußte. Was war der Pflock? Wie sollte er ihn ausgraben? Er blickte auf die schmutzige Schweinerei vor ihm hinunter. Bigwig lag über dem Draht, der unter seinem Bauch herauskam und im Boden zu verschwinden schien. Hazel kämpfte mit seinem eigenen Unverständnis. Bigwig hatte gesagt: »Grabe.« Das zumindest verstand er. Er begann, in dem weichen Boden neben seinem Körper zu kratzen, bis nach einiger Zeit seine Pfoten gegen etwas Glattes und Festes stießen. Als er verblüfft innehielt, fand er Blackberry neben sich.

»Bigwig hat soeben gesprochen«, sagte er zu ihm, »aber ich glaube nicht, daß er es jetzt noch kann. Er sagte: ›Grabt diesen Pflock aus.‹ Was bedeutet das? Was müssen wir tun?«

»Augenblick«, sagte Blackberry. »Laß mich überlegen und werde nicht ungeduldig.«

Hazel drehte den Kopf und blickte den Lauf des Baches hinunter. Weit weg, zwischen den beiden niederen Gehölzen, konnte er den Kirschbaum sehen, wo er vor zwei Tagen mit Blackberry und Fiver gesessen hatte. Er erinnerte sich, wie Bigwig Hawkbit durch das hohe Gras gejagt und den Streit der vergangenen Nacht in der Freude über ihre Ankunft vergessen hatte. Er konnte Hawkbit und zwei oder drei der anderen jetzt auf sich zulaufen sehen – Silver, Dandelion und Pipkin. Dandelion, weit vorn, stürmte auf die Lücke zu und hielt zuckend und starrend an.

»Was ist, Hazel? Was ist passiert? Fiver sagte –«

»Bigwig hat sich in einem Draht verfangen. Laß ihn in Ruhe, bis Blackberry einen Einfall hat. Halte die anderen davon ab, sich herumzudrängen.«

Dandelion drehte sich um und rannte zurück, als Pipkin herankam.

»Kommt Cowslip?« fragte Hazel. »Vielleicht weiß er –«

»Er wollte nicht kommen«, erwiderte Pipkin. »Er sagte Fiver, er solle aufhören, davon zu reden.«

»*Was* sagte er ihm?« fragte Hazel ungläubig. Aber in diesem Augenblick sprach Blackberry, und Hazel war wie der Blitz bei ihm.

»Das ist es«, sagte Blackberry. »Der Draht ist an einem Pflock befestigt, der im Boden steckt – da, schau. Wir müssen ihn ausgraben. Los – grabe daneben.«

Hazel grub wieder; seine Vorderpfoten warfen die weiche, nasse Erde empor und rutschten gegen die harten Seiten des Pflockes. Undeutlich war er sich der anderen bewußt, die in der Nähe warteten. Nach einer Weile war er gezwungen aufzuhören, denn er keuchte. Silver nahm seine Stelle ein, und Buckthorn folgte ihm. Der scheußliche glatte, saubere, nach Mann riechende Pflock war in der Länge eines Kaninchenohrs bloßgelegt, kam aber immer noch nicht frei. Bigwig hatte sich nicht bewegt. Er lag über dem Draht, aufgerissen und blutig, mit geschlossenen Augen. Buckthorn zog seinen Kopf und seine Pfoten aus dem Loch und rieb den Schmutz aus seinem Gesicht.

»Der Pflock ist da unten schmaler«, sagte er. »Er läuft spitz zu. Ich glaube, er könnte durchgebissen werden, aber ich kann meine Zähne nicht richtig rankriegen.«

»Schick Pipkin hinein«, sagte Blackberry. »Er ist kleiner.«

Pipkin plumpste in das Loch. Sie konnten das Holz unter seinen Zähnen splittern hören – ein Geräusch wie von einer Maus in der Holzverkleidung eines Schuppens. Er kam mit blutender Nase heraus.

»Die Splitter pieken einen, und man kann kaum atmen, aber der Pflock ist beinahe durch.«

»Fiver, geh hinein«, sagte Hazel.

Fiver blieb nicht lange im Loch. Auch er kam blutend heraus.

»Er ist entzweigebrochen. Er ist frei.«

Blackberry drückte seine Nase an Bigwigs Kopf. Als er ihn sanft liebkoste, rollte sein Kopf seitwärts und wieder zurück.

»Bigwig«, sagte Blackberry in sein Ohr, »der Pflock ist raus.«

Keine Antwort. Bigwig lag still wie zuvor. Eine große Fliege setzte sich auf eines seiner Ohren. Blackberry schlug wütend nach ihr, und sie flog summend in den Sonnenschein hinaus.

»Ich glaube, er ist erledigt«, sagte Blackberry. »Ich kann seinen Atem nicht mehr spüren.«

Hazel hockte sich neben Blackberry und legte die Nüstern dicht an die Bigwigs, aber eine leichte Brise wehte, und er konnte nicht sagen, ob es Atem war oder nicht. Die Beine waren locker, der Bauch schlaff und kraftlos. Er versuchte, sich das wenige zu vergegenwärtigen, was er von Schlingen gehört hatte. Ein starkes Kaninchen könnte sich den Hals in einer Schlinge brechen. Oder hatte die Spitze eines scharfen Drahtes die Luftröhre durchbohrt?

»Bigwig«, flüsterte er, »wir haben dich rausgeholt, du bist frei.«

Bigwig rührte sich nicht. Plötzlich wurde es Hazel klar, daß, wenn Bigwig tot war – und was sonst konnte *ihn* im Morast festhalten? –, er selbst die anderen wegführen mußte, ehe der furchtbare Verlust ihnen ihren Mut und ihre Lebensgeister nehmen konnte – was zweifellos geschehen würde, wenn sie neben der Leiche blieben. Außerdem würde der Mann bald kommen. Vielleicht kam er schon mit einem Gewehr, um den armen Bigwig fortzunehmen. Sie mußten gehen; und er mußte dafür sorgen, daß alle –

auch er – aus ihren Gedanken für immer verbannten, was sich ereignet hatte.

»Mein Herz hat sich mit den Tausend verbunden, denn mein Freund hörte auf zu laufen«, sagte er zu Blackberry, ein Kaninchensprichwort zitierend.

»Wenn es bloß nicht Bigwig wäre«, sagte Blackberry. »Was sollen wir ohne ihn anfangen?«

»Die anderen warten«, sagte Hazel. »Wir müssen am Leben bleiben. Sie brauchen etwas, an das sie glauben können. Hilf mir, oder es geht über meine Kräfte.«

Er wandte sich von der Leiche ab und suchte unter den Kaninchen hinter ihm nach Fiver. Aber der war nirgends zu sehen, und Hazel fürchtete sich, nach ihm zu fragen, weil es als Schwäche und als ein Bedürfnis nach Trost gedeutet werden könnte.

»Pipkin«, schnauzte er, »warum putzt du dir nicht das Gesicht und stillst das Blut? Der Blutgeruch zieht *elil* an. Das weißt du doch!«

»Ja, Hazel. Verzeih. Wird Bigwig –«

»Und noch etwas«, unterbrach Hazel ihn verzweifelt. »Was hast du mir da von Cowslip erzählt? Sagtest du, er gebot Fiver, zu schweigen?«

»Ja, Hazel. Fiver kam ins Gehege und erzählte uns von der Schlinge und daß der arme Bigwig –«

»Ja, ja, schon gut. Und dann Cowslip – ?«

»Cowslip und Strawberry und die anderen taten so, als ob sie Fiver nicht hörten. Es war lächerlich, weil Fiver es allen zurief. Und dann, als wir hinausliefen, sagte Silver zu Cowslip: ›Du kommst doch sicherlich auch?‹ Und Cowslip drehte ihm einfach den Rücken zu. Worauf Fiver zu ihm trat und sehr ruhig mit ihm sprach, aber ich hörte, was Cowslip antwortete. Er sagte: ›Hügel oder *Inlé*‹, es ist mir vollkommen gleichgültig, wohin ihr geht. Halt dein

Maul.‹ Und dann schlug er nach Fiver und verletzte ihn am Ohr.«

»Ich bringe ihn um«, keuchte eine tiefe, würgende Stimme hinter ihnen. Alle fuhren herum. Bigwig hatte den Kopf gehoben und stemmte sich auf den Hinterpfoten hoch. Sein Körper war verdreht, und sein Hinterteil und die Hinterbeine lagen immer noch auf dem Boden. Seine Augen waren offen, und sein Gesicht war eine so furchtbare Maske von Blut, Schaum, Erbrochenem und Erde, daß er mehr wie ein Dämon als wie ein Kaninchen aussah. Sein unmittelbarer Anblick, der sie mit Erleichterung und Freude hätte erfüllen sollen, verbreitete nur Entsetzen. Sie verdrückten sich, und keiner sagte ein Wort.

»Ich bringe ihn um«, wiederholte Bigwig blubbernd durch seinen schmutzigen Bart und sein verklebtes Fell. »Helft mir doch, verdammt noch mal! Kann mir nicht jemand diesen gemeinen Draht abstreifen?« Er strampelte, zog seine Hinterbeine nach. Dann fiel er wieder hin und kroch vorwärts, den Draht mit dem nachschleppenden Pflock durch das Gras ziehend.

»Laßt ihn in Ruhe!« rief Hazel, denn jetzt drängten alle vorwärts, um ihm zu helfen. »Wollt ihr ihn umbringen? Laßt ihn ausruhen! Laßt ihn Atem holen!«

»Nein, nicht ausruhen«, keuchte Bigwig. »Mir geht's gut.« Bei diesen Worten fiel er wieder hin, rappelte sich jedoch sofort auf seine Vorderpfoten hoch. »Es sind meine Hinterbeine. Wollen sich nicht bewegen. Dieser Cowslip! Ich bringe ihn um!«

»Warum lassen wir sie überhaupt im Gehege?« rief Silver. »Was sind denn das für Kaninchen? Sie hätten Bigwig sterben lassen. Ihr alle habt Cowslip gehört. Das sind Feiglinge. Treiben wir sie hinaus – töten wir sie! Wir nehmen das Gehege in Besitz und leben selbst da!«

»Ja, ja!« antworteten alle. »Los, zurück zum Gehege! Nieder mit Cowslip! Nieder mit Silverweed! Tötet sie!«

»*O embleer Frith!*« rief eine kreischende Stimme im hohen Gras.

Bei dieser schockierenden Gottlosigkeit erstarb der Tumult. Sie blickten sich um, fragten sich, wer gesprochen haben könnte. Schweigen. Dann tauchte zwischen zwei großen Büscheln Schmielgras Fiver auf, dessen Augen wie rasend funkelten. Er knurrte und sprach ein Kauderwelsch wie ein Hexenhase, und wer in seiner Nähe war, zog sich furchterfüllt zurück. Selbst Hazel hätte ums Leben kein Wort sagen können. Dann verstanden sie, was er sagte.

»Das Gehege? Ihr geht ins Gehege? Ihr Narren! Dieses Gehege ist nichts als ein Todesloch! Der ganze Ort ist eine schmutzige Speisekammer für *elil!* Es ist eine Falle – überall, jeden Tag! Das erklärt alles – alles, was sich ereignet hat, seit wir hierherkamen.«

Er saß bewegungslos da, und seine Worte schienen mit dem Sonnenlicht über das Gras heraufzukriechen.

»Hör zu, Dandelion. Du magst gern Geschichten, nicht wahr? Ich werde dir eine erzählen – jawohl, eine, über die El-ahrairah weinen kann. Es war einmal ein schönes Gehege am Rande eines Gehölzes, die Wiesen einer Farm überblikkend. Es war groß, voll von Kaninchen. Dann, eines Tages, kam die weiße Blindheit, und die Kaninchen wurden krank und verendeten. Aber ein paar von ihnen überlebten, wie immer. Das Gehege wurde beinahe leer. Eines Tages dachte der Farmer: Ich könnte eigentlich diese Kaninchen vermehren, sie zum Teil meiner Farm machen – ihr Fleisch, ihr Fell. Warum mir die Mühe machen, sie im Stall zu halten? Die fühlen sich sehr wohl, wo sie sind. Er begann, alle *elil* zu schießen – *lendri, homba,* Wiesel, Eulen. Er legte Futter für die Kaninchen aus, aber nicht zu nahe dem Gehege. Für seine Zwecke mußten sie sich daran gewöhnen, in den Wiesen und im Gehölz herumzustreifen. Und dann fing er sie mit einer Schlinge – nicht zu viele: so viele, wie er brauchte, und nicht so viele, daß sie alle verscheucht würden oder ausstarben. Sie wurden groß, stark und gesund; denn er sorgte dafür, daß sie das Beste von allem hatten, besonders im Winter, und nichts zu fürchten brauchten – außer in die Schlinge in der Heckenlücke und im Holzpfad zu rennen. Sie lebten also, wie er es wollte, und immer verschwanden eben ein paar von ihnen. Die Kaninchen wurden eigenartig in verschiedener Hinsicht, anders als andere Kaninchen. Sie wußten ganz genau, was los war. Aber sogar vor sich selbst taten sie so, als ob alles in bester Ordnung wäre; denn das Futter war gut, sie waren geschützt, sie hatten nichts zu fürchten als die eine Furcht, und die schlug hier und da zu, aber niemals ausreichend, um sie zu vertreiben. Sie verloren die Eigenart von Wildkaninchen. Sie vergaßen El-ahrairah; denn was für einen Nutzen hatten sie von Listen und Schlauheit, da sie im Gehege eines Feindes lebten und seinen Preis bezahlten? Sie fanden andere wunderbare Künste anstelle von Listen und alten Geschichten. Sie tanzten zum feierlichen Gruß. Sie sangen Lieder wie die Vögel und machten Wandmalereien; und obgleich diese ihnen nicht helfen konnten, vertrieben sie doch die Zeit und ermöglichten es ihnen, sich zu sagen, daß sie großartige Burschen seien, die Blüte der Kaninchenschaft, klüger als die Elstern. Sie hatten kein Oberkaninchen – nein, wie konnten sie auch? –, denn ein Oberkaninchen mußte El-ahrairah für sein Gehege sein und sie vor dem Tod bewahren. Und hier gab es nur einen Tod, und welches Oberkaninchen könnte eine Antwort darauf haben? Statt dessen schickte ihnen Frith sonderbare Sänger, schön und krank wie Galläpfel, wie Rotkehlchens Nadelkissen an der wilden Rose. Und da diese Sänger, die an einem anderen Ort klug und weise gewesen sein mochten, die Wahrheit nicht ertragen konnten, wurden sie unter den Druck des schrecklich schweren Geheimnisses des Geheges gesetzt, bis sie schöne Narreteien hervorwürgten über Würde und Fügsamkeit und alles andere, das glauben machen konnte, daß das Kaninchen den glänzenden Draht liebte. Aber einen strikten Grundsatz hatten sie; o ja, den striktesten. Niemand durfte sie fragen, wo ein anderes Kaninchen war, und jeder, der ›Wo?‹ fragte – außer in einem Lied oder einem Gedicht –, mußte zum Schweigen gebracht werden. ›Wo?‹ zu sagen, war schon schlimm genug, aber offen von den Drähten zu sprechen – war unerträglich. Dafür würden sie kratzen und töten.«

Er hielt inne. Keiner bewegte sich. Dann, in dem Schweigen, sprang Bigwig auf, schwankte einen Augenblick, torkelte ein paar Schritte auf Fiver zu und fiel wieder hin. Fiver schenkte ihm keine Beachtung, sondern blickte von einem Kaninchen zum anderen. Dann begann er wieder zu sprechen.

»Und dann kamen *wir*, über die Heide in der Nacht. Wilde Kaninchen, die Kratzer im ganzen Tal machten. Die Gehege-Kaninchen zeigten sich nicht sofort. Sie mußten überlegen, was am besten zu tun wäre. Aber sie kamen sehr bald darauf: uns ins Gehege zu bringen und uns nichts zu sagen. Versteht ihr nicht? Der Farmer legt nur eine bestimmte Anzahl Fallen, und wenn ein Kaninchen stirbt, leben die anderen um so länger. Du schlugst vor, daß Hazel ihnen von unseren Abenteuern erzählt, Blackberry, aber es hat nicht gut geklappt, nicht wahr? Wer will von tapferen Taten hören, wenn er sich seiner eigenen schämt, und wer will eine offene, ehrliche Geschichte von jemandem hören, den er täuscht? Soll ich weitermachen? Ich sage euch, jedes einzelne Ding, das geschehen ist, paßt wie eine Biene in einen Fingerhut. Und sie töten, sagt ihr, und den großen Bau in Besitz nehmen? Wir würden ein Dach von Gebeinen, mit glänzenden Drähten behangen, in Besitz nehmen! Wir würden uns zu Elend und Tod verhelfen!«

Fiver sank ins Gras. Bigwig, der noch immer seinen schrecklichen, glatten Pflock hinter sich herzog, taumelte zu ihm und berührte seine Nase mit der seinen.

»Ich lebe noch, Fiver«, sagte er. »Wir alle leben. Du hast einen größeren Pflock als den, den ich schleppe, durchgebissen. Sag uns, was wir tun sollen.«

»Tun?« erwiderte Fiver. »Gehen – jetzt. Ich sagte Cowslip, daß wir gehen würden, ehe ich den Bau verließ.«

»Wohin?« fragte Bigwig. Aber Hazel antwortete.

»In die Hügel«, sagte er.

Südlich von ihnen stieg der Boden sanft vom Bach an. Auf dem Kamm konnte man die Furchen einer Wagenspur und dahinter ein Unterholz erkennen. Hazel lief darauf zu, und die übrigen folgten ihm einzeln und zu zweit den Hang hinauf.

»Was ist mit dem Draht, Bigwig?« fragte Silver. »Der Pflock wird sich verfangen und ihn wieder straffen.«

»Nein, er ist jetzt locker«, sagte Bigwig. »Ich könnte ihn abschütteln, wenn ich mich nicht am Hals verletzt hätte.«

»Versuch es«, sagte Silver. »Du wirst sonst nicht weit kommen.«

»Hazel«, rief Speedwell plötzlich, »da kommt ein Kaninchen aus dem Gehege herunter. Schau!«

»Nur eines?« meinte Bigwig. »Wie schade! Du übernimmst es, Silver. Ich will dir das nicht vorenthalten. Mach's gut!«

Sie hielten an und warteten, hier und da über den Hang verstreut. Das sich nähernde Kaninchen lief auf eine merkwürdige, unbesonnene Art. Einmal rannte es direkt in einen dickstieligen Distelstrauch, prallte seitwärts ab und überschlug sich mehrmals. Aber schließlich kam es auf die Füße und tappte auf sie zu.

»Ist es die weiße Blindheit?« fragte Buckthorn. »Er sieht nicht, wohin er geht.«

»Da sei Frith vor!« sagte Blackberry. »Sollen wir davonrennen?«

»Nein, er könnte mit der weißen Blindheit nicht so laufen«, sagte Hazel. »Was immer ihm fehlt, das ist es nicht.«

»Es ist Strawberry!« rief Dandelion.

Strawberry kam durch die Hecke am Holzapfelbaum, sah sich um und ging auf Hazel zu. Seine ganze höfliche Selbstbeherrschung war verschwunden. Er stierte und zitterte, und seine Größe schien den Ausdruck von tiefstem Elend nur noch zu verstärken. Er kroch vor ihnen im Gras, während Hazel wartete, streng und bewegungslos, Silver an seiner Seite.

»Hazel«, fragte Strawberry, »geht ihr fort?«

Hazel schwieg, aber Silver sagte scharf: »Was geht das dich an?«

»Nehmt mich mit.« Keine Erwiderung, und er wiederholte: »Nehmt mich mit.«

»Wir legen keinen Wert auf Geschöpfe, die uns täuschen«, sagte Silver. »Geh lieber zu Nildro-hain zurück. Sie nimmt es zweifellos weniger genau.«

Strawberry gab eine Art würgendes Kreischen von sich, als wäre er verwundet worden. Er blickte von Silver zu Hazel und dann zu Fiver. Schließlich sagte er in einem kläglichen Flüstern:

»Die Drähte.«

Silver wollte schon antworten, aber Hazel sprach zuerst.

»Du kannst mitkommen«, sagte er. »Sag nichts mehr. Armer Kerl.«

Ein paar Minuten später hatten die Kaninchen die Wagenspur überquert und verschwanden im dahinterliegenden Unterholz. Eine Elster, die einen hellen, auffallenden Gegenstand auf dem leeren Hang sah, flog näher, um zu sehen, was es war. Doch alles, was da lag, war ein zersplitterter Pflock und ein Stück verbogener Draht.

# Zweiter Teil

# Watership Down

# 18. Watership Down

Was jetzt bewiesen ist, war einst nur gedacht.
William Blake *The Marriage of Heaven and Hell*

Es war der Abend des darauffolgenden Tages. Den nördlichen Steilabhang von Watership Down, der seit dem frühen Morgen im Schatten lag, erwischte jetzt die westliche Sonne eine Stunde vor der Abenddämmerung. Hundert Meter stieg der Down auf einer Strecke von nicht mehr als zweihundert Metern senkrecht in die Höhe – ein steiler Wall von dem dünnen Baumgürtel am Fluß bis zum Kamm, wo der jähe Abhang sich wieder abflachte. Das volle, weiche Licht lag wie eine goldene Schale über dem Rasen, dem Stechginster, den Eibenbüschen, den vom Wind verkümmerten Dornbüschen. Vom Kamm aus schien das Licht den ganzen Hang unten träge und still zu bedecken. Aber im Gras selbst, zwischen den Büschen, in dem dichten, von den Käfern, den Spinnen und der Spitzmaus bevölkerten Hügelland war das sich bewegende Licht wie ein Wind, der unter ihnen tanzte, um sie zum Huschen und Schlängeln zu bringen. Die roten Strahlen flimmerten zwischen den Grashalmen, blitzten in jeder Minute auf häutigen Flügeln auf, warfen lange Schatten hinter die dünnsten faserartigen Beine, brachen jeden Fleck kahlen Bodens in eine Unzahl individueller Adern auf. Die Insekten summten, wimmerten, brummten, schwirrten und dröhnten, als die Luft sich im Sonnenuntergang erwärmte. Lauter, jedoch ruhiger als sie, klangen zwischen den Bäumen die Goldammer, der Hänfling und der Grünfink. Die Lerchen stiegen auf und zwitscherten in der duftenden Luft über dem Down. Vom Gipfel aus war die augenscheinliche Unbeweglichkeit der weiten blauen Ferne da und dort unterbrochen von Rauchfetzen und winzigem, flüchtigem Aufblitzen von Glas. Tief unten lagen die Felder, grün von Weizen, die fetten Weiden mit den grasenden Pferden, das dunklere Grün der Wälder. Auch sie waren, wie der Dschungel des Abhangs, voll abendlichen Lärms, aber von der fernen Höhe der Stille verwandelt, ihre Wildheit gemildert durch die Luft, die dazwischenlag.

Am Fuße des Rasenvorsprungs hockten Hazel und seine Gefährten unter den niedrigen Zweigen von zwei oder drei Spindelbäumen. Seit dem vergangenen Morgen waren sie fast drei Meilen gewandert. Sie hatten Glück gehabt; denn jeder, der das Gehege verlassen hatte, war noch am Leben. Sie waren durch zwei Bäche geplanscht und angstvoll in den tiefen Waldungen westlich von Ecchinswell gewandert. Sie hatten im Stroh einer einsamen Scheune geruht und waren durch den Angriff von Ratten geweckt worden. Silver und Buckthorn hatten mit Hilfe von Bigwig den Rückzug gedeckt, und als sie alle draußen waren, hatten sie die Flucht ergriffen. Buckthorn war ins Vorderbein gebissen worden, und die Wunde, wie alle Rattenbisse, war entzündet und schmerzte. Als sie an einem kleinen See entlangwanderten, hatten sie verblüfft auf einen großen grauen Fischreiher gestarrt, der im Schilf herumstakste und planschte, bis ein Schwarm wilder Enten sie mit ihrem Geschrei verscheucht hatte. Sie hatten mehr als eine halbe

Meile offenen Weidelandes ohne eine Spur von Deckung überquert, jeden Augenblick in Erwartung eines Angriffs, der nicht kam. Sie hatten das unnatürliche Summen eines Hochspannungsmastes in der Sommerluft vernommen und waren tatsächlich unter ihm entlanggegangen, auf Fivers Versicherung hin, daß er ihnen nichts anhaben könne. Jetzt lagen sie unter den Spindelbäumen und schnupperten voller Ermüdung und Zweifel an dem fremden, kahlen Land um sie herum.

Seitdem sie das Fallen-Gehege verlassen hatten, waren sie vorsichtiger, schlauer, eine zähe Schar geworden, die sich besser verstand und zusammenhielt. Es gab keinen Streit mehr. Die Wahrheit über das Gehege war ein scheußlicher Schock gewesen. Sie waren sich nähergekommen, verließen sich aufeinander und schätzten die Fähigkeiten des einzelnen ganz anders ein. Sie wußten jetzt, daß ihr Leben einzig und allein von diesen abhing, und sie würden nichts schwächen, was sie gemeinschaftlich besaßen. Trotz Hazels Bemühungen neben der Falle war nicht einer unter ihnen, der sich nicht hundeelend bei dem Gedanken fühlte, daß Bigwig tot sein könnte, und sich wie Blackberry fragte, was dann aus ihnen geworden wäre. Ohne Hazel, ohne Blackberry, Buckthorn und Pipkin – wäre Bigwig gestorben. Und wäre er nicht Bigwig – er wäre gestorben; denn hätte nicht jeder andere, derartig zugerichtet, aufgegeben? Bigwigs Stärke, Fivers Scharfblick, Blackberrys geistige Kraft oder Hazels Autorität wurden nicht mehr in Frage gestellt. Als die Ratten kamen, hatten Buckthorn und Silver Bigwig gehorcht und ihre Stellung behauptet. Die übrigen waren Hazel gefolgt, als er sie aufgejagt und ihnen ohne nähere Erklärung befohlen hatte, schnell die Scheune zu verlassen. Später hatte Hazel gesagt, es bliebe gar nichts anderes übrig, als das offene Weideland zu überqueren, und unter Silvers Leitung hatten sie es überquert; Dandelion war immer vorausgerannt, um auszukundschaften. Als Fiver sagte, der Eisenbaum sei harmlos, glaubten sie ihm.

Strawberry war es schlecht ergangen. Sein Elend machte ihn schwerfällig und unüberlegt, und er schämte sich der Rolle, die er in dem Gehege gespielt hatte. Er war schlapp und viel mehr an Trägheit und gutes Futter gewöhnt, als er zuzugeben wagte. Aber er beklagte sich nicht, und es war offensichtlich, daß er entschlossen war zu zeigen, was er konnte, um nicht zurückgelassen zu werden. Er hatte sich als nützlich im Waldland erwiesen, da er besser an dichte Wälder gewöhnt war als die anderen. »Er wird sich bewähren, weißt du, wenn wir ihm eine Chance geben«, sagte Hazel am See zu Bigwig. »Hoffentlich, verdammt noch mal«, erwiderte Bigwig, »der große Dandy!« – denn nach ihren Maßstäben war Strawberry peinlich sauber und eigen. »Nun, ich möchte, wohlgemerkt, nicht, daß man ihn einschüchtert, Bigwig. Das wird ihm nicht helfen.« Das hatte Bigwig, wenn auch ziemlich verdrießlich, akzeptiert und war selbst weniger anmaßend geworden. Die Falle hatte bei ihm Schwäche und Überreiztheit hinterlassen. Er war es, der das Alarmzeichen in der Scheune gegeben hatte, denn er konnte nicht schlafen und war bei dem scharrenden Geräusch sofort aufgeschreckt. Er wollte Silver und Buckthorn nicht allein kämpfen lassen, hatte sich aber gezwungen gesehen, das Schlimmste ihnen beiden zu überlassen. Zum ersten Mal in seinem Leben hatte Bigwig sich zu Mäßigung und Vorsicht gezwungen gesehen.

Als die Sonne tiefer sank und den Saum des Wolkengürtels am Horizont berührte, kam Hazel unter den Ästen hervor und musterte achtsam den unteren Abhang. Dann starrte er nach oben über die Ameisenhügel zu dem offenen, ansteigenden Hügelland. Fiver und Acorn folgten ihm hinaus und begannen, an einem Fleck Schildklee zu knabbern. Er war neu für sie, aber man brauchte ihnen nicht zu sagen, daß er gut war, und es hob ihre Stimmung. Hazel drehte sich um und gesellte sich zu ihnen zwischen die großen rosig geäderten, purpurfarbenen Blüten-Ähren.

»Fiver«, sagte er, »um es klipp und klar zu sagen: Du willst, daß wir hier hinaufklettern, wie weit auch immer es sei, und Schutz auf dem Gipfel suchen. Stimmt das?«

»Ja, Hazel.«

»Aber der Gipfel muß sehr hoch sein. Ich kann ihn nicht einmal von hier aus sehen. Dort wird es ungeschützt und kalt sein.«

»Nicht am Boden – und die Erde ist so leicht, daß wir mühelos eine Deckung herauskratzen können, wenn wir den richtigen Ort finden.«

Hazel überlegte wieder. »Der Anfang macht mir Sorgen. Hier sind wir, alle übermüdet. Ich bin sicher, daß es gefährlich ist, hier zu bleiben. Wir können nirgendwohin laufen. Wir kennen das Land nicht, und wir können uns nicht unter die Erde verkriechen. Aber es kommt nicht in Frage, daß wir heute nacht da hinaufklettern. Wir wären dort noch weniger sicher.«

»Wir werden gezwungen sein zu graben, nicht wahr?« fragte Acorn. »Dieser Ort liegt beinahe so offen da wie die Heide, die wir überquerten, und die Bäume werden uns vor nichts, das auf vier Füßen jagt, verbergen.«

»Es wäre immer dasselbe gewesen, ganz gleich, wann wir gekommen wären«, sagte Fiver.

»Ich sage ja nichts dagegen, Fiver«, sagte Acorn, »aber wir brauchen Löcher. Es ist ein schlechter Ort, wenn man nicht unter die Erde gehen kann.«

»Ehe alle auf den Gipfel gehen«, sagte Hazel, »sollten wir ausfindig machen, wie es da oben aussieht. Ich gehe selbst hinauf, um mich umzusehen. Ich werde mich beeilen, so sehr ich kann, und ihr müßt dem Glück vertrauen, bis ich zurück bin. Ihr könnt auf jeden Fall ausruhen und fressen.«

»Du gehst nicht allein«, sagte Fiver fest.

Da jeder von ihnen bereit war, trotz Ermüdung mitzugehen, gab Hazel nach und wählte Dandelion und Hawkbit aus, die weniger erschöpft schienen als die anderen. Sie begannen, den Berghang zu erklimmen, suchten sich ihren Weg von einem Busch und Büschel zum anderen und hielten dauernd inne und starrten auf die große Grasfläche, die sich auf beiden Seiten erstreckte, so weit sie sehen konnten.

Ein Mensch geht aufrecht. Es ist anstrengend für ihn, einen steilen Berg hinaufzusteigen, weil er dauernd seine eigene senkrechte Masse aufwärts schieben muß und keine Schwungkraft erlangen kann. Das Kaninchen ist besser dran. Seine Vorderläufe stützen seinen waagegerechten Körper, und die großen Hinterläufe tun die Arbeit. Es gelingt ihnen besser, die leichte Masse vor ihnen den Berg hinaufzustoßen, und sie können ziemlich schnell bergauf gehen. Sie haben so viel Antriebskraft hinter sich, daß sie es unangenehm finden, bergab zu laufen, und manchmal, auf der Flucht einen steilen Hang hinunter, kullern sie tatsächlich kopfüber. Andererseits ist der Mensch nahezu zwei Meter über dem Hang und kann sich überall umblikken. Ihm mag der Boden steil und holperig vorkommen, aber im großen ganzen ist er eben; und er kann seine Richtung leicht von der Spitze seines beweglichen 2-Meter-Turmes wählen. Die Ängste und die Anstrengung der Kaninchen beim Erklettern des Hügels waren deshalb anderer Art, als Sie, verehrter Leser, sie erleben würden. Ihre Hauptschwierigkeit war nicht die körperliche Ermüdung. Als Hazel sagte, sie seien todmüde, hatte er gemeint, daß sie den Streß anhaltender Unsicherheit und Angst empfanden.

Kaninchen, die nicht in erprobter, vertrauter Umgebung in der Nähe ihrer Löcher sind, leben über dem Boden in fortwährender Furcht. Wenn sie heftig genug wird, können sie durch sie paralysiert werden – *tharn,* um ihr eigenes Wort zu gebrauchen. Hazel und seine Gefährten waren fast zwei Tage unterwegs gewesen. In der Tat hatten sie sich nach dem Verlassen ihres Heimatgeheges vor fünf Tagen einer Gefahr nach der anderen gegenübergesehen. Sie waren alle nervös, schreckten manchmal grundlos zusammen und legten sich andererseits wieder in jedem Fleck Gras nieder, der sich ihnen bot. Bigwig und Buckthorn rochen nach Blut, und alle waren sich dessen bewußt. Was Hazel, Dandelion und Hawkbit beunruhigte, war die offene Lage und die Fremdheit des Hügellandes und ihr Unvermögen, sehr weit voraus zu sehen. Sie kletterten nicht über, sondern durch das sonnenrote Gras, inmitten des erwachten Insektenlebens und des lodernden Lichts. Das Gras wogte um sie herum. Sie guckten über Ameisenhügel und blickten vorsichtig um Gruppen von Kardendisteln herum. Sie konnten nicht sagen, wie weit entfernt der Kamm sein mochte. Sie stiegen auf jeden kurzen Hang, bloß um einen anderen darüber zu finden. Hazel schien es ein geeigneter Platz für Wiesel – oder eine weiße Eule könnte vielleicht im Zwielicht die Böschung entlangfliegen und mit ihren starren Augen einwärts blicken, bereit, sich ein paar Meter nach der Seite zu wenden und vom schräg abfallenden Hang alles aufzulesen, was sich bewegte. Einige *elil* lauern ihrer Beute auf, aber die weiße Eule ist ein Sucher, und sie kommt still.

Während Hazel immer noch hinaufkletterte, begann der Wind zu wehen, und der Juni-Sonnenuntergang rötete den Himmel bis zum Zenit. Hazel war es, wie beinahe alle wildlebenden Tiere, nicht gewöhnt, zum Himmel zu blicken. Was er für den Himmel hielt, war der Horizont, der gewöhnlich von Bäumen und Hecken unterbrochen war. Jetzt jedoch fand sein nach oben gerichteter Blick den Kamm, als über den Horizont still die rotschattierten Kumuluswolken glitten. Ihre Bewegung war beunruhigend, der von Bäumen oder Gras oder Kaninchen nicht ähnlich. Diese großen Massen bewegten sich stetig, geräuschlos und immer in derselben Richtung. Sie waren nicht von seiner Welt.

O Frith, dachte Hazel und wandte den Kopf einen Augenblick zu der hellen Röte im Westen, schickst du uns aus, um unter den Wolken zu leben? Wenn du wahrhaftig zu Fiver sprachst, hilf mir, ihm zu vertrauen. In diesem Augenblick sah er Dandelion, der eine ganze Strecke vorausgerannt war, klar gegen den Himmel abgezeichnet auf einem Ameisenhaufen hocken. Beunruhigt sprang er nach vorn.

»Dandelion, komm herunter!« sagte er. »Warum sitzt du da oben?«

»Weil ich sehen kann«, erwiderte Dandelion mit einer Art erregter Freude. »Komm und schau! Du kannst die ganze Welt sehen.«

Hazel kam zu ihm herauf. In der Nähe war ein anderer Ameisenhügel, und er tat es Dandelion nach, setzte sich aufrecht auf seine Hinterläufe und blickte sich um. Er merkte jetzt, daß sie sich auf fast ebenem Boden befanden. Wahrhaftig, es war nur ein sanfter Hang auf einem Teil der Strecke, die sie gekommen waren; aber er war von dem Gedanken einer Gefahr unter freiem Himmel besessen gewesen und hatte den Wandel nicht beachtet. Sie waren oben auf dem Hügelland. Hoch über dem Gras sitzend, konnten sie weit in alle Richtungen sehen, Ihre Umgebung war leer. Wenn irgend etwas sich bewegt hätte, hätten sie es unverzüglich gesehen, und wo das Grasland endete, begann der Himmel. Ein Mensch, ein Fuchs – sogar ein Kaninchen –, die über das Land kämen, würden auffallen. Fiver hatte recht gehabt. Hier oben wären sie vor jeder Annäherung sofort gewarnt.

Der Wind zerzauste ihr Fell und zerrte an dem Gras, das nach Thymian roch. Die Einsamkeit schien wie eine Erlösung und ein Segen. Die Höhe, der Himmel und die Entfernung stiegen ihnen zu Kopf, und sie hüpften im Sonnenuntergang. »O Frith auf den Bergen!« rief Dandelion. »Er muß es für uns gemacht haben!«

»Mag sein, daß er es für uns gemacht hat, aber Fiver hat für uns daran gedacht«, antwortete Hazel. »Warte nur, bis wir ihn hier heraufkriegen! Fiver-rah!«

»Wo ist Hawkbit?« fragte Dandelion plötzlich.

Obgleich es noch hell genug war, konnten sie Hawkbit nirgendwo auf dem Hochland sehen. Nachdem sie sich einige Zeit suchend umgeblickt hatten, rannten sie zu einem kleinen, etwas entfernten Hügel hinunter und schauten wieder umher. Aber sie sahen nichts außer einer Feldmaus, die aus ihrem Loch herauskam und in einem Fleck geschossenem Gras herumsauste.

»Er muß hinuntergegangen sein«, sagte Dandelion.

»Nun, ob er gegangen ist oder nicht«, sagte Hazel, »wir können jedenfalls nicht weiter nach ihm suchen. Die anderen warten, und sie sind vielleicht in Gefahr. Wir müssen selbst hinuntergehen.«

»Was für ein Jammer, ihn zu verlieren«, sagte Dandelion, »nachdem wir Fivers Hügel erreicht haben, ohne einen einzigen einzubüßen. Er ist so ein Dummkopf; wir hätten ihn gar nicht mit heraufnehmen sollen. Aber wie könnte irgend etwas ihn erwischt haben, ohne daß wir's gesehen hätten?«

»Nein, er ist sicherlich zurückgegangen«, sagte Hazel.

»Wer weiß, was Bigwig ihm erzählen wird! Hoffentlich beißt er ihn nicht wieder. Wir sollten uns lieber beeilen.«

»Wirst du sie heute abend heraufbringen?« fragte Dandelion.

»Ich weiß nicht«, sagte Hazel. »Das ist so ein Problem. Wo finden wir ein Obdach?«

Sie gingen auf den steilen Rand zu. Das Licht begann zu schwinden. Sie fanden ihre Richtung durch eine Gruppe verkümmerter Bäume, an denen sie auf ihrem Weg herauf vorbeigekommen waren. Diese bildeten eine Art Oase – ein kleines, für die Downs übliches Charakteristikum. Ein halbes Dutzend Dornbüsche und zwei oder drei Holunderbüsche wuchsen über und unter einem Damm ineinander. Zwischen ihnen war die Erde kahl, und die nackte Kreide zeigte ein bleiches, schmutziges Weiß unter der cremefarbigen Holunderblüte. Als sie sich näherten, sahen sie plötzlich Hawkbit zwischen den Dornstümpfen sitzen und sich das Gesicht mit seinen Pfoten säubern.

»Wir haben dich gesucht«, sagte Hazel. »Wo in aller Welt bist du gewesen?«

»Es tut mir leid, Hazel«, erwiderte Hawkbit unterwürfig. »Ich habe mir diese Löcher angesehen. Ich dachte, sie wären uns vielleicht von Nutzen.«

In der niedrigen Böschung hinter ihm befanden sich drei Kaninchenlöcher. Es gab noch zwei weitere in dem flachen Boden zwischen den dicken, knorrigen Wurzeln. Sie konnten keine Fußspuren und keinen Mist sehen. Die Löcher waren eindeutig verlassen.

»Bist du unten gewesen?« fragte Hazel und schnüffelte herum.

»Ja, bin ich«, sagte Hawkbit. »Jedenfalls in dreien. Sie sind nicht tief und ziemlich uneben, aber da ist kein Geruch nach Tod oder Krankheit, und sie sind gut erhalten. Ich dachte, sie würden für uns genügen – für den Augenblick jedenfalls.«

Ein Mauersegler flog im Zwielicht kreischend über ihnen, und Hazel wandte sich an Dandelion.

»Neuigkeiten! Neuigkeiten!« sagte er. »Bring sie hier herauf.«

So kam es, daß einer aus dem Mannschaftsstand einen glücklichen Fund machte, der sie endlich zu den Downs brachte – und wahrscheinlich ein oder zwei Leben rettete; denn sie hätten kaum die Nacht im Freien verbringen können, weder auf dem Hügel noch unten an seinem Fuß, ohne von einem Feind angegriffen zu werden.

# 19. Furcht im Dunkeln

»Wer ist im nächsten Zimmer? – Wer?
  Eine Gestalt bleich
Mit einer Botschaft für einen da drin von etwas Bevorstehendem?
  Werde ich ihn sofort erkennen?«
»Ja, er; und er brachte dergleichen; und du wirst ihn sofort
  erkennen.«

Thomas Hardy *»Who's in the Next Room?«*

Die Löcher waren wirklich uneben – »Gerade recht für einen Haufen Vagabunden* wie wir«, sagte Bigwig –, aber die Erschöpften und diejenigen, die im fremden Land umherwandern, sind nicht wählerisch bei ihren Quartieren. Zumindest war Platz für zwölf Kaninchen, und die Baue waren trocken. Zwei der Läufe – die zwischen den Dornbäumen – führten direkt zu Höhlen hinunter, die aus der oberen Kalkerdschicht gescharrt worden waren. Kaninchen polstern ihre Schlafstellen nicht aus, und ein harter,

* Bigwigs Wort war *hlessil,* das ich an mehreren Stellen dieser Geschichte als Wanderer, Kratzer, Vagabunden wiedergegeben habe. Ein *hlessi* ist ein Kaninchen, das im Freien lebt, ohne Bau. Vereinzelte Rammler und nicht gepaarte, wandernde Kaninchen tun das eine geraume Zeit, besonders im Sommer. Rammler graben auf jeden Fall im allgemeinen nicht viel, obgleich sie bei Bedarf nicht sehr tiefe Schutzlöcher kratzen oder Gebrauch von schon vorhandenen Löchern machen, wo sie verfügbar sind. Wirkliches Graben wird zumeist von Weibchen übernommen, die sich auf ihren Wurf vorbereiten.

beinahe felsiger Boden ist unbehaglich für diejenigen, die nicht daran gewöhnt sind. Die Löcher in der Böschung jedoch hatten die üblichen bogenförmigen Läufe, die zu dem Kalk hinunter und dann wieder zu Bauen mit festgetrampelter Erde hinaufführten. Es gab keine Verbindungsgänge, aber die Kaninchen waren zu müde, sich darum zu sorgen. Sie schliefen zu viert in einem Bau, gemütlich und sicher. Hazel blieb noch eine Weile wach und leckte Buckthorns Lauf, der steif und empfindlich war. Er war beruhigt, als er keinen Infektionsgeruch wahrnahm, aber alles, was er über Ratten gehört hatte, bestimmte ihn, dafür zu sorgen, daß Buckthorn ausreichend Ruhe bekam und saubergehalten wurde, bis die Wunde verheilt war. Das ist schon der dritte von uns, der verletzt wurde; trotzdem, alles in allem hätte es schlimmer kommen können, dachte er und schlief ein.

Die kurze Juni-Dunkelheit glitt in ein paar Stunden vorbei. Das Licht kehrte sehr früh zu dem hochgelegenen Land zurück, aber die Kaninchen rührten sich nicht. Lange nach der Frühdämmerung schliefen sie immer noch, ungestört in einer Stille, die tiefer war, als sie sie je gekannt hatten. Heutzutage ist der Geräuschpegel in Feldern und Wäldern tagsüber hoch – für einige Tierarten zu hoch und unerträglich. Wenige Orte sind weit genug von menschlichen Geräuschen entfernt – Autos, Bussen, Motorrädern, Traktoren, LKWs. Das Geräusch einer Ansiedlung ist am Morgen über eine weite Entfernung zu hören. Leute, die den Gesang von Vögeln aufnehmen wollen, tun das im allgemeinen sehr früh – vor sechs Uhr –, wenn sie können. Bald danach dringt der entfernte Lärm zu beständig und laut in die meisten Waldgebiete. In den letzten fünfzig Jahren ist die Stille in weiten Teilen des Landes zerstört worden. Aber hier, auf Watership Down, trieben nur schwache Spuren der Tagesgeräusche von unten herauf.

Die Sonne stand schon hoch, wenn auch nicht so hoch wie der Down, als Hazel erwachte. Bei ihm im Bau waren Buckthorn, Fiver und Pipkin. Er lag der Mündung des Loches am nächsten und weckte sie nicht, als er den Lauf hinaufschlüpfte. Draußen hielt er an, um *hraka* zu machen, und hopste dann durch die Dornenstelle ins offene Gras. Das Land unten war mit Frühnebel bedeckt, der sich aufzulösen begann. Da und dort, weit entfernt, waren die Umrisse von Bäumen und Dächern zu erkennen, von denen Nebelfetzen wie Wasser über Felsen herabströmten.

Der Himmel war wolkenlos und von einem tiefen Blau, das sich malvenfarbig am Rand des Horizontes verdunkelte. Der Wind hatte sich gelegt, und die Spinnen hatten sich in das Gras verzogen. Es würde ein heißer Tag werden.

Hazel streifte in der Weise umher, wie es ein Kaninchen beim Fressen zu tun pflegt – fünf oder sechs langsame, wiegende Hopser durch das Gras; eine Pause, um sich umzublicken, dabei aufrecht sitzend, die Ohren aufgerichtet; dann wieder kurze Zeit emsig knabbernd, und wieder ein paar Hopser weiter. Zum erstenmal seit vielen Tagen fühlte er sich entspannt und sicher. Er fragte sich, ob sie über ihr neues Heim viel lernen müßten.

Fiver hatte recht, dachte er. Das ist genau der richtige Ort für uns. Aber wir werden uns erst daran gewöhnen müssen, und je weniger Fehler wir machen, desto besser. Was wohl aus den Kaninchen geworden sein mag, die diese Löcher gegraben haben? Haben sie aufgehört zu laufen, oder sind sie einfach weggegangen? Würden wir sie aufstöbern, könnten sie uns viel erzählen.

In diesem Augenblick sah er ein Kaninchen ziemlich zögernd aus einem Loch herauskommen, das am weitesten von ihm entfernt lag. Es war Blackberry. Auch er machte *hraka,* kratzte sich, hopste dann ins volle Sonnenlicht und kämmte seine Ohren. Als er zu fressen begann, schloß Hazel sich ihm an, knabberte an dem Tussockgras und wanderte mit dorthin, wo es seinem Freund gefiel. Sie kamen zu einem Fleck mit Kreuzblumen – so blau wie der Himmel –, die mit langen Stielen durchs Gras krochen, wobei jede ihrer winzigen Blüten ihre zwei oberen Blätter wie Flügel ausbreitete. Blackberry schnupperte daran, aber die Blätter waren zäh und nicht schmackhaft.

»Was ist das, weißt du es?« fragte er.

»Nein«, sagte Hazel. »Ich habe es noch nie gesehen.«

»Wir wissen eine ganze Menge nicht«, sagte Blackberry. »Ich meine, über diesen Ort. Die Pflanzen sind neu, die Gerüche sind neu. Wir werden selbst neue Ideen brauchen.«

»Nun, du bist genau der Richtige für neue Ideen«, sagte Hazel. »Ich weiß nie etwas, bis du mir's sagst.«

»Aber du gehst voran und übernimmst das Risiko«, antwortete Blackberry. »Wir haben es alle gesehen. Und jetzt ist unsere Reise beendet, nicht wahr? Dieser Ort ist sicher, wie Fiver es vorausgesagt hat. Nichts kann ohne unser Wissen in unsere Nähe kommen, das heißt, solange wir riechen, sehen und hören können.«

»Das können wir alle.«

»Nicht, wenn wir schlafen, und wir können nicht im Dunkeln sehen.«

»Es ist nun einmal dunkel bei Nacht«, sagte Hazel, »und Kaninchen müssen schlafen.«

»Im Freien?«

»Nun, wir können diese Löcher weiterbenutzen, wenn wir wollen, aber ich sehe voraus, daß eine ganze Anzahl draußen liegen wird. Schließlich kannst du nicht von einem Haufen Rammler verlangen, daß er gräbt. Sie mögen ein oder zwei Kratzer machen – wie damals, nachdem wir über die Heide kamen –, aber mehr tun sie nicht.«

»Darüber habe ich gerade nachgedacht«, sagte Blackberry. »Diese Kaninchen, die wir verlassen haben – Cowslip und die übrigen –, taten eine Menge Dinge, die für Kaninchen unnatürlich waren – Steine in die Erde stoßen, Fressen unter die Erde tragen und Frith weiß was noch alles.«

»Threarahs Salat wurde schließlich auch unter die Erde geschafft.«

»Genau. Meinst du nicht, daß sie das, was Kaninchen natürlicherweise tun, geändert haben, weil sie glaubten, es besser machen zu können? Und wenn sie ihre Lebensweise änderten, können wir es auch tun, wenn wir wollen. Du sagst, Rammler graben nicht. Das stimmt. Aber sie könnten, wenn sie wollten. Nehmen wir an, wir hätten tiefe, bequeme Baue, in denen wir schlafen könnten, wären aus schlechtem Wetter heraus und unter der Erde bei Nacht – dann wären wir wirklich sicher. Und nichts anderes hindert uns daran als die Tatsache, daß Rammler nicht graben. Nicht nicht graben *können* – sondern nicht graben *wollen.*«

»Was schlägst du also vor?« fragte Hazel halb interessiert, halb widerwillig. »Willst du, daß wir diese Löcher in ein richtiges Gehege verwandeln?«

»Nein, diese Löcher taugen nichts. Man kann leicht sehen, weshalb sie verlassen worden sind. Schon etwas tiefer stößt man auf diesen harten weißen Stoff, in dem man nicht graben kann. Es muß dort bitterkalt im Winter sein. Aber da ist ein Gehölz genau hinter dem Gipfel des Hügels. Gestern nacht, als wir kamen, habe ich einen flüchtigen Blick von ihm erhascht. Wie wär's, wenn wir höher hinaufgingen, nur du und ich, und uns die Sache ansähen?«

Sie rannten hügelauf zum Gipfel. Der Buchenabhang lag

etwas weiter nach Südosten, auf der anderen Seite eines Graspfades, der auf dem Kamm verlief.

»Es sind einige große Bäume da«, sagte Blackberry. »Die Wurzeln müssen den Boden ziemlich tief aufgebrochen haben. Wir könnten Löcher graben und uns so wohl fühlen wie je im alten Gehege. Aber wenn Bigwig und die anderen nicht graben wollen oder sagen werden, sie könnten nicht – nun, dann ist es zu kahl und ungeschützt hier. Deshalb ist es natürlich einsam und sicher; aber wenn schlechtes Wetter einsetzt, werden wir ganz gewiß von den Hügeln vertrieben werden.«

»Es wäre mir nie eingefallen, einen Haufen Rammler zum Graben wirklicher Löcher überreden zu wollen«, sagte Hazel zweifelnd, als sie den Hang hinunter zurückkehrten. »Kaninchenjunge brauchen natürlich Löcher, aber wir?«

»Wir wurden alle in einem Gehege geboren, das gegraben wurde, bevor unsere Mütter geboren wurden«, sagte Blackberry. »Wir sind Löcher gewohnt, und nicht einer von uns hat je geholfen, eines zu graben. Und wann immer ein neues entstand, wer grub es? Ein Weibchen. Ich bin ganz sicher, daß wir nicht sehr lange hierbleiben können, wenn wir nicht unsere natürliche Lebensweise ändern. Irgendwo anders vielleicht, aber nicht hier.«

»Das bedeutet eine Menge Arbeit.«

»Schau, da kommen Bigwig und einige der anderen herauf. Legen wir ihnen die Frage vor, um zu hören, was sie sagen.«

Während *silflay* erwähnte Hazel Blackberrys Idee niemandem außer Fiver gegenüber. Später, als die meisten Kaninchen zu Ende gefressen hatten und entweder im Gras spielten oder in der Sonne lagen, schlug er vor, daß sie zu dem bewaldeten Abhang hinübergehen sollten – »bloß um zu sehen, was für Gehölz es ist«. Bigwig und Silver stimmten sofort zu, und zum Schluß blieb keiner zurück.

Es war anders als das Wiesengestrüpp, das sie verlassen hatten: ein schmaler Baumgürtel, vier- bis fünfhundert Meter lang, aber kaum fünfzig breit, eine Art Windschutz, der auf den Downs üblich ist. Er bestand beinahe gänzlich aus gutgewachsenen Buchen. Die großen glatten Stämme standen bewegungslos in ihrem grünen Dunkel, ihre Äste breiteten sich, einer über dem anderen, in lichtgesprenkelten Lagen ebenmäßig aus. Zwischen den Bäumen war die Erde frei und bot kaum Deckung. Die Kaninchen waren verblüfft. Sie verstanden nicht, weshalb das Gehölz so hell und still war und sie so weit zwischen den Bäumen hindurchgehen konnten. Das dauernde sanfte Rascheln der Buchenblätter war anders als die Geräusche in einem niedrigen Wäldchen von Nußsträuchern, Eichen und Silberbirken.

Sie bewegten sich unsicher am Rande des Abhanges entlang und kamen zur Nordostecke. Hier war eine Böschung, von der aus sie die leeren Grasflächen dahinter überblicken konnten. Fiver, lächerlich klein neben dem ungeschlachten Bigwig, wandte sich mit einer Miene glücklichen Vertrauens an Hazel.

»Ich bin sicher, daß Blackberry recht hat, Hazel«, sagte er. »Wir sollten alles tun, um hier einige Löcher zu graben. Ich bin jedenfalls bereit, es zu versuchen.«

Die anderen waren bestürzt. Pipkin jedoch schloß sich Hazel bereitwillig am Fuß der Böschung an, und bald begannen zwei oder drei weitere, in dem lockeren Boden zu kratzen. Das Graben war leicht, und obgleich sie es unterbrachen, um zu fressen oder einfach in der Sonne zu sitzen, war Hazel vor Mittag außer Sicht, einen unterirdischen Gang zwischen den Baumwurzeln grabend.

Der bewaldete Abhang mochte wenig oder kein Unterholz haben, aber wenigstens boten die Äste Deckung gegen den Himmel; und Turmfalken, das merkten sie bald, gab es in dieser Einsamkeit häufiger. Obgleich Turmfalken selten auf etwas Größeres als eine Ratte Jagd machen, greifen sie doch manchmal junge Kaninchen an. Zweifellos ist das der Grund, weshalb die meisten erwachsenen Kaninchen nicht unter einem schwebenden Turmfalken verharren. In Kürze machte Acorn einen aus, der von Süden heranflog. Er trommelte und riß in die Bäume aus, und die anderen Kaninchen, die im Freien waren, schlossen sich ihm an. Sie waren erst kurze Zeit wieder mit Graben beschäftigt, als sie einen anderen – vielleicht auch denselben – sahen, der in einiger Entfernung hoch über jenen Feldern schwebte, die sie am vergangenen Morgen überquert hatten. Hazel stellte Buckthorn als Wachtposten auf, während die Arbeit aufs Geratewohl weiterging, und noch zweimal am Nachmittag wurde Alarm gegeben. Am frühen Abend wurden sie von einem Reiter gestört, der über den am Nordende des Gehölzes vorbeiführenden Kammpfad trabte. Sonst sahen sie den ganzen Tag nichts Größeres als eine Taube.

Nachdem der Reiter sich nahe dem Gipfel von Watership nach Süden gewandt hatte und in der Ferne verschwunden war, kehrte Hazel zum Rand des Gehölzes zurück und blickte hinüber nach Norden zu den hellen, stillen Feldern und der verschwommenen Hochspannungsleitung, die sich in der Ferne nördlich von Kingsclere verlor. Die Luft war kühler, und die Sonne erreichte wieder die nördliche Böschung.

»Ich glaube, wir haben genug getan«, sagte er, »für heute jedenfalls. Ich würde gerne hügelabwärts laufen und wirklich gutes Gras suchen. Dieses Zeug ist nicht gerade schlecht, aber es ist ziemlich herb und dürr. Hat jemand Lust, mitzukommen?«

Bigwig, Dandelion und Speedwell waren bereit, aber die anderen zogen es vor, ihren Weg zu den Dornbäumen zurückzuweiden und mit der Sonne unter die Erde zu gehen. Bigwig und Hazel suchten die Strecke aus, die die meiste Deckung bot, und machten sich mit den anderen auf den knapp fünfhundert Meter langen Weg zum Fuß des Berges. Sie stießen auf keine Schwierigkeiten, fraßen bald im Gras am Rande des Weizenfeldes und boten das typische Bild von Kaninchen in einer abendlichen Landschaft. Hazel vergaß trotz seiner Müdigkeit nicht, sich nach einer Deckung umzusehen, falls Alarm geschlagen werden sollte. Er hatte Glück: Er traf auf einen kurzen alten Graben, der teilweise verfallen und so dicht mit Wiesenkerbel und Nesseln bewachsen war, daß er fast soviel Schutz wie ein Tunnel bot; und alle vier vergewisserten sich, daß sie ihn schnell vom Freien aus erreichen konnten

»Das wird notfalls genügen«, sagte Bigwig, schmatzend Klee kauend und an der herabgefallenen Blüte eines Strauches schnuppernd. »Meine Güte, wir haben einiges gelernt, seit wir das alte Gehege verlassen haben, nicht wahr? Mehr als wir unser Leben lang dort gelernt hätten. Und Graben! Nächstens wird es noch Fliegen sein, schätze ich. Habt ihr bemerkt, daß dieser Boden ganz anders ist als der im alten Gehege? Er riecht anders und gleitet und fällt auch ganz anders.«

»Das erinnert mich an etwas«, sagte Hazel. »Ich habe eine Frage. Eines gab es in diesem fürchterlichen Gehege von Cowslip, das mir sehr imponiert hat – den großen Bau. Den würde ich gerne nachbilden. Es ist ein herrlicher Gedanke, einen Ort unter der Erde zu haben, wo alle zusammen sein können – reden und Geschichten erzählen und so weiter. Was hältst du davon? Könnten wir das schaffen?«

Bigwig überlegte. »Ich weiß nur eines«, sagte er. »Wenn

du einen zu großen Bau machst, stürzt das Dach ein. Wenn du also so einen Ort haben willst, brauchst du etwas, um das Dach zu halten. Was hat Cowslip gehabt?«

»Baumwurzeln.«

»Nun, wo wir graben, gibt es welche. Aber sind das die richtigen?«

»Wir fragen lieber Strawberry, was er über den großen Bau weiß, aber wahrscheinlich wird es nicht viel sein. Ich bin sicher, daß er damals noch nicht lebte, als der entstand.«

»Er ist vielleicht auch noch nicht tot, wenn der zusammenfällt. Dieses Gehege ist *tharn* wie eine Eule bei Tag. Es war klug von ihm, zu gehen.«

Zwielicht hatte sich über das Kornfeld gesenkt; denn obgleich lange rote Strahlen das obere Hügelland noch erleuchteten, war die Sonne unten bereits verschwunden. Der ungleichmäßige Schatten der Hecke war verblaßt und vergangen. Es herrschte ein frischer Geruch nach Feuchtigkeit und nahender Dunkelheit. Ein Maikäfer summte vorbei. Die Heuschrecken waren still geworden.

»Die Eulen werden herauskommen«, sagte Bigwig. »Gehen wir wieder hinauf.«

In diesem Augenblick war aus dem sich verdunkelnden Feld ein auf dem Boden trommelndes Geräusch zu hören. Es folgte ein zweites, näher bei ihnen, und sie erhaschten einen flüchtigen Blick auf einen weißen Schwanz. Sie rannten beide sofort in den Graben. Nun, da sie ihn wirklich benutzen mußten, fanden sie ihn noch enger, als sie gedacht hatten. Es war gerade genug Platz, sich am anderen Ende umzudrehen, und während sie das taten, purzelten Speedwell und Dandelion hinter ihnen herein.

»Was ist das?« fragte Hazel. »Was habt ihr gehört?«

»Es kommt etwas an der Hecke herauf«, erwiderte Speedwell. »Ein Tier. Macht auch eine Menge Lärm.«

»Hast du es gesehen?«

»Nein, riechen konnte ich es auch nicht. Es ist nicht in Windrichtung. Aber ich habe es deutlich genug gehört.«

»Ich auch«, sagte Dandelion. »Etwas ziemlich Großes – so groß wie ein Kaninchen auf jeden Fall –, das sich unbeholfen bewegte, sich aber zu verbergen versuchte, so schien es mir jedenfalls.«

*»Homba?«*

»Nein, *das* hätten wir gerochen«, sagte Bigwig, »mit und ohne Wind. Nach dem, was du sagst, klingt es verdammt nach Katze. Ich hoffe, es ist kein Wiesel. *Hoi, hoi, u embleer hrair!* Was für ein Ärgernis! Wir bleiben lieber sitzen, wo wir sind. Aber seid bereit, euch aus dem Staube zu machen, wenn es uns entdeckt.«

Sie warteten. Bald wurde es dunkel. Nur ein schwaches Licht drang durch das verstrickte Sommergewächs über ihnen. Das entgegengesetzte Ende des Grabens war so überwachsen, daß sie nicht darüber hinaussehen konnten, aber die Lücke, durch die sie hereingekommen waren, zeigte sich als ein Fleck Himmel – ein Bogen von sehr dunklem Blau. Als die Zeit verstrich, kroch ein Stern aus den überhängenden Gräsern hervor. Er schien in einem Rhythmus zu pulsieren, der so schwach und unregelmäßig wie der des Windes war. Schließlich wandte Hazel die Augen von ihm ab.

»Nun, wir könnten hier ein wenig schlafen«, sagte er. »Die Nacht ist nicht kalt. Ganz gleich, was ihr gehört habt, wir sollten das Risiko, hinauszulaufen, nicht eingehen.«

»Hört«, sagte Dandelion. »Was ist das?«

Einen Augenblick konnte Hazel nichts hören. Dann fing er einen fernen, aber klaren Ton auf – eine Art Wimmern oder Weinen, zitternd und stoßweise. Obgleich es nicht wie ein Jagdruf klang, war es so unnätürlich, daß es ihn mit Furcht erfüllte. Als er lauschte, hörte es auf.

»Was in Friths Namen macht so ein Geräusch?« sagte Bigwig, dessen große Fellmütze sich zwischen seinen Ohren angriffslustig sträubte.

»Eine Katze?« fragte Speedwell mit aufgerissenen Augen.

»Das ist keine Katze!« sagte Bigwig, die Lippen in einer steifen, unnatürlichen Grimasse zurückgezogen. »Das ist keine Katze! Wißt ihr nicht, was das ist? Eure Mutter –« Er brach ab. Dann sagte er sehr leise: »Eure Mutter hat es euch erzählt, nicht wahr?«

»Nein!« rief Dandelion. »Es ist ein Vogel – eine Ratte – verletzt –«

Bigwig stand auf. Sein Rücken war gekrümmt, und sein Kopf nickte auf steifem Nacken.

»Das Schwarze Kaninchen von *Inlé«,* flüsterte er. »Was sonst – an einem Ort wie diesem?«

»Rede nicht so!« sagte Hazel. Er zitterte und stützte seine Beine gegen die Seiten des schmalen Grabens.

Plötzlich erklang das Geräusch wieder, näher, und jetzt konnte es keinen Zweifel mehr geben: Was sie hörten, war die Stimme eines Kaninchens, aber bis zur Unkenntlichkeit verzerrt. Es hätte aus den kalten Weiten des dunklen Himmels draußen kommen können, so unirdisch und trostlos war der Klang. Zuerst war nur Wehklagen, dann hörten sie deutlich und ohne Zweifel – sie alle hörten es – Worte.

»*Zorn! Zorn!** « rief die furchtbare Stimme. »Alle tot! O zorn!«

Dandelion wimmerte. Bigwig scharrte in der Erde herum.

»Sei still!« sagte Hazel. »Und hör auf, mich mit Erde zu

* Zorn bedeutet »erledigt« oder »vernichtet« im Sinne einer fürchterlichen Katastrophe.

bewerfen! Ich möchte horchen.« In diesem Augenblick rief die Stimme ganz deutlich: »Thlayli! O Thlayli!«

Darüber gerieten alle vier Kaninchen in einen Zustand äußerster Panik. Sie wurden starr. Dann begann Bigwig mit glasigen und stieren Augen, sich den Graben zur Öffnung hinaufzuziehen. »Man muß gehen«, murmelte er so dumpf, daß Hazel die Worte kaum verstehen konnte. »Man muß gehen, wenn man gerufen wird.«

Hazel war so erschrocken, daß er seine fünf Sinne nicht mehr beisammenhalten konnte. Wie auf der Flußböschung wurde seine Umgebung unwirklich und traumhaft. Wer – oder was – rief Bigwig beim Namen? Wie konnte irgendein lebendes Geschöpf an diesem Ort seinen Namen kennen? Nur ein Gedanke beherrschte ihn – Bigwig mußte daran gehindert werden, hinauszugehen; denn er war hilflos. Er krabbelte neben ihn und drückte ihn an die Seite des Grabens.

»Bleib, wo du bist«, sagte er keuchend. »Was immer das für ein Kaninchen ist, ich werde selbst nachsehen.« Dann zog er sich, wobei seine Beine fast unter ihm nachgaben, ins Freie hinauf.

Einige Augenblicke konnte er wenig oder nichts sehen; aber die Gerüche nach Tau und Holunder waren unverändert, und seine Nase stieß an kühle Grashahne. Er setzte sich auf und blickte sich um. Es war kein Geschöpf in der Nähe.

»Wer ist da?« fragte er.

Stille, und er wollte schon wieder sprechen, als die Stimme rief: *»Zorn! O zorn!«*

Es kam aus der Hecke auf der Feldseite. Hazel wandte sich dem Ton zu und machte in wenigen Augenblicken unter einem Büschel Schierling die zusammengesunkene Gestalt eines Kaninchens aus. Er näherte sich ihm und sagte:

»Wer bist du?«, aber es kam keine Antwort. Während er noch zögerte, vernahm er hinter sich eine Bewegung.

»Ich bin hier, Hazel«, sagte Dandelion mit würgendem Keuchen.

Sie traten gemeinsam näher. Die Gestalt bewegte sich nicht, als sie herankamen. In dem blassen Sternenlicht sahen sie beide ein Kaninchen, das so wirklich wie sie selbst war: ein Kaninchen im letzten Stadium der Erschöpfung, die Hinterbeine hinter seinem niedergedrückten Rumpf lang ausgestreckt, als wären sie gelähmt, ein Kaninchen, das das Weiße in seinen Augen von einer Seite zur anderen rollte, ohne etwas zu sehen, das keine Erlösung aus seiner Angst fand und elend an einem aufgerissenen und blutigen Ohr leckte, das ihm schlaff über das Gesicht hing, ein Kaninchen, das plötzlich aufschrie und heulte, als wollte es die Tausend anflehen, von allen Seiten zusammenzuströmen und es von dem unerträglichen Elend zu befreien.

Es war Hauptmann Holly von der Sandleford-Owsla.

# 20. Eine Honigwabe und eine Maus

Sein Gesicht war das von jemandem, der eine lange Reise unternommen hat.

*Gilgamesch-Epos*

Im Sandleford-Gehege war Holly ein Kaninchen von Bedeutung gewesen. Der Threarah brachte ihm großes Vertrauen entgegen, und er hatte mehr als einmal schwierige Aufträge mit großem Mut ausgeführt. Im Frühjahr, als ein Fuchs ins benachbarte Unterholz gezogen war, hatte Holly ihn mit zwei oder drei Freiwilligen mehrere Tage überwacht und alle seine Bewegungen gemeldet, bis er eines Abends so plötzlich verschwand, wie er gekommen war. Obgleich er aus eigenem Antrieb beschlossen hatte, Bigwig zu verhaften, stand er nicht im Ruf, rachsüchtig zu sein. Er ließ sich nichts vormachen, wußte genau, wann pflichtgemäß gehandelt werden mußte, und tat es von allein. Ein prächtiger Kerl, anspruchslos, gewissenhaft, dem es ein wenig an dem kaninchenhaften Übermut mangelte, war er sozusagen der geborene stellvertretende Kommandeur. Es wäre sinnlos gewesen, ihn zu überreden, das Gehege zusammen mit Hazel und Fiver zu verlassen. Ihn überhaupt in Watership Down zu finden war daher erstaunlich genug. Aber ihn in so einer Verfassung zu finden war beinahe unglaublich.

In den ersten Augenblicken, nachdem sie das arme Geschöpf unter dem Schierling entdeckt hatten, waren Hazel und Dandelion so verblüfft, als wären sie unter der Erde auf ein Eichhörnchen oder auf einen Bach, der bergauf floß, gestoßen. Sie glaubten, ihren Sinnen nicht zu trauen. Die Stimme im Dunkel hatte sich nicht als übernatürlich erwiesen, aber die Wirklichkeit war entsetzlich genug. Wie konnte Hauptmann Holly hier, am Fuße des Hügellandes, sein? Und was konnte ihn – gerade ihn – in diesen Zustand gebracht haben?

Hazel riß sich zusammen. Gleichgültig, welche Erklärung es geben mochte, das Wichtigste war zunächst einmal, eines nach dem anderen anzupacken. Sie waren zu nächtlicher Zeit in freiem Land, fern von jeder Zuflucht, wenn man von dem überwachsenen Graben absah, mit einem Kaninchen, das nach Blut roch, das unbändig weinte und aussah, als könnte es sich nicht bewegen. Es konnte sehr gut in diesem Augenblick ein Wiesel auf seiner Spur sein. Wenn sie ihm helfen wollten, dann mußte das schnell geschehen.

»Geh und sag Bigwig, wer es ist«, sagte er zu Dandelion, »und komm mit ihm zurück. Schicke Speedwell zu den anderen auf dem Hügel und sag ihm, er soll ihnen klarmachen, daß niemand herunterkommen darf. Sie könnten doch nicht helfen, und es würde die Sache nur riskanter machen.«

Kaum war Dandelion gegangen, als Hazel sich bewußt wurde, daß sich noch etwas in der Hecke bewegte. Er hatte keine Zeit zu überlegen, was es sein könnte, denn beinahe sofort erschien ein anderes Kaninchen und humpelte zu Holly hinüber.

»Du mußt uns helfen, wenn du kannst«, sagte es zu Hazel. »Uns ist es sehr schlecht ergangen, und mein Herr ist krank. Können wir hier unter die Erde gelangen?«

Hazel erkannte in ihm eines der Kaninchen, die Bigwig hatten verhaften wollen, aber er wußte seinen Namen nicht.

»Warum bist du in der Hecke geblieben und hast ihn im Freien herumkriechen lassen?« fragte er.

»Ich rannte fort, als ich dich kommen hörte«, erwiderte das andere Kaninchen. »Es gelang mir nicht, den Hauptmann weiterzubekommen. Ich dachte, du seist *elil* und es hätte keinen Zweck, dazubleiben und getötet zu werden. Ich glaube nicht, daß ich es mit einer Feldmaus aufnehmen könnte.«

»Kennst du mich?« fragte Hazel. Aber ehe der andere antworten konnte, kamen Dandelion und Bigwig aus der Dunkelheit. Bigwig starrte Holly einen Augenblick an, hockte sich dann vor ihn und stupste Nase an Nase.

»Holly, hier ist Thlayli«, sagte er. »Du hast mich gerufen.«

Holly antwortete nicht, blickte nur starr zurück. Bigwig sah auf. »Wer ist der andere, der mit ihm kam?« fragte er. »Oh, du bist's, Bluebell. Wie viele von euch noch?«

»Keine weiter«, sagte Bluebell. Er wollte noch etwas hinzufügen, als Holly sprach.

»Thlayli«, sagte er. »Also haben wir dich gefunden.«

Er setzte sich mühsam auf und blickte sich unter ihnen um.

»Du bist Hazel, nicht wahr?« fragte er. »Und das – oh, ich müßte es eigentlich wissen, aber ich bin in einer sehr schlechten Verfassung, fürchte ich.«

»Es ist Dandelion«, sagte Hazel. »Hör zu – ich sehe, daß du erschöpft bist, aber wir können nicht hier bleiben. Wir sind in Gefahr. Kannst du mit in unsere Löcher kommen?«

»Hauptmann«, sagte Bluebell, »weißt du, was der erste Grashalm zum zweiten sagte?«

Hazel sah ihn scharf an, aber Holly erwiderte: »Nun?«

»Er sagte: ›Schau, da ist ein Kaninchen! Wir sind in Gefahr!‹«

»Es ist nicht die Zeit«, begann Hazel.

»Laß ihn«, sagte Holly. »Wir wären überhaupt nicht hier ohne sein Blaumeisen-Geschwätz. Ja, ich kann jetzt gehen. Ist es weit?«

»Nicht allzuweit«, sagte Hazel und hielt es nur für zu wahrscheinlich, daß Holly nie hinkommen würde.

Sie brauchten lange, um den Hügel hinaufzuklettern. Hazel verteilte sie, wobei er selbst bei Holly und Bluebell blieb, während Bigwig und Dandelion an den Seiten gingen. Holly mußte mehrmals anhalten, und Hazel, angsterfüllt, hatte Mühe, seine Ungeduld zu unterdrücken. Erst als der Mond aufging – der Rand seiner großen Scheibe wurde am Horizont heller und heller –, bat er schließlich Holly, sich zu beeilen.

Während er sprach, sah er im weißen Licht Pipkin zu ihnen herunterkommen.

»Was tust du?« fragte er streng. »Ich habe Speedwell doch gesagt, daß keiner herunterkommen soll.«

»Es ist nicht Speedwells Schuld«, sagte Pipkin. »Du hast mir am Fluß beigestanden, ich dachte deshalb, ich sollte dich suchen, Hazel. Auf jeden Fall sind die Löcher gleich hier. Ist es wirklich Hauptmann Holly, den du gefunden hast?«

Bigwig und Dandelion näherten sich.

»Ich will dir was sagen«, meinte Bigwig. »Diese beiden brauchen ziemlich lange Ruhe. Wie wär's, wenn Pipkin und Dandelion sie in einen leeren Bau brächten und bei ihnen blieben, solange sie wollen? Wir anderen halten uns lieber fern, bis sie sich besser fühlen.«

»Ja, das ist das beste«, sagte Hazel. »Ich gehe jetzt mit dir hinauf.«

Sie rannten die kurze Strecke zu den Dornbäumen. Alle anderen Kaninchen waren außerhalb der Löcher, warteten und flüsterten miteinander.

»Haltet's Maul«, sagte Bigwig, ehe irgend jemand eine Frage gestellt hatte. »Ja, es ist Holly, und Bluebell ist bei ihm – sonst niemand. Es geht ihnen sehr schlecht, und sie dürfen nicht gestört werden. Wir werden dieses Loch für sie leer lassen. Ich verschwinde jetzt nach unten, und wenn ihr Verstand habt, tut ihr's auch.«

Doch ehe er ging, wandte sich Bigwig an Hazel: »Du bist aus diesem Graben da unten statt meiner hinausgegangen, nicht wahr, Hazel? Das werde ich nicht vergessen.«

Hazel erinnerte sich an Buckthorns Bein und nahm ihn mit sich hinunter. Speedwell und Silver folgten ihnen.

»Sag mal, was ist eigentlich passiert, Hazel?« fragte Silver. »Es muß etwas sehr Schlimmes gewesen sein. Holly würde den Threarah nie verlassen.«

»Ich weiß es nicht«, erwiderte Hazel, »keiner weiß es bis jetzt. Wir werden bis morgen warten müssen. Holly hört vielleicht auf zu rennen, aber ich glaube nicht, das Bluebell aufhört. Jetzt laß mich in Frieden, damit ich mich um Buckthorns Bein kümmern kann.«

Die Wunde sah sehr viel besser aus, und bald schlief Hazel ein.

Der nächste Tag war so heiß und wolkenlos wie der vergangene. Weder Pipkin noch Dandelion waren beim Morgen-*silflay*, und Hazel nahm die anderen erbarmungslos zum Buchenhang hinauf, um mit dem Graben weiterzumachen. Er fragte Strawberry über den großen Bau aus und erfuhr, daß seine Decke, außer daß sie von einem Gewirr kleiner Wurzeln überwölbt war, von senkrecht in den Boden hinunterlaufenden Wurzeln verstärkt wurde. Er äußerte, daß er sie nicht bemerkt hätte.

»Es sind nicht viele, aber sie sind wichtig«, sagte Strawberry. »Sie übernehmen einen Großteil der Last. Wenn diese Wurzeln nicht wären, würde die Decke nach starkem Regen einstürzen. In stürmischen Nächten konnte man den besonderen Druck der Erde spüren, aber es bestand keine Gefahr.«

Hazel und Bigwig gingen mit ihm unter die Erde. Die Anfänge des neuen Geheges waren unter den Wurzeln einer der Buchen ausgescharrt worden. Es war immer noch nicht mehr als eine kleine unregelmäßige Höhle mit nur einem Eingang. Sie machten sich an die Arbeit, sie zu vergrößern, gruben zwischen den Wurzeln und trieben einen Stollen nach oben, um einen zweiten Lauf zu erhalten, der innerhalb des Gehölzes herauskommen würde. Nach einiger Zeit hörte Strawberry mit dem Graben auf und begann, zwischen den Wurzeln hin und her zu laufen, schnuppernd, beißend und mit den Vorderpfoten in der Erde scharrend. Hazel nahm an, daß er müde war und so tat, als sei er beschäftigt, während er sich ausruhte, aber schließlich kam er zu ihnen zurück und sagte, er habe einige Vorschläge zu machen.

»Es ist folgendermaßen«, erklärte er. »Hier oben gibt es kein ausgedehntes, gut ausgebildetes Wurzelwerk. Das war ein glücklicher Zufall in dem großen Bau, und ich glaube nicht, daß wir erwarten können, so etwas noch mal zu finden. Aber trotz allem kommen wir ganz gut mit dem aus, was wir haben.«

»Und was *haben* wir?« fragte Blackberry, der den Lauf bei diesen Worten heruntergekommen war.

»Nun, wir haben mehrere dicke Wurzeln, die direkt hinunterführen – mehr, als in dem großen Bau waren. Das beste wird sein, um sie herum zu graben und sie dort zu lassen. Sie sollten nicht durchgenagt und entfernt werden. Wir werden sie brauchen, wenn wir eine Halle von einiger Größe haben werden.«

»Dann wird unsere Halle voll dieser dicken, senkrechten Wurzeln sein?« fragte Hazel. Er war enttäuscht.

»Ja«, erwiderte Strawberry, »aber ich sehe nicht ein, weshalb sie schlechter sein sollte. Wir können zwischen ihnen hinein- und hinausgehen, und sie werden keinen, der spricht oder eine Geschichte erzählt, daran hindern. Sie machen den Ort wärmer und tragen dazu bei, Geräusche von oben herunterzuleiten, was eines Tages ganz nützlich sein könnte.«

Das Ausgraben der Halle (die bei ihnen als Honigwabe bekannt wurde) entpuppte sich als so etwas wie ein Triumph für Strawberry. Hazel begnügte sich mit der Organisation der Ausgrabungsarbeiten und überließ es Strawberry, anzuordnen, was tatsächlich getan werden mußte. Die Arbeit wurde in Schichten ausgeführt, und die Kaninchen fraßen, spielten und lagen abwechselnd oben in der Sonne. Tagsüber blieb die Einsamkeit von Geräuschen, Menschen, Traktoren oder Vieh unbeeinträchtigt, und es wurde ihnen immer klarer, was sie Fivers Hellsichtigkeit verdankten. Gegen Spätnachmittag nahm der große Bau Gestalt an. Am nördlichen Ende bildeten die Buchenwurzeln eine Art unregelmäßiger Kolonnade. Diese machte einem freieren, zentralen Raum Platz, und dahinter, wo keine stützenden Wurzeln mehr waren, ließ Strawberry Pfeiler von Erde unberührt, so daß das südliche Ende aus drei oder vier getrennten Abteilungen bestand. Diese verengten sich zu niedrigen Läufen, die in Schlafbaue führten.

Hazel, der jetzt viel zufriedener war, nachdem er selbst sehen konnte, wie sich die Sache machte, saß mit Silver in der Mündung des Laufes, als plötzlich getrommelt wurde: »Habicht! Habicht!« und die Kaninchen, die draußen waren, in Deckung stürzten. Hazel, dort, wo er war, in Sicherheit, blieb da und blickte über den Schatten des Gehölzes ins offene, sonnenbeschienene Gras hinaus. Der Turmfalke segelte in Sicht und nahm seinen Posten ein, der schwarzrandige Schwanz senkte sich, und seine zugespitzten Flügel rüttelten, als er das Land unter sich auskundschaftete.

»Glaubst du, er würde uns wirklich angreifen?« fragte Hazel und beobachtete, wie er sich tiefer fallen ließ und sein Rütteln wiederaufnahm. »Der ist doch viel zu klein.«

»Wahrscheinlich hast du recht«, erwiderte Silver. »Trotzdem, würdest du gerne da hinausgehen und fressen?«

»Ich hätte große Lust, es mit einigen dieser *elil* aufzunehmen«, sagte Bigwig, der hinter ihnen den Lauf heraufgekommen war. »Wir haben vor zu vielen Angst. Aber ein Vogel aus der Luft wäre unangenehm, besonders wenn er schnell käme. Er könnte selbst ein großes Kaninchen besiegen, wenn er es überrumpelte.«

»Seht ihr die Maus?« fragte Silver plötzlich. »Da, schaut. Armes kleines Tier.«

Sie konnten alle die Feldmaus sehen, die auf einem Fleck weichen Grases preisgegeben war. Offensichtlich hatte sie sich zu weit von ihrem Loch entfernt und wußte jetzt nicht, was sie tun sollte. Der Schatten des Turmfalken war noch nicht über sie hinweggestrichen, aber das plötzliche Verschwinden der Kaninchen hatte sie unruhig gemacht, und sie drückte sich an die Erde und blickte unsicher dahin und dorthin. Der Turmfalke hatte sie noch nicht gesehen, würde sie aber sofort bemerken, sobald sie sich bewegte.

»Es kann jeden Augenblick passieren«, sagte Bigwig gleichgültig.

In einer plötzlichen Regung hopste Hazel die Böschung hinunter und lief ein kurzes Stück in das offene Gras hinaus. Mäuse sprechen nicht die Kaninchensprache, aber es gibt eine sehr einfache, begrenzte *lingua franca* des Hekken- und Waldlandes. Hazel gebrauchte sie jetzt.

»Lauf«, sagte er. »Hierher, schnell.«

Die Maus sah ihn an, bewegte sich aber nicht. Hazel sprach wieder, und die Maus begann plötzlich auf ihn zuzurennen, als der Turmfalke drehte und über die Seite abwärts glitt. Hazel eilte zum Loch zurück. Hinausblickend sah er, wie die Maus ihm folgte. Als sie den Fuß der Böschung beinahe erreicht hatte, huschte sie über einen abgefallenen Zweig mit wenigen grünen Blättern. Der Zweig drehte sich, eines der Blätter fing das zwischen den Bäumen schräg einfallende Sonnenlicht auf, und Hazel sah es einen Augenblick aufblitzen. Sofort näherte sich der Turmfalke im Schrägflug, schloß die Flügel und ließ sich fallen.

Ehe Hazel von der Mündung des Loches zurückspringen konnte, war die Maus zwischen seine Vorderpfoten gehuscht und wurde zwischen seinen Hinterläufen zu Boden gedrückt. Im selben Augenblick schlug der Turmfalke, ganz Schnabel und Krallen, auf der lockeren Erde unmittelbar vor dem Eingang wie ein vom Baum herabgeworfenes Geschoß auf. Er scharrte wild, und einen Augenblick sahen die drei Kaninchen seine runden dunklen Augen direkt in den Lauf hinunterstarren. Dann war er verschwunden. Die Geschwindigkeit und Stärke seines Angriffs, so aus der Nähe betrachtet, waren erschreckend, und Hazel fuhr zurück, Silver dabei aus dem Gleichgewicht stoßend. Sie zappelten sich schweigend wieder auf.

»Möchtest du's gerne mit dem da aufnehmen?« fragte Silver, sich zu Bigwig umblickend. »Laß mich wissen, wann. Ich komme dann und sehe zu.«

»Hazel«, sagte Bigwig, »ich weiß, daß du nicht dumm bist, aber was haben wir dadurch gewonnen? Wirst du in

Zukunft jeden Maulwurf und jede Spitzmaus schützen, die sich nicht unter die Erde retten können?«

Die Maus hatte sich nicht bewegt. Sie hockte immer noch im Lauf, auf der Höhe ihrer Köpfe sich gegen das Licht abzeichnend. Hazel sah, wie sie ihn beobachtete.

»Vielleicht Habicht nicht gegangen«, sagte er. »Du jetzt bleiben. Später gehen.«

Bigwig wollte wieder etwas sagen, als Dandelion in der Mündung des Loches erschien. Er sah die Maus an, schob sie sanft beiseite und kam den Lauf herunter.

»Hazel«, sagte er, »vielleicht sollte ich dir jetzt über Holly berichten. Es geht ihm heute abend viel besser, aber er hatte eine sehr schlechte Nacht und wir auch. Jedesmal, wenn er einzuschlafen schien, schreckte er auf und fing an zu weinen. Ich dachte schon, er würde den Verstand verlieren. Pipkin redete mit ihm – er war erstklassig –, und er scheint eine ganze Menge von Bluebell zu halten. Bluebell machte weiterhin seine Späße. Er war erschöpft, ehe der Morgen kam, genau wie wir anderen – wir haben den ganzen Tag geschlafen. Holly war so ziemlich der alte, als er heute nachmittag aufwachte, und er ist zum *silflay* auf gewesen. Er fragte, wo du und die anderen heute abend sein würden, und da ich es nicht wußte, wollte ich dich fragen.«

»Ist er also in der Lage, mit uns zu reden?« fragte Bigwig.

»Ich glaube, ja. Es wäre das beste für ihn, soweit ich das beurteilen kann: Wenn er mit uns allen zusammen wäre, hätte er bestimmt keine zweite so schlechte Nacht.«

»Nun, und wo *werden* wir schlafen?« fragte Silver.

Hazel überlegte. Die Honigwabe befand sich immer noch im Rohbau und war erst halb fertig, aber wahrscheinlich wäre sie ebenso bequem wie die Löcher unter den Dornbäumen. Und wenn es sich herausstellte, daß es nicht so wäre, hätten sie um so mehr Anlaß, sie zu verbessern. Zu wissen, daß sie sich tatsächlich die schwere Arbeit des Tages zunutze machen würden, müßte jedermann anspornen, und wahrscheinlich zogen sie dies einer dritten Nacht in den Kreidelöchern vor.

»Ich würde sagen, hier«, meinte er. »Aber wir werden sehen, was die anderen davon halten.«

»Was tut diese Maus hier?« fragte Dandelion.

Hazel erklärte es. Dandelion war genauso verblüfft, wie Bigwig es gewesen war.

»Nun, ich gebe zu, ich hatte keine besondere Absicht, als ich hinausging, um ihr zu helfen«, sagte Hazel. »Aber jetzt habe ich eine Idee, und ich werde später erklären, welche. Doch vor allem sollten Bigwig und ich zu Holly gehen und mit ihm reden. Und, Dandelion, du erzählst den anderen, was du mir gesagt hast, ja? Und stelle fest, was sie heute abend tun wollen.«

Sie fanden Holly mit Bluebell und Pipkin auf dem Rasen bei dem Ameisenhaufen, von dem aus Dandelion zuerst über das Land geblickt hatte. Holly schnüffelte an einem Knabenkraut. Die malvenfarbigen Blüten schaukelten sanft auf ihrem Stengel, als er die Nase dagegen stieß.

»Erschrecke sie nicht, Meister«, sagte Bluebell. »Sie könnte wegfliegen. Schließlich hat sie eine Menge Stellen, die sie wählen kann. Schau, wie sie überall zwischen den Blättern verteilt sind.«

»Ach, geh schon, Bluebell«, antwortete Holly gutgelaunt. »Wir müssen uns über das Gelände hier informieren. Die Hälfte der Pflanzen sind mir fremd. Diese ist zwar nicht eßbar, aber wenigstens gibt es eine Menge Pimpinellen, und das ist immer gut.« Eine Fliege setzte sich auf sein verletztes Ohr, und er zuckte zusammen und schüttelte den Kopf.

Hazel sah mit Freude, daß Holly offenbar in besserer Verfassung war. Er sagte, er hoffe, daß er sich wohl genug fühle, sich den anderen anzuschließen, aber Holly unterbrach ihn bald mit Fragen.

»Seid ihr viele?« fragte er.

»*Hrair*«, antwortete Bigwig.

»Alle, die mit dir das Gehege verließen?«

»Jeder einzelne«, erwiderte Hazel stolz.

»Niemand verletzt?«

»Oh, mehrere sind schon verletzt worden.«

»Ist nie wirklich langweilig gewesen«, sagte Bigwig.

»Wer kommt da? Ich kenne ihn nicht.«

Strawberry kam den Abhang heruntergerannt, und als er sich zu ihnen gesellte, begann er dieselbe merkwürdige Tanzgeste mit dem Kopf und den Vorderpfoten zu machen, die sie zum ersten Mal in der regennassen Wiese vor Eintritt in den großen Bau gesehen hatten. Er zügelte sich etwas verwirrt, und um Bigwigs Zurechtweisung zuvorzukommen, sprach er sofort Hazel an.

»Hazel-rah«, sagte er (Holly sah überrascht aus, sagte aber nichts), »jeder will heute nacht im neuen Gehege bleiben, und sie hoffen alle, daß Hauptmann Holly in der Lage sein wird, ihnen zu erzählen, was passiert ist und wie er hierher kam.«

»Nun, natürlich wollen wir es alle gerne wissen«, sagte Hazel zu Holly. »Das ist Strawberry. Er hat sich uns auf unserer Reise angeschlossen, und wir waren froh, ihn bei uns zu haben. Aber glaubst du, daß du es schaffst?«

»Ich schaffe es«, sagte Holly. »Aber ich muß euch warnen: Mein Bericht wird das Herz eines jeden einzelnen von euch erstarren lassen.«

Er selbst sah so traurig und düster aus, während er sprach, daß keiner etwas erwiderte, und nach einigen Augenblicken machten sich die sechs Kaninchen schweigend auf den Weg den Hang hinauf. Als sie die Ecke des Gehölzes erreichten, trafen sie die anderen beim Fressen an oder wie sie sich in der Abendsonne an der Nordseite der Buchenbäume aalten. Nach einem flüchtigen Blick auf sie ging Holly zu Silver hinüber, der mit Fiver in einem Fleck gelber Kleeblätter fraß.

»Ich freue mich, dich hier zu sehen, Silver«, sagte er. »Wie ich höre, ist es dir ziemlich schlecht ergangen.«

»Es ist nicht leicht gewesen«, antwortete Silver. »Hazel hat Wunder bewirkt, und wir schulden auch Fiver hier eine Menge.«

»Ich habe von dir gehört«, sagte Holly, sich an Fiver wendend. »Du bist das Kaninchen, das alles kommen sah. Du sprachst mit dem Threarah, nicht wahr?«

»Er sprach mit mir«, sagte Fiver.

»Wenn er nur auf deinen Rat gehört hätte! Nun, jetzt ist nichts mehr zu ändern, bis Eicheln auf Disteln wachsen. Silver, ich möchte etwas sagen, und ich kann es leichter dir als Hazel oder Bigwig sagen. Ich habe nicht die Absicht, Schwierigkeiten zu machen – Schwierigkeiten für Hazel, meine ich. Er ist jetzt euer Oberkaninchen, das ist klar. Ich kenne ihn kaum, aber er muß gut sein – oder ihr wäret alle tot; und es ist nicht die Zeit, sich zu zanken. Wenn jemand von den anderen Kaninchen sich fragt, ob ich vielleicht die Dinge ändern möchte, würdest du sie bitte wissen lassen, daß ich das nicht vorhabe?«

»Ja, das werde ich«, sagte Silver.

Bigwig kam heran. »Ich weiß, es ist noch nicht Eulenzeit«, sagte er, »aber alle sind so begierig, dich zu hören, Holly, daß sie sofort unter die Erde gehen wollen. Ist dir das recht?«

»Unter die Erde?« entgegnete Holly. »Aber wie könnt ihr alle mich unter der Erde anhören? Ich nahm an, daß ich hier sprechen sollte.«

»Komm und sieh selbst«, sagte Bigwig.

Holly und Bluebell waren von der Honigwabe beeindruckt.

»Das ist etwas ganz Neues«, meinte Holly. »Was hält das Dach oben?«

»Es braucht nicht gehalten zu werden«, sagte Bluebell. »Es ist schon oben auf dem Hügel.«

»Wir stießen unterwegs auf diese Idee«, sagte Bigwig.

»Lag in einem Feld«, witzelte Bluebell. »Schon gut, Meister, ich werde still sein, während du sprichst.«

»Ja, das mußt du«, sagte Holly. »Bald wird niemand mehr Witze hören wollen.«

Beinahe alle Kaninchen waren ihnen nach unten gefolgt. Die Honigwabe, obgleich groß genug für alle, war nicht so luftig wie der große Bau, und an diesem Juniabend schien sie ein bißchen eng.

»Wir können sie leicht kühler machen, weißt du«, sagte Strawberry. »In dem großen Bau pflegten sie Tunnel für den Sommer zu öffnen, die sie im Winter verschlossen. Wir können morgen noch einen Lauf auf der Abendseite graben und die Brise auffangen.«

Hazel wollte gerade Holly bitten, zu beginnen, als Speedwell den östlichen Lauf herunterkam. »Hazel«, sagte er, »dein – äh – Gast – deine Maus. Sie will mit dir sprechen.«

»Oh, ich hatte sie ganz vergessen«, sagte Hazel. »Wo ist sie?«

»Im Lauf oben.«

Hazel ging hinauf. Die Maus wartete am Ende.

»Du jetzt gehen?« sagte Hazel. »Du halten für sicher?«

»Jetzt gehen«, sagte die Maus. »Nicht warten Eule. Aber ich möchte sagen. Du helfen einer Maus. Eines Tages eine Maus dir helfen. Du sie brauchen, sie kommen.«

»Großer Frith!« murmelte Bigwig weiter unten im Bau.

»Und ihre Brüder und Schwestern auch. Ich sage euch, daß es von ihnen wimmeln wird. Warum bittest du sie nicht, uns einen Bau oder zwei zu graben, Hazel?«

Hazel sah der Maus nach, wie sie im hohen Gras verschwand. Dann kehrte er zur Honigwabe zurück und ließ sich neben Holly nieder, der soeben zu sprechen begonnen hatte.

# 21. »Auf daß El-ahrairah weine«

Liebe die Tiere. Gott hat ihnen die Grundlagen des Denkens und die ungetrübte Freude geschenkt. Störe sie nicht, quäle sie nicht, beraube sie nicht ihres Glücks, gehe nicht gegen Gottes Absicht an.

Dostojewski *Die Brüder Karamasow*

Unrechtstaten, getan
Zwischen der untergehenden und aufgehenden Sonne,
Liegen in der Geschichte wie Gebeine, jede einzelne.

W. H. Auden *Der Aufstieg von F. 6*

»An dem Abend, als ihr das Gehege verließt, rückte die Owsla aus, um euch zu suchen. Wie lange scheint das heute her zu sein! Wir folgten eurem Geruch den Bach hinunter, aber als wir dem Threarah sagten, daß ihr anscheinend stromab aufgebrochen wäret, sagte er, es hätte keinen Sinn, euch zu folgen und das Leben zu riskieren. Wenn ihr fort wäret, wäret ihr fort. Aber sollte jemand zurückkommen, würde er sofort verhaftet werden. Worauf ich die Suche abbrach.

Am anderen Tag trug sich nichts Ungewöhnliches zu. Es gab gewisses Gerede über Fiver und die Kaninchen, die mit ihm gegangen waren. Jeder wußte, daß Fiver gesagt hatte, etwas Schlimmes würde passieren, und alle möglichen Gerüchte gingen um. Viele Kaninchen meinten, an der Sache sei nichts dran, aber einige glaubten, daß Fiver möglicherweise Männer mit Gewehren und Frettchen vorausgesehen hatte. Das war das Schlimmste, was sich jemand vorstellen konnte – das oder die weiße Blindheit.

Willow und ich beredeten das alles mit dem Threarah. ›Diese Kaninchen‹, sagte er, die behaupten, das zweite Gesicht zu haben – ich habe ein oder zwei zu meiner Zeit gekannt. Aber gewöhnlich ist es nicht ratsam, ihnen viel Beachtung zu schenken. Erstens einmal sind viele bloß boshaft. Ein schwaches Kaninchen, das nicht hoffen kann, durch Kämpfen weit zu kommen, versucht manchmal, sich auf andere Art wichtig zu machen, und Prophezeien ist sehr beliebt. Es ist merkwürdig – wenn seine Prophezeiung sich als falsch erweist, scheinen seine Freunde es selten zu bemerken, solange er seine Rolle gut spielt und drauflosredet. Zum anderen aber hat man vielleicht ein Kaninchen, das wirklich diese sonderbare Gabe hat – denn es gibt sie –, es sagt eine Überschwemmung voraus oder Frettchen und Gewehre. Gut, es wird also eine gewisse Zahl von Kaninchen nicht mehr draußen herumlaufen.

Was ist die Alternative? Die Evakuierung eines Geheges ist eine gewaltige Sache. Einige weigern sich zu gehen. Das Oberkaninchen bricht mit all denen auf, die mitkommen wollen. Seine Autorität wird wahrscheinlich auf die härteste Probe gestellt, und wenn es sie verliert, wird es sie so bald nicht zurückerlangen. Bestenfalls hat man einen Haufen *hlessil,* die im Freien umherwandern und wahrscheinlich Weibchen und Junge im Schlepptau haben. *Elil* erscheinen in Horden. Die Arznei ist schlimmer als die Krankheit. Fast ist es für das Gehege als Ganzes besser, wenn die Kaninchen sich nicht vom Fleck rühren und alles daransetzen, den Gefahren unter der Erde auszuweichen.‹«

»Natürlich habe ich mich nie hingesetzt und habe überlegt«, sagte Fiver. »Das hat sich der Threarah alles ausgedacht. Mich packte einfach das fürchterliche Entsetzen. Großer goldener Frith, hoffentlich passiert mir das nie wieder! Ich werde es nie vergessen – das und die Nacht, die ich unter der Eibe verbrachte. Es gibt entsetzlich viel Böses in der Welt.«

»Es kommt vom Menschen«, sagte Holly. »Alle anderen *elil* tun, was sie müssen, und Frith leitet sie, wie er uns leitet. Sie leben auf der Erde, und sie brauchen Nahrung. Aber die Menschen werden nicht ruhen, bis sie die Erde verwüstet und die Tiere vernichtet haben. Doch ich fahre lieber in meiner Erzählung fort.

Am nächsten Tag begann es nachmittags zu regnen.«

(»Das war, als wir die Kratzer in die Böschung machten«, flüsterte Buckthorn Dandelion zu.)

»Alle waren unter der Erde, Kügelchen kauend oder schlafend. Ich war einige Minuten nach oben gegangen, um *hraka* zu machen, und befand mich am Rande des Gehölzes, ganz nahe dem Graben, als ich einige Männer auf dem Gipfel des gegenüberliegenden Hanges neben diesem Brett-Ding durch die Pforte kommen sah. Ich weiß nicht, wie viele es waren – drei oder vier, nehme ich an. Sie hatten lange schwarze Beine und verbrannten weiße Stengel im Mund. Sie schienen kein besonderes Ziel zu haben. Sie liefen langsam im Regen herum, besahen sich die Hecken und den Bach. Nach einiger Zeit überquerten sie den Bach und trampelten auf das Gehege zu. Wann immer sie zu einem Kaninchen-Loch kamen, stach einer von ihnen hinein; und sie redeten ununterbrochen. Ich erinnere mich an den Duft der Holunderblüte im Regen und den Geruch der weißen Stengel. Später, als sie näher kamen, glitt ich wieder unter die Erde. Ich konnte sie noch einige Zeit herumstochern und sprechen hören. Ich dachte immer: Schließlich haben sie keine Gewehre und keine Frettchen. Aber irgendwie gefiel mir die Sache nicht.«

»Was sagte der Threarah?« fragte Silver.

»Ich habe keine Ahnung. Ich habe ihn nicht gefragt, und soviel ich weiß, tat es auch sonst niemand. Ich ging schlafen, und als ich erwachte, war kein Geräusch über mir zu hören. Es war Abend, und ich beschloß, *silflay* zu machen. Es hatte sich eingeregnet, aber ich trödelte herum und fraß trotz allem eine Weile. Ich konnte nicht entdecken, daß irgend etwas sich geändert hatte, außer daß hier und da die Mündung eines Loches eingestoßen war.

Der nächste Morgen war klar und schön. Alle waren draußen für *silflay* wie gewöhnlich. Ich erinnere mich, daß Nightshade zu dem Threarah sagte, er solle vorsichtig sein und sich nicht zu sehr ermüden, da er nun in die Jahre komme; und der Threarah sagte, er werde ihm zeigen, wer hier in die Jahre komme, und knuffte ihn und stieß ihn die Böschung hinunter. Es war nur zum Scherz, wißt ihr, aber er tat es, um Nightshade zu zeigen, daß er mit dem Oberkaninchen immer noch zu rechnen hätte. Ich ging an diesem Morgen hinaus, um nach Salat zu suchen, und aus irgendeinem Grund hatte ich beschlossen, allein zu gehen.«

»Drei bilden gewöhnlich einen Salat-Trupp«, sagte Bigwig.

»Ja, ich weiß, gewöhnlich sind es drei, aber es gab einen besonderen Grund, weshalb ich an diesem Tag allein ging. O ja, ich erinnere mich: Ich wollte sehen, ob es schon einige frühe Mohrrüben gab – ich dachte, sie würden gerade soweit sein –, und ich schätzte, ich wäre allein besser dran, wenn ich einen unbekannten Teil des Gartens durchsuchte. Ich war die meiste Zeit des Morgens draußen, und es kann nicht lange vor *ni-Frith* gewesen sein, als ich durch das Gehölz zurückkehrte. Ich kam die Stille Böschung hinunter – ich weiß, daß die meisten Kaninchen die Grüne Lockere vorzogen, aber ich ging beinahe immer die Stille Böschung entlang. Ich kam in den offenen Teil des Gehölzes, wo es zu dem alten Zaun hin abfällt, als ich in dem Feldweg oben auf dem gegenüberliegenden Hang einen *hrududu* bemerkte. Er stand am Tor neben dem Brett, und eine Menge Männer kamen heraus. Ein Junge war bei ihnen, der ein Gewehr hatte. Sie nahmen einige große lange Dinger herunter – ich weiß nicht, wie ich sie euch beschreiben soll. Sie waren aus demselben Material gemacht wie ein *hrududu,* und sie müssen schwer gewesen sein, weil zwei Männer nötig waren, eines zu tragen. Die Männer trugen diese Dinger auf die Wiese, und die wenigen Kaninchen, die über der Erde waren, gingen hinunter. Ich nicht. Ich hatte das Gewehr gesehen und dachte, sie würden vielleicht Frettchen und möglicherweise Netze benutzen. Also blieb ich, wo ich war, und beobachtete weiter. Ich dachte: Sobald ich sicher bin, was sie vorhaben, gehe ich und warne den Threarah.

Dann noch mehr Gerede und noch mehr weiße Stengel. Menschen haben es nie eilig, nicht wahr? Dann nahm einer von ihnen einen Spaten und schickte sich an, die Mündungen aller Löcher zu füllen, die er finden konnte. An jedem Loch, zu dem er kam, stach er den Rasen darüber ab und schob ihn in das Loch. Das kam mir komisch vor, weil sie ja mit Frettchen die Kaninchen *heraus*treiben wollten. Aber ich erwartete, daß er ein paar Löcher offen lassen und sie mit einem Netz umgeben würde; obgleich das eine dumme Art wäre, mit Frettchen zu jagen, weil ein Kaninchen, das einen blockierten Lauf hinaufginge, unter der Erde getötet werden würde, und dann würde der Mann sein Frettchen nicht leicht zurückbekommen, wie ihr wißt.«

»Mach es nicht zu schlimm, Holly«, sagte Hazel; denn Pipkin zitterte bei dem Gedanken an den blockierten Lauf und das nachsetzende Frettchen.

»Zu schlimm?« erwiderte Holly böse. »Ich habe noch

kaum begonnen. Möchte jemand gerne weggehen?« Keiner bewegte sich, und nach einigen Augenblicken fuhr er fort:

»Dann holte ein anderer Mann einige lange, dünne, gekrümmte Dinger. Ich finde keine Worte für all diese Menschen-Dinge, aber sie sahen so ähnlich aus wie sehr dicke Brombeerzweige. Jeder der Männer nahm einen und schob ihn auf eines der schweren Dinger. Es gab eine Art zischendes Geräusch und – und – ich weiß, ihr werdet das schwer verständlich finden, aber die Luft wurde schlecht. Aus irgendeinem Grund bekam ich einen starken Geruch in die Nase von dem Zeugs, das aus dem Brombeerzweig kam, obgleich ich ein Stück entfernt war, und ich konnte nicht sehen oder denken. Ich schien zu fallen. Ich versuchte aufzuspringen und zu laufen, aber ich wußte nicht, wo ich war, und merkte, daß ich zum Rand des Gehölzes auf die Männer zulaufen würde. Ich hielt noch zur rechten Zeit an. Ich war verwirrt und hatte jeden Gedanken aufgegeben, den Threarah zu warnen. Danach setzte ich mich bloß hin, wo ich war.

Die Männer stopften einen Dornenstrauch in jedes Loch, das sie offengelassen hatten, und danach passierte eine Weile nichts. Und dann sah ich Scabious – erinnert ihr euch an Scabious? Er kam aus einem Loch an der Hecke – eines, das sie nicht bemerkt hatten. Ich konnte sofort sehen, daß er das Zeugs gerochen hatte. Er wußte nicht, was er tat. Einige Augenblicke sahen ihn die Männer nicht, und dann streckte einer von ihnen den Arm aus, um zu zeigen, wo er war, und der Junge schoß auf ihn. Er tötete ihn nicht – Scabious begann zu schreien –, und einer der Männer ging hinüber, hob ihn hoch und schlug ihn tot. Ich glaube wirklich, daß er nicht sehr viel gelitten hat, weil die schlechte Luft ihn benommen gemacht hatte; aber ich wünschte, ich hätte es nicht gesehen. Danach stopfte der Mann das Loch, aus dem Scabious gekommen war, zu.

Inzwischen mußte die vergiftete Luft sich durch die unterirdischen Läufe und Baue verbreitet haben. Ich kann mir vorstellen, wie das gewesen sein muß –«

»Das kannst du nicht«, sagte Bluebell. Holly hielt inne, und nach einer Pause fuhr Bluebell fort.

»Ich hörte den Beginn der Aufregung, ehe ich das Zeugs selbst roch. Die Weibchen schienen es zuerst zu kriegen, und einige von ihnen versuchten hinauszugelangen. Aber diejenigen, die Junge hatten, wollten sie nicht verlassen und griffen jedes Kaninchen an, das ihnen zu nahe kam. Sie wollten kämpfen – um die Jungen zu schützen. Sehr bald waren die Läufe mit kratzenden und übereinanderpurzelnden Kaninchen überfüllt. Sie rannten die Läufe hinauf, die sie gewöhnlich benutzten, und fanden sie blockiert. Einigen gelang es, sich umzudrehen, aber sie konnten wegen der heraufkommenden Kaninchen nicht zurück. Und dann verstopften sich die Läufe weiter unten allmählich mit toten Kaninchen, und die lebenden Kaninchen rissen sie in Stücke.

Ich werde nie erfahren, wie ich durch das, was ich tat, davonkam. Es war eine Chance eins zu tausend. Ich war in einem Bau in der Nähe eines der Löcher, die die Männer benutzten. Sie machten eine Menge Lärm, als sie das brombeerähnliche Ding hineinstopften, und mir kam der Gedanke, daß es wohl nicht richtig funktionierte. Sobald ich den Geruch des Zeugs wahrnahm, sprang ich aus dem Bau, noch ziemlich klar im Kopf. Ich kam den Lauf herauf, genau als die Männer das Zweigding wieder herausnahmen. Sie betrachteten es alle und redeten und bemerkten mich nicht. Ich drehte mich um, genau in der Mündung des Loches, und ging wieder hinunter.

Erinnert ihr euch an den Toten Lauf? Ich glaube, daß kaum ein Kaninchen zu unserer Zeit dort hinunterging – er war sehr tief und führte nirgendwohin. Niemand weiß genau, wer ihn gemacht hat. *Frith* muß mich geführt haben; denn ich lief direkt in den Toten Lauf hinunter und begann dort entlangzukriechen. Tatsächlich mußte ich zeitweise graben. Überall stieß ich auf lockere Erde und heruntergefallene Steine. Und alle möglichen vergessenen Schächte waren da und Senkungen, die von oben herunterführten und durch die die schrecklichsten Geräusche herunterdrangen – Hilferufe, Junge, die nach ihren Müttern schrien, Owsla, die versuchten, Befehle zu geben, Kaninchen, die sich verfluchten und bekämpften. Einmal kam ein Kaninchen einen der Schächte heruntergepurzelt, und seine Klauen kratzten mich wie eine Roßkastanie, die im Herbst vom Baum fällt. Es war Celandine, und er war tot. Ich mußte ihn fortzerren, ehe ich über ihn hinwegkam – die Stelle war so niedrig und eng –, und dann ging ich weiter. Ich konnte die schlechte Luft riechen, aber ich war so tief unten, daß ich dem Schlimmsten entzogen war.

Plötzlich entdeckte ich, daß noch ein Kaninchen bei mir war. Es war das einzige, das ich auf der ganzen Strecke des Toten Laufes traf. Es war Pimpernel, und ich merkte sofort, daß es ihm sehr schlecht ging. Er spuckte und keuchte, aber er konnte weitermarschieren. Er fragte, ob ich in Ordnung sei, aber alles, was ich erwiderte, war: ›Wo kommen wir hier heraus?‹ – ›Das kann ich dir zeigen‹, sagte er, ›wenn du mir weiterhilfst.‹ Ich folgte ihm also, und jedesmal, wenn er anhielt – er vergaß dauernd, wo wir waren –, schob ich ihn kräftig. Ich habe ihn sogar einmal gebissen. Ich fürchtete, daß er sterben und den Lauf blockieren würde. Endlich kamen wir nach oben und konnten frische Luft riechen. Wir stellten fest, daß wir in einen dieser Läufe gelangt waren, die in das Gehölz hinausführen.

Die Männer hatten ihre Arbeit schlecht getan«, fuhr

Holly fort. »Entweder wußten sie nichts von Waldlöchern, oder sie gaben sich nicht die Mühe, sie zu verstopfen. Beinahe jedes Kaninchen, das auf der Wiese heraufkam, wurde erschossen, aber ich sah zwei davonkommen. Eines war Guck-in-die-Luft, aber ich erinnere mich nicht, wer das andere war. Der Lärm war furchterregend, und ich wäre selbst gerannt, aber ich wartete, um zu sehen, ob der Threarah kommen würde. Nach einer Weile merkte ich, daß noch ein paar andere Kaninchen im Gehölz waren. Pine-needles war da, wie ich mich erinnere, und Butterbur und Ash. Ich schnappte mir, wen ich konnte, und befahl ihnen, in Deckung zu bleiben und sich nicht vom Fleck zu rühren.

Nach einer langen Zeit beendeten die Männer ihre Arbeit. Sie nahmen die dünnen Dinger aus den Löchern, und der Junge steckte die Kadaver auf einen Stock –«

Holly hielt inne und drückte seine Nase in Bigwigs Flanke.

»Nun, reg dich nicht darüber auf«, sagte Hazel mit ruhiger Stimme. »Erzähle uns, wie du entkamst.«

»Ehe das geschah«, fuhr Holly fort, »kam ein großer *hrududu* über den Pfad auf die Wiese. Es war nicht der, mit dem die Männer gekommen waren. Er war sehr laut und gelb – so gelb wie ein Hederich; und vorn war ein großes silbernes, glänzendes Ding, das er in seinen riesigen Vorderpfoten hielt. Ich weiß nicht, wie ich es euch beschreiben soll. Es sah wie *Inlé* aus, aber es war breit und nicht so strahlend. Und dieses Ding – wie soll ich es euch sagen? – zerriß die Wiese in Stücke. Es zerstörte die Wiese.«

Er hielt wieder inne.

»Hauptmann«, sagte Silver, »wir alle wissen, daß du unvorstellbare Dinge gesehen hast. Aber sicherlich ist es nicht ganz das, was du meinst.«

»Bei meinem Leben«, sagte Holly zitternd, »es grub sich in den Boden und schob große Erdmassen vor sich her, bis die Wiese zerstört war. Alles wurde wie ein Viehweideland im Winter, und man konnte nicht mehr sagen, wo irgendein Teil der Wiese zwischen dem Gehölz und dem Bach gewesen war. Erde und Wurzeln und Gras und Büsche schob es vor sich her – und andere Dinge auch, von unter der Erde.

Nach langer Zeit ging ich durch das Gehölz zurück. Ich hatte ganz vergessen, noch andere Kaninchen zu sammeln, aber drei schlossen sich mir doch an – Bluebell hier und Pimpernel und der junge Toadflax. Toadflax war das einzige Mitglied der Owsla, das ich gesehen hatte, und ich fragte ihn nach dem Threarah, aber er antwortete nur wirres Zeug. Ich fand nie heraus, was mit dem Threarah geschah. Ich hoffe, er starb schnell.

Pimpernel war wirr im Kopf – plapperte Unsinn –, und Bluebell und mir ging es nicht viel besser. Aus irgendeinem Grund konnte ich nur an Bigwig denken. Ich erinnerte mich, wie ich ihn verhaften wollte – töten wollte, genaugenommen –, und ich hatte das Gefühl, ich müßte ihn finden und ihm sagen, daß ich im Unrecht war; und dieser Gedanke war die ganze Vernunft, die mir noch blieb. Wir vier wanderten fort, und wir müssen fast in einem Halbkreis gegangen sein, weil wir nach langer Zeit zum Bach unterhalb unserer einstigen Wiese kamen. Wir folgten ihm in einen großen Wald hinunter; und in jener Nacht, während wir uns noch im Wald befanden, starb Toadflax. Er war kurz davor bei klarem Verstand, und ich erinnere mich an etwas, was er sagte. Bluebell hatte erklärt, er wisse, die Menschen haßten uns, weil wir in ihre Ernten und Gärten einfielen, und Toadflax antwortete: »Das war nicht der Grund, weshalb sie das Gehege zerstörten. Wir waren ihnen einfach im Weg. Sie töteten uns, weil es ihnen so paßte.« Bald danach legte er sich schlafen, und ein bißchen später, als wir durch irgendein Geräusch erschraken, versuchten wir, ihn zu wecken, und merkten, daß er tot war.

Wir ließen ihn dort liegen und liefen weiter, bis wir den Fluß erreichten. Ich brauche ihn nicht zu beschreiben, weil ich weiß, daß ihr ihn alle kennt. Inzwischen war es Morgen geworden. Wir dachten, daß ihr irgendwo in der Nähe wäret, liefen auf der Böschung stromauf und suchten euch. Es dauerte nicht lange, bis wir die Stelle fanden, wo ihr ihn überquert haben mußtet. Da waren Spuren – sehr viele – im Sand unter einer steilen Böschung und etwa drei Tage alter *hraka*. Die Spuren gingen nicht stromauf oder stromab, ich wußte also, daß ihr übergesetzt sein mußtet. Ich schwamm hinüber und fand auf der anderen Seite noch mehr Spuren; darauf kamen die anderen auch herüber. Der Fluß war angeschwollen. Ich nehme an, ihr habt es vor dem vielen Regen leichter gehabt.

Die Felder auf der anderen Seite des Flusses gefielen mir nicht. Da war ein Mann mit einem Gewehr, der überallhin lief. Ich führte die anderen beiden über einen Weg hinüber, und bald kamen wir an einen schlimmen Ort – alles Heidekraut und weiche schwarze Erde. Das war eine schwere Zeit, aber wieder traf ich auf *hraka,* etwa drei Tage alt, und es fehlten Anzeichen von Löchern oder Kaninchen; also überlegte ich mir, daß sie möglicherweise eure waren. Bluebell war in Ordnung, aber Pimpernel hatte Fieber, und ich hatte Angst, auch er würde sterben.

Dann hatten wir ein bißchen Glück – jedenfalls glaubten wir das damals. In jener Nacht trafen wir ein *hlessi* am Rande der Heide – ein altes, zähes Kaninchen, dessen Nase ganz verkratzt und voll Narben war. Es sagte uns, daß ganz in der Nähe ein Gehege sei, und es zeigte uns den Weg. Wir kamen wieder durch Wälder und Felder, waren aber so erschöpft, daß wir nicht nach dem Gehege suchen konnten. Wir krochen in einen Graben, und ich wagte nicht, einem der anderen zu befehlen, wachzubleiben. Ich versuchte, selbst wachzubleiben, aber es gelang mir nicht.«

»Wann war das?« fragte Hazel.

»Vorgestern«, sagte Holly, »am frühen Morgen. Als ich aufwachte, war es immer noch einige Zeit vor *ni-Frith*. Ringsum war es ruhig, und alles, was ich riechen konnte, war Kaninchen, aber ich fühlte sofort, daß etwas nicht stimmte. Ich weckte Bluebell und war gerade dabei, auch Pimpernel zu wecken, als ich merkte, daß ein ganzer Haufen Kaninchen um uns herum war. Es waren große Burschen, und sie hatten einen eigentümlichen Geruch. Es war wie – nun, wie –«

»Wir wissen, was es war«, sagte Fiver.

»Ich dachte mir schon, daß ihr's wahrscheinlich wüßtet. Dann sagte eines von ihnen: ›Mein Name ist Cowslip. Wer seid ihr, und was tut ihr hier?‹ Ich mochte die Art nicht, wie er sprach, konnte mir aber nicht denken, daß sie einen Grund hatten, uns übelzuwollen, daher sagte ich ihm, daß wir eine schlimme Zeit hinter uns hätten und einen weiten Weg gekommen wären und daß wir Kaninchen aus unserem Gehege suchten – Hazel, Fiver und Bigwig. Sobald ich diese Namen nannte, wandte sich das Kaninchen an die anderen und rief: ›Ich wußte es! Reißt sie in Stücke!‹ Und alle fielen über uns her. Eines von ihnen packte mich am Ohr und schlitzte es auf, ehe Bluebell es wegziehen konnte. Wir schlugen uns mit der ganzen Bande. Ich wurde so überrumpelt, daß ich zuerst nicht viel ausrichten konnte. Aber das Komische war, daß sie, obgleich sie so groß waren und nach unserem Blut schrien, gar nicht kämpfen konnten; offensichtlich kannten sie die Elementarregeln des Kämpfens nicht. Bluebell schlug ein paar, die doppelt so groß wie er waren, zusammen, und obgleich mein Ohr von Blut troff, war ich nie echt in Gefahr. Trotzdem waren es zu viele für uns, und wir mußten rennen. Bluebell und ich hatten gerade den Graben hinter uns, als wir merkten, daß Pimpernel immer noch dort war. Er war krank, wie ich euch schon sagte, und er wachte nicht rechtzeitig auf. So wurde der arme Pimpernel nach allem, was er durchgemacht hatte, von Kaninchen getötet. Was sagt ihr dazu?«

»Ich halte es für eine verdammte Gemeinheit«, sagte Strawberry, ehe irgendein anderer etwas sagen konnte.

»Wir rannten neben einem kleinen Bach durch die Wiesen«, fuhr Holly fort. »Einige dieser Kaninchen jagten uns noch immer, und plötzlich dachte ich: ›Nun, einen von ihnen will ich auf jeden Fall kriegen.‹ Mir war nicht wohl bei dem Gedanken, nichts weiter zu tun, als einfach davonzulaufen, um unsere Haut zu retten – nicht nach Pimpernel. Ich sah, daß dieser Cowslip allen anderen voraus und allein war, also ließ ich ihn herankommen, und dann drehte ich mich plötzlich um und ging auf ihn los. Ich hatte ihn untergekriegt und wollte ihn gerade zerreißen, als er kreischte: ›Ich kann dir sagen, wohin deine Freunde gegangen sind.‹ ›Beeile dich‹, sagte ich, meine Hinterläufe in seinen Magen drückend. ›Sie sind zu den Hügeln gegangen‹, keuchte er. ›Die hohen Hügel, die du drüben sehen kannst. Sie gingen gestern morgen.‹ Ich gab vor, ihm nicht zu glauben, und tat so, als ob ich ihn töten wollte. Aber er blieb bei seiner Geschichte, also zerkratzte ich ihn und ließ ihn laufen, und so kamen wir davon. Es war klares Wetter, und wir konnten die Hügel deutlich sehen. Danach hatten wir die allerschlimmste Zeit. Wenn Bluebell mit seinen Witzen und seinem Geplauder nicht gewesen wäre, wären wir bestimmt nicht weitergerannt.«

»*Hraka* von der einen, Witze von der anderen Seite«,

sagte Bluebell. »Ich ließ einen Witz fallen, und wir beide rannten ihm nach. Und so gelangten wir immer weiter.«

»Ich kann euch nicht viel über den Rest erzählen«, sagte Holly. »Mein Ohr schmerzte entsetzlich, und immerzu mußte ich denken, daß Pimpernels Tod meine Schuld war. Hätte ich mich nicht schlafen gelegt, wäre er nicht gestorben. Einmal versuchten wir, wieder zu schlafen, aber meine Träume waren mehr, als ich ertragen konnte. Ich war wirklich kaum bei Sinnen. Ich hatte nur einen Gedanken – Bigwig zu finden und ihm zu sagen, daß er recht hatte, das Gehege zu verlassen.

Schließlich erreichten wir die Hügel, genau bei Einbruch der Nacht am nächsten Tag. Es war uns gleichgültig – wir überquerten das flache, offene Land zur Eulenzeit. Ich weiß nicht, was ich erwartet hatte. Ihr wißt, daß man sich zuweilen einredet, alles käme in Ordnung, wenn man nur an einen bestimmten Ort gelangte oder eine bestimmte Sache machte. Aber wenn man hinkommt, entdeckt man, daß es nicht so einfach ist. Ich nehme an, daß ich die törichte Vorstellung hatte, Bigwig wurde uns erwarten. Wir fanden die Hügel riesig – größer als alles, was wir je gesehen hatten. Keine Gehölze, keine Kaninchen – und die Nacht brach an. Und dann schien alles in Stücke zu fallen. Ich sah Scabious – so deutlich wie Gras – und hörte ihn auch schreien; und ich sah den Threarah und Toadflax und Pimpernel. Ich versuchte, mit ihnen zu sprechen. Ich rief Bigwig, aber ich erwartete eigentlich nicht, daß er es hörte, weil ich sicher war, daß er nicht da war. Ich kann mich erinnern, daß ich aus einer Hecke ins Freie kam, und ich weiß, daß ich tatsächlich hoffte, die *elil* würden kommen und mich erledigen. Aber als ich wieder zu mir kam, war Bigwig da. Mein erster Gedanke war, daß ich tot sein müßte, aber dann begann ich zu überlegen, ob er leibhaftig war oder nicht. Nun, ihr wißt das übrige. Es tut mir leid, daß ich euch so sehr erschreckt habe. Aber wenn ich nicht das – Schwarze Kaninchen war, gibt es kaum ein lebendes Geschöpf, das ihm je näher war als wir.« Nach kurzem Schweigen fügte er hinzu: »Ihr könnt euch vorstellen, was es für Bluebell und mich bedeutet, uns unter Freunden unter der Erde zu befinden. Nicht ich habe versucht, dich zu verhaften, Bigwig – das war ein anderes Kaninchen, vor langer, langer Zeit.«

# 22. Die Geschichte von El-ahrairahs Prozeß

Hat er nicht ein Schurkengesicht? . . . Hat ein verfluchtes Tyburn-Gesicht ohne das Vorrecht der Geistlichkeit.

Congreve *Love for Love*

Kaninchen sind in vieler Hinsicht wie menschliche Wesen (sagt Mr. Lockley). Ganz gewiß gehört dazu ihre unerschütterliche Fähigkeit, dem Unglück zu widerstehen und sich vom Strom ihres Lebens weitertragen zu lassen, hinweg über Schrecken und Verlust. Sie haben eine bestimmte Eigenschaft, die mit Gleichgültigkeit oder Gefühllosigkeit zu beschreiben nicht zutreffend wäre. Es ist eher eine glückliche Einbildungskraft und ein intuitives Gefühl, daß das Leben Jetzt ist. Ein Futter suchendes wildes Geschöpf, vor allem auf Überleben bedacht, ist stark wie das Gras. Insgesamt bleiben Kaninchen geschützt aufgrund von Friths Versprechen El-ahrairah gegenüber. Kaum ein ganzer Tag war vergangen, seit Holly im Delirium an den Fuß des Watership Down gekrochen gekommen war. Und doch war er der Genesung sehr nahe, während der sorglosere Bluebell nach der schrecklichen Katastrophe, die er überlebt hatte, sogar noch weniger übel dran war. Hazel und seine Gefährten hatten während Hollys Geschichte Kummer und Entsetzen bis zum äußersten durchlitten. Pipkin hatte geweint und mitleiderregend über den Tod von Scabious gezittert, und Acorn und Speedwell waren von krampfhaftem Würgen ergriffen worden, als Bluebell von dem Giftgas erzählte, das unter der Erde mordete. Und doch, wie bei primitiven menschlichen Wesen, brachte gerade die Stärke und Heftigkeit ihres Mitleids eine echte Erlösung mit sich. Ihre Gefühle waren nicht falsch oder vorgetäuscht. Während die Geschichte erzählt wurde, hörten sie sie ohne jene Reserve oder Distanzierung an, die der gütigste, zivilisierte Mensch bewahrt, wenn er seine Zeitung liest. Sie glaubten, selbst in den vergifteten Läufen zu zappeln und vor Wut über das Schicksal des armen Pimpernel aufzulodern. Das war ihre Art, die Toten zu ehren. Als die Geschichte vorüber war, begannen die Forderungen ihres eigenen schweren, harten Lebens in ihren Herzen, ihrem Blut, ihren Nerven und Trieben sich wieder geltend zu machen. Oh, wären die Toten nicht tot! Aber es muß Gras gefressen, müssen Kügelchen gekaut, *hraka* gemacht, Löcher gegraben und muß geschlafen werden. Odysseus bringt nicht einen einzigen Mann mit an die Küste. Und doch schläft er tief neben Calypso, und als er erwacht, denkt er nur an Penelope.

Noch ehe Holly mit seiner Geschichte zu Ende war, hatte Hazel an seinem verletzten Ohr geschnüffelt. Es war ihm nicht möglich gewesen, sich vorher das Ohr genau anzusehen, doch als er es jetzt tat, merkte er, daß Entsetzen und Ermüdung wahrscheinlich nicht die Hauptursache für Hollys Zusammenbruch gewesen waren. Er war schwer verletzt – schwerer als Buckthorn. Er mußte eine Menge Blut verloren haben. Sein Ohr war in Fetzen gerissen und stark verschmutzt. Hazel ärgerte sich über Dandelion. Als mehrere Kaninchen, von der milden Juninacht und dem Vollmond angezogen, mit *silflay* begannen, bat er Blackberry zu warten. Silver, der gerade durch den anderen Lauf hinausgehen wollte, kehrte zurück und schloß sich ihnen an.

»Dandelion und die anderen beiden scheinen dich wieder aufgeheitert zu haben«, sagte Hazel zu Holly. »Es ist schade, daß sie dich nicht auch gesäubert haben. Dieser Schmutz ist gefährlich.«

»Nun, sieh mal –«, begann Bluebell, der neben Holly geblieben war.

»Mach keinen Witz«, sagte Hazel. »Du scheinst zu glauben –«

»Wollt' ich gar nicht«, sagte Bluebell. »Ich wollte nur sagen, daß ich das Ohr des Hauptmanns säubern wollte, aber es ist zu empfindlich, als daß man es anrühren könnte.«

»Er hat ganz recht«, sagte Holly. »Ich fürchte, ich bin selbst schuld daran, daß sie es vernachlässigt haben, aber tu, was du für das Beste hältst, Hazel. Ich fühle mich jetzt viel wohler.«

Hazel fing selbst an dem Ohr an. Das Blut war schwarz verkrustet, und die Aufgabe erforderte Geduld. Nach einer Weile bluteten die langen Rißwunden von neuem und wurden langsam sauber. Dann übernahm Silver die Sache. Holly, der es, so gut er konnte, ertrug, knurrte und scharrte, und Silver suchte nach etwas, um ihn abzulenken.

»Hazel«, fragte er, »was war das für ein Gedanke, den du da mit der Maus hattest? Du sagtest, du würdest es später erklären. Wie wär's, wenn du es jetzt versuchtest?«

»Nun«, sagte Hazel, »der Gedanke ist einfach der, daß wir in unserer Lage es uns nicht leisten können, etwas zu vergeuden, das uns von Nutzen sein könnte. Wir befinden uns an einem fremden Ort, von dem wir nicht viel wissen, und wir brauchen Freunde. Nun, *elil* können uns offensichtlich nicht von Nutzen sein, aber es gibt viele Geschöpfe, die nicht *elil* sind – Vögel, Mäuse, *yonil* und so weiter. Zwar haben Kaninchen gewöhnlich nicht viel mit ihnen zu tun, aber meistens sind ihre Feinde auch unsere Feinde. Ich finde, wir sollten alles nur Mögliche tun, um uns diese Geschöpfe zu Freunden zu machen. Es könnte sich erweisen, daß die Mühe sich lohnt.«

»Ich kann nicht sagen, daß mir die Idee sonderlich gefällt«, sagt Silver, Holly das Blut aus der Nase wischend. »Diese kleinen Tiere sind eher gering und nicht als verläßlich einzuschätzen, vermute ich. Was können die uns schon nützen? Sie können nicht für uns graben, sie können keine Nahrung für uns holen, sie können nicht für uns kämpfen. Sie würden *sagen,* sie seien uns freundlich gesinnt, zweifellos, solange wir ihnen helfen; aber damit hat sich's. Ich hörte diese Maus heute abend – ›Du sie brauchen, sie kommen.‹ Natürlich kommt sie, solange es was zu fressen und Wärme gibt, aber sicherlich wollen wir nicht, daß das Gehege von Mäusen und Hirschkäfern wimmelt, oder?«

»Nein, ganz so habe ich es nicht gemeint«, sagte Hazel. »Ich schlage nicht vor, Feldmäuse zu suchen und sie einzuladen, sich zu uns zu gesellen. Sie würden uns sowieso nicht dafür danken. Aber diese Maus heute abend – wir haben ihr das Leben gerettet –«

»*Du* hast ihr das Leben gerettet«, sagte Blackberry.

»Nun, ihr Leben wurde gerettet. Das wird sie nicht vergessen.«

»Aber wie soll uns das helfen?« fragte Bluebell.

»Vor allem kann sie uns sagen, was sie von dem Ort weiß –«

»Was Mäuse wissen. Nicht, was Kaninchen dringend wissen müssen.«

»Nun, ich gebe zu, daß eine Maus nützlich sein kann oder auch nicht«, sagte Hazel. »Aber sicherlich könnte ein

Vogel uns von Nutzen sein, wenn wir nur genug für ihn täten. Wir können nicht fliegen, aber einige von ihnen kennen das Land im weiten Umkreis. Sie wissen auch gut über das Wetter Bescheid. Ich sage ja nur dies: Wenn einer ein Tier oder einen Vogel findet, der nicht sein Feind ist und der Hilfe braucht, dann laßt um Himmels willen die Gelegenheit nicht vorbeigehen. Das wäre, als ob man Mohrrüben in der Erde verfaulen ließe.«

»Was hältst du davon?« fragte Silver Blackberry.

»Ich denke, es ist eine gute Idee, aber wirkliche Gelegenheiten der Art, wie Hazel sie sich vorstellt, ergeben sich nicht sehr oft.«

»Ich glaube, das stimmt so ungefähr«, sagte Holly zusammenzuckend, als Silver das Lecken wiederaufnahm. »Die Idee ist schon recht, aber sie wird sich nicht oft praktizieren lassen.«

»Ich bin bereit, einen Versuch zu machen«, sagte Silver. »Ich schätze, er wird sich lohnen, und wenn wir bloß sehen, wie Bigwig einem Maulwurf Bettgeschichten erzählt.«

»El-ahrairah hat es mal getan«, sagte Bluebell, »und es *hat* funktioniert. Erinnert ihr euch?«

»Nein«, sagte Hazel, »diese Geschichte kenne ich nicht. Laß sie uns hören.«

»Laßt uns erst *silflay* gehen«, sagte Holly. »Dieses Ohr hat vorläufig alles gehabt, was ich ertragen kann.«

»Nun, wenigstens ist es jetzt sauber«, sagte Hazel. »Aber ich fürchte, es wird nie wieder so gut wie das andere. Du wirst ein zerfetztes Ohr zurückbehalten.«

»Schadet nichts«, meinte Holly. »Ich habe trotzdem Glück gehabt.«

Der Mond, der am wolkenlosen östlichen Himmel voll aufgegangen war, bedeckte die hohe Einsamkeit mit seinem Licht. Wir sind uns des Tageslichtes nicht als etwas bewußt, das die Dunkelheit verdrängt. Selbst wenn die Sonne wolkenlos ist, scheint das Tageslicht uns einfach der natürliche Zustand von Erde und Luft. Wenn wir an die Downs denken, denken wir an die Downs bei Tag, wie wir an ein Kaninchen mit seinem Fell denken. Es mag Leute geben, die sich das Skelett im Inneren eines Pferdes vorstellen, aber die meisten von uns tun das nicht; und wir stellen uns gewöhnlich die Downs nicht ohne Tageslicht vor, selbst wenn das Licht nicht Teil der Downs ist, wie die Haut Teil des Pferdes ist. Wir nehmen das Tageslicht als selbstverständlich hin. Aber mit dem Mondlicht ist das etwas anderes. Es ist unbeständig. Der Mond nimmt ab und wieder zu. Wolken können ihn in einem Ausmaß verdunkeln, wie sie es beim Tageslicht nicht vermögen. Wasser benötigen wir, aber einen Wasserfall nicht. Wo man ihn antrifft, ist er etwas Besonderes, eine schöne Zierde. Wir brauchen das Tageslicht, und in gewissem Maß ist es eine Frage der Nützlichkeit, aber das Mondlicht brauchen wir nicht. Wenn es kommt, dient es keiner Notwendigkeit. Es verwandelt. Es fällt auf Böschungen und das Gras, trennt einen langen Halm von dem anderen, verwandelt eine Wehe brauner, mit Reif überzogener Blätter aus einem einzigen Haufen in zahllose blitzende Splitter oder schimmert längs nassen Zweigen, als ob das Licht selbst dehnbar wäre. Seine langen Strahlenbündel strömen weiß und scharf zwischen die Baumstämme, aber ihre Klarheit vergeht, wenn sie bei Nacht in die dunkle Ferne von Buchenwäldern zurückweichen. Im Mondlicht scheinen zwei Äcker gemeinen Straußgrases wogend und knöcheltief, zerzaust und struppig gleich einer Pferdemähne, wie eine Bucht von Wellen, voll von schattigen Rinnen und Vertiefungen. Es ist so dick und verfilzt, daß selbst der Wind es nicht bewegt, aber das Mondlicht scheint ihm Stille zu verleihen. Wir nehmen das Mondlicht nicht als selbstverständlich hin. Es ist wie der Schnee oder wie der Tau an einem Julimorgen. Es enthüllt nicht, sondern verwandelt, was es bedeckt. Und seine geringe Intensität – soviel geringer als die des Tageslichtes – macht uns bewußt, daß es dem Hügelland etwas Zusätzliches verleiht, um ihm für kurze Zeit eine einzigartige, wunderbare Eigenschaft zu geben, die wir bewundern sollten, solange wir können, denn bald wird es wieder verschwunden sein.

Als die Kaninchen das Loch innerhalb des Buchenwaldes heraufkamen, fuhr ein schneller Windstoß durch die Blätter und fleckte den Boden darunter mit einem bunten Muster, tanzendes Licht unter die Zweige sendend. Sie horchten, aber außer dem Rauschen der Blätter kam von dem offenen Land draußen kein Ton, nur das Tremolo einer Heuschrecke weit weg im Gras.

»Was für ein Mond!« sagte Silver. »Laßt ihn uns genießen, solange er da ist.«

Als sie die Böschung überquerten, trafen sie Speedwell und Hawkbit, die zurückkamen.

»O Hazel«, sagte Hawkbit, »wir haben mit noch einer Maus gesprochen. Sie hatte von dem Turmfalken heute abend gehört und war sehr freundlich. Sie erzählte uns von einer Stelle auf der anderen Seite des Waldes, wo das Gras kurz gemäht worden ist – hat etwas mit Pferden zu tun, sagte sie. ›Du mögen ein hübsches Gras? Ein sehr feines Gras?‹ Darauf gingen wir hin. Es ist erstklassig.«

Die Rennstrecke erwies sich als gute vierzig Meter breit, heruntergemäht auf knapp fünfzehn Zentimeter. Hazel machte sich mit dem köstlichen Gefühl, recht gehabt zu haben, an einen Kleefleck. Alle kauten einige Zeit schweigend.

»Du bist ein kluger Bursche, Hazel«, sagte Holly schließlich. »Du und deine Maus. Natürlich hätten wir diese Stelle früher oder später auch gefunden, aber nicht so früh.«

Hazel hätte ihm am liebsten vor Genugtuung die Kinndrüsen gedrückt, erwiderte aber nur: »Wir brauchen nicht mehr so oft den Hügel hinunterzugehen.« Dann fügte er hinzu: »Aber Holly, du riechst nach Blut, weißt du? Das kann gefährlich sein, selbst hier. Gehen wir ins Gehölz zurück. Es ist eine so schöne Nacht, daß wir neben den Löchern sitzen können, um Kügelchen zu kauen, und Bluebell kann uns seine Geschichte erzählen.«

Sie fanden Strawberry und Buckthorn auf der Böschung, und als alle bequem kauten, die Ohren zurückgelegt, begann Bluebell.

»Dandelion sprach gestern abend von Cowslips Gehege und wie er die Geschichte vom Salat des Königs erzählte. Das rief mir diese hier ins Gedächtnis zurück, noch bevor Hazel seine Idee erklärte. Ich pflegte sie von meinem Großvater zu hören, und er sagte immer, daß sie sich zutrug, nachdem El-ahrairah sein Volk aus den Sümpfen von Kelfazin herausgeholt hatte. Sie gingen zu den Wiesen von Fenlo, und dort gruben sie ihre Löcher. Aber Fürst Regenbogen hatte ein wachsames Auge auf El-ahrairah, und er war entschlossen, dafür zu sorgen, daß er keinerlei Schliche mehr anwenden konnte.

Nun, eines Abends, als El-ahrairah und Rabscuttle auf einer sonnigen Böschung saßen, kam Fürst Regenbogen durch die Wiesen; in seiner Begleitung befand sich ein Kaninchen, das El-ahrairah noch nie gesehen hatte.

›Guten Abend, El-ahrairah‹, sagte Fürst Regenbogen. ›Das ist eine große Verbesserung gegenüber den Sümpfen von Kelfazin. Ich sehe alle eure Weibchen damit beschäftigt, Löcher an der Böschung zu graben. Haben sie auch ein Loch für dich gegraben?‹

›Ja‹, sagte El-ahrairah. ›Dieses Loch gehört Rabscuttle und mir. Uns gefiel diese Böschung beim ersten Anblick.‹

›Eine sehr hübsche Böschung‹, sagte Fürst Regenbogen. ›Aber es tut mir leid, dir sagen zu müssen, El-ahrairah, daß ich strenge Anweisung von Frith, dem Herrn, persönlich habe, dir nicht zu erlauben, ein Loch mit Rabscuttle zu teilen.‹

›Kein Loch mit Rabscuttle teilen?‹ fragte El- ahrairah. ›Warum denn nicht?‹

›El-ahrairah‹, sagte Fürst Regenbogen, ›wir kennen dich und deine Schliche, und Rabscuttle ist beinahe so gerissen wie du. Ihr beide zusammen in einem Loch, das wäre zuviel des Guten. Ihr würdet die Wolken vom Himmel herunterstehlen, ehe der Mond zweimal wechselt. Nein – Rabscuttle muß gehen und die Löcher am anderen Ende des Geheges beaufsichtigen. Darf ich vorstellen: Das ist Hufsa. Ich möchte, daß du sein Freund wirst und dich um ihn kümmerst.‹

›Woher kommt er?‹ fragte El-ahrairah. ›Ich habe ihn bestimmt noch nie gesehen.‹

›Er kommt aus einem anderen Land‹, sagte Fürst Regenbogen, ›aber er unterscheidet sich nicht von anderen Kaninchen. Ich hoffe, du wirst ihm helfen, sich hier einzuleben. Und während er den Ort allmählich kennenlernt, wirst du sicher gern dein Loch mit ihm teilen.‹

El-ahrairah und Rabscuttle waren sehr ärgerlich, daß man ihnen nicht erlaubte, zusammen in einem Loch zu leben. Aber El-ahrairah hatte es sich zur Regel gemacht, es niemanden merken zu lassen, wenn er sich ärgerte, und außerdem tat ihm Hufsa leid, weil er annahm, daß er sich einsam und verlegen fühlte, da er von seinen eigenen Leuten so weit weg war. Er hieß ihn also willkommen und versprach, ihm zu helfen, sich häuslich niederzulassen. Hufsa war sehr freundlich und schien begierig, jedem gefällig zu sein, und Rabscuttle zog zum anderen Ende des Geheges hinunter.

Nach einiger Zeit jedoch entdeckte El-ahrairah, daß irgend etwas mit seinen Plänen immer schiefging. Als er eines Nachts im Frühling einige seiner Leute in ein Kornfeld führte, um die grünen Sprossen zu fressen, trafen sie auf einen Mann mit einem Gewehr, der im Mondlicht herumlief, und konnten sich gerade noch ohne Mißgeschick aus dem Staube machen. Ein andermal, nachdem El-ahrairah den Weg in einen Rübengarten ausgekundschaftet und ein Loch unter den Zaun gekratzt hatte, fand er es am anderen Morgen mit Draht versperrt, und er begann zu argwöhnen, daß seine Pläne zu Leuten durchsickerten, die nichts von ihnen erfahren sollten.

Eines Tages beschloß er, Hufsa eine Falle zu stellen, um herauszufinden, ob der hinter dem ganzen Ärger steckte. Er zeigte ihm einen Feldweg und sagte ihm, er führe zu einer einsamen Scheune, die voll Steck- und Kohlrüben sei, und er fügte noch hinzu, daß er und Rabscuttle die Absicht hätten, am nächsten Morgen hinzugeben. In Wirklichkeit hatte El-ahrairah nichts dergleichen vor und hütete sich, irgend jemandem vom Feldweg oder von der Scheune zu erzählen. Aber am nächsten Tag, als er vorsichtig den Pfad entlangging, entdeckte er eine im Gras ausgelegte Schlinge.

Das machte El-ahrairah wirklich böse; denn irgendeiner seiner Leute hätte gefangen oder getötet werden können. Natürlich nahm er nicht an, daß Hufsa die Schlingen selbst auslegte oder daß er gewußt hatte, daß eine Schlinge gelegt werden würde. Aber offensichtlich stand Hufsa mit jemandem in Verbindung, der nicht davor zurückschreckte, eine Schlinge zu legen. Schließlich kam El-ahrairah zu dem Schluß, daß Fürst Regenbogen Hufsas Information wahrscheinlich an einen Farmer oder einen Wildhüter weitergab und sich nicht darum kümmerte, was dann geschah. Das Leben seiner Kaninchen war durch Hufsa in Gefahr – von dem Salat und den Rüben ganz zu schweigen, die sie vermißten. Nach diesem Vorfall versuchte El-ahrairah, Hufsa gar nichts mehr zu sagen. Aber es war schwierig, ihn daran zu hindern, Neuigkeiten mit anzuhören, weil, wie ihr alle wißt, Kaninchen sehr gut Geheimnisse anderen Tieren gegenüber bewahren können, aber ganz und gar nicht untereinander. Das Leben im Gehege ist nicht für Geheimnisse geeignet. Er überlegte, ob er Hufsa töten sollte. Aber er wußte, wenn er es täte, käme Fürst Regenbogen, und sie würden noch mehr Ärger bekommen. Ihm war entschieden unbehaglich zumute, sogar wegen der Geheimhaltung vor Hufsa, weil er glaubte, daß Hufsa, sobald er merkte, daß sie in ihm einen Spion erkannt hatten, es Fürst Regenbogen sagen würde, und Fürst Regenbogen würde ihn wahrscheinlich fortholen und sich etwas Schlimmeres ausdenken.

El-ahrairah dachte nach und grübelte. Er dachte immer noch nach, als am folgenden Abend Fürst Regenbogen dem Gehege einen seiner Besuche abstattete.

›Du hast in letzter Zeit einen besseren Charakter bekommen‹, sagte Fürst Regenbogen. ›Wenn du nicht aufpaßt, werden die Leute anfangen, dir zu vertrauen. Da ich gerade vorbeikam, dachte ich, ich könnte kurz haltmachen und dir für deine Freundlichkeit danken, mit der du dich um Hufsa kümmerst. Er scheint sich bei dir wie zu Hause zu fühlen.‹

›Ja, das tut er, nicht wahr?‹ sagte El-ahrairah. ›Wir wachsen in Schönheit Seite an Seite; wir füllen ein Loch mit Freuden. Aber ich sage meinen Leuten immer: Traue weder den Fürsten noch irgendwelchen –‹

›Nun, El-ahrairah‹, unterbrach ihn Fürst Regenbogen, ›sicherlich kann ich *dir* trauen. Und um das zu erproben, habe ich beschlossen, einen hübschen Haufen Mohrrüben auf dem Feld hinter dem Hügel anzupflanzen. Es ist ein ausgezeichneter Boden, und ich bin sicher, sie werden gut gedeihen. Besonders, da niemand daran denken wird, sie zu stehlen. Du kannst mitkommen und zusehen, wenn du willst.‹

›Gerne‹, sagte El-ahrairah. ›Das wird reizend sein.‹

El-ahrairah, Rabscuttle, Hufsa und mehrere andere Kaninchen begleiteten Fürst Regenbogen zum Feld hinter dem Hügel, und sie halfen ihm, lange Reihen von Mohrrübensamen auszusäen. Es war ein leichter, trockener Boden – genau das richtige für Mohrrüben –, und die ganze Sache erboste El- ahrairah, weil er wußte, daß Fürst Regenbogen das nur tat, um ihn zu ärgern und zu zeigen, wie sicher er war, ihm die Klauen endlich beschnitten zu haben.

›Das wird sich großartig machen‹, sagte Fürst Regenbogen, als sie fertig waren. ›Natürlich weiß ich, daß niemand im entferntesten daran denken würde, meine Mohrrüben zu stehlen. Sollte jemand aber – sollte jemand sie dennoch stehlen, El-ahrairah – wäre ich in der Tat sehr böse. Wenn König Darzin zum Beispiel sie stehlen würde, bin ich sicher, daß Frith, der Herr, ihm sein Königreich wegnehmen und es einem anderen geben würde.‹

El-ahrairah wußte, daß Fürst Regenbogen meinte, er wurde ihn entweder töten oder verbannen und ein anderes Kaninchen über seine Leute setzen, wenn er ihn beim Stehlen der Mohrrüben erwischte; und der Gedanke, daß das andere Kaninchen wahrscheinlich Hufsa sein würde, ließ ihn mit den Zähnen knirschen. Aber er sagte: ›Natürlich, natürlich. Sehr richtig und angemessen.‹ Und Fürst Regenbogen ging fort.

Eines Nachts, im zweiten Mond nach der Aussaat, gingen El-ahrairah und Rabscuttle nach den Mohrrüben sehen. Niemand hatte sie gelichtet, und die Spitzen waren dick und grün. El-ahrairah schätzte, daß die meisten Wurzeln etwas dünner als eine Vorderpfote sein mußten. Und wie er sie sich im Mondlicht so ansah, reifte in ihm ein Plan. Er war so vorsichtig gegenüber Hufsa geworden – und in der Tat wußte nie jemand, wo Hufsa nächstens sein würde –, daß er und Rabscuttle sich auf dem Rückweg zu einem Loch in einer einsamen Böschung begaben und hinuntergingen, um zu reden. Da versprach El-ahrairah Rabscuttle nicht nur, daß er Fürst Regenbogens Mohrrüben stehlen würde, sondern auch, daß sie dafür sorgen würden, Hufsa ein für allemal loszuwerden. Sie kamen aus dem Loch heraus, und Rabscuttle ging zur Farm, um Saat zu stehlen. El-ahrairah verbrachte den Rest der Nacht damit, Schnecken zu sammeln; ein scheußliches Geschäft.

Am nächsten Abend ging El-ahrairah zeitig hinaus und traf nach einer kleinen Weile Yona, den Igel, der an der Hecke herumtrödelte.

›Yona‹, sagte er, ›würdest du gerne eine Menge hübscher fetter Schnecken haben?‹

›Ja, gerne, El-ahrairah‹, sagte Yona, ›aber die sind nicht so leicht zu finden. Du wüßtest das, wenn du ein Igel wärst.‹

›Nun, hier sind einige hübsche‹, sagte El-ahrairah, ›und du kannst sie alle haben. Aber ich kann dir noch viel mehr geben, wenn du tust, was ich sage, ohne Fragen zu stellen. Kannst du singen?‹

›Singen, El-ahrairah? Kein Igel kann singen.‹

›Gut‹, sagte El-ahrairah. ›Ausgezeichnet. Aber du wirst es versuchen müssen, wenn du diese Schnecken haben willst. Ah! Ich sehe da eine alte leere Kiste, die der Farmer im Graben gelassen hat. Noch besser. Jetzt hör mich an.‹

Inzwischen sprach Rabscuttle im Wald mit Hawock, dem Fasan.

›Hawock‹, sagte er, ›kannst du schwimmen?‹

›Ich gehe nie in die Nähe von Wasser, wenn ich es vermeiden kann, Rabscuttle‹, sagte Hawock. ›Ich mag es gar nicht. Aber ich nehme an, wenn ich müßte, könnte ich mich wohl eine kleine Weile über Wasser halten.‹

›Großartig‹, sagte Rabscuttle. ›Jetzt paß auf. Ich habe eine ganze Menge Getreide – und du weißt, wie knapp es zu dieser Jahreszeit ist –, du kannst alles bekommen, wenn du bloß ein bißchen in dem Teich am Rande des Waldes herumschwimmst. Laß es dir erklären, während wir da hinuntergehen.‹ Und sie gingen durch den Wald davon.

Gegen *fu Inlé* schlenderte El-ahrairah in sein Loch und traf Hufsa Kügelchen kauend an. ›Ah, Hufsa, da bist du ja‹, sagte er. ›Das ist fein. Ich kann niemandem sonst trauen, aber du wirst mit mir kommen, nicht wahr? Nur du und ich – niemand darf etwas davon erfahren.‹

›Warum, was gibt es, El-ahrairah?‹ fragte Hufsa.

›Ich habe mir diese Mohrrüben von Fürst Regenbogen angesehen‹, erwiderte El-ahrairah, ›und ich kann es nicht mehr aushalten. Es sind die besten, die ich je gesehen habe. Ich bin entschlossen, sie zu stehlen – jedenfalls die meisten. Natürlich, wenn ich eine Menge Kaninchen auf eine Expedition dieser Art mitnähme, wären wir bald in Schwierigkeiten. Die Sache würde durchsickern, und Fürst Regenbogen würde bestimmt davon hören. Aber wenn du und ich allein gehen, wird niemand je erfahren, wer es getan hat.‹

›Ich komme mit‹, sagte Hufsa. ›Gehen wir morgen nacht.‹ Denn er dachte, das würde ihm Zeit lassen, es Fürst Regenbogen zu sagen.

›Nein‹, sagte El-ahrairah. ›Ich gehe jetzt. Sofort.‹

Er fragte sich, ob Hufsa versuchen würde, ihn von dieser Idee abzubringen, aber er konnte Hufsa ansehen, wie er dachte, das wäre das Ende von El-ahrairah und er selbst würde nun König der Kaninchen werden.

Sie machten sich zusammen im Mondlicht auf.

Sie waren eine gute Strecke an der Hecke entlanggegangen, als sie auf eine alte Kiste stießen, die im Graben lag. Auf der Kiste saß Yona, der Igel. Auf seinen Stacheln steckten überall Heckenrosen, und er machte ein merkwürdig quietschendes, grunzendes Geräusch und schwenkte seine schwarzen Pfoten. Sie blieben stehen und sahen ihm zu.

›Was tust denn du da, Yona?‹ fragte Hufsa erstaunt.

›Ich singe den Mond an‹, antwortete Yona. ›Alle Igel müssen den Mond ansingen, damit die Schnecken kommen. Das weißt du doch sicher?

Schneckenmond, Schneckenmond,
Gib deinem treuen Igel Segen!‹

›Was für ein entsetzliches Geräusch!‹ sagte El-ahrairah, und das war es wirklich. ›Gehen wir schnell weiter, ehe er all die *elil* um uns herbeiruft.‹ Und sie gingen weiter.

Nach einiger Zeit näherten sie sich einem Teich am Waldrand. Als sie herankamen, hörten sie ein Kreischen und Planschen, und dann sahen sie Hawock, den Fasan, im Wasser herumhuschen, und seine langen Schwanzfedern schwammen hinter ihm her.

›Was ist denn passiert?‹ sagte Hufsa. ›Hawock, bist du angeschossen worden?‹

›Nein, nein‹, erwiderte Hawock. ›Ich gehe immer bei Vollmond schwimmen. Mein Schwanz wächst dann länger, und außerdem würde mein Kopf ohne Schwimmen nicht rot, weiß und grün bleiben. Aber das wirst du sicherlich wissen, Hufsa. Jeder weiß das.‹

›Die Wahrheit ist, daß er sich nicht gerne von anderen

Tieren dabei überraschen läßt‹, flüsterte El-ahrairah. ›Gehen wir weiter.‹

Etwas weiter kamen sie zu einem alten Brunnen neben einer großen Eiche. Der Farmer hatte ihn vor langer Zeit zugeschüttet, aber die Öffnung sah im Mondlicht sehr tief und dunkel aus.

›Ruhen wir uns ein bißchen aus‹, sagte El- ahrairah, ›nur kurz.‹ Bei diesen Worten kam ein höchst seltsam aussehendes Geschöpf aus dem Gras. Es ähnelte zwar einem Kaninchen, aber selbst im Mondlicht konnten sie sehen, daß es einen roten Schwanz und lange grüne Ohren hatte. In seinem Maul trug es das Ende eines der weißen Stengel, die die Männer verbrennen. Es war Rabscuttle, aber nicht einmal Hufsa konnte ihn erkennen. Er hatte Desinfektionsmittel für Schafe auf der Farm gefunden und sich hineingesetzt, um seinen Schwanz rot zu färben. Seine Ohren waren mit Girlanden von Zaunrüben geschmückt, und von dem weißen Stengel wurde ihm ganz schlecht.

›Frith behüte uns!‹ sagte El-ahrairah. ›Was kann das sein? Hoffen wir bloß, daß es nicht einer der Tausend ist!‹ Er sprang auf, bereit, davonzurennen. ›Wer bist du?‹ fragte er zitternd.

Rabscuttle spuckte den weißen Stengel aus.

›Also!‹ herrschte er ihn an. ›Also hast du mich gesehen, El-ahrairah! Viele Kaninchen erreichen ein hohes Alter und sterben, aber wenige sehen mich. Wenige oder gar keine! Ich bin einer der Kaninchen-Boten von Frith, dem Herrn, die bei Tag im geheimen auf der Erde umhergehen und jede Nacht in seinen goldenen Palast zurückkehren! Er erwartet mich gerade jetzt auf der anderen Seite der Welt, und ich muß schnell durch das Herz der Erde zu ihm gehen! Leb wohl, El-ahrairah!‹

Das ungewöhnliche Kaninchen sprang über den Rand des Brunnens und verschwand in der Dunkelheit.

›Wir haben gesehen, was wir nicht sehen sollten!‹ sagte El-ahrairah mit schreckerfüllter Stimme. ›Wie entsetzlich ist dieser Ort! Gehen wir schnell fort!‹

Sie eilten weiter und kamen bald zu Fürst Regenbogens Mohrrübenfeld. Wie viele sie stahlen, kann ich nicht sagen; aber El-ahrairah ist, wie ihr wißt, ein großer Fürst, und zweifellos wandte er Kräfte an, die euch und mir unbekannt sind. Mein Großvater sagte jedenfalls immer, daß das Feld vor Morgengrauen kahlgeplündert war. Die Mohrrüben wurden tief unten in einem Loch in der Böschung neben dem Gehölz versteckt, und El-ahrairah und Hufsa machten sich auf den Heimweg. El-ahrairah sammelte zwei oder drei Anhänger um sich und blieb mit ihnen den ganzen Tag unter der Erde, doch Hufsa ging nachmittags hinaus, ohne zu sagen, wohin er ging.

Als an jenem Abend El-ahrairah und seine Leute unter einem zart geröteten Himmel mit *silflay* begannen, kam Fürst Regenbogen über die Felder. Hinter ihm liefen zwei große schwarze Hunde.

›El-ahrairah‹, sagte er, ›du bist verhaftet.‹

›Weswegen?‹ fragte El-ahrairah.

›Du weißt ganz genau, weswegen‹, sagte Fürst Regenbogen. ›Ich verbitte mir deine Schliche und deine Unverschämtheit, El-ahrairah. Wo sind die Mohrrüben?‹

›Wenn ich verhaftet bin‹, sagte El-ahrairah, ›darf ich doch wohl erfahren, weshalb? Es ist nicht fair, mir zu sagen, ich sei verhaftet, und mir dann Fragen zu stellen.‹

›Komm, komm, El-ahrairah‹, sagte Fürst Regenbogen, ›du verschwendest nur deine Zeit. Sage mir, wo die Mohrrüben sind, und ich werde dich nur in den hohen Norden schicken und dich nicht töten.‹

›Fürst Regenbogen‹, sagte El-ahrairah, ›zum drittenmal, darf ich wissen, weshalb ich verhaftet bin?‹

›Na schön‹, sagte Fürst Regenbogen, ›wenn du also sterben willst, El-ahrairah, dann sollst du die ganze Strenge des Gesetzes zu spüren bekommen. Du bist verhaftet, weil du meine Mohrrüben gestohlen hast. Verlangst du ernstlich einen Prozeß? Ich warne dich, ich habe unmittelbare Beweise, und es wird schlecht für dich ausgehen.‹

Inzwischen strömten El-ahrairahs Leute zusammen und drängten sich so nahe heran, wie sie es der Hunde wegen wagten. Nur Rabscuttle war nirgends zu sehen. Er hatte den ganzen Tag damit verbracht, die Mohrrüben in ein anderes geheimes Loch zu bringen, und versteckte sich jetzt, weil er seinen Schwanz nicht wieder weiß bekam.

›Ja, ich hätte gerne einen Prozeß‹, sagte El-ahrairah, ›und ich würde gerne von einer Jury von Tieren abgeurteilt werden. Denn es ist nicht recht, Fürst Regenbogen, daß du sowohl mein Ankläger als auch mein Richter bist.‹

›Eine Jury von Tieren sollst du haben‹, sagte Fürst Regenbogen. ›Eine Jury von *elil,* El-ahrairah. Denn eine Jury von Kaninchen würde sich trotz der Beweise weigern, dich zu verurteilen.‹

Zu jedermanns Überraschung erwiderte El-ahrairah, daß er mit einer Jury von *elil* zufrieden wäre; und Fürst Regenbogen sagte, daß er sie noch in derselben Nacht bringen würde. El-ahrairah wurde in sein Loch hinuntergeschickt, und Hunde wurden als Wache draußen postiert. Keiner seiner Leute durfte ihn besuchen, obgleich viele es versuchten.

Die Hecken und Büsche hinauf und hinunter verbreitete sich die Nachricht, daß El-ahrairah unter Anklage um sein Leben stand und daß Fürst Regenbogen ihn vor eine Jury von *elil* bringen werde. Tiere strömten herbei. Gegen *fu Inlé* kehrte Fürst Regenbogen mit den *elil* zurück – zwei

Dachsen, zwei Füchsen, zwei Wieseln, einer Eule und einer Katze. El-ahrairah wurde heraufgebracht und zwischen die Hunde gestellt. Die *elil* saßen da und starrten ihn an, und ihre Augen funkelten im Mond. Sie leckten sich die Lippen, und die Hunde sagten knurrend, daß ihnen versprochen worden sei, das Urteil zu vollstrecken. Viele, viele Tiere waren da – Kaninchen und andere –, und jedes von ihnen war sicher, daß diesmal El-ahrairahs Stunde geschlagen hätte.

›Jetzt‹, sagte Fürst Regenbogen, ›wollen wir beginnen. Es wird nicht lange dauern. Wo ist Hufsa?‹

Da erschien, sich verbeugend und den Kopf neigend, Hufsa, und er sagte den *elil,* daß El-ahrairah vorige Nacht gekommen sei, als er ruhig Kügelchen gekaut habe, und ihn unter Drohungen gezwungen habe, mit ihm Fürst Regenbogens Mohrrüben zu stehlen. Er habe sich weigern wollen, sei aber zu sehr in Schrecken versetzt worden. Die Mohrrüben wären in einem Loch versteckt, das er ihnen zeigen könnte. Er sei zu dieser Tat gezwungen worden, aber am nächsten Tag sei er so schnell wie möglich zu Fürst Regenbogen gegangen und habe es ihm erzählt; denn er sei sein treuer Diener.

›Wir werden die Mohrrüben später zurückholen‹, sagte Fürst Regenbogen. ›Nun, El-ahrairah, hast du irgendwelche Beweismittel, oder hast du etwas zu sagen? Beeile dich.‹

›Ich möchte dem Zeugen gern einige Fragen stellen‹, sagte El-ahrairah, und die *elil* waren der Meinung, daß dies nur gerecht sei.

›Nun, Hufsa‹, sagte El-ahrairah, ›können wir ein bißchen mehr über diese Reise hören, die du und ich angeblich gemacht haben sollen? Denn ich kann mich wirklich an nichts dergleichen erinnern. Du sagst, wir gingen aus dem Loch hinaus und machten uns in der Nacht auf den Weg. Was geschah dann?‹

›Aber, El-ahrairah‹, sagte Hufsa, ›du kannst es unmöglich vergessen haben. Wir kamen am Graben vorbei, und erinnerst du dich nicht, daß wir einen Igel sahen, der auf einer Kiste saß und den Mond ansang?‹

›*Was* tat der Igel?‹ fragte einer der Dachse.

›Er sang ein Lied an den Mond‹, sagte Hufsa eifrig. ›Sie tun das, weißt du, um die Schnecken anzulocken. Er hatte Rosenblätter überall, und er winkte mit den Pfoten und –‹

›Langsam, langsam‹, sagte El-ahrairah. ›Ich möchte nicht, daß du etwas sagst, was du nicht meinst. Armer Junge‹, fügte er, zur Jury gewandt, hinzu, ›er glaubt wirklich, was er sagt, müßt ihr wissen. Er meint es nicht böse, aber –!‹

›Aber doch‹, rief Hufsa, ›er sang: »O Schneckenmond, o Schneckenmond! O gib –«

›Was der Igel sang, ist kein Beweis‹, erwiderte El-ahrairah. ›Man fragt sich wirklich, was eigentlich Beweisstücke sind. Na schön. Wir sahen einen Igel, der mit Rosen bedeckt war und auf einer Kiste ein Lied sang. Was dann?‹

›Nun‹, sagte Hufsa, ›dann gingen wir weiter und kamen an einen Teich, wo wir einen Fasan sahen.‹

›Fasan, ha?‹ sagte einer der Füchse. ›Ich wünschte, ich hätte ihn gesehen. Was machte er?‹

›Er schwamm im Wasser herum –‹, sagte Hufsa.

›Verwundet, was?‹, fragte der Fuchs.

›Nein, nein‹, sagte Hufsa. ›Sie tun es alle, damit ihre Schwänze länger wachsen. Ich bin erstaunt, daß du das nicht weißt.‹

›Damit *was –?*‹ rief der Fuchs.

›Damit ihre Schwänze länger wachsen‹, sagte Hufsa schmollend. ›Er hat es selbst gesagt.‹

›Ihr habt euch dieses Geschwafel nur sehr kurz anhören müssen‹, sagte El-ahrairah zu den *elil.* ›Es erfordert schon einiges, sich daran zu gewöhnen. Schaut mich an. Ich war gezwungen, die letzten zwei Monate tagaus, tagein damit zu leben. Ich bin so gütig und verständnisvoll wie möglich gewesen, aber offenbar zu meinem eigenen Schaden.‹

Schweigen senkte sich über die Versammlung. El-ahrairah wandte sich mit der Miene väterlicher Geduld wieder an den Zeugen.

›Mein Gedächtnis ist so schlecht‹, sagte er. ›Bitte, erzähle weiter.‹

›Nun, El-ahrairah‹, sagte Hufsa, ›du heuchelst sehr gut, aber selbst du wirst nicht behaupten können, du hättest vergessen, was als nächstes passierte. Ein riesiges schreckliches Kaninchen mit einem roten Schwanz und grünen Ohren kam aus dem Gras. Es hatte einen weißen Stengel im Mund und stürzte durch ein großes Loch in die Erde hinunter. Es sagte uns, es würde durch die Mitte der Erde gehen, um Frith, den Herrn, auf der anderen Seite aufzusuchen.‹

Diesmal sagte nicht ein einziges *elil* ein Wort. Sie starrten Hufsa an und schüttelten die Köpfe.

›Sie sind alle verrückt‹, flüsterte eines der Wiesel, ›widerliche kleine Biester. Die sagen alles, wenn sie in die Enge getrieben werden. Aber dies hier ist das Schlimmste, was ich je gehört habe. Wie lange müssen wir noch hierbleiben? Ich habe Hunger.‹

El-ahrairah hatte im voraus gewußt, daß *elil,* wenngleich sie alle Kaninchen verabscheuen, dasjenige am wenigsten leiden können, das wie ein Trottel wirkt. Deswegen hatte er einer Jury aus *elil* zugestimmt. Eine Jury von Kaninchen könnte versucht haben, Hufsas Geschichte auf den Grund zu gehen; nicht so die *elil,* denn sie haßten und verachteten den Zeugen und wollten so bald wie möglich fortkommen, um zu jagen.

›Ich fasse also zusammen‹, sagte El-ahrairah, ›wir sahen einen mit Rosen bedeckten Igel, der ein Lied sang; und dann sahen wir einen vollkommen gesunden Fasan, der in einem Teich herumschwamm; und dann sahen wir ein Kaninchen mit rotem Schwanz, grünen Ohren und einem weißen Stengel, und es sprang direkt in ein tiefes Loch hinein. Stimmt das?‹

›Ja‹, sagte Hufsa.

›Und dann stahlen wir die Mohrrüben?‹

›Ja.‹

›Waren sie purpurrot mit grünen Flecken?‹

›Was war purpurrot mit grünen Flecken?‹

›Die Mohrrüben.‹

›Na, du weißt doch, daß sie das nicht waren, El-ahrairah. Sie hatten die übliche Farbe. Sie sind im Loch unten!‹ schrie Hufsa verzweifelt. ›Unten im Loch! Geh und schau nach!‹

Das Gericht vertagte sich, während Hufsa Fürst Regenbogen zu dem Loch führte. Sie fanden keine Mohrrüben und kamen zurück.

›Ich bin den ganzen Tag unter der Erde gewesen‹, sagte El-ahrairah, ›und ich kann es beweisen. Ich hätte schlafen sollen, aber es ist sehr schwer, wenn mein gelehrter Freund – na, lassen wir das. Ich meine nur, daß ich offensichtlich nicht draußen gewesen sein kann, um Mohrrüben zu verlagern oder sonstwas. Wenn es je Mohrrüben gegeben hätte‹, fügte er hinzu. ›Aber ich möchte nichts mehr sagen.‹

›Fürst Regenbogen‹, sagte die Katze, ›ich hasse alle Kaninchen. Aber wir können ja wohl kaum behaupten, es sei bewiesen, daß dieses Kaninchen deine Mohrrüben stahl. Der Zeuge ist offenbar nicht bei Verstand – verrückt wie Nebel und Schnee –, und der Gefangene wird freigelassen werden müssen.‹ Sie stimmten alle zu.

›Verschwinde lieber schnell‹, sagte Fürst Regenbogen zu El-ahrairah. ›Geh in dein Loch hinunter, El-ahrairah, ehe ich dir persönlich etwas antue.‹

›Werde ich, mein Herr‹, sagte El-ahrairah. ›Aber darf ich Euch bitten, dieses Kaninchen zu entfernen, das Ihr uns hineingesetzt habt; denn es stört uns mit seiner Albernheit.‹

Also ging Hufsa mit Fürst Regenbogen fort, und El-ahrairahs Leute wurden in Ruhe gelassen, nur daß sie eine Magenverstimmung von zu vielem Mohrrübenfressen bekamen.

Aber es dauerte sehr lange, bis Rabscuttle seinen Schwanz wieder weiß bekam, sagte mein Großvater immer.«

# 23. Kehaar

Der Flügel schleift wie ein Banner in der Vernichtung,
Um nie mehr den Himmel zu benutzen, sondern mit
  Hungersnot und Schmerz ein paar Tage zu leben.
Er ist stark, und der Schmerz ist schlimm für die Starken,
  Unfähigkeit ist schlimmer.
Niemand als der erlösende Tod wird diesen Kopf demütigen,
Die furchtlose Bereitschaft, die furchtbaren Augen.

Robinson Jeffers *Hurt Hawks*

Die Menschen sagen: »Es regnet nie, es gießt.« Das ist nicht sehr treffend; denn es regnet häufig, ohne daß es gießt. Das Sprichwort der Kaninchen bringt es besser zum Ausdruck. Sie sagen: »Eine Wolke fühlt sich einsam«, und es ist in der Tat wahr: Das Erscheinen einer einzigen Wolke bedeutet oft, daß der Himmel bald bedeckt sein wird. Nun, wie auch immer, schon der nächste Tag schuf eine dramatische zweite Gelegenheit, Hazels Idee in die Praxis umzusetzen.

Es war am frühen Morgen; die Kaninchen kamen in die klare graue Stille herauf und begannen mit *silflay.* Die Luft war noch kühl. Es hatte stark getaut und war windstill. Fünf oder sechs Wildenten flogen über sie hinweg, in einem schnell sich bewegenden V, auf dem Weg zu einem fernen Bestimmungsort. Das Geräusch ihres Flügelschlages drang deutlich herunter und wurde schwächer, als sie nach Süden weiterflogen. Die Stille kehrte zurück. Mit dem Dahinschwinden des letzten Zwielichtes wuchs eine Art Erwartung und Spannung, als wäre tauender Schnee im Begriff, von einem schrägen Dach zu gleiten. Der ganze Hügel und alles im Umkreis, Erde und Luft, wich vor dem Sonnenaufgang zurück. Wie ein Stier mit leichter, aber unbezwingbarer Bewegung den Kopf unter dem Griff eines Mannes hochwirft, der sich über die Box beugt und lässig sein Horn hält, so drang die Sonne in die Welt mit einer ruhigen, ungeheuren Kraft. Nichts unterbrach oder verdunkelte ihr Kommen. Geräuschlos schimmerten die Blätter, und das Gras funkelte an der Böschung, die sich über Meilen erstreckte.

Jenseits des Waldstückes putzten Bigwig und Silver ihre Ohren, schnupperten die Luft und hopsten fort, folgten ihren eigenen langen Schatten zum Gras der Rennstrecke. Während sie sich über den kurzen Rasen bewegten – knabbernd, sich aufrichtend und sich umblickend –, näherten sie sich einer kleinen Mulde, nicht mehr als einen Meter im Durchmesser. Ehe sie den Rand erreichten, hielt Bigwig, der vor Silver ging, an und kauerte nieder, starrte. Obgleich er nicht in die Mulde hineingehen konnte, wußte er, daß sich irgendein Lebewesen darin befand – etwas ziemlich Großes. Er spähte durch die Grashalme und konnte die Krümmung eines weißen Rückens sehen. Was immer es sein mochte, es war fast so groß wie er selbst. Er wartete eine Zeitlang bewegungslos, aber es rührte sich nicht.

»Was hat einen weißen Rücken, Silver?« flüsterte Bigwig.

Silver überlegte. »Eine Katze?«

»Hier gibt es keine Katzen.«

»Woher weißt du das?«

In diesem Moment hörten sie beide ein leises, hauchendes Zischen aus der Mulde kommen. Es dauerte ein paar Augenblicke. Dann war wieder Stille.

Bigwig und Silver hielten viel von sich. Außer Holly waren sie die einzigen Überlebenden der Sandleford-Owsla, und sie wußten, daß ihre Kameraden zu ihnen aufblickten. Die Begegnung mit den Ratten in der Scheune war kein Spaß gewesen und hatte ihren Wert bewiesen. Bigwig, der großzügig und ehrlich war, hatte sich keinen Augenblick über Hazels Mut in jener Nacht geärgert, als abergläubische Furcht in ihm die Oberhand gewonnen hatte. Aber die Vorstellung, in die Honigwabe zurückzukehren und zu melden, daß er ein unbekanntes Geschöpf flüchtig im Gras erblickt und allein gelassen hatte, war mehr, als er schlukken konnte. Er wandte den Kopf und blickte Silver an. Als er sah, daß der mitmachen würde, schaute er sich den seltsamen weißen Rücken noch einmal gut an und ging dann stracks an den Rand der Mulde. Silver folgte.

Es war keine Katze. Das Geschöpf in der Mulde war ein Vogel – ein großer Vogel, beinahe dreißig Zentimeter lang. Keiner von beiden hatte je so einen Vogel gesehen. Der weiße Teil seines Rückens, den sie durch das Gras erspäht hatten, gehörte tatsächlich nur zu Schultern und Hals. Der untere Teil des Rückens war hellgrau, desgleichen die Flügel, die in lange, an den Spitzen schwarze Schwungfedern ausliefen und über dem Schwanz zusammengefaltet waren. Der Kopf war tief dunkelbraun – fast schwarz – und stand in so scharfem Kontrast zu dem weißen Hals, daß der Vogel aussah, als trüge er eine Art Haube. Das eine dunkelrote Bein, das sie sehen konnten, endete in einem Schwimmfuß und drei mächtigen Krallenzehen. Der am Ende leicht nach unten gekrümmte Schnabel war stark und scharf. Als sie hinstarrten, öffnete er sich und enthüllte einen roten Rachen und die Kehle. Der Vogel zischte wie wild und versuchte zuzustoßen, aber er bewegte sich trotzdem nicht.

»Er ist verletzt«, sagte Bigwig.

»Ja das sieht man«, erwiderte Silver. »Aber ich kann nicht sagen, wo er verwundet ist. Ich werde herumgehen –«

»Paß auf!« rief Bigwig. »Der wird dich kriegen!«

Als Silver um die Mulde herumwanderte, war er dem Kopf des Vogels näher gekommen und sprang gerade noch rechtzeitig zurück, um einem schnellen, gezielten Hieb des Schnabels auszuweichen.

»Das hätte dir deinen Fuß gebrochen«, sagte Bigwig.

Als sie dahockten und den Vogel anstarrten – denn beide fühlten intuitiv, daß er nicht aufstehen würde –, brach er plötzlich in laute, heisere Schreie aus – ›Yark! Yark! Yark!‹ –, ein fürchterlicher Laut ganz aus der Nähe, der den Morgen zersplitterte und weit über das Hügelland zu hören war. Bigwig und Silver drehten sich um und rannten davon.

Sie sammelten sich wieder soweit, um kurz vor dem Waldstück anzuhalten und einen würdigeren Anmarsch zur Böschung zu machen. Hazel traf sie im Gras. Ihre aufgerissenen Augen und geblähten Nüstern waren nicht mißzuverstehen. *»Elil?«* fragte Hazel.

»Um dir die Wahrheit zu sagen, ich weiß es nicht«, erwiderte Bigwig. »Da ist ein so großer Vogel draußen, wie ich noch nie einen gesehen habe.«

»Wie groß? So groß wie ein Fasan?«

»Nicht ganz so groß«, gab Bigwig zu, »aber größer als eine Ringeltaube – und sehr viel wilder.«

»Hat der so geschrien?«

»Ja. Er hat mich ganz schön erschreckt. Wir waren direkt neben ihm. Aber aus irgendeinem Grund kann er sich nicht bewegen.«

»Stirbt er?«

»Ich glaube nicht.«

»Ich gehe und schaue ihn mir an«, sagte Hazel.

»Er ist bösartig. Um Himmels willen, sei vorsichtig.«

Bigwig und Silver gingen mit Hazel zurück. Die drei hockten sich außer Reichweite des Vogels hin, der scharf und verzweifelt von einem zum anderen blickte. Hazel sprach im Hecken-Kauderwelsch.

»Du verletzt? Du nicht fliegen?«

Die Antwort war ein rauhes Geplapper, das sie alle sofort für ausländisch hielten. Wo immer der Vogel herkam, es war von weit her. Der Akzent war merkwürdig und guttural, die Sprache verzerrt. Sie konnten hier und da ein Wort aufschnappen.

»Kommen ruhig – Kah! Kah! – Du kommen ruhig – Yark! – Hältst mich erledigt – Ich nicht erledigt – Verletz' dich verdammt viel –« Der dunkelbraune Kopf zuckte von einer Seite zur anderen. Dann, ganz unerwartet, begann der Vogel seinen Schnabel in die Erde zu schlagen. Sie bemerkten zum ersten Mal, daß das Gras davor zerrissen und eingekerbt war. Einige Augenblicke hackte er hierhin und dorthin; dann gab er es auf, hob den Kopf und beobachtete sie wieder.

»Ich glaube, er hat Hunger«, sagte Hazel. »Wir sollten ihn füttern. Bigwig, geh und hole einige Würmer oder so etwas, sei ein guter Kerl.«

»Äh – was hast du gesagt, Hazel?«

»Würmer.«

»Ich soll nach Würmern graben?«

»Hat dich die Owsla nicht gelehrt – oh, schon gut, ich gehe selbst«, sagte Hazel. »Du wartest mit Silver hier.«

Nach einigen Augenblicken jedoch folgte Bigwig Hazel zum Graben und kratzte ebenfalls in der trockenen Erde. Es gibt nicht viel Würmer in den Downs, und es hatte tagelang nicht geregnet. Nach einiger Zeit blickte Bigwig auf.

»Wie wär's mit Käfern? Bohrasseln oder so was?«

Sie fanden einige verfaulte Zweige und nahmen sie mit. Hazel schob einen vorsichtig vor.

»Insekten.«

Der Vogel trennte den Zweig in ein paar Sekunden in drei Teile und schnappte die wenigen Insekten auf. Bald lag ein kleiner Trümmerhaufen in der Mulde, als die Kaninchen alles anbrachten, was als Futter geeignet schien. Bigwig fand etwas Pferdemist auf dem Pfad, grub die Würmer heraus, überwand seinen Ekel und überbrachte sie einen nach dem anderen. Als Hazel ihn lobte, murmelte er etwas vom »ersten Mal, daß ein Kaninchen das getan hat, und sag es bloß nicht den Amseln«. Endlich, lange nachdem sie alle der Sache überdrüssig geworden waren, hörte der Vogel auf zu fressen und sah Hazel an.

»Genug fressen.« Er machte eine Pause. »Weshalb du tun?«

»Du verletzt?« fragte Hazel.

Der Vogel sah verschlagen aus. »Nicht verletzt. Viel kämpfen. Bleiben kleine Zeit, dann gehen.«

»Du hier bleiben, du erledigt«, sagte Hazel. »Schlechter Ort. Kommen *homba,* kommen Turmfalke.«

»Hol sie Teufel. Kämpfen viel.«

»Ich wette, der würde kämpfen«, sagte Bigwig und sah mit Bewunderung den fünf Zentimeter langen Schnabel und den dicken Hals an.

»Wir nicht wollen, daß du erledigt«, sagte Hazel. »Du bleiben hier, du erledigt. Vielleicht wir dir helfen.«

»Verpiß d'r!«

»Kommt«, sagte Hazel sofort zu den anderen. »Lassen wir ihn allein.« Er begann in den Wald zurückzulatschen. »Soll er ruhig versuchen, die Turmfalken ein bißchen abzuhalten.«

»Was soll das heißen, Hazel?« fragte Silver. »Das ist ein wildes Tier. Du kannst es dir nicht zum Freund machen.«

»Du magst recht haben«, erwiderte Hazel. »Aber was

nützt uns eine Blaumeise oder ein Rotkehlchen? Die fliegen nicht weit genug. Wir brauchen einen großen Vogel.«

»Warum aber willst du ausgerechnet einen Vogel?«

»Ich werde es später erklären«, sagte Hazel. »Ich möchte, daß Blackberry und Fiver es auch hören. Gehen wir jetzt hinunter. Wenn ihr nicht Kügelchen kauen wollt, ich will's.«

Im Laufe des Nachmittags organisierte Hazel noch weitere Arbeit am Gehege. Die Honigwabe war so gut wie fertig – obgleich Kaninchen nicht methodisch vorgehen und nie wirklich sicher sind, ob etwas fertig ist –, und die umliegenden Baue und Läufe nahmen Form an. Sehr früh am Morgen jedoch begab er sich wieder zu der Mulde. Der Vogel war noch da. Er sah schwächer und weniger wachsam aus, schnappte aber kraftlos nach Hazel.

»Noch hier?« sagte Hazel. »Du kämpfen Falke?«

»Nicht kämpfen«, sagte der Vogel. »Nicht kämpfen, aber lauern, lauern, immer lauern. Er nicht gut.«

»Hungrig?«

Der Vogel antwortete nicht.

»Hör zu«, sagte Hazel. »Kaninchen nicht Vögel fressen. Kaninchen fressen Gras. Wir helfen dir.«

»Warum mir helfen?«

»Schon gut. Wir machen dich sicher. Großes Loch. Auch zu fressen.«

Der Vogel überlegte. »Bein gut. Flügel nix gut. Er schlecht.«

»Gut, dann geh.«

»Du mich verletzen, ich dich verletzen wie verdammt.«

Hazel wandte sich ab. Der Vogel sprach wieder. »Iiist langer Weg?«

»Nein, nicht weit.«

»Dann kommen.«

Er stand mit beträchtlichen Schwierigkeiten auf, schwankte auf seinen starken blutroten Beinen. Dann öffnete er die Flügel hoch über seinem Körper, und Hazel sprang, von der großen Spannweite erschreckt, zurück. Aber sofort schloß er sie wieder, schmerzverzerrt.

»Flügel nix gut. Ich kommen.«

Er folgte Hazel gehorsam über das Gras, aber dennoch war Hazel darauf bedacht, sich außerhalb seiner Reichweite zu halten. Ihre Ankunft am Waldrand rief eine Aufregung hervor, die Hazel mit gebieterischer Schärfe, ganz im Gegensatz zu seiner üblichen Art, unterband.

»Los, los, rührt euch«, sagte er zu Dandelion und Buckthorn. »Dieser Vogel ist verletzt, und wir werden ihm bei uns Schutz gewähren, bis es ihm besser geht. Bigwig soll euch zeigen, wie man ihm etwas zu fressen beschafft. Er frißt Würmer und Insekten. Versucht's mit Heuschrecken, Spinnen – mit allem. Hawkbit! Acorn! Ja, und du auch, Fiver – reiß dich aus deiner Versunkenheit oder was immer es ist. Wir brauchen bis zum Einbruch der Nacht ein offenes breites Loch, breiter als tief, mit einem flachen Boden, etwas unterhalb des Eingangs.«

»Wir haben den ganzen Nachmittag gegraben, Hazel –«

»Ich weiß. Ich werde euch gleich helfen kommen«, sagte Hazel. »Fangt schon an. Die Nacht bricht herein.«

Die erstaunten Kaninchen gehorchten ihm murrend. Hazels Autorität wurde sozusagen auf die Probe gestellt, hielt aber mit Bigwigs Unterstützung. Obgleich er keine Ahnung hatte, was Hazel vorschwebte, war Bigwig von der Stärke und dem Mut des Vogels fasziniert und hatte bereits den Gedanken akzeptiert, ihn aufzunehmen, ohne sich über den Grund Sorgen zu machen. Er leitete die Grabungsarbeiten, während Hazel, so gut er konnte, dem Vogel erklärte, wie sie lebten, wie ihre Schutzmaßnahmen vor ihren Feinden waren und die Art Zuflucht, die sie ihm gewähren konnten. Die Nahrungsmenge, die die Kaninchen herbeischafften, reichte nicht aus, aber nachdem der Vogel nun im Inneren des Waldes war, fühlte er sich spürbar sicherer und konnte herumhumpeln und sich sein eigenes Futter suchen.

Bis zur Eulenzeit hatten Bigwig und seine Helfer innerhalb des Eingangs eine Art Wandelgang zu einem der vom Wald herunterführenden Läufe gekratzt. Den Boden legten sie mit Buchenzweigen und Blättern aus. Bei Einbruch der Dunkelheit wurde der Vogel hineingesetzt. Er war immer noch mißtrauisch, schien aber ziemliche Schmerzen zu haben. Da er offenbar keine bessere Lösung für sich sah, schien er bereit, es mit einem Kaninchenloch zu versuchen, um sein Leben zu retten. Von außen konnten sie seinen dunklen Kopf wachsam im Halbdunkel und seine schwarzen Augen aufmerksam lauern sehen. Er schlief noch nicht, als sie ein spätes *silflay* beendeten und hinuntergingen.

Lachmöwen sind gesellige Tiere. Sie leben in Kolonien, wo sie sich Nahrung suchen und fressen, schnattern und den ganzen Tag raufen. Einsamkeit und Zurückhaltung sind für sie unnatürlich. Sie ziehen in der Brutzeit nach Süden, und ein verletztes Tier wird dann wahrscheinlich zurückgelassen. Die Wildheit und das Mißtrauen der Möwe waren teils auf die Schmerzen und teils auf die quälende Gewißheit zurückzuführen, daß sie keine Kameraden hatte und nicht fliegen konnte. Am nächsten Morgen kehrte ihr natürlicher Instinkt, sich unter die Schar zu mischen und zu reden, zurück. Bigwig machte sich zu ihrem Gefährten. Er wollte nichts davon wissen, daß die Möwe zur Futtersuche hinausginge. Noch vor *ni-Frith* hatten die Kaninchen so viel herangeschafft, wie sie – für den Augenblick jedenfalls – fressen konnte, und ruhten sich während der Tageshitze aus. Doch Bigwig blieb bei der Möwe, machte kein

Geheimnis aus seiner Bewunderung, redete und hörte ihr stundenlang zu. Beim Abendfressen gesellte er sich zu Hazel und Holly nahe der Böschung, wo Bluebell seine Geschichte von El-ahrairah erzählt hatte.

»Wie geht's dem Vogel jetzt?« fragte Hazel.

»Viel besser, glaube ich«, erwiderte Bigwig. »Er ist sehr zäh, weißt du? Meine Güte, was für ein Leben er geführt hat! Ihr wißt nicht, was ihr verpaßt! Ich könnte den ganzen Tag bei ihm sitzen und ihm zuhören.«

»Wie wurde er verletzt?«

»Eine Katze sprang ihn in einem Bauernhof an. Er hörte sie erst im letzten Augenblick. Sie zerfetzte den Muskel eines seiner Flügel, aber offenbar hinterließ er ihr auch einen Denkzettel, bevor sie abzog. Dann schleppte er sich irgendwie hier herauf und brach einfach zusammen. Stell dir vor, sich gegen eine Katze zur Wehr zu setzen! Ich erkenne jetzt, daß ich noch gar nicht richtig angefangen habe. Warum sollte ein Kaninchen sich nicht auch gegen eine Katze zur Wehr setzen können? Nehmen wir nur an, daß –«

»Aber was ist das für ein Vogel?« unterbrach Holly.

»Nun, ich kann es nicht genau herausbekommen«, antwortete Bigwig. »Aber wenn ich ihn richtig verstehe – ich bin allerdings nicht sicher, daß ich ihn völlig verstehe –, sagt er, dort, wo er herkäme, gäbe es Tausende seiner Art – mehr, als wir uns vorstellen können. Ihre Scharen machen die ganze Luft weiß, und in der Brutzeit sind ihre Nester so zahlreich wie Blätter in einem Wald – so sagt er.«

»Aber wo? Ich habe nie auch nur einen einzigen gesehen.«

»Er sagt«, entgegnete Bigwig und sah Holly direkt an, »er sagt, daß weit von hier die Erde aufhört und es keine mehr gibt.«

»Nun, offensichtlich hört sie irgendwo auf. Was gibt's dahinter?«

»Wasser.«

»Einen Fluß, meinst du?«

»Nein«, sagte Bigwig, »kein Fluß; er spricht von einer riesengroßen Wasserfläche, die nicht aufhört. Man kann die andere Seite nicht sehen. Es gibt keine andere Seite. Aber da ist doch eine, weil er dagewesen ist. Also, ich weiß nicht – ich muß zugeben, ich verstehe das Ganze nicht so recht.«

»Hat er dir erzählt, daß er außerhalb der Welt gewesen und wieder zurückgekommen ist? Das kann nicht wahr sein.«

»Ich weiß es nicht«, sagte Bigwig, »aber ich bin sicher, daß er nicht lügt. Dieses Wasser bewegt sich offenbar die ganze Zeit und stürzt dauernd gegen die Erde; und wenn er das nicht hören kann, vermißt er es. Sein Name ist – Kehaar. Es ist das Geräusch, welches das Wasser macht.«

Die anderen waren unwillkürlich beeindruckt.

»Nun, warum ist er hier?« fragte Hazel.

»Er sollte eigentlich nicht hier sein. Er sollte schon lange zu dieser großen Wasserfläche unterwegs sein, um zu brüten. Anscheinend gehen eine Menge von ihnen im Winter fort, weil es kalt wird und stürmisch. Dann kehren sie im Sommer wieder zurück. Aber er ist schon einmal in diesem Frühling verletzt worden. Es war nichts Ernstliches, aber es hielt ihn auf. Er ruhte sich aus und lungerte ein Weilchen in der Nähe einer Krähenkolonie herum. Dann wurde er wieder kräftiger und verließ sie, und er kam ganz gut voran, als er auf dem Bauernhof haltmachte und dieser dreckigen Katze begegnete.«

»Wenn es ihm besser geht, zieht er also weiter?« sagte Hazel.

»Ja,«

»Dann haben wir unsere Zeit verschwendet.«

»Warum, Hazel, was hast du vor?«

»Geh und hol Blackberry und Fiver – am besten auch Silver. Dann werde ich es erklären.«

Die Stille des Abend-*silflay,* während die westliche Sonne direkt auf die Hügelkette fiel, die Grasbüschel Schatten warfen, die doppelt so lang waren wie sie selbst, und die Luft nach Thymian und Heckenrosen roch, war etwas, das zu genießen sie alle gekommen waren, mehr noch als an den früheren Abenden in den Wiesen von Sandleford. Obgleich sie es nicht wissen konnten, war das Hügelland einsamer, als es Hunderte von Jahren zuvor gewesen war. Es gab keine Schafe, und die Dorfbewohner von Kingsclere und Sydmonton hatten keinen Anlaß mehr, über die Hügel zu gehen, weder geschäftlich noch zum Vergnügen. In den Wiesen von Sandleford hatten die Kaninchen fast jeden Tag Menschen gesehen. Hier hatten sie seit ihrer Ankunft nur einen einzigen gesehen – und den auf einem Pferd. Hazel blickte sich in der kleinen Gruppe, die sich im Grase versammelte, um und sah, daß alle – selbst Holly – kräftiger, glatter und in besserer Verfassung waren als bei ihrer Ankunft in dem offenen Hügelland. Was immer vor ihnen liegen mochte, er konnte für sich in Anspruch nehmen, sie soweit nicht im Stich gelassen zu haben.

»Uns geht es hier gut«, begann er, »so scheint es mir jedenfalls. Wir sind bestimmt nicht mehr ein Haufen *hlessil.* Aber trotzdem habe ich etwas auf dem Herzen, und ich bin wirklich erstaunt, daß ich der erste von uns sein sollte, der daran denkt. Wenn wir nicht eine Antwort darauf finden können, dann ist dieses Gehege so gut wie erledigt, trotz allem, was wir getan haben.«

»Nanu, wie kann das sein, Hazel?« sagte Bigwig.

»Erinnerst du dich noch an Nildro-hain?« fragte Hazel.

»Sie hörte auf zu laufen. Armer Strawberry.«

»Ich weiß. Und wir haben keine Weibchen – nicht eines –, und keine Weibchen bedeutet keine Jungen und in ein paar Jahren kein Gehege.«

Es mag unglaublich erscheinen, daß die Kaninchen einer so lebenswichtigen Frage bisher keinen Gedanken gewidmet hatten. Aber die Menschen haben denselben Fehler mehr als einmal gemacht – ließen die ganze Angelegenheit außer Betracht oder begnügten sich damit, dem Glück oder dem Zufall des Krieges zu vertrauen. Kaninchen leben in der Nähe des Todes, und wenn der Tod näher kommt als gewöhnlich, läßt der Gedanke ans Überleben wenig Raum für irgend etwas anderes. Aber jetzt, im Abendsonnenschein auf dem freundlichen, leeren Hügelland, mit einem guten Bau im Hintergrund und Gras im Bauch, das sich in Kügelchen verwandelte, wußte Hazel, daß er Sehnsucht nach einem Weibchen hatte. Die anderen waren still, und er konnte feststellen, daß seine Worte gewirkt hatten.

Die Kaninchen grasten oder nahmen ein Sonnenbad. Eine Lerche schwang sich zwitschernd in den helleren Sonnenschein weiter oben, stieg auf und sang und kam langsam wieder herunter, mit einem seitlichen Gleitflug und einem Bachstelzen-Lauf durch das Gras die Vorstellung beendend. Die Sonne sank tiefer. Schließlich fragte Blackberry: »Was sollen wir tun? Uns wieder auf den Weg machen?«

»Hoffentlich nicht«, sagte Hazel. »Ich möchte, daß wir uns ein paar Weibchen schnappen und sie hierherbringen.«

»Woher?«

»Aus einem anderen Gehege.«

»Aber gibt es überhaupt welche auf diesen Hügeln? Der Wind trägt nicht den geringsten Kaninchengeruch herüber.«

»Ich werde euch sagen, wie«, sagte Hazel. »Der Vogel. Der Vogel wird losziehen und für uns suchen.«

»Hazel-rah«, rief Blackberry, »was für eine glänzende

Idee! Dieser Vogel kann in einem Tag auskundschaften, was wir selbst nicht in tausend entdecken könnten! Aber bist du sicher, daß wir ihn überreden können, es zu tun? Bestimmt wird er, sobald es ihm besser geht, einfach fortfliegen und uns verlassen.«

»Das kann ich nicht voraussagen«, antwortete Hazel. »Wir können ihn nur füttern und das Beste hoffen. Aber, Bigwig, da du dich mit ihm so gut zu verstehen scheinst, kannst du ihm vielleicht erklären, wieviel uns das bedeutet. Er braucht nur über das Hügelland zu fliegen und uns wissen zu lassen, was er sieht.«

»Überlaß ihn mir«, sagte Bigwig. »Ich glaube, ich weiß, wie ich's anstellen muß.«

Hazels Besorgnis und der Grund dafür waren bald allen Kaninchen bekannt, und jedes begriff, welcher Schwierigkeit sie gegenüberstanden. Was er gesagt hatte, war durchaus nicht überraschend. Er war nur einfach derjenige – und so sollte ein Oberkaninchen sein –, der ein starkes, im ganzen Gehege latentes Gefühl klar ausgesprochen hatte. Aber sein Plan, von der Möwe Gebrauch zu machen, erregte jeden und wurde als Einfall angesehen, auf den nicht einmal Blackberry gekommen wäre. Erkundung ist allen Kaninchen geläufig – tatsächlich ist das ihre zweite Natur –, aber die Idee, dafür einen Vogel zu nehmen, und dazu einen so fremden und wilden, überzeugte sie davon, daß Hazel, wenn er es wirklich fertigbrachte, so klug wie El-ahrairah selbst sein mußte.

Während der nächsten Tage ging eine Menge schwerer Arbeit damit drauf, Kehaar zu füttern. Acorn und Pipkin, die sich brüsteten, sie wären die besten Insektenfänger im Gehege, schleppten eine große Zahl von Käfern und Heuschrecken an. Zuerst mangelte es der Möwe vor allem an Wasser. Sie litt ziemlich und war schließlich gezwungen, aus den Halmen der langen Gräser Feuchtigkeit zu ziehen. Doch während ihrer dritten Nacht im Gehege regnete es drei oder vier Stunden, und Pfützen bildeten sich auf dem Pfad. Wechselhaftes Wetter setzte ein, wie es oft in Hampshire der Fall ist, wenn die Heuernte naht. Kräftige Winde aus dem Süden drückten das Gras tagsüber flach und verwandelten es in ein stumpfes Damaszenersilber. Die großen Zweige der Buchen bewegten sich wenig, wisperten aber laut. Der Wind brachte Regenböen mit. Das Wetter machte Kehaar ruhelos. Er ging ziemlich viel umher, beobachtete die fliehenden Wolken und schnappte nach allem, was die Futterholer brachten. Das Suchen wurde schwerer; denn in der Nässe verkrochen sich die Insekten in dem tiefen Gras und mußten herausgekratzt werden.

Eines Nachtnittags wurde Hazel, der jetzt wie in alten Tagen einen Bau mit Fiver teilte, von Bigwig geweckt, der ihm eröffnete, daß Kehaar ihm etwas zu sagen habe. Er ging in Kehaars Wandelgang, ohne dabei nach oben gehen zu müssen. Das erste, was er bemerkte, war, daß die Möwe sich mauserte und am Kopf weiß wurde, wenn auch ein dunkelbrauner Fleck hinter jedem Auge blieb. Hazel grüßte sie und war überrascht, eine Antwort in stockender, gebrochener Kaninchensprache zu erhalten. Offenbar hatte Kehaar eine kurze Rede vorbereitet.

»Miister Hazel, is' Kaninchen-Arbeit schwer«, sagte Kehaar. »Ich noch nicht beendet. Bald werde ich fein sein.«

»Das sind gute Nachrichten«, sagte Hazel. »Das freut mich.«

Kehaar fiel in den Hecken-Jargon zurück.

»Miister Pigvig, er viel guter Bursche.«

»Ja, das ist er.«

»Er sagen, ihr keine Mütter haben. Iis' aus mit Mütter. Viel Kummer für euch.«

»Ja, das ist wahr. Wir wissen nicht, was wir tun sollen. Nirgends Mütter.«

»Hör zu. Ich großen, feinen Plan. Mir gehen jetzt gut. Flügel, er besser. Wind zu Ende, dann ich fliegen. Fliegen für euch. Finden viel Mütter, dir sagen, wo sind, ya?«

»Was für eine großartige Idee, Kehaar! Wie gescheit von dir, daran zu denken! Du sehr feiner Vogel.«

»Iiis' Schluß mit Mütter für mich dies Jahr. Iiiis' zu spät. Alle Mütter sitzen auf Nest jetzt. Eier kommen.«

»Das tut mir leid.«

»Andere Zeit holen Mütter. Jetzt fliegen ich für euch.«

»Wir werden alles tun, was wir nur können, um dir zu helfen.«

Am nächsten Tag legte sich der Wind, und Kehaar machte ein paar kurze Flüge. Aber erst drei Tage später fühlte er sich imstande, zum Rundflug aufzubrechen. Es war ein vollkommener Junimorgen. Kehaar schnappte zahllose kleine weißschalige Unterlandschnecken aus dem nassen Gras auf und knackte sie in seinem großen Schnabel, als er sich plötzlich zu Bigwig umwandte und sagte:

»Jetzt fliegen ich für euch.«

Er öffnete die Flügel. Die 60-Zentimeter-Spannweite wölbte sich über Bigwig, der ganz still dasaß, während die weißen Federn die Luft um seinen Kopf in einer Art feierlichen Abschiedsgruß bewegten. Er legte seine Ohren flach in die fächelnde Zugluft und starrte zu Kehaar empor, als die Möwe sich ziemlich schwerfällig in die Luft erhob. Als sie flog, nahm ihr Körper, der am Boden so lang und graziös wirkte, das Aussehen eines dicken, gedrungenen Zylinders an, an dessen Vorderseite ihr roter Schnabel zwischen ihren runden schwarzen Augen vorsprang. Einige Augenblicke schwebte sie, ihr Körper hob und senkte sich zwischen den Flügeln. Dann begann sie zu steigen, segelte seitwärts über das Gras und verschwand nordwärts unter dem Rand der Böschung. Bigwig kehrte mit der Nachricht zurück, daß Kehaar aufgebrochen sei.

Die Möwe war mehrere Tage fort – länger, als die Kaninchen erwartet hatten. Hazel fragte sich, ob sie wirklich zurückkommen würde; denn er wußte, daß Kehaar ebenso wie sie den Paarungsdrang spürte, und er hielt es für sehr wahrscheinlich, daß er sich schließlich zu dem Großen Wasser und den heiseren, wimmelnden Möwenkolonien davongemacht hatte, von denen er so gefühlvoll zu Bigwig gesprochen hatte. Soweit es ihm möglich war, behielt er seine Besorgnis für sich, aber eines Tages, als sie allein waren, fragte er Fiver, ob er glaube, daß Kehaar zurückkehren werde.

»Er wird zurückkehren«, sagte Fiver ohne Zögern.

»Und was wird er mitbringen?«

»Wie soll ich das wissen?« erwiderte Fiver. Aber später, als sie unten waren, still und schlaftrunken, sagte er plötzlich: »Die Geschenke von El-ahrairah: Gaunerei, große Gefahr und Segen für das Gehege.« Als Hazel nachfragte, schien er sich nicht bewußt zu sein, gesprochen zu haben, und konnte nichts mehr hinzufügen.

Bigwig verbrachte die meisten Stunden des Tages damit, auf Kehaars Rückkehr zu lauern. Er neigte dazu, bestimmt und kurz angebunden zu sein, und einmal, als Bluebell bemerkte, er glaube, Miister Pigvigs Pelzkappe mausere sich aus Sympathie für abwesende Freunde, zeigte er ein Aufblitzen seines alten Feldwebelgeistes, beschimpfte und knuffte ihn zweimal in der Honigwabe herum, bis Holly dazwischentrat, um seinen treuen Possenreißer vor weiteren Unannehmlichkeiten zu bewahren.

Eines Spätnachmittags, ein leichter Nordwind wehte, und der Geruch nach Heu trieb von den Wiesen von Sydmonton herauf, kam Bigwig in die Honigwabe heruntergestürzt und verkündete, daß Kehaar zurück sei. Hazel unterdrückte seine Erregung und befahl den anderen, sich fernzuhalten, während er allein mit ihm spräche. Nach nochmaliger Überlegung nahm er jedoch Fiver und Bigwig mit.

Die drei fanden Kehaar wieder in seinem Wandelgang. Er war voll Mist, schmutzig und übelriechend. Kaninchen entleeren sich nicht unter der Erde, und Kehaars Gewohnheit, sein Nest zu beschmutzen, hatte Hazel schon immer mit Widerwillen erfüllt. Jetzt, in seiner Begierde, die Nachrichten zu hören, schien ihm der Guano-Geruch jedoch beinahe willkommen.

»Ich freue mich, daß du zurück bist, Kehaar«, sagte er. »Bist du müde?«

»Flügel, er noch müde. Fliegen ein bißchen, stoppen ein bißchen, alles gehen fein.«

»Hast du Hunger? Sollen wir Insekten holen?«

»Fein. Fein. Gute Kerls. Viele Käfer.« (Alle Insekten waren bei Kehaar »Käfer«.)

Offenbar hatte er ihre Bedienung vermißt und war bereit, seine Rückkehr zu genießen. Obgleich es nicht mehr unbedingt nötig war, daß man ihm Futter in den Wandelgang brachte, war er offensichtlich der Meinung, daß er es verdiente. Bigwig ging, um die Futterholer zu mobilisieren, und Kehaar beschäftigte sie bis zum Sonnenuntergang. Schließlich sah er Fiver schlau an und sagte:

»He, Miiister Kleiner, weißt du, was ich bringen, ya?«

»Ich habe keine Ahnung«, erwiderte Fiver ziemlich kurz angebunden.

»Dann ich sagen. All dies große Hügel, ich fliegen entlang ihn, hierhin und dorthin, wo Sonne aufgeht und Sonne untergeht. Iiiis' keine Kaninchen. Iiiis' nix, nix.«

Er hielt inne. Hazel sah Fiver besorgt an.

»Dann ich hinuntergehen, hinunter auf Boden. Is' Farm mit großen Bäumen all herum, auf kleinem Hügel. Ihr kennen?«

»Nein, wir kennen sie nicht. Weiter.«

»Ich euch zeigen. Sie nicht weit. Ihr sie sehen. Und hier is' Kaninchen. Is' Kaninchen leben in Kiste; leben bei Menschen. Ihr kennen?«

»Leben bei Menschen? Sagtest du: ›leben bei Menschen‹?«

»Ya, ya, leben bei Menschen. In Schuppen; Kaninchen leben in Kiste in Schuppen. Menschen bringen Futter. Ihr kennen?«

»Ich weiß, daß so was vorkommt«, sagte Hazel. »Ich habe davon gehört. Das ist fein, Kehaar. Du bist sehr gründlich gewesen. Aber es nützt uns nichts, nicht wahr?«

»Ich glaube, es sein Mütter. In große Kiste. Aber sonst is' keine Kaninchen; nicht in Felder, nicht in Wälder. Keine Kaninchen, ich sehen nirgends.«

»Das hört sich schlimm an.«

»Warte, ich sagen mehr. Jetzt ihr hören. Ich fliegen den anderen Weg, wo Sonne am Mittag gehen. Du weißt, dieser Weg is' Großes Wasser.«

»Bist du zum Großen Wasser geflogen?« fragte Bigwig.

»Ne, ne, nicht so weit. Aber draußen diesen Weg is' Fluß, kennt ihr?«

»Nein, wir sind nicht so weit gekommen.«

»Is' Fluß«, wiederholte Kehaar. »Und hier is' Stadt von Kaninchen.«

»Auf der anderen Seite des Flusses?«

»Ne, ne. Du gehen diesen Weg, is' großes Feld überall. Dann nach langem Weg zu Stadt von Kaninchen kommen, sehr groß. Und nach dem is' Eisenweg und dann Fluß.«

»Eisenweg?« fragte Fiver.

»Ya, ya, Eisenweg. Ihr ihn nicht gesehen – Eisenweg? Menschen machen ihn.«

Kehaars Sprache war so fremdländisch und bestenfalls entstellt, daß sich die Kaninchen häufig nicht sicher waren, was er meinte. Die mundartlichen Worte für »Eisen« und »Weg«, die er jetzt gebrauchte und die den Seemöwen durchaus vertraut waren, hatten seine Zuhörer kaum je gehört. Kehaar wurde schnell ungeduldig und jetzt, wie so oft, fühlten sie sich im Nachteil angesichts seiner Vertrautheit mit einer weiterreichenden Welt als der ihren. Hazel überlegte schnell. Zwei Dinge waren klar: Kehaar hatte offenbar ein großes Gehege irgendwo in Richtung Süden gefunden; und was immer der Eisenweg sein mochte, das Gehege lag diesseits von ihm und einem Fluß. Wenn er richtig verstanden hatte, schien man daraus schließen zu können, daß der Eisenweg und der Fluß für ihre Zwecke nicht berücksichtigt zu werden brauchten.

»Kehaar«, sagte er. »Ich möchte sichergehen. Können wir zur Stadt der Kaninchen gelangen, ohne uns um den Eisenweg und den Fluß zu kümmem?«

»Ya, ya. Nicht gehen zu Eisenweg. Kaninchen-Stadt in Büschen von großen einsamen Feldern. Viel Mütter.«

»Wie lange würde es dauern, von hier zu – zu der Stadt zu gelangen?«

»Ich glaube, zwei Tage. Is' langer Weg.«

»Gut, Kehaar. Du hast alles getan, was wir uns erhofft haben. Ruh dich jetzt aus. Wir werden dich füttern, solange du willst.«

»Jetzt schlafen. Morgen viele Käfer, ya, ya.«

Die Kaninchen gingen in die Honigwabe zurück. Hazel wiederholte Kehaars Nachrichten, und eine lange, ungeregelte, zeitweilig unterbrochene Diskussion begann. Dies war ihre Art, zu einem Beschluß zu kommen. Die Tatsache, daß sich zwei oder drei Tagereisen gen Süden ein Gehege befand, flackerte und schwang zwischen ihnen, wie ein Penny durch tiefes Wasser hinuntertrudelt, dahin und dorthin sich bewegend, sich verlagernd, verschwindend, wiederauftauchend, aber immer dem festen Boden entgegensinkend. Hazel ließ dem Gerede freien Lauf, bis sie sich schließlich zerstreuten und einschliefen.

Am nächsten Morgen gingen sie ihren Beschäftigungen nach wie gewöhnlich, fütterten Kehaar und fraßen selbst, spielten und gruben. Aber währenddessen, wie ein Wassertropfen schwillt, bis er so schwer ist, daß er vom Zweig herunterfällt, wurde der Plan, was zu tun sei, einmütig und klar. Am folgenden Tag sah Hazel es deutlich. Und als er bei Sonnenaufgang mit Fiver und drei oder vier anderen auf der Böschung saß, schien die Zeit gekommen, zu sprechen. Es war nicht nötig, eine allgemeine Versammlung einzuberufen. Die Sache war entschieden. Wenn es ihnen zu Ohren kam, wurden diejenigen, die nicht dabei waren, akzeptieren, was er gesagt hatte, ohne ihn überhaupt gehört zu haben.

»Dieses Gehege, das Kehaar gefunden hat«, sagte Hazel, »er sagte, es sei groß.«

»Also können wir es nicht mit Gewalt nehmen«, meinte Bigwig.

»Ich glaube nicht, daß ich hingehen und mich ihm anschließen möchte«, sagte Hazel. »Du vielleicht?«

»Und von hier fortgehen?« erwiderte Dandelion. »Nach all unserer Arbeit? Außerdem schätze ich, daß es uns drekkig ergehen würde. Nein, ich bin sicher, daß keiner von uns das will.«

»Wir wollen ein paar Weibchen haben und sie hierherbringen«, sagte Hazel. »Wird das schwer sein, was meint ihr?«

»Ich glaube nicht«, sagte Holly. »Große Gehege sind oft überfüllt, und einige der Kaninchen können nicht genug zu fressen bekommen. Die jungen Weibchen werden gereizt und nervös, und manche haben aus diesem Grund keine Jungen. Die Jungen beginnen in ihrem Innern zu wachsen und lösen sich dann wieder in ihrem Körper auf. Ihr wißt das?«

»Ich habe es nicht gewußt«, sagte Strawberry.

»Weil es bei euch nie überfüllt war. Aber unser Gehege – das Gehege des Threarah – war vor einem oder zwei Jahren überfüllt, und eine Menge der jüngeren Weibchen resorbierten ihren Wurf, ehe er geboren wurde. Der Threarah erzählte mir, daß El-ahrairah vor langer Zeit ein Abkommen mit Frith traf. Frith versprach ihm, daß Kaninchen weder tot noch unerwünscht geboren werden sollten. Wenn wenig Aussicht auf ein anständiges Leben für sie besteht, ist es das Vorrecht eines Weibchens, sie in ihren Körper ungeboren zurückzunehmen.«

»Ja, ich erinnere mich an die Geschichte von dem Abkommen«, sagte Hazel. »Du glaubst demnach, daß es unzufriedene Weibchen gibt? Das klingt hoffnungsvoll. Wir sind uns also einig, daß wir eine Expedition zu diesem Gehege schicken sollten und daß wir eine gute Erfolgschance haben, ohne kämpfen zu müssen. Sollen alle mitkommen?«

»Ich würde sagen, nein«, entgegnete Blackberry. »Eine Zwei- oder Dreitagereise – und wir sind alle in Gefahr, auf dem Hin- wie auf dem Rückweg. Für drei oder vier Kaninchen wäre es weniger gefährlich als für *hrair.* Drei oder vier können sich schnell bewegen und fallen nicht auf. Und das Oberkaninchen dieses Geheges würde wahrscheinlich gegen ein paar Fremde, die eine höfliche Bitte vorbringen, weniger einzuwenden haben.«

»Das ist sicher richtig«, sagte Hazel. »Wir werden vier

Kaninchen schicken, und die können erklären, wie wir in diese Verlegenheit kamen, und um die Erlaubnis bitten, einige Weibchen zu überreden, mit ihnen zu kommen. Ich sehe nicht, was ein Oberkaninchen dagegen einzuwenden haben könnte. Ich frage mich nur, wer von uns am besten geschickt werden soll.«

»Hazel-rah, du darfst nicht gehen«, sagte Dandelion. »Du wirst hier gebraucht, und wir wollen nicht riskieren, dich eventuell zu verlieren. Darüber sind wir uns alle einig.«

Hazel hatte schon geahnt, daß sie ihm die diplomatische Mission nicht übertragen würden. Es war zwar eine Enttäuschung für ihn, aber nichtsdestoweniger fühlte er, daß sie recht hatten. Das andere Gehege würde wenig von einem Oberkaninchen halten, das seine eigenen Botengänge machte. Außerdem war er weder äußerlich noch als Sprecher sonderlich beeindruckend. Dies war eine Aufgabe für jemand anderen.

»Na gut«, sagte er. »Ich wußte, daß ihr mich nicht gehen lassen würdet. Ich bin sowieso nicht der Richtige dafür – Holly wäre es. Er weiß genau, wie man sich im Freien bewegt, und er wird ein guter Sprecher sein, wenn er hinkommt.«

Niemand hatte etwas dagegen einzuwenden. Hollys Wahl war naheliegend, doch die Auswahl seiner Begleiter war weniger leicht. Alle waren bereit zu gehen, aber die Angelegenheit war so wichtig, daß sie zuletzt der Reihe nach jedes Kaninchen einzeln in Betracht zogen und darüber diskutierten, wer die lange Reise höchstwahrscheinlich überleben, in guter Verfassung ankommen und Anklang in einem fremden Gehege finden würde. Bigwig, der mit der Begründung abgelehnt wurde, daß er sich in fremder Gesellschaft streiten könnte, war zuerst geneigt zu schmollen, lenkte jedoch ein, als er sich vergegenwärtigte, daß er sich weiter um Kehaar kümmern konnte. Holly hätte gern Bluebell mitgenommen, aber Blackberry wandte ein, daß ein komischer Witz auf Kosten des Oberkaninchens alles verderben konnte. Schließlich wählten sie Silver, Buckthorn und Strawberry. Strawberry schien sichtlich erfreut. Er hatte viel erduldet, um zu zeigen, daß er kein Feigling war, und jetzt hatte er die Genugtuung, zu erfahren, daß er seinen Freunden etwas bedeutete.

Sie brachen frühmorgens im grauen Dämmerlicht auf. Kehaar hatte sich verpflichtet, im Laufe des Tages hinauszufliegen, um nachzuprüfen, ob sie den richtigen Weg eingeschlagen hätten, und Nachrichten von ihrem Vorankommen zu bringen. Hazel und Bigwig gingen zum südlichen Ende des Abhanges mit und beobachteten, wie sie davonhoppelten und die Richtung nach Westen zur fernen Farm einschlugen. Holly schien zuversichtlich, und die anderen drei waren in gehobener Stimmung. Bald waren sie im Gras nicht mehr zu sehen, und Hazel und Bigwig kehrten in das Gehölz zurück.

»Nun, wir haben unser Bestes getan«, sagte Hazel. »Der Rest hängt jetzt von ihnen und El- ahrairah ab. Aber es ist sicherlich richtig so.«

»Daran gibt es keinen Zweifel«, sagte Bigwig. »Hoffen wir nur, daß sie bald zurück sein werden. Ich freue mich schon auf ein hübsches Weibchen und einen Wurf Junge in meinem Bau. Eine Menge kleiner Bigwigs, Hazel! Bei dem Gedanken wirst du erzittern!«

# 24. Nuthanger Farm

Als Robin kam nach Nottingham,
  Bestimmt ohne Hinterhalt,
betete er zu Gott und der milden Maria,
  ihn sicher wieder herauszubringen.
Stand neben ihm ein großköpfig Mönch,
  Ich bete zu Gott, wer er sei!
Doch dann erkannt' er gut Robin,
  Sobald er ihn gesehen hat.

Child, Nr. 119 *Robin Hood and the Monk*

Hazel saß in der Hochsommernacht auf der Böschung. Es hatte nicht mehr als fünf Stunden Dunkelheit geherrscht, und das in einer blassen, zwielichtigen Art, die ihn schlaflos und ruhelos machte.

Alles verlief nach Wunsch. Kehaar hatte am Nachmittag Holly entdeckt und seinen Kurs etwas nach Westen korrigiert. Er hatte ihn im Schutz einer dichten Hecke, seines Weges zu dem großen Gehege sicher, zurückgelassen. Es schien jetzt gewiß, daß zwei Tage für die Reise genügen würden. Kehaar hatte einen heftigen Streit mit einem Turmfalken gehabt, hatte Beleidigungen mit einer Stimme geschrien, daß es einem angst und bange werden konnte, und obgleich es unentschieden ausgegangen war, sah es so aus, als ob der Turmfalke die Nachbarschaft des Abhanges in Zukunft mit gesundem Respekt betrachten würde. Die

Dinge hatten nicht besser ausgesehen, seit sie von Sandleford aufgebrochen waren.

Hazel war in glücklicher und übermütiger Stimmung. Er fühlte sich wie an jenem Morgen, als sie den Enborne überquerten und er sich allein aufgemacht und das Bohnenfeld gefunden hatte. Er war zuversichtlich und zu einem Abenteuer aufgelegt. Aber was für eines? Eines, das erzählenswert wäre, wenn Holly und Silver zurückkehrten. Etwas, um – nun, nicht herabzusetzen, was sie vorhatten, nein, natürlich nicht, sondern um ihnen zu zeigen, daß ihr Oberkaninchen allem genauso wie sie gewachsen war. Er überlegte es sich, als er die Böschung hinunterhopste und einen Fleck mit Pimpinellen im Gras ausschnupperte. Was gäbe ihnen bloß einen kleinen, nicht unangenehmen Schock? Plötzlich dachte er: »Angenommen, ein oder zwei Weibchen wären bereits hier, wenn sie zurückkämen?« Und im selben Augenblick erinnerte er sich, was Kehaar von einer Kiste voller Kaninchen auf der Farm erzählt hatte. Was für Kaninchen konnten das sein? Kamen sie je aus der Kiste heraus? Hatten sie je ein wildes Kaninchen gesehen? Kehaar hatte gesagt, die Farm läge nicht weit vom Fuß des Hügellandes auf einem kleinen Hügel. Man konnte sie leicht am frühen Morgen erreichen, ehe ihre Bewohner auf waren. Hunde würden wahrscheinlich an der Kette liegen, aber die Katzen würden frei herumlaufen. Ein Kaninchen konnte schneller als eine Katze laufen, solange es sich im freien Gelände aufhielt und sie zuerst kommen sah. Am wichtigsten war, nicht unvermutet angepirscht zu werden. Es sollte ihm gelingen, die Hecke entlangzuschleichen, ohne *elil* anzuziehen, es sei denn, er hätte großes Pech.

Aber was wollte er eigentlich tun? Warum ging er zur Farm? Hazel fraß die letzte der Pimpinellen im Sternenlicht auf. »Ich werde mich bloß umschauen«, sagte er zu sich selbst, »und wenn ich diese Kaninchen finde, versuche ich, mit ihnen zu sprechen, nicht mehr. Ich werde kein Risiko eingehen – nun, jedenfalls kein wirkliches Risiko – nicht, bis ich sehe, daß es der Mühe wert ist.«

Sollte er allein gehen? Es wäre sicherer und angenehmer, einen Begleiter mitnehmen; aber nicht mehr als einen. Sie dürften keine Aufmerksamkeit erregen. Wer wäre der beste? Bigwig? Dandelion? Hazel lehnte sie ab. Er brauchte jemanden, der tat, was man ihm sagte, und nicht anfing, eigene Ideen zu haben. Sofort dachte er an Pipkin. Pipkin würde ihm folgen, ohne Fragen zu stellen, und alles tun, worum er ihn bat. In diesem Augenblick schlief er wahrscheinlich in dem Bau, den er mit Bluebell und Acorn teilte.

Hazel hatte Glück. Er fand Pipkin, bereits wach, dicht an der Mündung des Baues. Er brachte ihn hinaus, ohne die anderen beiden Kaninchen zu stören, und führte ihn durch den Lauf, der auf die Böschung hinausging. Pipkin sah sich unsicher um, verwirrt und halb eine Gefahr erwartend.

»Ist schon gut, Hlao-roo«, sagte Hazel. »Du brauchst keine Angst zu haben. Ich möchte, daß du den Hügel mit hinunterkommst und mir hilfst, eine bestimmte Farm zu finden. Wir sehen uns nur um.«

»In einer Farm, Hazel-rah? Wozu? Wird es nicht gefährlich sein? Katzen und Hunde und –«

»Nein, es wird dir mit mir zusammen nichts passieren. Nur du und ich – ich will niemanden sonst mitnehmen. Ich habe einen geheimen Plan; du darfst den anderen nichts davon sagen – vorläufig wenigstens nicht. Ich möchte, daß gerade du mitkommst, kein anderer ist dafür geeignet.«

Das hatte genau die von Hazel beabsichtigte Wirkung. Er brauchte Pipkin nicht weiter zu überreden, und sie brachen zusammen auf, über den Graspfad, den dahinterliegenden Rasen und die Böschung hinunter. Sie liefen durch den schmalen Baumgürtel und kamen in das Feld, wo Holly im Dunkeln nach Bigwig gerufen hatte. Hier blieb Hazel schnuppernd und horchend stehen. Es war die Zeit vor der Frühdämmerung, wenn die Eulen zurückkehren, gewöhnlich unterwegs jagend. Obgleich ein ausgewachsenes Kaninchen durch Eulen nicht wirklich in Gefahr ist, gibt es wenige, die kein wachsames Auge auf sie haben. Wiesel und Füchse mochten auch draußen sein, aber die Nacht war still und feucht, und Hazel, sorglos in seiner fröhlichen Zuversicht, war sicher, daß er jeden vierbeinigen Jäger entweder riechen oder hören würde.

Wo immer die Farm auch sein mochte, sie mußte jenseits der Straße am gegenüberliegenden Rand des Feldes liegen. Hazel brach in gemächlichem Tempo auf, Pipkin dicht hinter ihm. Sie bewegten sich ruhig bald innerhalb der Hecke, bald außerhalb der Hecke, an der entlang Holly und Bluebell gekommen waren, und kamen auf ihrem Weg unter den in der Dunkelheit leise summenden Drähten vorbei. Es kostete sie nur ein paar Minuten, die Straße zu erreichen.

Es gibt Zeiten, da man mit Sicherheit weiß, daß alles gutgehen wird. Ein Schlagmann, der gut Kricket gespielt hat, wird nachher sagen, daß er gefühlt habe, er könne den Ball nicht verfehlen, und ein Sprecher oder Schauspieler kann an seinem Glückstag spüren, wie sein Publikum ihn auf einer wunderbaren, belebenden Woge trägt. Genau dieses Gefühl hatte Hazel im Augenblick. Um ihn herum war die ruhige Sommernacht, noch von Sternen erhellt, doch bereits zur Dämmerung auf der einen Seite verblassend. Es war nichts zu befürchten, und er fühlte sich in der Lage, hintereinander durch tausend Farmhöfe zu hopsen. Als er mit Pipkin auf der Böschung oberhalb der nach Teer riechenden Straße saß, war es für ihn kein unerwarteter Glücksfall, als er eine junge Ratte von der gegenüberliegenden Hecke vorbeiflitzen und in einem Klumpen verwelkendem Jungferngras unter ihnen verschwinden sah. Er hatte gewußt, daß irgendein Wegweiser auftauchen würde. Schnell krabbelte er die Böschung hinunter und stieß auf die im Graben herumschnüffelnde Ratte.

»Die Farm«, sagte Hazel, »wo ist die Farm – in der Nähe, auf einem kleinen Hügel?«

Die Ratte starrte ihn mit zuckendem Barthaar an. Sie hatte keinen besonderen Grund, freundlich zu sein, aber es lag etwas in Hazels Blick, das eine höfliche Antwort verlangte.

»Über Straße. Feldweg hinauf.«

Der Himmel wurde jeden Augenblick lichter. Hazel überquerte die Straße, ohne auf Pipkin zu warten, der ihn unter der Hecke, diesseits des kleinen Feldweges, einholte. Von hier aus erklommen sie nach einer weiteren Horchpause den Hang, der auf die nördliche Horizontlinie zuführte.

Nuthanger ist eine Farm wie aus einem Märchenbuch. Zwischen Ecchinswell und dem Fuß von Watership Down, ungefähr eine halbe Meile von beiden entfernt, liegt eine breite Bergkuppe, an der Nordseite steil, aber auf der südlichen – wie die Hügelkette selbst – sanft abfallend. Schmale Feldwege klettern beide Hänge hinauf und treffen sich in einem großen Ring von Ulmen, der den flachen Gipfel einfaßt. Jeder Wind – selbst der sanfteste – lockt von der Höhe der Ulmen ein brausendes Geräusch, vielblätterig und mächtig. Innerhalb dieses Ringes steht das Farmhaus mit seinen Scheunen und Nebengebäuden. Das Haus mag zweihundert Jahre alt oder älter sein, aus Ziegeln gebaut, mit einer mit Steinen verkleideten Vorderseite, die nach Süden, dem Hügelland zu liegt. Vor der Ostseite des Hauses steht eine Scheune auf Reitelsteinen frei über dem Boden, und gegenüber befindet sich der Kuhstall.

Als Hazel und Pipkin den Gipfel des Hanges erreichten, zeigte das erste Licht deutlich den Farmhof und die Gebäude. Die überall singenden Vögel waren ihnen aus früheren Tagen bekannt. Ein Rotkehlchen auf einem niedrigen Ast zwitscherte eine Phrase und horchte auf ein anderes, das ihm hinter dem Farmhaus antwortete. Ein Buchfink sang sein kleines herausforderndes Lied, und weiter weg, hoch in einer Ulme, begann ein Weidenzeisig zu rufen. Hazel hielt an und setzte sich dann auf, um die Luft besser zu prüfen. Mächtige Gerüche nach Stroh und Kuhdung mischten sich mit denen von Ulmenblättern, Asche und Viehfutter. Schwächere Spuren kamen in seine Nase, wie die Obertöne einer Glocke in einem geübten Ohr klingen. Tabak natürlich – eine Menge Katze und viel weniger Hund und dann plötzlich und ohne Zweifel: Kaninchen. Er blickte Pipkin an und sah, daß er den Geruch ebenfalls auf gefangen hatte.

Sie horchten auch, während die Gerüche sie erreichten, aber außer den leichten Bewegungen von Vögeln und dem ersten Summen der Fliegen in ihrer unmittelbaren Nähe konnten sie nichts als das ununterbrochene Rascheln der Bäume hören. Unter dem nördlichen steilen Abhang des Hügellandes war die Luft still gewesen, aber hier wurde die südliche Brise von den Ulmen mit ihren Myriaden kleiner flatternder Blätter verstärkt, genau wie die Wirkung von Sonnenlicht auf einen Garten durch Tau verstärkt wird. Das aus den obersten Zweigen kommende Geräusch störte Hazel, weil es auf ein ungeheures Nahen hinwies – auf ein Nahen, das nie vollendet wurde –, und er und Pipkin blieben eine Weile still, horchten gespannt auf dieses laute und doch bedeutungslose Ungestüm hoch über ihren Köpfen.

Sie sahen keine Katze, aber neben dem Haus stand eine

Hundehütte mit flachem Dach. Sie konnten gerade einen flüchtigen Blick auf den schlafenden Hund darin erhaschen – ein großer glatthaariger schwarzer Hund, den Kopf auf den Pfoten. Hazel konnte keine Kette sehen; aber dann entdeckte er nach einem Augenblick einen dünnen Strick, der aus der Hüttentür herauskam und in einer Art Öse auf dem Dach endete. Warum ein Strick? fragte er sich und dachte dann: Weil ein ruheloser Hund in der Nacht nicht damit rasseln kann.

Die beiden Kaninchen begannen zwischen den Nebengebäuden umherzuwandern. Zuerst hielten sie sich vorsichtig in Deckung, dauernd nach Katzen Ausschau haltend. Aber sie sahen keine und wurden bald kühner, überquerten freie Stellen und hielten sogar an, um an Löwenzahn in den Flecken von Unkraut und hartem Gras zu knabbere. Von seinem Geruchssinn geführt, lief Hazel zu einem Schuppen mit niedrigem Dach. Die Tür war halb offen, und er überquerte ohne Zögern die Backsteinschwelle. Unmittelbar gegenüber der Tür, auf einem breiten hölzernen Bord – einer Art Plattform – stand eine Kiste, deren Vorderseite mit Draht versehen war. Durch die Maschen konnte er eine braune Schale, einiges grünes Gemüse und die Ohren von zwei oder drei Kaninchen sehen. Als er hinstarrte, kam eines der Kaninchen dicht an den Draht heran, blickte hinaus und sah ihn. Neben der Plattform, auf der linken Seite, lag ein umgestülpter Ballen Stroh. Hazel sprang mühelos hinauf und von da auf die dicken Bretter, die alt und glatt, staubig und mit Spreu bedeckt waren. Dann drehte er sich zu Pipkin um, der dicht an der Tür wartete.

»Hlao-roo«, sagte er, »es gibt nur einen Weg hier hinaus. Du wirst ständig nach Katzen Ausschau halten müssen, oder wir sitzen irgendwann in der Falle. Bleib an der Tür, und wenn du draußen eine Katze siehst, sag es mir sofort.«

»Gut, Hazel-rah«, sagte Pipkin. »Im Augenblick ist alles sicher.«

Hazel näherte sich der Kistenseite. Die drahtbespannte Vorderseite sprang über den Rand des Bordes vor, so daß er sie weder erreichen noch hineingehen konnte, aber in einem der Bretter vor ihm befand sich ein Astloch, und auf der anderen Seite konnte er eine zuckende Nase sehen. »Ich bin Hazel-rah«, sagte er. »Ich bin gekommen, um mit dir zu sprechen. Kannst du mich verstehen?«

Die Antwort kam in leicht fremder, aber vollkommen verständlicher Kaninchensprache.

»Ja, wir verstehen dich. Ich heiße Boxwood. Von wo kommst du?«

»Von den Hügeln. Meine Freunde und ich leben, wie es uns gefällt, ohne Menschen. Wir fressen das Gras, liegen in der Sonne und schlafen unter der Erde. Wie viele seid ihr?«

»Vier. Rammler und Weibchen.«

»Kommt ihr jemals heraus?«

»Ja, manchmal. Ein Kind holt uns heraus und steckt uns in einen Verschlag auf dem Gras.«

»Ich bin gekommen, euch über mein Gehege zu erzählen. Wir brauchen mehr Kaninchen. Wir wollen, daß ihr von der Farm weglauft und euch zu uns gesellt.«

»Hinten an der Kiste ist eine Drahttür«, sagte Boxwood. »Komm da hin, dann können wir uns besser unterhalten.«

Die Tür bestand aus einem auf einen Holzrahmen gespannten Drahtnetz, mit zwei Lederangeln an die senkrechten Pfosten genagelt, und einer Haspe und einer Krampe, die mit einem Stück Draht gesichert waren. Vier Kaninchen drängten sich gegen den Draht und drückten ihre Nasen durch die Maschen. Zwei – Laurel und Clover waren kurzhaarige schwarze Angoras. Die anderen, Boxwood und sein Weibchen, waren schwarze und weiße Himalajas.

Hazel sprach über das Leben auf den Downs und von dem Reiz und der Freiheit, wie sie wilde Kaninchen genossen. In seiner üblichen freimütigen Art erzählte er von der mißlichen Lage seines Geheges, keine Weibchen zu haben, und daß er gekommen sei, einige zu suchen. »Aber«, sagte er, »wir wollen eure Weibchen nicht stehlen. Ihr seid alle vier, Rammler und Weibchen, willkommen, euch uns anzuschließen. Es ist genug Platz auf den Hügeln für alle.« Er sprach weiter über das abendliche Fressen bei Sonnenuntergang und am frühen Morgen in dem hohen Gras.

Die Stallhasen schienen gleichzeitig verwirrt und fasziniert. Clover, das Angora-Weibchen – ein starkes, rühriges Kaninchen –, war von Hazels Schilderung deutlich erregt und stellte mehrere Fragen über das Gehege und die Downs. Es wurde offenkundig, daß sie ihr Leben in der Kiste für langweilig, aber sicher hielten. Sie hatten aus irgendeiner Quelle ziemlich viel über *elil* erfahren und schienen überzeugt, daß wenige wilde Kaninchen längere Zeit überlebten. Hazel merkte, daß sie zwar froh waren, mit ihm reden zu können, und seinen Besuch begrüßten, weil er ein bißchen Anregung und Abwechslung in ihr monotones Leben brachte, daß sie aber nicht die geistige Fähigkeit hatten, eine Entscheidung zu treffen und danach zu handeln. Sie wußten nicht, wie man sich entschließt. Für ihn und seine Gefährten waren Fühlen und Handeln zur zweiten Natur geworden, aber diese Kaninchen hatten nie handeln müssen, um ihr Leben zu retten oder sich selbst Futter zu suchen. Wenn er ihresgleichen zum Hügelland bringen wollte, mußten sie angetrieben werden. Er saß eine Weile ruhig da und naschte von der auf die Bretter außerhalb der Kiste verschütteten Kleie. Dann sagte er:

»Ich muß jetzt wieder zurück zu meinen Freunden auf den Hügeln, aber wir werden wiederkommen, eines Nachts, und dann, glaubt mir, werden wir eure Kiste so leicht öffnen wie der Farmer, und dann wird jeder von euch, der möchte, mit uns kommen können.«

Boxwood wollte gerade etwas erwidern, als sich Pipkin plötzlich von unten vernehmen ließ. »Hazel, da ist eine Katze im Hof!«

»Wir haben keine Angst vor Katzen«, sagte Hazel zu Boxwood, »solange wir im Freien sind.« Gemächlich, scheinbar ohne Eile sprang er über den Strohballen auf den Boden zurück und zur Tür hinüber. Pipkin schaute durch die Angel. Er fürchtete sich offenbar.

»Ich glaube, sie hat uns gerochen, Hazel«, sagte er. »Ich fürchte, sie weiß, wo wir sind.«

»Dann bleib nicht da hocken«, sagte Hazel. »Folge mir dicht auf den Fersen und renne, wenn ich renne.« Ohne zu zögern und erst noch durch den Türspalt hinauszugucken, ging er um die halboffene Tür herum und blieb auf der Schwelle stehen.

Die Katze, eine gescheckte mit weißer Brust und weißen Pfoten, strich am anderen Ende des kleinen Hofes langsam und vorsichtig an einem Holzhaufen vorbei. Als Hazel in der Tür erschien, sah sie ihn sofort und blieb stocksteif, mit starren Augen und zuckendem Schwanz stehen. Hazel hopste langsam über die Schwelle und verhielt wieder. Schon fiel das Sonnenlicht schräg über den Hof, und in der Stille summten die Fliegen um ein Häufchen Dung einige Meter entfernt. Der Geruch von Stroh, Staub und Weißdorn lag in der Luft.

»Du siehst hungrig aus«, sagte Hazel zu der Katze. »Die Ratten werden wohl zu schlau, nehm' ich an.«

Die Katze erwiderte nichts. Hazel saß blinzelnd in der

Sonne. Die Katze preßte sich beinahe flach an den Boden, den Kopf zwischen ihren Vorderpfoten verschiebend. Dicht hinter ihm zappelte Pipkin nervös herum, und Hazel, die Katze immer im Auge behaltend, konnte fühlen, daß er zitterte.

»Hab keine Angst, Hlao-roo«, flüsterte er. »Ich krieg' dich schon fort, aber du mußt warten, bis sie herankommt. Halte dich still.«

Die Katze begann, mit dem Schwanz um sich zu schlagen. Ihr Hinterteil hob sich und wippte in steigender Erregung von einer Seite zur anderen.

»Kannst du laufen?« fragte Hazel. »Ich glaube nicht, du glotzäugiger Hintertür-Untertassen-Kratzer –«

Die Katze stürzte über den Hof, und die beiden Kaninchen flohen mit kräftigen Stößen ihrer Hinterläufe. Die Katze kam sehr schnell heran, und obgleich beide bereit gewesen waren, augenblicklich loszurennen, gelangten sie gerade noch rechtzeitig aus dem Hof. Sie rasten an der langen Scheune entlang und hörten den Neufundländer vor Aufregung bellen, als er bis zur vollen Länge seines Stricks lief. Eine Männerstimme rief ihn an. Aus der Deckung der Hecke neben dem Feldweg drehten sie sich um und blickten zurück. Die Katze war plötzlich stehengeblieben und leckte sich eine Pfote, Gleichgültigkeit vortäuschend.

»Sie lieben es nicht, dumm auszusehen«, sagte Hazel. »Die wird uns keinen Kummer mehr machen. Wenn sie nicht derart auf uns losgestürmt wäre, hätte sie uns viel weiter verfolgen können und wahrscheinlich noch eine andere Katze herbeigerufen. Und irgendwie kannst du nicht losstürzen, wenn die's nicht zuerst tun. Es war gut, daß du sie kommen sahst, Hlao-roo.«

»Ich bin froh, daß ich dir helfen konnte, Hazel. Aber was

hatten wir eigentlich vor, und warum sprachst du mit den Kaninchen in der Kiste?«

»Ich werde dir alles später erzählen. Gehen wir jetzt zum Futtern auf die Wiese; dann können wir so langsam, wie du willst, nach Hause gehen.«

## 25. Der Überfall

Er willigte ein, sonst wäre er kein König . . . Es war niemandes Sache, zu ihm zu sagen: »Es ist Zeit, das Angebot zu machen.«
Mary Renault *The King Must Die*

Es ergab sich, daß Hazel und Pipkin nicht vor dem Abend zur Honigwabe zurückkehrten. Sie fraßen noch auf der Wiese, als es zu regnen begann und ein kalter Wind einsetzte, und sie suchten zuerst Schutz in dem nahe gelegenen Graben und dann – da der Graben an einem Hang lag und sich in ihm etwa zehn Minuten später eine ziemliche Flut von Regenwasser ansammelte – zwischen einigen Schuppen auf halbem Weg den Feldweg hinunter. Sie gruben sich in einen dicken Strohhaufen und horchten einige Zeit auf Ratten. Aber alles war ruhig, und sie wurden schläfrig und nickten ein, während es sich draußen für den Morgen einregnete. Als sie aufwachten, war es Spätnachmittag, und es nieselte immer noch. Es schien Hazel, daß sie keine sonderliche Eile hätten. Das Vorwärtskommen würde in der Nässe beschwerlich sein, und außerdem konnte kein Kaninchen, das etwas auf sich hält, gehen, ohne sich mit Futter um die Schuppen herum zu versorgen. Ein Haufen Mangold und Rüben beschäftigte sie eine Weile, und sie machten sich erst auf den Weg, als das Licht zu schwinden begann. Sie ließen sich Zeit und erreichten den Abhang kurz vor Eintritt der Dunkelheit, von nichts Schlimmerem geplagt als dem Unbehagen eines durch und durch nassen Fells. Nur zwei oder drei Kaninchen waren zu einem ziemlich gedämpften *silflay* in der Nässe draußen. Niemand verlor ein Wort über ihre Abwesenheit, und Hazel ging sofort hinunter und bat Pipkin, vorläufig nichts von ihrem Abenteuer zu erzählen. Er fand seinen Bau leer, legte sich hin und schlief ein.

Als er aufwachte, fand er Fiver neben sich wie gewöhnlich. Es war kurz vor der Morgendämmerung. Der Erdboden fühlte sich angenehm trocken und gemütlich an, und er wollte schon wieder einschlafen, als Fiver sprach.

»Du warst ganz durchnäßt, Hazel.«

»Na und? Das Gras ist doch naß.«

»Du kannst nicht so naß bei *silflay* geworden sein. Du warst tropfnaß. Du warst gestern gar nicht hier, nicht wahr?«

»Oh, ich ging den Hügel hinunter Futter suchen.«

»Rüben gefressen – und deine Pfoten riechen nach Farmhof, Hühnermist und Kleie. Aber da ist noch etwas anderes Komisches – etwas, das ich nicht riechen kann. Was ist passiert?«

»Na ja, ich hatte ein kleines Scharmützel mit einer Katze, aber wozu die Aufregung?«

»Weil du etwas verbirgst, Hazel. Etwas Gefährliches.«

»Holly ist in Gefahr, nicht ich. Warum machst du dir über mich Sorgen?«

»Holly?« erwiderte Fiver überrascht. »Aber Holly und die anderen haben das große Gehege gestern am frühen Abend erreicht. Kehaar berichtete es uns. Willst du etwa sagen, du wußtest es nicht?«

Hazel fühlte sich ertappt. »Nun, dann weiß ich es jetzt«, erwiderte er. »Es freut mich, das zu hören.«

»So ist das also«, sagte Fiver. »Du bist gestern zu einer Farm gegangen und vor einer Katze geflohen. Und was immer du im Schilde geführt hast, du warst in Gedanken so sehr damit beschäftigt, daß du vergessen hast, gestern abend nach Holly zu fragen.«

»Na schön, Fiver – ich sage dir alles. Ich nahm Pipkin mit und ging zu dieser Farm, von der Kehaar uns erzählt hat, wo Kaninchen in einem Stall sind. Ich fand die Kaninchen und redete mit ihnen, und ich habe größte Lust, eines Nachts zurückzugehen und sie herauszuholen, damit sie hierherkommen und sich uns anschließen.«

»*Wozu?*«

»Nun, zwei von ihnen sind Weibchen, *dazu.*«

»Aber wenn Holly Erfolg hat, werden wir bald reichlich Weibchen haben; und nach allem, was ich von Stallhasen gehört habe, gewöhnen die sich nicht leicht an das wilde Leben. Die Wahrheit ist, du versuchst nur, besonders schlau zu sein.«

»Besonders schlau zu sein?« sagte Hazel. »Nun, wir werden sehen, ob Bigwig und Blackberry auch so denken.«

»Du riskierst dein Leben und das anderer Kaninchen für etwas, das von geringem oder gar keinem Wert für uns ist«, sagte Fiver. »O ja, natürlich werden die anderen mitgehen. Du bist das Oberkaninchen. Du sollst entscheiden, was vernünftig ist, und sie vertrauen dir. Sie zu überreden wird nichts beweisen, aber drei oder vier tote Kaninchen werden beweisen, daß du ein Narr bist – wenn es zu spät ist.«

»Ach, sei still«, antwortete Hazel. »Ich will jetzt schlafen.«

Während *silflay* am anderen Morgen erzählte er, mit Pipkin als respektvollem Chor, den anderen von seinem Besuch auf der Farm. Wie er erwartet hatte, stürzte sich Bigwig förmlich auf die Idee eines Überfalles zur Befreiung der Stallhasen.

»Es kann nicht schiefgehen«, sagte er. »Es ist eine großartige Idee, Hazel! Ich weiß nicht, wie man einen Verschlag öffnet, aber Blackberry wird sich darum kümmern. Was mich ärgert, ist der Gedanke, daß du vor einer Katze davongelaufen bist. Ein gutes Kaninchen ist einer Katze jederzeit gewachsen. Meine Mutter griff einmal eine an, und sie gab ihr verdammt etwas zum Andenken, kann ich dir sagen, kratzte ihr Fell aus wie Weidenlaub im Herbst! Überlaß mir nur die Farmkatzen und eine oder zwei der anderen!«

Blackberry mußte etwas mehr überzeugt werden, aber er war, wie Bigwig und Hazel selbst, im geheimen enttäuscht, nicht mit Holly auf die Expedition gegangen zu sein, und als die anderen beiden darauf hinwiesen, daß sie sich beim Öffnen des Verschlages auf ihn verließen, stimmte er zu, mitzukommen.

»Müssen wir denn alle mitnehmen?« fragte er. »Du sagst, der Hund ist angebunden, und ich nehme an, es können nicht mehr als drei Katzen dasein. Zu viele Kaninchen werden im Dunkeln nur lästig sein; jemand wird sich verirren, und es kostet nur Zeit, ihn zu suchen.«

»Nun, dann Speedwell, Dandelion und Hawkbit«, sagte Bigwig, »und die anderen laß da. Hast du die Absicht, noch heute nacht zu gehen, Hazel-rah?«

»Ja, je eher, desto besser«, sagte Hazel. »Schnapp dir diese drei und sag es ihnen. Schade, daß es dunkel wird – wir hätten Kehaar mitnehmen können; er hätte seine Freude daran gehabt.«

Aber ihre Hoffnungen für diese Nacht wurden enttäuscht, denn der Regen kehrte vor der Abenddämmerung zurück. Es regnete sich unter einem Nordwestwind ein, der den süßsauren Geruch von blühendem Liguster aus den tiefer gelegenen Hecken auf den Hügel trug. Hazel saß auf der Böschung, bis das Licht ganz verblichen war. Schließlich, als es klar war, daß der Regen über Nacht anhalten würde, ging er zu den anderen in die Honigwabe. Sie hatten Kehaar überredet, aus Wind und Wetter herunterzukommen, und auf eine von Dandelions Geschichten von El-ahrairah folgte eine ungewöhnliche Erzählung, die jeden verblüffte, aber auch faszinierte. Sie handelte von einer Zeit, als Frith auf eine Reise gehen mußte und die ganze Welt von Regen bedeckt zurückließ. Ein Mann aber baute einen großen schwimmenden Verschlag, der alle Tiere und Vögel aufnahm, bis Frith zurückkam und sie herausließ.

»Heute nacht wird das nicht passieren, nicht wahr, Hazel-rah?« fragte Pipkin, auf den Regen in den Buchenblättern draußen horchend. »Hier gibt es keinen Verschlag.«

»Kehaar wird dich zum Mond hinauffliegen, Hlao-roo«, sagte Bluebell, »und du kannst auf Bigwigs Kopf heruntersegeln wie ein Birkenzweig im Frost. Aber zuerst wollen wir schlafen.«

Doch ehe Fiver einschlief, sprach er noch einmal mit Hazel über den Überfall.

»Ich nehme an, es hat keinen Zweck, dich zu bitten, nicht zu gehen«, sagte er.

»Hör mal zu«, antwortete Hazel, »hast du wegen der Farm eine deiner schlechten Vorahnungen? Wenn ja, warum sagst du's nicht geradeheraus? Dann wüßten wir alle, woran wir sind.«

»Wegen der Farm habe ich kein bestimmtes Gefühl«, sagte Fiver. »Aber das bedeutet noch lange nicht, daß es in Ordnung geht. Die Gefühle kommen, wann sie wollen – sie kommen nicht immer. Nicht für den *lendri,* nicht für den Raben. So habe ich zum Beispiel keine Ahnung, was Holly und den anderen zustößt. Es mag gut oder schlecht sein. Aber irgend etwas versetzt mich deinetwegen in Schrecken, Hazel – du bist es, nicht einer von den anderen. Du bist ganz allein scharf und klar wie ein toter Zweig gegen den Himmel abgezeichnet.«

»Nun, wenn du meinst, du könntest nur für mich und für keinen anderen Schwierigkeiten sehen, sag es ihnen, und ich überlasse es ihnen, zu entscheiden, ob ich mich heraushalten soll. Aber das würde mich eine Menge kosten, Fiver, weißt du? Selbst wenn dein Wort dahintersteht, muß man glauben, daß ich Angst habe.«

»Nun, meiner Meinung nach ist es nicht das Risiko wert, Hazel. Warum wartest du nicht ab, bis Holly zurückkommt? Das ist alles, was wir tun müssen.«

»Ich werde der Dumme sein, wenn ich auf Holly warte. Begreifst du nicht, daß es nur besonders darauf ankommt, die Weibchen hier zu haben, wenn er zurückkehrt? Aber Fiver, ich will dir was sagen. Ich traue dir in so hohem Maße, daß ich ganz besonders vorsichtig sein werde. Ich werde nicht selber in den Farmhof gehen. Ich bleibe draußen, am oberen Ende des Feldweges, und wenn das deinen Befürchtungen nicht halbwegs entgegenkommt, dann weiß ich nicht, was sonst.«

Fiver sagte nichts mehr, und Hazel beschäftigte sich in Gedanken mit dem Überfall und den Schwierigkeiten, die er voraussah, wenn es darum ging, die Stallhasen zu überreden, die Entfernung zum Gehege zurückzulegen.

Der nächste Tag war schön und trocken, mit einem frischen Wind, der die letzte Nässe wegtrocknete. Die Wolken rasten von Süden über den Kamm, wie damals an dem Maiabend, als Hazel zum ersten Mal auf die Hügel geklettert war. Aber jetzt waren sie höher und kleiner, bildeten schließlich einen Himmel voll Schäfchenwolken, der aussah wie ein Strand bei Ebbe. Hazel nahm Bigwig und Blackberry zum Rand der Böschung mit, von wo sie auf den kleinen Hügel von Nuthanger hinübersehen konnten. Er beschrieb den Hinweg und erklärte dann, wie man den Kaninchen-Verschlag finden konnte. Bigwig war in gehobener Stimmung. Der Wind und die Aussicht auf ein Unternehmen erregten ihn, und er verbrachte einige Zeit damit, vor Dandelion, Hawkbit und Speedwell so zu tun, als ob er eine Katze wäre, und ermutigte sie, ihn so realistisch wie möglich anzugreifen. Hazel, den die Unterhaltung mit Fiver etwas trübe gestimmt hatte, erholte sich, als er ihre Balgerei im Gras sah, und schloß sich ihnen sogar an, zuerst als Angreifer, dann als Katze, indem er genauso starrte und zitterte wie die gescheckte von Nuthanger.

»Ich werde ganz schön enttäuscht sein, wenn wir nach alldem auf keine Katze stoßen«, sagte Dandelion, als er darauf wartete, an die Reihe zu kommen, um zu einem gefallenen Buchenast zu rennen, ihn zweimal zu kratzen und wieder fortzuspringen. »Ich komme mir wie ein wirklich gefährliches Tier vor.«

»Du aufpassen, Miiister Dando«, sagte Kehaar, der im Gras in der Nähe auf Schneckenjagd war. »Miiister Pigwig, er macht euch denken, alles großer Spaß; macht euch tapfer. Katze, sie kein Spaß. Man sieht sie nicht, man hört sie nicht. Dann springen! Sie kommt.«

»Aber wir gehen nicht dahin, um zu fressen, Kehaar«, sagte Bigwig. »Das ist der große Unterschied. Wir werden nicht anhalten, um die ganze Zeit nach Katzen Ausschau zu halten.«

»Warum nicht die Katze fressen?« sagte Bluebell. »Oder eine zur Züchtung hierherbringen? Das müßte den Bestand im Gehege unglaublich verbessern.«

Hazel und Bigwig hatten beschlossen, daß der Überfall

kurz nach Einbruch der Dunkelheit, wenn es auf der Farm still wurde, ausgeführt werden sollte. Das bedeutete, daß sie die halbe Meile zu den am Rande liegenden Scheunen bei Sonnenuntergang zurücklegen konnten, statt das Durcheinander einer Nachtreise über ein Gelände, das nur Hazel kannte, zu riskieren. Sie konnten ihr Futter zwischen den Steckrüben stehlen, bis zum Dunkelwerden haltmachen und die kurze Entfernung zur Farm nach einer guten Rast zurücklegen. Dann – vorausgesetzt, sie konnten mit den Katzen fertig werden – würde genug Zeit bleiben, den Verschlag in Angriff zu nehmen; wohingegen sie, wenn sie zur Frühdämmerung ankämen, gegen die Zeit arbeiten müßten, bevor Menschen auf den Schauplatz kämen. Außerdem würden die Stallhasen erst am anderen Morgen vermißt werden.

»Und vergiß nicht«, sagte Hazel, »diese Kaninchen werden wahrscheinlich lange für den Weg bis zu den Hügeln brauchen. Wir werden Geduld mit ihnen haben müssen. Ich würde es lieber in der Dunkelheit machen, *elil* hin, *elil* her. Wir wollen nicht im hellen Tageslicht herumbummeln.«

»Wenn alle Stricke reißen«, sagte Bigwig, »können wir die Stallhasen zurücklassen und uns aus dem Staub machen. *Elil* nehmen den hintersten, nicht? Ich weiß, es klingt hart, aber wenn wir Schwierigkeiten bekommen, sollten wir unsere eigenen Kaninchen zuerst retten. Doch hoffen wir, daß das nicht passiert.«

Als sie aufbrechen wollten, war Fiver nirgends zu sehen. Hazel war erleichtert, denn er hatte gefürchtet, daß Fiver vielleicht etwas sagen würde, das auf ihre Stimmung drückte. Aber sie sahen sich nichts Schlimmerem gegenüber als Pipkins Enttäuschung darüber, daß er zurückgelassen wurde; und die wurde zerstreut, als Hazel ihm versicherte, daß der einzige Grund dafür sei, daß er seinen Anteil schon geleistet habe. Bluebell, Acorn und Pipkin kamen mit ihnen zum Fuß des Hügels und sahen ihnen lange nach.

Sie erreichten die Schuppen im Zwielicht nach Sonnenuntergang. Der sommerliche Einbruch der Nacht war von Eulen ungestört und so ruhig, daß sie deutlich das periodische, monotone »Tschag, tschag, tschag« einer Nachtigall in den fernen Wäldern hören konnten. Zwei Ratten zwischen den Rüben bleckten die Zähne, überlegten es sich aber und ließen sie in Frieden. Als sie gefressen hatten, ruhten sie bequem im Stroh aus, bis das Licht aus dem Westen ganz erlosch.

Kaninchen benennen die Sterne nicht, aber trotzdem war Hazel mit dem Anblick der aufgehenden Kapella vertraut; und er beobachtete sie jetzt, bis sie golden und hell am dunklen nordöstlichen Horizont rechts von der Farm stand. Als sie einen von ihm bestimmten Punkt neben einem kahlen Ast erreicht hatte, rüttelte er die anderen auf und führte sie den Hang zu den Ulmen hinauf. Nahe dem Gipfel schlüpfte er durch die Hecke und brachte sie auf den Feldweg.

Hazel hatte Bigwig schon von seinem Versprechen Fiver gegenüber erzählt, daß er sich nicht in Gefahr begeben werde; und Bigwig, der sich im Vergleich zu früher sehr verändert hatte, fand daran nichts auszusetzen.

»Wenn Fiver das sagt, dann tu es lieber, Hazel!« sagte er. »Auf jeden Fall kommt es uns gelegen. Du hältst dich außerhalb der Farm an einem sicheren Ort auf, und wir bringen dir die Kaninchen heraus; und dann übernimmst du wieder die Führung und bringst uns alle weg.« Was Hazel nicht erwähnt hatte, war, daß der Gedanke, er solle auf dem Feldweg bleiben, sein eigener Vorschlag war und daß

Fiver nur eingewilligt hatte, weil er ihn nicht überreden konnte, den Plan des Überfalls ganz und gar aufzugeben.

Sich unter einen abgefallenen Zweig am Rande des Feldweges duckend, beobachtete Hazel die anderen, als sie Bigwig zum Farmhof hinunter folgten. Sie gingen langsam, nach Kaninchenart – hopp, Schritt, Pause. Die Nacht war dunkel, und sie waren bald außer Sicht, obgleich er sie hören konnte, wie sie sich an der Seite der Scheune entlangbewegten. Er ließ sich nieder und wartete.

Bigwigs Hoffnungen auf einen Kampf wurden fast sofort erfüllt. Die Katze, auf die er stieß, als er das Ende der Scheune erreichte, war nicht Hazels gescheckte, sondern eine andere, rötlichgelb, schwarz und weiß (also ein Weibchen); eine dieser schlanken trottenden, sich schnell bewegenden, schwanzwedelnden Katzen, die im Regen auf Farm-Fenstersimsen sitzen oder an sonnigen Nachmittagen auf Säcken hocken und Wache halten. Sie kam flink um die Ecke der Scheune, sah die Kaninchen und blieb sofort stehen.

Ohne einen Augenblick zu zögern, ging Bigwig direkt auf sie zu, als handelte es sich um den Buchenast auf dem Hügel. Aber noch schneller als er stürzte Dandelion vor, kratzte sie und sprang weg. Als sie sich umdrehte, warf Bigwig sein volles Gewicht von der anderen Seite auf sie. Die Katze begann ein Handgemenge mit ihm, biß und kratzte, und Bigwig rollte über den Boden. Die anderen konnten ihn wie eine Katze fluchen hören und nach einem Halt suchen sehen. Dann senkte er einen Hinterlauf in die Flanke der Katze und schlug mehrere Male schnell rückwärts aus.

Jeder, der mit Katzen vertraut ist, weiß, daß sie auf einen entschlossenen Angreifer nicht besonders scharf sind. Ein Hund, der versucht, einer Katze gegenüber freundlich zu sein, kann sehr wohl für seine Bemühungen ein paar Kratzer abbekommen. Aber sollte derselbe Hund energisch auf sie losstürzen, so wird manch eine Katze den Angriff nicht erwidern. Die Farmkatze war durch die Schnelligkeit und die Wucht von Bigwigs Angriff verwirrt. Sie war kein Schwächling und ein guter Rattenfänger, aber sie hatte das Pech, einem entschlossenen Kämpfer gegenüberzustehen, der streitlustig war. Als sie aus Bigwigs Reichweite herauskrabbelte, knuffte Speedwell ihr ins Gesicht. Dies war der letzte Schlag; denn die verwundete Katze machte sich über den Hof davon und verschwand unter dem Zaun des Kuhstalls.

Bigwig blutete aus drei tiefen parallellaufenden Kratzern an der Innenseite des einen Hinterlaufes. Die anderen versammelten sich um ihn und lobten ihn, aber er fiel ihnen ins Wort, sah sich in dem dunklen Hof um und versuchte, sich zu orientieren.

»Los, los«, sagte er. »Und schnell, solange der Hund noch still ist. Der Schuppen, der Verschlag – wo geht es lang?«

Es war Hawkbit, der den kleinen Hof fand. Hazel war besorgt gewesen, die Schuppentür könnte vielleicht geschlossen sein, aber sie stand halb offen, und die fünf schlüpften einer nach dem anderen hinein. In der trüben Düsternis konnten sie den Verschlag nicht ausmachen, doch sie konnten die Kaninchen riechen und hören.

»Blackberry«, sagte Bigwig schnell, »du kommst mit mir und öffnest den Verschlag, ihr anderen drei paßt auf. Wenn noch eine Katze kommt, müßt ihr sie übernehmen.«

»Fein«, sagte Dandelion, »überlaß die nur uns.«

Bigwig und Blackberry fanden den Strohballen und kletterten auf die Bretter. Während sie das taten, sprach Boxwood sie aus dem Verschlag an.

»Wer ist da? Hazel-rah, bist du zurückgekommen?«

»Hazel-rah hat uns geschickt«, antwortete Blackberry. »Wir sind gekommen, dich herauszuholen. Wirst du mit uns kommen?«

Es trat eine Pause ein, und es entstand Bewegung im Heu, dann erwiderte Clover: »Ja, laß uns heraus.«

Blackberry schnupperte sich zur Drahttür hin und setzte sich auf, fuhr mit der Nase über den Rahmen, die Haspe und die Klampe. Er brauchte einige Zeit, bis er merkte, daß die Lederangeln weich genug waren, um durchgebissen zu werden. Dann entdeckte er jedoch, daß sie so glatt und dicht an dem Rahmen lagen, daß er sie nicht mit seinen Zähnen packen konnte. Mehrere Male versuchte er, einen Ansatz zu finden, und ließ sich schließlich verlegen auf seinem Gesäß nieder.

»Ich glaube nicht, daß mit dieser Tür etwas anzufangen ist«, sagte er. »Ich frage mich, ob es eine andere Möglichkeit gibt.«

In diesem Augenblick stellte Boxwood sich zufällig auf die Hinterläufe und stützte seine Vorderpfoten weiter oben gegen den Draht. Unter seinem Gewicht wurde die Tür leicht nach außen gedrückt, und die obere der beiden Lederangeln gab dort, wo der äußere Nagel sie am Verschlag hielt, geringfügig nach. Als Boxwood auf alle viere zurückfiel, sah Blackberry, daß die Angel sich verbogen hatte und aus dem Holz gehoben worden war.

»Versuch es jetzt«, sagte er zu Bigwig.

Bigwig setzte seine Zähne an der Angel an. Sie riß ein klein wenig ein.

»Bei Frith, das genügt«, sagte Blackberry genau wie der Herzog von Wellington bei Salamanca. »Wir brauchen bloß Zeit, das ist alles.«

Die Angel war gute Arbeit und gab erst nach, als sie noch

ausgiebiger an ihr gezerrt und gebissen hatten. Dandelion wurde nervös und gab zweimal falschen Alarm. Bigwig, der merkte, daß die Wachtposten durch das tatenlose Aufpassen und Warten völlig zermürbt waren, tauschte mit ihnen den Platz und schickte Speedwell hinauf, um Blackberry abzulösen. Als Dandelion und Speedwell endlich den Lederstreifen vom Nagel gezogen hatten, kam Bigwig wieder zum Verschlag zurück. Aber sie schienen einem Erfolg nicht viel näher. Wann immer eines der Kaninchen drinnen aufstand und seine Vorderpfoten gegen den oberen Teil des Drahtes stützte, drehte sich die Tür leicht um die Achse der Klampe und der unteren Angel. Aber die untere Angel riß nicht. Bigwig blies vor Ungeduld durch den Backenbart und holte Blackberry von der Schwelle zurück. »Was kann man tun?« fragte er. »Wir brauchen irgendeinen Zaubertrick, wie dieses Holzstück, das du in den Fluß geschoben hast.«

Blackberry musterte die Tür, als Boxwood von innen wieder dagegen stieß. Der senkrechte Teil des Rahmens drückte gegen den unteren Lederstreifen, aber er hielt glatt und fest, bot keinen Ansatzpunkt für die Zähne.

»Stoßt in die andere Richtung – von vorn«, sagte er. »Du stößt, Bigwig. Sag dem Kaninchen drinnen, es soll heruntergehen.«

Als Bigwig aufstand und den oberen Teil der Tür nach innen drückte, drehte sich der Rahmen sofort viel weiter als vorher, weil sich an der Außenseite unten keine Schwelle befand, um ihn anzuhalten. Die Lederangel drehte sich, und Bigwig verlor fast das Gleichgewicht. Wenn die Metallklampe nicht gewesen wäre, um die Drehbewegung aufzuhalten, wäre er tatsächlich in den Verschlag hineingefallen. Verblüfft sprang er knurrend zurück.

»Nun, du sagtest, Zauber, nicht wahr?« sagte Blackberry mit Befriedigung. »Mach's noch mal.«

Kein Lederstreifen, der von einem einzigen flachköpfigen Nagel an jedem Ende festgehalten wird, kann lange wiederholtem Drehen widerstehen. Bald war einer der beiden Nagelköpfe unter den durchgescheuerten Rändern nicht mehr zu sehen.

»Vorsicht jetzt«, sagte Blackberry. »Wenn er plötzlich nachgibt, fliegst du hin. Zieh ihn einfach mit den Zähnen ab.«

Zwei Minuten später hing die Tür allein an der Klampe. Clover stieß die Angelseite auf und kam heraus, hinter ihm Boxwood.

Wenn mehrere Lebewesen – ob Menschen oder Tiere – gemeinsam an der Überwindung eines Widerstands gearbeitet haben, folgt oft eine Pause – als fänden sie es angemessen, dem Gegner, der einen so guten Kampf geliefert hat, ihre Achtung zu erweisen. Der große Baum fällt splitternd und krachend und rauscht in einem Blätterregen zum endgültigen zitternden Aufprall auf den Boden hinunter. Dann sind die Waldarbeiter still und setzen sich nicht gleich. Nach Stunden ist die tiefe Schneewehe weggeräumt, und der Lastwagen ist bereit, die Männer aus der Kälte nach Hause zu bringen. Aber sie stehen noch eine Weile auf ihre Spaten gestützt und nicken nur ernst, wenn die Autofahrer Dank winkend vorbeikommen. Aus der verflixten Verschlagtür war nichts anderes geworden als ein Stück Drahtnetz, an einem aus vier Leisten gemachten Rahmen befestigt; und die Kaninchen saßen auf den Brettern, beschnüffelten und witterten sie, ohne zu reden. Nach einer kleinen Weile kamen die anderen beiden Insassen des Verschlages, Laurel und Haystack, zögernd heraus und sahen sich um.

»Wo ist Hazel-rah?« fragte Laurel.

»Nicht weit«, sagte Blackberry. »Er wartet auf dem Feldweg.«

»Was ist der Feldweg?«

»Der Feldweg?« sagte Blackberry überrascht. »Aber bestimmt –«

Er hielt inne, als ihm einfiel, daß diese Kaninchen weder Feldweg noch Farmhof kannten. Sie hatten nicht die geringste Vorstellung von ihrer unmittelbaren Umgebung. Er dachte darüber nach, was dies bedeuten konnte, als Bigwig sprach.

»Wir dürfen hier nicht wartend herumstehen«, sagte er. »Folgt mir alle.«

»Aber wohin?« fragte Boxwood.

»Na, hinaus natürlich«, sagte Bigwig ungeduldig.

Boxwood sah sich um. »Ich weiß nicht –«, begann er.

»Nun, aber ich«, sagte Bigwig. »Kommt nur mit. Um alles andere braucht ihr euch nicht zu kümmern.«

Die Stallhasen sahen sich verwirrt an. Es war offensichtlich, daß sie vor dem großen hochfahrenden Rammler mit seinem eigenartigen Fellschopf und seinem Geruch nach frischem Blut Angst hatten. Sie wußten nicht, was sie tun sollten oder was von ihnen erwartet wurde. Sie erinnerten sich an Hazel; sie waren von dem Aufbrechen der Tür erregt gewesen und neugierig, hindurchzugehen, nachdem sie einmal offen war. Sonst aber hatten sie keinen Plan und keinerlei Mittel, einen zu entwickeln. Sie hatten nicht mehr Vorstellung, was damit verknüpft war, als ein kleines Kind, das sagt, es werde die Bergsteiger den Felsen hinaufbegleiten.

Blackberry sank das Herz. Was sollte er mit ihnen tun? Sich selbst überlassen, würden sie langsam um den Schuppen und im Hof herumhopsen, bis die Katzen sie erwischten. Aus eigenem Antrieb konnten sie ebensowenig zu den Hügeln rennen wie zum Mond fliegen. Gab es keine einfache, leicht verständliche Idee, die sie – oder wenigstens einige von ihnen – in Bewegung setzen würde? Er wandte sich an Clover.

»Ich nehme nicht an, daß ihr jemals bei Nacht Gras gefressen habt«, sagte er. »Es schmeckt viel besser als am Tage. Gehen wir alle und fressen ein bißchen, ja?«

»O ja«, sagte Clover, »das könnte mir gefallen. Aber wird es auch sicher sein? Wir haben alle große Angst vor den Katzen, weißt du? Sie kommen manchmal und starren uns durch den Draht an, und wir erzittern.«

Das zeigte wenigstens den Ansatz von gesundem Kaninchenverstand, dachte Blackberry.

»Das große Kaninchen nimmt es mit jeder Katze auf«, erwiderte er. »Er hat auf dem Weg hierher heute nacht beinahe eine umgebracht.«

»Und er möchte mit keiner mehr kämpfen, wenn er es vermeiden kann«, sagte Bigwig schnell. »Wenn ihr also beim Mondlicht Gras fressen wollt, dann gehen wir dahin, wo Hazel auf uns wartet.«

Als Bigwig in den Hof voranging, konnte er die Gestalt der vom Holzhaufen aus lauernden Katze ausmachen, die er geschlagen hatte. Nach Art aller Katzen war sie von den Kaninchen fasziniert und konnte sie nicht in Ruhe lassen, aber offenbar verspürte sie keine Neigung nach einem weiteren Kampf, und als sie den Hof überquerten, blieb sie, wo sie war.

Das Tempo war erschreckend langsam. Boxwood und Rover schienen begriffen zu haben, daß eine Art Dringlichkeit bestand, und taten offenbar alles, um Schritt zu halten, aber die anderen beiden Kaninchen setzten sich, nachdem sie einmal in den Hof gehopst waren, auf und sahen sich albern und in völligem Unverständnis um. Nach reichlicher Verzögerung, während welcher die Katze vom Holzhaufen heruntersprang und sich in aller Heimlichkeit auf die Seite des Schuppens zubewegte, gelang es Blackberry, sie in den Farmhof hinauszubringen. Aber hier, wo sie sich an einem noch ungeschützten Ort befanden, ließen sie sich in einer Art Gleichgewichtsstörung nieder, wie sie manchmal unerfahrene Bergsteiger befällt, die sich einer senkrechten Wand gegenübersehen. Sie konnten sich nicht bewegen, sondern saßen blinzelnd und in die Dunkelheit starrend da, nahmen keine Notiz von Blackberrys gutem Zureden oder Bigwigs Befehlen. In diesem Augenblick kam eine zweite Katze – Hazels gescheckte – um das andere Ende des Farmhauses herum und ging auf sie zu. Als sie an der Hundehütte vorbeikam, erwachte der Neufundländer und setzte sich auf, schob Kopf und Schultern hinaus und blickte zuerst nach der einen, dann nach der anderen Seite. Er sah die Kaninchen, rannte, soweit sein Strick reichte, und begann zu bellen.

»Kommt!« sagte Bigwig. »Wir können nicht hierbleiben. Den Feldweg hinauf, alle, und schnell!« Blackberry, Speedwell und Hawkbit rannten sofort los und nahmen Boxwood und Clover mit in die Dunkelheit unter der Scheune. Dandelion blieb neben Haystack, bat sie inständig, sich zu bewegen, und erwartete jeden Augenblick, die Katzenpfote in seinem Rücken zu fühlen. Bigwig sprang zu ihm hinüber.

»Dandelion«, sagte er ihm ins Ohr, »verschwinde, wenn du nicht getötet werden willst!«

»Aber die –«, begann Dandelion.

»Tu, was ich dir sage!« befahl Bigwig. Der Lärm des Hundegebells war schrecklich, und er selbst war einer Panik nahe. Dandelion zögerte noch einen Augenblick. Dann verließ er Haystack und raste den Feldweg neben Bigwig hinauf.

Sie fanden die anderen um Hazel versammelt unter der Böschung. Boxwood und Clover zitterten und schienen erschöpft. Hazel redete beruhigend auf sie ein, brach aber dann ab, als Bigwig aus dem Dunkel auftauchte. Der Hund hörte auf zu bellen, und es herrschte Ruhe.

»Wir sind alle da«, sagte Bigwig. »Sollen wir gehen, Hazel?«

»Aber es waren vier Stallhasen«, sagte Hazel. »Wo sind die anderen beiden?«

»Im Farmhof«, sagte Blackberry. »Wir konnten nichts mit ihnen anfangen, und dann begann der Hund zu bellen.«

»Ja, ich hörte es, sie sind also frei?«

»Die werden bald noch viel freier sein«, sagte Bigwig zornig. »Die Katzen sind da.«

»Warum hast du sie dann zurückgelassen?«

»Weil sie sich nicht rühren wollten. Es war schon schlimm genug, ehe der Hund anfing.«

»Ist der Hund angebunden?« fragte Hazel.

»Ja, er ist angebunden. Aber erwartest du von einem Kaninchen, ein paar Meter von einem bösen Hund entfernt die Stellung zu behaupten?«

»Nein, natürlich nicht«, erwiderte Hazel. »Du hast Wunder bewirkt, Bigwig. Sie haben mir, gerade bevor du kamst, erzählt, daß du eine der Katzen derart verhauen hast, daß sie sich nicht traute, zurückzukommen, um noch mehr Dresche zu beziehen. Jetzt hör zu, glaubst du, daß du zusammen mit Blackberry, Speedwell und Hawkbit diese beiden Kaninchen zum Gehege bringen kannst? Ich fürchte, du wirst beinahe die ganze Nacht dazu brauchen. Sie können nicht sehr schnell gehen, und du wirst Geduld mit ihnen haben müssen. Dandelion, du kommst mit mir, ja?«

»Wohin, Hazel-rah?«

»Die anderen beiden holen«, sagte Hazel. »Du bist der

Schnellste, es wird also nicht gefährlich für dich sein, nicht wahr? Und jetzt lungere nicht herum, Bigwig, sei ein guter Junge. Auf Wiedersehen, bis morgen.«

Ehe Bigwig etwas erwidern konnte, war Hazel unter den Ulmen verschwunden. Dandelion blieb, wo er war, sah Bigwig unsicher an.

»Wirst du tun, was er sagt?« fragte Bigwig.

»Und du?« erwiderte Dandelion.

Bigwig brauchte nur einen Augenblick, um sich darüber klarzuwerden, daß ein totales Chaos ausbrechen würde, wenn er erklärte, er würde nicht tun, was Hazel sagte. Er konnte nicht alle anderen zur Farm zurückbringen, und er konnte sie nicht allein lassen. Er murmelte etwas, Hazel sei doch verdammt zu klug, schubste Hawkbit von einer Gänsedistel weg, an der er knabberte, und führte seine fünf Kaninchen über die Böschung ins Feld. Dandelion, allein gelassen, ging Hazel in den Farmhof nach.

Als er an der Scheunenseite entlangging, konnte er Hazel im Freien nahe dem Weibchen Haystack hören. Keiner der beiden Stallhasen hatte sich von der Stelle gerührt, wo er und Bigwig sie verlassen hatten. Der Hund war in seine Hütte zurückgegangen; aber obgleich er nicht zu sehen war, spürte Dandelion, daß er wach und wachsam war. Er kam vorsichtig aus dem Schatten heraus und ging auf Hazel zu.

»Ich habe gerade mit Haystack hier geplaudert«, sagte Hazel. »Ich habe erklärt, daß wir eine kleine Strecke zu gehen haben. Glaubst du, du könntest zu Laurel hinüberhopsen und ihn dazu bringen, sich uns anzuschließen?«

Er sprach beinahe fröhlich und unbekümmert, aber Dandelion konnte seine aufgerissenen Augen und das leichte Zittern seiner Vorderpfoten sehen. Er selbst bemerkte jetzt etwas Sonderbares – eine Art Leuchten – in der Luft. Es schien ein merkwürdiges Vibrieren irgendwo in der Ferne zu sein. Er blickte sich nach den Katzen um und sah, wie befürchtet, daß beide ein bißchen abseits vor dem Farmhaus hockten. Ihr Zögern, näher zu kommen, konnte Bigwig zugeschrieben werden, aber sie gingen nicht weg. Dandelion blickte zu ihnen über den Hof und wurde plötzlich von Schrecken gepackt.

»Hazel!« flüsterte er. »Die Katzen! Lieber Frith, warum funkeln ihre Augen so grün? Schau!«

Hazel setzte sich schnell auf, und gleichzeitig sprang Dandelion entsetzt zurück, denn Hazels Augen funkelten in der Dunkelheit in einem glühenden, tiefen Rot. Im selben Augenblick wurde das brummende Vibrieren lauter und übertönte das Rauschen der nächtlichen Brise in den Ulmen. Dann saßen alle vier Kaninchen, durch das plötzliche, blendende Licht, das sich wie ein Wolkenbruch über sie ergoß, wie versteinert da. Ihr Instinkt war von diesem furchtbaren Glanz wie betäubt. Der Hund bellte und wurde wieder still. Dandelion versuchte, sich zu bewegen, konnte aber nicht. Die schreckliche Helle schien ihm ins Gehirn zu dringen.

Der Wagen, der den Feldweg und über die Bergkuppe unter den Ulmen heraufgekommen war, fuhr noch ein paar Meter weiter und hielt.

»Lucys Kaninchen sind raus, schau!«

»Ah, bring sie schnellstens wieder zurück. Laß die Scheinwerfer an!«

Das Geräusch von Männerstimmen von irgendwo hinter dem grellen Licht brachte Hazel wieder zur Besinnung. Er konnte zwar nicht sehen, aber seinem Gehör oder seiner Nase war, wie er merkte, nichts geschehen. Er schloß die Augen und wußte sofort, wo er war.

»Dandelion! Haystack! Schließt eure Augen und lauft«, sagte er. Einen Augenblick später roch er die Flechte und die kühle Feuchtigkeit eines der Reitelsteine. Er befand sich unter der Scheune. Dandelion war neben ihm und ein bißchen weiter weg Haystack. Draußen scharrten und knirschten die Männerstiefel über die Steine.

»So ist's recht. Geh rum und hinterher.«

»Er wird nicht weit kommen!«

»Fang ihn dann ein!«

Hazel ging zu Haystack hinüber. »Ich fürchte, wir werden Laurel zurücklassen müssen«, sagte er. »Folge mir nur.«

Sich unter dem erhöhten Boden der Scheune haltend, flitzten alle drei zu den Ulmen hinüber. Die Männerstimmen blieben zurück. Als sie ins Gras nahe dem Feldweg hinauskamen, fanden sie die Dunkelheit hinter den Scheinwerfern voll von Auspuffgasen – ein feindlicher, erstickender Geruch, der ihre Verwirrung noch vergrößerte. Haystack setzte sich wieder hin und konnte nicht bewogen werden weiterzugehen.

»Sollten wir sie nicht hierlassen, Hazel-rah?« fragte Dandelion. »Schließlich werden ihr die Männer nichts tun – sie haben Laurel gefangen und ihn in den Verschlag zurückgebracht.«

»Wenn es ein Rammler wäre, würde ich ja sagen«, meinte Hazel. »Aber wir brauchen dieses Weibchen. Deshalb sind wir ja hergekommen.«

In diesem Augenblick witterten sie den Geruch von weißen Stengeln und hörten die Männer in den Farmhof zurückkehren. Man vernahm ein metallisches Geräusch, als sie im Wagen herumstöberten. Der Klang schien Haystack aufzurütteln. Sie sah sich nach Dandelion um.

»Ich möchte nicht in den Verschlag zurück«, sagte sie.

»Bist du sicher?« fragte Dandelion.

»Ja. Ich gehe mit dir.«

Dandelion drehte sich sofort zur Hecke um. Erst als er sie durchquert und den Graben dahinter erreicht hatte, merkte er, daß er sich auf der gegenüberliegenden Seite des Feldweges befand statt auf derjenigen, auf der sie sich zuerst genähert hatten. Er war in einem fremden Graben. Allerdings schien das nicht beunruhigend zu sein – der Graben führte den Hang hinunter, und das war der Heimweg. Langsam ging er ihn entlang und wartete darauf, daß Hazel sich anschlösse.

Hazel hatte den Feldweg ein paar Augenblicke nach Dandelion und Haystack überquert. Hinter sich hörte er, daß die Männer sich von dem *hrududu* entfernten. Als er die Böschung oben erreichte, strich der Strahl einer Taschenlampe über den Feldweg und machte seine roten Augen und seinen weißen, in der Hecke verschwindenden Schwanz aus.

»Da is'n wildes Kaninchen, schau!«

»Ah! Schätze, der Rest von unsern ist nicht weit weg. Werd' mal nachsehen.«

Im Graben überholte Hazel Haystack und Dandelion unter einem Dornengestrüpp.

»Weiter, weiter, schnell, wenn du kannst«, sagte er zu Haystack. »Die Männer sind genau hinter uns.«

»Wir können nicht weiter, Hazel«, sagte Dandelion, »ohne den Graben zu verlassen. Er ist blockiert.«

Hazel schnupperte voraus. Unmittelbar hinter dem Dorngestrüpp war der Graben mit einem Haufen Erde, Unkraut und Abfällen zugeschüttet. Sie würden ins Freie müssen. Schon hatten die Männer die Böschung überquert, und die Taschenlampe flimmerte an der Hecke auf und ab und durch die Dornenbüsche über ihren Köpfen. Dann vibrierten nur ein paar Meter entfernt Schritte am Grabenrand entlang. Hazel wandte sich an Dandelion.

»Hör zu«, sagte er, »ich renne jetzt über die Ecke des Feldes, von diesem Graben zum anderen, so daß sie mich sehen. Sie werden sicher versuchen, dieses Licht auf mich zu richten. Während sie das tun, kletterst du mit Haystack auf die Böschung, und ihr lauft über den Feldweg zu dem Steckrüben-Schuppen hinunter. Ihr könnt euch dort verstecken, und ich komme euch nach. Fertig?«

Es war keine Zeit für eine Widerrede. Einen Augenblick später brach Hazel beinahe unter den Füßen der Männer auf und rannte über das Feld.

»Da läuft es!«

»Halt die Taschenlampe drauf. Hübsch ruhig!«

Dandelion und Haystack krabbelten über die Böschung und ließen sich auf den Feldweg fallen. Hazel, den Strahl der Taschenlampe hinter sich, hatte den anderen Graben fast erreicht, als er einen harten Schlag an einem seiner Hinterläufe und einen heißen, stechenden Schmerz an der Seite fühlte. Der Knall der Patrone erklang einen Augenblick später. Als er, sich überschlagend, in einen Nesselhaufen auf dem Boden des Grabens fiel, erinnerte er sich lebhaft an den Geruch von Bohnenblüten bei Sonnenuntergang. Er hatte nicht gewußt, daß die Männer ein Gewehr hatten.

Hazel kroch durch die Nesseln und zog sein verwundetes Bein nach. In wenigen Augenblicken würden die Männer ihre Taschenlampen auf ihn richten und ihn schnappen. Er stolperte an der Innenwand des Grabens entlang und fühlte, wie ihm das Blut über die Pfote floß. Plötzlich wurde er sich eines Luftzugs an einer Seite seiner Nase, eines Geruchs nach etwas Feuchtem, Verfaultem und eines hohlen, widerhallenden Geräusches direkt an seinem Ohr bewußt. Er befand sich neben der Mündung eines Abzugskanals, der sich in den Graben leerte – ein glatter, kalter Tunnel, schmaler als ein Kaninchenloch, aber doch weit genug. Die

Ohren flach an den Kopf gedrückt und den Bauch an den nassen Boden gepreßt, kroch er hinauf, einen kleinen Haufen dünnen Schmutzes vor sich herstoßend, und lag still, als er den dumpfen Schritt sich nähernder Stiefel spürte.

»Ich weiß nicht genau, ob du es getroffen hast oder nicht.«

»Na, ich hab' schon eins getroffen. Dis is' Blut da unten, siehst du?«

»Ach, dis bedeutet noch nichts. Es kann inzwischen schon weit fort sein. Schätze, du hast es verfehlt.«

»Ich schätze, es is' in diesen Nesseln.«

»Dann sieh nach.«

»Nein, is' es nicht.«

»Nun, wir könn' nicht die halbe verdammte Nacht hier rumsuchen. Mußten sie fangen, als sie aus 'm Verschlag kamen. Hättest nicht schießen sollen, John. Hast sie verschreckt, nich'? Kannst morgen noch mal suchen, ob es hier is'.«

Schweigen trat ein, aber Hazel lag immer noch bewegungslos in der flüsternden Kälte des Tunnels. Eine kalte Mattigkeit überfiel ihn, und er versank in eine träumende, träge Betäubung voller Krämpfe und Schmerz. Nach einer Weile begann ein Blutfaden über den Rand des Abzugsrohres in den zertrampelten, verlassenen Graben zu tröpfeln.

Bigwig, der dicht bei Blackberry im Stroh des Viehstalls hockte, sprang beim Geräusch des Schusses auf und floh zweihundert Meter den Feldweg hinauf. Er zügelte sich und wandte sich an die anderen.

»Rennt nicht!« sagte er schnell. »Wohin wollt ihr denn rennen? Hier sind keine Löcher.«

»Weg vom Gewehr«, erwiderte Blackberry mit aufgerissenen Augen.

»Warte!« sagte Bigwig horchend. »Sie laufen über den Feldweg. Könnt ihr sie nicht hören?«

»Ich kann nur zwei Kaninchen hören«, antwortete Blackberry nach einer Pause, »und eines klingt sehr erschöpft.«

Sie sahen sich an und warteten. Dann stand Bigwig wieder auf.

»Bleibt alle hier«, sagte er. »Ich gehe und hole sie herein.«

Draußen am Randstreifen fand er Dandelion, der die hinkende und verausgabte Haystack antrieb.

»Kommt schnell hier herein«, sagte Bigwig. »Um Friths willen, wo ist Hazel?«

»Die Männer haben ihn erschossen«, antwortete Dandelion.

Sie erreichten die anderen fünf Kaninchen im Stroh. Dandelion wartete ihre Fragen nicht ab.

»Sie haben Hazel erschossen«, sagte er. »Sie haben diesen Laurel gefangen und in den Verschlag zurückgebracht. Dann folgten sie uns. Wir drei waren am Ende eines blokkierten Grabens. Hazel ging aus eigenem Antrieb hinaus, um ihre Aufmerksamkeit abzulenken, während wir entwischten. Aber wir wußten nicht, daß sie ein Gewehr hatten.«

»Bist du sicher, daß sie ihn getötet haben?« fragte Speedwell.

»Ich habe nicht direkt gesehen, daß er getroffen wurde, aber sie waren ganz dicht hinter ihm.«

»Warten wir lieber«, sagte Bigwig.

Sie warteten lange. Schließlich liefen Dandelion und Bigwig vorsichtig den Feldweg zurück. Sie fanden den Boden des Grabens zertrampelt und voller Blutspuren und kehrten zurück, um es den anderen zu erzählen.

Der Rückweg mit den drei hinkenden Stallhasen dauerte mehr als zwei beschwerliche Stunden. Alle waren niedergeschlagen und elend. Als sie endlich den Fuß des Hügellandes erreichten, bat Bigwig Blackberry, Speedwell und Hawkbit, sie zu verlassen und ins Gehege weiterzugehen. Sie näherten sich dem Gehölz gerade im ersten Licht, und ein Kaninchen rannte ihnen durchs nasse Gras entgegen. Es war Fiver. Blackberry blieb neben ihm stehen, während die anderen beiden schweigend weitergingen.

»Fiver«, sagte er, »schlechte Nachrichten. Hazel –«

»Ich weiß«, erwiderte Fiver. »Nun weiß ich es.«

»Wieso?« fragte Blackberry überrascht.

»Als ihr eben durch das Gras kamt«, sagte Fiver sehr leise, »war ein viertes Kaninchen hinter euch, hinkend und blutbedeckt. Ich rannte hin, um zu sehen, wer es war, und dann wart nur ihr drei nebeneinander da.«

Er verstummte und blickte über die Hügel hinüber, als wollte er immer noch das blutende Kaninchen suchen, das im Halblicht verschwunden war. Dann, als Blackbeny nichts mehr sagte, fragte er:

»Weißt du, was passiert ist?«

Als Blackberry seinen Bericht erstattet hatte, kehrte Fiver ins Gehege zurück und ging in seinen leeren Bau hinunter. Etwas später brachte Bigwig die Stallhasen den Hügel herauf und rief sofort alle in der Honigwabe zusammen. Fiver erschien nicht.

Es war ein trostloses Willkommen für die Fremden. Nicht einmal Bluebell fand ein freundliches Wort. Dandelion war untröstlich, wenn er daran dachte, daß er Hazel hätte davon abhalten können, aus dem Graben auszubrechen. Das Treffen ging in ödem Schweigen und einem halbherzigen *silflay* zu Ende.

Am späten Vormittag kam Holly ins Gehege gehinkt.

Von seinen drei Begleitern war nur Silver munter und unversehrt. Buckthorn war im Gesicht verwundet, und Strawberry zitterte und war offensichtlich krank vor Erschöpfung. Sie hatten keine anderen Kaninchen bei sich.

# 26. Fiver

Auf dieser furchtbaren Reise, nachdem der Shaman durch dunkle Wälder und über große Bergketten gewandert ist, . . . erreicht er eine Öffnung im Boden. Die schwierigste Phase des Abenteuers beginnt jetzt. Die Tiefen der Unterwelt öffnen sich vor ihm.

Uno Harva, zitiert von Joseph Campbell in
*The Hero with a Thousand Faces*

Fiver hatte sich auf dem Boden des Baus ausgestreckt. Die Downs lagen immer noch in der starken, hellen Nachmittagshitze. Tau und Sommerfäden waren früh von den Gräsern getrocknet, und die Finken vom Vormittag waren in Schweigen versunken. Über der weiten Fläche des borstigen Rasens zitterte die Luft. Auf dem Fußpfad, der an dem Gehege vorbeiführte, rieselten und glitzerten helle Lichtfäden wie Wasser – eine Luftspiegelung – über sehr kurzes, sehr weiches Gras. Aus der Ferne schienen die Bäume am Rande des Buchenhanges voll großer dichter Schatten, undurchdringlich für das geblendete Auge. Das einzige Geräusch war das »Zip, zip« der Heuschrecken, der einzige Geruch der nach warmem Thymian.

Im Bau schlief Fiver und erwachte durch die Hitze des Tages in unbehaglichem Gefühl, fuchtelte herum und kratzte sich, als die letzten Spuren von Feuchtigkeit aus der Erde über ihm austrockneten. Einmal, als pulverige Erde vom Dach herunterrieselte, sprang er aus dem Schlaf auf und war schon in der Mündung des Laufes, ehe er zu sich kam und an seinen Platz zurückkehrte. Jedesmal, wenn er erwachte, erinnerte er sich an Hazels Fehlen und erlitt wieder die Qual der Erkenntnis, die ihn durchbohrt hatte, als das schattenhafte, hinkende Kaninchen im ersten Morgenlicht auf dem Hügelland verschwunden war. Wo war dieses Kaninchen jetzt? Wohin war es gegangen? Er begann, ihm auf den verschlungenen Pfaden seiner Gedanken über die kalte, taunasse Hügelkette und in den Frühnebel der darunterliegenden Wiesen zu folgen.

Der Nebel wirbelte um Fiver, als er durch Disteln und Nesseln kroch. Jetzt konnte er das hinkende Kaninchen vor sich nicht mehr sehen. Er war allein und hatte Angst und nahm doch alte, vertraute Geräusche und Gerüche wahr – die des Geländes, wo er geboren war. Das dichte Unkraut des Sommers war verschwunden. Er befand sich unter den kahlen Eschenästen und dem blühenden Schlehdorn des März. Er überquerte den Bach, ging den Hang hinauf zum Feldweg, zu der Stelle, wo Hazel und er auf die Anschlagtafel gestoßen waren. Ob die Tafel noch da war? Er blickte furchtsam den Hang hinauf. Die Sicht war vom Nebel verhangen, aber als er dem Gipfel näher kam, sah er einen Mann mit einem Haufen Werkzeugen beschäftigt – einem Spaten, einem Strick und anderen, kleineren Geräten, deren Verwendungszweck er nicht kannte. Die Anschlagtafel lag auf dem Boden. Sie war kleiner, als er sie in Erinnerung hatte, und an einem einfachen, langen viereckigen Pfosten befestigt, der am unteren Ende spitz zulief, um in die Erde gesteckt zu werden. Die Oberfläche der Tafel war weiß, genau, wie er es vorher gesehen hatte, und bedeckt mit scharfen schwarzen Linien wie Stöcke. Fiver kam zögernd den Hang hinauf und blieb dicht neben dem Mann stehen, der in ein tiefes, enges, zu seinen Füßen in den Boden gegrabenes Loch hinunterblickte. Der Mann drehte sich zu Fiver mit jener Liebenswürdigkeit um, die ein Ungeheuer seinem Opfer gegenüber zu zeigen pflegt, von dem beide wissen, daß er es töten und fressen wird, sobald es ihm paßt.

»Ha? Und was tue ich hier, hm?« fragte der Mann.

»Was tust du wirklich?« antwortete Fiver glotzend und vor Angst zuckend.

»Ich stell' die Anschlagtafel hier auf«, sagte der Mann. »Und ich nehm' an, du willst wissen, weshalb, hä?«

»Ja«, flüsterte Fiver.

»Es is' für den alten Hazel«, sagte der Mann. »Nur, wie es is', müssen wir ein bißchen 'ne Mitteilung aufstellen, seinetwegen, siehste? Und was glaubst du wohl, sagt sie, hä?«

»Ich weiß nicht«, erwiderte Fiver. »Wie – kann eine Tafel überhaupt etwas sagen?«

»Tja, aber sie tut's, siehste?« antwortete der Mann. »Da wissen wir was, was du nicht weißt. Deshalb bringen wir euch um, wenn es uns paßt. Jetzt mußte dir diese Tafel da genau ansehn, und dann wirste wahrscheinlich mehr wissen, als was de jetzt weißt.«

In dem fahlen, nebligen Zwielicht starrte Fiver die Tafel an. Als er hinstarrte, flimmerten die schwarzen Stöcke auf der weißen Oberfläche. Sie hoben ihre scharfen, keilförmigen kleinen Köpfe und plapperten miteinander wie ein Nest voll junger Wiesel. Der Ton, spöttisch und grausam, drang schwach an seine Ohren, wie durch Sand oder einen Sack gedämpft. »Zum Andenken an Hazel-rah! Zum Andenken an Hazel-rah! Zum Andenken an Hazel-rah! Ha ha ha ha ha!«

»Nun, das hätten wir, siehste?« sagte der Mann. »Und ich muß ihn an dieser Tafel hier aufhängen. Das heißt, sobald ich sie richtig aufgestellt hab'. Genau wie du hängen würdest, Tölpel. Ah! Ich werd' ihn aufhängen.«

»Nein!« rief Fiver. »Nein, das wirst du nicht!«

»Bloß, daß ich ihn nich' hab'«, fuhr der Mann fort. »Deshalb kann ich's nicht, Ich kann ihn nich' aufhängen, weil er in das verdammte Loch hinunter is', da is' er hin. Er is' das verdammte Loch hinunter, genau als ich ihn gesehen hatt' und so was alles, und ich kann ihn nicht rauskriegen.«

Fiver kroch bis zu den Stiefeln des Mannes hin und guckte in das Loch. Es war rund, ein Zylinder aus gebrannter Töpferware, der senkrecht im Boden verschwand. Er rief: »Hazel! Hazel!« Tief unten im Loch bewegte sich etwas, und er wollte schon wieder rufen, da bückte sich der Mann und schlug ihn zwischen die Ohren.

Fiver zappelte in einer dichten Wolke von weicher, pudriger Erde. Jemand sagte: »Ruhig, Fiver, ruhig!« Er setzte sich auf. Erde war in seinen Augen, Ohren und Nüstern. Er konnte nicht riechen. Er schüttelte sich und sagte: »Wer ist da?«

»Blackberry. Ich wollte sehen, wie es dir geht. Es ist alles in Ordnung; ein bißchen vom Dach ist herabgefallen, das ist alles. Es hat heute Einstürze im ganzen Gehege gegeben – es ist die Hitze. Auf jeden Fall hat es dich aus einem bösen Traum geweckt, wenn mich nicht alles trügt. Du hast um dich geschlagen und nach Hazel gerufen. Armer Fiver! Wie traurig, daß das passieren mußte! Wir müssen es, so gut wir können, tragen. Wir müssen alle eines Tages aufhören zu rennen. Man sagt, Frith kenne alle Kaninchen, jedes einzelne.«

»Ist es Abend?« fragte Fiver.

»Noch nicht, nein. Aber es ist gut nach *ni-Frith*. Holly und die anderen sind zurückgekommen. Strawberry ist sehr krank, und sie haben keine Weibchen mit – nicht eines. Alles ist so schlimm, wie es nur sein kann. Holly schläft noch – er war völlig erschöpft. Er sagte, er werde uns heute abend berichten, was passiert ist. Als wir von dem armen Hazel erzählten, sagte er – Fiver, du hörst ja gar nicht zu. Ich nehme an, dir wäre es lieber, wenn ich still wäre.«

»Blackberry«, sagte Fiver, »kennst du die Stelle, wo Hazel erschossen wurde?«

»Ja, Bigwig und ich sahen uns den Graben an, ehe wir fortgingen. Aber du darfst nicht –«

»Könntest du jetzt mit mir hingehen?«

»Zurück? O nein. Es ist ein langer Weg, Fiver, und was würde es nützen? Das Risiko und diese furchtbare Hitze, und du würdest dich nur unglücklich machen.«

»Hazel ist nicht tot«, sagte Fiver.

»Doch, die Männer brachten ihn weg. Fiver, ich habe das Blut gesehen.«

»Ja, aber du hast nicht Hazel gesehen, weil er nicht tot ist, Blackberry. Du mußt tun, worum ich dich bitte!«

»Du verlangst zuviel.«

»Dann werde ich allein gehen müssen. Aber was ich dich zu tun bitte, ist, mitzukommen und Hazels Leben zu retten.«

Als Blackberry schließlich widerwillig nachgegeben hatte und sie sich den Hügel hinunter auf den Weg machten, lief Fiver fast so schnell, als renne er in Deckung. Immer wieder drängte er Blackberry, sich zu beeilen. Die Wiesen lagen leer in dem grellen Licht. Jedes Geschöpf, das größer als ein Brummer war, suchte Schutz vor der Hitze. Als sie die Außenschuppen neben dem Feldweg erreichten, erklärte Blackberry, wie er und Bigwig zurückgegangen waren, um zu suchen, aber Fiver unterbrach ihn.

»Wir müssen den Hang hinauf, das weiß ich, aber du mußt mir den Graben zeigen.«

Die Ulmen waren still – nicht der geringste Ton in den

Blättern. Der Graben war voll von Wiesenkerbel, Schierling und langen Schweifen grünblühender Zaunrüben. Blackberry ging zu dem zertrampelten Nesselpfad voran, und Fiver saß still zwischen den Pflanzen, schnupperte und blickte sich schweigend um. Blackberry beobachtete ihn unglücklich. Ein leiser Windhauch stahl sich über die Wiesen, und eine Amsel begann von irgendwo hinter den Ulmen zu singen. Endlich bewegte sich Fiver über den Grabenboden. Die Insekten summten ihm um die Ohren, und plötzlich flog von einem vorstehenden Stein eine kleine Wolke aufgeschreckter Fliegen auf. Nein, kein Stein. Es war glatt und regelmäßig – eine kreisrunde Schnauze aus Steingut. Die braune Mündung eines Abflußrohrs, am unteren Rand durch einen dünnen, trockenen Blutfaden schwarz gefärbt: Kaninchenblut.

»Das blutige Loch!« flüsterte Fiver. »Das blutige Loch!«

Er blickte in die dunkle Öffnung. Sie war blockiert. Blockiert von einem Kaninchen. Das konnte man deutlich riechen. Ein Kaninchen, dessen schwacher Puls in dem verschlossenen Tunnel gerade noch zu hören war. »Hazel?« fragte Fiver.

Blackberry war sofort neben ihm. »Was ist, Fiver?«

»Hazel ist in diesem Loch«, sagte Fiver, »und er lebt.«

# 27. »Du kannst es dir nicht vorstellen, wenn du nicht dagewesen bist«

My Godda bless, never I see sucha people.
Signor Piozzi, zitiert von Cecilia Thrale

In der Honigwabe warteten Bigwig und Holly darauf, die zweite Versammlung seit dem Verlust von Hazel zu eröffnen. Als die Luft kühler wurde, erwachten die Kaninchen und kamen, eines nach dem anderen, durch die Läufe, die von den kleineren Bauen herunterführten. Alle waren gedämpfter Stimmung und trugen Zweifel im Herzen. Wie der Schmerz einer schlimmen Wunde kommen die Folgen eines tiefen Schocks erst nach einer Weile zur Wirkung. Wenn man einem Kinde zum ersten Mal in seinem Leben sagt, daß jemand, den es gekannt hat, tot ist, wird es das zwar nicht bezweifeln, aber einfach nicht verstehen und später – oft mehr als einmal – fragen, wo die tote Person ist und wann sie zurückkommt. Als Pipkin in sich wie einen Baum die düstere Erkenntnis gepflanzt hatte, daß Hazel nie mehr wiederkehren würde, übertraf die Bestürzung seinen Schmerz, und er sah diese Bestürzung überall unter seinen Gefährten. Obwohl sie keiner Handlungskrise oder einer direkten Lebensbedrohung gegenüberstanden, waren die Kaninchen nichtsdestoweniger von der Überzeugung übermannt, daß ihr Glück sie verlassen hatte. Hazel war tot, und Hollys Expedition hatte vollkommen versagt. Was würde folgen?

Holly, hager und mit Kletten im borstigen Fell, sprach mit den drei Stallhasen und beruhigte sie, so gut er konnte. Niemand konnte jetzt sagen, Hazel habe sein Leben in einem verwegenen Streich weggeworfen. Die beiden Weibchen waren der einzige Gewinn, der einzige Wert des Geheges. Aber sie fühlten sich offensichtlich so unbehaglich in ihrer neuen Umgebung, daß auch Holly insgeheim der Meinung war, es sei wenig von ihnen zu erhoffen. Weibchen, die verwirrt und nervös sind, neigen dazu, unfruchtbar zu sein; und wie sollten diese Weibchen sich unter fremden Bedingungen und an einem Ort zu Hause fühlen, wo jedermann in so trostlose Gedanken verloren war? Sie würden vielleicht sterben oder fortwandern. Er stürzte sich darauf, zu versichern, daß bessere Zeiten kämen, und als er das tat, war er selbst von allen am wenigsten davon überzeugt.

Bigwig hatte Acorn geschickt, um die übrigen zu holen. Acorn kehrte zurück und sagte, Strawberry fühle sich zu schwach, und er könne weder Blackberry noch Fiver finden.

»Nun, laß Fiver«, sagte Bigwig. »Armer Junge, er wird eine Zeitlang lieber allein sein wollen, glaube ich.«

»Aber er ist nicht in seinem Bau«, sagte Acom.

»Das macht nichts«, sagte Bigwig. Aber dann kam ihm ein Gedanke: »Fiver und Blackberry? Könnten sie das Gehege verlassen haben, ohne jemandem etwas zu sagen? Wenn ja, was passiert, wenn die anderen davon erfahren?« Ob er Kehaar bitten sollte, sie zu suchen, solange es noch hell war? Aber wenn Kehaar sie fand, was dann? Sie konnten nicht gezwungen werden zurückzukehren. Oder wenn sie gezwungen würden, was hätte das für einen Sinn, wenn sie fortwollten? In diesem Augenblick begann Holly zu sprechen, und alle wurden still.

»Wir wissen alle, daß wir in der Patsche sitzen«, sagte Holly, »und ich nehme an, daß wir uns sehr bald darüber werden unterhalten müssen, was am besten zu tun ist. Aber ich dachte, ich sollte euch zuallererst erzählen, wie es kommt, daß wir vier – Silver, Buckthorn, Strawberry und ich – ohne Weibchen zurückgekommen sind. Ihr braucht mich nicht daran zu erinnere, daß bei unserem Aufbruch jedermann glaubte, es würde problemlos verlaufen. Und hier sind wir nun, ein Kaninchen krank, eines verwundet – und kein Gegenwert dafür. Ihr fragt euch alle, warum.«

»Niemand macht dir Vorwürfe, Holly«, sagte Bigwig.

»Ich weiß nicht, ob ich schuld habe oder nicht«, erwiderte Holly. »Aber das werdet ihr mir sagen, wenn ihr die Geschichte gehört habt.

Als wir an jenem Morgen aufbrachen, herrschte auf dem Marsch gutes Wetter für *hlessil,* und wir waren alle der Meinung, daß es keine Eile hätte. Es war kühl, erinnere ich mich, und es sah so aus, als ob es einige Zeit so bleiben würde, ehe der Tag wirklich hell und wolkenlos wurde. Nicht weit vom anderen Ende dieses Gehölzes entfernt liegt eine Farm, und obgleich so früh dort niemand auf den Beinen war, hatte ich keine Lust, diesen Weg zu gehen, also hielten wir uns auf höhergelegenem Gelände auf der Abendseite. Wir erwarteten alle, an den Rand des Hügellandes zu kommen, aber es gibt dort keinen steilen Rand wie im Norden. Das Hochland geht einfach immer weiter, offen, trocken und einsam. Es gibt genügend Deckung für Kaninchen – Getreide auf dem Halm, Hecken und Böschungen –, aber kein richtiges Waldland, nur große offene Wiesen leichten Bodens mit großen weißen Kieselsteinen. Ich hoffte, daß wir uns in einer Art Landschaft befinden würden, die wir kannten – Wiesen und Gehölze –, aber nein. Wie auch immer, wir fanden einen Pfad mit einer guten dichten Hecke auf der einen Seite und beschlossen, ihm zu folgen. Wir machten es uns leicht und hielten ziemlich oft an, weil ich darauf bedacht war, nicht auf *elil* zu stoßen. Ich glaube zwar, daß es für Wiesel und Füchse kein gutes Gelände ist, aber ich hatte keine Ahnung, was wir tun würden, wenn wir doch welche träfen.«

»Ich bin ziemlich sicher, daß wir dicht an einem Wiesel vorbeikamen«, sagte Silver. »Ich konnte es riechen. Aber du weißt ja, wie es mit *elil* ist – wenn sie nicht tatsächlich jagen, nehmen sie oft keine Notiz von einem. Wir hinterließen sehr wenig Geruch und vergruben unsere *hraka,* als wären wir Katzen.«

»Nun, vor *ni-Frith«,* fuhr Holly fort, »brachte uns der Pfad zu einem langen, lichten Gehölz, das über den Weg verlief, den wir gingen. Diese Unterland-Gehölze sind seltsam, nicht wahr? Dieses war nicht dichter als das hier über uns, aber es erstreckte sich in beiden Richtungen, soweit wir sehen konnten, in einer völlig geraden Linie. Ich mag gerade Linien nicht – die Menschen machen sie. Und tatsächlich fanden wir eine Straße neben diesem Gehölz. Es war eine sehr einsame, leere Straße, aber trotzdem. Ich wollte mich da nicht aufhalten, wir gingen also direkt durch das Gehölz hindurch und auf der anderen Seite hinaus. Kehaar erspähte uns in den Feldern dahinter und wies uns an, unsere Richtung zu ändern. Ich fragte ihn, wie wir vorwärts kämen, und er sagte, wir hätten ungefähr den halben Weg zurückgelegt; deshalb dachte ich, wir könnten ebensogut nach einem Nachtquartier suchen. Ins Freie wollte ich nicht, und schließlich machten wir Kratzer in den Boden einer kleinen Grube, die wir fanden. Dann hatten wir eine reichliche Mahlzeit und verbrachten die Nacht sehr ruhig.

Ich glaube nicht, daß wir euch alles über unsere Reise zu

erzählen brauchen. Gleich nach dem Morgenfutter kam Regen auf, und es wehte ein häßlicher, kalter Wind; wir blieben also, wo wir waren, bis nach *ni-Frith*. Da hellte es sich auf, und wir gingen weiter. Wegen der Nässe kamen wir nicht sehr gut vorwärts, aber ich schätzte, daß wir am frühen Abend in der Nähe des Ortes sein mußten. Ich blickte mich um, als ein Hase durchs Gras kam, und ich fragte ihn, ob er von einem großen Gehege in der Nähe wisse.

›Efrafa?‹ fragte er. ›Geht ihr nach *Efrafa?*‹

›Wenn es so heißt‹, antwortete ich.

›Kennt ihr es?‹

›Nein‹, sagte ich. ›Wir wollen wissen, wo es ist.‹

›Nun‹, sagte er, ›ich kann euch nur raten, fortzurennen, und zwar schnell.‹

Ich fragte mich gerade, was ich davon halten sollte, als plötzlich drei große Kaninchen über die Böschung kamen, genau wie ich damals in jener Nacht, als ich dich verhaften wollte, Bigwig; und eines von ihnen sagte: ›Kann ich eure Kennzeichen sehen?‹

›Kennzeichen?‹ fragte ich. ›Was für Kennzeichen? Ich verstehe nicht.‹

›Ihr seid nicht von Efrafa?‹

›Nein‹, sagte ich, ›wir sind auf dem Weg dahin. Wir sind Fremde.‹

›Kommt mit.‹ Kein: Seid ihr von weit her? oder: Seid ihr durchnäßt? oder so etwas Ähnliches.

Dann nahmen uns diese drei Kaninchen also mit die Böschung hinunter, und so kamen wir nach Efrafa, wie sie es nennen. Und ich will versuchen, euch einiges darüber zu erzählen, damit ihr wißt, was für ein dreckiger kleiner Haufen triefnasiger Heckenkratzer wir sind.

Efrafa ist ein großes Gehege, viel größer als das, aus dem

wir kamen – ich meine das des Threarah. Und die einzige Furcht eines jeden Kaninchens dort ist, daß die Menschen sie entdecken und sie mit der weißen Blindheit infizieren. Das ganze Gehege ist so organisiert, daß seine Existenz verborgen bleibt. Die Löcher sind alle versteckt, und die Owsla hat jedes Kaninchen am Ort unter Befehl. Du kannst dein Leben nicht dein eigen nennen, und als Gegenleistung hast du Sicherheit – wenn sie sie wert ist bei einem solchen Preis.

Außer der Owsla haben sie einen sogenannten Rat, und jedes der Ratskaninchen hat eine besondere Aufgabe zu erfüllen. Eines kümmert sich ums Fressen, ein anderes ist verantwortlich für die Art, wie sie sich verstecken, ein drittes kümmert sich um die Fortpflanzung und so weiter. Was die gewöhnlichen Kaninchen anlangt, so kann sich nur eine bestimmte Anzahl zur selben Zeit über der Erde aufhalten. Jedes Kaninchen wird als Junges gekennzeichnet; sie beißen sie – tief – unter dem Kinn oder in eine Keule oder Vorderpfote! Dann sind sie für den Rest ihres Lebens durch die Narbe zu identifizieren. Du darfst oberirdisch nicht angetroffen werden, wenn es nicht die richtige Tageszeit für dein Kennzeichen ist.«

»Wer soll einen daran hindern?« brummte Bigwig.

»Das ist der wirklich schreckenerregende Teil. Die Owsla – du kannst es dir nicht vorstellen, wenn du nicht dagewesen bist. Der Chef ist ein Kaninchen namens Woundwort – General Woundwort nennen sie ihn. Ich erzähle dir gleich mehr von ihm. Er hat drei Hauptleute unter sich – jeder hat ein Kennzeichen zu beaufsichtigen –, und jeder Hauptmann hat seine eigenen Offiziere und Wachen. Zu jeder Tages- und Nachtzeit ist ein Kennzeichen-Hauptmann mit seiner Truppe im Dienst. Wenn ein Mensch zufällig in die Nähe kommt, was nicht oft geschieht, geben die Posten rechtzeitig

Alarm, lange ehe er so dicht herankommt, um etwas sehen zu können. Sie warnen auch vor *elil.* Sie hindern jeden, *hraka* fallen zu lassen, außer an bestimmten Stellen in den Gräben, wo sie vergraben wird. Und wenn sie ein Kaninchen oberirdisch sehen, das dort nichts zu suchen hat, fragen sie nach seinem Kennzeichen. Frith allein weiß, was passiert, wenn es sich nicht rechtfertigen kann – aber ich kann's mir ziemlich gut vorstellen. Kaninchen in Efrafa gehen oft tagelang nach oben, ohne Frith zu erblicken. Wenn sie ein Kennzeichen für Nacht-*silflay* haben, dann fressen sie bei Nacht, mag es naß oder schön, warm oder kalt sein. Sie sind alle gewohnt, sich in den unterirdischen Bauen zu unterhalten, zu spielen und sich zu paaren. Wenn ein Kennzeichen aus irgendeinem Grund nicht zur festgesetzten Zeit *silflay* gehen kann – sagen wir, ein Mensch arbeitet in der Nähe – Pech. Dann sind sie erst wieder am nächsten Tag an der Reihe.«

»Aber sicherlich verändert sie ein solches Leben sehr stark?« fragte Dandelion.

»In der Tat, sehr«, erwiderte Holly. »Die meisten von ihnen können nichts tun, außer was ihnen gesagt wird. Sie waren nie außerhalb von Efrafa und haben nie einen Feind gerochen. Das einzige Ziel eines jeden Kaninchens in Efrafa ist es, in die Owsla zu kommen, wegen der Sonderrechte und Vergünstigungen; und das einzige Ziel von jedem in der Owsla ist es, in den Rat zu kommen. Der Rat hat das Beste vom Besten. Aber die Owsla müssen sich sehr stark und widerstandsfähig halten. Sie tun der Reihe nach Dienst in der Weiten Patrouille. Sie gehen aufs Land hinaus – um das ganze Gehege herum – und leben mehrere Tage im Freien. Zum Teil, um soviel herauszufinden, wie sie können, zum Teil, um sie zu trainieren und sie zäh und schlau zu machen. Wenn sie *hlessil* finden, dann bringen sie sie nach Efrafa. Wenn sie nicht mitkommen wollen, töten sie

sie. Sie halten *hlessil* für eine Gefahr, weil sie die Aufmerksamkeit von Menschen auf sich ziehen könnten. Die Weiten Patrouillen machen Meldung bei General Woundwort, und der Rat entscheidet, was mit allem Neuen, das vielleicht gefährlich sein könnte, geschehen soll.«

»Sie haben euch also beim Anmarsch verfehlt?« fragte Bluebell.

»O nein! Wir erfuhren später, daß einige Zeit, nachdem wir von diesem Kaninchen, Hauptmann Campion, aufgegriffen worden waren, ein Läufer von einer Weiten Patrouille ankam, der meldete, daß sie die Fährte von drei oder vier Kaninchen, die sich von Norden Efrafa näherten, ausgemacht hätten und ob man irgendwelche Befehle hätte? Er wurde zurückgeschickt mit dem Bescheid, daß wir unter Kontrolle stünden.

Auf jeden Fall nahm uns dieser Hauptmann Campion in ein Loch im Graben hinunter. Die Mündung des Loches bestand aus einem Stück alten Töpferrohrs, und wenn ein Mensch es herausgezogen hätte, wäre die Öffnung eingestürzt und hätte keine Spur von dem Lauf drinnen verraten. Dort übergab er uns einem anderen Hauptmann, weil er für den Rest seines Dienstes nach oben zurück mußte. Man führte uns in einen großen Bau und sagte uns, wir sollten es uns bequem machen.

Es befanden sich noch andere Kaninchen in dem Bau, und durch Zuhören und Fragenstellen erfuhr ich das meiste von dem, was ich euch erzählt habe. Wir unterhielten uns mit einigen Weibchen, und ich schloß Freundschaft mit einem namens Hyzenthlay*. Ich erzählte ihr von unserem Problem hier und warum wir gekommen waren, und dann erzählte sie uns von Efrafa. Als sie geendet hatte, sagte ich:

* Hyzenthlay: Wie Tau schimmerndes Fell

›Es hört sich entsetzlich an. Ist das immer so gewesen?‹ Sie sagte, nein, ihre Mutter hätte ihr erzählt, daß in früheren Jahren das Gehege woanders und viel kleiner gewesen wäre, aber als General Woundwort kam, ließ er sie nach Efrafa ziehen, und dann arbeitete er dieses ganze Versteck-system aus und vervollkommnete es, bis alle Kaninchen in Efrafa so sicher waren wie die Sterne am Himmel.

›Die meisten Kaninchen sterben hier an Altersschwäche, es sei denn, die Owsla beseitigt sie‹, sagte sie. ›Aber das Problem ist, daß es mehr Kaninchen gibt, als ein Gehege fassen kann. Jedes frische Graben, das genehmigt wird, ist unter Owsla-Überwachung durchzuführen, und sie tun es furchtbar langsam und sorgfältig. Es muß alles versteckt werden, weißt du? Wir sind überfüllt, und viele Kaninchen gehen nicht so oft nach oben, wie es nötig wäre. Und aus irgendeinem Grund gibt es nicht genug Rammler und zu viele Weibchen. Eine Menge von uns haben festgestellt, daß wir wegen der Überfüllung keinen Wurf austragen können, aber niemandem wird je die Erlaubnis erteilt zu gehen. Erst vor ein paar Tagen sind mehrere von uns Weibchen zum Rat gegangen und haben gefragt, ob wir eine Expedition bilden könnten, um woanders ein neues Gehege einzurichten. Wir sagten, wir würden weit, weit weggehen – so weit weg, wie sie wünschten. Aber sie wollten nichts davon hören – unter keinen Umständen. Die Dinge können nicht so weitergehen – das System bricht zusammen. Aber man kann nicht laut darüber reden.‹

Nun, ich dachte, das klingt hoffnungsvoll. Sicherlich werden sie nichts gegen unsere Vorschläge einzuwenden haben. Wir wollen nur ein paar Weibchen und keine Rammler mitnehmen. Sie haben mehr Weibchen, als Platz für sie vorhanden ist, und wir wollen sie weiter wegbringen, als irgend jemand je gewesen sein kann.

Etwas später kam ein anderer Hauptmann und sagte, wir sollten zu einer Ratssitzung mitkommen.

Der Rat trat in einem großen Bau zusammen, der lang und ziemlich eng ist – nicht so gut wie unsere Honigwabe, weil sie keine Baumwurzeln haben, um ein breites Dach zu bauen. Wir mußten draußen warten, während sie alle möglichen Dinge besprachen. Wir waren nur ein Teil der täglichen Rats-Routine: ›Fremde aufgegriffen.‹ Mit uns wartete noch ein anderes Kaninchen, das unter besonderer Bewachung stand – Owslafa nennen sie sie: die Ratspolizei. Ich habe noch nie jemanden gesehen, der sich so fürchtete – ich glaubte, es würde verrückt vor Angst. Ich fragte einen dieser Owslafa, was denn los sei, und er sagte, daß dieses Kaninchen, Blackavar, erwischt worden sei, als es versuchte, aus dem Gehege auszubrechen. Nun, sie brachten es hinein, und zuerst hörten wir, wie der arme Kerl versuchte, sich zu rechtfertigen, und dann weinte er und bat um Gnade, und als er herauskam, hatten sie ihm beide Ohren in Fetzen gerissen, schlimmer als das eine hier von mir. Wir alle beschnupperten ihn, von Grauen gepackt; aber einer der Owslafa sagte: ›Ihr braucht kein solches Getue zu machen. Der hat noch Glück gehabt, daß er lebt.‹ Während wir noch darüber nachgrübelten, kam jemand heraus und sagte, der Rat sei bereit.

Sobald wir drin waren, wurden wir vor diesem General Woundwort aufgestellt, und er ist wahrhaftig ein grausamer Bursche. Ich glaube, daß nicht einmal du ihm gewachsen wärest, Bigwig. Er ist beinahe so groß wie ein Hase, und in seiner bloßen Anwesenheit liegt etwas, das dich einschüchtert, als ob Blut und Kampf und Töten für ihn nur Teil seiner täglichen Arbeit wären. Ich dachte, er würde uns einige Fragen stellen, wer wir seien und was wir wünschten, aber er tat nichts dergleichen. Er sagte: ›Ich werde euch die Vorschriften des Geheges und die Bedingungen erklären, unter denen ihr hier leben werdet. Ihr müßt sorgfältig zuhören, weil die Vorschriften einzuhalten sind und jede Verletzung bestraft wird.‹ Worauf ich sofort freiheraus sprach und sagte, daß ein Mißverständnis vorliegen müsse. Wir seien eine Gesandtschaft, sagte ich, kämen aus einem anderen Gehege und bäten Efrafa um eine Gefälligkeit und Hilfe. Und ich fuhr fort und erklärte, wir wollten nur ihre Zustimmung dafür, daß wir ein paar Weibchen überredeten, mit uns zu kommen. Als ich geendet hatte, sagte General Woundwort, das käme gar nicht in Frage – es gäbe nichts zu besprechen. Ich erwiderte, wir würden gerne ein paar Tage bei ihnen bleiben und sie zu überzeugen versuchen, sich eines anderen zu besinnen.

›O ja‹, sagte er, ›ihr werdet bleiben. Aber ihr werdet keine Gelegenheit mehr haben, die Zeit des Rats in Anspruch zu nehmen – jedenfalls nicht in den nächsten paar Tagen.‹

Ich sagte, das wäre sehr hart. Unsere Bitte wäre gewiß vernünftig. Und ich war eben im Begriff, sie zu bitten, die Dinge doch von unserem Gesichtspunkt aus zu betrachten, als einer der Räte – ein sehr altes Kaninchen – sagte: ›Ihr scheint zu denken, daß ihr hier seid, um mit uns zu argumentieren und zu feilschen. Aber *wir* sind diejenigen, die euch sagen, was ihr zu tun habt.‹

Ich sagte, sie sollten nicht vergessen, daß wir ein anderes Gehege repräsentierten, selbst wenn es kleiner wäre als das ihrige. Wir hielten uns für ihre Gäste. Und erst als ich das gesagt hatte, wurde mir mit einem schrecklichen Schock klar, daß sie uns für ihre Gefangenen hielten – oder so gut wie Gefangene, wie immer *sie* es nennen mochten.

Nun, ich würde am liebsten über den Ausgang dieser Sitzung schweigen. Strawberry versuchte alles, um mir zu helfen. Er sprach sehr gut über die den Tieren angeborene

Wohlanständigkeit und Kameradschaft. ›Tiere verhalten sich nicht wie Menschen‹, sagte er. ›Wenn sie kämpfen müssen, kämpfen sie; und wenn sie töten müssen, töten sie. Aber sie setzen sich nicht hin und strengen ihren Verstand an, um Mittel und Wege zu ersinnen, anderen Geschöpfen das Leben sauer zu machen und sie zu verletzen. Sie haben Würde und Tierhaftigkeit.‹

Aber es hatte alles keinen Zweck. Schließlich schwiegen wir, und General Woundwort sagte. ›Der Rat kann jetzt keine Zeit mehr für euch erübrigen, und ich werde es eurem Kaninchen-Hauptmann überlassen, euch die Vorschriften zu erklären. Ihr werdet euch dem Rechte-Flanke-Kennzeichen unter Hauptmann Bugloss anschließen. Später werden wir euch wiedersehen, und ihr werdet uns höchst freundlich und hilfreich Kaninchen gegenüber finden, die begreifen, was von ihnen erwartet wird.‹

Worauf die Owsla uns hinausführte, damit wir uns dem ›Rechte-Flanke‹-Zeichen anschlossen. Offenbar war Hauptmann Bugloss zu beschäftigt, um uns zu empfangen, und ich trug Sorge, ihm aus dem Weg zu gehen, weil ich dachte, er würde uns vielleicht auf der Stelle kennzeichnen. Aber bald begann ich zu verstehen, was Hyzenthlay gemeint hatte, als sie sagte, daß das System nicht mehr richtig funktioniere. Die Baue waren überfüllt – jedenfalls für unsere Begriffe. Es war leicht, der Aufmerksamkeit zu entgehen. Selbst Kaninchen eines Kennzeichens kennen sich nicht alle. Wir fanden Plätze in einem Bau und versuchten zu schlafen, aber mitten in der Nacht wurden wir geweckt und zu *silflay* befohlen. Ich dachte, es bestünde vielleicht die Möglichkeit, im Mondlicht Reißaus zu nehmen, aber überall schienen Posten zu sein. Und außer den Wachtposten behielt der Hauptmann zwei Läufer bei sich, deren Aufgabe es war, sofort in jede Richtung loszuflitzen, aus der Alarm gegeben wurde.

Als wir gefressen hatten, gingen wir wieder hinunter. Beinahe alle Kaninchen waren unterjocht und gefügig. Wir mieden sie, denn wir hatten die Absicht, zu fliehen, sobald wir konnten, und wir wollten nicht bekannt werden. Aber wie sehr ich mich auch anstrengte, mir fiel kein Plan ein.

Anderentags fraßen wir wieder einige Zeit vor *ni-Ftith,* und dann ging es wieder nach unten. Die Zeit schleppte sich entsetzlich dahin. Schließlich – es muß bei Einbruch der Dämmerung gewesen sein – schloß ich mich einer kleinen Kaninchengruppe an, die eine Geschichte hörte. Und wißt ihr, was es war? ›Der Salat des Königs.‹ Das Kaninchen, das sie erzählte, kam nicht im entferntesten an Dandelion heran, aber ich hörte trotzdem zu, einfach um etwas zu tun. Und als die Stelle kam, wo El-ahrairah sich verkleidet und vorgibt, der Doktor in König Darzins Palast zu sein, da hatte ich plötzlich eine Idee. Sie war sehr riskant, aber ich dachte, vielleicht funktioniert sie, einfach weil jedes Kaninchen in Efrafa tut, was man ihm sagt, ohne Fragen zu stellen. Ich hatte Hauptmann Bugloss beobachtet, und er schien mir ein netter junger Kerl zu sein, gewissenhaft und ein bißchen schwach und ziemlich geplagt, weil er mehr zu tun hatte, als er bewältigen konnte.

In jener Nacht, als wir zu *silflay* gerufen wurden, war es stockdunkel und regnete; man macht sich in Efrafa über so eine geringfügige Sache keine Sorgen – man ist nur froh, hinauszugelangen und etwas zum Fressen zu bekommen. Alle Kaninchen versammelten sich, und wir warteten bis zuletzt. Hauptmann Bugloss war mit zwei seiner Wachtposten draußen auf der Böschung, und die anderen gingen vor mir hinaus, und dann kam ich keuchend heran, als ob ich gerannt wäre.

›Hauptmann Bugloss?‹

›Ja‹, sagte er. ›Was ist?‹

›Du sollst sofort zum Rat kommen.‹

›Wieso, was soll das heißen?‹ fragte er. ›Weshalb?‹

›Sicher werden sie dir das sagen, wenn sie dich sehen‹, antwortete ich. ›Ich würde sie nicht warten lassen, wenn ich du wäre.‹

›Wer bist du?‹ fragte er. ›Du bist keiner von den Rats-Läufern. Ich kenne sie alle. Was für ein Erkennungszeichen bist du?‹

›Ich bin nicht hier, um Fragen zu beantworten‹, sagte ich. ›Soll ich zurückgehen und ihnen sagen, daß du nicht kommen wirst?‹

Er sah unschlüssig aus, und ich tat so, als ob ich ginge. Dann aber sagte er ganz plötzlich: ›Na schön‹ – er sah schrecklich ängstlich aus, der arme Kerl –, ›aber wer übernimmt hier die Führung während meiner Abwesenheit?‹

›Ich‹, sagte ich. ›Auf Befehl von General Woundwort! Aber komm bald wieder zurück. Ich möchte nicht die halbe Nacht hier herumlungern und deine Arbeit machen.‹ Er flitzte davon. Ich wandte mich an die anderen zwei. ›Bleibt hier und aufgepaßt! Ich gehe die Wachtposten kontrollieren.‹

Nun, dann rannten wir vier in die Dunkelheit davon und wahrhaftig, wir waren ein kleines Stück gelaufen, da tauchten plötzlich zwei Posten auf und versuchten uns anzuhalten. Wir prallten direkt mit ihnen zusammen. Ich glaubte, sie würden ausreißen, aber nein. Sie kämpften wie besessen, und einer von ihnen zerkratzte Buckthorn die ganze Nase. Aber schließlich waren wir zu viert; und am Ende konnten wir durchbrechen und rasten einfach über das Feld. Wir hatten keine Ahnung, wohin wir in dem Regen und der Dunkelheit liefen, wir rannten nur. Ich glaube, die Verfolgung kam etwas langsam und nicht energisch genug in Gang, weil der arme alte Bugloss nicht da war, um Befehle zu geben. Auf jeden Fall hatten wir einen guten Vorsprung. Doch bald darauf konnten wir hören, daß man uns folgte, und – was noch schlimmer war – wir wurden eingeholt.

Die Efrafa-Owsla sind kein Spaß, glaubt mir. Sie werden alle nach Größe und Stärke ausgesucht, und sie wissen genau, wie man sich bei Nässe und Dunkelheit bewegt. Sie haben alle eine solche Angst vor dem Rat, daß sie sonst nichts auf der Welt fürchten. Es dauerte nicht lange, bis ich wußte, daß wir in Schwierigkeiten waren. Die Patrouille, die hinter uns her war, konnte uns in der Dunkelheit und im Regen schneller folgen, als wir weglaufen konnten, und nach kurzer Zeit waren sie dicht hinter uns. Ich wollte gerade den anderen sagen, daß uns nichts anderes übrigbliebe, als kehrtzumachen und zu kämpfen, als wir an eine große steile Böschung kamen, die beinahe senkrecht anstieg. Sie war steiler als dieser Hügel unter uns hier, und der Hang schien regelmäßig, als ob er von Menschen gemacht wäre.

Nun, es blieb keine Zeit, darüber nachzudenken, wir kletterten also hinauf. Die Böschung war mit hartem Gras und Büschen bedeckt. Ich weiß nicht genau, wie weit es bis ganz nach oben war, aber ich schätze, daß sie so hoch wie eine ausgewachsene Eberesche war – vielleicht noch ein bißchen höher. Als wir nach oben kamen, befanden wir uns auf kleinen hellen Steinen, die rutschten, als wir darüberliefen. Das verriet uns vollends. Dann stießen wir auf breite, flache Holzstücke und zwei große festgemachte Stangen aus Metall, die ein Geräusch von sich gaben – eine Art tiefen, summenden Ton in der Finsternis. Ich sagte gerade zu mir: ›Das ist natürlich von Menschen gemacht‹, als ich auf der anderen Seite hinunterfiel. Ich hatte nicht gemerkt, daß der ganze Gipfel der Böschung nur sehr schmal und die andere Seite genauso steil war. Ich sauste kopfüber in der Dunkelheit die Böschung hinunter und kam an einem Holunderbusch zum Halten – und da lag ich.«

Holly hielt inne und schwieg, als ob er darüber nachsänne, woran er sich erinnerte. Schließlich sagte er:

»Es wird sehr schwer sein, euch zu schildern, was sich als nächstes zutrug. Obgleich wir alle vier dabei waren, begreifen wir es nicht. Aber was ich jetzt erzählen werde, ist die reine Wahrheit. Der Allmächtige Frith schickte einen seiner großen Boten, um uns vor der Efrafa-Owsla zu retten. Jeder von uns war da oder dort über den Rand der Böschung gefallen. Buckthorn, der halb blind von seinem eigenen Blut war, fiel beinahe bis zum Fuß des Abhangs hinunter. Ich rappelte mich auf und blickte zum Gipfel zurück. Es war gerade genügend Licht am Himmel, um die Efrafas sehen zu können, wenn sie herüberkamen. Und dann – dann kam ein riesiges Ding – ich kann euch keine Vorstellung davon geben: so groß wie tausend *hrududil* – größer – aus der Nacht herangerast. Es war voll Feuer und Rauch und Licht, und es brüllte und schlug auf die Metallstangen, bis der Boden darunter bebte. Es fuhr zwischen uns und die Efrafas wie tausend Gewitter mit Blitzen. Ich sage euch, ich war außer mir vor Furcht. Ich konnte mich nicht bewegen. Das Blitzen und der Lärm zerfetzten die Nacht. Ich weiß nicht, was mit den Efrafas passierte: Entweder rannten sie davon, oder es schlug sie nieder. Und dann plötzlich war es fort, und wir hörten es verschwinden, Rattern und Krach, Rattern und Krach, weit weg in der Ferne. Wir waren ganz allein.

Lange konnte ich mich nicht bewegen. Schließlich stand ich auf und fand nacheinander die anderen in der Dunkelheit. Keiner sagte ein Wort. Am Fuß des Hangs entdeckten wir eine Art Tunnel, der von einer Seite der Böschung zur anderen führte. Wir krochen hinein und kamen auf der anderen Seite wieder heraus, wo wir hinaufgeklettert waren. Dann liefen wir lange durch die Felder, bis ich schätzte, daß wir Efrafa weit hinter uns gelassen hatten. Wir krochen in einen Graben und schliefen dort bis zum Morgen. Es gab keinen Grund, warum nicht irgend etwas hätte kommen und uns töten können, und trotzdem wußten wir, daß wir sicher waren. Ihr mögt glauben, daß es eine wunderbare Sache ist, von dem Allmächtigen Frith gerettet zu werden – ich frage mich, wie vielen Kaninchen das widerfahren ist –, aber ich sage euch, es war viel furchterregender, als von den Efrafas gehetzt zu werden. Keiner von uns wird je vergessen, wie er im Regen auf dieser Böschung lag, während das Feuergeschöpf über unseren Köpfen vorbeifuhr. Warum kam es unsertwegen? Das ist mehr, als wir je wissen werden.

Am nächsten Morgen blickte ich mich ein bißchen um und wußte bald, welche Richtung wir einschlagen mußten. Ihr wißt ja, wie man sie immer findet. Es hatte aufgehört zu regnen, und wir machten uns auf den Weg. Wir waren lange vor dem Ende erschöpft – alle außer Silver; ich weiß nicht, was wir ohne ihn getan hätten. Wir alle wollten so bald wie möglich hierher zurückkehren. Als ich das Gehölz heute morgen erreichte, hinkte ich bloß noch wie in einem schlechten Traum dahin. Ich fürchte, mir geht es kaum viel besser als dem armen alten Strawberry. Er beklagte sich nie, aber er wird lange Ruhe brauchen, und ich glaube, ich auch. Und Buckthorn hat jetzt seine zweite böse Wunde. Aber das ist nicht das Schlimmste, nicht wahr? Wir haben Hazel verloren – das Schlimmste, was passieren konnte. Einige von euch haben mich heute abend gefragt, ob ich Oberkaninchen sein möchte. Es freut mich, daß ihr mir vertraut, aber ich bin total erledigt und kann es unmöglich gleich übernehmen. Ich fühle mich so trocken und leer wie ein Bofist im Herbst – als ob der Wind mein Fell fortblasen könnte.«

# 28. Am Fuße des Hügels

Wunderbar glücklich war es, allein
Zu sein und doch nicht einsam.
O aus Terror und Dunkelheit
In die Sicht der Heimat zu kommen.

Walter de la Mare *The Pilgrim*

»Du bist nicht zu müde für *silflay,* oder?« fragte Dandelion. »Und zur Abwechslung mal zur richtigen Tageszeit? Es ist ein reizender Abend, wenn sich meine Nase nicht täuscht. Wir sollten versuchen, nicht unglücklicher als nötig zu sein, weißt du?«

»Ehe wir *silflay* gehen«, sagte Bigwig, »darf ich dir sagen, Holly, daß ich nicht glaube, irgend jemand anders hätte sich selbst und drei andere Kaninchen aus einem solchen Ort sicher herausgebracht.«

»Frith wollte uns zurückkehren lassen«, erwiderte Holly. »Das ist der wahre Grund, warum wir hier sind.«

Als er sich umwandte, um Speedwell durch den in das Gehölz hinaufführenden Lauf zu folgen, fand er Clover neben sich. »Du und deine Freunde mögen es seltsam finden, hinauszugehen und Gras zu fressen«, sagte er. »Du wirst dich daran gewöhnen, glaube mir. Und ich kann dir versprechen, daß Hazel-rah recht hatte, als er dir sagte, man könne hier besser leben als in einem Verschlag. Komm mit, und ich werde dir einen Flecken kurzes hübsches Kriechgras zeigen, wenn Bigwig nicht schon alles aufgefressen hat, während ich weg war.«

Holly hatte an Clover Gefallen gefunden. Sie schien robuster und weniger furchtsam als Boxwood und Haystack und gab sich offenbar Mühe, sich dem Leben im Gehege anzupassen. Über ihren Stammbaum war er sich nicht im klaren, aber sie sah gesund aus.

»Mir gefällt es unterirdisch sehr gut«, sagte Clover, als sie in die frische Luft heraufkamen. »Der geschlossene Bau ähnelt tatsächlich sehr einem Verschlag, außer daß er dunkler ist. Das Schwierige für uns ist, ins Freie zum Fressen zu gehen. Wir sind es nicht gewohnt, frei zu sein und hinzugeben, wo wir wollen, und wir wissen nicht, was wir mit all unserer Freiheit anfangen sollen. Ihr handelt alle so schnell, und oft weiß ich nicht, warum. Mir wäre es lieber, wenn wir uns beim Fressen nicht allzuweit vom Loch entfernten, falls du nichts dagegen hast.«

Sie bewegten sich langsam über das Sonnenuntergangsgras und knabberten dabei. Clover war bald ins Fressen versunken, aber Holly hielt dauernd an, um sich aufzusetzen und in der friedlichen, verlassenen Hügellandschaft herumzuschnuppern. Als er bemerkte, daß Bigwig, der etwas weiter entfernt war, unverwandt nach Norden starrte, folgte er sofort seinem Blick.

»Was ist?« fragte er.

»Es ist Blackberry«, erwiderte Bigwig. Es klang erleichtert.

Blackberry hopste ziemlich langsam vom Horizont herunter. Er wirkte sehr erschöpft, aber sobald er die anderen Kaninchen sah, kam er schneller heran und lief auf Bigwig zu.

»Wo bist du gewesen?« fragte Bigwig. »Und wo ist Fiver? War er nicht bei dir?«

»Fiver ist bei Hazel«, sagte Blackberry. »Hazel *lebt.* Er ist verwundet – schwer zu sagen, wie sehr –, aber er wird nicht sterben.«

Die anderen drei Kaninchen sahen ihn sprachlos an. Blackberry wartete, genoß die Wirkung.

»Hazel lebt?« fragte Bigwig. »Bist du sicher?«

»Ganz sicher«, sagte Blackberry. »Er befindet sich in diesem Augenblick am Fuße des Hügels, in jenem Graben, wo du in der Nacht warst, als Holly und Bluebell ankamen.«

»Ich kann es kaum glauben«, sagte Holly. »Wenn es wahr ist, ist das die beste Nachricht, die ich je in meinem Leben gehört habe. Blackberry, bist du wirklich sicher? Was ist passiert? Erzähle!«

»Fiver hat ihn, gefunden«, sagte Blackberry. »Er nahm mich mit, fast ganz bis zur Farm; dann ging er durch den Graben und entdeckte Hazel, der in einem Abflußrohr steckte. Er war durch den Blutverlust sehr geschwächt und konnte sich nicht allein aus dem Rohr befreien. Wir mußten ihn an seinem gesunden Hinterlauf herausziehen. Er konnte sich nämlich nicht umdrehen.«

»Aber wie um alles in der Welt wußte Fiver das?«

»Wie weiß Fiver, was er weiß? Da fragst du ihn am besten selber. Als wir Hazel in den Graben bekommen hatten, sah Fiver nach, wie schlimm er verletzt war. Er hat eine scheußliche Wunde in einem Hinterlauf, aber der Knochen ist zum Glück nicht gebrochen, und an einer Seite hat er einen Riß. Wir säuberten die Stellen, so gut wir konnten, und dann brachen wir auf, um ihn zurückzubringen. Wir haben den ganzen Abend dazu gebraucht. Könnt ihr euch vorstellen – Tageslicht, Totenstille und ein lahmes Kaninchen, das nach frischem Blut riecht? Glücklicherweise ist es der heißeste Tag gewesen, den wir diesen Sommer hatten – keine Maus rührte sich. Immer wieder mußten wir Deckung in den Wiesenkerbeln suchen und uns ausruhen. Ich fuhr dauernd zusammen, aber Fiver war wie ein Schmetterling auf einem Stein. Er saß im Gras und kämmte sich die Ohren. ›Bloß nicht aus der Fassung bringen lassen‹, sagte er immer wieder. ›Wir brauchen uns keine Sorgen zu machen. Wir können uns Zeit lassen.‹ Nach dem, was ich gesehen hatte, hätte ich ihm sogar geglaubt, wenn er gesagt hätte, wir könnten Füchse jagen. Doch dann, als wir zum Fuß des Hügels kamen, war Hazel völlig erledigt und konnte nicht mehr weiter. Er und Fiver haben in dem überwucherten Graben Schutz gesucht, und ich lief weiter, um es euch zu melden. Und hier bin ich.«

Es herrschte Schweigen, während Bigwig und Holly die Nachricht in sich aufnahmen. Schließlich sagte Bigwig: »Werden sie die Nacht dort verbringen?«

»Ich glaube, ja«, erwiderte Blackberry. »Ich bin sicher, Hazel wird den Hügel nicht schaffen, ehe er sich nicht sehr viel kräftiger fühlt.«

»Ich gehe hinunter«, sagte Bigwig. »Ich kann helfen, den Graben etwas behaglicher zu machen, und wahrscheinlich wird Fiver noch jemand brauchen können, der sich um Hazel kümmert.«

»Dann würde ich mich an deiner Stelle beeilen«, sagte Blackberry. »Die Sonne wird bald untergehen.«

»Ha!« sagte Bigwig. »Wenn ich ein Wiesel treffe, sollte es sich in acht nehmen, das ist alles. Ich bringe euch morgen eins mit, soll ich?« Er raste davon und verschwand über den Rand des Hügels.

»Wir gehen zurück und holen alle zusammen«, sagte Holly. »Los, Blackberry, du wirst die ganze Sache von Anfang an erzählen müssen.«

Die Dreiviertelmeile von Nuthanger zum Fuß des Hügels in der strahlenden Sonne hatte Hazel mehr Schmerzen und

Anstrengung gekostet als alles in seinem bisherigen Leben. Wenn Fiver ihn nicht gefunden hätte, wäre er in dem Abfluß gestorben. Als Fivers Hartnäckigkeit seine dunkle, abebbende Benommenheit durchdrungen hatte, hatte er zuerst tatsächlich versucht, nicht zu reagieren. Es war soviel leichter zu bleiben, wo er war, jenseits des Leidens, das er durchgemacht hatte. Später, als er in der grünen Düsternis des Grabens lag und Fiver seine Wunden untersuchte und ihm versicherte, daß er stehen und sich bewegen könne, konnte er sich immer noch nicht mit der Vorstellung befreunden, die Rückkehr zu wagen. Seine aufgerissene Seite pochte, und der Schmerz in seinem Hinterlauf schien seine Sinne beeinträchtigt zu haben. Ihm war schwindlig, und er konnte nicht richtig hören und riechen. Als ihm schließlich klar wurde, daß Fiver und Blackberry im hellen Tageslicht einen zweiten Gang zur Farm riskiert hatten, einzig und allein, um ihn zu finden und sein Leben zu retten, zwang er sich auf die Füße und stolperte den Hang hinunter zur Straße. Sein Blick verschwamm, und er mußte immer wieder anhalten. Ohne Fivers Ermutigung hätte er sich wieder hingelegt und aufgegeben. Die Böschung an der Straße konnte er nicht hinaufklettern, und er mußte am Rand entlanghinken, bis er unter einem Tor durchkriechen konnte. Viel später, als sie unter die Hochspannungsleitung kamen, erinnerte er sich an den überwucherten Graben am Fuße des Hügels und strengte sich an, ihn zu erreichen. Sowie er ihn erreicht hatte, legte er sich hin und fiel in einen Schlaf totaler Erschöpfung.

Als Bigwig kurz vor Dunkelwerden ankam, war Fiver dabei, sich einen Schnell-Imbiß im hohen Gras einzuverleiben. Es war völlig ausgeschlossen, Hazel durch Graben zu stören, und sie verbrachten die Nacht zusammengekauert neben ihm auf dem engen Grabengrund.

Als Bigwig im grauen Licht vor Sonnenaufgang herauskam, war das erste Geschöpf, das er erblickte, Kehaar, der zwischen den Holunderbüschen Futter suchte. Er klopfte auf den Boden, um seine Aufmerksamkeit zu erregen, und Kehaar segelte mit einem Flügelschlag und einem Gleitflug zu ihm hinüber.

»Miiister Bigwig, du Miiister Hazel gefunden?«

»Ja«, sagte Bigwig, »er ist im Graben hier.«

»Er nicht tot?«

»Nein, aber er ist verwundet und sehr schwach. Die Farm-Männer haben mit einem Gewehr auf ihn geschossen, weißt du?«

»Du schwarze Steine herausgekriegt?«

»Wie meinst du das?«

»Immer mit Gewehr kommen kleine schwarze Steine. Du sie nie gesehen?«

»Nein, ich weiß nichts über Gewehre.«

»Nimm schwarze Steine heraus, es wird besser werden. Er kommt jetzt zu sich, ya?«

»Ich werde nachsehen«, sagte Bigwig. Er ging zu Hazel hinunter und traf ihn wach und im Gespräch mit Fiver an. Als Bigwig ihm berichtete, daß Kehaar draußen wäre, schleppte er sich die kurze Strecke hinauf ins Gras.

»Die verdammte Gewehr«, sagte Kehaar. »Es steckt kleine Steine in dich, um dir weh zu tun. Ich nachsehen, ya?«

»Tu's nur«, sagte Hazel. »Mein Bein ist noch sehr schlimm, fürchte ich.«

Er legte sich hin, und Kehaars Kopf schnellte von einer Seite zur anderen, als würde er in Hazels braunem Fell nach Schnecken suchen. Er musterte sorgfältig die ganze aufgerissene Flanke.

»Hier sin' keine Steine«, sagte er. »Gehen hinein, kommen heraus – bleiben nicht. Jetzt dein Bein. Vielleicht dir weh tun, aber nicht lang.«

Zwei Schrotkörner waren im Muskel der Keule vergraben. Kehaar nahm sie durch den Geruchssinn wahr und entfernte sie genauso, wie er Spinnen aus einem Spalt herausgeholt hätte. Hazel hatte kaum Zeit zurückzuzucken, als Bigwig schon an den Schrotkörnern im Gras schnupperte.

»Jetzt mehr bluten«, sagte Kehaar. »Du bleiben und warten vielleicht ein, zwei Tage. Dann gut wie vorher. Diese Kaninchen da oben alle warten, warten auf Miiister Hazel. Ich ihnen sage, er kommen.« Er flog davon, ehe sie antworten konnten.

Es ergab sich, daß Hazel drei Tage am Fuße des Hügels blieb. Das heiße Wetter hielt an, und die meiste Zeit saß er unter den Holunderzweigen, döste wie ein einsamer *hlessi* und fühlte seine Kräfte wiederkehren. Fiver blieb bei ihm, säuberte seine Wunden und beobachtete seine Genesung. Oft sprachen sie stundenlang nicht miteinander, lagen in dem rauhen, warmen Gras, während die Schatten sich dem Abend zubewegten, bis schließlich die örtliche Amsel den Schwanz aufrichtete und sich zum Schlafen ins Versteck begab. Keiner sprach von der Nuthanger Farm, aber Hazel zeigte ganz offen, daß es künftig für Fiver nicht schwer wäre, ihn von einem Rat zu überzeugen.

»Hrair-roo«, sagte Hazel eines Abends, »was hätten wir ohne dich angefangen? Keiner von uns wäre hier, nicht wahr?«

»Bist du sicher, daß wir hier sind?« fragte Fiver.

»Das ist mir zu geheimnisvoll«, erwiderte Hazel. »Wie meinst du das?«

»Nun, es gibt einen anderen Ort, ein anderes Land, nicht wahr? Wir gehen dahin, wenn wir schlafen – und auch zu anderen Zeiten und wenn wir sterben. El-ahrairah kommt und geht vermutlich zwischen den beiden hin und her, wie es ihm gefällt, aber so ganz konnte ich das den Geschichten nie entnehmen. Einige Kaninchen werden dir erzählen, es sei dort alles leicht, verglichen mit den lebendigen Gefahren, wie sie sie verstehen. Aber ich glaube, das zeigt nur, daß sie nicht viel davon wissen. Es ist ein wilder Ort und sehr unsicher. Und wo sind wir nun wirklich – dort oder hier?«

»Unsere Körper bleiben hier – das genügt mir. Du solltest zu diesem Silverweed-Burschen gehen und mit ihm reden – vielleicht weiß er mehr.«

»Oh, erinnerst du dich an ihn? Das habe ich gefühlt, als wir ihm zuhörten, weißt du? Er erschreckte mich, und doch wußte ich, daß ich ihn besser verstand als irgend jemand an diesem Ort. Er wußte, wohin er gehörte, und es war nicht hier. Armer Junge, ich bin sicher, er ist tot. Die haben ihn gekriegt, die da in jenem Land. Sie geben ihre Geheimnisse nicht umsonst preis. Aber schau! Da kommen Holly und Blackberry, wir können also sicher sein, daß wir uns, jedenfalls im Augenblick, hier befinden.«

Holly war schon tags zuvor den Hügel heruntergekommen, um Hazel zu sehen und die Geschichte von seiner Flucht aus Efrafa zu erzählen. Als er von seiner Befreiung durch die große Erscheinung in der Nacht gesprochen hatte, hatte Fiver aufmerksam zugehört und eine Frage gestellt: »Hat es ein Geräusch von sich gegeben?« Später, als Holly gegangen war, sagte er zu Hazel, er wäre sicher, daß es eine natürliche Erklärung dafür gäbe, obgleich er keine Ahnung hätte, was es sein könnte. Hazel jedoch war nicht sonderlich interessiert. Für ihn war das Wichtige ihre Enttäuschung und der Grund dafür. Holly hatte nichts erreicht, und das war allein der unerwarteten Unfreundlichkeit der Efrafa-Kaninchen zuzuschreiben. Am Abend, sobald sie zu fressen begonnen hatten, kam Hazel auf die Sache zurück.

»Holly«, sagte er, »wir sind der Lösung unseres Problems kaum nähergekommen, nicht wahr? Du hast Wunder bewirkt und hast nichts dafür vorzuweisen, und der Farm-Überfall war nur ein dummer Spaß, fürchte ich – und ein teurer für mich obendrein. Das richtige Loch muß immer noch gegraben werden.«

»Nun«, erwiderte Holly, »du sagst, es war nur ein Spaß, aber zumindest hat er uns zwei Weibchen verschafft, und das sind die beiden einzigen, die wir haben.«

»Taugen sie was?«

Die Vorstellungen, die vielen Männern ganz selbstverständlich kommen, wenn sie an Frauen denken – Schutz, Treue, romantische Liebe usw. –, sind den Kaninchen natürlich unbekannt, obgleich Kaninchen häufiger Einzelbindungen eingehen, als die meisten Leute vermuten. Jedoch sind sie nicht romantisch veranlagt, und es war nur natürlich, daß Hazel und Holly die beiden Nuthanger-Weibchen einfach als Zucht-Grundstock für das Gehege betrachteten. Dafür hatten sie schließlich ihr Leben riskiert.

»Nun, es ist schwer, das jetzt schon zu sagen«, erwiderte Holly. »Sie geben sich Mühe, hier bei uns heimisch zu werden – besonders Clover. Sie scheint sehr vernünftig. Aber sie sind außerordentlich hilflos, weißt du – ich habe noch nie so etwas gesehen –, und ich fürchte, sie werden auf schlechtes Wetter empfindlich reagieren. Sie könnten den nächsten Winter überleben, vielleicht aber auch nicht. Doch das konntest du nicht wissen, als du sie aus der Farm holtest.«

»Wenn wir ein bißchen Glück haben, kann jedes vor dem Winter einen Wurf haben«, sagte Hazel. »Ich weiß, daß die

Fortpflanzungszeit vorbei ist, aber bei uns steht alles sowieso total auf dem Kopf.«

»Nun, du hast mich gefragt, was ich denke«, meinte Holly. »Ich werde es dir sagen. Ich finde, daß es viel zuwenig sind, um uns nach allem, was wir bisher fertiggebracht haben, vor dem Untergang zu bewahren. Ich glaube, daß sie durchaus einige Zeit keine Junge haben können, teils, weil dies nicht die richtige Zeit dafür ist, und teils, weil das Leben hier ihnen so fremd ist. Und wenn sie welche haben, werden die Jungen sehr wahrscheinlich eine Menge von dieser von Menschen gezüchteten Verschlag-Rasse in sich haben. Aber was soll man denn sonst erhoffen? Wir müssen das Beste aus dem machen, was wir haben.«

»Hat sich schon jemand mit ihnen gepaart?« fragte Hazel.

»Nein, keine von den beiden ist bisher bereit gewesen. Aber ich sehe einige ganz schöne Kämpfe ausbrechen, wenn es dazu kommt.«

»Das ist ein anderes Problem. Wir können mit diesen beiden Weibchen allein nicht weitermachen.«

»Aber was können wir denn sonst tun?«

»Ich weiß, *was* wir tun müssen«, sagte Hazel, »aber ich sehe noch nicht, *wie*. Wir müssen zurückgehen und einige Weibchen aus Efrafa herausholen.«

»Du könntest ebensogut sagen, du würdest sie vom Mond herunterholen, Hazel-rah. Ich fürchte, ich habe dir keine sehr klare Schilderung von Efrafa gegeben.«

»O doch, das hast du schon – die ganze Sache jagt mir einen unglaublichen Schrecken ein. Aber wir werden es dennoch tun.«

»Es wird dir nicht gelingen.«

»Es wird nicht durch Kampf oder schöne Worte gelingen, nein. Wir müssen eine List anwenden.«

»Es gibt keine List, mit der man diese Bande überrumpeln kann, glaube mir. Es sind viel mehr als wir. Sie sind sehr gut organisiert, und ich spreche die reine Wahrheit, wenn ich sage, sie können genauso gut kämpfen, rennen und eine Spur verfolgen wie wir, und viele von ihnen noch besser.«

»Die List«, sagte Hazel, sich an Blackberry wendend, der die ganze Zeit geknabbert und schweigend zugehört hatte, »die List wird drei Dinge bewirken müssen. Erstens wird sie die Weibchen aus Efrafa herausbringen müssen, und zweitens wird sie einer Verfolgung Rechnung tragen müssen. Denn eine Verfolgung wird es geben, und wir können kein zweites Wunder erwarten. Aber das ist nicht alles. Nachdem wir einmal den Ort endgültig hinter uns haben, muß es unmöglich sein, uns zu finden – wir müssen außerhalb der Reichweite jeder Weiten Patrouille sein.«

»Ja«, sagte Blackberry zweifelnd. »Ja, ich stimme mit dir überein. Um Erfolg zu haben, würden wir alle diese Dinge bewerkstelligen müssen.«

»Ja. Und diese List, Blackberry, wird von dir ersonnen werden.«

Der süße, widerliche Geruch von Hartriegel erfüllte die Luft; im Abendsonnenschein summten die Insekten um die dichten weißen Trugdolden, die tief über dem Gras hingen. Ein Paar braun-oranger Käfer, die von den Kaninchen gestört wurden, machten sich von einem Grasstengel davon und flogen, immer noch gepaart, fort.

»Die paaren sich, wir nicht«, sagte Hazel, ihnen nachblickend. »Eine List, Blackberry – eine List, die uns ein für allemal von den Sorgen erlöst.«

»Mir ist klar, wie sich das erste Problem lösen läßt«, sagte Blackberry. »Zumindest glaube ich es. Wenn es auch gefährlich ist. Die anderen beiden Dinge sind mir noch gar nicht klar, und ich möchte das mit Fiver besprechen.«

»Je eher Fiver und ich ins Gehege zurückkommen, desto besser«, sagte Hazel. »Mein Bein ist zwar schon ganz gut, aber ich glaube, wir werden es trotzdem heute nacht noch nicht tun. Mein lieber alter Holly, willst du ihnen sagen, daß Fiver und ich morgen früh zurückkommen werden? Es macht mir Sorgen, wenn ich daran denke, daß Bigwig und Silver wegen Clover jeden Augenblick aneinandergeraten könnten.«

»Hazel«, sagte Holly, »hör zu. Mir gefällt deine Idee ganz und gar nicht. Ich bin in Efrafa gewesen und du nicht. Du machst einen großen Fehler, und es kann durchaus sein, daß wir alle dabei umkommen.«

Es war Fiver, der antwortete. »Das ist ziemlich wahrscheinlich, ich weiß«, sagte er, »aber irgendwie ist es das auch wieder nicht, jedenfalls nicht für mich. Ich glaube, wir können es wagen. Auf jeden Fall hat Hazel recht, wenn er sagt, daß es die einzige Chance ist, die wir haben. Wie wär's, wenn wir noch eine Weile darüber redeten?«

»Nicht jetzt«, sagte Hazel. »Es ist Zeit, hinunterzugehen – los. Aber wenn ihr beide den Hügel hinaufrast, werdet ihr wahrscheinlich noch Sonnenschein auf dem Gipfel erwischen. Gute Nacht.«

# 29. Rückkehr und Aufbruch

Daß jeder, der nicht Lust zu fechten hat,
Nur hinziehn mag; man stell' ihm seinen Paß
Und stecke Reisegeld in seinen Beutel;
Wir wollen nicht in des Gesellschaft sterben,
Der die Gemeinschaft scheut mit unserm Tod.

Shakespeare *Henry V*

Am folgenden Morgen waren alle Kaninchen beim *silflay* in der Frühdämmerung, und es herrschte große Aufregung, als sie auf Hazel warteten. Während der vergangenen paar Tage hatte Blackberry die Geschichte von der Reise zur Farm und wie sie Hazel im Abzugsrohr fanden, mehrere Male wiederholen müssen. Einer oder zwei hatten angedeutet, daß Kehaar Hazel gefunden und es insgeheim Fiver erzählt haben mußte. Aber Kehaar hatte dies bestritten, und als er bedrängt wurde, erwiderte er rätselhaft, daß Fiver einer wäre, der sehr viel weiter gereist sei als er. Was Hazel betraf, so hatte er in aller Augen eine Art magische Eigenschaft gewonnen. Im ganzen Gehege war Dandelion das letzte Kaninchen, das etwa einer guten Geschichte nicht Gerechtigkeit widerfahren ließ, und er holte das Beste aus Hazels heroischem Sprung aus dem Graben heraus, der seine Freunde vor den Farmern rettete. Niemand hatte auch nur angedeutet, daß es vielleicht leichtsinnig von Hazel gewesen sein könnte, auf die

Farm zu gehen. Mit wenig Aussicht auf Erfolg hatte er ihnen zwei Weibchen verschafft, und jetzt brachte er das Glück ins Gehege zurück.

Kurz vor Sonnenaufgang sahen Pipkin und Speedwell Fiver durch das nasse Gras nahe dem Gipfel des Hügellandes kommen. Sie rannten ihm entgegen und warteten mit ihm, bis Hazel herankam. Hazel hinkte und hatte offenbar den Aufstieg sehr anstrengend gefunden, aber nachdem er kurze Zeit geruht und gefressen hatte, konnte er beinahe so schnell wie die anderen zum Gehege hinunterrennen. Die Kaninchen drängten sich um ihn, und jeder wollte ihn berühren. Er wurde beschnüffelt, es wurde mit ihm herumgebalgt, und er wurde im Gras gewälzt, bis er sich schließlich vorkam, als würde er angegriffen. Menschen sind bei Gelegenheiten dieser Art gewöhnlich erfüllt von Fragen, aber die Kaninchen drückten ihre Freude einfach dadurch aus, daß sie sich durch ihre Sinne bewiesen, daß es tatsächlich Hazel-rah war. Er hatte die größte Mühe, sich gegen dieses rauhe Spiel zur Wehr zu setzen. Was würde wohl passieren, wenn ich kapitulieren würde? dachte er. Die würden mich rausschmeißen, glaube ich. Die würden kein lahmes Oberkaninchen haben wollen. Das ist ebenso ein Test wie auch ein Willkommen, wenn sie sich dessen auch nicht bewußt sind. Ich werde sie testen, die Schurken, bevor sie mich fertigmachen.

Er stieß Buckthorn und Speedwell von seinem Rücken herunter und schoß zum Gehölzrand davon. Strawberry und Boxwood waren auf der Böschung, und er gesellte sich zu ihnen und wusch und putzte sich im Sonnenaufgang.

»Wir können ein paar Burschen mit gutem Benehmen wie dich gebrauchen«, sagte er zu Boxwood. »Schau dir diese rauhe Bande da draußen an – die haben mich beinahe erledigt! Was um alles in der Welt haltet ihr von uns, und wie habt ihr euch eingelebt?«

»Nun ja, wir finden es natürlich ungewöhnlich«, sagte Boxwood, »aber wir lernen. Strawberry hier hat mir viel geholfen. Wir probierten gerade aus, wie viele Gerüche ich im Wind ausmachen kann, aber das wird erst nach und nach kommen. Die Gerüche auf einer Farm sind furchtbar stark, weißt du, und sie bedeuten nicht viel, wenn man hinter Draht lebt. Soweit ich das beurteilen kann, beruht bei euch alles auf dem Geruch.«

»Geht am Anfang nicht zu viele Risiken ein«, sagte Hazel. »Haltet euch nahe den Bauen – geht nicht allein – und so was alles. Und wie geht's dir, Strawberry? Besser?«

»Mehr oder weniger«, antwortete Strawberry, »solange ich viel schlafe und in der Sonne sitze, Hazel-rah. Ich bin zu Tode erschreckt worden – das ist der Hauptgrund. Ich hab' tagelang das kalte Grausen gehabt. Ich habe mir immer wieder eingebildet, ich sei zurück in Efrafa.«

»Wie war es in Efrafa?« fragte Hazel.

»Ich würde lieber sterben, als nach Efrafa zurückzugehen«, sagte Strawberry, »oder zu riskieren, auch nur in die Nähe zu gelangen. Ich weiß nicht, was schlimmer war, die Langeweile oder die Angst. Trotzdem«, fügte er nach ein paar Augenblicken hinzu, »es sind Kaninchen dort, die genau wie wir wären, wenn sie nur natürlich leben könnten wie wir. Verschiedene wären nur zu froh, wenn sie den Ort verlassen könnten.«

Ehe sie unter die Erde gingen, redete Hazel mit fast allen Kaninchen. Wie er erwartet hatte, waren sie über den Mißerfolg in Efrafa enttäuscht und voller Entrüstung über die schlechte Behandlung von Holly und seinen Begleitern. Mehr als eines dachte wie Holly, daß die beiden Weibchen höchstwahrscheinlich Anlaß zu Schwierigkeiten geben würden.

»Es hätten mehr sein sollen, Hazel«, sagte Bigwig. »Wir werden uns bestimmt gegenseitig an die Kehle springen – ich weiß nicht, wie man es vermeiden könnte.«

Am Spätnachmittag rief Hazel seine Gefährten in der Honigwabe zusammen.

»Ich habe mir die Sache überlegt«, sagte er. »Ich weiß, daß ihr alle wirklich enttäuscht gewesen sein müßt, mich kürzlich in der Nuthanger Farm nicht losgeworden zu sein, und ich habe deshalb beschlossen, das nächste Mal noch ein bißchen weiter zu gehen.«

»Wohin?« fragte Bluebell.

»Nach Efrafa«, erwiderte Hazel, »wenn ich jemand dazu bringen kann, mitzukommen, und wir werden so viele Weibchen zurückbringen, wie das Gehege braucht.«

Erstauntes Gemurmel erhob sich, und dann fragte Speedwell: »Wie?«

»Blackberry und ich haben einen Plan«, sagte Hazel, »aber ich werde ihn aus folgendem Grund jetzt nicht erläutern: Ihr alle wißt, daß dies eine gefährliche Sache werden wird. Wenn einer von euch erwischt und nach Efrafa gebracht wird, werden sie euch zum Sprechen bringen, darauf könnt ihr euch verlassen. Aber wer einen Plan nicht kennt, kann ihn nicht verraten. Ich werde es später, zu gegebener Zeit, erklären.«

»Wirst du viele Kaninchen brauchen, Hazel-rah?« fragte Dandelion. »Nach allem, was ich höre, würde unser ganzer Haufen nicht genügen, gegen die Efrafas zu kämpfen.«

»Ich hoffe, wir werden überhaupt nicht kämpfen müssen«, erwiderte Hazel, »aber natürlich besteht immer die Möglichkeit. Auf jeden Fall wird es eine lange Rückreise mit den Weibchen werden, und wenn wir zufällig unterwegs eine Weite Patrouille treffen, dann müssen genug von uns dasein, um mit ihnen fertig zu werden.«

»Werden wir nach Efrafa hineingehen müssen?« fragte Pipkin furchtsam.

»Nein«, sagte Hazel, »wir werden –«

»Ich habe nie gedacht, Hazel«, unterbrach Holly, »ich habe nie gedacht, daß es einmal so weit kommen würde, daß ich gegen dich sprechen mußte. Aber ich kann nur noch einmal sagen, daß es wahrscheinlich eine vollkommene Katastrophe werden wird. Ich weiß, was du denkst – du rechnest damit, daß General Woundwort niemanden hat, der so klug wie Blackberry und Fiver ist. Da hast du ganz recht – ich glaube auch nicht, daß er jemanden hat. Aber es bleibt die Tatsache, daß niemand eine Gruppe von Weibchen aus diesem Ort herausholen kann. Ihr wißt alle, daß ich mein Leben mit Patrouillieren und Fährtensuchen im Freien zugebracht habe. Nun, es gibt in der Efrafa-Owsla Kaninchen, die es besser können als ich – ich gebe es zu –, und die werden euch zur Strecke bringen und euch töten! Großer Frith! Wir alle müssen irgendwann einmal unseren Meister finden! Ich weiß, daß du uns nur helfen willst, aber sei vernünftig und gib diesen Plan auf. Glaube mir, es ist das beste, sich einem Ort wie Efrafa so weit wie möglich fernzuhalten.«

Überall in der Honigwabe wurde losgeredet. »Das muß richtig sein!« – »Wer will in Stücke gerissen werden?« – »Dieses Kaninchen mit den verstümmelten Ohren –« – »Nun, Hazel muß wissen, was er tut.« – »Es ist zu weit.« – »Ich möchte nicht mitgehen.«

Hazel wartete geduldig auf Ruhe. Schließlich sagte er: »Es ist so: Wir können hierbleiben und versuchen, das Beste aus unserer jetzigen Lage zu machen. Oder wir können sie ein für allemal in Ordnung bringen. Natürlich ist damit ein bißchen Risiko verbunden: Jeder weiß das, der gehört hat, was Holly und den anderen passiert ist. Aber haben wir uns nicht einem Risiko nach dem anderen gegenübergesehen, seit wir das Gehege verlassen haben? Was wollt ihr nun tun? Hierbleiben und euch die Augen auskratzen wegen zweier Weibchen, wenn es in Efrafa welche im Überfluß gibt, die ihr aus Furcht nicht holen wollt, obgleich sie nur zu glücklich wären, wenn sie mitkommen und sich uns anschließen könnten.«

Jemand rief: »Was meint Fiver?«

»Ich gehe bestimmt«, sagte Fiver ruhig. »Hazel hat vollkommen recht, und an seinem Plan ist nichts auszusetzen. Aber ich verspreche euch allen eines: Wenn mir später Zweifel kommen sollten, werde ich sie nicht für mich behalten.«

»Und wenn das geschieht, werde ich sie nicht verwerfen«, sagte Hazel.

Es herrschte Schweigen. Dann sprach Bigwig.

»Ihr sollt alle wissen, daß ich ebenfalls mitgehe«, sagte er, »und wir werden Kehaar bei uns haben, falls euch das beruhigt.«

Ein Summen der Überraschung wurde laut.

»Natürlich sollten einige von uns hierbleiben«, sagte Hazel. »Von den Farm-Kaninchen können wir nicht erwarten, daß sie mitgehen, und ich bitte keinen, der das erste Mal dabei war, wieder mitzukommen.«

»Ich werde trotzdem mitkommen«, sagte Silver. »Ich hasse General Woundwort und seinen Rat von ganzem Herzen, und wenn wir sie wirklich zum Narren halten sollten, möchte ich dabeisein, solange ich nicht mit hinein muß – das könnte ich nicht ertragen. Aber schließlich braucht ihr jemanden, der den Weg kennt.«

»Ich komme mit«, sagte Pipkin. »Hazel-rah hat mich gerettet – ich meine, ich bin sicher, er weiß, was –« Er geriet durcheinander. »Auf jeden Fall komme ich mit«, wiederholte er mit sehr nervöser Stimme.

In dem Lauf, der vom Gehölz herunterführte, schlurfte jemand, und Hazel rief: »Wer ist da?«

»Ich bin's, Hazel-rah – Blackberry.«

»Blackberry!« sagte Hazel. »Ich dachte, du seist die ganze Zeit hier gewesen. Wo warst du?«

»Tut mir leid, daß ich nicht früher kommen konnte«, sagte Blackberry. »Ich habe mich mit Kehaar über den Plan unterhalten. Er hat ihn um vieles verbessert. Wenn ich mich nicht irre, wird General Woundwort ungewöhnlich dämlich aussehen, ehe wir mit ihm fertig sind. Ich glaubte zuerst, daß es nicht realisierbar wäre, aber jetzt bin ich sicher, daß es klappt.«

»Komm hin, wo das Gras grüner ist«, sagte Bluebell.

»Und der Salat in Reihen wächst
Und ein Kaninchen von freiem Benehmen
Durch seine zerkratzte Nase bekannt ist.

Ich glaube, ich werde mitkommen müssen, nur um meine Neugier zu befriedigen. Ich habe mein Maul geöffnet und geschlossen wie ein junger Vogel, um von diesem Plan etwas zu erfahren, und keiner hat was hineingesteckt. Ich nehme an, Bigwig wird sich als ein *hrududu* verkleiden und alle Weibchen übers Feld treiben.«

Hazel wandte sich scharf an ihn. Bluebell setzte sich auf seine Hinterläufe und sagte: »Bitte, General Woundwort, Sir, ich bin bloß ein kleiner *hrududu* und habe mein ganzes Benzin auf dem Gras gelassen, wenn ihr also nichts dagegen hättet, das Gras zu fressen, während ich diese Dame mitnehme –«

»Bluebell«, sagte Hazel, »halt's Maul!«

»Verzeihung, Hazel-rah«, erwiderte Bluebell überrascht. »Ich hatte nichts Böses im Sinn. Ich habe nur versucht, alle ein bißchen aufzuheitern. Schließlich sind die meisten von uns bei dem Gedanken, an diesen Ort zu gehen, entsetzt, und du kannst uns daraus keinen Vorwurf machen, nicht wahr? Es hört sich schrecklich gefährlich an.«

»Nun hört mal zu«, sagte Hazel. »Wir werden diese Sitzung jetzt beenden. Warten wir in Ruhe ab, was wir entscheiden – das ist Kaninchenart. Niemand muß nach Efrafa gehen, der nicht will, aber es ist ziemlich klar, daß einige von uns wollen. Und jetzt gehe ich zu Kehaar, um selbst mit ihm zu reden.«

Er fand Kehaar zwischen den Bäumen; mit seinem großen Schnabel schnappte und riß er an einem scheußlich riechenden Stück schuppigem braunem Fleisch, das an einem Flechtwerk von Knochen zu hängen schien. Hazel runzelte die Nase vor Ekel über den Geruch, der das Gehölz erfüllte und schon Ameisen und Schmeißfliegen anzog.

»Was in aller Welt ist das, Kehaar?« fragte er. »Es riecht fürchterlich!«

»Du nicht kennen? Er frischer Fisch, kommt aus Großem Wasser. Is' gut.«

»Kommt aus Großem Wasser? Hu! Hast du ihn dort gefunden?«

»Ne, ne. Männer haben ihn. Unten in Farm ist viel großer Müllplatz, alle möglichen Dinge da. Ich gehe für Nahrung, finde es, alles riecht wie Großes Wasser, zieh' ihn heraus, bring' ihn hierher – läßt mich an Großes Wasser denken.« Er begann wieder an dem halb gefressenen Bückling zu reißen. Hazel saß würgend vor Brechreiz und Ekel da, als Kehaar den Fisch ganz hob und an eine Buchenwurzel schlug, so daß kleine Teile um sie herumflogen. Er nahm sich mühsam zusammen.

»Kehaar«, sagte er, »Bigwig erzählt, du würdest mitkommen und uns helfen, die Mütter aus dem großen Gehege zu holen.«

»Ya, ya, ich komme für euch. Miiister Bigwig, er mich

brauchen, ihm zu helfen. Als er da war, er mit mir reden, ich nicht Kaninchen. Plan ist gut, ya?«

»O ja. Es ist der einzig mögliche Weg. Du bist uns ein guter Freund, Kehaar.«

»Ya, ya, helfe euch, Mütter kriegen. Aber jetzt is' dies, Miiister Hazel. Immer will ich jetzt Großes Wasser – immer, immer. Ich höre Großes Wasser, will zu Großem Wasser fliegen. Bald geht ihr Mütter holen, ich helfe euch, wie du willst. Dann, wenn ihr Mütter habt, verlass' ich euch, fliege fort, komme nicht zurück. Aber ich kommen zu andere Zeit zurück, ya? Komme im Herbst, im Winter komme ich her und lebe mit euch, ya?«

»Wir werden dich vermissen, Kehaar. Wenn du zurückkommst, werden wir ein feines Gehege hier haben mit vielen Müttern. Du wirst dann stolz auf alles sein können, was du für uns getan hast.«

»Ya, wird so sein. Aber Miiister Hazel, wann geht ihr? Ich will euch helfen, aber ich will nicht lange auf Großes Wasser warten. Es is' jetzt schwer zu bleiben, weißt du? Dies was du tust, tu es bald, ya?«

Bigwig kam den Lauf herauf, steckte den Kopf aus dem Loch und hielt entsetzt an.

»Frith um alles in der Welt!« sagte er. »Was für ein schrecklicher Geruch! Hast du ihn getötet, oder starb er unter einem Stein?«

»Dir gefallen, Miiister Bigwig? Ich bringe dir ein hübsches kleines Stück, ya?«

»Bigwig«, sagte Hazel, »kannst du gehen und all den anderen sagen, daß wir morgen bei Tagesanbruch aufbrechen? Holly wird hier nach dem Rechten sehen, bis wir zurück sind, und Buckthorn, Strawberry und die Farm-Kaninchen sollen bei ihm bleiben. Und auch jedem anderen, der hierbleiben will, steht es vollkommen frei.«

»Mach dir keine Sorgen«, sagte Bigwig aus dem Loch. »Ich schicke sie alle hinauf, um mit Kehaar zu *silflay.* Die werden hingehen, wo du willst, ehe eine Ente tauchen kann.«

# Dritter Teil

# Efrafa

# 30. Eine neue Reise

Ein Unternehmen von großem Vorteil, aber keiner soll wissen, worum es sich handelt.

*Company Prospectus of the South Sea Bubble*

Mit Ausnahme von Buckthorn und Bluebell handelte es sich bei den Kaninchen, die früh am nächsten Morgen vom südlichen Ende des Buchenabhanges aufbrachen, um diejenigen, die Sandleford mit Hazel vor fünf Wochen verlassen hatten. Hazel hatte nichts mehr getan, um sie zu überreden. Er war der Meinung, es sei besser, die Dinge einfach sich zu seinen Gunsten entwickeln zu lassen. Er wußte, daß sie sich fürchteten, denn er fürchtete sich selbst. In der Tat schätzte er, daß sie sich, wie er selbst, nicht von dem Gedanken an Efrafa und seine grausame Owsla freimachen konnten. Aber gegen diese Furcht wirkten ihre Sehnsucht und ihr Bedürfnis, mehr Weibchen zu finden, und die Kenntnis, daß es in Efrafa viele Weibchen gab. Außerdem spielte ihre Lust am Unfug eine Rolle. Alle Kaninchen lieben es, unerlaubt fremdes Eigentum zu betreten und zu stehlen, und wenn es hart auf hart geht, werden sehr wenige zugeben, daß sie sich davor fürchten; es sei denn (wie Buckthorn oder Strawberry bei dieser Gelegenheit), sie wissen, daß sie nicht in Form sind und daß ihr Körper sie, wenn es zum Äußersten käme, im Stich ließe. Wieder hatte Hazel, als er von seinem geheimen Plan sprach, ihre Neugier erregt. Er hatte gehofft, daß er sie im Verein mit Fiver mit Andeutungen und Versprechungen locken könnte, und er hatte recht behalten. Die Kaninchen vertrauten ihm und Fiver, die sie aus Sandleford herausgeführt hatten, bevor es zu spät war, den Enborne und das Gemeindeland überquert, Bigwig aus dem Draht geholt und das Gehege im Hügelland gegründet hatten, aus Kehaar einen Verbündeten gemacht und trotz allem zwei Weibchen mitgebracht hatten. Man konnte nicht wissen, was sie als nächstes bewerkstelligten. Aber offensichtlich hatten sie etwas vor, und da Bigwig und Blackberry Vertrauen dazu hatten, war keiner bereit zuzugeben, daß er lieber wegbleiben wollte; besonders seit Hazel klargemacht hatte, daß jeder, der es wünschte, zu Hause bleiben könnte – und das gerne, indem er durchblicken ließ, daß sie, wenn er so feige wäre und die Heldentat verpaßte, sehr gut ohne ihn auskommen könnten. Holly, dem Loyalität zweite Natur war, hatte nichts mehr gesagt, was die Stimmung hätte verderben können. Er begleitete sie bis zum Ende des Gehölzes mit der ganzen Fröhlichkeit, die er aufbringen konnte, bat nur Hazel, außerhalb der Hörweite der übrigen, die Gefahr nicht zu unterschätzen. »Schick Nachrichten durch Kehaar, wenn er dich erreicht«, sagte er, »und komm bald zurück.«

Nichtsdestoweniger empfanden alle, als Silver sie südwärts auf höheren Boden westlich der Farm führte und nachdem sie sich tatsächlich zu dem Abenteuer verpflichtet hatten, Furcht und Besorgnis. Das, was sie über Efrafa gehört hatten, hatte genügt, um das tapferste Herz zu entmutigen. Aber ehe sie das Gehege – oder wo immer sie hingingen – erreichten, standen ihnen noch zwei Tage auf dem offenen Hügelland bevor. Füchse, Wiesel – allem konnten sie begegnen, und die einzige Rettung würde die Flucht über der Erde sein. Sie drangen auseinandergezogen und mit Unterbrechungen vor, langsamer als Holly mit seiner ausgewählten Dreier-Gruppe. Die Kaninchen verirrten sich, waren beunruhigt, hielten an, um auszuruhen. Nach einiger Zeit teilte Hazel sie in Gruppen ein, die Silver, Bigwig und er selbst führten. Trotzdem bewegten sie sich langsam, wie Bergsteiger an einem Felsen, überquerten zuerst vereinzelt und dann nacheinander dieselbe Strecke.

Aber wenigstens war die Deckung gut. Der Juni neigte sich dem Juli und dem Hochsommer zu. Hecken und Grasstreifen waren üppig und dicht. Die Kaninchen verbargen sich in dunkelgrünen, sonnengefleckten Höhlen von Gras, blühendem Majoran und Wiesenkerbel, guckten um gefleckte, steifhaarige Haufen von Natterkopf, die rot und blau über ihren Köpfen blühten, stießen zwischen hochragenden Stengeln gelber Königskerzen durch. Manchmal flitzten sie über offene Rasenflächen hinweg, die wie eine Gobelin-Wiese mit Tausendgüldenkraut und Blutwurz gefärbt waren. Wegen ihrer Angst vor *elil* und weil sie ihre Nasen immer auf dem Boden hatten und nicht weit voraus sehen konnten, schien ihnen der Weg lang.

Wäre ihre Reise in längst vergangenen Jahren gemacht worden, hätten sie die Downs viel offener gefunden, ohne Ernte auf dem Halm, dicht bevölkert mit grasenden Schafen, und sie hätten kaum hoffen können, von Feinden unbeobachtet weit zu kommen. Aber die Schafe waren schon lange verschwunden, und die Traktoren hatten große Flächen für Weizen und Gerste gepflügt. Der Geruch des grünen stehenden Korns umgab sie den ganzen Tag. Mäuse und Turmfalken waren zahlreich. Die Turmfalken waren störend, aber Hazel hatte recht gehabt, als er schätzte, daß ein gesundes, voll ausgewachsenes Kaninchen eine zu große Jagdbeute für sie war. Auf jeden Fall wurde niemand von oben angegriffen.

Einige Zeit vor *ni-Frith* in der Hitze des Tages machte Silver in einem kleinen Fleck von Dornen halt. Es war völlig windstill, und die Luft war voll des süßen, chrysanthemenartigen Geruchs blühender Kompositen des trockenen Hochlandes – Kamille, Schafgarbe und Rainfarn. Als Hazel und Fiver herankamen und sich neben ihn hockten, blickte er über das vor ihnen liegende offene Feld.

»Da, Hazel-rah«, sagte er, »das ist das Gehölz, das Holly nicht mochte.«

Zwei- oder dreihundert Meter weit weg und direkt querfeldein lief ein Gürtel von Bäumen gerade über das Hügelland, erstreckte sich nach jeder Richtung, so weit sie sehen konnten. Sie waren zu der Route des Portway gekommen – nur streckenweise eine Straße –, die nördlich schon Andover durch St. Mary Bourne mit seinen Glocken und Bächen und Brunnenkresse-Beeten, durch Bradley Wood, weiter über die Downs und so nach Tadley und endlich nach Silchester, dem römischen Calleva Atrebatum, verläuft. Wo sie die Downs überquert, ist die Route durch Caesars Gürtel gekennzeichnet, ein Streifen Waldland, geradlinig wie die Straße, zwar sehr schmal, aber mehr als drei Meilen lang. An diesem heißen Mittag waren die Bäume des Gürtels von den dunkelsten Schatten bedeckt. Die Sonne lag außerhalb, die Schatten lagen innerhalb der Bäume. Alles war still, mit Ausnahme der Heuschrecken und des Liedes der Goldammer auf den Dornen. Hazel blickte lange Zeit unverwandt umher, horchte mit hochgestellten Ohren und rümpfte die Nase in der bewegungslosen Luft.

»Ich kann nichts Besorgniserregendes entdecken«, sagte er schließlich. »Du, Fiver?«

»Nein«, erwiderte Fiver. »Holly meinte, es sei eine sonderbare Art Gehölz, und das ist es auch, aber es scheinen keine Menschen dazusein. Trotzdem sollte jemand gehen und sich vergewissern, schätze ich. Soll ich?«

Die dritte Gruppe war herangekommen, während Hazel den Gürtel gemustert hatte, und jetzt knabberten alle Kaninchen still oder ruhten sich mit flachgelegten Ohren im lichtgrünen Sonnenschatten des Dornendickichts aus.

»Ist Bigwig da?« fragte Hazel.

Während des ganzen Morgens schien Bigwig anders als sonst – still und ausschließlich in Gedanken vertieft, mit wenig Aufmerksamkeit für das, was um ihn herum vorging. Wenn sein Mut nicht über jeden Zweifel erhaben gewesen wäre, hätte man denken können, er wäre nervös. Während des langen Halts hatte Bluebell mit angehört, wie er mit Hazel, Fiver und Blackberry sprach, und hatte später Pipkin erzählt, es habe in jeder Hinsicht geklungen, als ob Bigwig beruhigt würde. ›Kämpfen, ja, überall‹, hörte er ihn sagen, ›aber ich schätze immer noch, daß dieses Spiel anderen mehr liegen dürfte als mir.‹ – ›Nein‹, erwiderte Hazel, ›du bist der einzige, der es tun kann, und vergiß nicht, das ist kein Sport wie der Überfall auf die Farm. Es hängt einfach alles davon ab.‹ Dann, als er merkte, daß Bluebell ihn hören konnte, fügte er hinzu: ›Denk auf jeden Fall weiter darüber nach und versuche, dich an den Gedanken zu gewöhnen. Wir müssen jetzt weitergehen.‹ Bigwig war übelgelaunt an der Hecke hinuntergegangen, um seine Gruppe zu sammeln.

Jetzt kam er aus einem in der Nähe stehenden Fleck Beifuß und Disteln heraus und ging zu Hazel unter den Dornbusch.

»Was willst du?« fragte er schroff.

»König der Katzen *(pfeffa-rah)*«, antwortete Hazel, »könntest du einmal zwischen diesen Bäumen nachsehen? Und wenn du Katzen oder Menschen oder etwas Derartiges findest, jag sie einfach fort, und dann komm und sage uns, daß alles in Ordnung ist.«

Als Bigwig davongeglitten war, sagte Hazel zu Silver: »Hast du eine Ahnung, bis wohin die Weiten Patrouillen ausschwärmen? Befinden wir uns schon innerhalb ihrer Reichweite?«

»Ich weiß es nicht, aber ich schätze, ja«, sagte Silver. »Meiner Meinung nach ist das eine Sache der Patrouille. Unter einem karrieresüchtigen Hauptmann kann die Patrouille weit hinausgehen, glaube ich.«

»Ach so«, sagte Hazel. »Nun, ich möchte keiner Patrouille begegnen, wenn ich es irgendwie vermeiden kann, und wenn wir einer begegnen, dann darf kein einziger von ihnen nach Efrafa zurückkehren. Das ist ein Grund, weshalb ich so viele von uns mitgenommen habe. Aber ich weiche ihnen aus, indem ich dieses Gehölz benutze. Vielleicht mögen sie's ebensowenig wie Holly.«

»Aber bestimmt verläuft es nicht in der Richtung, die wir gehen wollen«, sagte Silver.

»Wir gehen doch gar nicht nach Efrafa«, erwiderte Hazel. »Wir werden einen Fleck suchen, wo wir uns verstekken können und der gerade so weit entfernt ist, daß wir noch in Sicherheit sind. Hast du irgendeine Idee?«

»Bloß, daß es furchtbar gefährlich ist, Hazel-rah«, sagte Silver. »Du kannst nicht ungefährdet in die Nähe von Efrafa gelangen, und ich weiß nicht, wo du anfangen willst, nach so einem Versteck zu suchen. Und dann die Patrouille – wenn es eine gibt –, das werden verschlagene Halunken sein. Sie könnten uns durchaus erspähen und sich gar nicht blicken lassen – einfach gehen und uns melden.«

»Nun, da kommt Bigwig zurück«, sagte Hazel. »Alles in Ordnung, Bigwig? Gut – führen wir sie in das Gehölz und gehen drinnen ein Stückchen weiter. Dann müssen wir an der anderen Seite hinausschlüpfen, um sicherzugehen, daß Kehaar uns findet. Er hält heute nachmittag Ausschau nach uns, und wir dürfen ihn auf keinen Fall verfehlen.«

Knapp eine halbe Meile nach Westen stießen sie auf ein Dickicht, das sich dem südlichen Rand von Caesars Gürtel anschloß. Ebenfalls in westlicher Richtung erstreckte sich etwa vierhundert Meter entlang eine flache, trockene Talmulde, überwuchert mit Unkraut und rauhen, gelblichen Grasbüscheln. Da erspähte Kehaar, der zeitig vor Sonnenuntergang westwärts den Gürtel hinunter flog, die Kaninchen, die zwischen den Nesseln und dem Klebkraut lagen. Er segelte hinunter und landete neben Hazel und Fiver.

»Wie geht es Holly?« fragte Hazel.

»Er traurig«, sagte Kehaar. »Er sagen, ihr kommen nicht zurück.« Dann fügte er hinzu: »Miss Clover, sie bereit zur Mutter.«

»Das ist gut«, sagte Hazel. »Tut jemand etwas in dieser Hinsicht?«

»Ya, ya, is' alle fürs Kämpfen.«

»Na ja, ich nehme an, das Problem wird sich lösen lassen.«

»Was tun du jetzt, Miiister Hazel?«

»Da fängt deine Hilfe an, Kehaar. Wir brauchen eine Stelle, wo wir uns verstecken können, so nahe dem großen Gehege, wie wir ungestört kommen können – irgendwo, wo diese anderen Kaninchen uns nicht finden. Wenn du das Land gut genug kennst, kannst du vielleicht etwas vorschlagen.«

»Miiister Hazel, wie nahe willst du?«

»Nun, nicht weiter, als die Nuthanger Farm von der Honigwabe entfernt ist. Tatsächlich ist das das äußerste.«

»Gibt nur eine Sache, Miiister Hazel. Du gehst andere Seite von Fluß, dann sie euch nicht finden.«

»Über den Fluß? Du meinst, wir sollen hinüberschwimmen?«

»Ne, ne, Kaninchen nicht schwimmen diesen Fluß. Is' groß, is' tief, geht schnell. Aber is' Brücke, dann andere Seite viel Platz für Verstecken. Is' dicht bei Gehege, wie du sagst.«

»Und du glaubst, das ist das Beste, was wir tun können?«

»Is' viel Bäume und is' Fluß. Andere Kaninchen euch nicht finden.«

»Was hältst du davon?« sagte Hazel zu Fiver.

»Es klingt besser, als ich gehofft hatte«, sagte Fiver. »Ich sage es gar nicht gern, aber ich glaube, wir sollten sofort da hingehen, selbst wenn es uns alle erschöpft. Wir sind die ganze Zeit in Gefahr, solange wir in dem Hügelland sind, aber wenn wir mal wegkommen, können wir ausruhen.«

»Nun, ich nehme an, wir gehen lieber bei Nacht weiter, wenn sie's tun – aber wir haben's schon mal getan –, doch zuerst müssen wir futtern und ausruhen. Brechen wir nach *fu Inlé* auf? Der Mond wird scheinen.«

»Oh, wie ich diese Worte wie ›aufbrechen‹ und ›*fu Inlé*‹ hasse«, sagte Blackberry.

Indessen war die Abendmahlzeit friedlich und kühl, und nach einiger Zeit fühlten sich alle erfrischt. Als die Sonne unterging, versammelte Hazel sie in voller Deckung, um Kügelchen zu kauen und auszuruhen. Obgleich er sich bemühte, zuversichtlich und fröhlich zu scheinen, spürte er, daß sie gereizt waren, und nachdem er ein paar Fragen über den Plan abgewehrt hatte, überlegte er sich, wie er ihre Gedanken ablenken und sie dazu bringen könnte, sich zu entspannen, bis sie bereit waren, wieder aufzubrechen. Er erinnerte sich an die Zeit, als sie am ersten Abend seiner Führung gezwungen gewesen waren, in dem Gehölz über dem Enborne zu ruhen. Wenigstens stellte er mit Befriedigung fest, daß niemand erschöpft war; sie waren ein so widerstandsfähiger Haufen von *hlessil,* wie je einer einen Garten überfallen hatte. Ganz ohne Unterschied, dachte Hazel: Pipkin und Fiver sahen so frisch wie Silver und Bigwig aus. Doch eine kleine Unterhaltung würde ihnen guttun und ihre Stimmung heben. Er wollte es gerade laut aussprechen, als Acorn ihm die Mühe abnahm.

»Willst du uns eine Geschichte erzählen, Dandelion?« fragte er.

»Ja, ja!« riefen mehrere andere. »Komm schon! Erzähl uns ganz was Tolles!«

»Gut«, meinte Dandelion. »Wie wär's mit ›El-ahrairah und der Fuchs im Wasser‹?«

»Nein, nehmen wir ›Das Loch im Himmel‹«, sagte Hawkbit.

»Nein, nicht das«, sagte Bigwig plötzlich. Er hatte den ganzen Abend sehr wenig gesprochen, und alle blickten sich nach ihm um. »Wenn du eine Geschichte erzählst, dann will ich nur eine hören«, fuhr er fort, »›El-ahrairah und das Schwarze Kaninchen von Inlé‹.«

»Vielleicht nicht gerade die«, sagte Hazel.

Bigwig fuhr ihn knurrend an.

»Wenn eine Geschichte erzählt werden soll, glaubst du nicht auch, daß ich dasselbe Recht wie jeder andere habe, eine zu wählen?« fragte er.

Hazel antwortete nicht, und nach einer Pause, in der niemand sprach, begann Dandelion auf eine ziemlich gedämpfte Art.

# 31. Die Geschichte von El-ahrairah und dem Schwarzen Kaninchen von Inlé

Die Macht der Nacht, der Druck des Sturmes,
Der Standort des Feindes;
Wo er steht, der Erzfeind in sichtbarer Form,
Und doch muß der starke Mann gehen.
Robert Browning *Prospice*

»Früher oder später sickert alles durch, und die Tiere erfahren, was andere von ihnen denken. Einige sagen, Hufsa sei es gewesen, der König Darzin von der List mit dem Salat erzählte. Andere sagen, Yona, der Igel, habe in den Büschen geklatscht. Aber wie immer – König Darzin erfuhr, daß er zum Narren gehalten wurde, als er seinen Salat an das Sumpfland von Kelfazin lieferte. Er bot seine Soldaten nicht zum Kampf auf – noch nicht; aber er beschloß, eine Gelegenheit zu finden, es El-ahrairah heimzuzahlen. El-ahrairah wußte das und warnte alle seine Leute, vorsichtig zu sein, besonders, wenn sie allein herumliefen.

An einem Spätnachmittag im Februar führte Rabscuttle einige Kaninchen zu einem Müllhaufen am Rande eines Gartens hinaus, ein Stückchen vom Gehege entfernt. Der Abend wurde kalt und dunstig, und lange vor dem Zwielicht zog ein dichter Nebel auf. Sie machten sich auf den Weg nach Hause, aber sie verirrten sich, und dann hatten sie Schwierigkeiten mit einer Eule und verloren die Richtung. Jedenfalls wurde Rabscuttle von den anderen getrennt, und nachdem er einige Zeit umhergewandert war, verlief er sich ins Wachtposten-Quartier außerhalb von König Darzins Stadt, und sie fingen ihn und brachten ihn vor den König.

König Darzin sah seine Chance, El-ahrairah zu ärgern. Er steckte Rabscuttle in ein besonderes Gefängnisloch, und jeden Tag wurde er zur Arbeit herausgebracht – manchmal bei Frost –, mußte graben und Tunnel anlegen. Aber El-ahrairah schwor, er würde ihn irgendwie herauskriegen. Und das tat er auch; denn er und zwei seiner Weibchen brachten vier Tage damit zu, einen Tunnel vom Gehölz in den hinteren Teil der Böschung zu graben, wo Rabscuttle arbeitete. Und schließlich kam dieser Tunnel in die Nähe des Loches in der Böschung, in das hinunter Rabscuttle geschickt worden war. Er sollte das Loch in einen Lagerraum umgraben, und die Posten hielten draußen Wache, während er arbeitete. Aber El-ahrairah gelangte zu ihm, denn er konnte ihn im Dunkeln kratzen hören, und alle schlüpften den Tunnel hinunter davon und entflohen durch das Gehölz.

Als König Darzin die Nachricht erhielt, wurde er sehr böse, und er beschloß, diesmal einen Krieg zu beginnen und El-ahrairah ein für allemal zu erledigen. Seine Soldaten machten sich in der Nacht auf und gingen auf die Wiesen von Fenlo, aber es gelang ihnen nicht, in die Kaninchenlöcher hinunterzukommen. Einige versuchten es, aber sie kamen bald wieder heraus, weil sie auf El-ahrairah und die anderen Kaninchen trafen. Sie waren es nicht gewohnt, im Dunkeln in der Enge zu kämpfen, und sie wurden gebissen und gekratzt, bis sie schließlich froh waren, herauszukommen – mit dem Schwanz zuerst.

Aber sie verschwanden nicht, sie saßen draußen und

warteten. Wann immer einige Kaninchen *silflay* zu machen versuchten, fanden sie ihre Feinde bereit, sie anzuspringen. König Darzin und seine Soldaten konnten nicht alle Löcher beobachten – es waren zu viele –, aber sie waren schnell dabei, zuzupacken, wo immer ein Kaninchen seine Nase zeigte. Sehr bald fanden El-ahrairahs Leute, daß sie nur eben ein oder zwei Maulvoll Gras schnappen konnten – gerade genug, um am Leben zu bleiben –, ehe sie unter den Boden flitzen mußten. El-ahrairah wandte jede nur mögliche List an, aber er konnte weder König Darzin loswerden, noch seine eigenen Leute fortschaffen. Die Kaninchen begannen, unter der Erde dünn und elend zu werden, und einige von ihnen wurden krank.

Schließlich war El-ahrairah ganz verzweifelt, und eines Nachts, als er sein Leben immer wieder riskiert hatte, um für ein Weibchen und seine Familie, deren Vater tags zuvor getötet worden war, ein paar Maulvoll Gras hinunterzubringen, rief er aus: ›Lord Frith! Ich würde alles tun, um mein Volk zu retten! Ich würde mit einem Wiesel oder einem Fuchs feilschen – ja, sogar mit dem Schwarzen Kaninchen von Inlé!‹

Kaum hatte er das gesagt, ging es El-ahrairah auf, daß, wenn es irgendein Geschöpf gab, das den Willen und ganz bestimmt die Macht hatte, seine Feinde zu vernichten, es das Schwarze Kaninchen von Inlé war. Denn es war ein Kaninchen und doch tausendmal mächtiger als König Darzin. Der bloße Gedanke ließ El-ahrairah schwitzen und schaudern, so daß er sich, wo er war, im Lauf niederkauern mußte. Nach einiger Zeit ging er in seinen eigenen Bau und überlegte sich, was er gesagt hatte und was es bedeutete.

Wie ihr nun alle wißt, verkörpert das Schwarze Kaninchen von Inlé Furcht und immerwährende Dunkelheit. Es *ist* ein Kaninchen, aber es ist der kalte, schlechte Traum, vor dem uns heute und morgen zu schützen wir den Allmächtigen Frith nur anflehen können. Wenn die Schlinge in der Lücke gelegt ist, weiß das Schwarze Kaninchen, wo der Pflock steckt; und wenn das Wiesel tanzt, ist das Schwarze Kaninchen nicht weit. Ihr alle wißt, wie einige Kaninchen zwischen zwei Witzen und einem Raubzug einfach ihr Leben wegzuwerfen scheinen, aber die Wahrheit ist, daß ihre Dummheit vom Schwarzen Kaninchen kommt; denn durch seinen Willen riechen sie weder den Hund, noch sehen sie das Gewehr. Das Schwarze Kaninchen bringt auch Krankheit. Oder es kommt in der Nacht und ruft ein Kaninchen beim Namen, und dann muß dieses Kaninchen zu ihm hinausgehen, auch wenn es jung und kräftig genug sein mag, um sich vor jeder anderen Gefahr zu retten. Es geht mit dem Schwarzen Kaninchen und hinterläßt keine Spur. Einige behaupten, das Schwarze Kaninchen hasse uns und wolle unsere Vernichtung. Aber die Wahrheit ist – jedenfalls bin ich so belehrt worden –, daß es auch dem Allmächtigen Frith dient und nicht mehr tut als seine ihm gestellte Aufgabe: zu vollbringen, was sein muß. Wir kommen in die Welt und müssen gehen, aber wir gehen nicht einfach, um dem einen oder anderen Feind zu dienen. Wenn dem so wäre, würden wir alle an einem Tag vernichtet sein. Wir gehen durch den Willen des Schwarzen Kaninchens von Inlé und nur durch seinen Willen. Und obgleich dieser Wille uns allen hart und bitter erscheint, ist er auf seine Art unser Beschützer; denn er kennt Friths Versprechen den Kaninchen gegenüber, und er wird jedes Kaninchen rächen, das zufällig ohne sein Einverständnis vernichtet wird. Jeder, der eines Wildhüters Galgen gesehen hat, weiß, was das Schwarze Kaninchen auf *elil* heraufbeschwören kann, die glauben, sie können tun, was sie wollen.

El-ahrairah verbrachte die Nacht allein in seinem Bau,

und seine Gedanken waren fürchterlich. Soweit er wußte, hatte kein Kaninchen je etwas Ähnliches wie das versucht, was er im Sinn hatte. Aber je mehr er darüber nachdachte – so gut er es vor Hunger und Angst und in dem Traumzustand vermochte, der über Kaninchen kommt, die dem Tode gegenüberstehen –, desto mehr schien es ihm, daß wenigstens die Möglichkeit eines Erfolges bestand. Er würde das Schwarze Kaninchen aufspüren und ihm sein eigenes Leben für die Sicherheit seiner Leute anbieten. Aber wenn er sein Leben anbot und nicht davon überzeugt war, daß sein Angebot angenommen wurde, wäre es besser, sich überhaupt nicht in die Nähe des Schwarzen Kaninchens zu wagen. Das Schwarze Kaninchen mochte sein Leben nicht akzeptieren, aber vielleicht bekam er dennoch eine Chance, etwas anderes zu versuchen. Allerdings gab es keine Möglichkeit, das Schwarze Kaninchen zu hintergehen. Wenn die Sicherheit seiner Leute gewonnen werden sollte, mit welchen Mitteln auch immer, würde der Preis sein Leben sein. Er würde also nicht zurückkehren, es sei denn, er scheiterte. Er würde deshalb einen Kameraden brauchen, der, was auch immer es war, zurückbrachte, um König Darzin zu vernichten und das Gehege zu retten.

Am Morgen ging El-ahrairah auf die Suche nach Rabscuttle, und sie sprachen miteinander bis weit in den Tag hinein. Dann rief er seine Owsla zusammen und sagte ihnen, was er zu tun beabsichtigte.

Später an jenem Abend, im letzten Zwielicht, kamen die Kaninchen heraus und griffen König Darzins Soldaten an. Sie kämpften sehr tapfer, und einige von ihnen wurden getötet. Der Feind glaubte, sie versuchten, aus dem Gehege auszubrechen, und tat alles, was er konnte, sie zu umzingeln und in ihre Löcher zurückzutreiben. Die Wahrheit aber war, daß sie nur kämpften, um König Darzins Aufmerksamkeit abzulenken und seine Soldaten zu beschäftigen. Als es dunkel wurde, schlüpften El-ahrairah und Rabscuttle zum anderen Ende des Geheges hinaus und machten sich den Graben hinunter davon, während die Owsla zurückfiel und König Darzins Soldaten sie durch die Löcher verhöhnten. Und was König Darzin betraf, so schickte er eine Botschaft und kündigte an, daß er mit El-ahrairah über die Bedingungen einer Kapitulation zu sprechen bereit sei.

El-ahrairah und Rabscuttle brachen zu ihrer dunklen Reise auf. Welchen Weg sie nahmen, weiß ich nicht, und kein Kaninchen weiß es. Aber mir fällt ein, was der alte Feverfew – erinnert ihr euch noch an ihn? – sagte, wenn er diese Geschichte erzählte. ›Sie haben nicht lange gebraucht‹, sagte er. ›Sie haben überhaupt keine Zeit gebraucht. Nein, sie hinkten und stolperten wie durch einen bösen Traum zu diesem schrecklichen Ort, zu dem sie unterwegs waren. Wo sie reisten, bedeuten Sonne und Mond nichts und Winter und Sommer noch weniger. Aber ihr werdet nie erfahren‹ – und dann blickte er sich unter uns um –, ›ihr werdet nie erfahren, und ich auch nicht, wie weit El-ahrairah auf seiner Reise in die Dunkelheit ging. Ihr seht die Spitze eines großen Steines aus dem Boden herausragen. Wie weit ist es zur Mitte? Spaltet den Stein. Dann werdet ihr es wissen.‹

Schließlich kamen sie an eine erhöhte Stelle, wo kein Gras wuchs. Sie krabbelten hinauf, über Schiefersplitter, zwischen grauen Steinen, die größer als Schafe waren. Dunst und eisiger Regen wirbelten um sie, und es war kein Ton zu hören außer dem Tröpfeln von Wasser und manchmal, von weit oben, dem Ruf eines großen bösen Vogels im Fluge. Und diese Geräusche hallten wider, denn sie befanden sich zwischen schwarzen Steinklippen, höher als der höchste Baum. Überall lagen Schneeflecken, denn die Sonne schien nie, um sie aufzutauen. Das Moos war schlüpfrig, und wann immer sie einen Kieselstein herausstießen, klapperte er hinter ihnen die Rinnen hinunter. Aber El-ahrairah kannte den Weg und ging immer weiter, bis der Nebel so dicht wurde, daß sie nichts mehr sehen konnten. Dann hielten sie sich nahe an der Klippe, und nach und nach hing sie, als sie weitergingen, über ihnen, bis sie ein dunkles Dach über ihren Köpfen bildete. Wo die Klippe endete, befand sich die Mündung eines Tunnels, wie ein riesiges Kaninchenloch. In der Eiseskälte und der Stille stampfte El-ahrairah und schlug mit seinem Schwanz nach Rabscuttle. Und dann, als sie im Begriff waren, in den Tunnel zu gehen, merkten sie, daß das, was sie im Halbdunkel für einen Teil des Steines gehalten hatten, kein Stein war. Es war das Schwarze Kaninchen von Inlé, dicht neben ihnen, still wie eine Flechte und kalt wie Stein.«

»Hazel«, sagte Pipkin, in der Dämmerung starrend und zitternd, »ich mag diese Geschichte nicht. Ich weiß, ich bin nicht tapfer –«

»Schon gut, Hlao-roo«, sagte Fiver, »du bist nicht der einzige.« Tatsächlich schien er selbst gelassen und sogar distanziert, was mehr war, als von jedem anderen Kaninchen in der Zuhörerschaft gesagt werden konnte, aber Pipkin nahm das kaum wahr. »Gehen wir ein bißchen hinaus und sehen den Spinnen zu, wie sie Motten fangen, ja?« sagte Fiver. »Ich glaube, ich erinnere mich an einen Fleck Wicken – es muß irgendwo hier entlang sein.« Er sprach immer noch ruhig und führte Pipkin in die überwucherte Talmulde hinaus. Hazel wandte sich um, weil er sich die Richtung, die sie genommen hatten, merken wollte, und da zögerte Dandelion, im Zweifel, ob er die Erzählung wiederaufnehmen sollte.

»Weiter«, sagte Bigwig, »und laß nichts aus.«

»Ich glaube, vieles wird ausgelassen, wenn man nur die Wahrheit wüßte«, sagte Dandelion, »denn niemand kann sagen, was in diesem Land geschieht, wohin El-ahrairah aus eigenem Antrieb ging, wir auch nicht. Wie mir jedoch erzählt wurde, flohen sie, als sie zum ersten Mal des Schwarzen Kaninchens gewahr wurden, den Tunnel hinunter – notgedrungenermaßen, denn sie konnten nirgendwo andershin rennen. Und das taten sie, obgleich sie in der Absicht gekommen waren, es zu treffen, und alles davon abhing, daß sie es trafen. Sie handelten nicht anders als wir alle, und auch der Schluß war nicht anders; denn nachdem sie den Tunnel entlanggeschlüpft, gestrauchelt und gefallen waren, fanden sie sich in einem weiten Steinbau wieder. Alles war aus Stein – das Schwarze Kaninchen hatte ihn mit seinen Klauen aus dem Berg herausgegraben. Und da fanden sie das, wovor sie geflohen waren, wie es auf sie wartete. Es waren noch andere in diesem Bau versammelt – Schatten ohne Geräusch oder Geruch. Das Schwarze Kaninchen hat auch seine Owsla, wißt ihr? Ich wäre nicht erpicht darauf, ihr zu begegnen.

Das Schwarze Kaninchen sprach mit einer Stimme wie Wasser, das im Dunkeln an widerhallenden Stellen in Pfützen fällt.

›El-ahrairah, warum bist du hierhergekommen?‹

›Ich bin für mein Volk gekommen‹, flüsterte El- ahrairah.

Das Schwarze Kaninchen roch so sauber wie letztjährige Knochen, und El-ahrairah konnte seine Augen im Dunkeln sehen, denn sie leuchteten in einem kalten roten Licht.

›Du bist ein Fremder hier, El-ahrairah‹, sagte das Schwarze Kaninchen. ›Du lebst.‹

›Mein Herr‹, erwiderte El-ahrairah, ›ich bin gekommen, dir mein Leben zu geben. Mein Leben für mein Volk.‹

Das Schwarze Kaninchen zog seine Klauen am Boden entlang. ›Handel, Handel, El-ahrairah‹, sagte er. ›Es vergeht kein Tag und keine Nacht, an denen nicht ein Weibchen sein Leben für seine Jungen bietet oder ein ehrlicher Hauptmann der Owsla sein Leben für das seines Oberkaninchens. Manchmal wird es angenommen, manchmal nicht. Aber es gibt keinen Handel, denn hier muß sein, was ist.‹

El-ahrairah war still. Aber er dachte: ›Vielleicht kann ich ihn überlisten, mein Leben anzunehmen. Er würde ein Versprechen halten, wie Fürst Regenbogen das seine hielt.‹

›Du bist mein Gast, El-ahrairah‹, sagte das Schwarze Kaninchen. ›Bleib in meinem Bau, solange du willst. Du kannst hier schlafen, und du kannst hier fressen, und es gibt in der Tat wenige, die so viel tun können. Laßt ihn fressen‹, sagte er zu den Owsla.

›Wir werden nicht fressen, mein Herr‹, sagte El-ahrairah; denn er wußte, daß seine geheimen Gedanken sich offenbaren würden und es mit der List vorbei wäre, wenn er das Futter, das sie ihm in diesem Bau gaben, fressen würde.

›Dann müssen wir dich wenigstens unterhalten‹, sagte das Schwarze Kaninchen. ›Du sollst dich hier wie zu Hause fühlen, El-ahrairah, und es dir bequem machen. Komm, laß uns Bob-Stones* spielen.‹

›Gut‹, sagte El-ahrairah, ›und wenn ich gewinne, bist du vielleicht so gütig, mein Leben für die Sicherheit meines Volkes anzunehmen.‹

›Jawohl‹, sagte das Schwarze Kaninchen. ›Aber wenn ich

* Bob-Stones ist ein traditionelles Kaninchen-Spiel. Es wird mit Steinchen, Teilen von Stöckchen oder ähnlichem gespielt. Ein »Wurf« von Steinen auf den Boden wird von der Vorderpfote des Spielers bedeckt. Der Gegner muß die Zusammensetzung erraten, z. B. eins oder zwei, hell oder dunkel, rauh oder glatt.

gewinne, mußt du mir deinen Schwanz und deinen Schnurrbart geben.‹

Die Steine wurden gebracht, und El-ahrairah setzte sich in der Kälte und dem Widerhall nieder, um gegen das Schwarze Kaninchen von Inlé zu spielen. Er konnte so gut spielen wie irgendein Kaninchen, das je einen Wurf bedeckte. Aber dort, an diesem schrecklichen Ort, die auf ihm ruhenden Augen des Schwarzen Kaninchens und die Owsla, die kein Geräusch machten – so sehr er es versuchte, er konnte keinen klaren Kopf behalten, und schon bevor er warf, fühlte er, daß das Schwarze Kaninchen wußte, was drunter war. Das Schwarze Kaninchen zeigte nicht die geringste Eile. Es spielte, wie der Schnee fällt, ohne Geräusch oder Veränderung, bis El-ahrairah schließlich der Mut verließ und er wußte, daß er nicht gewinnen konnte.

›Du kannst deinen Einsatz an die Owsla bezahlen, El-ahrairah‹, sagte das Schwarze Kaninchen, ›und die werden dir einen Bau zeigen, in dem du schlafen kannst. Ich werde morgen wiederkommen, und wenn du noch da bist, werde ich mit dir sprechen. Aber du hast die Freiheit, zu gehen, wann immer du willst.‹

Dann führten die Owsla El-ahrairah fort und schnitten ihm den Schwanz ab und zupften ihm den Schnurrbart aus, und als er wieder zu sich kam, war er mit Rabscuttle allein in einer Steinhöhlung mit einer Öffnung zur Bergseite hin.

›O Meister‹, sagte Rabscuttle, ›was wirst du jetzt tun? Um Friths willen, laß uns fortgehen. Ich kann für uns beide in der Dunkelheit fühlen.‹

›Kommt nicht in Frage‹, sagte El-ahrairah. Er hoffte immer noch, von dem Schwarzen Kaninchen auf irgendeine Weise doch zu kriegen, was er wollte, und er war sicher, daß er in diesen Bau gesteckt worden war, um in Versuchung geführt zu werden, sich davonzustehlen. ›Kommt nicht in Frage. Ich kann mich sehr gut mit etwas Weidenkräutern und Waldrebe behelfen. Geh los und hole einige, Rabscuttle, aber komm vor morgen abend bestimmt wieder zurück. Und bring auch etwas Futter mit, wenn du kannst.‹

Rabscuttle ging, wie ihm geheißen war, und El-ahrairah blieb allein. Er schlief sehr wenig, teils wegen der Schmerzen, teils aus Angst, die ihn nie verließ, aber vor allem, weil er immer noch eine List suchte, die ihm zum Vorteil gereichen würde. Am nächsten Tag kam Rabscuttle mit einigen Stücken Rüben zurück, und nachdem El-ahrairah sie gefressen hatte, half ihm Rabscuttle, sich mit einem grauen Schwanz und einem Schnurrbart auszustaffieren, die er aus den Wintertrieben von Waldrebe und Jakobskreuzkraut anfertigte. Abends begab er sich zum Schwarzen Kaninchen, als ob nichts geschehen wäre.

›Nun, El-ahrairah‹, sagte das Schwarze Kaninchen – und er rümpfte nicht die Nase, wenn er schnupperte, sondern stieß sie vor wie ein Hund –, ›mein Bau ist gewiß nicht das, was du gewohnt bist, aber vielleicht hast du versucht, es dir bequem zu machen?‹

›Das habe ich, mein Herr‹, sagte El-ahrairah. ›Ich bin froh, daß du mir erlaubst zu bleiben.‹

›Vielleicht spielen wir heute abend nicht wieder Bob-Stones‹, sagte das Schwarze Kaninchen. ›Du mußt verstehen, El-ahrairah, daß ich dir keine Verluste zufügen möchte. Ich bin nicht einer der Tausend. Ich wiederhole, du kannst bleiben oder gehen, wie es dir beliebt. Aber vielleicht würdest du, wenn du bleibst, gerne eine Geschichte hören oder selbst eine erzählen?‹

›Gewiß, mein Herr‹, sagte El-ahrairah. ›Und wenn ich eine Geschichte so gut wie du erzählen kann, dann wirst du vielleicht mein Leben annehmen und meinem Volk Sicherheit gewähren?‹

›Das werde ich‹, sagte das Schwarze Kaninchen. ›Aber wenn nicht, El-ahrairah, wirst du deine Ohren verlieren.‹ Er wartete, ob El-ahrairah sich weigern würde zu wetten, aber der tat es nicht.

Dann erzählte das Schwarze Kaninchen eine solche Geschichte von Angst und Dunkelheit, daß die Herzen Rabscuttles und El-ahrairahs erstarrten, denn sie wußten, daß jedes Wort wahr war. Sie wußten sich nicht mehr zu helfen. Sie schienen in eisige Wolken getaucht zu werden, die ihre Sinne betäubten; und die Geschichte des Schwarzen Kaninchens kroch in ihre Herzen wie ein Wurm in eine Nuß, sie ausgedörrt und leer zurücklassend. Als diese schreckliche Geschichte schließlich zu Ende war, versuchte El-ahrairah zu sprechen. Aber er konnte seine Gedanken nicht sammeln, stammelte und rannte über den Boden wie eine Maus, wenn der Habicht tief herunterstößt. Das Schwarze Kaninchen wartete still, ohne ein Anzeichen von Ungeduld. Schließlich war es klar, daß es keine Geschichte von El-ahrairah geben würde, und die Owsla ergriffen ihn und versetzten ihn in tiefen Schlaf, und als er erwachte, waren seine Ohren weg, und nur Rabscuttle befand sich neben ihm in dem Steinbau und weinte wie ein Junges.

›O Meister‹, sagte Rabscuttle, ›was kann dieses Leiden für einen Sinn haben? Um des Allmächtigen Frith und des grünen Grases willen, laß mich dich nach Hause bringen.‹

›Unsinn‹, sagte El- ahrairah. ›Geh hinaus und hol mir zwei schöne große Sauerampferblätter. Die werden sich sehr gut als Ohren eignen.‹

›Sie werden in kurzer Frist verwelkt sein, Meister‹, sagte Rabscuttle, ›so, wie ich es jetzt schon bin.‹

›Sie werden lange genug halten‹, sagte El-ahrairah grimmig, ›für das, was ich zu tun habe. Aber ich kann den Weg nicht finden.‹

Als Rabscuttle gegangen war, zwang sich El-ahrairah, klar zu denken. Das Schwarze Kaninchen wollte sein Leben nicht annehmen. Auch war es klar, daß er selbst nie imstande wäre, irgendeine Wette gegen ihn zu gewinnen – er könnte genausogut versuchen, ein Rennen über eine Eisfläche zu laufen. Aber wenn das Schwarze Kaninchen ihn nicht haßte, warum ließ es ihn dann so leiden? Um seinen Mut zu zerrütten, damit er aufgäbe und fortginge. Aber warum schickte er ihn dann nicht einfach fort? Und warum wartete er, ehe er ihn verstümmelte, bis er selbst eine Wette vorschlug und sie verlor? Plötzlich kam ihm die Antwort. Diese Schatten hatten keine Macht, ihn wegzuschicken oder ihn zu verstümmeln, es sei denn, er wäre selbst damit einverstanden. Sie würden ihm nicht helfen, nein. Sie würden seinen Willen beherrschen wollen und ihn brechen, wenn sie könnten. Aber wenn er unter ihnen etwas fände, das sein Volk rettete, könnten sie ihn davon abhalten, es fortzunehmen?

Als Rabscuttle zurückkam, half er El-ahrairah, seinen entsetzlich verstümmelten Kopf mit zwei Sauerampferblättern anstelle von Ohren zu tarnen, und nach einer Weile schliefen sie. Aber El-ahrairah träumte von seinen hungernden Kaninchen, die in den Läufen darauf warteten, die Soldaten König Darzins zurückzustoßen, und die alle Hoffnungen auf ihn setzten, und schließlich erwachte er kalt und verkrampft und wanderte in die Läufe des Steingeheges hinaus. Als er entlanghinkte, die Sauerampferblätter auf jeder Seite seines Kopfes nachschleifend – denn er konnte sie nicht heben oder bewegen wie die Ohren, die er verloren hatte –, kam er zu einer Stelle, von der mehrere enge Läufe tiefer in den Boden führten, und hier fand er zwei der gräßlichen schattenhaften Owsla, die einer eigenen dunklen Beschäftigung nachgingen. Sie drehten sich um und starrten ihn an, um ihm Furcht einzujagen, aber El-ahrairah war jenseits von Furcht und Angst und starrte zurück, fragte sich, was sie im Sinn hatten, um ihn zu überreden, aufzugeben.

›Geh zurück, El-ahrairah‹, sagte der eine schließlich. ›Du hast hier in der Grube nichts zu suchen. Du lebst und hast schon viel gelitten.‹

›Nicht soviel wie mein Volk‹ erwiderte El- ahrairah.

›Hier gibt es genug Leiden für tausend Gehege‹, sagte der Schatten. ›Sei nicht störrisch, El-ahrairah. In diesen Löchern liegen alle Plagen und Krankheiten, die über die Kaninchen kommen – Fieber und die Räude und die Darmkrankheiten. Und hier, im nächsten Loch, liegt die weiße Blindheit, die die Geschöpfe hinaushumpeln läßt, damit sie in den Feldern sterben, wo selbst die *elil* ihre verfaulenden Körper nicht berühren wollen. Es ist unsere Aufgabe, dafür zu sorgen, daß all diese für den Gebrauch von Inlé-rah bereit sind. Denn was sein muß, muß sein.‹

Da wußte El-ahrairah, daß er nicht länger überlegen durfte. Er gab vor, zurückzugehen, drehte sich aber plötzlich um, raste auf die Schatten zu und fiel in das nächste Loch wie ein Regentropfen in den Boden. Und da lag er, während die Schatten um den Eingang flimmerten und schnatterten; denn sie hatten keine Macht, ihn zu bewegen, außer der Furcht. Nach einer Zeit gingen sie fort, und El-ahrairah wurde allein gelassen mit der bangen Frage, ob er König Darzins Armee ohne die Hilfe von Schnurrbart oder Ohren rechtzeitig erreichen könnte.

Schließlich, als er sicher war, daß er lange genug in dem Loch geblieben sein mußte, um infiziert zu werden, kam El-ahrairah heraus und machte sich auf den Rückweg durch den Lauf. Er wußte nicht, wie bald die Krankheit ausbrechen würde oder wie lange er brauchen würde, um zu sterben, aber er mußte so schnell wie möglich zurückkehren – ehe ein Anzeichen von Krankheit an ihm zu bemerken war. Ohne Rabscuttle zu nahe zu kommen, mußte er ihn dazu bringen, zu den Kaninchen im Gehege vorauszugehen und sie zu veranlassen, alle Löcher zu blockieren und drinnen zu bleiben, bis König Darzins Armee vernichtet war.

Er stolperte in der Dunkelheit gegen einen Stein; denn er zitterte und fieberte, und in jedem Fall konnte er ohne seinen Schnurrbart wenig oder gar nichts fühlen. In diesem Augenblick sagte eine ruhige Stimme: ›El-ahrairah, wohin gehst du?‹ Er hörte nichts, wußte aber, daß das Schwarze Kaninchen neben ihm war.

›Ich gehe heim, mein Herr‹, erwiderte er. ›Du sagtest, daß ich gehen könnte, wenn ich es wünschte.‹

›Du hast etwas vor, El-ahrairah‹, sagte das Schwarze Kaninchen. ›Was ist es?‹

›Ich bin in der Grube gewesen, mein Herr‹, antwortete El-ahrairah. ›Ich bin von der weißen Blindheit infiziert, und ich werde mein Volk retten, indem ich den Feind vernichte.‹

›El-ahrairah‹, sagte das Schwarze Kaninchen, ›weißt du, wie die weiße Blindheit übertragen wird?‹

Eine plötzliche böse Ahnung ergriff von El-ahrairah Besitz. Er sagte nichts.

›Sie wird von den Flöhen in den Ohren der Kaninchen übertragen‹, sagte das Schwarze Kaninchen. ›Sie gehen von den Ohren eines kranken Kaninchens in die seiner Gefährten über. Aber, El-ahrairah, du hast keine Ohren, und Flöhe gehen nicht in Sauerampferblätter. Du kannst weder die weiße Blindheit kriegen noch übertragen.‹

Dann endlich fühlte El-ahrairah, daß seine Kraft und sein Mut ihn verlassen hatten. Er fiel zu Boden. Er versuchte, sich zu bewegen, aber seine Beine schleppten am Felsen entlang, und er konnte nicht aufstehen. Er schlurfte und lag dann schweigend still.

›El-ahrairah‹, sagte das Schwarze Kaninchen schließlich, ›das ist ein kaltes Gehege, ein schlechter Ort für die Lebenden und kein Ort für warme Herzen und tapfere Sinne. Du bist für mich eine Plage. Geh nach Hause. Ich selbst werde dein Volk retten. Frage jedoch nicht, wann. Hier gibt es keine Zeit. Sie sind bereits gerettet.‹

In diesem Augenblick, während König Darzin und seine Soldaten immer noch in die Löcher des Geheges hinunterspotteten, wurden sie in der zunehmenden Dunkelheit von Verwirrung und Schrecken überfallen. Die Felder schienen voll riesiger Kaninchen mit roten Augen zu sein, die sich zwischen den Disteln heranpirschten. Sie drehten sich um und flohen. Sie verschwanden in der Nacht; und deshalb kann kein Kaninchen, das die Geschichten El-ahrairahs erzählt, sagen, was für Geschöpfe sie waren oder wie sie aussahen. Nicht ein einziges wurde je wieder gesehen, von jenem bis zum heutigen Tage.

Als El-ahrairah sich schließlich auf die Füße stellen konnte, war das Schwarze Kaninchen gegangen, und Rabscuttle kam den Lauf herunter und suchte ihn. Sie gingen zusammen auf den Berghang hinaus und im Dunst die von Steinen ratternde Rinne hinunter. Sie wußten nicht, wohin sie gingen, außer daß sie von dem Gehege des Schwarzen Kaninchens fortgingen. Doch nach einiger Zeit wurde es offenkundig, daß El-ahrairah durch den Schock und vor Erschöpfung krank war. Rabscuttle kratzte eine Grube, und da blieben sie mehrere Tage.

Später, als El-ahrairah sich besser zu fühlen begann, wanderten sie weiter, aber sie konnten den Rückweg nicht finden. Ihre Sinne waren beeinträchtigt, und sie mußten

Hilfe und Schutz von anderen Tieren, denen sie begegneten, erbitten. Ihre Heimreise dauerte drei Monate, und sie erlebten viele Abenteuer. Jedes ist, wie ihr wißt, eine Geschichte für sich. Einmal lebten sie mit einem *lendri* und suchten Fasaneneier für ihn im Gehölz. Und einmal entkamen sie gerade noch aus einem Heufeld, bevor es gemäht wurde. Die ganze Zeit kümmerte sich Rabscuttle um El-ahrairah, brachte ihm frische Sauerampferblätter und wehrte die Fliegen von seinen Wunden ab, bis sie heilten.

Schließlich kamen sie eines Tages ins Gehege zurück. Es war Abend, und als die Sonne über allen Hügeln lag, konnten sie eine große Anzahl Kaninchen beim *silflay* sehen, die im Gras knabberten und über den Ameisenhaufen spielten. Sie hielten oben auf dem Feld an, schnupperten den Stechginster und das Ruprechtskraut im Wind.

›Nun, sie sehen gut aus‹, sagte El-ahrairah. ›Ein gesunder Haufen, wirklich. Laß uns still hineinschlüpfen und ein paar Owsla-Hauptleute unten suchen. Wir wollen nicht viel Aufhebens machen.‹

Sie gingen an der Hecke entlang, fanden sich aber nicht ganz zurecht, weil das Gehege offenbar größer geworden war und es mehr Löcher als vorher gab, sowohl in der Böschung als auch im Feld. Sie blieben stehen, um mit einer Gruppe kräftiger junger Rammler und Weibchen, die unter einem Holunderbusch saßen, zu sprechen.

›Wir wollen zu Loosestrife‹, sagte Rabscuttle. ›Könnt ihr uns sagen, wo sein Bau ist?‹

›Ich habe noch nie von ihm gehört‹, antwortete einer der Rammler. ›Bist du sicher, daß er zu diesem Gehege gehört?‹

›Wenn er nicht tot ist, bestimmt‹, sagte Rabscuttle. ›Aber du mußt doch von Hauptmann Loosestrife gehört haben? Er war Owsla-Offizier im Kampf.‹

›Was für ein Kampf?‹ fragte ein anderer Rammler.

›Der Kampf gegen König Darzin!‹ erwiderte Rabscuttle.

›Tu mir einen Gefallen, alter Bursche‹, sagte der Rammler, ›dieser Kampf – ich war noch nicht mal geboren, als er zu Ende war.‹

›Aber sicherlich kennst du die Owsla-Hauptleute?‹ fragte Rabscuttle.

›Ich möchte nicht mal tot mit ihnen gesehen werden‹, entgegnete der Rammler. ›Dieser weißbärtige alte Haufen – was interessieren uns die?‹

›Ihre Heldentaten‹, sagte Rabscuttle.

›Das war Jux, alter Junge‹, sagte der erste Rammler. ›Das ist jetzt alles vorbei. Hat mit uns gar nichts zu tun.‹

›Wenn dieser Loosestrife mit König Soundso kämpfte, ist das seine Sache‹, sagte eines der Weibchen. ›Uns geht das nichts an.‹

›Alles in allem eine sehr böse Geschichte‹, sagte ein anderes Weibchen. ›Schändlich, wirklich. Wenn niemand in Kriegen kämpfen würde, gäbe es keine, nicht wahr? Aber das kann man alten Kaninchen nicht klarmachen.‹

›Mein Vater war dabei‹, sagte der zweite Rammler. ›Er gibt manchmal furchtbar an. Ich verschwinde dann immer gleich. »Die taten dies, und dann taten wir das« und all solche Dummheiten. Zum Auf-die-Bäume-Klettern, ehrlich. Der arme alte Knacker, man könnte annehmen, er möcht' es vergessen. Ich schätze, er erfindet die Hälfte. Und was hat er davon, sagt mir das mal.‹

›Wenn Ihr ein wenig warten wollt, Herr‹, sagte ein dritter Rammler zu El-ahrairah, ›gehe ich und versuche, Hauptmann Loosestrife für Euch zu finden. Ich kenne ihn nicht persönlich, aber das Gehege ist ja ziemlich groß.‹

›Sehr freundlich von dir‹, sagte El-ahrairah, ›aber ich glaube, ich kann mich jetzt zurechtfinden und werde allein fertig.‹

El-ahrairah ging an der Hecke entlang ins Gehölz, setzte sich allein unter einen Nußstrauch und blickte in die Felder hinaus. Als das Licht schwächer wurde, merkte er plötzlich, daß der Allmächtige Frith dicht hinter ihm zwischen den Blättern war.

›Bist du böse, El-ahrairah?‹ fragte der Allmächtige Frith.

›Nein, Herr‹, erwiderte El- ahrairah, ›ich bin nicht böse. Aber ich habe gelernt, daß bei Geschöpfen, die man liebt, Leiden nicht das einzige ist, wofür man sie bedauern muß. Ein Kaninchen, das nicht weiß, wann ein Geschenk ihm Sicherheit verliehen hat, ist ärmer als eine Schnecke, obgleich es vielleicht anderer Meinung ist.‹

›Weisheit wird auf dem unwirtlichen Hügel gefunden, El-ahrairah, wohin keiner zum Fressen kommt, und auf der steinigen Böschung, wo das Kaninchen vergebens ein Loch kratzt. Aber da wir gerade von Geschenken sprechen, ich habe dir ein paar Kleinigkeiten mitgebracht. Ein Paar Ohren, einen Schwanz und Barthaare. Du magst die Ohren zuerst etwas seltsam finden. Ich habe etwas Sternenlicht hineingetan, aber nur ganz schwach – nicht genug, um einen schlauen Dieb wie dich zu verraten. Ah, da kommt ja Rabscuttle zurück. Gut, ich habe auch etwas für ihn. Sollen wir –‹«

»Hazel! Hazel-rah!« Es war Pipkins Stimme hinter einem Haufen Kletten am Rande des kleinen Zuhörerkreises. »Ein Fuchs kommt die Talmulde herauf!«

# 32. Über den eisernen Weg

Esprit de rivalité et de mésintelligence qui préserva plus d'une fois l'armée anglaise d'une défaite.

General Jourdan *Mémoires Militaires*

Einige Leute nehmen an, daß Kaninchen einen Großteil ihrer Zeit damit zubringen, vor Füchsen davonzulaufen. Es ist wahr, daß jedes Kaninchen den Fuchs fürchtet und davonrennt, wenn es einen riecht. Aber viele Kaninchen haben in ihrem ganzen Leben keinen Fuchs gesehen, und wahrscheinlich fallen nur einige wenige einem Feind zum Opfer, der stark riecht und nicht so schnell laufen kann wie sie. Ein Fuchs, der ein Kaninchen zu schnappen versucht, schleicht sich gewöhnlich gegen den Wind unter Deckung an – vielleicht durch einen Flecken Waldland bis zum Rand. Dann, wenn es ihm gelingt, den Kaninchen beim *silflay* auf der Böschung oder im Feld nahe zu kommen, bleibt er still liegen und wartet seine Chance für ein schnelles Zupacken ab. Es heißt, daß er sie manchmal wie das Wiesel fesselt, indem er im Freien herumrollt und spielt und Stück für Stück immer näher kommt, bis er zupacken kann. Wie auch immer, es ist sicher, daß kein Fuchs Kaninchen jagt, indem er bei Sonnenuntergang offen durch eine Talmulde kommt.

Weder Hazel noch eines der Kaninchen, die Dandelions

Geschichte gelauscht hatten, waren je einem Fuchs begegnet. Nichtsdestoweniger wußten sie, daß ein Fuchs, der im freien Feld ganz offen zu sehen ist, nicht gefährlich ist, solange er rechtzeitig erspäht wird. Hazel begriff, daß er leichtsinnig gewesen war, jedem zu erlauben, sich um Dandelion zu scharen, und es unterlassen zu haben, zumindest einen Wachtposten aufzustellen. Das bißchen Wind kam von Nordosten, und der Fuchs, der die Talmulde vom Westen heraufkam, hätte ohne Warnung hereinplatzen können. Aber vor dieser Gefahr waren sie durch Fiver und Pipkin gerettet worden, die ins Freie gegangen waren. Selbst in seiner plötzlichen Bestürzung bei Pipkins Zuruf ging es Hazel durch den Kopf, daß Fiver, der zweifellos zögerte, ihn vor den anderen zu belehren, wahrscheinlich die durch Pipkins Angst gegebene Gelegenheit ergriffen hatte, sich als Wachtposten aufzustellen.

Hazel überlegte schnell. Wenn der Fuchs nicht zu nahe war, brauchten sie bloß zu rennen. In der Nähe war Waldgelände, und sie konnten sich dorthin flüchten, indem sie mehr oder weniger dabei zusammenblieben und einfach ihren Weg weiter verfolgten. Er drängte sich durch die Kletten.

»Wie nahe ist er?« fragte er. »Und wo ist Fiver?«

»Ich bin hier«, erwiderte Fiver ein paar Meter entfernt. Er kauerte unter den langen Zweigen einer Heckenrose und wandte nicht den Kopf, als Hazel neben ihm herankam. »Und dort ist der Fuchs«, fügte er hinzu. Hazel folgte seinem Blick.

Der unebene, mit Unkraut übersäte Boden der Talmulde fiel unter ihnen ab, eine lange Senke, die an den nördlichen Teil von Caesars Gürtel grenzte. Die letzten Strahlen der untergehenden Sonne schienen genau durch eine Lücke in den Bäumen hinein. Der Fuchs befand sich unterhalb von ihnen und war immer noch eine Strecke entfernt. Obgleich er beinahe direkt mit dem Wind war und sie daher riechen mußte, sah er nicht so aus, als wäre er an Kaninchen sonderlich interessiert. Er trottete stetig die Talmulde herauf wie ein Hund und zog seinen buschigen, weiß endenden Schwanz hinter sich her. Er war von sandbrauner Farbe mit dunklen Läufen und Ohren. Selbst jetzt, obgleich er offenbar nicht jagte, sah er verschlagen und räuberisch aus, was die Zuschauer zwischen den Heckenrosen zittern machte. Als er hinter einem Fleck Disteln vorbeiwechselte und außer Sicht verschwand, kehrten Hazel und Fiver zu den anderen zurück.

»Kommt«, sagte Hazel. »Wenn ihr noch nie einen Fuchs gesehen habt, schaut gar nicht erst hin. Folgt mir einfach.«

Er wollte schon in südlicher Richtung die Talmulde hinaufgehen, als ihn plötzlich ein Kaninchen rauh beiseite stieß, an Fiver vorbeischoß und ins Freie verschwand. Hazel blieb stehen und sah sich verblüfft um.

»Wer war das?« fragte er.

»Bigwig«, antwortete Fiver, ihm nachstarrend.

Beide liefen schnell zu den Dornenbüschen und schauten noch einmal in die Talmulde. Bigwig lief in voller Sicht vorsichtig hügelabwärts, direkt auf den Fuchs zu. Sie beobachteten ihn entsetzt. Er gelangte immer näher, aber der Fuchs beachtete ihn noch nicht.

»Hazel«, sagte Silver von hinten, »soll ich –«

»Keiner bewegt sich«, befahl Hazel schnell. »Verhaltet euch still, alle.«

In einer Entfernung von etwa dreißig Metern erblickte der Fuchs das sich nähernde Kaninchen. Er hielt einen Augenblick an und trottete dann weiter. Er hatte ihn fast erreicht, als Bigwig sich umdrehte und den Nordhang der Talmulde gegen die Bäume des Gürtels hinaufzuhinken begann. Der Fuchs zögerte wieder, folgte ihm aber dann.

»Was hat er vor?« murmelte Blackberry.

»Versucht ihn wegzulocken, nehme ich an«, erwiderte Fiver.

»Aber das brauchte er nicht! Wir wären auch ohne das entwischt.«

»Verdammter Dummkopf!« sagte Hazel. »Ich bin noch nie so wütend gewesen.«

Der Fuchs hatte seine Schritte beschleunigt und war jetzt ein Stück von ihnen entfernt. Offenbar holte er Bigwig ein. Die Sonne war untergegangen, und im abnehmenden Licht konnten sie ihn gerade noch ausmachen, als er ins Unterholz eindrang. Er verschwand, und der Fuchs folgte. Mehrere Augenblicke lang war alles ruhig. Dann kam entsetzlich klar über die dunkelwerdende, leere Talmulde der herzzerreißende Schrei eines verzweifelten Kaninchens.

»O Frith und Inlé!« rief Blackberry trampelnd. Pipkin drehte sich um, als wollte er davonlaufen. Hazel bewegte sich nicht.

»Sollen wir gehen, Hazel?« fragte Silver. »Wir können ihm jetzt doch nicht mehr helfen.«

Bei diesen Worten brach Bigwig plötzlich in höchstem Tempo aus den Bäumen heraus. Noch ehe sie erfassen konnten, daß er lebte, hatte er den ganzen oberen Hang der Talmulde in einem einzigen Anlauf wieder überquert und sprang zwischen sie.

»Kommt«, sagte Bigwig, »fort von hier!«

»Aber was – was – bist du verletzt?« fragte Bluebell bestürzt.

»Nein«, sagte Bigwig, »habe mich nie besser gefühlt! Gehen wir!«

»Du wirst warten, bis ich bereit bin«, sagte Hazel kalt und zornig. »Du hast alles getan, dich umzubringen, und wie ein vollkommener Esel gehandelt. Jetzt halte dein Maul und setz dich!« Er wandte sich ab, und obgleich es schnell zu dunkel wurde, um weit zu sehen, tat er so, als ob er immer noch über die Talmulde blickte. Die Kaninchen hinter ihm zappelten nervös herum. Bei einigen setzte ein traumhaftes Gefühl der Unwirklichkeit ein. Der lange Tag über der Erde, die dichte, überwucherte Talmulde, die schreckliche Geschichte, in die sie vertieft gewesen waren, das plötzliche Erscheinen des Fuchses, der Schock über Bigwigs unerklärliches Abenteuer – all dies hatte ihre Sinne überflutet und sie stumpfsinnig gemacht und betäubt.

»Bring sie zu sich, Hazel«, flüsterte Fiver, »ehe sie alle durchdrehen.«

Hazel wandte sich sofort um. »Nun, von einem Fuchs nichts mehr zu sehen«, sagte er fröhlich. »Er ist fort, und wir werden auch gehen. Um Himmels willen, bleibt dicht beieinander; denn wenn einer sich in der Dunkelheit verirrt, werden wir ihn wahrscheinlich nicht mehr finden. Und vergeßt nicht, wenn wir auf fremde Kaninchen stoßen, habt ihr sie, ohne zu fragen, sofort anzugreifen.«

Sie gingen an der Seite des Gehölzes entlang, die am südlichen Rand der Talmulde lag, und glitten dann einzeln oder paarweise über die leere Straße dahinter hinüber. Langsam klärten sich ihre Sinne. Sie befanden sich auf freiem Feld – sie konnten tatsächlich die Farm nicht weit weg auf der Abendseite riechen und hören –, und es ging sich leicht: ebene, weite Weiden, die sanft hügelabwärts verliefen und nicht durch Hecken, sondern durch breite, niedrige Böschungen geteilt waren, jede so breit wie ein Feldweg und überwachsen von Holunderbüschen, Hartriegel- und Spindelsträuchern. Es war ein echtes Kaninchenland, beruhigend nach dem Gürtel und der wirren, mit Klebkraut bestandenen Talmulde; und als sie eine gute Strecke über den Rasen zurückgelegt hatten – immer wieder anhaltend, um zu schnuppere, und, einer nach dem anderen, von einer Deckung zur nächsten rennend –, war sich Hazel sicher, daß er ihnen eine Ruhepause gönnen konnte. Sobald er Speedwell und Hawkbit als Wachtposten abgeordnet hatte, nahm er Bigwig beiseite.

»Ich bin böse auf dich«, sagte er. »Du bist das einzige Kaninchen, ohne das wir nicht auskommen können, und gerade du mußt ein derart dummes Risiko eingehen. Es war nicht nötig und nicht einmal klug. Was hast du dir eigentlich dabei gedacht?«

»Ich fürchte, ich habe einfach den Kopf verloren, Hazel«, erwiderte Bigwig. »Ich bin den ganzen Tag angespannt gewesen, hab' über diese Sache in Efrafa nachgegrübelt – hat mich tatsächlich gereizt und nervös gemacht. In diesem Zustand muß ich etwas tun – kämpfen oder ein Risiko eingehen. Ich dachte, wenn ich diesen Fuchs zum Narren halten könnte, würde ich mir keine solchen Sorgen wegen dieser anderen Sache machen. Und was mehr ist, es hat funktioniert – ich fühle mich jetzt viel besser.«

»El-ahrairah spielen«, sagte Hazel. »Du Dummkopf, du hättest fast dein Leben für nichts weggeworfen – wir alle glaubten schon, es wäre so. Versuch's aber nicht wieder, sei ein guter Junge. Du weißt, daß alles von dir abhängen wird. Aber sag mir, was in den Bäumen passierte. Warum hast du so geschrien, wenn alles in Ordnung war?«

»Ich habe nicht geschrien«, sagte Bigwig. »Was da geschah, war sehr sonderbar und gefährlich dazu, fürchte ich. Ich wollte den *homba* zwischen den Bäumen irreführen und dann zurückkommen. Nun, ich sprang ins Unterholz und hatte gerade aufgehört zu hinken und fing an, wirklich schnell zu rennen, als ich mich plötzlich Auge in Auge einem Haufen Kaninchen gegenübersah – Fremde. Sie kamen auf mich zu, als wären sie auf dem Weg in die offene Talmulde.

Natürlich hatte ich keine Zeit, sie mir genau anzusehen, aber sie schienen große Burschen zu sein. ›Aufpassen – rennt!‹ sagte ich, als ich zu ihnen hinsprang, aber sie hatten nichts Besseres zu tun, als mich anzuhalten. Einer von ihnen sagte: ›Du bleibst hier!‹ oder so was Ähnliches, und dann vertrat er mir den Weg. Worauf ich ihn niederschlug – blieb mir nichts anderes übrig – und davonraste; das nächste, was ich hörte, war dieses schreckliche Schreien. Natürlich rannte ich noch schneller, kam aus den Bäumen heraus und zu euch zurück.«

»Also hat der *homba* dieses andere Kaninchen erwischt?«

»Muß er wohl. Schließlich führte ich ihn direkt in sie hinein, obgleich ich es gar nicht wollte. Aber ich habe nicht gesehen, was sich tatsächlich zutrug.«

»Was wurde aus den anderen?«

»Keine Ahnung. Sie müssen gerannt sein, nehme ich an.«

»Aha«, sagte Hazel nachdenklich. »Nun, vielleicht hat es sein Gutes. Aber schau her, Bigwig, keine dummen Streiche mehr bis zur geeigneten Zeit – es steht zuviel auf dem Spiel. Du bleibst am besten bei Silver und mir – wir werden dich gut hüten.«

In diesem Augenblick trat Silver zu ihnen.

»Hazel«, sagte er, »ich habe soeben festgestellt, wo wir sind, und es ist viel zu nahe bei Efrafa. Ich bin der Meinung, wir sollten so schnell wie möglich aufbrechen.«

»Ich möchte um Efrafa herumgehen – in einem weiten Bogen«, sagte Hazel. »Glaubst du, du kannst den Weg zu diesem eisernen Weg finden, von dem uns Holly erzählt hat?«

»Ich glaube, ja«, erwiderte Silver. »Aber wir können keinen zu großen Kreis schlagen, oder wir werden vollkommen erschöpft sein. Ich kann nicht behaupten, daß ich den Weg kenne, aber die Richtung weiß ich.«

»Nun, wir werden eben das Risiko eingehen müssen«, sagte Hazel. »Wenn wir bis zum frühen Morgen dorthingelangen, können sie auf der anderen Seite ausruhen.«

In jener Nacht stießen ihnen keine Abenteuer mehr zu; sie bewegten sich ruhig an den Feldern unter dem trüben Licht eines Viertelmondes entlang. Das Halbdunkel war voller Geräusche und Bewegung. Einmal störte Acorn einen Regenpfeifer auf, der mit schrillen Schreien um sie herumflog, bis sie schließlich eine Böschung überquerten und ihn zurückließen. Bald danach, irgendwo in der Nähe, hörten sie das unaufhörliche Sprudeln eines Ziegenmelkers; ein friedliches Geräusch, ohne Bedrohung, das langsam erstarb, als sie weitergingen. Und einmal hörten sie einen Wachtelkönig rufen, der in dem hohen Gras eines Pfadrandes umherkroch. (Ein Geräusch, wie es ein menschlicher Fingernagel erzeugt, der die Zähne eines Kammes entlanggezogen wird.) Aber sie trafen keine *elil*, und obgleich sie dauernd nach Anzeichen einer Efrafa-Patrouille Ausschau hielten, sahen sie nichts als Mäuse und ein paar Schnecken jagende Igel.

Schließlich, als die erste Lerche zum Licht aufstieg, das noch sehr weit am Himmel oben stand, kam Silver, das blasse Fell dunkel triefend von Tau, zu der Stelle angehinkt, wo Hazel Bluebell und Pipkin ermutigte.

»Du kannst Mut fassen, Bluebell«, sagte er. »Ich glaube, wir sind dem Eisenweg nahe.«

»Mein Mut würde mich nicht kümmern«, sagte Bluebell, »wenn meine Läufe nicht so müde wären. Schnecken haben Glück, daß sie keine Beine haben. Ich glaube, ich möchte eine Schnecke sein.«

»Nun, dann bin ich ein Igel«, sagte Hazel, »also marschiere lieber weiter!«

»Das bist du nicht«, erwiderte Bluebell. »Du hast nicht

genug Flöhe. Schnecken haben auch keine Flöhe. Wie tröstlich, eine Schnecke zu sein, zwischen dem Löwenzahn so gut versorgt –«

»Und der Amsel schnellen Ruck zu fühlen«, sagte Hazel. »Schön, Silver, wir kommen. Aber wo *ist* der Eisenweg? Holly sagte, eine steile, überwucherte Böschung. Ich kann nichts dergleichen ausmachen.«

»Nein, das ist oben bei Efrafa. Hier unten verläuft er in einer Art eigener Talmulde. Kannst du ihn nicht riechen?«

Hazel schnupperte. In der kühlen Feuchtigkeit nahm er sofort die unnatürlichen Gerüche von Metall, Kohlenrauch und Öl auf. Sie marschierten vorwärts und fanden sich nach sehr kurzer Zeit zwischen den Büschen und dem Unterholz auf den Rand des Eisenbahneinschnitts hinunterblickend. Alles war still, aber als sie oben auf der Böschung innehielten, flog ein sich balgender Haufen von sechs oder sieben Spatzen zum Gleis hinunter und begann, zwischen den Schwellen herumzupicken. Irgendwie war der Anblick beruhigend.

»Müssen wir ihn überqueren, Hazel-rah?« fragte Blackberry.

»Ja«, sagte Hazel, »sofort. Bringen wir ihn zwischen uns und Efrafa; dann werden wir futtern.«

Sie gingen ziemlich zögernd in den Eisenbahneinschnitt hinunter, erwarteten halb, den wilden, donnernden Engel Friths aus dem Zwielicht auftauchen zu sehen, aber die Stille blieb ungebrochen. Bald fraßen sie alle auf der Wiese dahinter, zu müde, um einem Versteck oder irgend etwas anderem als dem Wohlgefühl, ihre Läufe auszuruhen und das Gras zu knabbern, ihre Aufmerksamkeit zu schenken.

Über den Lärchen segelte Kehaar zu ihnen herunter, ging nieder und faltete seine langen fahlgrauen Flügel.

»Miiister Hazel, was ihr tun? Ihr nicht hierbleiben!«

»Sie sind zu müde, Kehaar. Sie müssen eine Ruhepause haben.«

» Is' nicht hier auszuruhen. Is' Kaninchen kommen.«

»Ja, aber nicht gleich. Wir können –«

»Ya, ya, is' kommen, euch zu finden! Is' ganz nahe!«

»Oh, diese verfluchten Patrouillen!« rief Hazel. »Kommt alle runter von der Wiese in das Gehölz dort! Ja, du auch, Speedwell, wenn du dir nicht deine Ohren in Efrafa abkauen lassen willst. Los, los, Bewegung!«

Sie trotteten über das Weideland zu dem Gehölz dahinter und lagen vollkommen erschöpft auf flachem, kahlem Boden unter Tannen. Hazel und Fiver fragten Kehaar weiter aus.

»Man kann nicht von ihnen erwarten, daß sie noch weiter gehen, Kehaar«, sagte Hazel. »Sie sind heute die ganze Nacht marschiert, weißt du? Wir werden heute hier schlafen müssen. Hast du tatsächlich eine Patrouille gesehen?«

»Ya, ya, kommen alle entlang bei andere Seite von Eisenweg. Gerade rechtzeitig ihr gegangen.«

»Nun denn, du hast uns gerettet. Aber schau her, Kehaar, könntest du nachsehen, wo sie jetzt sind? Wenn sie fort sind, werde ich unserem Haufen erlauben, schlafen zu gehen – nicht, daß man es ihnen erst noch erlauben müßte: sieh sie an!«

Kehaar kehrte mit der Nachricht zurück, daß die Efrafa-Patrouille kehrtgemacht hatte, ohne den Eisenweg zu überqueren. Dann schlug er vor, bis zum Abend selbst Wache zu halten, und Hazel, der sehr erleichtert war, gebot den Kaninchen, sofort zu schlafen. Ein paar waren schon eingeschlafen, lagen auf freiem Boden auf der Seite. Hazel fragte sich, ob er sie wecken und ihnen nahelegen sollte, in dichtere Deckung zu gehen, aber als er darüber nachdachte, fiel er selbst in Schlaf.

Der Tag wurde heiß und still. Zwischen den Bäumen riefen schläfrig die Ringeltauben, und von Zeit zu Zeit stammelte ein später Kuckuck. Auf den Wiesen bewegte sich nichts außer den zischenden Schwänzen der Kühe, die Flanke an Flanke im Schatten standen.

# 33. Der große Fluß

Noch nie in seinem Leben hatte er einen Fluß gesehen – dieses geschmeidige, sich schlängelnde, schwere Tier ... Alles war Schütteln und Zittern – Glitzern und Schimmern und Funkeln, Rauschen und Strudeln, Plätschern und Brodeln.

Kenneth Grahame *The Wind in the Willows*

Als Hazel erwachte, fuhr er sofort auf, denn die Luft um ihn herum war erfüllt von den scharfen Rufen eines jagenden Tieres. Er sah sich schnell um, konnte aber keine Anzeichen von Unruhe entdecken. Es war Abend. Einige Kaninchen waren schon wach und fraßen am Rande des Gehölzes. Er war sich klar, daß die Schreie, obgleich drängend und bestürzend, zu schwach und schrill für jede Art von *elil* waren. Sie kamen von oben. Eine Fledermaus flatterte durch die Bäume und wieder hinaus, ohne einen Zweig zu berühren. Eine andere folgte ihr. Hazel konnte spüren, daß viele umherflogen, Fliegen und Motten im Fluge erhaschten und ihre winzigen Schreie ausstießen. Ein menschliches Ohr hätte sie kaum vernommen, aber für die Kaninchen war die Luft voll von ihren Rufen. Die Wiese vor dem Gehölz lag immer noch hell im Abendsonnenschein, doch unter den Tannen war es düster, und hier kamen und gingen die Fledermäuse in Scharen. Gemischt mit dem harzigen Duft der Tannen kam ein anderer Geruch, stark und wohlriechend, aber scharf – der Duft von Blumen, aber von einer Art, die Hazel unbekannt war. Er folgte ihm zu einer Quelle am Rande des Gehölzes. Er kam von mehreren dichten Flecken Seifenkrautes, das am Rande der Weide wuchs. Einige der Pflanzen standen noch nicht in Blüte; ihre Knospen waren in rosaroten spitzen Spiralen, die in hellgrünen Kelchen gehalten wurden, zusammengerollt, aber die meisten waren Sternblütler und gaben den starken Duft von sich. Die Fledermäuse jagten zwischen den Fliegen und Motten, die von dem Seifenkraut angezogen wurden.

Hazel machte *hraka* und begann, auf der Wiese zu fressen. Er war beunruhigt über seinen Hinterlauf, er störte ihn. Er hatte geglaubt, daß er verheilt sei, aber die forcierte Reise über die Downs hatte sich offenbar als zu anstrengend für den von den Schrotkörnern zerrissenen Muskel erwiesen. Er fragte sich, ob es noch weit zu dem Fluß war, von dem Kehaar gesprochen hatte. Wenn es weit war, dann hatte er Schwierigkeiten zu erwarten.

»Hazel-rah«, sagte Pipkin, der aus dem Seifenkraut herankam, »bist du in Ordnung? Dein Bein gefällt mir nicht – du ziehst es nach.«

»Nein, es ist gut«, sagte Hazel. »Hör zu, Hlao-roo, wo ist Kehaar? Ich möchte mit ihm reden.«

»Er ist hinausgeflogen, um zu sehen, ob irgendwo in der Nähe eine Patrouille ist, Hazel-rah. Bigwig erwachte vor einiger Zeit, und er und Silver baten Kehaar zu fliegen. Sie wollten dich nicht stören.«

Hazel spürte Ärger aufsteigen. Es wäre besser gewesen, man hätte ihm sofort gesagt, welchen Weg sie einschlagen sollten, statt zu warten, daß Kehaar nach Patrouillen Ausschau hielt. Sie wollten einen Fluß überqueren, und soweit es ihn betraf, konnten sie es nicht früh genug tun. Aufgeregt wartete er auf Kehaar. Bald war er so gespannt und nervös geworden wie in seinem ganzen Leben nicht. Er fing schon an zu glauben, daß er vielleicht vorschnell gewesen war. Es war klar, daß Holly die Gefahr, die in der Nähe von Efrafa lauerte, nicht unterschätzt hatte. Er hatte wenig Zweifel daran, daß Bigwig rein zufällig den Fuchs zu einer Weiten Patrouille geführt hatte, die ihrer Spur gefolgt war. Dann, am Morgen, wieder durch Glück und Kehaars Hilfe, hatten sie offenbar gerade eine bei der Überquerung des Eisenweges verfehlt. Vielleicht war Silvers Furcht wohlbegründet, und eine Patrouille hatte sie bereits erspäht und gemeldet, ohne daß sie es wußten? Hatte General Woundwort eine Art eigenen Kehaar? Vielleicht redete eine Fledermaus in diesem Augenblick mit ihm? Wie sollte man alles voraussehen und sich vor allem schützen? Das Gras schien bitter, der Sonnenschein frostig. Hazel saß unter die Tannen geduckt und machte sich düster Sorgen. Er war jetzt weniger böse auf Bigwig – er konnte seine Gefühle verstehen. Warten war schlimm. Er brannte auf eine Möglichkeit, zu handeln. Gerade als er beschlossen hatte, nicht mehr länger zu warten, sondern alle zu versammeln und sofort weiterzuziehen, kam Kehaar aus der Richtung des Einschnitts angeflogen. Er flatterte schwerfällig unter die Tannen herunter, brachte die Fledermäuse zum Schweigen.

»Miiister Hazel, is' keine Kaninchen. Ich glaube, vielleicht die haben nicht gern, über den Eisenweg herüberzugehen.«

»Gut. Ist es weit zum Fluß, Kehaar?«

»Ne, ne. Is' nahe, in Gehölz.«

»Großartig. Können wir diesen Übergang bei Tageslicht finden?«

»Ya, ya. Ich zeige dir Brücke.«

Die Kaninchen waren erst eine kurze Strecke durch das Gehölz gegangen, als sie merkten, daß sie sich schon in der

Nähe des Flusses befanden. Der Boden wurde weich und feucht. Sie konnten Riedgras und Wasser riechen. Plötzlich hallte der scharfe, nachschwingende Schrei eines Moorhuhns durch die Bäume wider, als wäre er in der Ferne von hartem Boden zurückgeworfen worden. Ein bißchen weiter weg konnten sie deutlich das Wasser hören – das leise, dauernde Strömen eines nicht sehr tiefen Falles. Ein Mensch, der aus der Entfernung die Geräusche einer Menge hört, kann sich etwa eine Vorstellung von ihrer Größe machen. Das Geräusch des Flusses sagte den Kaninchen, daß er der größte war, den sie jemals gesehen hatten – breit, ruhig und schnell. Sie hielten zwischen der Schwarzwurz und den Holunderbüschen inne und starrten einander Beruhigung suchend an. Dann begannen sie zögernd, in offeneres Gelände zu watscheln. Es war immer noch kein Fluß zu sehen, aber vorn konnten sie ein Flimmern und Tanzen von Licht bemerken, das sich in der Luft spiegelte. Bald danach befand sich Hazel, der mit Fiver voraushinkte, auf einem schmalen grünen Pfad, der die Wildnis von der Flußböschung trennte.

Der Pfad war beinahe so weich wie ein Rasen und frei von Büschen und Unkraut, denn er wurde für Fischer gemäht. Auf seiner anderen Seite wuchsen die Uferpflanzen sehr dicht, so daß er von dem Fluß durch eine Art Hecke aus purpurrotem Gemeinem Pfennigkraut, Antonskraut, Flohkraut, Geigwurz und Ackermennig, hier und da schon in Blüte, getrennt war. Drei weitere Kaninchen tauchten aus dem Gehölz auf. Durch die Pflanzengruppen spähend, konnten sie einen Blick auf den ruhigen, blitzenden Fluß erhaschen, der offenbar viel breiter und schneller als der Enborne war. Obgleich kein Feind und keine andere Gefahr zu bemerken waren, verspürten sie die Besorgnis und den Zweifel derjenigen, die unversehens einen ehrfurchtgebietenden Ort betreten, wo sie selbst armselige Burschen ohne Bedeutung sind. Als vor siebenhundert Jahren Marco Polo endlich nach China kam, fühlte er nicht – und hat sein Herz nicht gestockt, als er sich darüber klar wurde –, daß die große und herrliche Hauptstadt dieses Reiches schon die ganzen Jahre seines Lebens und viel länger existiert hatte, ohne daß er etwas davon gewußt hatte? Daß es nichts von ihm, von Venedig, von Europa brauchte? Daß es voller Wunder war, die über seinen Verstand gingen? Daß seine Ankunft völlig unwichtig war? Wir wissen, daß er dies alles fühlte, und ähnlich hat manch Reisender in fremden Landen empfunden, der nicht wußte, was er finden würde. Es gibt nichts, was einen so sehr auf die normale Größe reduziert, wie an einen fremden und wunderbaren Ort zu kommen, wo niemand innehält, um zu bemerken, daß man sich umschaut.

Die Kaninchen waren unruhig und verwirrt. Sie duckten sich ins Gras, schnupperten die Gerüche des Wassers in der kühlenden Sonnenuntergangsluft und schlossen sich dichter zusammen; jedes hoffte, die Nervosität, die es empfand, nicht auch bei den anderen zu bemerken. Als Pipkin den Pfad erreichte, erschien eine große schimmernde Libelle, zehn Zentimeter lang, smaragdgrün und schwarz, an seiner Schulter, schwebte dröhnend und bewegungslos und war dann wie ein Blitz im Riedgras verschwunden. Pipkin sprang vor Bestürzung zurück. Sogleich ertönte ein schriller, bebender Schrei, und er erblickte durch die Pflanzen hindurch einen prächtigen azurblauen Vogel, der über das offene Wasser flitzte. Einige Augenblicke später war dicht hinter der Pflanzenhecke das Geräusch eines ziemlich starken Klatschens zu vernehmen – aber welches Geschöpf es hervorgebracht haben konnte, ließ sich nicht sagen.

Sich nach Hazel umblickend, bekam Pipkin Kehaar zu

Gesicht; er stand etwas entfernt im seichten Wasser zwischen zwei Haufen Weidenkraut. Er stach und schnappte auf etwas im Dreck ein, zog nach einigen Augenblicken einen fünfzehn Zentimeter langen Blutegel heraus und verschlang ihn ganz. Hinter ihm, ein Stückchen den Pfad hinunter, kämmte Hazel das Klebkraut aus seinem Fell und schien Fiver zu lauschen, während sie unter einem Rhododendron saßen. Pipkin rannte die Böschung entlang und gesellte sich zu ihnen.

»Der Platz ist durchaus in Ordnung«, sagte Fiver. »Hier ist es nicht gefährlicher als anderswo. Kehaar wird uns zeigen, wo wir hinüberkommen, nicht wahr? Hauptsache, wir machen schnell, ehe es dunkel wird.«

»Sie werden nie hier haltmachen«, erwiderte Hazel. »Wir können nicht an einer solchen Stelle bleiben und auf Bigwig warten. Es ist unnatürlich für Kaninchen.«

»Doch, wir können – beruhige dich. Sie werden sich schneller daran gewöhnen, als du denkst. Ich sage dir, es ist hier besser als an einigen anderen Orten, wo wir gewesen sind. Nicht alles Unbekannte ist schlecht. Soll *ich* die Führung übernehmen? Du sagst einfach, es sei wegen deines Laufes.«

»Fein«, sagte Hazel. »Hlao-roo, kannst du alle hierherbringen?«

Als Pipkin gegangen war, sagte er: »Ich mache mir Sorgen, Fiver. Ich verlange zuviel von ihnen, und dieser Plan hat so viele Risiken.«

»Sie sind ein besserer Haufen, als du's ihnen zutraust«, erwiderte Fiver. »Wenn du –«

Kehaar rief heiser herüber und scheuchte dabei einen Zaunkönig aus den Büschen.

»Miiister Hazel, auf was warten du?«

»Zu wissen, wohin wir gehen müssen«, antwortete Fiver.

»Brücke nahe. Ihr weitergehen, ihr sehen.«

Wo sie waren, stand das Unterholz dicht am grünen Pfad, aber dahinter – flußabwärts, wie sie intuitiv fühlten – machte es freiem Parkland Platz. Da hinaus gingen sie, wobei Hazel Fiver folgte.

Hazel wußte nicht, was eine Brücke ist. Es war wieder so ein unbekanntes Wort von Kehaar, wonach er nicht fragen wollte. Trotz seines Vertrauens zu Kehaar und seiner Achtung vor seiner umfassenden Erfahrung war er noch beunruhigter, als sie ins Freie kamen. Ganz klar, dies war eine Art Menschen-Ort, regelmäßig besucht und gefährlich. Eine kurze Entfernung voraus war eine Straße. Er konnte die glatte, unnatürliche Oberfläche sehen, die weiter über das Gras verlief. Er blieb stehen und sah sie sich an. Schließlich, als er sicher war, daß keine Menschen in der Nähe waren, ging er vorsichtig an den Rand.

Die Straße überquerte den Fluß auf einer etwa zehn Meter langen Brücke. Hazel kam nicht der Gedanke, daß dies etwas Ungewöhnliches war. Die Vorstellung von einer Brücke ging über seinen Verstand. Er sah nur eine Linie von kräftigen Pfosten und Geländer auf beiden Seiten der Straße. Auf ähnliche Art mögen afrikanische Dorfbewohner, die nie ihr entlegenes Heim verlassen haben, vom ersten Anblick eines Flugzeuges nicht sonderlich überrascht gewesen sein: Es liegt außerhalb ihres Begriffsvermögens. Aber wenn sie zum ersten Male ein Pferd erblicken, das einen Wagen zieht, werden sie darauf zeigen und über die Findigkeit des Burschen, der sich das ausdachte, lachen. Hazel betrachtete also ohne Überraschung die Straße, die den Fluß überquerte. Was ihm Sorgen machte, war, daß es dort, wo sie ihn überquerte, nur sehr schmale Ränder von kurzem Gras gab, die keine Deckung boten. Seine Kaninchen würden der Sicht ausgesetzt sein und nicht ausreißen können, außer die Straße entlang.

»Glaubst du, daß wir es riskieren können, Fiver?« fragte er.

»Ich verstehe gar nicht, weshalb du beunruhigt bist«, antwortete Fiver. »Du bist in den Farmhof und den Schuppen gegangen, in dem die Stallhasen waren. Das hier ist viel weniger gefährlich. Komm schon – sie beobachten uns alle, während wir zögern.«

Fiver hopste auf die Straße hinaus. Er blickte sich einen Augenblick um und steuerte dann auf die Brücke zu. Hazel folgte ihm am Rand entlang, hielt sich dicht am Geländer auf der flußaufwärtsgelegenen Seite. Er blickte sich um und sah Pipkin dicht hinter sich. In der Mitte der Brücke stoppte Fiver, der völlig ruhig und sorglos wirkte, und setzte sich auf. Die anderen beiden schlossen sich ihm an.

»Schauspielern wir ein bißchen«, sagte Fiver. »Machen wir sie neugierig. Sie werden uns folgen, einfach, um zu sehen, was wir uns angucken.«

Den Brückenrand entlang gab es keine Schwelle; sie hätten direkt in das einen Meter darunter fließende Wasser stürzen können. Unter der niedrigsten Querstange hindurch blickten sie flußaufwärts und sahen jetzt zum ersten Mal klar und deutlich den ganzen Fluß. Wenn auch die Brücke Hazel nicht aufgeschreckt hatte, der Fluß tat es. Er erinnerte sich an den Enborne, dessen Oberfläche von Landzungen aus Kies und Pflanzenwuchs unterbrochen war. Der Test, ein von Unkraut gesäuberter, sorgfältig gepflegter Forellenbach, schien ihm wie eine Welt aus Wasser. Er war gute zehn Meter breit, floß schnell und ruhig, glitzernd und blendend in der Abendsonne dahin. Die Spiegelung der Bäume auf der Abendströmung war so ungebrochen wie auf einem See. Kein Riedgras und keine Pflanze waren über dem Wasser zu sehen. Ganz in der Nähe unter der linken Böschung zog ein Büschel Hahnenfuß flußabwärts, die radförmigen Blätter waren alle untergetaucht. Noch dunkler, beinahe schwarz, waren die Matten von Wassermoos, bewegungslose dichte Massen auf dem Flußbett, von denen nur die nachziehenden Wedel langsam von Seite zu Seite schwangen. Auch das Geflecht von blaßgrünem Kresseunkraut wippte hin und her, kräuselte sich aber leicht und schnell mit der Strömung. Das Wasser, sehr klar über einem Bett von sauberem gelbem Kies, war selbst in der Mitte kaum eineinviertel Meter tief. Als die Kaninchen hinunterstarrten, konnten sie hier und da eine sehr feine Strömung wie Rauch sehen – Kreide und pulvrigen Kies, die vom Fluß weitergetragen wurden, wie Staub vom Wind aufgeweht wird. Plötzlich schwamm mit einer trägen Bewegung seines flachen Schwanzes ein kiesgrauer Fisch, so lang wie ein Kaninchen, unter der Brücke hervor. Die Beobachter unmittelbar darüber konnten die dunklen, lebhaften Flecken an seinen Seiten sehen. Wachsam hing er mit wellenförmigen Bewegungen in der Strömung unter ihnen in der Schwebe. Er erinnerte Hazel an die Katze im Hof. Als sie starrten, schwamm er mit einem kleinen Zucken aufwärts und hielt genau unter der Oberfläche an. Einen Augenblick später stieß seine plumpe Nase aus dem Bach, und sie sahen das offene Maul, rein weiß im Innern. Ohne Eile saugte er eine schwimmende Riedgrasfliege hinunter und sank wieder unter die Wasseroberfläche zurück. Ein Kräuseln breitete sich in abflauenden Kreisen aus, brach die Durchsichtigkeit und die Reflexionen. Allmählich wurde der Bach glatt, und wieder sahen sie den Fisch unter sich, den Schwanz schwenkend, als er seine Stelle in der Strömung hielt.

»Ein Wasserhabicht!« sagte Fiver. »Also jagen und fressen sie da unten auch! Fall nicht hinein, Hlao-roo. Denk an El-ahrairah und den Hecht.«

» Würde er mich fressen?« fragte Pipkin glotzend.

»Es könnte da drin Geschöpfe geben, die es fertigbrächten«, sagte Hazel. »Woher sollen wir das wissen? Kommt, gehen wir hinüber. Was würdest du tun, wenn ein *hrududu* käme?«

»Rennen«, sagte Fiver einfach, »so.« Und er huschte zum Ende der Brücke in das Gras dahinter davon.

Auf der anderen Seite des Flusses erstreckten sich Unterholz und ein Hain von großen Kastanienbäumen fast bis zur Brücke hinunter. Der Boden war sumpfig, aber wenigstens gab es genug Deckung. Fiver und Pipkin fingen sofort an zu scharren, während Hazel dasaß und kaute und seinen verletzten Lauf ausruhte. Bald gesellten sich Silver und Dandelion zu ihnen, aber die anderen Kaninchen, unschlüssiger noch als Hazel, blieben, in das hohe Gras auf der rechten Böschung geduckt, sitzen. Endlich, kurz bevor die Dunkelheit einsetzte, überquerte Fiver wieder die Brücke und redete ihnen gut zu, ihm zu folgen. Bigwig zeigte zu jedermanns Überraschung beachtliches Widerstreben und ging schließlich nur hinüber, nachdem Kehaar, der von einem neuerlichen Flug über Efrafa zurückkehrte, gefragt hatte, ob er gehen und einen Fuchs holen solle.

Die nun folgende Nacht kam allen gestört und unsicher vor. Hazel, der sich immer noch bewußt war, daß er sich in Menschenland befand, erwartete halb und halb einen Hund oder eine Katze. Aber obgleich sie mehr als einmal Eulen hörten, griff sie kein *elil* an, und gegen Morgen waren sie in besserer Stimmung.

Sobald sie gefressen hatten, schickte Hazel sie los, um die Umgebung auszukundschaften. Es wurde noch deutlicher, daß der Boden in der Nähe des Flusses für Kaninchen zu naß war. Tatsächlich war an einigen Stellen beinahe Morast. Sumpfriedgras wuchs da, rosaroter, süßduftender Baldrian und Bachnelkenwurz. Silver berichtete, daß es weiter oben in der Waldung, fern von der Böschung, trockener sei, und zuerst hatte Hazel die Idee, sich eine neue Stelle auszusuchen und wieder zu graben. Aber bald wurde der Tag so heiß und feucht, daß jede Aktivität gelähmt wurde. Die leise Brise legte sich. Die Sonne zog eine träge Feuchtigkeit aus den nassen Dickichten an. Der Geruch nach Minze erfüllte die mit Wasser geladene Luft. Die Kaninchen krochen in den Schatten, unter jede Deckung, die sich bot. Lange vor *ni-Frith* dösten sie im Unterholz.

Erst als der Nachmittag kühl zu werden begann, erwachte Hazel plötzlich und fand Kehaar neben sich. Die Möwe stolzierte mit kurzen schnellen Schritten von einer Seite zur anderen und pickte ungeduldig in dem hohen Gras herum. Hazel setzte sich schnell auf.

»Was ist, Kehaar? Doch eine Patrouille?«

»Ne, ne. Is' alles fein für Schlaf wie verdammte Eulen. Vielleicht ich geh' zu Großes Wasser. Miiister Hazel, du Mütter jetzt bald holen? Worauf du warten noch?«

»Nein, du hast recht, Kehaar, wir müssen jetzt aufbrechen. Die Schwierigkeit ist nur, daß ich zwar weiß, wie wir beginnen, aber nicht, wie wir zu einem glücklichen Ende kommen sollen.«

Hazel ging durch das Gras, weckte das erste Kaninchen, das er fand – zufällig war es Bluebell –, und schickte es weg, Bigwig, Blackberry und Fiver zu holen. Als sie kamen, nahm er sie zu Kehaar auf das kurze Gras der Flußböschung mit.

»Das Problem ist folgendes, Blackberry«, sagte er. »Du erinnerst dich, als wir an jenem Abend unter dem Hügel waren, daß ich sagte, wir müßten drei Dinge erreichen: die Weibchen aus Efrafa herausholen, die Verfolgung behindern und dann sofort entwischen, so daß sie uns nicht finden können. Der Plan, den du entworfen hast, ist klug. Er wird die ersten beiden Probleme lösen, da bin ich ganz sicher. Aber wie steht's mit dem letzten? Die Efrafa-Kaninchen sind schnell und wild. Sie werden uns finden, wenn es nur die geringste Möglichkeit dafür gibt, und ich glaube nicht, daß wir schneller fortrennen, als sie uns folgen können – besonders mit einer Menge Weibchen, die noch nie außerhalb von Efrafa gewesen sind. Wir können uns unmöglich stellen und gegen sie kämpfen – dazu sind wir zu wenige. Und obendrein scheint mein Lauf wieder schlimm zu sein. Was tun?«

»Ich weiß es nicht«, antwortete Blackberry. »Aber offensichtlich müssen wir spurlos verschwinden. Könnten wir den Fluß durchschwimmen? Es bliebe dann kein Geruch zurück, verstehst du?«

»Er ist zu schnell«, sagte Hazel. »Wir würden fortgerissen werden. Aber selbst wenn wir schwimmen, können wir nicht damit rechnen, nicht verfolgt zu werden. Nach dem, was ich von diesen Efrafas gehört habe, würden sie bestimmt ebenfalls den Fluß durchschwimmen, wenn sie dächten, wir hätten ihn überquert. Worauf es hinausläuft, ist, daß wir mit Kehaars Hilfe die Verfolger behindern können, während wir die Weibchen herausholen, aber sie werden wissen, welchen Weg wir gegangen sind, und sie werden es nicht dabei bewenden lassen. Nein, du hast recht, wir müssen verschwinden, ohne eine Spur zu hinterlassen, so daß sie uns nicht nachspüren können. Aber wie?«

»Ich weiß es nicht«, sagte Blackberry wieder. »Sollen wir ein kurzes Stück den Fluß aufwärts gehen und ihn uns ansehen? Vielleicht gibt es da etwas, das wir als Versteck benutzen können. Bringst du das mit deinem Bein fertig?«

»Wenn wir nicht zu weit gehen«, erwiderte Hazel.

»Kann ich mitkommen, Hazel-rah?« fragte Bluebell, der wartend ein bißchen abseits gestanden hatte.

»Ja, gut«, sagte Hazel gutmütig, als er die Böschung entlang flußauf hinkte.

Sie merkten bald, daß das Waldgelände an diesem linken Ufer einsam, dicht und überwuchert war – dichter als die Nußsträucher und Glockenblumen-Gehölze von Sandleford. Mehrmals hörten sie das Trommeln eines großen Spechtes, des scheuesten der Vögel. Als Blackberry vorschlug, vielleicht irgendwo in diesem Dschungel nach einem Versteck Ausschau zu halten, wurden sie sich eines anderen Geräusches bewußt – des fallenden Wassers, das sie beim Näherkommen tags zuvor gehört hatten. Bald erreichten sie eine Stelle, wo der Fluß sich in einer Biegung von Osten krümmte, und hier stießen sie auf den breiten, seichten Fall. Er war nicht mehr als dreißig Zentimeter hoch – einer dieser künstlichen, bei Kreidebächen üblichen Fälle, die angelegt werden, um Forellen anzuziehen. Mehrere sprangen bereits, um nach den abendlichen Fliegen zu schnappen. Genau oberhalb des Falles überquerte eine hölzerne Fußgängerbrücke den Fluß. Kehaar flog heran, umkreiste das Gewässer und hockte sich auf das Geländer.

»Das hier ist geschützter und einsamer als die Brücke, über die wir gestern abend gingen«, sagte Blackberry. »Vielleicht können wir Gebrauch davon machen. Du hast nichts von dieser Brücke gewußt, Kehaar, nicht wahr?«

»Ne, nicht wissen, nicht sie gesehen. Aber is' gut' Brücke – niemand kommen.«

»Ich würde gerne hinübergehen, Hazel-rah«, sagte Blackberry.

»Nun, dafür ist Fiver genau der Richtige«, erwiderte Hazel. »Er ist geradezu wild darauf, Brücken zu überqueren. Du übernimmst die Führung. Ich komme mit Bigwig und Bluebell hinterher.«

Die fünf Kaninchen hopsten langsam über die Bohlen;

ihre großen feinfühligen Ohren waren erfüllt vom Geräusch des Wasserfalls. Hazel, der nicht sicher auf den Füßen war, mußte mehrere Male anhalten. Als sie schließlich die andere Seite erreichten, stellte er fest, daß Fiver und Blackberry schon eine kurze Strecke unter dem Fall flußabwärts gegangen waren und einen großen Gegenstand betrachteten, der unter der Böschung herausragte. Zuerst dachte er, daß es ein gefallener Baumstamm wäre, aber als er dichter herankam, sah er, daß es, obgleich bestimmt aus Holz, nicht rund, sondern flach oder fast flach war und erhöhte Ränder hatte – ein Menschending. Er erinnerte sich, wie er vor langer Zeit mit Fiver einen Müllhaufen einer Farm beschnüffelt hatte und auf einen ähnlichen Gegenstand gestoßen war – groß, glatt und flach. (Es hatte sich damals um eine alte, ausrangierte Tür gehandelt.) Sie konnten nichts damit anfangen und hatten sie in Ruhe gelassen. Er war geneigt, auch diesen Gegenstand in Ruhe zu lassen.

Ein Ende des Dings war in die Böschung gedrückt, aber mit zunehmender Länge verbreiterte es sich, leicht in die Strömung ragend. Das Wasser umfloß es plätschernd, denn unter den Böschungen war die Strömung aufgrund von Unkraut und Uferbohlen so schnell wie in der Mitte des Flusses. Als Hazel näher kam, sah er, daß Blackberry schon auf das Ding geklettert war. Seine Pfoten machten ein leises, hohles Geräusch auf dem Holz, also mußte Wasser darunter sein. Was immer es sein mochte, das Ding ragte nicht nach unten; es lag auf dem Wasser.

»Was suchst du da, Blackberry?« fragte er scharf.

»Fressen«, erwiderte Blackberry. »*Flayrah*. Kannst du es nicht riechen?«

Kehaar hatte sich in der Mitte des Dings niedergelassen und schnappte nach etwas Weißem. Blackberry huschte über das Holz auf ihn zu und begann, an einer Art grünem Gemüse zu knabbern. Nach einer Weile wagte sich auch Hazel auf das Holz und saß im Sonnenschein, beobachtete die Fliegen auf der warmen, gefirnißten Oberfläche und schnupperte die seltsamen Flußgerüche, die vom Wasser aufstiegen.

»Was ist dieses Menschending, Kehaar?« fragte er. »Ist es gefährlich?«

»Ne, nicht gefährlich. Du nicht kennen? Is' Boot. Bei Großem Wasser is' viele, viele Boote. Männer machen sie, gehen auf Wasser. Is' nicht Schaden.«

Kehaar fuhr fort, an den altbackenen Brotstücken zu picken. Blackberry, der die Salatreste, die er gefunden hatte, verputzt hatte, setzte sich auf und blickte über die sehr niedrige Seite, beobachtete eine steinfarbene, schwarzgefleckte Forelle, die in den Fall hinaufschwamm. Das Boot war ein kleiner Stechkahn, der zum Riedgrasschneiden verwendet wurde – kaum mehr als ein Floß mit einer Ruderbank mittschiffs. Selbst unbemannt, wie jetzt, waren es nur ein paar Zoll Freibord.

»Weißt du«, sagte Fiver von der Böschung her, »wenn ich dich so sitzen sehe, werde ich an dieses andere Holzding erinnert, das du gefunden hast, als der Hund im Gehölz war und du Pipkin und mich über den Fluß geholt hast. Erinnerst du dich?«

»Ich erinnere mich, wie ich euch vorwärts geschubst habe. Es war verdammt kalt.«

»Was mich vor ein Rätsel stellt«, sagte Blackberry, »warum geht dieses Boot-Ding nicht weiter? Alles in diesem Fluß geht weiter, und schnell außerdem – da seht!« Er blickte zu einem Stock hinüber, der auf der gleichmäßigen Strömung von zwei Meilen die Stunde hinuntertrieb. »Was hält dieses Ding davon ab, wegzuschwimmen?«

Kehaar hatte eine kurze Art, mit Landratten umzugehen, die er manchmal bei den Kaninchen anwandte, die er nicht besonders mochte. Blackberry gehörte nicht gerade zu seinen Lieblingen; er zog freimütige Charaktere wie Bigwig, Buckthorn und Silver vor.

»Is' Seil. Wenn du es durchbeißen, dann du gehen verdammt schnell die ganze Strecke.«

»Ach so«, sagte Fiver. »Das Seil geht um dieses Metallding herum, wo Hazel sitzt, und das andere Ende ist auf der Böschung hier festgemacht. Es ist wie der Stengel eines großen Blattes. Man könnte es durchnagen, und das Blatt – das Boot – würde sich von der Böschung trennen.«

»Nun, jedenfalls wollen wir jetzt zurückgehen«, sagte Hazel ziemlich niedergeschlagen. »Ich fürchte, wir scheinen dem, was wir suchen, nicht nähergekommen zu sein, Kehaar. Kannst du vielleicht bis morgen warten? Ich hatte die Vorstellung, daß wir alle vor heute abend irgendwohin ziehen würden, wo es ein bißchen trockener ist – weiter oben ins Gehölz, von dem Fluß weg.«

»Oh, wie schade!« sagte Bluebell. »Weißt du, ich hatte schon beschlossen, ein Wasserkaninchen zu werden.«

»Ein was?« fragte Bigwig.

»Ein Wasserkaninchen«, wiederholte Bluebell. »Nun, es gibt Wasserratten und Wasserkäfer, und Pipkin sagt, gestern abend habe er einen Wasserhabicht gesehen. Weshalb also nicht ein Wasserkaninchen? Ich werde fröhlich dahintreiben –«

»Großer goldener Frith auf dem Hügel!« rief Blackberry plötzlich. »Großer springender Rabscuttle! Das ist es! Das ist es! Bluebell, du sollst ein Wasserkaninchen sein!« Er begann, auf der Böschung herumzuspringen und zu hüpfen und Fiver mit seinen Vorderpfoten zu knuffen. »Begreifst du denn nicht, Fiver? Begreifst du's nicht? Wir beißen das

Seil durch und segeln fort – und General Woundwort weiß es nicht!«

Fiver zögerte. »Ja, ich begreife es«, erwiderte er schließlich. »Du meinst, auf dem Boot. Ich muß schon sagen, Blackberry, du bist ein kluger Bursche. Ich erinnere mich jetzt, daß du, nachdem wir diesen anderen Fluß überquert hatten, sagtest, dieser Schwimmtrick könnte uns eines Tages sehr gelegen kommen.«

»Augenblick, Augenblick«, sagte Hazel. »Wir sind bloß einfache Kaninchen, Bigwig und ich. Würdest du uns das bitte erklären?«

Auf der Stelle, während die schwarzen Stechmücken sich auf ihren Ohren niederließen, erklärten Blackberry und Fiver, was sie meinten.

»Könntest du hingehen und das Seil prüfen, Hazel-rah?« fügte Blackberry hinzu, als er geendet hatte. »Vielleicht ist es zu dick.«

Sie gingen zu dem Kahn zurück.

»Nein, ist es nicht«, sagte Hazel, »und es ist natürlich scharf gespannt, so daß es sich viel leichter durchnagen läßt. Ich kann das gut durchnagen.«

»Ya, is' gut«, sagte Kehaar. »Das gehen fein. Aber machen schnell, ya? Vielleicht ändert sich was. Männer kommen, nehmen Boot, wißt ihr?«

»Da gibt es nichts mehr abzuwarten«, sagte Hazel. »Los, Bigwig, mach dich sofort auf, und El-ahrairah sei mit dir. Und vergiß nicht, du bist jetzt der Führer. Gib uns durch Kehaar Nachricht, was wir tun sollen; wir werden alle hier sein, bereit, dir beizustehen.«

Nachher erinnerten sich alle, wie Bigwig seine Befehle in Empfang genommen hatte. Niemand konnte behaupten, daß er nicht in der Praxis ausübte, was er predigte. Er zögerte ein paar Augenblicke und sah dann Hazel offen ins Gesicht.

»Es kommt ein bißchen plötzlich«, sagte er. »Ich habe es noch nicht heute abend erwartet. Aber um so besser – das Warten war schrecklich. Wiedersehen.«

Er berührte Hazels Nase mit der seinen, drehte sich um und hopste in das Unterholz davon. Ein paar Minuten später rannte er, von Kehaar geführt, über das offene Weideland nördlich des Flusses direkt auf den Backsteinbogen in dem überwucherten Bahndamm und die Felder dahinter zu.

# 34. General Woundwort

Wie ein Obelisk, auf den die Hauptstraßen einer Stadt zulaufen, steht der starke Wille eines stolzen Geistes führend und gebieterisch inmitten der Kriegskunst.

Clausewitz *Vom Kriege*

Die Dämmerung senkte sich über Efrafa. Im schwindenden Licht beobachtete General Woundwort das Kennzeichen »Linker Hinterlauf« beim *silflay* am Rande des großen Weidelandes, das zwischen dem Gehege und dem Eisenweg lag. Die meisten Kaninchen fraßen in der Nähe der Kennzeichen-Löcher, die dicht neben der Wiese an einem einsamen Pfad zwischen Bäumen und Unterholz verborgen waren. Einige jedoch hatten sich in die Wiese hinausgewagt, um zu grasen und in den letzten Sonnenstrahlen zu spielen. Noch weiter draußen patrouillierten die Wachtposten der Owsla, um auf die Annäherung von Menschen oder *elil* und auch auf jedes Kaninchen aufzupassen, das zu weit streunen würde, um noch rechtzeitig unter den Boden zu gelangen, wenn es Alarm geben sollte.

Hauptmann Chervil, einer der beiden Offiziere des Kennzeichens, war gerade von einer Inspektionsrunde bei seinen Wachtposten zurückgekehrt und sprach mit einigen Weibchen im Zentrum des Kennzeichen-Geländes, als er den General herankommen sah. Er blickte schnell in die

Runde, um zu sehen, ob etwas nicht stimmte. Da aber alles in Ordnung zu sein schien, begann er an einem Fleck süßen Ruchgrases mit dem bestmöglichen Anschein von Gleichgültigkeit zu knabbern.

General Woundwort war ein außergewöhnliches Kaninchen. Vor ungefähr drei Jahren war er – der kräftigste eines Wurfes von fünfen – in einem Bau hinter einem Cottage-Garten bei Cole Henley geboren worden. Sein Vater, ein sorgloser und unbekümmerter Rammler, hatte sich nichts dabei gedacht, ganz in der Nähe menschlicher Wesen zu leben, außer daß er in ihrem Garten am frühen Morgen nach Futter suchen konnte. Er hatte für seine Tollkühnheit teuer bezahlt. Nach zwei oder drei Wochen geplünderten Salates und abgeknabberter Kohlköpfe hatte der Cottage- Besitzer auf der Lauer gelegen und ihn erschossen, als er in der Frühdämmerung durch das Kartoffelfeld kam. Am selben Morgen machte sich der Mann daran, das Weibchen und ihren heranwachsenden Wurf auszugraben. Woundworts Mutter konnte flüchten, raste über das Kohlfeld auf die Downs zu, und ihre Jungen versuchten ihr zu folgen. Keinem außer Woundwort gelang es. Seine Mutter, die aus einer Schußwunde blutete, lief im offenen Tageslicht an den Hecken entlang. Woundwort hinkte neben ihr her.

Es dauerte nicht lange, ehe ein Wiesel die Witterung des Blutes aufnahm und ihr folgte. Das kleine Kaninchen kauerte im Gras, während seine Mutter vor seinen Augen getötet wurde. Es machte keinen Versuch, wegzurennen, aber da das Wiesel seinen Hunger gestillt hatte, ließ es das Kleine in Ruhe und machte sich durch die Büsche davon. Mehrere Stunden später wanderte ein freundlicher alter Schulmeister aus Overton durch die Wiesen und stieß auf Woundwort, der den kalten, stillen Körper beschnüffelte und weinte. Der Lehrer trug ihn nach Hause in seine Küche und rettete sein Leben, gab ihm Milch aus einem Tropfglas, bis er alt genug war, Kleie und grünes Gemüse zu fressen. Aber Woundwort wuchs ganz ohne Aufsicht heran und biß zu wie Cowpers Hase, wenn er konnte. In einem Monat war er groß und stark und war wild geworden. Er tötete beinahe die Katze des Schulmeisters, die ihn in der Küche frei angetroffen hatte und ihm zu Leibe gehen wollte. Eines Nachts, eine Woche später, zerriß er den Draht vor seinem Stall und entkam ins freie Land.

Die meisten Kaninchen in seiner Lage, im wilden Leben fast gänzlich unerfahren, wären sofort das Opfer der *elil* – geworden aber nicht Woundwort. Nachdem er einige Tage herumgewandert war, stieß er auf ein kleines Gehege und zwang sie knurrend und kratzend, ihn aufzunehmen. Bald wurde er Oberkaninchen, nachdem er den vorherigen Anführer und einen Rivalen namens Fiorin getötet hatte. Im Kampf war er erschreckend, kämpfte nur, um zu töten, war unempfindlich gegenüber Wunden, die er selbst empfing, und rückte seinen Gegnern auf den Leib, bis sein Gewicht sie niederdrückte und erschöpfte. Diejenigen, die keinen Mut hatten, sich ihm entgegenzustellen, fühlten bald, daß sie hier tatsächlich einen Führer vor sich hatten.

Woundwort war bereit, gegen alles zu kämpfen, außer gegen einen Fuchs. Eines Abends griff er einen jungen streunenden Scotch-Terrier an und vertrieb ihn. Er war unempfindlich gegenüber dem Zauber der Musteliden und hoffte, eines Tages einen Marder, wenn nicht ein Hermelin, zu töten. Als er die Grenzen seiner eigenen Kräfte erforscht hatte, machte er sich daran, seine Sehnsucht nach noch mehr Macht auf die einzig mögliche Art zu stillen – durch Erhöhung der Macht der ihn umgebenden Kaninchen. Er brauchte ein größeres Königreich. Die Menschen waren die große Gefahr, die jedoch durch Schlauheit und Disziplin umgangen werden konnte. Er verließ mit seinen Anhängern das kleine Gehege und begab sich auf die Suche nach einem Ort, der, seinem Vorhaben entsprechend, die Existenz von Kaninchen verbarg und ihre Ausrottung sehr schwierig machte.

Efrafa entwickelte sich um den Kreuzungspunkt zweier grüner Saumpfade herum, von denen einer (der ost-westliche) tunnelartig von einem dichten Wuchs von Bäumen und Büschen eingefaßt war. Die Einwanderer gruben unter der Anleitung von Woundwort ihre Löcher zwischen den Wurzeln der Bäume, im Unterholz und neben den Gräben. Von Anfang an gedieh das Gehege. Woundwort wachte über sie mit unermüdlichem Eifer, der ihm ihre Treue gewann, wenngleich sie ihn fürchteten. Wenn die Weibchen mit Graben aufhörten, setzte Woundwort ihre Arbeit fort, während sie schliefen. Wenn ein Mensch sich näherte, erspähte ihn Woundwort schon aus einer halben Meile Entfernung. Er kämpfte mit Ratten, Elstern, Eichhörnchen und einmal mit einer Krähe. Wenn es Würfe gab, behielt er ihr Wachstum im Auge, wählte die kräftigsten Jungen für die Owsla aus und schulte sie selbst. Er erlaubte keinem Kaninchen, das Gehege zu verlassen. Ganz am Anfang wurden drei, die es versuchten, gestellt und gezwungen, zurückzukehren.

Als das Gehege wuchs, entwickelte Woundwort sein Kontrollsystem. Kaninchen in Mengen, die morgens und abends fraßen, waren geeignet, Aufmerksamkeit zu erregen. Er ersann die Kennzeichen, von denen jedes durch eigene Offiziere und Wachtposten kontrolliert wurde, dazu kamen regelmäßig wechselnde Freßzeiten, um allen einen Anteil am frühen Morgen und am Sonnenuntergang zu geben – den Lieblingsstunden für *silflay*. Alle Spuren von Kaninchenleben wurden so streng wie möglich verborgen. Die

Owsla hatten Vorrechte in bezug auf Ernährung, Paarung und Bewegungsfreiheit. Jede Pflichtverletzung ihrerseits wurde durch Degradierung und Verlust an Vorrechten bestraft.

Als Woundwort nicht mehr überall sein konnte, wurde der Rat gegründet. Einige Mitglieder kamen aus der Owsla, andere dagegen wurden einzig und allein wegen ihrer Treue oder ihrer Schlauheit als Ratgeber ausgewählt. Der alte Snowdrop wurde allmählich taub, aber niemand wußte mehr über die Sicherheitsorganisation eines Geheges als er. Auf seinen Rat hin waren die Läufe und Baue der verschiedenen Kennzeichen nicht unterirdisch miteinander verbunden, so daß sich Krankheiten oder Gift, aber auch Verschwörungen weniger leicht ausbreiten konnten. Der Besuch der Baue eines anderen Kennzeichens war ohne die Erlaubnis eines Offiziers nicht gestattet. Es geschah auch auf Snowdrops Rat hin, daß Woundwort schließlich befahl, das Gehege wegen des Risikos der Entdeckung und der Schwächung der zentralen Kontrolle nicht weiter auszudehnen. Nur mit Mühe wurde er dazu überredet, denn die neue Politik vereitelte seinen ruhelosen Wunsch nach ungeschmälerter Macht. Das bedurfte nun eines Ventils, und bald nachdem das Gehege am Weiterwachsen gehindert worden war, führte er die Weiten Patrouillen ein.

Die Weiten Patrouillen begannen als bloße Raubzüge oder Überfälle unter Führung von Woundwort in das umliegende Land. Er wählte einfach vier oder fünf der Owsla aus und hielt mit ihnen Ausschau nach Möglichkeiten, Unruhe zu stiften. Bei der ersten Gelegenheit hatten sie Glück. Sie stießen auf eine kranke Eule, die eine durch ein Saatkorn vergiftete Maus gefressen hatte, und töteten sie. Beim nächsten Mal stießen sie auf zwei *hlessil,* die sie zwangen, mit ihnen ins Gehege zurückzugehen und dort zu bleiben.

Woundwort war nicht einfach ein Tyrann. Er wußte, wie er andere Kaninchen ermutigen und sie zum Wetteifern veranlassen konnte. Es dauerte nicht lange, bis seine Offiziere darum baten, Patrouillen führen zu dürfen. Woundwort gab ihnen Aufgaben – nach *hlessil* in einer bestimmten Richtung zu suchen oder ausfindig zu machen, ob ein besonderer Graben oder eine Scheune Ratten bargen, die später angegriffen und vertrieben werden konnten. Sie hatten nur Befehl, sich von Farmen und Gärten fernzuhalten. Eine dieser Patrouillen, von einem gewissen Hauptmann Orchis geführt, entdeckte ein kleines Gehege zwei Meilen östlich jenseits der Kingsclere-Overton-Straße in der Umgebung von Nutley Copse. Der General führte einen Feldzug und vernichtete es; die Gefangenen wurden nach Efrafa gebracht, wo später einige von ihnen in den Rang von Owsla-Mitgliedern erhoben wurden.

Als die Monate vergingen, wurden die Weiten Patrouillen planmäßig eingesetzt; im Sommer und Frühherbst waren gewöhnlich gleichzeitig zwei oder drei draußen. Es kamen keine anderen Kaninchen in die Nähe von Efrafa, und alle, die zufällig in die Nachbarschaft gelangten, wurden schnell aufgelesen. Die Verluste in den Weiten Patrouillen waren hoch, denn die *elil* erfuhren, daß die ausschwärmten. Oft bedurfte es des ganzen Mutes und der Tüchtigkeit eines Führers, seine Aufgabe zu erfüllen und seine Kaninchen – oder einige von ihnen – ins Gehege zurückzubringen. Aber die Owsla waren stolz auf die Risiken, die sie eingingen, und außerdem hatte Woundwort die Gewohnheit, selbst hinauszugehen, um zu sehen, wie sie vorankamen.

Ein Patrouillenführer, der mehr als eine Meile von Efrafa an einer Hecke im Regen entlanghinkte, stieß plötzlich auf den General, der wie ein Hase unter einem Büschel Lolch hockte, und sah sich auf der Stelle genötigt zu berichten, was er getan hatte oder warum er von seiner Route abgekommen war. Die Patrouillen waren die Schulungsplätze von schlauen Spürhunden, schnellen Rennern und grimmigen Kämpfern, und die Verluste – obgleich es vielleicht fünf oder sechs in einem schlechten Monat waren – kamen Woundwort durchaus gelegen; denn die Anzahl mußte gering gehalten werden, und es gab immer offene Stellen in der Owsla, welche die jungen Rammler nach besten Kräften auszufüllen suchten. Zu erleben, daß die Kaninchen wetteiferten, auf seinen Befehl ihr Leben zu riskieren, befriedigte Woundwort, obgleich er – wie auch sein Rat und seine Owsla – der Meinung war, daß er dem Gehege Frieden und Sicherheit zu einem ziemlich bescheidenen Preis gäbe.

Trotzdem war der General, als er an diesem Abend zwischen den Eschen heraufkam, um mit Hauptmann Chervil zu sprechen, verschiedener Dinge wegen ernstlich beunruhigt. Es wurde immer schwieriger, den Bestand des Geheges unter Kontrolle zu halten. Überfüllung wurde ein ernstes Problem, und dies trotz der Tatsache, daß viele der Weibchen ihren Wurf vor der Geburt resorbierten. Obwohl diese Maßnahmen dem Wohl aller dienten, wurden einige unruhig und waren schwer zu lenken. Vor nicht allzu langer Zeit war eine Gruppe von Weibchen vor dem Rat erschienen und hatte gebeten, das Gehege verlassen zu dürfen. Sie waren zuerst friedfertig gewesen und hatten angeboten, fortzugehen, so weit der Rat es wünsche, aber als es klargeworden war, daß ihr Gesuch auf keinen Fall genehmigt werden würde, waren sie sehr ungeduldig und dann sogar aggressiv geworden, und der Rat hatte strenge Maßnahmen ergreifen müssen. Es herrschte immer noch beträchtlicher Unmut über diese Sache. Und drittens hatte die Owsla in letzter Zeit ein gewisses Maß an Achtung im Mannschaftsstand eingebüßt.

Vier hereinschneiende Kaninchen – die sich als eine Art Gesandtschaft eines anderen Geheges ausgaben – waren festgehalten und zum Dienst in das Kennzeichen »Rechte Flanke« gesteckt worden. Er hatte beabsichtigt, später herauszufinden, woher sie gekommen waren. Aber es war ihnen gelungen, eine sehr einfache List anzuwenden, den Kennzeichen-Kommandeur zu täuschen, seine Wachtposten anzugreifen und nachts zu entwischen. Hauptmann Bugloss, der verantwortliche Offizier, war natürlich degradiert und aus der Owsla ausgestoßen worden, aber seine Ächtung, obgleich durchaus angemessen, vergrößerte nur die Schwierigkeiten des Generals. Die Wahrheit war, daß Efrafa, im Augenblick wenigstens, knapp an guten Offizieren war. Gewöhnliche Owsla – Wachtposten – waren nicht schwer zu finden, aber mit den Offizieren war es eine andere Sache, und er hatte drei in weniger als einem Monat verloren. Bugloss war so gut wie ein im Kriege Gefallener: Er würde nie wieder einen höheren Rang bekleiden. Aber schlimmer: Hauptmann Charlock – ein tapferes und einfallsreiches Kaninchen – war bei der Verfolgung der Flüchtlinge von einem Zug auf dem Eisenpfad überfahren worden; ein weiterer Beweis, wenn man überhaupt welche brauchte, von der gemeinen Bosheit der Menschen. Und am schlimmsten von allem: Eine Patrouille, erst vor zwei Nächten nach Norden ausgeschickt, war mit der schockierenden Nachricht zurückgekehrt, daß ihr Führer, Hauptmann Mallow, ein außergewöhnlich angesehener und erfahrener Offizier, von einem Fuchs getötet worden war. Es war eine merkwürdige Sache. Die Patrouille hatte den Geruch einer ziemlich großen Gruppe Kaninchen, die sich offenbar von Norden her Efrafa näherte, aufgenommen. Sie war ihr gefolgt, hatte aber ihre Beute noch nicht gesichtet, als plötzlich ein fremdes Kaninchen in sie hineingeflitzt war, als sie sich dem Rand einer Waldung näherten. Natürlich hatten sie versucht, es zu stoppen, und in diesem Augenblick war der Fuchs, der ihm dicht auf den Fersen zu sein schien, aus der offenen Talmulde dahinter gekommen und hatte den armen Mallow augenblicklich getötet. Wenn man alles in Betracht zog, war die Patrouille in guter Ordnung weitergezogen, und Groundsel, der stellvertretende Kommandeur, hatte sich bewährt. Aber von dem fremden Kaninchen war nichts mehr gesehen worden; und der Verlust Mallows, ohne daß man etwas dafür vorweisen konnte, hatte die Owsla aufgebracht und ziemlich demoralisiert.

Andere Patrouillen waren sofort hinausgeschickt worden, aber alles, was sie festgestellt hatten, war, daß die Kaninchen vom Norden den Eisenweg überquert hatten und nach Süden verschwunden waren. Es war unerträglich, daß sie so nahe an Efrafa vorbeigekommen und ihres Weges gegangen sein sollten, ohne wahrgenommen worden zu sein. Selbst heute noch bestand die Möglichkeit, sie zu erwischen, wenn nur ein wirklich unternehmungslustiger Offizier mit der Suche betraut werden konnte – Hauptmann Campion vielleicht –, denn Patrouillen überquerten selten den Eisenweg, und das nasse Land dahinter – das Land am Fluß – war nur teilweise bekannt. Er wäre selbst gegangen, aber bei den kürzlichen Disziplinarschwierigkeiten im Gehege konnte er das Risiko nicht eingehen; und Campion konnte jetzt kaum entbehrt werden. Nein – so ärgerlich es auch war, die Fremden wurden im Augenblick am besten vergessen. Das erste war, die Owsla-Verluste zu ersetzen – und vorzugsweise mit Kaninchen, die wußten, wie man bei weiteren Anzeichen von Meinungsverschiedenheiten rücksichtslos verfuhr. Sie würden einfach die besten, die sie hatten, befördern, eine Weile zurückstecken und sich auf die

Ausbildung konzentrieren müssen, bis die Lage wieder normal war.

Woundwort begrüßte Hauptmann Chervil ziemlich geistesabwesend und ließ sich das Problem weiter durch den Kopf gehen.

»Wie sind deine Wachtposten, Chervil?« fragte er schließlich. »Kenne ich welche von ihnen?«

»Ein guter Haufen, Sir«, erwiderte Chervil. »Ihr kennt Marjoram – er war mit Euch als Läufer auf Patrouille. Und ich glaube, Ihr kennt Moneywort.«

»Ja, ich kenne sie«, sagte Woundwort, »aber sie gäben keine Offiziere ab. Wir müssen Charlock und Mallow ersetzen, daran liegt mir.«

»Das ist schwierig, Sir«, sagte Chervil. »Diese Art Kaninchen hopst nicht aus dem Gras.«

»Nun, aus irgendwas müssen sie hopsen«, sagte Woundwort. »Überlege dir das und erzähle mir von jeder neuen Idee, die dir kommt. Jedenfalls möchte ich jetzt deine Wachtposten inspizieren. Komm mit, bitte.«

Sie wollten sich gerade in Marsch setzen, als ein drittes Kaninchen näher kam – kein anderes als Hauptmann Campion selbst. Es war Campions Hauptaufgabe, die Umgebung von Efrafa morgens und abends zu durchsuchen und alles Neue zu melden – die Autoreifenabdrücke eines Traktors im Schmutz, den Mist eines Sperbers oder die Ausstreuung eines Düngemittels auf einem Feld. Als erfahrener Spurenleser blieb ihm wenig oder nichts verborgen, und er war eines der wenigen Kaninchen, für die Woundwort echte Achtung empfand.

»Willst du mich sprechen?« fragte Woundwort zögernd.

»Nun, ich glaube, ja, Sir«, erwiderte Campion. »Wir haben ein *hlessi* aufgelesen und hereingebracht.«

»Wo war er?«

»An der Unterführung, Sir. Auf dieser Seite.«

»Was machte er?«

»Nun, Sir, er sagt, er sei einen langen Weg gekommen, um sich Efrafa anzuschließen. Daher dachte ich, daß Ihr ihn vielleicht sprechen wolltet.«

»Sich Efrafa *anzuschließen?«* fragte Woundwort verdutzt.

»Das sagte er, Sir.«

»Warum kann der Rat ihn nicht morgen sehen?«

»Wie Ihr wünscht natürlich, Sir. Aber mir fällt auf, daß er ein bißchen ungewöhnlich ist. Ich würde sagen, ein besonders nützliches Kaninchen.«

»Hmm«, sagte Woundwort überlegend. »Na schön. Ich habe nicht viel Zeit. Wo ist er jetzt?«

»Am Crixa, Sir.« (Campion meinte den Kreuzungspunkt der beiden Saumpfade, der etwa fünfzig Meter entfernt zwischen den Bäumen lag.) »Zwei meiner Polizeistreifen sind bei ihm.«

Woundwort ging zum Crixa zurück. Chervil, der bei seinem Kennzeichen Dienst hatte, blieb, wo er war. Campion begleitete den General.

Zu dieser Stunde war der Crixa ein einziger grüner Schatten mit einem roten Sonnenschimmer, der durch die sich bewegenden Blätter zwinkerte. Das feuchte Gras an den Rändern der Pfade war getüpfelt von den Stacheln des mauvefarbenen Günsels, und die Heilkräuter und gelben Erzengel blühten in rauhen Mengen. Unter einem Holunderbusch auf der anderen Seite des Pfades warteten zwei Owslafa oder Ratspolizisten, und bei ihnen war ein Fremder.

Woundwort sah sofort, was Campion gemeint hatte. Der Fremde war ein großes Kaninchen, schwer, aber munter, mit rauhem, fronterfahrenem Aussehen und dem Ausdruck eines Kämpfers. Er hatte einen eigentümlichen dichten Fellwuchs – eine Art Scheitelknoten – auf dem Wirbel seines Kopfes. Er starrte Woundwort mit einer unvoreingenommenen, taxierenden Miene an, der der General sehr lange Zeit nicht begegnet war.

»Wer bist du?« fragte Woundwort.

»Mein Name ist Thlayli«, erwiderte der Fremde.

»Thlayli, *Sir*«, sagte Campion sofort. Der Fremde sagte nichts.

»Die Patrouille brachte dich herein, wie ich hörte. Was tatest du?«

»Ich bin gekommen, mich Efrafa anzuschließen.«

»Warum?«

»Es überrascht mich, daß Ihr fragt. Es ist Euer Gehege, nicht wahr? Liegt etwas Ungewöhnliches darin, daß jemand sich euch anzuschließen wünscht?«

Woundwort war ratlos. Er war kein Narr, und es war, wie er sich nicht verhehlen konnte, außerordentlich seltsam, daß ein rechtschaffenes Kaninchen aus eigenem Antrieb nach Efrafa hineinlief. Aber natürlich – das konnte er nicht sagen.

»Was kannst du?«

»Ich kann rennen und kämpfen und eine Geschichte beim Erzählen verderben. Ich bin Offizier in einer Owsla gewesen.«

»Kämpfen kannst du? Könntest du es mit ihm aufnehmen?« fragte Woundwort, auf Campion blickend.

»Gewiß, wenn Ihr wünscht.« Der Fremde griff Campion im Rücken an und zielte einen schweren Schlag gegen ihn, der gerade noch rechtzeitig zurücksprang.

»Sei kein Narr«, sagte Woundwort. »Setz dich. Wo warst du in einer Owsla?«

»Weit entfernt. Das Gehege wurde von Menschen zerstört, aber ich konnte entfliehen. Dann bin ich einige Zeit gewandert. Es wird Euch nicht überraschen, daß ich von Efrafa hörte. Ich bin einen langen Weg gekommen, um mich ihm anzuschließen. Ich dachte, daß Ihr mich vielleicht gebrauchen könntet.«

»Bist du allein?«

»Zur Zeit ja.«

Woundwort überlegte wieder. Es war durchaus wahrscheinlich, daß dieses Kaninchen Offizier in einer Owsla gewesen war. Jede Owsla würde ihn aufnehmen. Wenn er die Wahrheit sagte, so hatte er Intelligenz genug besessen, der Vernichtung seines Geheges zu entrinnen und eine lange Reise über offenes Land zu überleben. Es mußte eine sehr lange Reise gewesen sein, denn es gab kein Gehege innerhalb der normalen Reichweite der Efrafa-Patrouillen.

»Nun«, sagte er schließlich, »ich glaube, wir werden dich schon gebrauchen können, wie du dich ausdrückst. Campion hier wird sich heute nacht um dich kümmern, und morgen früh kommst du vor den Rat. In der Zwischenzeit fang nicht an zu raufen, verstehst du? Wir können dir auch ohne das eine Menge zu tun geben.«

»Sehr schön.«

Als der Rat am anderen Morgen die infolge der kürzlichen Verluste entstandene mißliche Lage des Geheges besprochen hatte, gab General Woundwort zu bedenken, daß ihnen für den Anfang Schlimmeres passieren könnte, als den großen Neuankömmling als Offizier in dem Kennzeichen »Linker Hinterlauf« unter der Dienstanweisung von Hauptmann Chervil auszuprobieren. Nachdem der Rat ihn gesehen hatte, stimmte er zu. Gegen *ni-Frith* hatte Thlayli, der immer noch aus dem tiefen Kennzeichen-Biß in seinem linken Lauf blutete, seinen Dienst angetreten.

# 35. Tasten

Diese Welt, in der viel zu tun und wenig bekannt ist . . .
Dr. Johnson

»– und vor dem Kennzeichen-*silflay*«, sagte Chervil, »schaue ich mir immer das Wetter an. Das vorherige Kennzeichen schickt natürlich einen Läufer, um zu melden, wann sie hinunterzugehen beabsichtigen, und er berichtet über das Wetter, aber ich gehe immer selbst und sehe mir das Wetter an. Im Mondlicht stellen wir die Wachtposten ziemlich dicht auf und rühren uns selbst, um sicherzugehen, daß keiner sich zu weit entfernt. Aber im Regen oder in der Dunkelheit schicken wir das Kennzeichen in kleinen Gruppen hinaus, eine nach der anderen, und jede Gruppe hat einen Wachtposten. Bei absolut schlechtem Wetter erbitten wir die Erlaubnis des Generals, *silflay* zu verschieben.«

»Und versuchen sie oft, davonzulaufen?« fragte Bigwig. Während des Nachmittags war er mit Chervil und Avens, dem anderen Kennzeichen-Offizier, durch die Läufe und überfüllten Baue gegangen und hatte bei sich gedacht, daß er noch nie in seinem Leben einen so freudlosen, deprimierten Haufen Kaninchen gesehen hatte. »Sie machen auf mich nicht den Eindruck, als wären sie eine sehr schwierige Gruppe.«

»Die meisten machen keine Schwierigkeiten, das stimmt«, sagte Avens, »aber man weiß nie, wann es Kummer geben wird. Zum Beispiel hätte man der Meinung sein können, daß es keinen fügsameren Haufen in Efrafa gäbe als die ›Rechte Flanke‹. Und dann kriegen sie eines Tages vier *hlessil* vom Rat dazubefohlen, und am nächsten Abend schaltet aus irgendeinem Grunde Bugloss nicht schnell genug, und plötzlich spielen diese *hlessil* ihm einen Streich und türmen. Und das ist sein Ende – von dem armen alten Charlock ganz zu schweigen, der auf dem Eisenweg getötet wurde. Wenn etwas Derartiges passiert, geschieht es immer blitzartig, und es ist keineswegs immer geplant; manchmal ist es eine Art Raserei. Ein Kaninchen stürmt impulsiv davon, und wenn du es nicht schnell niederschlägst, sind drei weitere hinter ihm her. Die einzig sichere Methode ist, die ganze Zeit aufzupassen, wenn sie über der Erde sind, und sich selbst zu entspannen, wenn man kann. Schließlich sind wir dazu da – wir und die Patrouillen.«

»Und dann, was das Vergraben von *hraka* anlangt«, sagte Chervil, »da kann man nicht streng genug sein. Wenn der General *hraka* in den Feldern findet, stopft er dir deinen Schwanz die Kehle hinunter. Sie versuchen immer, sich um das Vergraben zu drücken. Sie wollen natürlich sein, die antisozialen kleinen Biester. Die wollen einfach nicht begreifen, daß aller Wohl von der Kooperation jedes einzelnen abhängig ist. Ich meinerseits setze drei oder vier von ihnen an, um zur Strafe täglich eine neue Mulde im Graben zu scharren. Man findet beinahe immer jemanden, den man bestrafen kann, wenn man es nur ernsthaft versucht. Der heutige Trupp füllt die gestrige Mulde und gräbt eine neue. Es gibt besondere Läufe, die in den Graben hineinführen, und das Kennzeichen hat diese und keine anderen zu benutzen, wenn sie hinausgehen, um *hraka* zu machen.

Wir haben einen *hraka*-Posten in dem Graben, um sicherzugehen, daß sie zurückkommen.«

»Wie kontrolliert ihr sie nach *silflay?*« fragte Bigwig.

»Nun, wir kennen sie alle vom Sehen«, erwiderte Chervil, »und wir passen auf, wenn sie hinuntergehen. Es gibt nur zwei Eingangslöcher für das Kennzeichen, und einer von uns sitzt an jedem Loch. Jedes Kaninchen weiß, welches Loch es zu benutzen hat, und ich würde es bestimmt merken, wenn welche von mir nicht hinuntergingen. Die Posten kommen zuletzt herein – ich rufe sie erst herein, wenn ich sicher bin, daß das ganze Kennzeichen unten ist. Und wenn sie erst einmal unten sind, kommen sie schwerlich wieder heraus, da vor jedem Loch eine Wache postiert ist. Graben würde ich hören. Es ist in Efrafa nicht erlaubt, ohne die Genehmigung des Rates zu graben. Wirklich gefährlich ist es nur bei einem Alarm – sagen wir, wegen eines Menschen oder eines Fuchses. Dann springen wir natürlich alle ins nächste Loch. Bis jetzt scheint es noch niemandem in den Sinn gekommen zu sein, daß er in eine andere Richtung fliehen könnte und einen ziemlichen Vorsprung hätte, ehe er vermißt würde. Trotzdem, kein Kaninchen wird in Richtung *elil* fliehen, und das ist die beste Sicherung.«

»Nun, ich bewundere deine Gründlichkeit«, sagte Bigwig und dachte bei sich, daß seine geheime Aufgabe noch hoffnungsloser war, als er erwartet hatte. »Ich werde zusehen, daß ich den Dreh so bald wie möglich heraus habe. Wann haben wir Aussicht auf eine Patrouille?«

»Ich nehme an, der General wird dich für den Anfang selbst mit auf Patrouille nehmen«, sagte Avens. »Bei mir hat er's so gehalten. Möglicherweise wirst du nicht mehr so scharf darauf sein, wenn du ein oder zwei Tage bei ihm warst – du wirst ganz schön erschöpft sein. Ich muß allerdings zugeben, Thlayli, daß du Format hast, und da du schon eine harte Zeit hinter dir hast, wirst du damit wahrscheinlich fertig werden.«

In diesem Augenblick kam ein Kaninchen mit einer weißen Narbe am Hals den Lauf herunter.

»Das Hals-Kennzeichen geht gerade hinunter, Hauptmann Chervil«, sagte es. »Es ist ein schöner Abend. Ich würde das Beste daraus machen.«

»Ich habe mich schon gefragt, wann du dich zeigen würdest«, erwiderte Chervil. »Sag Hauptmann Sainfoin, daß ich mein Kennzeichen sofort hinaufbringe.«

Chervil wandte sich an einen seiner eigenen Posten und befahl ihm, durch die Baue zu gehen und jeden zum *silflay* hinaufzuschicken.

»Jetzt«, sagte er, »gehst du, Avens, wie üblich zum anderen Loch, und Thlayli kann sich mir beim nächsten anschließen. Zuerst werden wir vier Posten an die Grenze schicken, und wenn das gesamte Kennzeichen draußen ist, fügen wir vier hinzu und behalten zwei in Reserve. Wir treffen uns an dem großen Kieselstein auf der Böschung.«

Bigwig folgte Chervil durch den Lauf, in den hinunter der Geruch von warmem Gras, Klee und Hopfenkleeblatt drang. Er hatte die meisten Läufe schwüler und stickiger gefunden, als er es gewohnt war, zweifellos, weil so wenig Löcher ins Freie mündeten. Die Aussicht auf ein Abend-*silflay,* selbst in Efrafa, war angenehm. Er dachte an die raschelnden Buchenblätter über der fernen Honigwabe und seufzte. Wie geht es wohl dem alten Holly? dachte er. Und werde ich ihn je wiedersehen – und natürlich auch Hazel? Nun, ich werde diesen Affen etwas zu denken geben, ehe ich fertig bin. Aber ich fühle mich einsam. Wie schwer ist es, ein Geheimnis mit sich allein herumzutragen!

Sie erreichten die Mündung des Loches, und Chervil ging

hinaus, um sich umzublicken. Als er zurückkehrte, nahm er seinen Posten am Anfang des Laufes ein. Als Bigwig einen Platz längsseits fand, bemerkte er zum ersten Mal in der gegenüberliegenden Wand des Baus eine Art Nische, wie eine offene Höhle. In ihr hockten drei Kaninchen. Die auf beiden Seiten hatten das zähe, sture Aussehen von Mitgliedern der Owslafa. Aber er starrte das in der Mitte an. Dieses Kaninchen hatte ein sehr dunkles, beinahe schwarzes Fell. Aber das war nicht das Bemerkenswerteste an ihm. Es war schrecklich verstümmelt. Seine Ohren waren nur noch formlose Lappen, an den Rändern zerfetzt, übersät mit schlecht verheilten Narben und da und dort mit Klumpen wilden nackten Fleisches. Ein Augenlid war ungestalt und schräg geschlossen. Trotz der kühlen, erregenden Luft des Juli-Abends schien es apathisch und betäubt. Es hielt den Blick auf den Boden gerichtet und blinzelte dauernd. Nach einer Zeit senkte es den Kopf und rieb matt seine Nase an seinen Vorderpfoten. Dann kratzte es seinen Hals und ließ sich wieder in seiner früheren schlaffen Haltung nieder.

Bigwig, dessen herzliche, impulsive Natur von Neugier und Mitleid erregt war, ging über den Lauf hinüber.

»Wer bist du?« fragte er.

»Mein Name ist Blackavar«, erwiderte das Kaninchen. Es blickte nicht auf und sprach ohne Ausdruck, als ob es diese Frage schon vieie Male beantwortet hätte.

»Gehst du zum *silflay?*« fragte Bigwig. Zweifellos, dachte er, war das ein Held des Geheges, verwundet in einem großen Kampf und jetzt gebrechlich, dessen frühere Dienste eine ehrenhafte Eskorte verdienten, wenn er ausging.

»Nein«, antwortete das Kaninchen.

»Warum denn nicht?« fragte Bigwig. »Es ist ein wundervoller Abend.«

»Ich *silflaye* nicht um diese Zeit.«

»Warum bist du dann hier?« fragte Bigwig mit seiner üblichen Offenheit.

»Das Kennzeichen, das den Abend-*silflay* hat«, begann das Kaninchen. »Das Kennzeichen, das – sie kommen – ich –« Es zögerte und fiel in Schweigen.

Einer der Owslafa sprach. »Weiter«, sagte er.

»Ich komme hierher, damit das Kennzeichen mich sieht«, sagte das Kaninchen mit seiner leisen, erschöpften Stimme. »Jedes Kennzeichen soll sehen, wie ich bestraft worden bin, wie ich es für meinen Verrat verdiene, weil ich versuchte, das Gehege zu verlassen. Der Rat war gnädig – der Rat war gnädig – der Rat – ich kann mich nicht mehr daran erinnern, ich kann es wirklich nicht«, sprudelte es heraus, sich an den Posten wendend, der gesprochen hatte. »Ich scheine mich an gar nichts mehr erinnern zu können.«

Der Posten sagte nichts, und Bigwig schloß sich, nachdem er einige Augenblicke schockiert gestarrt hatte, wieder Chervil an.

»Er soll es jedem sagen, der fragt«, sagte Chervil, »aber er wird nach einem halben Monat langsam dumm. Er hat versucht, davonzulaufen. Campion erwischte ihn und brachte ihn zurück, und der Rat zerfetzte seine Ohren und sagte, er habe bei jedem Morgen- und Abend-*silflay* als abschreckendes Beispiel für die anderen herumgezeigt zu werden. Aber wenn du mich fragst, wird er es nicht mehr viel länger machen. Er wird eines Abends ein schwärzeres Kaninchen, als er selbst es ist, treffen.«

Bigwig schauderte es, teilweise über Chervils Ton abgestumpfter Gleichgültigkeit und teilweise über seine eigenen Erinnerungen. Die Kennzeichen traten jetzt an, und er sah zu, als sie vorbeigingen und jedes einen Augenblick den Eingang verdunkelte, ehe es unter den Hagedorn hinaushopste. Es war klar, daß Chervil sich etwas darauf zugute hielt, daß er seine Kaninchen mit Namen kannte. Er sprach die meisten von ihnen an und gab sich Mühe, zu zeigen, daß er einige Kenntnis von ihrem Privatleben hatte. Es schien Bigwig, daß die Antworten, die er bekam, nicht besonders herzlich oder freundlich waren, aber er wußte nicht, ob er das auf Abneigung gegenüber Chervil zurückzuführen hatte oder einfach auf den Mangel an Energie, der im Mannschaftsgrad der Efrafa üblich zu sein schien. Er hielt – wie Blackberry ihm geraten hatte – nach allen Anzeichen von Unzufriedenheit oder Rebellion Ausschau, aber er konnte kaum einen Hinweis auf diese Hoffnung in den ausdruckslosen vorbeiziehenden Gesichtern sehen. Am Schluß kam eine kleine Gruppe von drei oder vier Weibchen, die sich untereinander unterhielten.

»Nun, kommst du gut mit deinen neuen Freundinnen zurecht, Nelthilta?« fragte Chervil die erste, als sie an ihm vorüberging.

Das Weibchen, ein hübsches, langnasiges Kaninchen, knapp drei Monate alt, blieb stehen und sah ihn an.

»Du wirst eines Tages selbst gut zurechtkommen, Hauptmann, wage ich zu behaupten«, erwiderte sie. »Wie Hauptmann Mallow – der hatte auch Erfolg, weißt du? Warum schickst du nicht einige Weibchen auf Weite Patrouille?«

Sie machte eine Pause, um auf die Antwort Chervils zu warten, aber er sagte nichts und sprach nicht mit den Weibchen, die Nelthilta auf die Wiesen hinaus folgten.

»Was meinte sie damit?« fragte Bigwig.

»Nun, es hat Kummer gegeben, verstehst du«, sagte Chervil. »Ein Haufen Weibchen im Kennzeichen ›Linker Vorderlauf‹ hat auf einer Ratsversammlung Krach gemacht. Der General sagte, sie müßten aufgelöst werden, und zwei von ihnen wurden zu uns geschickt. Ich habe sie im Auge behalten. Sie machen an sich keine Schwierigkeiten, aber Nelthilta hat sich mit ihnen eingelassen, und das scheint sie frech und nachtragend gemacht zu haben; so ähnlich, wie du's eben gesehen hast. Ich habe eigentlich nichts dagegen – es zeigt nur, daß sie den Druck der Owsla fühlen. Wenn die jungen Weibchen ruhig und höflich würden, wäre ich viel beunruhigter. Ich würde mich fragen, was sie im Schilde führen. Trotzdem, Thlayli, ich möchte, daß du dein Möglichstes tust, gerade diese Weibchen kennenzulernen und sie auf Vordermann zu bringen.«

»Gut«, sagte Bigwig. »Übrigens, wie sind die Regeln über die Paarung?«

»Paarung?« fragte Chervil. »Nun, wenn du ein Weibchen haben willst, kriegst du eins – das heißt, jedes Weibchen im Kennzeichen. Wir sind schließlich nicht umsonst Offiziere, nicht wahr? Die Weibchen stehen unter Befehl, und keiner der Rammler kann es dir verwehren. Bleiben also du und ich und Avens übrig, und wir werden uns kaum streiten. Schließlich gibt es genug Weibchen hier.«

»Ach so«, sagte Bigwig. »Nun, ich werde jetzt zum *silflay* gehen. Wenn du keine anderen Pläne hast, geh' ich dann herum und unterhalte mich mit einigen vom Kennzeichen, dann mach' ich die Runde bei den Posten und peile die Lage. Was ist mit Blackavar?«

»Laß ihn«, sagte Chervil. »Er geht uns nichts an. Die Owslafa werden ihn hierlassen, bis das Kennzeichen zurückkommt, und danach bringen sie ihn fort.«

Bigwig brach in die Wiesen hinaus auf, war sich der wachsamen Blicke der Kaninchen bewußt, als er vorbeiging. Er fühlte sich verwirrt und besorgt. Wie sollte er seine gefährliche Aufgabe beginnen? Denn beginnen mußte er, so oder so, weil Kehaar klargemacht hatte, daß er nicht bereit war, länger zu warten. Es half alles nichts, er mußte sein Glück versuchen und jemandem vertrauen. Aber wem? Ein Gehege wie dieses hier mußte voller Spione sein. Und wahrscheinlich kannte nur General Woundwort die Spione. Ob ihn ein Spion in diesem Augenblick beobachtete?

Ich werde einfach meinem Gefühl folgen müssen, dachte er. Ich werde ein bißchen herumgehen und zusehen, ob ich Freundschaft schließen kann. Aber eines weiß ich – wenn es mir gelingt, einige Weibchen hier herauszuholen, werde ich diesen armen, unglücklichen Blackavar auch mitnehmen. Frith auf der Brücke! Es macht mich wütend, wenn ich daran denke, daß er gezwungen wird, so dazusitzen! Zum Teufel mit General Woundwort! Ein Gewehr ist zu gut für ihn.

Knabbernd und grübelnd bewegte er sich langsam über die freie Wiese in der Abendsonne. Nach einer Weile merkte er, daß er sich einer kleinen Mulde näherte, die sehr derjenigen in Watership Down ähnelte, wo er und Silver Kehaar gefunden hatten. In dieser Mulde befanden sich, mit dem Rücken zu ihm, vier Weibchen. Er erkannte in ihnen die kleine Gruppe, die zuletzt hinausgegangen war. Sie hatten offenbar das hungrige, hastige Stadium des Fressens hinter sich und naschten und unterhielten sich in Muße, und er konnte sehen, daß eine von ihnen die Aufmerksamkeit der anderen drei auf sich gezogen hatte. Mehr als die meisten Kaninchen liebte Bigwig eine schöne Erzählung, und jetzt wurde er von der Aussicht, etwas Neues in diesem seltsamen Gehege zu hören, angezogen.

Leise kroch er an den Rand der Mulde, gerade als das Weibchen zu sprechen begann.

Sofort merkte er, daß dies keine Geschichte war. Und trotzdem hatte er etwas Ähnliches schon mal irgendwo gehört. Die hingerissene Weise, der rhythmische Ausdruck, die gespannten Zuhörer – was riefen sie in ihm wach? Dann erinnerte er sich an den Geruch von Mohrrüben und an Silverweed, wie er die Menge in dem großen Bau beherrschte. Aber diese Verse gingen ihm zu Herzen, wie Silverweeds Verse es nicht vermocht hatten.

»Vor langer Zeit
Sang die Goldammer hoch auf dem Dornbusch.
Sang nahe einem Wurf, den das Weibchen zum Spielen
 hinausbrachte,
Sang in den Wind, und die Jungen spielten unten.
Ihre Zeit glitt dahin unter der Holunderblüte.
Aber der Vogel flog fort, und mein Herz ist jetzt trübe,
Und die Zeit wird nie wieder in den Feldern spielen.

Vor langer Zeit
Klammerten sich die orangenfarbenen Käfer an die
 Roggengrasstengel.
Das Gras wogte im Wind. Ein Rammler und ein Weibchen
Rannten über die Wiese. Sie kratzten ein Loch in die
 Böschung,
Sie taten, was sie wollten, unter den Haselnußblättern.
Aber die Käfer starben im Frost, und mein Herz ist trübe,
Und ich werde nie wieder einen Gefährten wählen.

Der Frost fällt, der Frost fällt in meinen Körper.
Meine Nüstern, meine Ohren sind erstarrt unter dem Frost.
Die Mauersegler werden im Frühling kommen und rufen:
›Nachrichten! Nachrichten!
Weibchen, grabt neue Löcher und strömt über vor Milch
für euren Wurf.‹

Ich werde nicht hören. Die Embryos kehren
In meinen stumpfen Körper zurück. Durch meinen Schlaf
Läuft ein Drahtzaun, um den Wind einzufangen.
Ich werde nie wieder den Wind wehen hören.«

Das Weibchen schwieg, und auch seine Gefährtinnen sagten nichts, aber ihr Schweigen bewies deutlich, daß es für sie alle gesprochen hatte. Ein Starenschwarm flog schwatzend und pfeifend über ihnen vorbei, und Vogelmist fiel ins Gras unter die kleine Gruppe, aber niemand bewegte sich oder schreckte auf. Jedes schien völlig von denselben melancholischen Gedanken ergriffen zu sein – Gedanken, die, wie traurig auch immer, wenigstens weit von Efrafa entfernt waren.

Bigwigs Geist war so zäh wie sein Körper und bar jeder Sentimentalität, aber wie die meisten Geschöpfe, die Not und Gefahr erlebt haben, konnte er das Leiden erkennen und achten, wenn er darauf traf. Er war gewohnt, andere Kaninchen auf ihre Tauglichkeit hin abzuschätzen. Es fiel ihm auf, daß diese Weibchen fast am Ende ihrer Kräfte waren. Ein wildes Tier, das fühlt, daß es keine Lebensberechtigung mehr hat, erreicht schließlich einen Punkt, an dem seine verbleibenden Energien tatsächlich einzig auf den Tod gerichtet sind. Dieser Geisteszustand war es, den Bigwig versehentlich Fiver in dem Gehege der Schlingen unterstellt hatte. Seit damals war sein Urteil reifer geworden. Er fühlte, daß diese Weibchen der Verzweiflung nahe waren; und nach allem, was er von Efrafa gehört hatte, sowohl von Holly als auch von Chervil, begriff er, warum. Er wußte, daß die Wirkungen der Überfüllung und Spannung in einem Gehege sich zuerst an den Weibchen zeigen. Sie werden unfruchtbar und aggressiv. Wenn aber Aggressivität ihre Schwierigkeiten nicht beheben kann, dann beginnen sie oft auf den einzigen anderen Ausweg zuzutreiben. Er fragte sich, welchen Punkt des trostlosen Pfades diese Weibchen erreicht hatten. Er hopste in die Mulde hinunter. Die Weibchen, aus ihren Gedanken aufgeschreckt, sahen ihn voller Groll an und zogen sich zurück.

»Ich weiß, du bist Nelthilta«, sagte Bigwig zu dem hübschen jungen Weibchen, das Chervil in dem Lauf so schlagfertig geantwortet hatte. »Aber wie heißt du?« fuhr er fort, sich an das Weibchen neben Nelthilta wendend.

Nach einer Pause antwortete es widerwillig: »Thethuthinnang, Sir.«

»Und du?« fragte Bigwig das Weibchen, das die Verse gesprochen hatte.

Sie wandte ihm einen Blick zu, so voller Elend, Anklage und Leid, daß er sich zusammennehmen mußte, sie nicht auf der Stelle zu bitten, ihm zu glauben, daß er ihr geheimer Freund wäre und daß er Efrafa und die Gewalt, die es repräsentierte, haßte. Nelthiltas Erwiderung auf Chervils Frage in dem Lauf war voll Haß gewesen, aber dieser Blick des Weibchens sprach von Kränkungen, die jenseits ihrer Ausdruckskraft lagen. Als Bigwig sie anstarrte, erinnerte er sich plötzlich an Hollys Beschreibung des großen *hrududu,* der die Erde über dem zerstörten Gehege aufgerissen hatte. Das hätte vielleicht einem Blick wie diesem entsprechen können, dachte er. Dann antwortete das Weibchen: »Mein Name ist Hyzenthlay, Sir.«

»Hyzenthlay?« fragte Bigwig, aus seiner Selbstbeherrschung aufgeschreckt. »Dann warst du es, die –« Er hielt inne. Es konnte gefährlich sein zu fragen, ob sie sich erinnerte, mit Holly gesprochen zu haben. Aber ob sie sich erinnerte oder nicht, das war hier offensichtlich das Kaninchen, das Holly und seinen Kameraden von den Schwierigkeiten von Efrafa und der Unzufriedenheit der Weibchen erzählt hatte. Wenn er sich richtig an die Geschichte von Holly erinnerte, hatte sie schon einen Versuch gemacht, das Gehege zu verlassen. Aber, dachte er, als er von neuem auf ihren verzweifelten Blick traf, was taugt sie jetzt?

»Haben wir Eure Erlaubnis, zu gehen, Sir?« fragte Nelthilta. »Die Gesellschaft von Offizieren überwältigt uns, wie Ihr seht. Wir finden, daß uns schon ein Bruchteil davon genügt.«

»Oh – ja – gewiß – unbedingt«, erwiderte Bigwig verwirrt. Er blieb, wo er war, als die Weibchen davonhopsten und Nelthilta dabei mit erhobener Stimme bemerkte: »Was für ein Dummkopf!«

Sie blickte sich halb um, offensichtlich in der Hoffnung, daß er sie zurechtweisen würde.

Sieh mal an, wenigstens hat noch eine von ihnen ein bißchen Temperament, dachte er, als er sich auf den Weg zu den Posten machte.

Er verbrachte einige Zeit damit, sich mit den Posten zu unterhalten, um zu erfahren, wie sie organisiert waren. Es war ein bedruckend gut funktionierendes System. Jeder Posten konnte seinen Nachbarn in wenigen Minuten erreichen, und das dafür bestimmte Stampfsignal – denn sie hatten mehr als eines – rief die Offiziere und Reserveleute heraus. Wenn nötig, konnten die Owslafa in Sekundenschnelle in Alarm versetzt werden, genau wie Hauptmann Campion oder welcher Offizier immer die Umgebung des Geheges durchstreifte. Da jeweils nur ein Kennzeichen fraß, konnte kaum ein Durcheinander entstehen, wenn Alarm gegeben wurde. Einer der Posten, Marjoram, erzählte ihm von dem Fluchtversuch Blackavars.

»Er täuschte vor, so weit wie möglich draußen zu fressen«, sagte Marjoram, »und dann machte er einen Satz. Er hat es tatsächlich fertiggebracht, zwei Posten, die ihn anzuhalten versuchten, niederzuschlagen; und ich bezweifle, daß irgend jemand allein je so viel geschafft hat. Er rannte wie verrückt los, aber Campion war schon alarmiert, schlug einfach einen Bogen und schnitt ihm den Weg weiter unten in den Wiesen ab. Natürlich wäre der Rat gnädiger mit ihm verfahren, wenn er die zwei Posten nicht zusammengeschlagen hätte.«

»Gefällt dir das Leben im Gehege?« fragte Bigwig.

»Es ist nicht schlecht, nachdem ich jetzt in der Owsla bin«, antwortete Marjoram, »und wenn ich zum Offizier befördert werde, wird es noch besser sein. Ich habe zwei Weite Patrouillen geführt – das ist es, wodurch man auffällt. Ich kann so gut Spuren lesen und kämpfen wie die meisten, aber natürlich erwartet man mehr als das von einem Offizier. Ich finde, unsere Offiziere sind ein tüchtiger Haufen, findest du nicht auch?«

»O ja«, sagte Bigwig mit Nachdruck. Es fiel ihm auf, daß Marjoram offenbar nicht wußte, daß er selbst ein Neuankömmling in Efrafa war. Auf jeden Fall zeigte er weder Eifersucht noch Unmut. Bigwig fiel auch auf, daß hier niemandem mehr gesagt wurde, als unbedingt nötig war, daß man überhaupt wenig erfuhr, außer was einem vor der Nase lag. Wahrscheinlich nahm Marjoram an, daß er, Bigwig, von einem anderen Kennzeichen hierher befördert worden war.

Als die Dunkelheit hereinbrach, kurz vor Ende des *silflay*, kam Hauptmann Campion mit einer Dreier-Patrouille das Feld herauf, und Chervil lief hinaus, um ihn an der Wachtposten-Linie zu treffen. Bigwig schloß sich an und hörte ihrer Unterhaltung zu. Er folgerte, daß Campion bis zum Eisenweg draußen gewesen war, aber nichts Ungewöhnliches entdeckt hatte.

»Geht ihr nie über den Eisenweg hinaus?« fragte er.

»Nicht sehr oft«, antwortete Campion. »Es ist naß, weißt du – schlechtes Kaninchenland. Ich bin schon da gewesen, aber auf diesen gewöhnlichen Umkreispatrouillen schau' ich mich wirklich mehr in der Nähe des Heimatortes um. Meine Aufgabe ist es einerseits, alles Neue anzuzeigen, von dem der Rat erfahren müßte, und andererseits sicherzustellen, daß jeder, der flieht, geschnappt wird. Wie zum Beispiel dieser elende Blackavar – und der verpaßte mir, ehe ich ihn überwältigte, einen Biß, den ich nie vergessen werde. An einem schönen Abend wie diesem hier gehe ich im allgemeinen bis zur Böschung des Eisenweges hinunter und arbeite mich dann diesseits von ihm entlang. Manchmal gehe ich auch in der anderen Richtung hinaus, bis zur Scheune. Es kommt ganz darauf an, was gewünscht wird. Übrigens sprach ich den General am frühen Abend, und ich glaube, er will dich in zwei oder drei Tagen auf Patrouille mitnehmen, sobald du dich eingewöhnt hast und dein Kennzeichen vom Früh- und Abend-*silflay* abgesetzt wird.«

»Warum darauf warten?« sagte Bigwig mit der ganzen Begeisterung, die er aufbringen konnte. »Warum nicht früher?«

»Na ja, ein Kennzeichen beansprucht im allgemeinen eine ganze Owsla, wenn es auf Früh- und Abend-*silflay* ist. Die Kaninchen sind in dieser Zeit munterer und brauchen mehr Beaufsichtigung. Ein Kennzeichen jedoch, das zu *ni-Frith* und *fu Inlé* beim *silflay* ist, kann gewöhnlich Owsla für eine Weite Patrouille entbehren. Und jetzt verlasse ich dich, ich muß meinen Haufen zum Crixa bringen und dem General Meldung machen.«

Sobald das Kennzeichen unter die Erde gegangen und Blackavar von seiner Eskorte fortgeführt worden war, entschuldigte sich Bigwig bei Chervil und Avens und ging in seinen eigenen Bau zurück. Während die Mannschaften unten zusammengepfercht waren, hatten die Posten zwei große geräumige Baue für sich, und jedem Offizier stand sogar ein Privatbau zur Verfügung. Endlich allein, setzte sich Bigwig, um sein Problem zu überdenken.

Die Schwierigkeiten waren bestürzend. Er war ziemlich sicher, daß er mit Kehaars Hilfe aus Efrafa entfliehen konnte, wann immer er wollte. Aber wie in aller Welt sollte er einen Haufen Weibchen hinausbringen – angenommen, sie wären überhaupt bereit, es zu versuchen? Wenn er es auf sich nahm, die Posten während eines *silflay* hereinzurufen, würde Chervil in wenigen Augenblicken sehen, was er getan hatte. Die einzige Möglichkeit war dann, den Ausbruch während des Tages zu versuchen, zu warten, bis Chervil schlief, und dann einem Posten zu befehlen, seinen Platz an der Mündung eines der Löcher aufzugeben. Bigwig überlegte. Er konnte keinen Fehler an dem Plan entdecken. Dann fiel ihm ein: Und was war mit Blackavar? Blackavar verbrachte vermutlich den Tag unter Bewachung in einem besonderen Bau. Wahrscheinlich wußte kaum jemand, wo – niemand wußte etwas in Efrafa –, und bestimmt würde niemand es verraten. Er würde also Blackavar zurücklassen müssen; kein realistischer Plan konnte ihn einbeziehen.

»Hol mich der Teufel, wenn ich ihn dalasse«, murmelte Bigwig vor sich hin. »Ich weiß, Blackberry würde mich zum Narren erklären. Trotzdem, er ist nicht hier, und dies ist meine Aufgabe. Aber angenommen, ich bringe das Ganze wegen Blackavar zum Scheitern? Ach, Frith in der Scheune! Was für eine verzwickte Sache!«

Er überlegte, bis er merkte, daß er im Kreise dachte. Nach einiger Zeit schlief er ein. Als er erwachte, konnte er erkennen, daß draußen der Mond schien, schön und sanft. Ihm kam der Gedanke, daß er sein Unternehmen vielleicht am anderen Ende beginnen sollte – indem er einige der Weibchen überredete, sich ihm anzuschließen, und nachher einen Plan ausarbeitete, vielleicht mit ihrer Hilfe. Er ging den Lauf hinunter, bis er auf ein junges Kaninchen stieß, das versuchte, außerhalb eines überfüllten Baus zu schlafen. Er weckte es.

»Kennst du Hyzenthlay?« fragte er.

»O ja, Sir«, erwiderte das Kaninchen in einem ziemlich rührenden Versuch, flink und bereit zu klingen.

»Such sie auf und sag ihr, sie soll in meinen Bau kommen«, sagte Bigwig. »Niemand sonst darf mit ihr kommen. Verstehst du?«

»Ja, Sir.«

Als das Junge davongeeilt war, kehrte Bigwig in seinen Bau zurück und fragte sich, ob er Verdacht erregt hatte. Es schien unwahrscheinlich. Nach dem, was Chervil gesagt hatte, war es allgemein üblich, daß Efrafa-Offiziere sich Weibchen kommen ließen. Wenn er gefragt wurde, brauchte er nur entsprechend darauf einzugehen. Er legte sich nieder und wartete.

In der Dunkelheit kam ein Kaninchen langsam den Lauf herauf und blieb am Eingang zum Bau stehen. Es trat eine Pause ein.

»Hyzenthlay?« fragte Bigwig.

»Ich bin Hyzenthlay.«

»Ich möchte mit dir reden«, sagte Bigwig.

»Ich gehöre zum Kennzeichen, Sir, und unter Euren Befehl. Aber Ihr habt einen Fehler gemacht.«

»Nein, hab' ich nicht«, erwiderte Bigwig. »Du brauchst keine Angst zu haben. Komm herein, dicht neben mich.« Hyzenthlay gehorchte. Er konnte fühlen, wie ihr Puls flog. Ihr Körper war gespannt, sie hatte die Augen geschlossen, und ihre Klauen gruben sich in den Boden.

»Hyzenthlay«, flüsterte ihr Bigwig ins Ohr, »hör gut zu. Du erinnerst dich, daß vor vielen Tagen vier Kaninchen abends nach Efrafa kamen. Eines hatte ein sehr fahlgraues Fell, und eines hatte einen verheilten Rattenbiß im Vorderlauf. Du sprachst mit ihrem Führer – er hieß Holly. Ich weiß, was er dir sagte.«

Sie wandte ängstlich den Kopf. »Woher wißt Ihr das?«

»Gleichgültig. Hör mir nur gut zu.«

Dann sprach Bigwig von Hazel und Fiver, von der Zerstörung des Sandleford-Geheges und der Reise nach Watership Down. Hyzenthlay bewegte sich nicht, noch unterbrach sie ihn.

»Die Kaninchen, die an jenem Abend mit dir sprachen«, sagte Bigwig, »die dir von dem Gehege erzählten, das zerstört wurde, und daß sie gekommen waren, um Weibchen aus Efrafa zu erbitten – weißt du, was aus ihnen wurde?«

Hyzenthlays Erwiderung war nicht mehr als das leiseste Murmeln in seinem Ohr.

»Ich weiß, was ich gehört habe. Sie entflohen am nächsten Abend. Hauptmann Charlock wurde bei ihrer Verfolgung getötet.«

»Und wurde ihnen noch eine Patrouille nachgeschickt, Hyzenthlay? Am nächsten Tag, meine ich.«

»Wir hörten, daß man keinen anderen Offizier entbehren konnte, da Bugloss in Haft und Charlock tot war.«

»Diese Kaninchen kehrten sicher zu uns zurück. Eines von ihnen befindet sich zur Zeit nicht weit von hier, zusammen mit Hazel und Fiver und mehreren anderen. Sie sind schlau und erfinderisch. Sie warten darauf, daß ich Weibchen aus Efrafa herausbringe – so viele, wie ich dazu überreden kann. Ich werde ihnen morgen früh eine Botschaft senden können.«

»Wie?«

»Durch einen Vogel – wenn alles gutgeht.« Bigwig erzählte ihr von Kehaar. Als er geendet hatte, erwiderte Hyzenthlay nichts, und er konnte nicht sagen, ob sie über all das, was er gesagt hatte, nachdachte, oder ob Angst und Unglaube sie so sehr besorgt machten, daß sie nicht wußte, was sie sagen sollte. Hielt sie ihn für einen Spion, der ihr eine Falle stellen wollte? Vielleicht wünschte sie sich nur, daß er sie gehenlassen würde? Schließlich sagte er:

»Glaubst du mir?«

»Ja, ich glaube dir.«

»Könnte ich nicht ein vom Rat geschickter Spion sein?«

»Das bist du nicht. Ich weiß es genau.«

»Wieso?«

»Du sprachst von deinem Freund – demjenigen, der wußte, daß dieses Gehege ein schlimmer Ort ist. Er ist nicht das einzige Kaninchen dieser Art. Manchmal kann ich solche Dinge auch vorhersagen; aber jetzt nicht mehr oft, denn mein Herz ist im Frost erstarrt.«

»Wirst du dich mir also anschließen – und deine Freundinnen auch dazu überreden? Wir brauchen euch; Efrafa braucht euch nicht.«

Wieder schwieg sie. Bigwig konnte einen Wurm sich in der nahen Erde bewegen hören, und durch den Tunnel drang schwach das Geräusch eines kleinen Geschöpfes, das durch das Gras draußen trappelte.

Er wartete ruhig, wußte, es war entscheidend, daß er sie nicht aus der Fassung brachte.

Schließlich sprach sie wieder so leise in sein Ohr, daß die Worte kaum mehr als unterbrochene Atemzüge waren.

»Wir können aus Efrafa entkommen. Die Gefahr ist sehr groß, aber es kann uns gelingen. Das, was danach kommt, ist es, was ich nicht sehen kann. Verwirrung und Angst in der Nacht – und dann Menschen, Menschen, es sind alles

Menschen-Dinge! Ein Hund – ein Seil, das zuschnappt wie ein trockener Zweig. Ein Kaninchen – nein, es ist nicht möglich! –, ein Kaninchen, das in einem *hrududu* fährt! Oh, ich bin närrisch geworden – Geschichten für die Jungen an einem Sommerabend. Nein, ich kann nicht mehr sehen wie früher; es ist wie Umrisse von Bäumen hinter einem Regenschleier.«

»Nun, du solltest mitkommen und diesen Freund von mir kennenlernen«, sagte Bigwig. »Er redet genauso, und ich habe gelernt, ihm zu vertrauen, also vertraue ich dir auch. Wenn du der Meinung bist, daß es uns gelingt, fein. Aber ich möchte wissen, ob du deine Freundinnen mitbringst.«

Nach erneutem Schweigen sagte Hyzenthlay.

»Mein Mut, meine Energie – sie sind so viel geringer als früher. Mir bangt davor, daß du dich auf mich verläßt.«

»Das sehe ich. Was hat dich zermürbt? Warst du nicht die Anführerin der Weibchen, die zum Rat gingen?«

»Das waren ich und Thethuthinnang. Ich weiß nicht, was mit den anderen Weibchen geschah, die bei uns waren. Wir waren alle damals im Kennzeichen ›Rechter Vorderlauf‹, weißt du? Ich habe immer noch das Kennzeichen ›Rechter Vorderlauf‹, aber ich bin seither wieder gebrandmarkt worden. Blackavar – du hast ihn gesehen?«

»Ja, natürlich.«

»Er war in diesem Kennzeichen. Er war unser Freund und ermutigte uns. Eine oder zwei Nächte später, nachdem die Weibchen beim Rat vorstellig geworden waren, versuchte er davonzulaufen, aber er wurde erwischt. Du hast ja gesehen, was sie mit ihm gemacht haben. Das geschah am selben Abend, an dem deine Freunde kamen, und in der nächsten Nacht entflohen sie. Danach ließ der Rat uns Weibchen wieder holen. Der General sagte, daß niemand mehr die Möglichkeit haben würde, fortzulaufen. Wir sollten unter die Kennzeichen aufgeteilt werden, nicht mehr als zwei auf jedes Kennzeichen. Ich weiß nicht, warum sie Thethuthinnang und mich zusammen ließen. So ist Efrafa, weißt du? Der Befehl lautete: ›Zwei auf jedes Kennzeichen‹, und solange der Befehl ausgeführt wurde, spielte es keine besondere Rolle, welche zwei. Jetzt habe ich Angst und fühle, wie der Rat uns immer beobachtet.«

»Ja, aber *ich* bin jetzt hier«, sagte Bigwig.

»Der Rat ist sehr schlau.«

»Das wird auch nötig sein. Wir haben einige Kaninchen, die viel schlauer sind, glaube mir. El-ahrairahs Owsla, nichts Geringeres. Aber sage mir – war Nelthilta bei dir, als du zum Rat gingst?«

»O nein, sie wurde hier geboren, im ›Linken Hinterlauf‹. Sie hat Schwung, weißt du, aber sie ist jung und albern. Es erregt sie, jeden sehen zu lassen, daß sie eine Freundin von Kaninchen ist, die für Rebellen gehalten werden. Sie merkt nicht, was sie damit tut oder was der Rat wirklich ist. Für sie ist alles eine Art Spiel – gegen die Offiziere frech zu sein und so weiter. Eines Tages wird sie zu weit gehen und uns wieder in Schwierigkeiten bringen. Auf jeden Fall könnte man ihr kein Geheimnis anvertrauen.«

»Wie viele Weibchen in diesem Kennzeichen wären bereit, sich einer Flucht anzuschließen?«

»*Hrair.* Es herrscht große Unzufriedenheit, weißt du? Aber Thlayli, sie dürfen nichts erfahren, bis kurz bevor wir laufen – nicht nur Nelthilta nicht, niemand. Keiner kann in einem Gehege ein Geheimnis bewahren, und es gibt überall Spione. Du und ich müssen allein einen Plan aufstellen und ihn niemandem außer Thethuthinnang erzählen. Sie und ich werden genug Weibchen veranlassen, mitzukommen, wenn die Zeit da ist.«

Bigwig merkte, daß er ganz unerwartet auf etwas gestoßen war, was er am meisten brauchte: eine starke, vernünftige Freundin, die selbständig denken und ihm helfen konnte, seine Last zu tragen.

»Ich überlasse es dir, die Weibchen auszusuchen«, sagte er. »Ich kann die günstige Gelegenheit zur Flucht schaffen, wenn du sie dafür bereithältst.«

»Wann?«

»Sonnenuntergang wird das beste sein, und je eher, desto besser. Hazel und die anderen werden uns treffen und jede Patrouille, die folgt, bekämpfen. Aber die Hauptsache ist, daß der Vogel für uns kämpft. Selbst Woundwort wird nicht damit rechnen.«

Hyzenthlay schwieg wieder, und Bigwig merkte mit Bewunderung, daß sie überdachte, was er gesagt hatte, und nach Fehlern suchte.

»Aber mit wie vielen kann der Vogel es aufnehmen?« fragte sie schließlich. »Kann er sie alle forttreiben? Dies wird ein großer Ausbruch werden, und sei dir darüber klar, Thlayli, der General wird mit den besten Kaninchen, die er hat, hinter uns her sein. Wir können nicht unaufhörlich davonlaufen. Sie werden unsere Spur nicht verlieren, und früher oder später werden sie uns einholen.«

»Ich sagte dir bereits, unsere Kaninchen sind schlauer als der Rat. Ich glaube nicht, daß du diesen Teil des Plans wirklich verstehen würdest, wie sorgfältig ich ihn dir auch erklärte. Hast du je einen Fluß gesehen?«

»Was ist ein Fluß?«

»Nun, da haben wir's. Ich kann es dir nicht erklären. Aber ich verspreche dir, daß wir nicht weit werden laufen müssen. Wir werden tatsächlich vor den Augen der Owsla verschwinden – wenn sie da sind. Ich muß sagen, ich freue mich darauf.«

Sie erwiderte nichts, und er fügte hinzu: »Du mußt mir vertrauen, Hyzenthlay. Bei meinem Leben, wir werden verschwinden. Ich täusche dich nicht.«

»Wenn du dich irrtest, wären jene, die schnell stürben, am glücklichsten dran.«

»Niemand wird sterben. Meine Freunde haben eine List vorbereitet, auf die El-ahrairah selbst stolz wäre.«

»Wenn es bei Sonnenuntergang sein soll«, sagte sie, »muß es morgen oder am folgenden Abend sein. In zwei Tagen verliert das Kennzeichen das Abend-*silflay.* Weißt du das?«

»Ja, ich habe es gehört. Also morgen. Warum länger warten? Aber da ist noch etwas. Wir werden Blackavar mitnehmen.«

»Blackavar? Wie? Er wird von der Ratspolizei bewacht.«

»Ich weiß. Es erhöht das Risiko beträchtlich, aber ich habe mich entschlossen, ihn nicht dazulassen. Was ich zu tun beabsichtige, ist dies: Morgen abend, wenn das Kennzeichen beim *silflay* ist, müssen du und Thethuthinnang die Weibchen in eurer Nähe halten – so viele, wie du zusammenkriegst –, bereit zu rennen. Ich werde den Vogel ein Stückchen weiter draußen in der Wiese treffen und ihm sagen, er solle die Posten angreifen, sobald er mich ins Loch zurückgehen sieht. Dann komme ich zurück und beschäftige mich selbst mit den Bewachern Blackavars. Die werden nichts dergleichen erwarten. Ich werde ihn in einem Augenblick frei haben und mich dir anschließen. Es wird vollkommene Verwirrung herrschen, und in dieser Verwirrung werden wir davonlaufen. Der Vogel wird jeden, der uns zu folgen versucht, angreifen. Vergiß nicht, wir gehen direkt zu dem großen Bogen auf dem Eisenweg hinunter. Meine Freunde werden dort warten. Du brauchst mir nur zu folgen – ich führe.«

»Hauptmann Campion wird vielleicht auf Patrouille sein.«

»Oh, das hoffe ich«, sagte Bigwig. »Das hoffe ich wirklich.«

»Blackavar rennt vielleicht nicht sofort los. Er wird genauso verblüfft sein wie die Bewacher.«

»Kann man ihn irgendwie darauf vorbereiten?«

»Nein. Seine Bewacher verlassen ihn nie und führen ihn allein zu *silflay* hinaus.«

»Wie lange wird er so leben müssen?«

»Wenn er nacheinander in jedem Kennzeichen gewesen ist, wird der Rat ihn töten. Wir alle sind dessen sicher.«

»Dann ist es ein für allemal entschieden: Ich werde *nicht* ohne ihn gehen.«

»Thlayli, du bist sehr tapfer. Bist du auch schlau? Unser aller Leben wird morgen von dir abhängen.«

»Nun, kannst du einen Fehler an dem Plan entdecken?«

»Nein, ich bin nur ein Weibchen, das nie aus Efrafa hinausgekommen ist. Nehmen wir an, etwas Unerwartetes tritt ein.«

»Risiko bleibt Risiko. Willst du nicht herauskommen und mit uns auf den hohen Downs leben? Überleg's dir!«

»O Thlayli! Werden wir uns mit dem paaren können, den wir uns auswählen, und unsere eigenen Baue graben und unseren Wurf lebend gebären?«

»Das werdet ihr; und Geschichten in der Honigwabe erzählen und *silflay* gehen, wann immer ihr wollt. Ein schönes Leben, das verspreche ich dir.«

»Ich werde mitkommen! Ich gehe das Risiko ein.«

»Was für ein Glückstreffer, daß du in diesem Kennzeichen bist«, sagte Bigwig. »Vor dieser Unterhaltung mit dir heute abend war ich mit meiner Weisheit am Ende und fragte mich, was ich tun sollte.«

»Ich werde jetzt zu den unteren Bauen zurückgehen, Thlayli. Einige Kaninchen fragen sich bestimmt, weshalb du mich holen ließest. Ich bin zur Zeit nicht paarungsbereit, verstehst du? Wenn ich jetzt gehe, können wir sagen, daß du dich geirrt habest und enttäuscht seist. Vergiß nicht, das zu sagen.«

»Werde ich nicht. Ja, geh jetzt und halt sie bereit zum *silflay* morgen abend. Ich werde dich nicht im Stich lassen.«

Als sie gegangen war, fühlte Bigwig sich sehr müde und einsam. Er versuchte, sich zu vergegenwärtigen, daß seine Freunde nicht weit entfernt waren und daß er sie in knapp einem Tag wiedersehen würde. Aber er wußte, daß Efrafa zwischen ihm und Hazel lag. Seine Gedanken lösten sich in den bedrückenden Phantasien der Sorge auf. Er fiel in einen Halbtraum, in dem Hauptmann Campion sich in eine Möwe verwandelte und schreiend über den Fluß flog, bis er in panischem Schrecken aufwachte – und wieder eindöste, um Hauptmann Chervil zu sehen, wie er Blackavar gegen einen glänzenden Draht im Gras vor sich hertrieb. Und über allem, so groß wie ein Pferd in einer Wiese, schwebte die riesenhafte Figur von General Woundwort, gewahr alles dessen, was von einem Ende der Welt zum anderen passierte. Schließlich glitt er, von seinen Befürchtungen erschöpft, in einen tiefen Schlaf, wohin selbst seine Angst ihm nicht folgen konnte, und lag geräuschlos und ohne Bewegung in dem einsamen Bau.

# 36. Das Gewitter zieht auf

We was just goin' ter scarper
When along comes Bill Arper,
So we never done nuffin' at all.

*Music Hall Song*

Bigwig taumelte langsam aus dem Schlaf empor, wie eine Sumpfgasblase vom Bett eines stillen Baches aufsteigt. Da war noch ein Kaninchen neben ihm im Bau – ein Rammler! Er schreckte sofort auf und sagte: »Wer ist da?«

»Avens«, erwiderte der andere. »Zeit für *silflay*, Thlayli. Die Lerchen sind schon am Himmel. Du bist ein tiefer Schläfer.«

»Kann man wohl sagen«, bemerkte Bigwig. »Nun, ich bin fertig.« Er wollte schon den Weg den Lauf hinunter anführen, aber Avens' nächste Worte hielten ihn an.

»Wer ist Fiver?« fragte Avens.

Bigwig spannte sich. »Was hast du gesagt?«

»Ich sagte, wer ist Fiver?«

»Woher soll ich das wissen?«

»Nun, du hast im Schlaf gesprochen. Du sagtest dauernd: ›Frag Fiver, frag Fiver.‹ Ich fragte mich, wer er sein mochte.«

»Ach so. Ein Kaninchen, das ich mal gekannt habe. Es pflegte das Wetter vorauszusagen und so weiter.«

»Nun, das könnte es jetzt tun. Kannst du das Gewitter riechen?«

Bigwig schnüffelte. Vermischt mit den Düften des Grases und dem Geruch des Viehs kam der warme, dicke Geruch einer schweren Wolkenmasse, die noch weit entfernt war. Er nahm ihn unbehaglich wahr. Beinahe alle Tiere werden durch nahendes Gewitter aufgestört, das sie mit seiner zunehmenden Spannung bedrückt und den natürlichen Rhythmus unterbricht, in dem sie leben. Bigwig war geneigt, in seinen Bau zurückzugehen, aber er zweifelte nicht daran, daß eine bloße Kleinigkeit wie ein Gewittermorgen den Stundenplan eines Efrafa-Kennzeichens nicht beeinträchtigen durfte.

Er hatte recht. Chervil war schon am Eingang, hockte Blackavar und seiner Eskorte gegenüber. Er blickte sich um, als seine Offiziere den Lauf heraufkamen.

»Komm schon, Thlayli«, sagte er. »Die Posten sind bereits draußen. Macht das Gewitter dir Sorgen?«

»Ja, ziemlich«, erwiderte Bigwig.

»Es wird heute nicht ausbrechen«, sagte Chervil. »Es ist noch weit entfernt. Ich gebe ihm bis morgen abend Zeit. Auf jeden Fall laß das Kennzeichen nicht sehen, daß es dich beeinflußt. Nichts wird geändert, außer, der General gibt andere Befehle.«

»Ich konnte ihn nicht wach kriegen«, sagte Avens mit einem Hauch von Bosheit. »Du hattest gestern abend ein Weibchen in deinem Bau, Thlayli, nicht wahr?«

»Oh, wirklich?« sagte Chervil. »Welches?«

»Hyzenthlay«, erwiderte Bigwig.

»Oh, die *marli tharn*[*]«, sagte Chervil. »Komisch, ich dachte, sie wäre nicht bereit.«

* Marli = ein Weibchen. Tharn = verwirrt, durcheinander.

»War sie auch nicht«, sagte Bigwig. »Ich habe mich geirrt. Aber wenn du dich erinnerst, batest du mich, mein Möglichstes zu tun, um diesen unangenehmen Trupp kennenzulernen und ihn etwas besser unter Kontrolle zu bringen, also ließ ich sie eine Weile reden, genau so war's.«

»Hast du etwas erreicht?«

»Schwer zu sagen«, erwiderte Bigwig, »aber ich bleibe am Ball.«

Während das Kennzeichen hinausging, verbrachte er die Zeit damit, sich den besten und schnellsten Weg zu überlegen, wie er in das Loch eindringen und Blackavars Eskorte angreifen könnte. Er würde einen von ihnen sofort außer Gefecht setzen und dann direkt auf den anderen losgehen müssen, der zu diesem Zeitpunkt allerdings nicht unvorbereitet sein würde. Wenn es zu einem Kampf käme, müßte er darauf achten, daß er sich nicht zwischen Blackavar und der Mündung des Loches abspielte; denn Blackavar würde so verwirrt wie die anderen sein und könnte möglicherweise den Lauf hinunter zurückspringen. Wenn er irgendwohin springen sollte, mußte es nach draußen sein. Natürlich, wenn er Glück hatte, würde sich der zweite Posten unter der Erde davonmachen, ohne überhaupt zu kämpfen, aber darauf konnte man sich nicht verlassen. Efrafa-Owslafa waren nicht dafür bekannt, daß sie davonliefen.

Als er ins Feld hinausging, fragte er sich, ob er von Kehaar erspäht werden würde. Sie hatten ausgemacht, daß Kehaar zu ihm stoßen würde, wann immer er am zweiten Tag heraufkäme.

Er hätte sich keine Sorgen zu machen brauchen. Kehaar war schon vor der Frühdämmerung über Efrafa gewesen. Sobald er das Kennzeichen heraufkommen sah, ließ er sich etwas weiter draußen im Feld, auf halbem Weg zwischen dem Unterholz und der Postenlinie, nieder und begann, im Gras herumzupicken. Bigwig knabberte sich langsam zu ihm hin und hockte sich dann fressend nieder, ohne in seine Richtung zu blicken. Nach einer Weile fühlte er Kehaar hinter sich.

»Miister Bigwig, ich glaube, es ist nicht gut, wir reden viel. Miister-Hazel fragt, was du tust. Was du willst.«

»Ich möchte zwei Dinge, Kehaar – beide zum Sonnenuntergang heute abend. Erstens müssen unsere Kaninchen am großen Bogen unten sein. Ich werde mit den Weibchen durch diesen Bogen kommen. Wenn wir verfolgt werden, mußt du und müssen Hazel und die übrigen bereit sein zu kämpfen. Dieses Boot-Ding, ist es noch da?«

»Ya, ya, die Männer es nicht nehmen. Ich sage Miister Hazel, was du sagen.«

»Gut. Jetzt hör zu, Kehaar, das ist das zweite, und es ist furchtbar wichtig. Siehst du diese Kaninchen da draußen auf der Wiese? Das sind die Wachtposten. Bei Sonnenuntergang triffst du mich hier. Dann werde ich zu diesen Bäumen zurücklaufen und in ein Loch hinuntergehen. Sobald du mich hineingehen siehst, greife die Posten an – erschrecke sie, treibe sie fort. Wenn sie nicht rennen wollen, tu ihnen weh. Sie *müssen* vertrieben werden. Du wirst mich fast sofort wieder herauskommen sehen, und dann werden die Weibchen – die Mütter – mit mir losrennen, und wir laufen direkt zum Bogen hinunter. Aber es kann durchaus sein, daß wir unterwegs angegriffen werden. Wenn das geschieht, kannst du wieder auf sie losgehen?«

»Ya, ya. Ich fliege auf die – sie dich nicht stoppen.«

»Großartig. Das wär's also. Hazel und die anderen – sind sie in Ordnung?«

»Fein – fein. Sie sagen, du verdammt guter Bursche.

Miiister Bluebell, er sagen, du bringen eine Mutter für jeden sonst und zwei für ihn.«

Bigwig versuchte, sich eine geeignete Antwort darauf zu überlegen, als er Chervil über das Gras auf sich zulaufen sah. Sofort, ohne Kehaar wieder anzusprechen, machte er ein paar Hopser in Chervils Richtung und begann, geschäftig Klee zu knabbern. Als Chervil herankam, flog Kehaar tief über ihre Köpfe hinweg und verschwand über die Bäume.

Chervil sah der Möwe nach und wandte sich dann an Bigwig.

»Hast du keine Angst vor diesen Vögeln?« fragte er.

»Nicht sonderlich«, antwortete Bigwig.

»Manchmal greifen sie Mäuse an, weißt du, und junge Kaninchen auch«, sagte Chervil. »Du bist ein Risiko eingegangen, ausgerechnet da zu fressen. Warum warst du so sorglos?«

Anstelle einer Antwort setzte Bigwig sich auf und gab Chervil einen spielerischen Knuff, der aber genügte, ihn herumzurollen.

»Darum«, sagte er. Chervil stand mit mürrischem Blick auf.

»Na schön, du bist also schwerer als ich«, sagte er. »Aber du mußt noch lernen, Thlayli, daß man mehr als sein Gewicht braucht, um einen Efrafa-Offizier abzugeben. Und es ändert auch nichts an der Tatsache, daß diese Vögel gefährlich sein können. Auf jeden Fall ist es nicht ihre Jahreszeit, und das ist merkwürdig. Es muß gemeldet werden.«

»Wozu denn?«

»Weil es ungewöhnlich ist. Alles Ungewöhnliche muß gemeldet werden. Wenn wir es nicht melden und es jemand anders tut, stehen wir als Dummköpfe da, wenn wir zugeben müssen, wir hätten es gesehen. Wir könnten nicht behaupten, wir hätten es nicht bemerkt – mehrere vom Kennzeichen haben es gesehen. Ja, ich gehe und melde es jetzt. *Silflay* ist beinahe vorbei, wenn ich also nicht rechtzeitig zurück bin, müßten du und Avens das Kennzeichen hinunterbringen.«

Sobald Chervil gegangen war, machte sich Bigwig auf die Suche nach Hyzenthlay. Er fand sie mit Thethuthinnang in der Mulde. Die meisten Kennzeichenkaninchen schienen über das Gewitter, das noch weit war, wie Chervil gesagt hatte, nicht ungewöhnlich erregt zu sein. Die beiden Weibchen waren dagegen nervös und niedergeschlagen. Bigwig erzählte ihnen, was er mit Kehaar abgemacht hatte.

»Aber wird dieser Vogel wirklich die Posten angreifen?« fragte Thethuthinnang. »Ich habe noch nie so etwas gehört.«

»Er wird, das verspreche ich dir. Hole die Weibchen zusammen, sobald *silflay* heute abend beginnt. Wenn ich mit Blackavar herauskomme, werden die Posten in Deckung laufen.«

»Und wohin rennen wir?« fragte Thethuthinnang.

Bigwig nahm sie weit auf die Wiesen hinaus, so daß sie den ungefähr vierhundert Meter entfernten Bogen in der Böschung sehen konnten.

»Wir werden sicherlich auf Campion treffen«, sagte Thethuthinnang. »Du weißt das?«

»Ich glaube, er hatte Mühe, Blackavar zu stoppen«, erwiderte Bigwig, »daher bin ich sicher, daß er mir und dem Vogel nicht gewachsen sein wird. Schaut, da ist Avens, der die Posten hereinbringt – wir müssen gehen. Nun macht euch keine Sorgen, verdaut gut und legt euch ein bißchen schlafen. Wenn ihr nicht schlafen könnt, schärft eure Klauen – kann sein, daß ihr sie brauchen werdet.«

Das Kennzeichen ging hinunter, und Blackavar wurde von der Eskorte fortgeführt. Bigwig ging in seinen Bau zurück und versuchte, nicht an den kommenden Abend zu denken. Nach einiger Zeit gab er den Gedanken auf, den Tag allein zu verbringen. Er wanderte durch die tiefer gelegenen Baue, spielte eine Runde Bob-Stones, hörte sich zwei Geschichten an und erzählte selbst eine, machte *hraka* im Graben, und dann, einer plötzlichen Regung folgend, ging er zu Chervil und erhielt seine Zustimmung zum Besuch eines anderen Kennzeichens. Er wanderte zum Crixa hinüber, fand sich inmitten des *ni-Frith-silflay* des Kennzeichens »Linke Flanke« und ging mit ihnen nach unten. Ihre Offiziere teilten sich einen einzigen großen Bau, und da traf er einige erfahrene Veteranen und hörte sich interessiert ihre Geschichten von Weiten Patrouillen und anderen Heldentaten an. Am späten Nachmittag kehrte er zum »Linken Hinterlauf« zurück, entspannt und zuversichtlich, und schlief, bis einer der Posten ihn zum *silflay* weckte.

Er ging den Lauf hinauf. Blackavar hockte bereits in seiner Nische. Neben Chervil sitzend, sah Bigwig das Kennzeichen hinausgehen. Hyzenthlay und Thethuthinnang gingen, ohne ihm einen Blick zu schenken, an ihm vorüber. Sie sahen gespannt, aber ruhig aus. Chervil folgte dem letzten Kaninchen.

Bigwig wartete, bis er sicher war, daß Chervil genug Zeit gehabt hatte, um weit genug vom Loch entfernt zu sein. Dann, mit einem letzten schnellen Blick auf Blackavar, ging er selbst hinaus. Der helle Sonnenuntergang blendete ihn, und er setzte sich auf die Hinterläufe, blinzelnd und das Fell an einer Gesichtshälfte kämmend, während seine Augen sich an das Licht gewöhnten. Ein paar Augenblicke später sah er Kehaar über die Wiese fliegen.

»Nun, es ist soweit«, sagte er zu sich. »Los geht's.«

In diesem Augenblick sprach ein Kaninchen hinter ihm.

»Thlayli, ich möchte ein paar Worte mit dir reden. Komm unter die Büsche zurück, ja?«

Bigwig fiel auf seine Vorderläufe und sah sich um.

Es war General Woundwort.

# 37. Das Gewitter entwickelt sich

Youk'n hide de fier, but w'at you gwine do wid de smoke?
Joel Chandler Harris *Proverbs of Uncle Remus*

Bigwigs erster Impuls war, Woundwort auf der Stelle anzugreifen. Aber er war sich sofort darüber klar, daß dies aussichtslos wäre und er sich nur den ganzen Ort auf den Hals laden würde. Es blieb also nichts anderes übrig, als zu gehorchen. Er folgte Woundwort durch das Unterholz und in den Schatten des Saumpfades. Trotz des Sonnenuntergangs schien der Abend drückend vor Wolken, und unter den Bäumen war es schwül und grau. Das Gewitter entwickelte sich. Er sah Woundwort an und wartete.

»Du hast dich heute nachmittag außerhalb deines Baus aufgehalten«, begann Woundwort.

»Ja, Sir«, erwiderte Bigwig. Er hatte immer noch einen Widerwillen, Woundwort mit ›Sir‹ anzureden, aber da er ein Efrafa-Offizier sein sollte, konnte er nicht gut etwas anderes tun. Jedoch fügte er nicht hinzu, daß Chervil ihm die Erlaubnis gegeben hatte. Bis jetzt war ihm noch nichts vorgeworfen worden.

»Wohin bist du gegangen?«

Bigwig schluckte seinen Ärger hinunter. Zweifellos wußte Woundwort ganz genau, wo er gewesen war. »Ich ging zum Kennzeichen ›Linke Flanke‹, Sir. Ich war in ihrem Bau.«

»Warum bist du dahin gegangen?«

»Um die Zeit zu verbringen und einiges von den Offizieren zu erfahren.«

»Bist du noch woandershin gegangen?«

»Nein, Sir.«

»Du hast einen der Owsla von der ›Linken Flanke‹, ein Kaninchen namens Groundsel, kennengelernt.«

»Vermutlich, ich habe nicht alle ihre Namen erfahren.«

»Hast du dieses Kaninchen schon mal gesehen?«

»Nein, Sir. Wie könnte ich?«

Pause.

»Darf ich fragen, worum es hier geht, Sir?« sagte Bigwig.

»*Ich* stelle die Fragen«, sagte Woundwort. »Groundsel hat *dich* schon mal gesehen. Er hat dich am Fell auf deinem Kopf erkannt. Wo, glaubst du, hat er dich gesehen?«

»Ich habe keine Ahnung.«

»Bist du je vor einem Fuchs davongelaufen?«

»Ja, Sir, vor ein paar Tagen, während ich hierherkam.«

»Du führtest ihn anderen Kaninchen zu, und er tötete eines von ihnen. Stimmt das?«

»Ich habe nicht beabsichtigt, ihn zu ihnen zu führen. Ich wußte nicht, daß sie da waren.«

»Du hast uns nichts davon erzählt.«

»Es kam mir nicht in den Sinn. Es ist kein Unrecht, vor einem Fuchs davonzulaufen.«

»Du hast den Tod eines Efrafa-Offiziers verursacht.«

»Rein zufällig. Und der Fuchs hätte ihn wahrscheinlich auf jeden Fall gekriegt, selbst wenn ich nicht dagewesen wäre.«

»Hätte er nicht«, sagte Woundwort. »Mallow war kein Kaninchen, das einem Fuchs in die Arme gelaufen wäre. Füchse sind für Kaninchen, die ihr Geschäft verstehen, nicht gefährlich.«

»Es tut mir leid, daß der Fuchs ihn erwischt hat, Sir. Es war wirklich großes Pech.«

Woundwort starrte ihn aus seinen großen blassen Augen an.

»Dann noch eine Frage, Thlayli. Diese Patrouille war einer Bande von Kaninchen auf der Spur – Fremden. Was weißt du von ihnen?«

»Ich sah ihre Spur auch, ungefähr zur selben Zeit. Mehr kann ich Euch nicht sagen.«

»Du warst nicht bei ihnen?«

»Wenn ich bei ihnen gewesen wäre, Sir, wäre ich dann nach Efrafa gekommen?«

»Ich sagte dir bereits, *ich* stelle die Fragen. Du kannst mir nicht sagen, wohin sie gegangen sind?«

»Ich fürchte, nein, Sir.«

Woundwort starrte ihn nicht mehr an und saß einige Zeit schweigend da. Bigwig fühlte, daß der General auf seine Frage wartete, ob das alles sei und ob er jetzt gehen könne. Er beschloß, ebenfalls zu schweigen.

»Da ist noch etwas«, sagte Woundwort schließlich, »diesen weißen Vogel auf der Wiese heute morgen betreffend. Du hast keine Angst vor diesen Vögeln?«

»Nein, Sir. Ich habe noch nie gehört, daß einer ein Kaninchen angegriffen hätte.«

»Aber sie sind dafür bekannt, trotz deiner großen Erfahrung, Thlayli. Wie dem auch sei, weshalb bist du in seine Nähe gegangen?«

Bigwig überlegte schnell. »Um die Wahrheit zu sagen, Sir, ich glaube, ich wollte Eindruck auf Hauptmann Chervil machen.«

»Nun ja, du könntest einen schlechteren Grund haben. Aber wenn du irgend jemanden beeindrucken willst, fang damit am besten bei mir an. Übermorgen nehme ich eine

Weite Patrouille selbst hinaus. Sie wird den Eisenweg überqueren und versuchen, die Spur dieser Kaninchen zu finden – die Kaninchen, die Mallow gefunden hätte, wenn du nicht auf ihn gestoßen wärest. Es wäre angebracht, daß du mitkommst und uns zeigst, wie gut du bist.«

»Sehr schön, Sir; wird mich freuen.«

Wieder Schweigen. Diesmal entschloß sich Bigwig, so zu tun, als ob er ginge. Das tat er, und sofort hielt ihn eine neue Frage zurück.

»Als du mit Hyzenthlay zusammen warst, hat sie dir gesagt, warum sie in das Kennzeichen ›Linker Hinterlauf‹ gesteckt wurde?«

»Ja, Sir.«

»Ich bin gar nicht sicher, daß der Ärger dort vorüber ist, Thlayli. Behalte die Sache im Auge. Wenn sie mit dir sprechen will, um so besser. Vielleicht beruhigen sich diese Weibchen, vielleicht aber auch nicht. Ich möchte es wissen.«

»Jawohl, Sir«, sagte Bigwig.

»Das ist alles«, sagte Woundwort. »Geh zum Kennzeichen zurück.«

Bigwig lief auf die Wiese. Das *silflay* war beinahe vorüber, die Sonne war untergegangen, und es wurde langsam dunkel. Schwere Wolken verdüsterten das verbliebene Licht. Kehaar war nirgends zu sehen. Die Posten kamen herein, und das Kennzeichen verschwand allmählich. Er saß allein im Gras und wartete, bis das letzte Kaninchen verschwunden war. Immer noch kein Anzeichen von Kehaar. Er hopste langsam zum Loch. Als er hineinging, stieß er mit einem von der Polizeieskorte zusammen, der die Mündung blockierte, um sicherzugehen, daß Blackavar nicht zu fliehen versuchte, während er hinuntergeführt wurde.

»Geh mir aus dem Weg, du dreckiger kleiner klatschmäuliger Blutsauger«, sagte Bigwig. »Geh ruhig und melde das«, fügte er über die Schulter hinzu, als er zum Bau hinunterging.

Als das Licht vom dicht verhangenen Himmel verschwand, glitt Hazel noch einmal über die harte, kahle Erde unter der Bahnunterführung, kam an der Nordseite heraus und setzte sich auf, um zu horchen. Ein paar Augenblicke später gesellte sich Fiver zu ihm, und sie krochen ein bißchen ins Feld hinaus, auf Efrafa zu. Die Luft war schwül und warm und roch nach Regen und reifender Gerste. Es war kein Geräusch in der Nähe zu hören, aber hinter und unter ihnen, vom Sumpf am diesseitigen Ufer des Test, kam schwach das schrille, unaufhörlich aufgeregte Getue von einem Pärchen Flußuferläufer. Kehaar flog von der Böschung herunter.

»Bist du sicher, daß er heute abend sagte?« fragte Hazel zum drittenmal.

»Iiiist schlecht«, sagte Kehaar. »Vielleicht sie ihn erwischen. Iiiist Schluß mit Miiister Bigwig. Glaubst du?«

Hazel antwortete nicht.

»Ich kann es nicht sagen«, meinte Fiver. »Wolken und Gewitter. Diese Stelle das Feld hinauf – es ist wie das Bett eines Flusses. Alles könnte darin passieren.«

»Da drüben ist Bigwig. Ob er tot ist? Ob sie ihn zum Sprechen bringen –«

»Hazel«, sagte Fiver, »Hazel-rah, du wirst ihm nicht helfen, indem du hier im Dunkeln bleibst und dich sorgst. Wahrscheinlich ist gar nichts schiefgegangen. Er durfte sich aus irgendeinem Grund bloß nicht vom Fleck rühren. Auf jeden Fall wird er heute abend nicht kommen – das ist jetzt sicher –, und unsere Kaninchen sind hier in Gefahr. Kehaar kann morgen in der Frühdämmerung wieder auffliegen und uns eine neue Botschaft bringen.«

»Du hast sicherlich recht«, sagte Hazel, »aber ich gehe gar nicht gern. Nimm nur an, er würde kommen. Silver soll sie zurückbringen, und ich werde hierbleiben.«

»Du könntest allein nichts ausrichten, Hazel, selbst wenn dein Bein in Ordnung wäre. Du versuchst, Gras zu fressen, das nicht vorhanden ist. Warum gibst du ihm nicht eine Chance, zu wachsen?«

Sie kehrten unter den Bogen zurück, und als Silver aus den Büschen herauskam, um sie zu treffen, konnten sie hören, wie die anderen Kaninchen sich unruhig zwischen den Nesseln regten.

»Wir werden es für heute abend aufgeben müssen, Silver«, sagte Hazel. »Wir müssen sie über den Fluß zurückschaffen, ehe es vollständig dunkel ist.«

»Hazel-rah«, sagte Pipkin, als er neben ihn glitt, »es wird – es wird alles in Ordnung kommen, nicht wahr? Bigwig wird morgen kommen, nicht wahr?«

»Natürlich«, sagte Hazel, »und wir werden alle hier sein, um ihm zu helfen. Und ich sage dir noch etwas, Hlaoroo. Wenn er morgen nicht kommt, gehe ich selbst nach Efrafa.«

»Und ich komme mit, Hazel-rah«, sagte Pipkin.

Bigwig hockte, gegen Hyzenthlay gedrückt, in seinem Bau. Er zitterte, aber nicht vor Kälte. Die stickigen Läufe des Kennzeichens waren angefüllt mit Donner; die Luft war knapp wie in einer Blätterverwehung. Bigwig war äußerster nervöser Erschöpfung sehr nahe. Seit er General Woundwort verlassen hatte, war er immer tiefer in alle uralten Schrecken des Verschwörers verstrickt worden. Wieviel hatte Woundwort entdeckt? Es war klar, daß ihn jede Information erreichte. Er wußte, daß Hazel und die übrigen von Norden gekommen waren und den Eisenweg überquert hatten. Er wußte von dem Fuchs. Er wußte, daß eine Möwe, die um diese Jahreszeit weit weg sein sollte, sich in der Umgebung von Efrafa herumtrieb und daß er, Bigwig, absichtlich in ihrer Nähe gewesen war. Er wußte, daß Bigwig mit Hyzenthlay Freundschaft geschlossen hatte. Wie lange würde es dauern, ehe er den letzten Schritt tat und alles kombinierte? Vielleicht hatte er es bereits getan und wartete nur darauf, sie, wenn es ihm paßte, zu verhaften?

Woundwort hatte alle Vorteile auf seiner Seite. Er saß sicher an der Gabelung aller Pfade, die er klar einsehen konnte, während er, Bigwig, lächerlich in seinen Anstrengungen, sich mit ihm als Feind zu messen, schwerfällig und nichtsahnend durchs Unterholz kletterte und sich mit jeder Bewegung verriet. Er wußte nicht, wie er mit Kehaar wieder in Verbindung treten konnte. Selbst wenn es ihm gelänge, würde Hazel dann imstande sein, die Kaninchen ein zweites Mal heranzubringen? Vielleicht waren sie von Campion auf Patrouille schon erspäht worden? Mit Blackavar zu sprechen würde verdächtig sein. In die Nähe von Kehaar zu gehen wäre verdächtig. Durch mehr Löcher, als er möglicherweise stopfen konnte, sickerte sein Geheimnis durch – strömte aus.

Es sollte noch schlimmer kommen.

»Thlayli«, flüsterte Hyzenthlay, »glaubst du, du und ich und Thethuthinnang könnten heute nacht entwischen? Wenn wir den Posten an der Mündung des Laufes bezwängen, könnten wir vielleicht freikommen, ehe eine Patrouille uns nachhetzen könnte.«

»Warum?« fragte Bigwig. »Weshalb fragst du das?«

»Ich fürchte mich. Wir haben es den anderen Weibchen kurz vor *silflay* gesagt. Sie waren bereit zu rennen, wenn der Vogel die Posten angriffe, und dann ist nichts passiert.

Sie wissen alle über den Plan Bescheid – Nelthilta und die übrigen –, und es kann nicht lange dauern, ehe der Rat es herausfindet. Natürlich haben wir ihnen gesagt, daß ihr Leben von ihrem Schweigen abhängt und daß du es wieder versuchen wirst. Thethuthinnang beobachtet sie jetzt; sie sagt, sie wird alles tun, um nicht einzuschlafen. Aber in Efrafa kann kein Geheimnis gewahrt bleiben. Es ist sogar möglich, daß eines der Weibchen eine Spionin ist, obgleich Frith weiß, daß wir sie so sorgfältig wie möglich ausgewählt haben. Wir können alle noch vor dem frühen Morgen verhaftet sein.«

Bigwig versuchte, klar zu denken. Es könnte ihm bestimmt gelingen, mit ein paar resoluter, vernünftiger Weibchen herauszukommen. Aber der Posten – es sei denn, er konnte ihn töten – würde sofort Alarm schlagen, und es war nicht sicher, daß er den Weg zum Fluß in der Dunkelheit fände. Selbst wenn er ihn fand, war es möglich, daß er über die Bohlenbrücke hinaus und mitten zwischen seine unvorbereiteten, schlafenden Freunde verfolgt werden würde. Und im besten Fall wäre er nur mit ein paar Weibchen aus Efrafa herausgekommen, weil seine Nerven ihn im Stich gelassen hatten. Silver und die anderen würden nicht wissen, was er durchgemacht hatte. Sie würden nur wissen, daß er davongelaufen war.

»Nein, wir dürfen noch nicht aufgeben«, sagte er, so sanft, wie er konnte. »Es ist das Gewitter und das lange Warten, was dich so zermürbt. Hör zu, ich verspreche dir, daß du morgen um diese Zeit für immer aus Efrafa heraus bist und die anderen mit dir. Jetzt schlafe ein bißchen hier und dann geh zurück und hilf Thethuthinnang. Denke an diese hohen Downs und an alles, was ich dir erzählt habe. Wir kommen hin – unsere Schwierigkeiten werden nicht mehr lange dauern.«

Als sie neben ihm einschlief, fragte sich Bigwig, wie in aller Welt er sein Versprechen halten könnte und ob sie von der Ratspolizei geweckt werden würden. Wenn es so kommt, dachte er, dann kämpfe ich, bis sie mich in Stücke reißen. Die machen keinen Blackavar aus mir.

Als er erwachte, merkte er, daß er allein im Bau war. Einen Augenblick fragte er sich, ob Hyzenthlay verhaftet worden war. Dann aber war er sicher, daß die Owslafa sie nicht fortgeholt haben konnten, während er schlief. Sie mußte aufgewacht und zu Thethuthinnang geschlüpft sein, ohne ihn zu stören.

Es war kurz vor Morgengrauen, aber der Druck in der Luft hatte nicht abgenommen. Er glitt den Lauf zum Eingang hinauf. Moneywort, der diensthabende Posten, guckte unruhig aus der Mündung des Loches hinaus, drehte sich aber um, als er sich näherte.

»Ich wünschte, es würde regnen, Sir«, sagte er. »Der Donner reicht aus, um das Gras sauer werden zu lassen, aber es besteht nicht viel Hoffnung, daß es vor dem Abend losregnet, würde ich sagen.«

»Pech für das Kennzeichen an seinem letzten Tag, an dem es im Morgengrauen und am Abend draußen sein kann«, erwiderte Bigwig. »Geh und wecke Hauptmann Chervil. Ich nehme deine Stelle hier ein, bis das Kennzeichen heraufkommt.«

Als Moneywort gegangen war, saß Bigwig in der Mündung des Loches und schnupperte die schwere Luft. Der Himmel schien so nahe wie die Baumwipfel, war bedeckt mit stillen Wolken und glühte auf der Morgenseite mit einem unheimlichen rotbraunen Schein. Keine Lerche war oben, keine Drossel sang. Die Wiese vor ihm war leer und ohne Bewegung. Die Sehnsucht zu rennen überkam ihn. In

Null Komma nichts könnte er am Bogen unten sein. Es war todsicher, daß Campion und seine Patrouille nicht in einem solchen Wetter draußen sein würden. Alle lebenden Geschöpfe, die Felder und Gebüsche hinauf und hinunter, mußten stumm und niedergedrückt sein, als wären sie unter einer großen weichen Tatze begraben. Nichts wollte sich bewegen; denn der Tag war ungünstig, die Instinkte waren getrübt, und man konnte ihnen nicht trauen. Es war eine Zeit, in der man sich nur ducken und schweigen konnte. Aber ein Flüchtling würde sicher sein. Tatsächlich konnte er auf keine bessere Chance hoffen.

»O Gott mit den Sternenaugen, schicke mir ein Zeichen!« sagte Bigwig.

Er hörte eine Bewegung im Lauf hinter sich. Es waren die Owslafa, die den Gefangenen heraufbrachten. In dem gewitterschwülen Zwielicht sah Blackavar kränker und deprimierter aus denn je. Seine Nase war trocken, und das Weiße seiner Augen zeigte sich. Bigwig ging in die Wiese hinaus, zog ein Maulvoll Klee heraus und brachte es zurück.

»Kopf hoch«, sagte er zu Blackavar, »da, nimm etwas Klee.«

»Das ist nicht erlaubt, Sir«, sagte einer der Eskorte.

»Ach, laß ihn, Bartsia«, sagte der andere. »Es sieht ja keiner. Ein Tag wie dieser ist für jeden unerträglich, geschweige denn für den Gefangenen.«

Blackavar fraß den Klee, und Bigwig nahm seinen üblichen Platz ein, als Chervil ankam, um das Kennzeichen beim Hinausgehen zu beobachten.

Die Kaninchen waren langsam und unschlüssig, und Chervil schien unfähig, sich zu seiner gewöhnlichen munteren Art emporzuschwingen. Er hatte wenig zu sagen, als sie an ihm vorübergingen. Er ließ beide, Thethuthinnang und Hyzenthlay, schweigend vorbeigehen. Nelthilta dagegen blieb aus eigenem Entschluß stehen und starrte ihn frech an.

»Leidest du unter dem Wetter, Hauptmann?« fragte sie. »Raff dich auf. Es gibt vielleicht eine Überraschung, wer weiß?«

»Was meinst du damit?« antwortete Chervil scharf.

»Weibchen kriegen vielleicht Flügel und fliegen«, sagte Nelthilta, »und es wird gar nicht lange dauern. Geheimnisse pflanzen sich schneller fort als Maulwürfe unter der Erde.«

Sie folgte den anderen Weibchen ins Feld hinaus. Einen Augenblick sah Chervil so aus, als wollte er sie zurückrufen.

»Ob du wohl einen Blick auf meinen Hinterlauf werfen könntest?« sagte Bigwig. »Ich glaube, ich habe einen Dorn drin.«

»Dann komm hinaus«, sagte Chervil, »wenn wir auch da draußen nicht wesentlich besser sehen können.«

Aber ob er nun immer noch darüber nachdachte, was Nelthilta gesagt hatte, oder aus einem anderen Grund, auf jeden Fall suchte er nicht besonders gründlich nach dem Dorn – was vielleicht ganz gut war, weil es keinen Dom gab.

»Oh, verdammt noch mal!« sagte er aufblickend. »Da ist der verflixte weiße Vogel wieder. Warum kommt er dauernd hierher?«

»Warum ärgert dich das?« fragte Bigwig. »Er tut niemand was zuleide – schaut nur nach Schnecken.«

»Alles Außergewöhnliche ist eine mögliche Gefahrenquelle«, erwiderte Chervil, Woundwort zitierend. »Und du hältst dich ihm heute fern, Thlayli, verstanden? Das ist ein Befehl.«

»O gut, gut«, sagte Bigwig. »Aber sicher weißt du, wie man sie los wird? Ich glaubte, alle Kaninchen wüßten das!«

»Sei nicht albern. Du schlägst doch nicht etwa vor, einen Vogel dieser Größe mit einem Schnabel, so dick wie mein Vorderlauf, anzugreifen?«

»Nein, nein – es ist eine Art Zauberformel, die mich meine Mutter lehrte. Du weißt doch, wie ›Marienkäfer, flieg nach Hause‹. Das funktioniert, und das hier auch – jedenfalls funktionierte es immer bei meiner Mutter.«

»Die Marienkäfer-Sache funktioniert nur, weil alle Marienkäfer den Stengel hinaufkriechen und dann davonfliegen.«

»Na schön«, sagte Bigwig, »wie du willst. Aber du magst den Vogel nicht, und ich habe angeboten, ihn für dich zu vertreiben. Wir hatten eine Menge von diesen Zauberformeln und Redensarten in meinem alten Gehege. Ich wünschte nur, wir hätten eine gehabt, um die Menschen zu vertreiben.«

»Nun, wie lautet der Zauberspruch?« fragte Chervil.

»Man sagt:

O flieg davon, großer Vogel so weiß,
Und komm nicht zurück bis heut' abend.

Natürlich muß man die Heckensprache gebrauchen. Zwecklos, von ihnen zu erwarten, die Kaninchensprache zu verstehen. Versuchen wir's doch mal. Wenn es nicht wirkt, sind wir nicht schlimmer dran, und wenn es wirkt, wird das Kennzeichen glauben, daß du den Vogel vertrieben hast. Wo ist er denn? Ich kann in diesem Licht kaum etwas sehen. Oh, da ist er, schau, hinter diesen Disteln. Nun, du rennst so entlang. Jetzt mußt du zu dieser Seite hopsen, dann zur anderen, mit deinen vier Beinen kratzen – so ist's richtig, großartig –, die Ohren spitzen und dann direkt weitergehen, bis – ah! Da wären wir – los:

O flieg davon, großer Vogel so weiß,
Und komm nicht zurück bis heut' abend.

Siehst du, es *hat* gewirkt. Ich glaube, es liegt mehr, als wir denken, in diesen alten Versen und Zaubersprüchen. Natürlich hätte er auch sowieso wegfliegen können. Aber du mußt zugeben, daß er weg ist.«

»Wahrscheinlich war dieses ganze Gehabe daran schuld, als wir auf ihn zukamen«, sagte Chervil mürrisch. »Wir müssen völlig verrückt ausgesehen haben. Was zum Donner wird das Kennzeichen denken? Nun, da wir jetzt hier draußen sind, können wir ebensogut die Runde bei den Posten machen.«

»Ich bleibe da und fresse, wenn du nichts dagegen hast«, sagte Bigwig. »Ich bekam gestern abend nicht viel ab, weißt du?«

Das Glück hatte Bigwig nicht ganz verlassen. Später an jenem Morgen konnte er ganz unverhofft mit Blackavar sprechen. Er war durch die schwülen Baue gegangen, fand überall schnelles Atmen und fieberhafte Pulse, und er fragte sich gerade, ob er nicht unter diesem Vorwand Chervil drängen könnte, die Erlaubnis des Rates zu erwirken, daß das Kennzeichen einen Teil des Tages in den Büschen oberirdisch verbringen könnte – denn da würde sich bestimmt eine gute Gelegenheit bieten –, als er dringend *hraka* machen mußte. Kein Kaninchen macht *hraka* unter dem Boden, und wie Schulkinder, die wissen, daß ihnen nicht gut die Bitte, zur Toilette gehen zu dürfen, abgeschlagen werden kann – solange es nicht zu rasch nach dem letzten Mal ist –, glitten die Efrafa-Kaninchen in den Graben, um frische Luft zu schnappen und einen Szenenwechsel zu haben. Obgleich ihnen nicht erlaubt werden sollte, öfter als nötig zu gehen, waren einige der Owsla zugänglicher als andere. Als Bigwig sich dem Loch näherte, das in den Graben führte, fand er zwei oder drei junge Rammler, die im Lauf herumlungerten, und wie gewöhnlich spielte er seine Rolle so überzeugend, wie er konnte.

»Warum treibt ihr euch hier herum?« fragte er.

»Die Eskorte des Gefangenen ist an dem Loch oben, und sie befahlen uns, umzukehren«, antwortete einer. »Sie lassen im Augenblick niemand heraus.«

»Nicht mal, um *hraka* zu machen?« fragte Bigwig.

»Nein, Sir.«

Empört ging Bigwig zur Mündung des Loches. Hier traf er Blackavars Eskorte in einer Unterhaltung mit dem Posten an.

»Ich fürchte, Ihr könnt im Augenblick nicht hinausgehen, Sir«, sagte Bartsia. »Der Gefangene ist im Graben, aber er wird sich nicht lange dort aufhalten.«

»Ich auch nicht«, sagte Bigwig. »Geh mir aus dem Weg, verstanden?« Er stieß Bartsia zur Seite und hopste in den Graben.

Der Himmel war noch finsterer und bewölkter. Blackavar hockte ein wenig abseits unter einem überhängenden Busch von Wiesenkerbel. Die Fliegen krabbelten auf seinen zerfetzten Ohren herum, aber er schien sie nicht zu bemerken. Bigwig lief den Graben entlang und hockte sich neben ihn.

»Blackavar, hör zu«, sagte er schnell. »Ich sage dir jetzt die Wahrheit, bei Frith und dem Schwarzen Kaninchen. Ich bin ein geheimer Feind von Efrafa. Niemand weiß das außer dir und ein paar Weibchen. Ich werde mit ihnen heute abend fliehen und auch dich mitnehmen. Tu vorläufig nichts. Wenn die Zeit kommt, bin ich da, um es dir zu sagen. Nimm nur deine Kräfte zusammen und halte dich bereit.«

Ohne auf eine Antwort zu warten, ging er weiter, wie um

einen besseren Platz zu finden. Trotzdem war er vor Blackavar wieder am Loch, der offensichtlich so lange draußen bleiben wollte, wie die Eskorte es ihm erlauben würde – die anscheinend nicht in Eile war.

»Sir«, sagte Bartsia, als Bigwig hereinkam, »das ist das dritte Mal, daß Ihr meine Autorität mißachtet habt. Die Ratspolizei darf nicht so behandelt werden. Ich fürchte, ich werde es melden müssen, Sir.«

Bigwig antwortete nichts und ging wieder den Lauf hinauf.

»Wartet noch ein bißchen, wenn ihr könnt«, sagte er, als er an den Rammlern vorbeiging. »Ich glaube nicht, daß der arme Kerl heute noch einmal hinauskommt.«

Er fragte sich, ob er Hyzenthlay suchen sollte, aber er kam zu dem Schluß, daß es klüger sein wurde, sich ihr fernzuhalten. Sie wußte, was zu tun war, und je weniger sie zusammen gesehen würden, um so besser. Er hatte Kopfschmerzen von der Hitze und wollte nur allein sein und in Ruhe gelassen werden. Er ging in seinen Bau zurück und schlief ein.

# 38. Das Gewitter bricht los

Nun tobe, Wind! schwill, Woge! schwimme, Nachen!
Der Sturm ist wach und alles auf dem Spiel!
Shakespeare *Julius Caesar*

Am Spätnachmittag wurde es dunkel und sehr schwül. Es war klar, daß es keinen richtigen Sonnenuntergang geben würde. Auf dem grünen Pfad am Flußufer saß Hazel, voll Unruhe, als er versuchte, sich vorzustellen, was sich in Efrafa ereignete.

»Er sagte dir, du solltest die Posten angreifen, während die Kaninchen fressen, nicht wahr?« sagte er zu Kehaar. »Und daß er die Mütter bei dem ganzen Wirrwarr herausbringen würde?«

»Ya, das er sagen, aber nicht passiert. Dann er sagte, geh fort, komm wieder heut' abend.«

»Er will es also immer noch tun. Die Frage ist: Wann werden sie fressen? Es wird schon dunkel. Silver, was glaubst du?«

»Soweit ich sie kenne, werden sie nichts an dem ändern, was sie normalerweise tun«, sagte Silver. »Aber wenn du dir Sorgen machst, daß wir nicht zur Zeit da sein werden, warum gehen wir dann nicht gleich?«

»Weil sie immer patrouillieren. Je länger wir da oben warten müssen, desto größer ist das Risiko. Wenn eine Patrouille uns findet, ehe Bigwig kommt, wird es nicht bloß eine Frage des Entwischens sein. Sie werden merken, daß wir zu einem bestimmten Zweck da sind, und werden Alarm schlagen – und das wird das Ende aller seiner Chancen sein.«

»Hör zu, Hazel-rah«, sagte Blackberry. »Wir sollten den Eisenweg zur gleichen Zeit mit Bigwig erreichen und keinen Augenblick früher. Warum führst du sie nicht alle jetzt über den Fluß und wartest im Unterholz in der Nähe des Bootes? Wenn Kehaar die Posten angegriffen hat, kann er zurückfliegen und es uns melden.«

»Ja, das ist richtig«, antwortete Hazel. »Aber wenn er es uns gemeldet hat, müssen wir unverzüglich da hinaufgehen. Bigwig wird uns ebenso brauchen wie Kehaar.«

»Nun, du wirst mit deinem Bein nicht fähig sein, zum Bogen zu spurten«, sagte Fiver. »Das Beste, was du tun kannst, ist, aufs Boot zu gehen und das Tau halb durchzukauen, bis wir zurückkommen. Silver kann sich um den Kampf kümmern, wenn es einen gibt.«

Hazel zögerte. »Aber einige von uns werden wahrscheinlich verwundet werden. Ich kann nicht zurückbleiben.«

»Fiver hat recht«, sagte Blackberry. »Du *wirst* auf dem Boot warten müssen, Hazel. Wir können nicht riskieren, daß du zurückbleibst und von den Efrafas aufgelesen wirst. Außerdem ist es sehr wichtig, daß das Tau halb durchgekaut wird – das ist eine Aufgabe für jemanden mit Verstand. Es darf nicht zu früh reißen, sonst sind wir alle erledigt.«

Sie brauchten eine Weile, um Hazel zu überreden. Und als er schließlich zustimmte, geschah es nur zögernd.

»Wenn Bigwig heute abend nicht kommt«, sagte er, »werde ich losgehen und ihn finden, wo immer er sein mag. Frith allein weiß, was schon passiert ist.«

Als sie am linken Ufer entlang aufbrachen, begann der Wind in ungleichmäßigen warmen Stößen und mit einem Rauschen durch das Riedgras zu wehen. Sie hatten gerade die Bohlenbrücke erreicht, als ein Donner heranrollte. In dem starken seltsamen Licht schienen die Pflanzen und Blätter größer und die Felder jenseits des Flusses sehr nah. Es herrschte bedrückende Stille.

»Weißt du, Hazel-rah«, sagte Bluebell, »das ist wirklich der komischste Abend, an dem ich je nach einem Weibchen Ausschau gehalten habe.«

»Er wird bald noch viel komischer werden«, sagte Silver. »Es wird Blitze geben und strömenden Regen. Um Himmels willen, geratet nicht in Panik, oder wir werden unser Gehege nie mehr wiedersehen. Ich glaube, das wird eine böse Sache werden«, fügte er, zu Hazel gewandt, leise hinzu. »Mir gefällt es gar nicht.«

Bigwig erwachte, als er seinen Namen mehrmals dringend rufen hörte.

»Thlayli! Thlayli! Wach auf! Thlayli!«

Es war Hyzenthlay.

»Was ist?« fragte er. »Was ist los?«

»Nelthilta ist verhaftet worden.«

Bigwig sprang auf.

»Wann? Wie ist es passiert?«

»Gerade eben. Moneywort kam in unseren Bau hinunter und befahl ihr, sofort zu Hauptmann Chervil hinaufzukommen. Ich folgte ihnen den Lauf hinauf. Als sie Chervils Bau erreichte, warteten zwei Ratspolizisten draußen, und einer sagte zu Chervil: ›So schnell, wie du kannst, und verspäte dich nicht.‹ Und dann führten sie sie direkt ab. Sie müssen zum Rat gegangen sein. O Thlayli, was sollen wir tun? Sie wird ihnen alles erzählen –«

»Hör zu«, sagte Bigwig. »Wir haben keinen Augenblick zu verlieren. Geh und hol Thethuthinnang und die anderen und bring sie hierher. Ich werde nicht dasein, aber ihr müßt ruhig warten, bis ich zurückkomme. Ich werde nicht lange weg sein. Schnell jetzt! Alles hängt davon ab.«

Kaum war Hyzenthlay durch den Lauf verschwunden, als Bigwig hörte, wie sich ein anderes Kaninchen aus der entgegengesetzten Richtung näherte.

»Wer ist da?« fragte er, sich schnell umwendend.

»Chervil«, antwortete der andere. »Ich bin froh, daß du wach bist. Hör zu, Thlayli, es wird eine Menge Ärger geben. Nelthilta ist vom Rat verhaftet worden. Ich war meiner Sache sicher, nach meinem Bericht an Vervain heute morgen. Wovon sie geredet hat, werden sie schon aus ihr herauskriegen. Ich glaube, der General wird selbst kommen, sobald er weiß, um was es sich handelt. Jetzt paß auf, ich muß sofort in den Ratsbau hinüber. Du und Avens, ihr bleibt hier und stellt sofort die Posten auf. *Silflay* fällt aus, und niemand geht hinaus, gleichgültig, aus welchem Grund. Alle Löcher erhalten doppelte Wachen. Du hast kapiert, nicht wahr?«

»Hast du es Avens erzählt?«

»Ich habe keine Zeit, nach Avens zu suchen; er ist nicht in seinem Bau. Geh und alarmiere die Posten selbst. Jemand soll Avens suchen und jemand anders Bartsia sagen, daß Blackavar heute abend nicht gebraucht wird. Dann besetze die Löcher – auch die *hraka*-Löcher mit jedem Posten, den du finden kannst. Möglicherweise besteht ein Komplott für einen Ausbruch. Wir haben Nelthilta so unauffällig wie möglich verhaftet, aber das Kennzeichen wird natürlich merken, was passiert ist. Wenn nötig, mußt du scharf durchgreifen, verstehst du? Ich verschwinde jetzt.«

»In Ordnung«, sagte Bigwig. »Ich mache mich gleich an

die Arbeit.« Er folgte Chervil durch den Lauf nach oben. Der Posten am Loch war Marjoram. Als er beiseite trat, um Chervil passieren zu lassen, tauchte Bigwig auf und blickte zum bewölkten Himmel empor.

»Hat Chervil dir's gesagt?« fragte er »*Silflay* ist heute abend wegen des Wetters früher. Der Befehl lautet, daß wir sofort damit anfangen.« Er wartete auf Marjorams Erwiderung. Wenn Chervil ihm schon gesagt hatte, daß niemand hinausgehen durfte, würde er gegen ihn kämpfen müssen. Aber nach einem Augenblick sagte Marjoram: »Hast du schon Donner gehört?«

»Fang sofort damit an, sagte ich«, antwortete Bigwig. »Geh hinunter und bringe Blackavar und die Eskorte herauf, und ein bißchen dalli. Wir müssen das Kennzeichen sofort hinauskriegen, wenn sie fressen sollen, ehe der Sturm losbricht.«

Marjoram ging, und Bigwig eilte in seinen eigenen Bau zurück. Hyzenthlay hatte keine Zeit verloren. Drei oder vier Weibchen waren im Bau zusammengepfercht, und in der Nähe, in einem Seitenlauf, hockte Thethuthinnang mit noch einigen anderen. Alle waren still und fürchteten sich, und eines oder zwei waren dicht davor, vor Schrecken wie betäubt zu sein.

»Es ist jetzt nicht die Zeit, *tharn* zu werden«, sagte Bigwig. »Euer Leben hängt davon ab, daß ihr tut, was ich sage. Hört jetzt zu. Blackavar und die Polizeiposten werden sofort oben sein. Marjoram wird wahrscheinlich hinter ihnen heraufkommen, und ihr müßt einen Vorwand finden, ihn mit Geschwätz aufzuhalten. Bald danach werdet ihr Kampfgetümmel hören, weil ich die Polizeiposten angreifen werde. Wenn ihr das hört, kommt so schnell, wie ihr könnt, herauf und folgt mir ins Feld hinaus. Laßt euch durch nichts aufhalten!«

Als er geendet hatte, vernahm er das unverkennbare Geräusch von Blackavar und seinen Posten; Blackavars müder, schleppender Gang war mit nichts anderem vergleichbar. Ohne auf eine Erwiderung der Weibchen zu warten, kehrte er zur Mündung des Laufes zurück. Die drei Kaninchen kamen im Gänsemarsch herauf; Bartsia führte.

»Ich fürchte, ich habe euch für nichts und wieder nichts hier heraufgeholt«, sagte Bigwig. »Mir wurde soeben gesagt, daß *silflay* für heute abend gestrichen ist. Schaut hinaus, und ihr werdet selbst sehen, weshalb.«

Als Bartsia aus dem Loch blickte, schlüpfte Bigwig schnell zwischen ihn und Blackavar.

»Nun, es sieht wirklich sehr stürmisch aus«, sagte Bartsia, »aber ich hätte nicht gedacht –«

»*Jetzt,* Blackavar!« rief Bigwig und sprang Bartsia von hinten an.

Bartsia fiel nach vorn aus dem Loch und Bigwig auf ihn. Er war nicht umsonst Mitglied der Owslafa und als guter Kämpfer bekannt. Als sie über den Boden rollten, drehte er den Kopf herum und bohrte seine Zähne in Bigwigs Schulter. Er war trainiert worden, sofort zuzupacken und unter allen Umständen festzuhalten. Mehr als einmal hatte ihm dies in der Vergangenheit geholfen. Aber im Kampf gegen ein Kaninchen von Bigwigs Kraft und Mut erwies sich das als ein Fehler. Seine beste Chance wäre es gewesen, Abstand zu halten und seine Klauen zu gebrauchen. Er hielt fest wie ein Hund, und Bigwig stieß knurrend seine beiden Hinterläufe vor, bohrte die Pfoten in Bartsias Seite und zwang sich dann, den Schmerz in seiner Schulter nicht beachtend, nach oben. Er fühlte, wie sich Bartsias geschlossene Zähne aus seinem Fleisch herausrissen, und dann stand er über ihm, als er auf den Boden zurückfiel, hilflos mit den Hinterläufen ausschlagend. Bigwig sprang von ihm herunter. Es war klar, daß Bartsia an der Keule verletzt war. Er strampelte, konnte aber nicht aufstehen.

»Du kannst noch von Glück sagen«, zischte Bigwig, blutend und fluchend, »daß ich dich nicht umbringe.«

Ohne zu warten, was Bartsia tun würde, sprang er in das Loch zurück. Er sah, daß Blackavar mit dem anderen Posten rang. Gleich hinter ihnen kam Hyzenthlay mit Thethuthinnang an. Bigwig gab dem Posten einen kräftigen Knuff gegen den Kopf, der ihn quer durch den Lauf und in die Nische des Gefangenen beförderte. Er rappelte sich auf und starrte Bigwig wortlos an.

»Beweg dich nicht«, sagte Bigwig. »Es wird dir schlimm ergehen, wenn du dich bewegst. Blackavar, bist du in Ordnung?«

»Ja, Sir«, sagte Blackavar, »aber was tun wir jetzt?«

»Folgt mir«, sagte Bigwig, »alle! Los!«

Er lief voraus nach draußen. Von Bartsia war keine Spur zu sehen, aber als er zurückblickte, um sicherzugehen, daß die anderen folgten, erhaschte er einen flüchtigen Blick des erstaunten Gesichts von Avens, der aus dem anderen Loch herausguckte.

»Hauptmann Chervil will dich sprechen!« rief er und schoß davon ins Feld.

Als er den Distelhaufen erreichte, wo er an jenem Morgen mit Kehaar gesprochen hatte, erklang langes Donnerrollen aus dem Tal dahinter. Ein paar große warme Regentropfen fielen. Am westlichen Horizont bildeten die tiefhängenden Wolken eine einzige purpurfarbene Masse, gegen die sich ferne Bäume deutlich und scharf abhoben. Die oberen Ränder ragten ins Licht, ein fernes Land phantastischer Berge. Kupferfarben, gewichts- und bewegungslos, vermittelten sie den Eindruck von glasiger Zerbrechlichkeit wie bei starkem Frost. Bestimmt würden sie, wenn der Donner sie wieder traf, vibrieren, zittern und zerbrechen, bis warme Scherben, scharf wie Eiszapfen, aus den Ruinen herunterfielen. Durch das ockergelbe Licht rasend, wurde Bigwig von Spannung und Energie wie wahnsinnig vorangetrieben. Er spürte die Wunde in seiner Schulter nicht. Er war der Sturm. Der Sturm würde Efrafa besiegen.

Er befand sich weit draußen in dem großen Feld und hielt Ausschau nach dem fernen Bogen, als er auf dem Boden die ersten dumpfen Alarmsignale spürte. Er hielt an und blickte sich um. Es schien keine Nachzügler zu geben. Die Weibchen – wie viele es immer sein mochten – waren dicht bei ihm, aber auf beide Seiten verteilt. Kaninchen auf der Flucht neigen dazu, Abstand voneinander zu halten, und die Weibchen hatten sich verteilt, als sie das Loch verließen. Wenn eine Patrouille zwischen ihm und dem Eisenweg war, würden sie nicht ohne Verlust an ihr vorbeikommen, außer sie schlossen sich dichter zusammen. Er würde sie trotz der Verzögerung sammeln müssen. Dann kam ihm ein anderer Gedanke. Wenn sie außer Sicht gelangen könnten, würden ihre Verfolger in Verlegenheit geraten; denn der Regen und das schwindende Licht würden das Spurenlesen erschweren.

Der Regen fiel jetzt schneller, und der Wind schwoll an. Auf der Abendseite drüben lief eine Hecke am Feld zum Eisenweg hinunter. Er sah Blackavar in der Nähe und rannte zu ihm hinüber.

»Ich möchte, daß alle auf die andere Seite dieser Hecke gehen«, sagte er. »Kannst du dir einige von ihnen schnappen und hier hinüberbringen?«

Bigwig erinnerte sich, daß Blackavar nichts wußte, außer daß sie auf der Flucht waren. Es blieb keine Zeit, über Hazel und den Fluß Erklärungen abzugeben.

»Geh sofort zu dieser Esche in der Hecke«, sagte er, »und

nimm alle Weibchen, die du unterwegs auflesen kannst, mit. Geh zur anderen Seite hinüber, und ich werde zur selben Zeit wie du dasein.«

In diesem Augenblick rannten Hyzenthlay und Thethuthinnang auf sie zu, und zwei oder drei andere Weibchen folgten ihnen. Sie waren ganz offensichtlich verwirrt und unsicher.

»Das Stampfen, Thlayli!« keuchte Thethuthinnang. »Sie kommen!«

»Na, dann rennt«, sagte Bigwig. »Haltet euch alle in meiner Nähe.«

Sie waren bessere Läufer, als er zu hoffen gewagt hatte. Als sie auf die Esche zurannten, schlossen sich ihnen noch mehr Weibchen an, und es schien, daß sie es jetzt mit einer Patrouille aufnehmen könnten, es sei denn, sie wäre besonders stark. Als er die Hecke durchquert hatte, wandte er sich nach Süden und führte sie, der Hecke folgend, den Abhang hinunter. Da, vor ihm, war der Bogen in der überwucherten Böschung. Aber würde Hazel dasein? Und wo war Kehaar?

»Nun, und was sollte danach geschehen, Nelthilta?« fragte General Woundwort. »Vergiß nicht, uns alles zu erzählen, weil wir schon eine Menge wissen. Laß sie in Ruhe, Vervain«, fügte er hinzu. »Sie kann nicht reden, wenn du sie dauernd knuffst, du Dummkopf.«

»Hyzenthlay sagte – oh! oh! – sie sagte, ein großer Vogel werde die Owsla-Posten angreifen«, keuchte Nelthilta, »und wir würden in der Verwirrung davonlaufen. Und dann –«

»Sie sagte, ein *Vogel* werde die Posten angreifen?« unterbrach Woundwort verdutzt. »Sagst du die Wahrheit? Was für ein Vogel?«

»Ich weiß – ich weiß es nicht«, keuchte Nelthilta. »Der neue Offizier – sie sagte, er habe dem Vogel gesagt –«

»Was weißt *du* über einen Vogel?« wandte Woundwort sich an Chervil.

»Ich habe es gemeldet, Sir«, erwiderte Chervil. »Vergeßt bitte nicht, Sir, daß ich den Vogel meldete –«

Draußen vor dem überfüllten Ratsbau hörte man ein Schlurfen, und herein kam Avens.

»Der neue Offizier, Sir!« rief er. »Er ist fort! Hat eine Menge Kennzeichen-Weibchen mitgenommen. Sprang Bartsia an und brach ihm ein Bein, Sir! Blackavar hat sich losgerissen und ist auch fortgerannt. Wir hatten keine Möglichkeit, sie zu stoppen. Weiß der Himmel, wie viele sich ihm angeschlossen haben. Thlayli – das hat Thlayli getan!«

»Thlayli?« rief Woundwort. »Großer Frith, ich *blende* ihn, wenn ich ihn erwische! Chervil, Vervain, Avens – ja, und ihr beide auch – kommt mit. Welche Richtung hat er eingeschlagen?«

»Er lief den Abhang hinunter, Sir«, antwortete Avens.

»Zeig uns den Weg, den du ihn nehmen sahst«, sagte Woundwort.

Als sie aus dem Crixa herauskamen, waren zwei oder drei der Efrafa-Offiziere im trüben Licht und im zunehmenden Regen auf Kontrollgang. Aber der Anblick des Generals war weitaus alarmierender. Sie verhielten nur, um den Flucht-Alarm zu stampfen, und brachen dann hinter ihm in Richtung Eisenweg auf.

Sehr bald stießen sie auf Blutspuren, die der Regen noch nicht weggewaschen hatte, und diesen folgten sie zur Esche in der Hecke westlich des Geheges.

Bigwig kam auf der anderen Seite des Eisenbahnbogens heraus, setzte sich auf und blickte sich um. Kein Anzeichen von Hazel oder Kehaar.

Zum erstenmal, seit er Bartsia angegriffen hatte, fühlte er sich unsicher und besorgt. Vielleicht hatte Kehaar seine rätselhafte Sprache an jenem Morgen nicht verstanden? Oder hatte eine Katastrophe Hazel und die übrigen ereilt? Wenn sie tot waren – zerstreut –, wenn niemand mehr lebte, um zu ihm zu stoßen? Er und seine Weibchen würden in den Wiesen umherirren, bis die Patrouillen sie zur Strecke brächten.

»Nein, dazu wird es nicht kommen«, sagte Bigwig zu sich selbst. »Schlimmstenfalls können wir den Fluß überqueren und uns in der Waldung verstecken. Hol diese Schulter der Teufel! Sie wird lästiger, als ich dachte. Nun, ich werde versuchen, sie alle wenigstens zur Bohlenbrücke hinunterzukriegen. Wenn wir nicht bald eingeholt werden, wird der Regen vielleicht diejenigen entmutigen, die hinter uns her sind; aber ich bezweifle es.«

Er drehte sich zu den unter dem Bogen wartenden Weibchen um. Die meisten sahen bestürzt aus. Hyzenthlay hatte versprochen, daß sie von einem großen Vogel geschützt werden würden und daß der neue Offizier eine geheime List anwenden würde, um der Verfolgung zu entgehen – eine List, die selbst den General besiegen könnte. Das war nicht eingetroffen. Sie waren völlig durchnäßt. Rinnsale flossen von der bergauf führenden Seite unter dem Bogen hindurch, und die kahle Erde verwandelte sich allmählich in Schlamm. Vor ihnen war nichts zu sehen als ein Pfad, der durch die Nesseln in ein anderes breites und leeres Feld führte.

»Los«, sagte Bigwig. »Es ist jetzt nicht mehr weit, und wir werden dann alle in Sicherheit sein. Hier entlang.«

Alle Kaninchen gehorchten ihm sofort. Es war schon etwas dran an der Efrafa-Disziplin, dachte Bigwig grimmig, als sie den Bogen verließen und von der vollen Wucht des Regens getroffen wurden.

An einer Seite des Feldes, neben den Ulmen, hatten Farm-Traktoren einen breiten, flachen Pfad den Hügel hinunter auf die Wasserwiese zu gewalzt – genau jenen Pfad, den er vor drei Nächten hinaufgerannt war, nachdem er Hazel am Boot zurückgelassen hatte. Auch er wurde schlammig und erschwerte das Vorwärtskommen der Kaninchen, aber wenigstens führte er direkt zum Fluß und war offen genug, so daß Kehaar sie erspähen könnte, wenn er erscheinen sollte.

Er lief gerade wieder los, als ein Kaninchen ihn überholte.

»Halt, Thlayli! Was tut ihr hier? Wohin lauft ihr?«

Bigwig hatte Campions Auftauchen halb erwartet und war entschlossen, ihn, wenn nötig, zu töten. Jetzt aber, als er ihn tatsächlich an seiner Seite sah, wie er Sturm und Schlamm außer acht ließ und einzig von der Aufgabe besessen schien, seine Patrouille, die nicht mehr als vier Kaninchen stark war, mitten in eine Bande verzweifelter Ausreißer zu führen, konnte er nur bedauern, daß sie beide Feinde sein sollten; wie gerne hätte er Campion aus Efrafa mit sich genommen.

»Verschwinde«, sagte er. »Versuche nicht, uns aufzuhalten, Campion. Ich möchte dich nicht verwunden.«

Er blickte zur anderen Seite hinüber. »Blackavar, hole die Weibchen ganz dicht zusammen. Wenn es Nachzügler gibt, wird die Patrouille sie sich vorknöpfen.«

»Es wäre besser für dich, nachzugeben«, sagte Campion, der weiterhin neben ihm herrannte. »Ich werde dich nicht aus den Augen lassen, wo immer du hingehst. Es ist eine Flucht-Patrouille unterwegs – ich hörte das Signal. Wenn sie hierherkommen, hast du keine Chance mehr. Du blutest im Augenblick stark.«

»Hol dich der Teufel!« rief Bigwig, nach ihm schlagend. »Du wirst auch bluten, ehe ich mit dir fertig bin.«

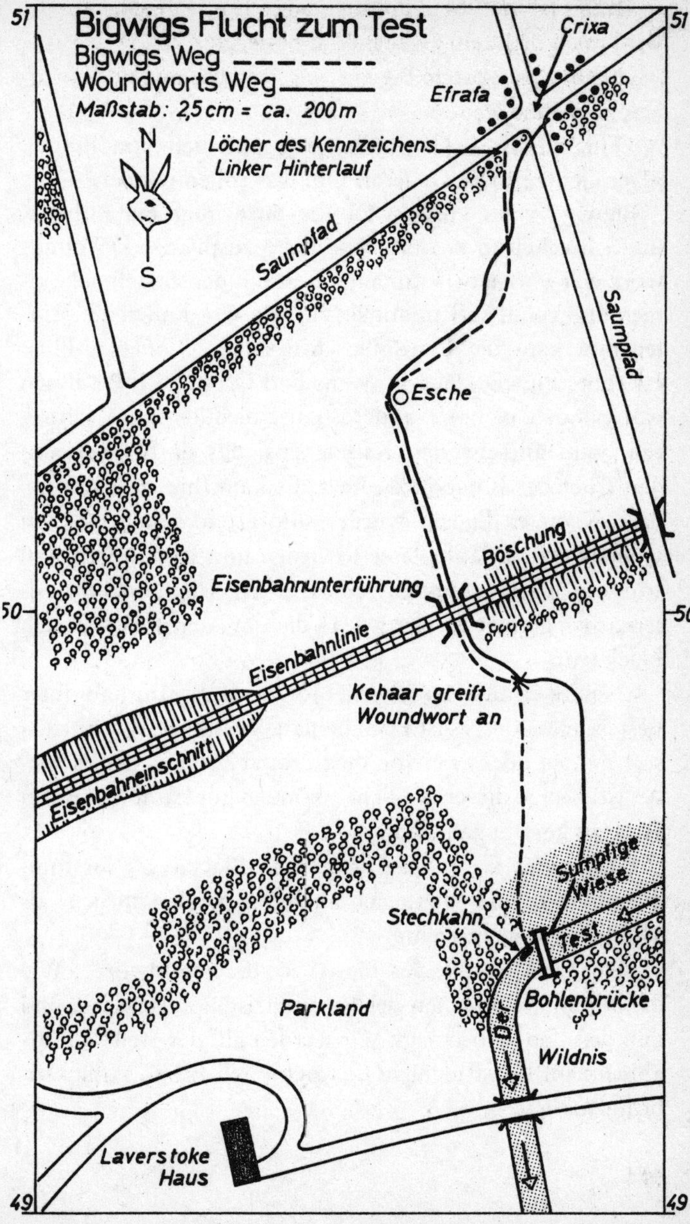

Bigwigs Flucht zum Test
Bigwigs Weg
Woundworts Weg
Maßstab: 2,5 cm = ca. 200 m
N
S
Crixa
Efrafa
Löcher des Kennzeichens
Linker Hinterlauf
Saumpfad
Saumpfad
Esche
Böschung
Eisenbahnunterführung
Eisenbahnlinie
Kehaar greift
Woundwort an
Eisenbahneinschnitt
Sumpfige
Wiese
Stechkahn
Test
Bohlenbrücke
Parkland
Der
Wildnis
Laverstoke
Haus
51
51
50
50
49
49

»Kànn ich mit ihm kämpfen, Sir?« fragte Blackavar. »Er wird mich nicht ein zweites Mal besiegen.«

»Nein«, antwortete Bigwig, »er versucht nur, uns hinzuhalten. Renne weiter.«

»Thlayli!« rief Thethuthinnang plötzlich von hinten. »Der General! Der General! Oh, was sollen wir tun?«

Bigwig blickte zurück. Es war tatsächlich ein Anblick, um Schrecken in das mutigste Herz zu pflanzen. Woundwort war vor seinen Anhängern durch den Bogen gekommen und rannte allein auf sie zu, vor Wut knurrend. Hinter ihm kam die Patrouille. Mit einem schnellen Blick erkannte Bigwig Chervil, Avens und Groundsel. Bei ihnen waren noch mehrere andere, einschließlich eines schweren, wild aussehenden Kaninchens, das er für Vervain, den Chef der Ratspolizei, hielt. Es kam ihm in den Sinn, daß, wenn er fliehen würde, sofort und allein, sie ihn wahrscheinlich laufenlassen würden und froh wären, ihn so leicht losgeworden zu sein. Auf jeden Fall war die Alternative, getötet zu werden. In diesem Augenblick sprach Blackavar.

»Nehmt es nicht zu schwer, Sir«, sagte er. »Ihr habt Euer Bestes getan, und es ist Euch beinahe gelungen. Wir werden sogar einen oder zwei von ihnen töten können, ehe es vorbei ist. Einige dieser Weibchen können gut kämpfen, wenn sie dazu gezwungen sind.«

Bigwig rieb seine Nase schnell an Blackavars verstümmeltem Ohr und setzte sich auf seine Keulen zurück, als Woundwort sie erreichte.

»Du dreckiges kleines Biest«, sagte Woundwort. »Wie ich höre, hast du einen der Ratspolizisten angegriffen und ihm den Lauf gebrochen. Wir werden auf der Stelle mit dir abrechnen. Es ist nicht nötig, dich nach Efrafa zurückzubringen.«

»Du verrückter Sklaventreiber«, antwortete Bigwig. »Das möchte ich mal sehen.«

»Gut«, sagte Woundwort, »das genügt. Wen haben wir? Vervain, Campion, haltet ihn nieder. Die übrigen fangen an, die Weibchen ins Gehege zurückzubringen. Den Gefangenen könnt ihr mir überlassen.«

»Frith sieht dich!« rief Bigwig. »Du verdienst nicht, ein Kaninchen genannt zu werden! Möge Frith dich und deine gemeine Owsla voller Tyrannen verfluchen!«

In diesem Augenblick fuhr die blendende Klaue eines Blitzes in voller Länge den Himmel herunter. Die Hecke und die fernen Bäume schienen im Glanz des Blitzes vorwärts zu springen. Gleich darauf folgte der Donner; ein hohes, reißendes Geräusch, als ob etwas Riesiges droben in Stücke zerfetzt würde, das sich verstärkte, um gewaltige Vernichtungsschläge auszuteilen. Dann stürzte der Regen wie ein Wasserfall herab. In wenigen Sekunden war der Boden mit Wasser bedeckt, und darüber bildete sich ein mehrere Zentimeter hoher Schleier aus Myriaden kleinster Spritzer. Betäubt von dem Schock, unfähig, sich zu bewegen, hockten die durchnäßten Kaninchen schlaff herum, vom Regen wie an den Boden genagelt.

In Bigwigs Innerem ertönte eine leise Stimme.

»Dein Sturm, Thlayli-rah. Nutze ihn.«

Keuchend rappelte er sich auf und stieß Blackavar mit der Pfote an.

»Los«, sagte er, »hol Hyzenthlay. Wir gehen.«

Er schüttelte den Kopf, versuchte, den Regen aus den Augen zu blinzeln. Dann war es auf einmal nicht mehr Blackavar, der vor ihm kauerte, sondern Woundwort, vollkommen verdreckt und durchnäßt, stierend und mit seinen großen Klauen im Schlamm kratzend.

»Ich bringe dich selbst um«, sagte Woundwort.

Seine langen Vorderzähne waren entblößt wie die Fänge einer Ratte. Furchterfüllt beobachtete Bigwig ihn. Er wußte, daß Woundwort, den Vorteil seines größeren Gewichts nutzend, zuspringen und versuchen würde, ihn zu erledigen. Er mußte seinerseits versuchen, ihm auszuweichen, und sich auf seine Klauen verlassen. Er tänzelte unruhig und fühlte, wie er im Schlamm ausrutschte. Warum sprang Woundwort nicht? Dann merkte er, daß Woundwort ihn nicht mehr ansah, sondern über seinen Kopf hinweg auf etwas hinter ihm starrte, etwas, das er selbst nicht sehen konnte.

Plötzlich sprang Woundwort zurück, und im selben Augenblick drang durch das alles einhüllende Geräusch des Regens ein heiseres Geschrei.

»Yark! Yark! Yark!«

Ein großes weißes Ding hackte auf Woundwort ein, der sich duckte und, so gut er konnte, seinen Kopf schützte. Dann war es verschwunden, segelte aufwärts und kehrte im Regen um.

»Miister Bigwig, die Kaninchen kommen!«

Visionen und Gefühle wirbelten in Bigwig durcheinander wie in einem Traum. Die Dinge, die passierten, schienen nur noch durch seine betäubten Sinne miteinander verbunden zu sein. Er hörte Kehaar kreischen, als er wieder herunterstieß, um Vervain anzugreifen. Er spürte den Regen kalt in die offene Wunde in seiner Schulter strömen. Durch den Regenvorhang erhaschte er einen Blick auf Woundwort, wie er sich zwischen seine Offiziere duckte und sie in den Graben am Rande des Feldes drängte. Er sah, wie Blackavar auf Campion einschlug und der sich umdrehte und davonrannte. Dann sagte jemand neben ihm: »Hallo, Bigwig, Bigwig! Was sollen wir tun?« Es war Silver.

»Wo ist Hazel?« fragte er.

»Wartet am Boot. He, du bist ja verwundet! Was –«

»Dann schaff diese Weibchen da hinunter«, sagte Bigwig.

Es herrschte ein einziges Chaos. Allein oder zu zweit wurden die Weibchen, die völlig durcheinander waren und sich kaum bewegen oder verstehen konnten, was ihnen gesagt wurde, aufgescheucht und stolpernd das Feld hinuntergeführt. Andere Kaninchen tauchten allmählich im Regen auf; Acorn, deutlich erschrocken, aber entschlossen, nicht davonzurennen; Dandelion, der Pipkin ermutigte; Speedwell und Hawkbit rannten auf Kehaar, das über dem Bodendunst einzig sichtbare Geschöpf, zu. Bigwig und Silver holten sie zusammen, so gut sie konnten, und gaben ihnen zu verstehen, daß sie helfen sollten, die Weibchen wegzubringen.

»Geht zu Blackberry zurück, geht zu Blackberry zurück«, wiederholte Silver immer wieder. »Ich habe drei unserer Kaninchen an verschiedenen Stellen zurückgelassen, um den Rückweg zu kennzeichnen«, erklärte er Bigwig. »Blackberry kommt zuerst, dann Bluebell, dann Fiver – er ist ziemlich nahe am Fluß.«

»Und da *ist* Blackberry«, sagte Bigwig.

»Du hast es also geschafft, Bigwig«, sagte Blackberry fröstelnd. »War es sehr schlimm? Meine Güte, deine Schulter –«

»Es ist noch nicht zu Ende«, sagte Bigwig. »Sind alle an dir vorbeigegangen?«

»Du bist der letzte«, sagte Blackberry. »Können wir aufbrechen? Dieser Sturm macht mir angst!«

Kehaar ließ sich neben ihnen nieder.

»Miister Bigwig«, sagte er. »Ich fliegen auf diese verdammten Kaninchen, aber die nicht rennen, die gehen in

Graben. Dort ich sie nicht kriegen. Sie kommen alle entlang euch.«

»Sie werden nie aufgeben«, sagte Bigwig. »Ich sage dir, Silver, sie werden uns überfallen, ehe wir es geschafft haben. Die Wasserwiese bietet dichte Deckung, die werden sie benutzen. Acorn, komm zurück, halt dich von diesem Graben fern!«

»Geht zu Bluebell zurück! Geht zu Bluebell zurück!« wiederholte Silver, von einer Seite zur anderen rennend.

Sie stießen auf Bluebell an der Hecke unten im Feld. Er war schreckerfüllt und bereit, davonzulaufen.

»Silver«, sagte er, »ich habe einen Haufen Kaninchen – Fremde, Efrafas, schätze ich – aus dem Graben dort drüben kommen und in die Wasserwiese hinüberschlüpfen sehen. Sie sind jetzt hinter uns. Eines von ihnen war das größte Kaninchen, das ich je gesehen habe.«

»Dann bleib nicht hier«, sagte Silver. »Da vorn ist Speedwell. Und Acorn und zwei Weibchen. Das sind alle. Los, so schnell ihr könnt!«

Es war jetzt nur noch eine kurze Entfernung zum Fluß, aber zwischen den vollgesogenen Binsenflecken, den Büschen, dem Riedgras und den tiefen Pfützen war es ihnen nahezu unmöglich, ihre Richtung zu finden. Sie erwarteten, jeden Augenblick angegriffen zu werden, wurden verstreut und tappten mühsam durch das Unterholz, fanden hier ein Weibchen und da eines ihrer eigenen Kaninchen und drängten sie vorwärts. Ohne Kehaar hätten sie bestimmt jeden Kontakt miteinander verloren und hätten vielleicht den Fluß nie erreicht. Die Möwe flog dauernd den direkten Weg zu der Böschung vor und zurück und ließ sich nur dann und wann nieder, um Bigwig zu einem zurückgebliebenen Weibchen zu führen, das er auf einem falschen Weg erspäht hatte.

»Kehaar«, sagte Bigwig, als sie darauf warteten, daß Thethuthinnang sich auf einem halb abgeflachten Haufen Nesseln zu ihnen heraufstrampelte, »hältst du mal Ausschau, ob du die Efrafas erspähen kannst? Sie können nicht weit sein. Warum haben die uns nicht angegriffen? Wir sind alle so verstreut, daß sie uns leicht viel Schaden zufügen könnten. Ich frage mich, was sie vorhaben.«

Kehaar war in kürzester Zeit wieder zurück.

»Die verstecken sich bei Brücke«, sagte er, »alle unter Büschen. Ich kommen herunter, dieser große Bursche, er wollen mit mir kämpfen.«

»Wirklich?« sagte Bigwig. »Das Scheusal hat Mut, das muß ich ihm lassen.«

»Sie glauben, ihr dort Fluß überqueren oder Böschung langgehen. Sie kennen nicht Boot. Du jetzt nahe Boot sein.«

Fiver kam durch das Unterholz gerannt.

»Wir haben einige ins Boot verfrachten können, Bigwig«, sagte er, »aber die meisten wollen mir nicht trauen. Sie fragen immer wieder, wo *du* bist.«

Bigwig rannte hinter ihm her und kam auf dem grünen Pfad neben der Böschung heraus. Die Oberfläche des Flusses flimmerte und blubberte im Regen. Der Wasserspiegel schien sich nicht allzusehr gehoben zu haben. Das Boot lag noch genauso da, wie er es in seiner Erinnerung hatte – ein Ende gegen die Böschung gedrückt, das andere ein bißchen draußen im Wasser. Auf dem erhöhten Teil der Böschung hockte Hazel mit herunterhängenden Ohren und regendunklem, angeklatschtem Fell. Er hielt das straffe Seil zwischen seinen Zähnen. Acorn, Hyzenthlay und noch zwei andere hockten neben ihm auf dem Holz, aber die übrigen drängten sich da und dort auf der Böschung zusammen. Blackberry versuchte ohne Erfolg, sie zu überreden, ins Boot zu springen.

»Hazel fürchtet sich, das Seil loszulassen«, sagte er zu Bigwig. »Offenbar hat er es schon sehr dünn gebissen. Alles, was diese Weibchen von sich geben, ist, daß du ihr Offizier bist.«

Bigwig wandte sich an Thethuthinnang.

»Das ist jetzt der Zaubertrick«, sagte er. »Bring sie da hinüber, wo Hyzenthlay sitzt, verstehst du? Alle – schnell.«

Ehe sie antworten konnte, kreischte ein anderes Weibchen vor Furcht auf. Ein Stück flußabwärts waren Campion und seine Patrouille aus den Büschen aufgetaucht und kamen den Pfad herauf. Aus der entgegengesetzten Richtung näherten sich Vervain, Chervil und Groundsel. Das Weibchen machte kehrt und sprang auf das Unterholz unmittelbar hinter ihm zu. Gerade als sie es erreichte, tauchte Woundwort vor ihr auf, richtete sich auf und versetzte ihr einen heftigen Schlag ins Gesicht. Das Weibchen drehte sich wieder um und rannte blind über den Pfad und auf das Boot zu.

Bigwig wurde klar, daß seit dem Augenblick, als Kehaar ihn im Feld angegriffen hatte, Woundwort nicht nur die Befehlsgewalt über seine Offiziere behalten, sondern einen Plan entworfen und ihn in die Tat umgesetzt hatte. Der Sturm und das schwierige Vorwärtskommen hatten die Flüchtigen durcheinandergebracht und sie desorganisiert.

Woundwort dagegen hatte seine Kaninchen in den Graben geführt und ihn dann benutzt, um sie zu der Wasserwiese hinunterzubringen, ohne weiteren Angriffen von Kehaar ausgesetzt zu sein. Sowie er da war, mußte er stracks auf die Bohlenbrücke zugegangen sein – die er offensichtlich kannte – und einen Hinterhalt gelegt haben. Aber sobald er begriffen hatte, daß aus irgendeinem Grund die Flüchtigen nicht der Brücke zustrebten, hatte er sofort Campion befohlen, einen Bogen durch das Unterholz zu schlagen, die Böschung flußabwärts wiederzugewinnen und ihnen den Weg abzuschneiden, und Campion hatte dies fehlerlos und ohne Verzögerung getan. Jetzt beabsichtigte Woundwort, sie hier, auf der Böschung, zu bekämpfen. Er wußte, daß Kehaar nicht überall sein konnte und daß die Büsche und das Unterholz genügend Deckung boten, um ihm im Notfall auszuweichen. Zwar waren es auf der anderen Seite doppelt so viele, aber die meisten fürchteten sich vor ihm, und keiner war ein geschulter Efrafa-Offizier. Nachdem er sie einmal gegen den Fluß gedrängt hatte, würde er sie zersplittern und so viele wie möglich töten. Wer übrig blieb, mochte davonlaufen oder verunglükken.

Bigwig ging es auf, warum Woundworts Offiziere ihm folgten und für ihn in diesem Ausmaß kämpften.

Er verhält sich ganz und gar nicht wie ein Kaninchen, dachte er. Flucht ist das letzte, woran er denkt. Wenn ich vor drei Nächten gewußt hätte, was ich jetzt weiß, glaube ich kaum, daß ich je nach Efrafa gegangen wäre. Hoffentlich hat er die Sache mit dem Boot nicht auch begriffen! Es würde mich nicht überraschen. Er stürzte über das Gras und sprang auf die Planken neben Hazel.

Das Erscheinen Woundworts hatte bewirkt, was Blackberry und Fiver nicht zustande gebracht hatten. Alle Weibchen rannten von der Böschung ins Boot. Blackberry und Fiver rannten mit. Woundwort, der ihnen unmittelbar folgte, erreichte den Rand der Böschung und stand Bigwig Auge in Auge gegenüber. Während er ihm die Stirn bot, hörte Bigwig, wie Blackberry hinter ihm drängend auf Hazel einsprach.

»Dandelion fehlt noch«, sagte Blackberry. »Er ist der einzige.«

Hazel sprach zum ersten Mal. »Wir werden ihn zurücklassen müssen«, antwortete er. »Es ist eine Schande, aber diese Burschen werden uns im nächsten Augenblick überfallen, und wir können sie nicht aufhalten.«

Bigwig sprach, ohne die Augen von Woundwort zu wenden. »Nur noch ein paar Augenblicke, Hazel«, sagte er. »Ich werde sie abhalten. Wir können Dandelion nicht dalassen.«

Woundwort grinste höhnisch. »Ich habe dir vertraut, Thlayli«, sagte er. »Jetzt kannst du mir vertrauen. Du wirst entweder in den Fluß geworfen oder in Stücke gerissen – die ganze Bande von euch. Ihr habt keine Möglichkeit, zu fliehen.«

Bigwig hatte einen Blick auf Dandelion im gegenüberliegenden Unterholz erhascht. Er war eindeutig verloren.

»Groundsel! Vervain!« sagte Woundwort. »Kommt hierher neben mich. Wenn ich das Kommando gebe, greifen wir sofort an. Und was diesen Vogel betrifft, so ist er nicht gefährlich –«

»Da ist er!« rief Bigwig. Woundwort blickte schnell hoch und sprang zurück. Dandelion schoß aus den Büschen, überquerte den Pfad wie ein Blitz und war schon auf dem Boot neben Hazel. Im selben Augenblick riß das Seil, und sofort bewegte sich der kleine Kahn in der stetigen Strömung den Damm entlang. Als er einige Meter geschwommen war, schwenkte das Heck langsam nach außen, bis er sich mit der Breitseite in Stromrichtung befand. In dieser Lage trieb er in die Mitte des Flusses und um die südliche Biegung.

Als er zurückblickte, war das letzte, was Bigwig sah, das Gesicht von General Woundwort, der aus der Weidenlücke starrte, wo das Boot gelegen hatte. Es erinnerte ihn an den Turmfalken auf Watership Down, der in die Mündung des Loches gestoßen war und die Maus verfehlt hatte.

# Vierter Teil

# Hazel-rah

# 39. Die Brücken

Bootsmann, tanze, Bootsmann, singe,
Bootsmann, tu fast alles,
Tanze, Bootsmann, tanze.
Tanze die ganze Nacht bis zum hellen Tageslicht,
Geh mit den Mädchen morgens nach Hause.
He, ho, Bootsmann, rudere,
Segelst flußabwärts auf Ohio zu.

Amerikanisches Volkslied

Auf beinahe jedem anderen Fluß hätte Blackberrys Plan nicht funktioniert. Der Stechkahn hätte das Ufer nicht verlassen, und wenn, wäre er auf Grund gelaufen oder durch Unkraut oder ein anderes Hindernis gestoppt worden. Aber hier, auf dem Test, gab es keine Zweige unter Wasser und keine Sandbänke oder Unkrautbetten über der Wasseroberfläche. Zwischen den Ufern floß die Strömung regelmäßig und unverändert im Tempo eines Spaziergängers dahin. Das Boot glitt sanft flußabwärts, ohne die Geschwindigkeit zu ändern, die es wenige Meter nach Ablegen vom Ufer gewonnen hatte.

Die meisten Kaninchen hatten kaum eine Vorstellung von dem, was da geschah. Die Efrafa-Weibchen hatten noch nie einen Fluß gesehen, und es wäre bestimmt hoffnungslos gewesen, wenn Pipkin oder Hawkbit versucht hätten, ihnen zu erklären, daß sie auf einem Boot waren. Sie – und beinahe alle anderen – hatten einfach Hazel vertraut und getan, was ihnen befohlen worden war. Aber alle – Rammler wie Weibchen – merkten, daß Woundwort und seine Anhänger verschwunden waren. Müde von allem, was sie durchgemacht hatten, hockten die durchnäßten Kaninchen stumm herum, unfähig eines anderen Gefühls als dumpfer Erleichterung, jedoch ohne die Kraft, sich zu fragen, was als nächstes passieren würde.

Daß sie überhaupt Erleichterung empfanden – dumpf oder nicht –, war unter den Umständen bemerkenswert und bewies, wie wenig sie ihre Lage begriffen und welche Furcht Woundwort ihnen einflößen konnte; denn ihre Rettung vor ihm erschien ihnen als einziger Glücksfall. Der Regen fiel nach wie vor. Schon so naß, daß sie es gar nicht mehr spürten, zitterten sie trotzdem vor Kälte und litten unter dem Gewicht ihres durchnäßten Fells. Das Boot hielt über einen Zentimeter Regenwasser. Das kleine gerippte Bodenbrett schwamm schon. Einige Kaninchen waren in der ersten Verwirrung, als sie in das Boot sprangen, im Wasser gelandet, aber jetzt hatten sich alle daraus befreit – die meisten entweder zum Bug oder zum Heck hin, obgleich Thethuthinnang und Speedwell auf der schmalen Ruderbank mittschiffs hockten. Zu ihrem körperlichen Unbehagen kam hinzu, daß sie sich ausgesetzt und hilflos fühlten. Schließlich gab es keine Möglichkeit, den Kahn zu lenken, und sie wußten nicht, wohin sie trieben. Aber dies waren Schwierigkeiten, die niemand außer Hazel, Fiver und Blackberry begriffen.

Bigwig war neben Hazel zusammengebrochen und lag erschöpft auf der Seite. Der fiebrige Mut, der ihn von Efrafa zum Fluß getrieben hatte, war verschwunden, und seine verwundete Schulter schmerzte jetzt heftig. Trotz des

Regens und des klopfenden Pulses in seinem Vorderlauf hätte er schlafen können, wo er war, auf den Planken ausgestreckt. Er öffnete die Augen und blickte zu Hazel auf.

»Ich könnte es nicht noch einmal machen, Hazel«, sagte er.

»Das brauchst du auch nicht«, erwiderte Hazel.

»Es war eine riskante Sache, weißt du«, sagte Bigwig. »Eine Chance eins zu tausend.«

»Unsere Kindeskinder werden eine gute Geschichte hören«, antwortete Hazel, ein Kaninchen-Sprichwort zitierend. »Wie hast du dir diese Wunde zugezogen? Sie sieht scheußlich aus.«

»Ich kämpfte mit einem Mitglied der Ratspolizei«, sagte Bigwig.

»Mit wem?« Der Ausdruck »Owslafa« war Hazel unbekannt.

»Ein dreckiges kleines Biest wie Hufsa«, sagte Bigwig.

»Hast du ihn besiegt?«

»O ja – sonst wäre ich nicht hier. Ich denke, er hat aufgehört zu rennen. Übrigens, Hazel, nun haben wir die Weibchen. Wie geht es jetzt weiter?«

»Ich weiß es nicht«, sagte Hazel. »Wir brauchen eines dieser schlauen Kaninchen, um uns das zu sagen. Und Kehaar – wo ist er hin? Er soll doch über dieses Ding hier, auf dem wir sitzen, Bescheid wissen.«

Dandelion, der neben Hazel hockte, stand bei der Erwähnung der »schlauen Kaninchen« auf, überquerte den wasserbedeckten Boden und kehrte mit Blackberry und Fiver zurück.

»Wir fragen uns alle, was wir als nächstes tun sollen«, sagte Hazel.

»Nun«, meinte Blackberry, »ich nehme an, daß wir bald an die Böschung treiben, und dann können wir hinausschlüpfen und Schutz suchen. Aber es schadet nichts, wenn wir uns recht weit von Bigwigs Freunden entfernen.«

»Doch«, sagte Hazel. »Wir sind hier jedermann sichtbar eingesperrt und können nicht wegrennen. Wenn ein Mensch uns sieht, sind wir in Schwierigkeiten.«

»Menschen mögen den Regen nicht«, sagte Blackberry. »Ich auch nicht, nebenbei bemerkt, aber er gibt uns im Augenblick eine gewisse Sicherheit.«

In diesem Augenblick sprang Hyzenthlay, die hinter ihm saß, auf und blickte hoch.

»Entschuldigt, Sir, daß ich Euch unterbreche«, sagte sie, als spräche sie zu einem Offizier in Efrafa, »aber der Vogel – der weiße Vogel –, er kommt auf uns zu.«

Kehaar flog flußaufwärts im Regen auf sie zu und ließ sich an der Schmalseite des Kahns nieder. Die ihm am nächsten sitzenden Weibchen fuhren nervös zurück.

»Miiister Hazel«, sagte er, »Brücke kommen. Du Brücke sehen?« – Keinem der Kaninchen war bewußt geworden, daß sie neben dem Pfad trieben, den sie einige Zeit zuvor heraufgekommen waren, ehe der Sturm losbrach. Sie befanden sich gegenüber der Pflanzenhecke auf der Böschung, und der ganze Fluß wirkte anders. Aber jetzt sahen sie, nicht weit voraus, die Brücke, die sie überquert hatten, als sie zum erstenmal vor vier Abenden zum Test kamen. Sie erkannten sie sofort, denn sie sah von hier genauso aus wie von der Böschung.

»Vielleicht ihr gehen unter durch, vielleicht nicht«, sagte Kehaar. »Aber ihr bleiben sitzen, iist Ärger.«

Die Brücke spannte sich zwischen zwei niedrigen Stützpfeilern von einer Böschung zur anderen. Sie war nicht gewölbt. Die aus Eisenträgern gebildete Unterseite war vollkommen gerade und verlief in einem Abstand von etwa zwanzig Zentimetern parallel zur Wasseroberfläche.

Gerade noch zur rechten Zeit begriff Hazel, was Kehaar meinte. Wenn das Boot die Brücke passierte, ohne hängenzubleiben, würde das nur um eine Klauenbreite der Fall sein. Jedes Geschöpf, das die Seitenhöhe überragte, würde heruntergestoßen und vielleicht in den Fluß gestürzt werden. Er huschte durch das warme Bilgenwasser zum anderen Ende und drängte sich zwischen den nassen, wimmelnden Kaninchen durch.

»Runter auf den Boden! Runter auf den Boden!« rief er. »Silver, Hawkbit – alle. Kümmert euch nicht ums Wasser. Du und du – wie heißt du? Oh, Blackavar, nicht wahr –, schafft alle auf den Boden. Schnell.«

Wie Bigwig stellte er fest, daß die Efrafa-Kaninchen ihm sofort gehorchten. Er sah Kehaar von seiner Sitzstange hochfliegen und über dem Holzgeländer verschwinden. Die Betonpfeiler ragten an jeder Böschung ein Stück vor, so daß der verengte Fluß unter der Brücke etwas schneller dahinfloß. Der Kahn war mit der Breitseite angetrieben, jetzt aber schwang ein Ende vor, so daß Hazel über die Richtung im Ungewissen war und nicht mehr zur Brücke, sondern zur Böschung blickte. Als er zögerte, schien die Brücke als dunkle Masse auf ihn zuzukommen, wie Schnee von einem Zweig gleitet. Er drückte sich in den Kielraum. Es gab ein Gekreisch, und ein Kaninchen purzelte auf ihn. Dann zitterte ein schwerer Schlag durch die Länge des Bootes, und seine sanfte Bewegung wurde aufgehalten. Es folgte ein hohles Kratzgeräusch. Dann wurde es dunkel, und ein Dach tauchte sehr dicht über ihm auf. Einen Augenblick hatte Hazel den vagen Eindruck, daß er sich unter der Erde befände. Dann verschwand das Dach wieder, das Boot glitt weiter, und er hörte Kehaar rufen. Sie waren unter der Brücke durch und trieben nach wie vor flußabwärts.

Das Kaninchen, das auf ihn gepurzelt war, war Acorn. Er war von der Brücke gestoßen worden, und der Schlag hatte ihn weggewischt. Jedoch schien er, obgleich er betäubt war und blaue Flecken hatte, einer Verletzung entgangen zu sein.

»Ich war nicht schnell genug, Hazel-rah«, sagte er. »Ich sollte ein Weilchen nach Efrafa gehen.«

»Das wäre nutzlos«, sagte Hazel. »Aber ich fürchte, da drüben am anderen Ende hat jemand nicht soviel Glück gehabt.«

Eines der Weibchen hatte vor dem Bilgenwasser zurückgescheut, und der stromaufwärts gerichtete Träger unter der Brücke hatte es am Rücken erwischt. Es war klar, daß es verletzt war, wie schwer, konnte Hazel jedoch nicht sagen. Er sah Hyzenthlay neben ihr, und es schien ihm, daß es wahrscheinlich am besten wäre, sie allein zu lassen, da er doch nicht helfen konnte. Er blickte sich unter seinen verschmutzten, zitternden Kameraden um und sah dann Kehaar an, der sauber und munter auf dem Heck saß.

»Wir sollten auf die Böschung zurück, Kehaar«, sagte er. »Wie können wir das machen? Kaninchen sind für so etwas nicht geschaffen, weißt du?«

»Du Boot nicht stoppen. Aber da ein anderer Brücke. Er wird stoppen.«

Es blieb ihnen nichts übrig, als zu warten. Sie trieben weiter und kamen an eine zweite Biegung, wo der Fluß nach Westen verlief. Die Strömung verringerte sich nicht, und das Boot kam sich drehend fast in der Mitte des Flusses um die Biegung. Die Kaninchen waren durch das, was Acorn und dem Weibchen passiert war, erschreckt worden und blieben elend halb im Kielraum, halb draußen hocken.

Hazel kroch zu dem höheren Bug zurück und blickte voraus.

Der Fluß verbreiterte sich, und die Strömung ließ nach. Er merkte, daß sie allmählich weniger rasch vorantrieben. Die näherliegende Böschung war hoch, und die Bäume standen dicht beieinander, aber am anderen Ufer war der Boden eben und offen. Er war mit Gras bewachsen und erstreckte sich glatt wie die gemähte Rennstrecke auf Watership Down. Hazel hoffte, daß sie irgendwie aus der Strömung herauskommen und jene Seite erreichen könnten, aber das Boot bewegte sich ruhig weiter durch die Mitte des breiten Beckens. Das offene Ufer glitt vorüber, und jetzt türmten sich Bäume auf beiden Seiten. Flußab war das Bekken durch die zweite Brücke, von der Kehaar gesprochen hatte, begrenzt.

Sie war alt, aus nachgedunkelten Backsteinen erbaut und von Efeu, Baldrian und malvenfarbigem Leinkraut überzogen. Ein Stück von beiden Ufern entfernt sah man vier niedrige Bögen – kaum mehr als überwölbte Abzugskanäle, und der Fluß reichte bis zu dreißig Zentimeter an ihren Scheitelpunkt heran. Durch sie hindurch konnte man einen Ausschnitt von Tageslicht auf der flußabwärts gerichteten Seite erkennen. Die Pfeiler sprangen nicht vor, aber vor jedem hatte sich ein Haufen Treibgut angesammelt, von dem Unkraut und Stöcke sich dauernd lösten, um unter der Brücke fortgeschwemmt zu werden.

Es war klar, daß das Boot gegen die Brücke treiben und dort festgehalten werden würde. Als es sich näherte, fiel Hazel ins Bilgenwasser zurück. Aber diesmal wäre das nicht nötig gewesen. Mit seiner Breitseite stieß das Boot sanft gegen zwei der Pfeiler und saß mitten in der Mündung eines der zentralen Abzugskanäle fest und konnte nicht weiter.

Sie hatten weniger als eine halbe Meile in gut fünfzehn Minuten zurückgelegt.

Hazel stützte seine Vorderpfoten auf die niedrige Seite und blickte behutsam darüber flußaufwärts. Unmittelbar unter ihm, wo die Strömung auf das Balkenwerk stieß, kräuselte sich das Wasser. Es war zu weit, um ans Ufer zu springen, und beide Böschungen waren steil. Er drehte sich um und blickte hinauf. Das Mauerwerk war glatt, mit einer vorspringenden Kante auf halber Höhe zwischen ihm und der Brüstung. Da konnte man nicht hinauf klettern.

»Was sollen wir tun, Blackberry?« fragte er und ging zu dem am Bug befestigten Bolzen, an dem das zerfetzte Überbleibsel der Fangleine hing, hinüber. »Du hast uns auf dieses Ding gebracht. Wie kommen wir nun wieder herunter?«

»Ich weiß es nicht, Hazel-rah«, erwiderte Blackberry. »An so einen Ausgang habe ich bei all meinen Überlegungen nie gedacht. Es sieht so aus, als ob wir schwimmen müßten.«

»Schwimmen?« sagte Silver. »Das kann ich mir nicht vorstellen, Hazel-rah. Ich weiß, die Entfernung ist nicht allzugroß, aber schau dir diese Böschungen an. Die Strömung würde uns mit sich reißen, ehe wir herauskommen könnten – und das bedeutet, in eines dieser Löcher unter der Brücke.«

Hazel versuchte, durch den Bogen zu gucken. Es war sehr wenig zu sehen. Der dunkle Tunnel war nicht lang – vielleicht kaum länger als das Boot selbst. Das Wasser sah ruhig aus. Es schien keine Hindernisse zu geben, und für den Kopf eines schwimmenden Tieres war zwischen der Wasseroberfläche und dem Scheitelpunkt des Bogens genug Platz. Aber der Ausschnitt war so schmal, daß man unmöglich genau erkennen konnte, was auf der anderen Seite der Brücke lag. Das Licht nahm ab. Wasser, grüne Blätter, bewegte Spiegelung von Blättern, das Spritzen der Regentropfen und irgendein merkwürdiges Ding, das offenbar im Wasser stand und aus senkrechten grauen Linien gemacht schien – das war alles, was man erkennen konnte. Der Regen hallte trostlos im Abzugskanal wider. Das harte, schallende Geräusch aus dem Gewölbe, so ganz anders als in einem Erdtunnel, war beunruhigend. Hazel kehrte zu Blackberry und Silver zurück.

»Wir sind in einer bösen Klemme«, sagte er. »Wir können nicht hier bleiben, aber ich sehe keinen Ausweg.«

Kehaar erschien auf der Brüstung über ihnen, schüttelte den Regen aus seinen Flügeln und ließ sich in den Kahn hinunterfallen. »Iiist Schluß mit Boot«, sagte er. »Nicht mehr warten.«

»Aber wie kommen wir zu Böschung, Kehaar?« fragte Hazel.

Die Möwe war überrascht. »Hund schwimmen, Ratte schwimmen. Du nicht schwimmen?«

»Natürlich können wir schwimmen, solange es nicht allzuweit ist. Aber die Böschungen sind uns zu steil, Kehaar. Wir könnten nicht verhindern, daß die Strömung uns durch einen dieser Tunnel reißt, und außerdem wissen wir nicht, was dahinter ist.«

» Iiist gut – du fein herauskommen.«

Hazel war in Verlegenheit. Was genau hatte er darunter zu verstehen? Kehaar war kein Kaninchen. Wie immer das Große Wasser aussah, es mußte schlimmer als dies sein, und Kehaar war daran gewöhnt. Auf jeden Fall sagte er nie viel, und was er tatsächlich sagte, war immer auf das Einfachste beschränkt, da er nicht die Hasensprache beherrschte. Er tat ihnen einen Gefallen, weil sie ihm das Leben gerettet hatten, aber, wie Hazel wußte, konnte er nicht umhin, sie als furchtsame, hilflose Zu-Hause-Bleiber zu verachten, die nicht fliegen konnten. Er war oft ungeduldig. Meinte er, daß er sich den Fluß angesehen und ihn mit den Augen eines Kaninchens betrachtet hatte? Daß unmittelbar hinter der Brücke träges Wasser war, mit niedriger, abfallender Böschung, wo sie leicht herauskommen konnten? Das schien mehr, als man erhoffen konnte. Oder meinte er einfach, daß sie sich lieber beeilen und es darauf ankommen lassen sollten, zu tun, was er ohne Schwierigkeit tun konnte? Dies schien wahrscheinlicher. Angenommen, einer von ihnen spränge tatsächlich aus dem Boot und triebe mit der Strömung fort – welchen Schluß könnten die anderen daraus ziehen, wenn er nicht zurückkäme?

Der arme Hazel blickte um sich. Silver leckte Bigwigs verletzte Schulter. Blackberry zappelte unruhig auf der Ruderbank herum, mit angespannten Nerven, nur zu klar all das empfindend, was Hazel selbst fühlte. Während er noch zögerte, gab Kehaar ein Kreischen von sich.

»Yark! Verdammte Kaninchen taugen nichts! Was ich tue, ich euch zeigen.«

Er stürzte unbeholfen vom höhergelegenen Bug. Zwischen dem Boot und der dunklen Mündung des Abzugskanals gab es keine Lücke. Tief im Wasser sitzend wie eine Stockente, trieb er in den Tunnel und verschwand. Hazel blickte ihm nach, konnte aber zuerst nichts sehen. Dann machte er Kehaars Umrisse aus, die sich schwarz gegen das Licht am anderen Ende abhoben. Er trieb ins Tageslicht hinaus, drehte sich seitlich und entschwand der begrenzten Sicht.

»Was beweist das?« fragte Blackberry mit klappernden Zähnen. »Er kann direkt vom Wasser aufgeflogen sein oder seine großen Schwimmfüße hinuntergestreckt haben. Er ist es nicht, der völlig durchnäßt, zitternd vor Kälte und mit einem nassen Fell doppelt so schwer ist.«

Kehaar erschien wieder auf der Brüstung oben.

»Ihr gehen jetzt«, sagte er kurz angebunden.

Der unglückliche Hazel zögerte immer noch. Sein Lauf begann wieder zu schmerzen. Der Anblick von Bigwig – ausgerechnet Bigwig –, am Ende seiner Kräfte, halb bewußtlos, der bei dieser Verzweiflungstat nicht mithalten konnte, senkte seinen Mut noch mehr. Er wußte, daß es ihm nicht gegeben war, ins Wasser zu springen. Die entsetzliche Lage überstieg seine Kraft. Er stolperte auf die schlüpfrigen Planken, und als er sich aufsetzte, fand er Fiver neben sich.

»Ich werde springen, Hazel«, sagte Fiver ruhig. »Ich glaube, es wird das beste sein.«

Er legte die Vorderpfoten auf den Rand des Bugs. Im selben Augenblick gefroren alle Kaninchen zur Bewegungslosigkeit. Eines der Weibchen stampfte auf den mit Pfützen bedeckten Boden des Bootes. Von oben kamen die Geräusche sich nähernder Schritte und Männerstimmen und der Geruch eines brennenden weißen Stengels.

Kehaar flog fort. Kein Kaninchen bewegte sich. Die Schritte klangen näher, die Stimmen lauter. Sie waren auf der Brücke, nicht mehr als die Höhe einer Hecke von ihnen entfernt. Jedes Kaninchen wurde von dem Instinkt gepackt, zu flüchten, unter die Erde zu gehen. Hazel sah, daß Hyzenthlay ihn anstarrte, und erwiderte ihren Blick, mit aller Kraft wünschend, daß sie still bliebe. Die Stimmen, der Schweißgeruch von Männern, von Leder, von weißen Stengeln, der Schmerz in seinem Bein, der feuchte, glucksende Tunnel an seinem Ohr – er hatte alles schon einmal durchgemacht. Wieso konnten die Männer ihn nicht sehen? Sie mußten ihn sehen. Er lag zu ihren Füßen. Er war verletzt. Sie kamen, um ihn aufzulesen.

Dann verschwanden Geräusch und Gerüche in der Ferne, das dumpfe Tappen der Schritte nahm ab. Die Männer hatten die Brücke überquert, ohne über die Brüstung zu sehen. Sie waren fort.

Hazel kam zu sich. »Das entscheidet die Sache«, sagte er. »Alle müssen schwimmen. Komm, Bluebell, du sagtest, du seist ein Wasserkaninchen. Folge mir.« Er sprang auf die Ruderbank und lief auf ihr zur anderen Seite hinüber.

Aber es war Pipkin, den er neben sich fand.

»Schnell, Hazel-rah«, sagte Pipkin, zuckend und zitternd. »Ich komme auch. Nur schnell.«

Hazel schloß die Augen und ließ sich über die Seite ins Wasser fallen.

Wie im Enborne trat ein augenblicklicher Kälteschock ein. Aber stärker als das fühlte er auf der Stelle den Sog der Strömung. Er wurde wie von der Gewalt eines kräftigen und doch ruhigen und stillen Windes fortgezogen. Er trieb hilflos einen stickigen kalten Gang hinunter, und seine Füße fanden keinen Halt. Angstvoll paddelte und strampelte er, streckte den Kopf hoch und holte Atem, kratzte mit seinen Klauen an rauhen Backsteinen unter Wasser und wurde weitergezogen. Dann ließ die Strömung nach, der Kanal verschwand, aus Dunkelheit wurde Licht, und es waren wieder Blätter und der Himmel über ihm. Immer noch zappelnd, wurde er durch etwas Hartes zum Stillstand gebracht und zurückgestoßen, schlug wieder auf und berührte dann einen Augenblick weichen Boden. Er wühlte sich vor und merkte, daß er sich durch leichten Schlamm schleppte. Er befand sich auf einer klebrigen Böschung. Mehrere Augenblicke lag er keuchend da, wischte sich dann das Gesicht und schlug die Augen auf. Das erste, was er sah, war der mit Schlamm bepflasterte Pipkin, der einen Meter weiter auf die Böschung kroch.

In gehobener Stimmung und voll Vertrauen – all seine Schrecken waren vergessen – kroch Hazel zu Pipkin hinüber, und zusammen schlüpften sie ins Unterholz. Er sagte nichts, und Pipkin schien das auch nicht von ihm zu erwarten. Im Schutz eines Haufens purpurnen Pfennigkrauts blickten sie zum Fluß zurück.

Das Wasser floß von der Brücke ab in ein zweites Becken. Ringsherum waren beide Böschungen mit Bäumen und Unterholz dicht bewachsen. Und in dieser Art Sumpf konnte man schwer sagen, wo das Wasser endete und die Waldung begann. Pflanzengruppen wuchsen inner- und außerhalb der schlammigen Untiefen. Der Boden war mit feinem Schlick und Schlamm bedeckt, der zur Hälfte aus Wasser bestand, und da hinein hatten zwei Kaninchen, als sie sich ans Ufer schleppten, Furchen gegraben. Diagonal durch das Becken, vom Mauerwerk der Brücke nahe der gegenüberliegenden Böschung bis zu einem Punkt etwas unterhalb auf ihrer Seite, verlief ein Gitter aus dünnen, senkrechten Eisenstäben. Während der Erntezeit blieb das Flußunkraut, das in verfilzten Matten von den Fischgründen darüber angetrieben wurde, an diesem Gitter hängen und wurde von Männern in Wasserstiefeln aus dem Becken geharkt, aufgehäuft und als Dünger verwendet. Die linke Böschung war ein einziger großer Abfallhaufen von Unkraut, das zwischen den Bäumen faulte. Es war ein grüner, stinkender Ort, feucht und umfriedet.

»Guter alter Kehaar!« sagte Hazel, mit Befriedigung die absterbende Einsamkeit betrachtend. »Ich hätte ihm vertrauen sollen.«

Während er sprach, kam ein drittes Kaninchen unter der Brücke hervorgeschwommen. Sein Anblick, wie es in der Strömung gleich einer Fliege im Spinnennetz strampelte, erfüllte sie beide mit Angst. Einen anderen in Gefahr sehen kann beinahe so schlimm sein, wie sie zu teilen. Das Kaninchen stieß gegen das Gitter, trieb ein Stück an ihm entlang, geriet auf Grund und kroch aus dem schlammigen Wasser. Es war Blackavar. Er lag auf der Seite und schien Hazel und Pipkin nicht zu bemerken, als sie an ihn herantraten. Nach einer Weile begann er jedoch zu husten, erbrach etwas Wasser und setzte sich auf.

»Alles in Ordnung?« fragte Hazel.

»Mehr oder weniger«, sagte Blackavar. »Ist das für heute abend alles, Sir? Ich bin sehr müde.«

»Ja, du kannst hier ausruhen«, sagte Hazel. »Aber warum hast du den Sprung aus eigenem Antrieb riskiert? Wir hätten schließlich untergegangen sein können.«

»Ich dachte, Ihr gabt einen Befehl«, erwiderte Blackavar.

»Ach so«, sagte Hazel. »Nun, auf jeden Fall wirst du uns für einen ziemlich schlampigen Haufen halten, fürchte ich. War, als du hineinsprangst, noch jemand da, der den Eindruck machte, als würde er kommen?«

»Ich glaube, sie sind alle ein bißchen nervös«, antwortete Blackavar. »Man kann es ihnen nicht verübeln.«

»Nein, aber leider kann alles mögliche passieren«, sagte Hazel aufgeregt. »Sie können alle *tharn* werden, wenn sie da sitzenbleiben. Die Männer kommen vielleicht zurück. Wenn wir ihnen nur sagen könnten, daß alles in Ordnung ist –«

»Ich glaube, das können wir, Sir«, sagte Blackavar. »Wenn ich mich nicht irre, brauchen wir nur die Böschung dort hinauf und auf der anderen Seite wieder hinunterzuschlüpfen. Soll ich gehen?«

Hazel war aus der Fassung gebracht. Er hatte angenommen, dies wäre ein in Ungnade gefallener Gefangener aus Efrafa – offenbar nicht einmal ein Mitglied der Owsla –, und er hatte soeben gesagt, daß er sich erschöpft fühle. Er wußte, was er seinem Ruf schuldig war.

»Wir werden beide gehen«, sagte er. »Hlao-roo, kannst

du hier bleiben und Ausschau halten? Wenn sie Glück haben, werden sie zu dir durchkommen. Hilf ihnen, wenn du kannst.«

Hazel und Blackavar glitten durch das tropfende Unterholz. Der Graspfad, der die Brücke überquerte, verlief über ihnen auf einer steilen Böschung. Sie kletterten die Böschung hinauf und lugten vorsichtig aus dem hohen Gras am Rande. Der Pfad war leer, und sie hörten und rochen nichts. Sie überquerten ihn und erreichten das Brückenende an der flußaufwärts gelegenen Seite. Hier fiel die Böschung beinahe senkrecht zum etwa zwei Meter tiefer gelegenen Fluß ab. Blackavar kletterte ohne Zögern hinunter, aber Hazel folgte langsamer. Genau oberhalb der Brücke, zwischen ihr und einem Dornenbusch flußaufwärts, ragte ein Rasenvorsprung über das Wasser. Draußen im Fluß, ein paar Meter entfernt, lag das Boot an den mit Unkraut bedeckten Pfeilern.

»Silver!« sagte Hazel. »Fiver! Kommt, bringt sie ins Wasser. Unter der Brücke ist es in Ordnung. Zuerst die Weibchen, wenn ihr könnt. Wir haben keine Zeit zu verlieren. Die Männer können zurückkommen.«

Es war nicht leicht, die apathischen, verwirrten Weibchen aufzurütteln und ihnen verständlich zu machen, was sie tun mußten. Silver ging von einem zum anderen. Dandelion lief, sobald er Hazel auf der Böschung sah, sofort zum Bug und sprang ins Wasser.

Speedwell folgte ihm, als aber Fiver ebenfalls springen wollte, hielt Silver ihn zurück.

»Wenn alle unsere Rammler das Boot verlassen, Hazel«, sagte er, »bleiben die Weibchen allein zurück, und ich glaube nicht, daß sie zurechtkommen.«

»Sie werden Thlayli gehorchen, Sir«, sagte Blackavar, ehe Hazel antworten konnte. »Ich glaube, er kriegt sie auf die Beine.«

Bigwig lag immer noch im Bilgenwasser, an der Stelle, die er eingenommen hatte, als sie zur ersten Brücke kamen. Er schien zu schlafen, doch als Silver ihn beschnüffelte, hob er den Kopf und blickte sich betäubt um.

»Oh, hallo, Silver«, sagte er. »Ich fürchte, meine Schulter wird mir noch viel Ärger machen. Mir ist auch sehr kalt. Wo ist Hazel?«

Silver erklärte es ihm. Bigwig stand schwerfällig auf, und sie sahen, daß er noch blutete. Er hinkte zur Ruderbank und kletterte hinauf.

»Hyzenthlay«, sagte er, »deine Freundinnen können nicht noch nasser werden, wir sollten sie also jetzt gleich hineinspringen lassen. Nacheinander, meinst du nicht? Dann vermeiden wir, daß sie sich gegenseitig kratzen oder sonstwie weh tun, während sie schwimmen.«

Entgegen Blackavars Annahme verging eine lange Zeit, bis alle das Boot verlassen hatten. Insgesamt waren es zehn Weibchen, und obgleich zwei Bigwigs geduldigem Drängen nachgaben, waren mehrere so erschöpft, daß sie kauerten, wo sie waren, oder stumpf ins Wasser blickten, bis andere dazu gebracht wurden zu springen. Von Zeit zu Zeit bat Bigwig einen der Rammler, als erster voranzugehen, und auf diese Weise kletterten Acorn, Hawkbit und Bluebell über Bord. Dem verletzten Weibchen Thrayonlose ging es gar nicht gut, und Blackberry und Thethuthinnang schwammen zusammen mit ihr hindurch, einer vor und einer hinter ihr.

Als die Dunkelheit hereinbrach, hörte es auf zu regnen. Hazel und Blackberry gingen zur Böschung des Beckens vor der Brücke zurück. Der Himmel klärte sich, und der Druck ließ nach, als das Gewitter nach Osten abzog. Aber es war *fu Inlé,* ehe Bigwig selbst mit Silver und Fiver unter der Brücke durchkam. Er mußte sich sehr anstrengen, sich über Wasser zu halten, und als er das Gitter erreichte, rollte er im Wasser herum, mit dem Bauch nach oben, wie ein sterbender Fisch. Er trieb an eine seichte Stelle und zog sich mit Silvers Hilfe heraus. Hazel und einige andere warteten auf ihn, aber er schnitt ihnen in einem Anflug seiner alten tyrannischen Art das Wort ab.

»Los, los, geht mir aus dem Weg«, sagte er. »Ich werde jetzt schlafen, Hazel, und Frith helfe dir, wenn du es mir verwehrst.«

»So gehen wir miteinander um, siehst du«, sagte Hazel zu dem ungläubig starrenden Blackavar. »Du wirst dich nach einer Weile daran gewöhnen. Und jetzt wollen wir uns einen trockenen Platz suchen, falls wir noch einen finden, und dann können wir vielleicht auch schlafen.«

Jeder trockene Fleck im Unterholz schien mit erschöpften, schlafenden Kaninchen bedeckt zu sein. Nachdem sie eine Weile gesucht hatten, fanden sie einen gefallenen Baumstamm, von dessen Unterseite sich die Rinde abgeschält hatte. Sie krochen unter die Zweige und Blätter, machten es sich in der sanften Mulde bequem – die bald etwas von ihrer Körperwärme annahm – und schliefen sofort ein.

# 40. Der Rückweg

Dame Hickory, Dame Hickory,
Da ist ein Wolf an deiner Tür,
Seine Zähne grinsen weiß,
Und seine Zunge wackelt sich wund!
»Nein«, sagte die Dame Hickory, »du bist eine falsche Elfe!«
Aber es war tatsächlich ein Wolf, und ausgehungert war er auch.

Walter de la Mare *Dame Hickory*

Am nächsten Morgen vernahm Hazel als erstes, daß Thrayonlose in der Nacht gestorben war. Thethuthinnang war untröstlich, denn sie hatte Thrayonlose als eines der kräftigsten und vernünftigsten Weibchen im Kennzeichen ausgewählt und sie überredet, mit ihnen zu fliehen. Nachdem sie zusammen durch die Brücke gekommen waren, hatte sie ihr ans Ufer geholfen und war neben ihr im Unterholz eingeschlafen, in der Hoffnung, daß sie sich bis zum nächsten Tag wieder erholt haben würde. Aber als sie aufwachte, war Thrayonlose nicht mehr da. Sie suchte nach ihr und fand sie in einem Haufen Riedgras flußabwärts. Offenbar hatte das arme Geschöpf gefühlt, daß es sterben würde, und hatte sich nach Art der Tiere davongestohlen.

Die Nachricht deprimierte Hazel. Er wußte, daß sie Glück gehabt hatten, so viele Weibchen aus Efrafa herauszuholen und Woundwort zu entkommen, ohne sich zum Kampf stellen zu müssen. Der Plan war gut gewesen, aber der Sturm und die furchterregende Tüchtigkeit der Efrafas hatten ihn beinahe zunichte gemacht. Trotz des Mutes von Bigwig und Silver wäre er ohne Kehaar gescheitert. Jetzt würde Kehaar sie verlassen. Bigwig war verwundet, und mit seinem eigenen Bein stand es auch nicht zum besten. Da sie sich um die Weibchen kümmern mußten, wären sie nicht imstande, im Freien so schnell oder so leicht vorwärts zu kommen, wie auf dem Weg von Watership herunter. Er wäre gerne ein paar Tage geblieben, wo sie waren, damit Bigwig seine Kräfte wiedererlangte und die Weibchen festen Boden unter den Füßen bekämen und sich an ein Leben außerhalb eines Geheges gewöhnten. Aber der Ort, das merkte er, war hoffnungslos unwirtlich. Obgleich er gute Deckung bot, war er für Kaninchen zu naß. Außerdem lag er offenbar dicht an einer Straße, die belebter war, als sie es je gekannt hatten. Bald nach Tagesanbruch hörten und rochen sie vorbeifahrende *hrududil,* kaum weiter als eine Feldbreite von ihnen entfernt. Es herrschte ständig Unruhe, und besonders die Weibchen waren verschreckt und ängstlich. Der Tod Thrayonloses machte alles noch schlimmer. Geplagt von dem Lärm und der Erschütterung konnten die Weibchen nicht fressen und wanderten immer wieder flußabwärts, um sich die Leiche anzusehen und über die seltsame und gefährliche Umgebung miteinander zu flüstern.

Er fragte Blackberry um Rat, der darauf hinwies, daß es wahrscheinlich nicht lange dauern würde, bis Männer das Boot fänden, und dann würden sich höchstwahrscheinlich mehrere von ihnen einige Zeit ganz in der Nähe aufhalten. Dies bewog Hazel, lieber sofort aufzubrechen und zu versuchen, irgendwohin zu gelangen, wo sie sich leichter ausruhen könnten. Er konnte hören und riechen, daß der Sumpf sich weit flußab erstreckte. Da die Straße nach Süden lag, schien der einzige Weg der nach Norden zu sein, über die Brücke, was auf jeden Fall der Heimweg war.

Er nahm Bigwig mit und kletterte die Böschung zum Graspfad hinauf. Das erste, was sie sahen, war Kehaar, der Schnecken aus einem Schierlingshaufen nahe bei der Brücke aufpickte. Sie traten wortlos zu ihm und knabberten das kurze Gras daneben.

Nach einem Weilchen sagte Kehaar: »Jetzt du kriegen Mütter, Miister Hazel. Alles fein gehen, he?«

»Ja. Wir hätten es nie ohne dich geschafft, Kehaar. Wie ich höre, kamst du gestern abend gerade noch zur rechten Zeit, um Bigwig zu retten.«

»Das böse Kaninchen, der große Bursche, er mit mir kämpfen. Sehr schlau auch.«

»Ja. Aber wenigstens hat er einmal einen Schock bekommen.«

»Ya, ya. Miister Hazel, bald Männer kommen. Was du jetzt tun?«

»Wir kehren in unser Gehege zurück, Kehaar, wenn wir können.«

»Iiis Schluß jetzt für mich. Ich gehen zu Großes Wasser.«

»Werden wir dich wiedersehen, Kehaar?«

»Du gehen zu Hügel zurück? Bleiben da?«

»Ja, das beabsichtigen wir. Es wird ein schweres Vorwärtskommen sein mit so vielen Kaninchen, und wir werden Efrafa-Patrouillen ausweichen müssen, schätze ich.«

»Ihr kommen hin. Später iiis Winter, viel kalt, viel Sturm auf Großes Wasser. Viel Vögel kommen herein. Dann ich komme zurück, sehen euch, wo ihr lebt.«

»Vergiß es nur nicht, Kehaar«, sagte Bigwig. »Wir werden nach dir Ausschau halten. Komm plötzlich herunter, wie gestern abend.«

»Ya, ya, erschrecken alle Mütter und kleine Kaninchen, alle kleinen Bigwigs rennen fort.«

Kehaar wölbte seine Flügel und erhob sich in die Luft. Er flog über die Brüstung der Brücke und flußaufwärts. Dann drehte er eine Schleife nach links, kam über dem Graspfad zurück und segelte direkt hinunter, strich knapp über die Köpfe der Kaninchen. Er stieß einen heiseren Schrei aus und flog nach Süden fort. Sie blickten ihm nach, als er über den Bäumen verschwand.

»O flieg davon, großer Vogel so weiß«, sagte Bigwig. »Weißt du, er hat mir das Gefühl gegeben, auch fliegen zu können. Dieses Große Wasser! Ich wünschte, ich könnte es sehen.«

Als sie weiter in die Richtung blickten, in die Kehaar geflogen war, bemerkte Hazel zum ersten Mal ein Cottage am anderen Ende des Pfades, wo das Gras schräg hinauf zur Straße wuchs. Ein Mann, der sich Mühe gab, sich ruhig zu verhalten, lehnte über der Hecke und beobachtete sie gespannt. Hazel stampfte und riß in das Unterholz des Sumpfes aus, Bigwig ihm unmittelbar auf den Fersen.

»Weißt du, woran er denkt?« sagte Bigwig. »Er denkt an das Gemüse in seinem Garten.«

»Ich weiß«, erwiderte Hazel. »Und wir werden diese Bande nicht fernhalten können, wenn sie erst einmal darauf kommen. Je schneller wir uns davonmachen, desto besser.«

Kurz danach brachen die Kaninchen durch das Gehölz nach Norden auf. Bigwig merkte bald, daß er einer langen Wanderung nicht gewachsen war. Seine Wunde schmerzte, und der Schultermuskel hielt starke Belastung nicht aus. Hazel war noch lahm, und die Weibchen, obgleich sie willig und gehorsam waren, zeigten, daß sie wenig vom *hlessil*-Leben kannten. Es war eine anstrengende Zeit.

In den folgenden Tagen – Tage mit klarem Himmel und schönem Wetter – erwies Blackavar sich immer mehr als verdienstvolles Kaninchen, bis Hazel sich schließlich ebenso auf ihn verließ wie auf seine »alten Hasen«. Es steckte viel mehr in ihm, als man hätte vermuten können. Als Bigwig sich entschlossen hatte, nicht ohne Blackavar aus Efrafa herauszugeben, war er ausschließlich von Mitleid für ein elendes, hilfloses Opfer von Woundworts Unbarmherzigkeit bewegt gewesen. Es stellte sich jedoch heraus, daß Blackavar, wenn er nicht durch Demütigung und schlechte Behandlung unterdrückt war, eine Klasse besser als der gewöhnliche Durchschnitt war. Seine Lebensgeschichte war ungewöhnlich. Seine Mutter war nicht in Efrafa geboren worden. Sie war eines der Kaninchen gewesen, die gefangengenommen wurden, als Woundwort das Gehege in Nutley Copse angriff. Sie hatte sich mit einem Efrafa- Hauptmann gepaart und hatte, nachdem er auf einer Weiten Patrouille getötet worden war, kein anderes Männchen gehabt. Blackavar, voller Stolz auf seinen Vater, war mit dem Vorsatz aufgewachsen, Offizier in der Owsla zu werden. Aber zusammen damit – und paradoxerweise – hatte er von seiner Mutter einen gewissen Groll auf Efrafa geerbt und ein Gefühl, daß sie nicht mehr von ihm haben sollten, als er ihnen freiwillig gab. Hauptmann Mallow, in dessen Kennzeichen – der »Rechte Vorderlauf« – er auf Probe geschickt worden war, hatte seinen Mut und seine Ausdauer gepriesen, es aber nicht versäumt, die stolze Distanz seines Wesens zu erwähnen. Als die »Rechte Flanke« einen jungen Offizier zur Unterstützung Hauptmann Chervils brauchte, war es Avens und nicht Blackavar, der vom Rat ausgewählt wurde. Blackavar, der wußte, was er wert war, war überzeugt, daß das Blut seiner Mutter den Rat gegen ihn eingenommen hatte. Während er sich nach wie vor gekränkt fühlte, war er Hyzenthlay begegnet und machte sich zum geheimen Freund und Ratgeber der unzufriedenen Weibchen im »Rechten Vorderlauf«. Er hatte sie gedrängt, die Erlaubnis des Rates einzuholen, Efrafa zu verlassen. Wenn es ihnen gelungen wäre, hätten sie gebeten, ihn mitnehmen zu dürfen. Als dann die Abordnung beim Rat scheiterte, wandte Blackavar seine Gedanken einer Flucht zu. Zuerst hatte er beabsichtigt, die Weibchen mitzunehmen, aber seine bis zum äußersten gespannten Nerven hatten – ähnlich wie Bigwigs aufgrund der Gefahren und Unsicherheiten der Verschwörung – nachgegeben, und schließlich hatte er einfach einen Anlauf für sich allein genommen, bei dem er von Campion geschnappt wurde. Unter der vom Rat verhängten Strafe war sein lebhafter Geist verkümmert, und er war der apathische arme Teufel geworden, dessen Anblick Bigwig so sehr schockiert hatte. Und doch waren bei der geflüsterten Botschaft im *hraka*-Graben seine Lebensgeister wieder aufgeflackert, was andere nicht fertiggebracht hätten, und er war bereit gewesen, dem Glück zu vertrauen und einen zweiten Versuch zu wagen. Jetzt, in Freiheit unter diesen unbekümmerten Fremden, sah er sich als ausgebildeten Efrafa, der seine Tüchtigkeit einsetzte, um ihnen in ihrer Not zu helfen. Obgleich er alles tat, was man ihm sagte, zögerte er nicht, auch Vorschläge zu machen, besonders wenn es ums Auskundschaften und Aufspüren von Gefahren ging. Hazel, der bereit war, jeden Rat anzunehmen, von dem er glaubte, er sei gut, hörte sich das meiste, was er sagte, an und war's zufrieden, es Bigwig zu überlassen – für den Blackavar natürlich einen riesigen Respekt empfand –, dafür zu sorgen, daß er in seinem warmherzigen, ziemlich freimütigen Eifer nicht zu weit ging.

Nach zwei, drei Tagen langsamen, vorsichtigen Laufens

mit vielen Unterbrechungen fanden sie sich an einem Spätnachmittag wieder in Sichtweite von Caesars Gürtel, aber weiter westlich als damals, dicht bei einem kleinen Wäldchen auf einer Anhöhe. Alle waren müde, und als sie gefressen hatten – »Abend-*silflay* jeden Tag, ganz wie du's versprochen hast«, sagte Hyzenthlay zu Bigwig –, schlugen Bluebell und Speedwell vor, es könnte der Mühe wert sein, einige Kratzer in der leichten Erde unter den Bäumen zu graben und dort ein bis zwei Tage zu leben. Hazel war durchaus willens, aber bei Fiver war Überredung nötig.

»Ich weiß, wir können Ruhe gebrauchen, aber irgendwie bin ich nicht so ganz dafür, Hazel-rah«, sagte er. »Ich glaube, ich muß darüber nachdenken, weshalb.«

»Nicht meinetwegen«, antwortete Hazel. »Aber ich bezweifle, daß du die anderen diesmal umstimmen kannst. Ein oder zwei dieser Weibchen sind ›fertig für Mutter‹, wie Kehaar sagen würde, und das ist der Grund, warum Bluebell und die übrigen bereit sind, es auf sich zu nehmen, Kratzer zu graben. Sicherlich ist unter diesem Aspekt nichts dagegen einzuwenden, nicht wahr? Du weißt, wie es heißt – ›Kaninchen unter Grund ist sicher und gesund.‹«

»Nun, du magst recht haben«, sagte Fiver. »Diese Vilthuril ist ein schönes Weibchen. Ich würde sie gerne besser kennenlernen. Schließlich ist es für Kaninchen nicht natürlich, Tag für Tag unterwegs zu sein.« Etwas später, als Blackavar mit Dandelion von einer Patrouille zurückkehrte, die sie aus eigenem Antrieb unternommen hatten, brachte er stärkere Einwände gegen die Idee vor.

»Das ist kein Ort, um anzuhalten, Hazel-rah«, sagte er. »Keine Weite Patrouille würde hier biwakieren. Es ist Fuchsgebiet. Wir sollten weiterzukommen versuchen, ehe es dunkel wird.«

Bigwigs Schulter hatte ihn während des Nachmittags

sehr geschmerzt, und er fühlte sich schwach und war verdrießlich. Es schien ihm, daß Blackavar auf anderer Leute Kosten schlau war. Wenn er seinen Willen durchsetzte, würden sie weitergehen müssen, müde, wie sie waren, bis sie irgendwo hinkamen, wo es nach den Maßstäben von Efrafa geeignet war. Da wären sie dann nicht mehr und nicht weniger sicher als hier im Wäldchen, aber Blackavar würde als der Kluge dastehen, der sie vor einem Fuchs gerettet hatte, der nur in seiner Phantasie existierte. Sein Efrafa-Kundschafter-Akt wurde langsam langweilig. Es war Zeit, daß jemand dies einen glatten Bluff nannte.

»Wahrscheinlich gibt es überall in den Downs Füchse«, sagte Bigwig scharf. »Warum sollte dies eher Fuchsgebiet als irgendwo anders sein?«

Von Takt hielt Blackavar ebensowenig wie Bigwig, und jetzt gab er die schlimmstmögliche Erwiderung.

»Ich kann dir nicht genau sagen, warum«, meinte er. »Ich habe einen bestimmten Eindruck, aber es ist schwer zu erklären, worauf er sich gründet.«

»Oh, ein Eindruck, he?« höhnte Bigwig. »Hast du *hraka* gesehen? Hast du einen Geruch aufgenommen? Oder war es einfach eine Botschaft von kleinen grünen Mäusen, die unter einem Pilz sangen?«

Blackavar war beleidigt. Bigwig war der letzte, mit dem er sich streiten wollte.

»Du hältst mich also für einen Dummkopf«, antwortete er, und sein Efrafa-Akzent erschien ausgeprägter. »Nein, es gab weder *hraka* noch Geruch, aber ich glaube trotzdem, daß dies ein Ort ist, wohin ein Fuchs kommt. Auf diesen Patrouillen, die wir unternahmen, weißt du, haben wir –«

»Hast *du* etwas gesehen oder gerochen?« fragte Bigwig Dandelion.

»Äh – nun, ich bin nicht ganz sicher«, sagte Dandelion.

»Ich meine, Blackavar scheint eine ganze Menge von Patrouillen zu verstehen, und er fragte mich, ob ich nicht spürte –«

»Nun, wir können die ganze Nacht so weitermachen«, sagte Bigwig. »Blackavar, weißt du, daß wir im Frühsommer, ehe wir die Wohltat deiner Erfahrung genossen, tagelang durch alle möglichen Landschaften kamen – Wiesen, Heidekraut, Downs – und nie ein Kaninchen verloren haben?«

»Es ist nur wegen der Kratzer, das ist alles«, sagte Blackavar entschuldigend. »Neue Kratzer könnten bemerkt werden; und Graben ist über eine überraschend große Entfernung zu hören, weißt du?«

»Laß ihn in Ruhe«, sagte Hazel, ehe Bigwig wieder sprechen konnte. »Du hast ihn nicht aus Efrafa herausgeholt, um ihn zu piesacken. Hör zu, Blackavar, ich schätze, ich werde dies entscheiden müssen. Ich glaube, daß du recht hast und daß es ein gewisses Risiko gibt. Aber wir gehen die ganze Zeit ein Risiko ein, bis wir in unserem Gehege zurück sind, und alle sind so müde, daß ich es für richtig halte, ein oder zwei Tage haltzumachen. Wir werden uns nachher um so besser fühlen.«

Bald nach Sonnenuntergang waren genügend Kratzer fertig, und am nächsten Tag, nach einer Nacht unter der Erde, fühlten sich tatsächlich alle Kaninchen weitaus besser. Wie Hazel vorhergesehen hatte, paarten sich einige, und es gab ein paar Raufereien, aber niemand wurde verletzt. Gegen Abend herrschte eine Art Ferienstimmung. Hazels Lauf hatte sich gekräftigt, und Bigwig fühlte sich besser in Form als zu jeder anderen Zeit, seit er nach Efrafa aufgebrochen war. Die Weibchen, die noch vor zwei Tagen beunruhigt und knochendürr gewesen waren, bekamen allmählich wieder ein glattes Fell.

Am zweiten Morgen begannen sie erst einige Zeit nach Morgengrauen mit *silflay.* Ein leichter Wind wehte direkt in die nördliche Böschung des Wäldchens hinein, wo sie die Kratzer gegraben hatten, und als Bluebell herankam, schwor er, Kaninchen mit dem Wind riechen zu können.

»Es ist der alte Holly, der seine Kinndrüsen für uns drückt, Hazel-rah«, sagte er. »Das Niesen eines Kaninchens in der Morgenbrise bringt heimwehkranke Herzen zum Glühen –«

»Sitzt mit dem Hinterteil in einem Zichorienbüschel und sehnt sich nach einem hübschen molligen Weibchen«, erwiderte Hazel.

»Das wäre ja noch schöner, Hazel-rah«, sagte Bluebell. »Er hat schon zwei Weibchen da oben.«

»Bloß Stallhasen«, erwiderte Hazel. »Ich gebe zu, daß sie ziemlich zäh und inzwischen wohl auch schnell sind, aber trotzdem werden sie nie ganz wie unsereiner sein. Clover zum Beispiel – sie würde sich für *silflay* nie weit vom Loch entfernen, weil sie wüßte, daß sie nicht so schnell rennen könnte wie wir. Aber diese Efrafa-Weibchen, seht ihr – die sind ihr ganzes Leben von Wachtposten beaufsichtigt worden. Nun, da es keine mehr gibt, wandern sie glücklich herum. Schaut euch die beiden unter der Böschung da an. Sie fühlen sich – o großer Frith!«

Während er sprach, sprang eine gelbbraune hundeähnliche Gestalt aus den überhängenden Nußbüschen so geräuschlos wie das Licht hinter einer Wolke hervor. Sie landete zwischen den beiden Weibchen, packte eines im Nacken und zog es wie der Blitz die Böschung hinauf. Der Wind drehte sich, und der Gestank kam über das Gras. Stampfend und mit zuckenden Schwänzen sausten alle Kaninchen auf dem Abhang in Deckung.

Hazel und Bluebell fanden sich neben Blackavar hokkend. Das Efrafa-Kaninchen war nüchtern und ungerührt.

»Armes kleines Vieh«, sagte er. »Siehst du, seine Instinkte sind durch das Leben im Kennzeichen geschwächt. Stell dir vor, unter Büschen auf der Windseite eines Gehölzes zu fressen! Lassen wir's, Hazel-rah, solche Dinge kommen vor. Aber ich will dir was sagen. Wenn nicht zwei *hombil* da sind, was sehr großes Pech wäre, haben wir mindestens bis *ni-Frith* Zeit, um fortzukommen. Dieser *homba* wird einige Zeit lang nicht mehr jagen. Ich schlage vor, wir brechen auf, sobald wir können.«

Mit einem Wort der Zustimmung lief Hazel hinaus, um die Kaninchen zusammenzurufen. Sie machten einen auseinandergezogenen, aber schnellen Marsch nach Nordosten am Rande eines reifenden Weizenfeldes entlang. Niemand sprach von dem Weibchen. Sie hatten mehr als dreiviertel Meilen zurückgelegt, ehe Bigwig und Hazel haltmachten, um auszuruhen und sich zu vergewissern, daß niemand zurückgeblieben war. Als Blackavar mit Hyzenthlay herankam, sagte Bigwig:

»Du sagtest voraus, was passieren würde, nicht wahr? Ich war es, der nicht hören wollte.«

»Sagte voraus?« erwiderte Blackavar. »Ich verstehe nicht.«

»Daß wahrscheinlich ein Fuchs kommen würde.«

»Ich fürchte, ich erinnere mich nicht. Aber ich glaube nicht, daß einer von uns es hätte wissen können. Übrigens, was ist schon ein Weibchen mehr oder weniger?«

Bigwig sah ihn erstaunt an, aber Blackavar, dem anscheinend nichts daran lag, zu betonen, was er gesagt hatte, oder der die Unterhaltung abbrechen wollte, fing einfach an, Gras zu knabbern. Bigwig ging verdutzt weiter und fraß nun selbst in einiger Entfernung mit Hyzenthlay und Hazel.

»Was hat er eigentlich?« fragte er nach einer kleinen Weile. »Ihr wart alle dabei, als er uns vor zwei Abenden warnte, daß es hier Füchse geben könnte. Ich habe ihn schlecht behandelt.«

»Wenn in Efrafa«, sagte Hyzenthlay, »ein Kaninchen einen Rat gab, und der Rat wurde nicht befolgt, vergaß es ihn sofort und alle anderen auch. Blackavar akzeptierte, was Hazel entschied; und ob es sich später als richtig oder falsch herausstellte, war gleichgültig. Er hatte nie einen Rat gegeben.«

»Nur zu wahr«, sagte Bigwig. »Efrafa! Von einem Hund geführte Ameisen! Aber wir sind jetzt nicht in Efrafa. Hat er wirklich vergessen, daß er uns warnte?«

»Wahrscheinlich hat er es wirklich vergessen. Aber ob es nun so oder anders ist, du würdest ihn nie dazu bringen, zuzugeben, daß er dich warnte oder zuhörte, als du ihm sagtest, er habe recht gehabt. Er könnte das ebensowenig tun, wie *hraka* unter der Erde machen.«

»Aber du bist auch eine Efrafa. Denkst du genauso?«

»Ich bin ein Weibchen«, sagte Hyzenthlay.

Am frühen Nachmittag näherten sie sich dem Gürtel, und Bigwig war der erste, der die Stelle erkannte, wo Dandelion die Geschichte vom Schwarzen Kaninchen von Inlé erzählt hatte.

»Es war derselbe Fuchs, weißt du«, sagte er zu Hazel. »Das ist beinahe sicher. Ich hätte mir darüber klar sein sollen, wie wahrscheinlich es war, daß –«

»Hör mal zu«, sagte Hazel, »du weißt sehr gut, was wir dir verdanken. Die Weibchen glauben alle, El-ahrairah habe dich geschickt, um sie aus Efrafa herauszuholen. Sie glauben, niemand anders hätte es gekonnt. Was heute morgen passierte, war ebenso meine Schuld wie deine. Aber ich habe nie angenommen, daß wir heimkehren würden, ohne einige Kaninchen einzubüßen. Tatsächlich haben wir zwei verloren, und das ist besser, als ich erwartet habe. Wir können noch heute abend in der Honigwabe sein, wenn wir uns beeilen. Vergessen wir den *homba* jetzt, Bigwig – es läßt sich nicht mehr ändern –, und versuchen wir – hallo, wer ist das?«

Sie kamen zu einem Dickicht von Wacholder und Heckenrosen, das mit Nesseln und Spuren von Zaunrüben durchsetzt war, an denen die Beeren zu reifen und rot zu werden begannen. Als sie anhielten, um Eingang ins Unterholz zu finden, erschienen vier große Kaninchen im hohen Gras und schauten auf sie herunter. Eines der Weibchen, das ein wenig hinter ihnen den Hang heraufkam, stampfte und machte kehrt, um davonzulaufen. Sie hörten, wie Blackavar sie scharf zurückhielt.

»Nun, warum beantwortest du nicht seine Frage, Thlayli?« sagte eines der Kaninchen. »Wer bin ich?«

Pause. Dann sprach Hazel.

»Ich kann sehen, daß es Efrafas sind, weil sie gekennzeichnet sind«, sagte er. »Ist das Woundwort?«

»Nein«, sagte Blackavar neben ihm. »Das ist Hauptmann Campion.«

»Ach so«, sagte Hazel. »Nun, ich habe von dir gehört, Campion. Ich weiß nicht, ob du uns Schaden zufügen willst, aber es ist wohl besser, wenn du uns in Ruhe läßt. Soweit es uns betrifft, sind unsere Beziehungen mit Efrafa beendet.«

»Das ist deine Ansicht«, erwiderte Campion, »aber du wirst merken, daß es nicht so ist. Dieses Weibchen hinter dir muß mit uns kommen, und alle anderen, die bei euch sind, ebenfalls.«

Während er sprach, erschienen Silver und Acorn weiter

unten am Hang, hinter ihnen Thethuthinnang. Nach einem Blick auf die Efrafas sagte Silver schnell etwas zu Thethuthinnang, die durch die große Klette zurückschlüpfte. Dann trat er neben Hazel.

»Ich habe nach dem weißen Vogel geschickt, Hazel«, sagte er ruhig.

Der Bluff verfehlte seine Wirkung nicht. Sie sahen Campion nervös nach oben blicken, und ein anderer aus der Patrouille warf einen schutzsuchenden Blick zu den Büschen hinüber.

»Du redest dummes Zeug«, sagte Hazel zu Campion. »Wir sind sehr zahlreich, und wenn du nicht mehr Kaninchen hast, als ich sehen kann, sind wir euch überlegen.«

Campion zögerte. In Wahrheit hatte er zum ersten Mal in seinem Leben unbesonnen gehandelt. Er hatte Hazel und Bigwig mit Blackavar und einem Weibchen hinter ihnen kommen sehen. In seinem Eifer, dem Rat etwas wirklich Lohnendes bei seiner Rückkehr vorweisen zu können, hatte er voreilig geschlossen, daß sie allein waren. Die Efrafas hielten sich im Freien ziemlich dicht beieinander, und es war ihm nicht der Gedanke gekommen, daß andere Kaninchen vielleicht weiter auseinandergezogen liefen. Er hatte eine großartige Gelegenheit gesehen, den verhaßten Thlayli und Blackavar zusammen mit ihrem einzigen Gefährten – der lahm zu sein schien – angreifen, vielleicht töten und das Weibchen zum Rat zurückbringen zu können. Das hätte er bestimmt geschafft; und er hatte beschlossen, sich ihnen entgegenzustellen, statt ihnen einen Hinterhalt zu legen, in der Hoffnung, daß die Rammler ohne Kampf kapitulieren würden. Jetzt aber, als immer mehr Kaninchen einzeln und zu zweit auftauchten, merkte er, daß er einen Fehler gemacht hatte.

»Ich habe noch viele Kaninchen bei mir«, sagte er. »Die

Weibchen müssen hierbleiben. Die anderen können gehen. Sonst werden wir euch töten.«

»Na schön«, sagte Hazel. »Bring deine ganze Patrouille ins Freie, und wir werden tun, was du sagst.«

Inzwischen kam eine beträchtliche Anzahl Kaninchen den Hang herauf. Campion und seine Patrouille sahen sie schweigend an, bewegten sich aber nicht von der Stelle.

»Ihr bleibt am besten, wo ihr seid«, sagte Hazel schließlich. »Wenn ihr versucht, euch mit uns anzulegen, wird es böse für euch ausgehen. Silver und Blackberry, nehmt die Weibchen und lauft weiter. Wir anderen kommen dann nach.«

»Hazel-rah«, flüsterte Blackavar, »die Patrouille muß getötet werden – alle. Sie dürfen sich nicht beim General zurückmelden.«

Der Gedanke war Hazel auch schon gekommen. Aber als er an den fürchterlichen Kampf und die vier in Stücke gerissenen Efrafas dachte – denn das würde es bedeuten –, konnte er es nicht über sich bringen. Wie Bigwig empfand er eine widerwillige Sympathie für Campion. Außerdem würde dies allerhand erfordern. Höchstwahrscheinlich würden einige seiner eigenen Kaninchen getötet, bestimmt aber verwundet werden. Sie würden die Honigwabe an jenem Abend nicht mehr erreichen und eine frische Blutspur hinterlassen, wohin auch immer sie gehen würden. Abgesehen von seiner Abneigung gegen diesen Gedanken, hatte die Sache Nachteile, die verhängnisvoll sein konnten.

»Nein, wir lassen sie in Ruhe«, erwiderte er bestimmt.

Blackavar war still, und sie beobachteten Campion, als das letzte Weibchen in den Büschen verschwand.

»Jetzt«, sagte Hazel, »nimm deine Patrouille und geh denselben Weg, den du uns kommen sahst, zurück. Sprich nicht – geh los.«

Campion und die Patrouille machten sich hügelab auf den Weg, und Hazel, der erleichtert war, daß er sie so einfach losgeworden war, eilte mit den anderen Silver nach.

Sowie sie den Gürtel durchquert hatten, kamen sie ausgezeichnet vorwärts. Nach einer Ruhepause von eineinhalb Tagen waren die Weibchen in guter Form. Die Aussicht auf ein Ende der Wanderung noch an diesem Abend und der Gedanke, daß sie dem Fuchs und der Patrouille entkommen waren, verstärkte ihren Eifer und machte sie leicht ansprechbar. Der einzige Grund für eine Verzögerung war Blackavar, der unruhig schien und dauernd in der Nachhut herumlungerte. Schließlich ließ Hazel ihn am Spätnachmittag holen und befahl ihm, geradewegs auf dem Pfad, dem sie folgten, vorauszulaufen und nach dem langen Streifen eines Buchenabhanges in der Senkung auf der Morgenseite Ausschau zu halten. Blackavar war nicht lange fortgewesen, als er schon wieder angerannt kam.

»Hazel-rah, ich bin ganz nahe bei dem Wald gewesen, von dem du gesprochen hast«, sagte er, »und da spielen zwei Kaninchen im Gras davor.«

»Ich werde selbst nachsehen«, sagte Hazel. »Dandelion, kommst du auch mit?«

Als sie rechts vom Pfad hügelabwärts rannten, erkannte Hazel den Buchenhang beinahe nicht wieder. Er bemerkte ein oder zwei gelbe Blätter und einen leisen Anflug von Bronze hier und da in den grünen Zweigen. Dann erblickte er Buckthorn und Strawberry, die über das Gras auf sie zurannten.

»Hazel-rah!« rief Buckthorn. »Dandelion! Was ist los? Wo sind die anderen? Habt ihr Weibchen gekriegt? Sind alle gesund und munter?«

»Sie werden gleich hier sein«, sagte Hazel. »Ja, wir haben eine Menge Weibchen, und alle, die wir mit hatten, sind wieder zurückgekommen. Das ist Blackavar aus Efrafa.«

»Schön für ihn«, sagte Strawberry. »O Hazel-rah, wir haben jeden Abend, seit du fort bist, am Ende des Waldes Wache gehalten. Holly und Boxwood sind gesund – sie sind wieder im Gehege. Und was glaubst du? Clover bekommt einen Wurf. Das ist schön, nicht wahr?«

»Großartig«, sagte Hazel. »Sie wird die erste sein. Mein Gott, was wir erlebt haben, kann ich euch sagen. Und ich werde es auch – was für eine Geschichte! –, aber sie muß noch ein bißchen warten. Kommt jetzt, wir holen die anderen herein.«

Bis Sonnenuntergang hatte der ganze Trupp – zwanzig Kaninchen insgesamt – den Buchenabhang erklommen und das Gehege erreicht. Sie fraßen im Tau und in den langen Schatten, denn das Zwielicht fiel schon auf die untenliegenden Felder. Dann strömten sie in die Honigwabe hinab, um Hazel und Bigwig die Geschichte ihrer Abenteuer erzählen zu hören, sie, die sie so begierig darauf waren und so lange darauf gewartet hatten.

Als das letzte Kaninchen unter der Erde verschwunden war, schwenkte die Weite Patrouille, die ihnen von Caesars Gürtel mit unübertrefflicher Gewandtheit und Disziplin gefolgt war, im Halbkreis gen Osten und wandte sich dann nach Efrafa. Campion hatte Erfahrung im Ausfindigmachen eines Unterschlupfs zur Nacht. Er beabsichtigte, bis zur Frühdämmerung zu ruhen und dann die drei Meilen bis zum Abend des folgenden Tages zurückzulegen.

# 41. Die Geschichte von Rowsby Woof und dem Zauberischen Wogdog

Sei der keinem gnädig, die so verwegene Übeltäter sind. Des Abends heulen sie wiederum wie die Hunde und laufen in der Stadt umher. Aber du, Herr, wirst ihrer lachen und aller Heiden spotten.

*Der 59. Psalm*

Jetzt kamen die Hundstage – Tag für Tag heißer, stiller Sommer, wo das Licht über Stunden hinaus das einzige zu sein schien, was sich bewegte; der Himmel – Sonne, Wolken und Brise – wachte über den schläfrigen Hängen. An den Zweigen wurden die Buchenblätter dunkler, und frisches Gras wuchs, wo das alte heruntergeknabbert worden war. Das Gehege blühte und gedieh endlich, und Hazel konnte in der Sonne braten und ihren Segen entgegennehmen. Über und unter der Erde fielen die Kaninchen in einen natürlichen ruhigen, ungestörten Rhythmus des Fressens, Grabens und Schlafens. Mehrere neue Läufe und Baue wurden angelegt. Den Weibchen, die noch nie in ihrem Leben gegraben hatten, gefiel die Arbeit. Beide, Hyzenthlay und Thethuthinnang, sagten Hazel, daß sie keine Ahnung gehabt hätten, wieviel Kummer und Unglück in Efrafa einfach darauf zurückzuführen gewesen wäre, daß sie nicht hatten graben dürfen. Selbst Clover und Haystack fanden, daß sie sehr gut zurechtkamen, und prahlten damit, daß sie den ersten Wurf des Geheges in Bauen, die sie selbst gegraben hatten, zur Welt bringen würden. Blackavar und Holly wurden dicke Freunde. Sie diskutierten viel über ihre verschiedenen Ansichten vom Auskundschaften und Spurenlesen und unternahmen einige Patrouillen zusammen, mehr zu ihrer eigenen Befriedigung, als weil es wirklich nötig war. Eines frühen Morgens überredeten sie Silver, mitzukommen, und wanderten über eine Meile zu der Umgebung von Kingsclere. Sie kehrten zurück und berichteten, wieviel Unfug sie angestellt und wie sie in einem Cottage-Garten geschwelgt hätten. Blackavars Gehör hatte seit der Verstümmelung seiner Ohren nachgelassen, aber Holly fand, daß sein Wahrnehmungsvermögen und seine Fähigkeit, aus allem Ungewöhnlichen Schlüsse zu ziehen, beinahe unheimlich waren und daß er nach Belieben unsichtbar zu werden schien.

Sechzehn Rammler und zehn Weibchen waren eine ziemlich glückliche Zusammensetzung für ein Gehege. Es gab hier und da kleinliches Gezänk, aber nichts Ernstliches. Wie Bluebell sagte, konnte jedes Kaninchen, das unzufrieden war, jederzeit nach Efrafa zurück, und allein der Gedanke an das, was sie durchgemacht hatten, nahm allem die Schärfe, was vielleicht einen wirklichen Streit verursacht haben würde. Die Zufriedenheit der Weibchen dehnte sich auf alle aus, bis Hazel eines Abends bemerkte, daß er sich als Oberkaninchen wie ein falscher Fuffziger vorkäme, denn es gäbe keine Probleme und kaum einen Streit zu schlichten.

»Hast du schon einmal über den Winter nachgedacht?« fragte Holly.

Es war etwa eine Stunde vor Sonnenuntergang. Vier bis fünf Rammler fraßen mit Clover, Hyzenthlay und Vilthuril an der sonnigen Westseite des Abhanges. Es war immer noch heiß, und der Hügel war so still, daß sie hören konnten, wie die Pferde das Gras auf der Koppel von Cannon Heath Farm, mehr als eine halbe Meile entfernt, rupften. Das war bestimmt nicht die Zeit, an den Winter zu denken.

»Es wird hier oben wahrscheinlich kälter sein, als wir alle es gewohnt waren«, sagte Hazel. »Aber der Boden ist so leicht und die Wurzeln lockern ihn so sehr, daß wir viel tiefer graben können, ehe das kalte Wetter einsetzt. Wir sollten möglichst unter die Frostgrenze kommen. Und was den Wind betrifft, können wir einige Löcher verstopfen und warm schlafen. Mit Gras steht es schlecht im Winter, ich weiß, aber jeder, der eine Abwechslung haben will, kann immer mit Holly hinausgehen und sein Glück beim Stibitzen von irgendwelchem Grünzeug oder von Wurzeln versuchen. Aber es ist eine Jahreszeit, wo man sich vor den *elil* in acht nehmen muß. Was mich betrifft, so werde ich ganz glücklich sein, unter der Erde zu schlafen, Bob-Stones zu spielen und von Zeit zu Zeit ein paar Geschichten zu hören.«

»Wie wär's jetzt mit einer Geschichte?« meinte Bluebell. »Los, Dandelion. ›Wie ich beinahe das Boot verfehlte.‹ Wie wär's damit?«

»Oh, du meinst ›Der bestürzte Woundwort‹«, sagte Dandelion. »Das ist Bigwigs Geschichte – ich würde es nicht wagen, sie zu erzählen. Aber es ist eine Abwechslung, an einem Abend wie diesem an den Winter zu denken. Das erinnert mich an eine Geschichte, die ich zwar gehört, aber selbst zu erzählen nie versucht habe. Einige von euch kennen sie vielleicht, andere nicht. Es ist die Geschichte von Rowsby Woof und dem Zauberischen Wogdog.«

»Los, los«, sagte Fiver, »und trag dick auf.«

»Es gab einmal ein großes Kaninchen«, sagte Dandelion. »Und es gab ein kleines Kaninchen. Und schließlich gab es

El-ahrairah; und der hatte den Frost in seinem schönen neuen Backenbart. Die Erde des Geheges war überall so hart, daß man sich die Pfoten daran schneiden konnte, und die Rotkehlchen antworteten einander über die kahlen, stillen Büsche hinweg: ›Das ist mein Teil hier, geh und hungere in deinem eigenen.‹

Eines Abends, als Frith riesig und rot an einem blassen Himmel unterging, hinkten El-ahrairah und Rabscuttle zitternd durch das gefrorene Gras, pickten hier ein bißchen und dort ein bißchen, um sich für eine lange Nacht unter der Erde zu versorgen. Das Gras war so spröde und geschmacklos wie Heu, und obgleich sie hungrig waren, konnten sie das elende Zeug nur mit Mühe hinunterwürgen. Schließlich schlug Rabscuttle vor, daß sie das einmal wagen und über die Felder zum Rand des Dorfes schlüpfen sollten, wo sich ein großer Gemüsegarten befand.

Dieser ungewöhnliche Garten war größer als jeder andere in der Umgebung. Der Mann, der darin arbeitete, wohnte in einem Haus am anderen Ende, und er pflegte große Mengen Gemüse auszugraben oder zu schneiden, auf einen *hrududu* zu laden und sie fortzufahren. Er hatte überall im Garten Draht gespannt, um die Kaninchen abzuhalten. Trotzdem konnte El-ahrairah gewöhnlich einen Weg hinein finden, wenn er wollte, aber es war gefährlich, weil der Mann ein Gewehr hatte und oft Eichelhäher und Tauben schoß und sie aufhängte.

›Nicht nur das Gewehr ist ein Risiko‹, sagte El- ahrairah abwägend. ›Wir müßten auch die Augen offenhalten nach diesem verdammten Rowsby Woof.‹

Nun, Rowsby Woof war der Hund des Mannes, und er war das unangenehmste, bösartigste, abscheulichste Vieh, das je die Hand eines Mannes geleckt hat. Er war ein großes wolliges, überall um die Augen behaartes Tier, das der

Mann sich hielt, um den Gemüsegarten, besonders bei Nacht, zu hüten. Rowsby Woof fraß natürlich selbst kein Gemüse, und jeder hätte meinen können, daß er willens wäre, ein paar hungrigen Tieren gelegentlich ein Salatblatt oder eine Mohrrübe zu überlassen und keine Fragen zu stellen. Aber nichts dergleichen, Rowsby Woof lief vom Abend bis zur Frühdämmerung des folgenden Tages frei herum, und nicht zufrieden damit, Männer und Jungen vom Garten fernzuhalten, ging er auf alle Tiere los, die er da fand – Ratten, Kaninchen, Hasen, Mäuse, sogar Maulwürfe –, und tötete sie, wenn er konnte. Sobald er etwas witterte, was nach Eindringling roch, bellte er und machte Radau, obgleich es sehr oft dieser alberne Lärm war, der ein Kaninchen warnte und es ihm ermöglichte, noch rechtzeitig zu entkommen. Rowsby Woof wurde für einen so ungeheuren Rattenfänger gehalten, und sein Herr hatte so oft mit dieser seiner Fertigkeit geprahlt und so sehr mit ihm geprotzt, daß er empörend eingebildet geworden war. Er hielt sich für den besten Rattenfänger der Welt. Er fraß eine Menge rohes Fleisch (außer abends, weil man ihn nachts hungrig ließ, um ihn rege zu halten), und dies erleichterte es ziemlich, sein Kommen zu wittern. Aber trotzdem machte er den Garten zu einem gefährlichen Ort.

›Nun, wagen wir es einmal mit Rowsby Woof‹, sagte Rabscuttle. ›Ich schätze, du und ich sollten imstande sein, ihm, wenn nötig, zu entwischen.‹

El-ahrairah und Rabscuttle liefen über die Felder an den Rand des Gartens. Als sie dahin kamen, sahen sie als erstes den Mann selbst, mit einem weißen brennenden Stengel im Mund, der Reihe um Reihe gefrorene Kohlköpfe erntete. Rowsby Woof war bei ihm, schwanzwedelnd und auf lächerliche Art herumspringend. Nach einer Weile lud der Mann soviel Kohl, wie er konnte, in ein Ding mit Rädern und schob es zum Haus. Er kam mehrmals zurück, und als er alle Kohlköpfe zur Haustür gebracht hatte, trug er sie hinein.

›Weshalb tut er das?‹ fragte Rabscuttle.

›Ich nehme an, er will den Frost heute nacht aus ihnen herauskriegen‹, erwiderte El-ahrairah, ›ehe er sie in dem *hrududu* morgen fortbringt.‹

›Sie werden viel besser schmecken, wenn der Frost aus ihnen heraus ist, nicht wahr?‹ sagte Rabscuttle. ›Ich wünschte, wir kämen an sie heran, solange sie noch da drinnen sind. Trotzdem, schadet nichts. Jetzt haben wir eine Chance. Sehen wir zu, was wir an diesem Ende des Gartens tun können, während er da unten beschäftigt ist.‹

Aber kaum hatten sie den Garten überquert und befanden sich zwischen den Kohlköpfen, da hatte Rowsby Woof sie gewittert und kam bellend und schnaubend an, und sie hatten Glück, noch rechtzeitig hinauszukommen.

›Dreckige kleine Biester‹, rief Roswby Woof. ›Wau – wau! Wie könnt ihr es wagen, eure Mäuler hier hereinzustecken? Rrrraus! Rrrraus!‹

›Gemeines Scheusal!‹ sagte El-ahrairah, als sie ins Gehege zurückeilten und für ihren Verdruß nichts vorzuweisen hatten. ›Er hat mich wirklich geärgert. Ich weiß noch nicht, wie ich es anstelle, aber bei Frith und Inlé, ehe dieser Frost taut, werden wir seinen Kohl im Haus drinnen fressen und ihn obendrein als Dummkopf hinstellen.‹

›Das ist aber übertrieben, Meister‹, sagte Rabscuttle. ›Es wäre schade, sein Leben für einen Kohlkopf wegzuwerfen, nach allem, was wir zusammen erlebt haben.‹

›Nun, ich werde auf meine Chance warten‹, sagte El-ahrairah. ›Ich werde auf meine Chance warten, das ist alles.‹

Am darauffolgenden Nachmittag beschnüffelte Rabscuttle die obere Böschung neben dem Feldweg, als ein *hru-*

*dudu* vorbeifuhr. Er hatte Türen hinten, und diese Türen waren irgendwie aufgegangen und schwangen hin und her, als der *hrududu* vorbeifuhr. Da waren Dinge in Beutel gepackt, die denen ähnelten, welche Männer manchmal auf den Feldern liegenlassen; und als der *hrududu* an Rabscuttle vorbeifuhr, fiel einer dieser Beutel auf den Weg. Als der *hrududu* fort war, glitt Rabscuttle, der hoffte, daß der Beutel etwas zum Fressen enthielt, auf den Feldweg, um das Ding zu beschnüffeln. Aber er wurde enttäuscht: Alles, was er fand, war eine Art Fleisch. Später erzählte er El-ahrairah von seiner Enttäuschung.

›Fleisch?‹ sagte El-ahrairah. ›Ist es noch da?‹

›Woher soll ich das wissen?‹ sagte Rabscuttle. ›Ekliges Zeug.‹

›Komm mit‹, sagte El-ahrairah. ›Schnell.‹

Als sie auf den Feldweg kamen, war das Fleisch noch da. El-ahrairah zog den Beutel in den Graben, und sie vergruben ihn.

›Aber was soll uns das nützen, Meister?‹ fragte Rabscuttle.

›Ich weiß es noch nicht‹, sagte El-ahrairah. ›Aber zu irgend etwas wird es sicherlich gut sein, wenn es die Ratten nicht kriegen. Aber komm jetzt nach Hause. Es wird dunkel.‹

Als sie nach Hause liefen, stießen sie auf eine alte schwarze Reifendecke, die von einem *hrududu* weggeworfen worden war und im Graben lag. Wenn ihr diese Dinge je gesehen habt, werdet ihr wissen, daß sie so etwas wie ein riesiger Schwamm sind – weich und sehr stark, aber wulstig und auch nachgiebig. Sie riechen unangenehm und sind nicht zum Fressen geeignet.

›Komm‹, sagte El-ahrairah sofort. ›Wir müssen einen ordentlichen Bissen davon abkauen. Ich brauche ihn.‹

Rabscuttle fragte sich, ob sein Meister verrückt werde, aber er tat, wie geheißen. Das Zeug war ziemlich verwittert, und binnen kurzem konnten sie einen Klumpen von der Größe eines Kaninchenkopfes abnagen. Es schmeckte furchtbar, aber El-ahrairah trug es vorsichtig ins Gehege zurück. Er verbrachte eine Menge Zeit in der Nacht damit, daran zu knabbern, und nach dem Morgen-*silflay* am nächsten Tag machte er weiter. Etwa um *ni-Frith* weckte er Rabscuttle, nahm ihn mit nach draußen und legte den Klumpen vor ihn hin.

›Wie sieht das aus?‹ fragte er. ›Stoß dich nicht an dem Geruch. Wie *sieht es aus?*‹

Rabscuttle betrachtete es. ›Es sieht eigentlich wie die schwarze Nase eines Hundes aus, Meister‹, antwortete er, ›außer daß es trocken ist.‹

›Großartig‹, sagte El-ahrairah und ging schlafen.

Es war immer noch frostig – sehr klar und kalt – in jener Halbmondnacht, aber gegen *fu Inlé,* als alle Kaninchen sich unter der Erde wärmten, befahl El-ahrairah Rabscuttle, mit ihm zu kommen. El-ahrairah trug die schwarze Nase selbst und stieß sie tief in jedes scheußliche Ding, das er unterwegs finden konnte. Er fand ein –«

»Laß gut sein«, sagte Hazel. »Mach weiter mit der Geschichte.«

»Schließlich«, fuhr Dandelion fort, »entfernte sich Rabscuttle möglichst weit von ihm, aber El-ahrairah hielt den Atem an und trug die Nase irgendwie weiter, bis sie zu der Stelle kamen, wo sie das Fleisch vergraben hatten.

›Grab es aus‹, sagte El-ahrairah. ›Mach schon.‹

Sie gruben es aus, und das Papier ging ab. Das Fleisch bestand aus kleinen Stücken, die in einer Art Schweif wie ein Zaunrübenbüschel aneinanderhingen, und der arme Rabscuttle wurde angewiesen, es bis zum Gemüsegarten zu schleppen. Es war eine schwere Arbeit, und er war froh, als er es fallen lassen konnte.

›Jetzt‹, sagte El-ahrairah, ›gehen wir nach vorn.‹

Als sie nach vorn kamen, sahen sie, daß der Mann ausgegangen war. Erstens war das Haus völlig dunkel, aber außerdem konnten sie riechen, daß er vor einer Weile durch das Tor gegangen war. Die Vorderseite des Hauses zierte ein Blumengarten, und der war von der Rückseite und dem Gemüsegarten durch einen hohen, dichten Bretterzaun getrennt, der in einer mächtigen Gruppe von Lorbeerbüschen endete. Direkt an der anderen Seite des Zaunes befand sich die Hintertür, die in die Küche führte.

El-ahrairah und Rabscuttle schlichen leise durch den Vordergarten und guckten durch einen Spalt im Zaun. Rowsby Woof saß auf einem Kiesweg, hellwach und in der Kälte zitternd. Er war so nahe, daß sie seine Augen im Mondlicht blinken sehen konnten. Die Küchentür war geschlossen, aber ganz in der Nähe, an der Wand, war ein Loch oberhalb des Abflußrohrs, wo ein Ziegelstein ausgelassen worden war. Der Küchenboden bestand aus Ziegelsteinen, und der Mann pflegte ihn mit einem borstigen Besen zu scheuern und das Wasser durch das Loch hinauszufegen. Das Loch war mit einem alten Tuch verstopft, um die Kälte abzuhalten.

Nach einer Weile sagte El-ahrairah mit leiser Stimme:

›Rowsby Woof! O Rowsby Woof!‹

Rowsby Woof setzte sich auf und blickte sich zornig um.

›Wer ist da?‹ fragte er. ›Wer bist du?‹

›O Rowsby Woof!‹ sagte El-ahrairah, der sich auf der anderen Seite des Zaunes duckte. ›Glücklicher, gesegneter Rowsby Woof! Deine Belohnung ist da! Ich bringe dir die beste Nachricht der Welt!‹

›Wer ist da?‹ sagte Rowsby Woof. ›Keine Tricks, bitte!‹

›Tricks, Rowsby Woof?‹ sagte El-ahrairah. ›Ah, ich verstehe, du kennst mich nicht. Aber wie solltest du auch? Hör zu, treuer, tüchtiger Hund. Ich bin der Zauberische Wogdog, Bote des großen Hundegeistes aus dem Osten, der Königin Dripslobber. Weit, weit im Osten liegt ihr Palast. O Rowsby Woof, wenn du nur ihren mächtigen Staat, die Wunder ihres Königreiches sehen könntest! Das Aas, das weit und breit auf den Sandbänken liegt! Der Dung, Rowsby Woof! Die offenen Kloaken! Oh, wie du vor Freude springen und alles beschnüffeln würdest!‹

Rowsby Woof stand auf und blickte sich schweigend um. Er wußte nicht, was er von der Stimme halten sollte, aber er war mißtrauisch.

›Dein Ruf als Rattenfänger ist der Königin zu Ohren gekommen‹, sagte El-ahrairah. ›Wir kennen dich – und ehren dich – als den größten Rattenfänger auf Erden. Aus diesem Grunde bin ich hier. Aber armes, verwirrtes Geschöpf! Ich sehe, du bist verblüfft – und mit Recht. Komm her, Rowsby Woof! Komm nahe an den Zaun und lerne mich besser kennen!‹

Rowsby Woof trat an den Zaun heran, und El-ahrairah stieß die Gumminase zwischen die Stäbe und bewegte sie hin und her. Rowsby Woof stand schnüffelnd dicht davor.

›Edler Rattenfänger‹, flüsterte El-ahrairah, ›ich bin's wirklich, der Zauberische Wogdog, der gesandt wurde, um dich zu ehren.‹

›Oh, Zauberischer Wogdog!‹ rief Rowsby Woof, sabbernd und auf dem Kies hin und her tänzelnd. ›Ah, was für ein feiner Geschmack! Was für eine herrliche Qualität! Kann das wirklich verweste Katze sein, was ich da rieche? Mit einem delikaten Ruch von fauligem Kamel! Ah, der prächtige Osten!‹«

»Was in aller Welt ist ein ›Kamel‹?« fragte Bigwig.

»Ich weiß es nicht«, erwiderte Dandelion. »Aber so hieß es in der Geschichte, als ich sie hörte. Ich nehme an, irgendein Geschöpf.

›Glücklicher, glücklicher Hund!‹ sagte El-ahrairah. ›Ich muß dir sagen, daß Königin Dripslobber höchstpersönlich den gnädigen Wunsch geäußert hat, daß du ihre Bekanntschaft machen sollst. Aber noch nicht, Rowsby Woof, noch nicht. Zuerst mußt du für würdig befunden werden. Ich bin geschickt worden, dich sowohl zu prüfen, als dir einen Beweis zu bringen. Hör zu, Rowsby Woof. Am anderen Ende des Gartens liegt ein langes Seil mit Fleisch. Jawohl, echtes Fleisch, Rowsby Woof; denn obgleich wir Zauberhunde sind, bringen wir edlen, tapferen Tieren wie dir echte Geschenke. Geh jetzt – such und friß das Fleisch. Vertrau mir; denn ich werde das Haus bewachen, bis du zurückkommst. Auf diese Weise werden wir dein Vertrauen erproben.‹

Rowsby Woof war schrecklich hungrig, und die Kälte lag ihm im Magen, aber trotzdem zögerte er. Er wußte, daß sein Herr von ihm erwartete, daß er das Haus bewachte.

›Na schön‹, sagte El-ahrairah, ›macht nichts. Ich werde fortgehen. Im nächsten Dorf ist ein Hund –«

›Nein, nein‹, rief Rowsby Woof. ›Nein, Zauberischer Wogdog, geh nicht! Ich vertraue dir! Ich gehe sofort! Bewache das Haus und laß mich nicht im Stich!‹

›Keine Angst, edler Hund‹, sagte El-ahrairah. ›Vertraue nur dem Wort der großen Königin.‹

Rowsby Woof sprang im Mondlicht davon, und El-ahrairah blickte ihm nach, bis er außer Sicht war.

›Sollen wir jetzt ins Haus gehen, Meister?‹ fragte Rabscuttle. ›Dann müssen wir uns aber beeilen.‹

›Nicht doch‹, sagte El-ahrairah. ›Wie kannst du etwas so Unehrliches vorschlagen? Schäme dich, Rabscuttle! Wir werden das Haus bewachen.‹

Sie warteten still, und nach einer Weile kam Rowsby Woof zurück, sich die Lippen leckend und grinsend. Er schnüffelte sich an den Zaun heran.

›Ich merke, rechtschaffener Freund‹, sagte El-ahrairah, ›daß du das Fleisch so schnell gefunden hast, als wäre es eine Ratte. Das Haus ist unversehrt und alles in Ordnung. Jetzt hör zu. Ich werde zur Königin zurückgehen und von allem, was hier geschehen ist, berichten. Es war ihre gnädige Absicht, selbst nach dir zu schicken und dich zu ehren, wenn du dich heute abend würdig erwiesest, indem du ihrem Boten vertrautest. Morgen abend wird sie auf dem Weg zum Wolf-Fest des Nordens hier durchkommen, und sie beabsichtigt, ihre Reise zu unterbrechen, damit du vor ihr erscheinen kannst. Sei bereit, Rowsby Woof.‹

›O Zauberischer Wogdog!‹ rief Rowsby Woof. ›Welche Freude wird es sein, vor der Königin zu kriechen und mich zu erniedrigen! Wie demütig werde ich auf dem Boden rollen! Wie gänzlich werde ich mich zu ihrem Sklaven machen! Wie unterwürfig werde ich sein! Ich werde mich als wahrer Hund erweisen!‹

›Das bezweifle ich nicht‹, sagte El-ahrairah. ›Und jetzt lebe wohl. Sei geduldig und erwarte meine Rückkehr!‹

Er zog die Gumminase zurück, und sie krochen ganz leise fort.

Die folgende Nacht war noch kälter. Selbst El-ahrairah mußte sich zusammennehmen, ehe er sich über die Felder aufmachte. Sie hatten die Gumminase außerhalb des Gartens versteckt, und sie brauchten einige Zeit, um sie für Rowsby Woof zu präparieren. Als sie sicher waren, daß der Mann ausgegangen war, liefen sie vorsichtig in den Vordergarten und zum Zaun. Rowsby Woof trottete vor der Hintertür auf und ab, sein Atem dampfte in der eisigen Luft.

Als El-ahrairah sprach, legte er den Kopf zwischen seine Vorderpfoten und winselte vor Freude.

›Die Königin kommt, Rowsby Woof‹, sagte El-ahrairah hinter der Nase, ›mit ihren edlen Begleitern, den Elfen Postwiddle und Sniffbottom. Und dies ist ihr Wunsch – du kennst die Straßenkreuzung im Dorf, nicht wahr?‹

›Ja, ja!‹ winselte Rowsby Woof. ›Ja. Ja! O laß mich zeigen, wie sehr ich mich erniedrigen kann, lieber Zauberischer Wogdog. Ich will –‹

›Sehr gut‹, sagte El-ahrairah. ›Jetzt, o glücklicher Hund, geh zur Kreuzung und warte auf die Königin. Sie kommt auf den Flügeln der Nacht. Sie kommt von weit her, aber warte nur geduldig. Warte nur. Verfehle sie nicht, und große Gnade wird über dich kommen.‹

›Sie verfehlen? Nein, nein!‹ rief Rowsby Woof. ›Ich werde warten wie ein Wurm auf der Straße. Ihr Bettler bin ich, Zauberischer Wogdog! Ihr Bettler, ihr Narr, ihr –‹

›Ganz recht, ausgezeichnet‹, sagte El-ahrairah. ›Aber beeile dich jetzt.‹

Sobald Rowsby Woof verschwunden war, schlüpften El-ahrairah und Rabscuttle schnell durch die Lorbeersträucher, um das Ende des Zaunes herum und zur Hintertür. El-ahrairah zog das Tuch mit den Zähnen aus dem Loch über dem Abzugsrohr und ging in die Kirche voran.

Die Küche war so warm wie diese Böschung hier, und in einer Ecke lag ein großer Haufen Gemüse für den *hrududu* am Morgen bereit Kohlköpfe, Rosenkohl und Pastinaken. Sie waren aufgetaut, und der köstliche Geruch war überwältigend. El-ahrairah und Rabscuttle begannen sofort, das gefrorene Gras und die Baumrinde der vergangenen Tage wieder wettzumachen.

›Guter treuer Bursche‹, sagte El-ahrairah mit vollem Maul. ›Wie dankbar er der Königin sein wird, daß sie ihn warten läßt. Er wird ihr das volle Ausmaß seiner Loyalität zeigen können, nicht wahr? Nimm noch eine Pastinake, Rabscuttle.‹

Inzwischen wartete unten an der Kreuzung Rowsby Woof begierig in der Kälte und lauschte auf das Kommen der Königin. Nach einer langen Zeit hörte er Schritte. Es waren nicht die Schritte eines Hundes, sondern die eines Mannes. Als sie sich näherten, merkte er, daß es die Schritte seines eigenen Herrn waren. Er war zu dumm, fortzurennen oder sich zu verstecken, sondern blieb, wo er war, bis sein Herr – der nach Hause ging – zur Kreuzung heraufkam.

›Nanu, Rowsby Woof‹, sagte sein Herr. ›Was tust du denn hier?‹

Rowsby Woof sah blöd aus und schnuffelte herum. Sein Herr stand vor einem Rätsel. Dann kam ihm ein Gedanke.

›Ha, alter Junge‹, sagte er, ›du wolltest mich wohl abholen, was? Feiner Kerl! Komm, wir wollen zusammen nach Hause gehen.‹

Rowsby Woof versuchte zu entwischen, aber sein Herr packte ihn am Kragen, band ihn an ein Stück Schnur, das er in der Tasche hatte, und führte ihn nach Hause.

Ihr Kommen überrumpelte El-ahrairah. Tatsächlich war er so sehr damit beschäftigt, Kohl in sich hineinzustopfen, daß er nichts hörte, bis es an der Türklinke rüttelte. Er und Rabscuttle hatten gerade noch Zeit, hinter einen Haufen Körbe zu schlüpfen, ehe der Mann, Rowsby Woof führend, hereinkam. Rowsby Woof war still und niedergeschlagen und spürte nicht einmal den Kaninchengeruch, der ohnehin mit dem Geruch des Feuers und der Speisekammer vermischt war. Er legte sich auf die Matte, während sich der Mann mit einem Getränk versorgte.

El-ahrairah wartete auf eine Chance, durch das Loch in

der Wand zu entwischen. Aber der Mann, der dasaß, trank und seinen weißen Stengel paffte, blickte sich plötzlich um und stand auf. Er hatte gemerkt, daß es durch das offene Loch zog. Zum Entsetzen der Kaninchen nahm er einen Sack und stopfte das Loch ganz fest zu. Dann trank er aus, schürte das Feuer und ging schlafen; Rowsby Woof schloß er in der Küche ein. Offenbar hielt er es für zu kalt, um ihn in die Nacht hinauszujagen.

Zuerst winselte Rowsby Woof und kratzte an der Tür, aber nach einer Weile kam er zu der Matte vor dem Feuer zurück und legte sich hin. El-ahrairah bewegte sich ganz leise an der Wand entlang, bis er sich hinter einem großen Metallbehälter in der Ecke unter dem Ausgußbecken befand. Da lagen auch Säcke und alte Zeitungen, und er war ziemlich sicher, daß es Rowsby Woof nicht möglich war, dahinterzugucken. Sobald Rabscuttle bei ihm war, sprach er.

›O Rowsby Woof!‹ flüsterte El-ahrairah.

Rowsby Woof war wie der Blitz auf.

›Zauberischer Wogdog!‹ rief er. ›Bist du das?‹

›In der Tat‹ sagte El-ahrairah. ›Es tut mir leid, daß du enttäuscht wurdest, Rowsby Woof. Du hast die Königin nicht getroffen.‹

›Leider nicht‹, sagte Rowsby Woof und erzählte, was sich an der Kreuzung zugetragen hatte.

›Schadet nichts‹, sagte El-ahrairah. ›Verzage nicht, Rowsby Woof. Es bestanden gute Gründe, weshalb die Königin nicht kommen konnte. Sie erhielt Nachricht von einer Gefahr – ah, einer großen Gefahr, Rowsby Woof! – und entging ihr gerade noch rechtzeitig. Ich selbst bin hier unter Einsatz meines Lebens, um dich zu warnen. Du hast wirklich Glück, daß ich dein Freund bin; denn sonst wäre dein guter Herr von der tödlichen Pest heimgesucht worden.‹

›Pest?‹ rief Rowsby Woof. ›Oh, wieso, guter Zauberer?‹

›Es gibt viele Elfen und Geister in den Tierkönigreichen des Ostens‹, sagte El-ahrairah. ›Einige sind Freunde, und dann gibt es wieder solche – möge das Unglück sie niederschmettern –, die unsere Todfeinde sind. Der schlimmste von allen, Rowsby Woof, ist der große Ratten-Geist, der Riese von Sumatra, der Fluch Hamelins. Er wagt nicht, offen mit unserer edlen Königin zu kämpfen, sondern arbeitet heimlich mit Gift und Krankheit. Bald nachdem du gegangen warst, erfuhr ich, daß er seine verhaßten Rattenkobolde durch die Wolken geschickt hat, die Krankheit bei sich tragen. Ich warnte die Königin, aber ich blieb trotzdem hier, Rowsby Woof, um auch dich zu warnen. Wenn die Krankheit ausbricht – und die Kobolde sind ganz nahe –, wird sie nicht dir Schaden zufügen, sondern sie wird deinen Herrn töten – und mich auch, fürchte ich. Du kannst ihn retten, nur du allein. Ich vermag es nicht.‹

›O Entsetzen!‹ rief Rowsby Woof. ›Es gilt, keine Zeit zu verlieren! Was muß ich tun, Zauberischer Wogdog?‹

›Die Krankheit wirkt durch Zauber‹, sagte El-ahrairah. ›Wenn aber ein wirklicher Hund aus Fleisch und Blut viermal rund ums Haus laufen und so laut bellen würde, wie er könnte, dann würde der Zauber gebrochen, und die Krankheit hätte keine Macht. Aber ach! Ich vergaß! Du bist ja eingeschlossen, Rowsby Woof. Was soll man tun? Ich fürchte, alles ist verloren!‹

›Nein, nein!‹ sagte Rowsby Woof. ›Ich werde dich retten, Zauberischer Wogdog, und meinen lieben Herrn auch. Überlaß das nur mir!‹

Rowsby Woof begann zu bellen. Er bellte, um Tote aufzuerwecken. Die Fenster klirrten. Die Kohlen fielen durch den Rost. Der Lärm war entsetzlich. Sie konnten den Mann oben rufen und fluchen hören. Rowsby Woof bellte immer noch. Der Mann kam heruntergestampft. Er riß das Fenster auf und horchte nach Dieben, aber er konnte nichts hören, einerseits, weil nichts zu hören war, und andererseits wegen des unaufhörlichen Bellens. Schließlich nahm er sein Gewehr, riß die Tür auf und ging vorsichtig hinaus, um zu sehen, was los war. Hinaus schoß Rowsby Woof, bellte wie wahnsinnig und fegte um das Haus. Der Mann folgte ihm im Laufschritt und ließ die Tür weit offen.

›Schnell!‹ sagte El-ahrairah. ›Schneller als Wogdog vom Bogen des Tartaren! Los!‹

El-ahrairah und Rabscuttle sausten in den Garten und verschwanden durch die Lorbeerbüsche. Im Feld dahinter machten sie einen Augenblick Pause. Von hinten kamen die Kläff- und Bellgeräusche, vermischt mit Schreien und zornigen Rufen: ›Komm her, verdammt noch mal!‹

›Edler Junge‹, sagte El-ahrairah. ›Er hat seinen Herrn gerettet, Rabscuttle. Er hat uns alle gerettet. Gehen wir nach Hause, um in unserem Bau zu schlafen.‹

Sein Lebenlang vergaß Rowsby Woof die Nacht nicht, in der er auf die große Königin gewartet hatte. Gewiß, es war eine Enttäuschung, aber das war nur eine Kleinigkeit, dachte er, verglichen mit der Erinnerung an seine eigene noble Haltung und wie er beide, seinen Herrn und den guten Zauberischen Wogdog, vor dem bösen Ratten-Geist gerettet hatte.«

# 42. Nachricht bei Sonnenuntergang

Du wirst bestimmt beweisen, daß der Akt ungerecht und den Göttern verhaßt ist?
Ja, in der Tat, Sokrates; zumindest, wenn sie mir zuhören wollen.

*Plato Euthyphro*

Als er zum Ende seiner Geschichte kam, erinnerte Dandelion sich daran, daß er Acorn als Wachtposten ablösen sollte. Der Posten war ein Stückchen entfernt, nahe der östlichen Ecke des Waldes, und Hazel, der sehen wollte, wie Boxwood und Speedwell mit einem Loch vorankamen, das sie gruben, lief mit Dandelion am Fuß der Böschung entlang. Er wollte gerade in das neue Loch hinuntergehen, als er bemerkte, daß ein kleines Geschöpf im Gras herumtrappelte. Es war die Maus, die er vor dem Turmfalken gerettet hatte. Erfreut, sie noch gesund und munter zu sehen, ging Hazel zurück, um ein paar Worte mit ihr zu reden. Die Maus erkannte ihn und setzte sich auf, wusch sich das Gesicht mit den Vorderpfoten und plapperte darauflos.

»Es ist gute Tage, heiße Tage. Gefällt dir? Menge zu essen, sich warm halten nicht schwer. Unten am Boden von Hügel ist Ernte. Ich geh nach Korn, aber ist langer Weg. Ich glaube, du fortgegangen, ist nicht lang, du zurückkommen, ja?«

»Ja«, sagte Hazel, »viele von uns gingen fort, aber wir

fanden, was wir suchten, und jetzt sind wir für immer zurückgekommen.«

»Ist gut. Ist viele Kaninchen jetzt hier, halten Gras kurz.«

»Was für einen Unterschied macht es für sie, wenn das Gras kurz ist?« sagte Bigwig, der mit Blackavar in der Nähe herumstreunte und knabberte. »Sie frißt es ohnehin nicht.«

»Ist gut vorwärtszukommen, weißt du?« sagte die Maus in einem vertrauten Ton, so daß Bigwig ärgerlich die Ohren schüttelte. »Ist schnelles Laufen – aber keine Samen aus kurzem Gras. Jetzt ein Gehege hier, und jetzt heute kommen neue Kaninchen, bald ist ein anderes Gehege mehr. Neue Kaninchen sein auch eure Freunde?«

»Ja, ja, alles Freunde«, sagte Bigwig, sich abwendend. »Ich wollte dir noch etwas über die neugeborenen Kaninchen sagen, Hazel, wenn sie soweit sind, daß sie nach oben kommen.«

Hazel blieb jedoch, wo er war, und sah gespannt die Maus an.

»Warte einen Augenblick«, sagte er. »Was sagtest du da von einem anderen Gehege? Wo wird ein anderes Gehege sein?«

Die Maus war überrascht. »Du nicht wissen? Nicht deine Freunde?«

»Ich wußte es nicht, bis du es mir sagtest. Was meintest du mit neuen Kaninchen und einem anderen Gehege bald?«

Sein Ton war drängend und neugierig. Die Maus wurde nervös und fing nach Art ihrer Gattung an zu sagen, was die Kaninchen, wie sie glaubte, gerne hören wollten.

»Vielleicht ist kein Gehege. Ist viel gute Kaninchen hier, ist alle meine Freunde. Ist keine Kaninchen mehr. Brauchen keine Kaninchen.«

»Aber was für andere Kaninchen?« beharrte Hazel.

»Nein, Sir, nein, Sir, keine anderen Kaninchen, nicht gehen bald nach Kaninchen, alle hier sein meine Freunde, retten mir mein Leben, wie kann ich dann, was ich soll?« zwitscherte die Maus.

Hazel überlegte kurz, was das heißen sollte, aber es war ihm zu hoch.

»Ach, komm schon, Hazel«, sagte Bigwig. »Laß das arme kleine Vieh in Ruhe. Ich möchte mit dir reden.«

Hazel beachtete ihn nicht. Er trat ganz nahe an die Maus heran, neigte den Kopf und sprach ruhig und fest.

»Du hast oft gesagt, du seist unser Freund«, sagte er. »Wenn du's bist, sag mir – und hab keine Angst –, was du von kommenden anderen Kaninchen weißt.«

Die Maus sah verwirrt aus. Dann sagte sie: »Ich nicht andere Kaninchen sehen, Sir, aber mein Bruder sagen, eine Goldammer sagen, neue Kaninchen, viele, viele Kaninchen kommen über Talmulde auf Morgenseite. Vielleicht ist eine Menge Unsinn. Ich dir falsch sagen, du Maus nicht mehr mögen, kein Freund mehr.«

»Nein, es ist gut«, sagte Hazel. »Hab keine Angst. Bloß sag's mir noch mal. Wo hat der Vogel gesagt, daß diese neuen Kaninchen seien?«

»Er sagen, kommen jetzt auf Morgenseite. Ich nicht gesehen.«

»Guter Junge«, sagte Hazel. »Du hast uns sehr geholfen.« Er wandte sich wieder zu den anderen. ›Was hältst du davon, Bigwig?« fragte er.

»Nicht viel«, antwortete Bigwig. »Gras-Gerüchte. Diese kleinen Geschöpfe sagen irgendwas und ändern es fünfmal am Tage. Frag sie wieder gegen *fu Inlé* – und sie wird dir etwas ganz anderes sagen.«

»Wenn du recht hast, dann habe ich unrecht, und wir

können es alle vergessen«, sagte Hazel. »Aber ich werde dieser Sache auf den Grund kommen. Jemand muß der Angelegenheit nachgehen. Ich würde es selbst tun, aber mein Lauf ist noch zu schwach.«

»Nun, auf jeden Fall nicht mehr heute abend«, sagte Bigwig. »Wir können –«

»Jemand muß der Sache nachgehen«, wiederholte Hazel fest. »Ein guter Späher sollte es sein. Blackavar, geh und hol mir Holly, ja?«

»Zufällig bin ich hier«, sagte Holly, der oben über die Böschung gekommen war, während Hazel sprach. »Was macht dir Sorgen, Hazel-rah?«

»Es gibt ein Gerücht über Fremde auf den Hügeln, auf der Morgenseite, und ich möchte mehr darüber wissen. Kannst du mit Blackavar da hinüberrennen – sagen wir, zum Ende der Talmulde – und herausfinden, was da los ist?«

»Ja, natürlich, Hazel-rah«, sagte Holly. »Wenn wirklich andere Kaninchen da sein sollten, dann bringen wir sie am besten mit zurück, nicht wahr? Wir könnten noch ein paar gebrauchen.«

»Es kommt darauf an, wer sie sind«, sagte Hazel. »Das möchte ich ja gerade herausfinden. Geh sofort, Holly, bitte. Irgendwie macht es mir Sorgen, daß ich's nicht weiß.«

Kaum waren Holly und Blackavar aufgebrochen, als Speedwell über der Erde erschien. Er bot einen aufgeregten, triumphierenden Anblick, der sofort die Aufmerksamkeit aller erregte. Er hockte sich vor Hazel hin und sah sich schweigend um, seiner Wirkung sicher.

»Hast du das Loch fertig?« fragte Hazel.

»Lassen wir das Loch«, antwortete Speedwell. »Ich bin nicht nach oben gekommen, um das zu sagen. Clover hat ihren Wurf bekommen. Alles gute, gesunde Junge. Drei Rammler und drei Weibchen, sagte sie.«

»Na, dann hinauf mit dir in die Buche und singe«, sagte Hazel. »Sieh zu, daß es alle erfahren! Aber sag ihnen, sie sollen sich nicht da unten zusammendrängen und sie stören.«

»Ich glaube nicht, daß einer das täte«, sagte Bigwig. »Wer würde wieder ein Junges sein wollen oder aber eines sehen wollen – blind und taub und ohne Fell?«

»Einige der Weibchen werden sie vielleicht sehen wollen«, sagte Hazel. »Sie sind aufgeregt, weißt du? Aber wir wollen nicht, daß Clover gestört wird und sie auffrißt oder so etwas Furchtbares.«

»Es sieht so aus, als ob wir endlich wieder ein natürliches Leben führen werden, nicht wahr?« sagte Bigwig, als sie äsend über die Böschung wanderten. »Was war das für ein Sommer! Was für – was für ein verzweifelter Streich! Ich träumte dauernd, ich sei wieder in Efrafa, weißt du, aber das wird wohl vergehen. Eines brachte ich allerdings von da zurück, und das ist das Wissen um den Vorteil, ein Gehege verborgen zu halten. Wenn wir uns vergrößern, Hazel, sollten wir darauf achten. Wir werden es natürlich besser als Efrafa machen. Wenn wir die richtige Größe erreicht haben, können Kaninchen ermutigt werden zu gehen.«

»Nun, geh *du* nur nicht«, sagte Hazel, »oder ich werde Kehaar bitten müssen, dich im Genick zu packen und zurückzubringen. Ich verlasse mich auf dich, uns eine wirklich gute Owsla auf die Beine zu stellen.«

»Das ist ganz sicher etwas, worauf man sich freuen kann«, sagte Bigwig. »Nimm eine Bande junger Burschen zu der Farm hinüber und jage die Katzen aus der Scheune, um Appetit zu kriegen. Nun, den werden sie bekommen. He, dieses Gras ist trocken wie Pferdehaar auf Stacheldraht, stimmt's? Wie wär's mit einem Lauf hügelab zu den Feldern – nur du und ich und Fiver? Das Korn ist gemäht worden, und da sollte es eigentlich eine Nachlese geben. Sie werden bestimmt bald das Feld abbrennen, aber sie haben's noch nicht getan.«

»Nein, wir müssen noch etwas warten«, meinte Hazel. »Ich möchte hören, was Holly und Blackavar zu sagen haben, wenn sie zurückkommen.«

»Darauf brauchst du nicht mehr lange zu warten«, erwiderte Bigwig. »Da kommen sie schon, wenn ich mich nicht irre. Direkt den offenen Pfad herunter! Geben sich keine Mühe, sich zu verstecken, nicht wahr? In welchem Tempo die kommen!«

»Da stimmt etwas nicht«, sagte Hazel, auf die sich nähernden Kaninchen starrend.

Holly und Blackavar erreichten den langen Schatten des Waldes in höchster Geschwindigkeit, als ob sie verfolgt würden. Die Zuschauer erwarteten, daß sie langsamer würden, als sie zur Böschung kamen, aber sie rannten direkt weiter und schienen tatsächlich unter den Boden rennen zu wollen. Im letzten Augenblick hielt Holly an, sah sich um und stampfte zweimal. Blackavar verschwand im nächsten Loch. Beim Stampfen rannten alle Kaninchen über der Erde in Deckung.

»He, Augenblick mal«, sagte Hazel, sich an Pipkin und Hawkbit vorbeidrängend, die über das Gras kamen. »Holly, was bedeutet der Alarm? Sag uns was, statt alles in Stücke zu stampfen. Was ist passiert?«

»Laß die Löcher zufüllen!« keuchte Holly. »Schick alle unter die Erde! Es ist kein Augenblick zu verlieren.« Er rollte die Augen, daß das Weiße zu sehen war, und schnaufte Schaum über das Kinn.

»Sind es Männer oder was? Man kann nichts sehen, hören oder riechen. Komm schon, erzähl uns was und hör auf zu quatschen, sei ein guter Junge.«

»Es muß aber schnell gehen«, sagte Holly. »Diese Talmulde – ist voller Kaninchen aus Efrafa.«

»Aus Efrafa? Flüchtlinge, meinst du?«

»Nein«, sagte Holly, »keine Flüchtlinge. Campion ist da. Wir liefen direkt in ihn hinein und in drei oder vier weitere, die Blackavar erkannte. Ich glaube, Woundwort ist selbst auch da. Sie sind unsertwegen gekommen – worauf du dich verlassen kannst.«

»Bist du sicher, daß es mehr als eine Patrouille ist?«

»Ganz sicher«, antwortete Holly. »Wir konnten sie riechen, und wir hörten sie auch – unter uns in der Talmulde. Wir fragten uns, was so viele Kaninchen da verloren hätten, und liefen hinunter, um nachzusehen, als wir plötzlich Campion Auge in Auge gegenüberstanden. Wir sahen ihn an, und er sah uns an, und dann wurde mir klar, was es zu bedeuten hatte, und wir machten kehrt und rannten. Er folgte uns nicht – wahrscheinlich, weil er keine Befehle hatte. Aber wie lange werden sie brauchen, um hierherzukommen?«

Blackavar kehrte von unten zurück und brachte Silver und Blackberry mit.

»Wir sollten sofort aufbrechen, Sir«, sagte er. »Wir könnten eine gute Strecke zurücklegen, ehe sie kommen.«

Hazel sah sich um. »Jeder, der gehen will, mag es tun«, sagte er. »Ich werde nicht gehen. Wir haben dieses Gehege selbst angelegt, und nur Frith weiß, was wir deswegen durchgemacht haben. Ich werde es jetzt nicht verlassen.«

»Ich auch nicht«, sagte Bigwig. »Wenn ich reif für das Schwarze Kaninchen bin, dann werden ein oder zwei aus Efrafa mitkommen.«

Kurzes Schweigen.

»Holly hat recht damit, die Löcher zuzustopfen. Wir füllen sie gut und gründlich. Dann müssen sie uns ausgraben.

Das Gehege ist tief. Es liegt unter einer Böschung mit Baumwurzeln, die sich durch und über den Gipfel ziehen. Wie lange können alle diese Kaninchen auf dem Hügel bleiben, ohne *elil* anzuziehen? Sie werden es aufgeben müssen.«

»Du kennst diese Efrafas nicht«, sagte Blackavar. »Meine Mutter erzählte mir, was in Nutley Copse geschah. Es wäre besser, wenn wir jetzt gingen.«

»Nun, dann geh«, antwortete Hazel. »Ich halte dich nicht. Aber ich werde dieses Gehege nicht verlassen. Es ist mein Heim.« Er sah Hyzenthlay an, die trächtig war und in der Mündung des nächsten Loches saß und der Unterhaltung zuhörte. »Wie weit, glaubst du, würde *sie* kommen? Und Clover – lassen wir sie hier oder was?«

»Nein, wir müssen bleiben«, sagte Strawberry. »Ich glaube, El-ahrairah wird uns vor diesem Woundwort erretten, und wenn er es nicht tut, gehe ich nicht nach Efrafa zurück, das kann ich euch sagen.«

»Füllt die Löcher«, befahl Hazel.

Als die Sonne unterging, machten sich die Kaninchen in den Läufen ans Kratzen und Scharren. Die Wände waren bei dem heißen Wetter hart geworden. Der Anfang war nicht einfach, und als die Erde zu fallen begann, war sie leicht und pulverig und trug wenig dazu bei, die Löcher zu verschließen. Es war Blackberry, der auf die Idee kam, vom Inneren der Honigwabe nach außen zu arbeiten, indem sie die Decken der Läufe herunterkratzten, wo sie in die Versammlungshalle führten, und die Löcher zu blockieren, indem sie die Untergrundswände in sie hineinbrachen. Ein Lauf, der zum Wald hinausführte, wurde zum Kommen und Gehen offengelassen. Es war derjenige, in dem Kehaar Schutz zu suchen pflegte, und der Wandelgang war noch voll Guano. Als Hazel daran vorbeiging, kam ihm der Gedanke, daß Woundwort nicht wußte, daß Kehaar sie verlassen hatte. Er grub soviel wie möglich von dem Schmutz aus und verstreute ihn. Als dann die Arbeit unter der Erde wieder weiterging, hockte er sich auf die Böschung und beobachtete den dunkel werdenden Horizont.

Seine Gedanken waren sehr trübe, ja verzweifelt. Obgleich er vor den anderen resolut gesprochen hatte, wußte er nur zu gut, wie wenig Hoffnung bestand, das Gehege vor den Efrafas zu retten. Die wußten, was sie taten. Zweifellos hatten sie ihre Methoden, in ein geschlossenes Gehege einzudringen. Die Chance, daß *elil* sie vertreiben würden, war äußerst gering. Die meisten der Tausend jagten Kaninchen, um sie zu fressen. Ein Wiesel oder ein Fuchs nahmen ein Kaninchen und nicht mehr, bis sie bereit waren, wieder zu jagen. Aber die Efrafas waren an den Tod gewöhnt. Wenn General Woundwort nicht getötet wurde, würden sie dableiben, bis die Sache erledigt war. Nichts könnte sie aufhalten – nur eine unerwartete Katastrophe.

Aber wie wär's, wenn er selbst ginge und mit Woundwort redete? Gäbe es da nicht möglicherweise eine Chance, daß er Vernunft annähme? Was immer in Nutley Copse geschehen war, die Efrafas konnten nicht bis zum Ende gegen Kaninchen wie Bigwig, Holly und Silver kämpfen, ohne Verluste zu erleiden – wahrscheinlich recht zahlreiche Verluste. Woundwort mußte das wissen. Vielleicht war es selbst jetzt noch nicht zu spät, ihn zu überreden, einem neuen Plan zuzustimmen – einem Plan, der für das eine wie für das andere Gehege von Nutzen sein würde.

Vielleicht ist es auch schon zu spät, dachte Hazel grimmig. Aber es ist eine Chance, und so muß das Oberkaninchen sie wohl oder übel wahrnehmen. Und da man diesem bösartigen Tier nicht trauen kann, schätze ich, das Oberkaninchen muß allein gehen.

Er kehrte zur Honigwabe zurück und fand Bigwig.

»Ich werde mit General Woundwort sprechen, wenn ich ihn erwischen kann«, sagte er. »Du bist Oberkaninchen, bis ich zurück bin. Nimm sie fest ran.«

»Aber Hazel«, sagte Bigwig, »warte einen Augenblick. Es ist nicht sicher –«

»Ich werde nicht lange weg sein«, sagte Hazel. »Ich werde ihn bloß fragen, was er vorhat.«

Einen Augenblick später war er die Böschung hinunter und hinkte den Pfad hinauf, machte von Zeit zu Zeit eine Pause, um aufzusitzen und sich nach einer Efrafa-Patrouille umzublicken.

# 43. Die Große Patrouille

Was ist die Welt, o Soldaten?
  Ich.
Ich, der unaufhörliche Schnee,
Dieser nördliche Himmel;
Soldaten, diese Einsamkeit,
Durch welche wir gehen,
  Bin ich.

Walter de la Mare *Napoleon*

Als das Boot im Regen den Fluß hinuntertrieb, schwamm ein Teil von General Woundworts Autorität mit davon. Er hätte nicht mehr in Verlegenheit gewesen sein können, wenn Hazel und seine Kameraden über die Bäume davongeflogen wären. Bis zu diesem Augenblick hatte er sich als starker, furchtbarer Gegner gezeigt. Seine Offiziere waren durch Kehaars unerwarteten Angriff demoralisiert worden. Er nicht. Im Gegenteil, er hatte die Verfolgung trotz Kehaar fortgesetzt und tatsächlich einen Plan ausgearbeitet, um den Flüchtigen den Rückweg abzuschneiden. Schlau und findig in der Not, war es ihm beinahe gelungen, die Möwe zu verletzen, als er aus der dichten Deckung neben der Bohlenbrücke auf sie lossprang. Dann, nachdem er seine Beute an einer Stelle in die Enge getrieben hatte, wo Kehaar nicht viel tun konnte, um ihnen zu helfen, hatten sie plötzlich bewiesen, daß ihre Schlauheit größer war als seine, und ihn in

Verwirrung auf der Böschung zurückgelassen. Er hatte zufällig gehört, wie einer seiner Offiziere einem anderen gegenüber das Wort *tharn* ausgesprochen hatte, als sie durch den Regen nach Efrafa zurückkehrten. Thlayli, Blackavar und die Weibchen des »Linken Hinterlaufs« waren verschwunden. Er hatte versucht, sie aufzuhalten, und es war ihm sichtbar mißlungen.

In jener Nacht blieb Woundwort lange wach und überlegte sich, was zu tun wäre. Am nächsten Tag berief er eine Ratssitzung ein. Er machte geltend, daß es keinen Zweck habe, eine Expedition den Fluß hinunterzuführen, um nach Thlayli zu suchen, außer sie wären stark genug, ihn zu besiegen, wenn sie ihn fänden. Das würde bedeuten, mehrere Offiziere und eine Anzahl Owsla mitnehmen zu müssen. Während sie weg wären, könnte es zu Hause Schwierigkeiten, zum Beispiel einen erneuten Ausbruch, geben. Es wäre wahrscheinlich, daß sie Thlayli überhaupt nicht fänden; denn es gab keine Spur, und sie wußten nicht, wo sie ihn suchen sollten. Wenn sie ihn nicht fanden, würden sie bei ihrer Rückkehr noch dümmer dastehen.

»Und wir stehen schon dumm genug da«, sagte Woundwort. »Seid euch darüber im klaren. Vervain wird euch berichten, was man in den Kennzeichen erzählt – daß Campion von dem weißen Vogel in den Graben gejagt wurde und daß Thlayli den Blitz vom Himmel herunterrief und Frith weiß was nicht alles.«

»Das beste«, sagte der alte Snowdrop, »wird sein, so wenig wie möglich darüber zu sprechen. Laßt Gras darüber wachsen. Sie haben ein kurzes Gedächtnis.«

»Eines allerdings gibt es, was überlegenswert wäre«, sagte Woundwort. »Wir wissen jetzt, daß es einen Ort gab, an dem wir tatsächlich Thlayli und seine Bande aufstöberten, nur war sich damals niemand darüber klar. Das war, als Mallow mit seiner Patrouille hinter ihnen her war, kurz bevor er von dem Fuchs getötet wurde. Irgend etwas sagt mir, daß sie dort, wo sie einmal waren, früher oder später wieder sein werden.«

»Aber wir können kaum mit genügend Kaninchen da draußen bleiben, um sie zu bekämpfen, Sir«, sagte Groundsel, »und es würde bedeuten, daß man sich eingraben und eine Weile dort leben müßte.«

»Ich bin auch deiner Meinung«, erwiderte Woundwort. »Eine Patrouille wird dort dauernd auf Abruf postiert werden. Sie werden Kratzer graben und dort leben. Sie werden alle zwei Tage abgelöst. Wenn Thlaya kommt, muß man ihn beobachten und heimlich verfolgen. Wenn wir wissen, wohin er die Weibchen geführt hat, dann werden wir mit ihm abrechnen können. Und ich sage euch dies«, schloß er, sich mit seinen großen blassen Augen in der Runde umblikkend, »wenn wir wirklich herausfinden, wo er ist, bin ich bereit, alles auf mich zu nehmen. Ich sagte Thlayli, daß ich ihn persönlich töten würde. Er mag es vergessen haben, ich jedoch nicht.«

Woundwort führte die erste Patrouille selber an, nahm Groundsel mit, damit er ihm zeigte, wo Mallow die nach Süden führende Spur der Fremden aufgenommen hatte. Sie gruben Kratzer unter dem Gestrüpp am Rande von Caesars Gürtel und warteten. Nach zwei Tagen war ihre Hoffnung gesunken. Vervain löste Woundwort ab und wurde zwei Tage später von Campion abgelöst. Inzwischen gab es Hauptleute in der Owsla, die einander zuflüsterten, der General sei wie besessen. Es müsse ein Weg gefunden werden, ihn dazu zu bringen, seinen Plan aufzugeben, ehe er zu weit ging. Auf der Ratssitzung am nächsten Abend wurde vorgeschlagen, die Patrouille nach zwei Tagen einzustellen. Woundwort sagte ihnen zähnefletschend, sie sollten abwarten. Es begann ein Wortgefecht, hinter dem er mehr Opposition spürte, als ihm je zuvor begegnet war. Inmitten dieses Streites kamen – mit einem dramatischen Effekt, der vom General selbst zeitlich nicht günstiger hätte festgelegt worden sein – Campion und seine Patrouille völlig erschöpft herein und meldeten, daß sie Thlayli und seine Kaninchen genau da getroffen hatten, wo Woundwort sie vermutet hatte. Sie waren ihnen unbemerkt zu ihrem Gehege gefolgt, das, obgleich ziemlich weit weg, nicht zu entfernt für einen Angriff war, besonders, da man keine Zeit mehr zu verlieren brauchte, um es zu suchen. Es schien nicht sehr groß zu sein und könnte wahrscheinlich überrumpelt werden.

Die Nachricht erstickte jede Opposition und brachte den Rat und die Owsla wieder unter Woundworts unbestrittene Kontrolle. Mehrere Offiziere waren dafür, sofort aufzubrechen, aber Woundwort, der nun seiner Anhänger und seines Feindes sicher war, nahm sich Zeit. Nachdem er von Campion erfahren hatte, daß er tatsächlich Thlayli, Blackavar und den übrigen Auge in Auge gegenübergestanden hatte, beschloß er, noch eine Weile zu warten, für den Fall, daß sie jetzt besonders wachsam sein sollten. Überdies brauchte er Zeit, um den Weg nach Watership auszukundschaften und die Expedition zu organisieren. Seine Vorstellung war, die Strecke möglichst in einem Tag zu bewältigen. Dies würde jedem etwaigen Gerücht über ihre Annäherung zuvorkommen. Um sich zu überzeugen, daß sie dies tun könnten und trotzdem noch in der Lage sein würden zu kämpfen, wenn sie ankämen, nahm er Campion und zwei andere mit und legte selbst die dreieinhalb Meilen zum Hügelland östlich von Watership zurück. Hier erkundete er sofort den besten Weg, sich dem Buchenhang zu nähern, ohne gesehen oder gerochen zu werden. Der Wind kam wie in Efrafa vorwiegend von Westen. Sie würden abends ankommen und sich dann in der Talmulde südlich von Cannon Heath Down versammeln und ausruhen. Nach Anbruch der Dämmerung, wenn Thlayli und seine Kaninchen unter die Erde gegangen waren, würden sie die Kammlinie entlanglaufen und das Gehege angreifen. Wenn sie Glück hätten, würde es keine Warnung geben. Sie würden in dem eroberten Gehege für die Nacht sicher sein, und am folgenden Tag würden er selbst und Vervain nach Efrafa zurückkehren. Der Rest unter Campion konnte einen Tag Rast halten und dann mit den Weibchen und irgendwelchen anderen möglichen Gefangenen den Rückweg antreten. Die ganze Sache konnte in drei Tagen beendet sein.

Es wäre das beste, nicht zu viele Kaninchen mitzunehmen. Jeder, der nicht kräftig genug war, die Entfernung zurückzulegen und dann zu kämpfen, wäre bloß ein Hemmnis. Schließlich würde sich das Tempo als ausschlaggebend erweisen. Je langsamer die Wanderung, desto gefährlicher wäre es, und Nachzügler würden *elil* anziehen und den Rest entmutigen. Außerdem müßte, wie Woundwort sehr genau wußte, seine Führerschaft unbestritten sein. Jedes Kaninchen würde fühlen müssen, daß es dem General nahe war; und wenn es sich außerdem als einer ausgewählten Gruppe zugehörig empfand, um so besser.

Die Kaninchen, die mitgehen sollten, wurden höchst sorgfältig ausgewählt. Tatsächlich waren es sechs- oder siebenundzwanzig, zur Hälfte Owsla und der Rest vielversprechende Junge, die von ihren Kennzeichen-Offizieren empfohlen wurden. Woundwort hielt viel vom Wettkampf und ließ wissen, daß es eine Menge Chancen gäbe, Belohnungen zu gewinnen. Campion und Chervil waren damit beschäftigt, Leistungspatrouillen hinauszunehmen, und Raufereien und Übungskämpfe wurden beim Morgen-*sil*-

*flay* organisiert. Die Mitglieder der Expedition waren von Wachtposten-Pflichten entbunden, und es wurde ihnen gestattet zu *silflay*, wann immer sie wünschten.

Eines klaren Augustmorgens brachen sie vor Sonnenaufgang auf, gingen gruppenweise stracks nach Norden an den Böschungen und Hecken entlang. Ehe sie den Gürtel erreicht hatten, wurde Groundsels Gruppe von einem Paar Wiesel angegriffen, einer alt und der andere ein Jährling. Woundwort, der das Quieken hinter sich hörte, legte die Entfernung in wenigen Augenblicken zurück und griff das alte Wiesel mit scharfen Zähnen und heftigen Tritten seiner mit spitzen Klauen versehenen Hinterpfoten an. Nachdem einer seiner Vorderläufe bis zur Schulter aufgerissen war, drehte sich das Wiesel um und machte sich davon, während das Junge ihm folgte.

»Du müßtest dich um diese Dinge selbst kümmern«, sagte Woundwort zu Groundsel. »Wiesel sind nicht gefährlich. Weiter.«

Kurz nach *ni-Frith* ging Woundwort zurück, um Nachzügler aufzulesen. Er fand drei, einen davon durch ein Stück Glas verletzt. Er stillte das Blut, brachte die drei zu ihren Gruppen zurück und ließ dann halten, um auszuruhen und zu fressen; er selbst hielt durchgehend Wache. Es war sehr heiß, und einige Kaninchen zeigten Anzeichen von Erschöpfung. Woundwort bildete aus ihnen eine separate Gruppe und übernahm selbst den Befehl.

Gegen den frühen Abend – etwa um dieselbe Zeit, als Dandelion die Geschichte von Rowsby Woof begann – hatten die Efrafas einen eingezäunten Schweinepferch östlich von Cannon Heath Farm umgangen und schlüpften in die Talmulde südlich von Cannon Heath Down. Viele waren müde, und trotz ihres ungeheuren Respektes für Woundwort blieb ein gewisses Gefühl, daß sie einen langen Weg von zu Hause gekommen waren. Es wurde ihnen befohlen, in Deckung zu gehen, zu fressen, zu ruhen und auf den Sonnenuntergang zu warten.

Der Ort war mit Ausnahme von ein paar Goldammern und ein paar in der Sonne herumtrappelnden Mäusen verlassen. Einige Kaninchen legten sich in dem hohen Gras schlafen. Der Hang lag schon im Schatten, als Campion mit der Nachricht heruntergerannt kam, daß er im oberen Teil der Talmulde Blackavar und Holly von Angesicht zu Angesicht gegenübergestanden habe.

Woundwort war ärgerlich. »Wie kamen die hier herüber, frage ich mich«, sagte er. »Hättest du sie nicht töten können? Jetzt können wir sie nicht mehr überraschen.«

»Entschuldigt, Sir«, sagte Campion. »Ich war nicht wachsam genug, und ich fürchte, sie waren ein bißchen zu schnell für mich. Ich habe sie nicht verfolgt, weil ich nicht sicher war, ob Ihr es wolltet.«

»Nun, es macht vielleicht keinen großen Unterschied«, sagte Woundwort. »Ich kann mir nicht vorstellen, was sie tun könnten. Aber sie werden versuchen, irgend etwas zu tun, jetzt, da sie wissen, daß wir hier sind.«

Als er zwischen den Kaninchen herumging, sie prüfend ansah und sie ermutigte, überdachte Woundwort die Lage. Eines war klar – es bestand nicht länger die Chance, Thlayli und die anderen zu überraschen. Aber vielleicht hatten sie schon derartige Angst, daß sie überhaupt nicht kämpfen wollten? Die Rammler gaben vielleicht die Weibchen auf, um ihr eigenes Leben zu retten. Oder sie waren vielleicht schon auf der Flucht. In diesem Fall mußten sie sofort verfolgt und gepackt werden; denn die waren frisch, und seine eigenen Kaninchen waren müde und konnten sie nicht weit verfolgen. Er mußte das schnell herausfinden. Er wandte sich an ein junges Kaninchen vom Hals-Kennzeichen, das in der Nähe fraß.

»Du heißt Thistle, nicht wahr?« fragte er.

»Ja, Sir«, antwortete das Kaninchen.

»Du bist genau der Bursche, den ich brauche«, sagte Woundwort. »Geh und suche Hauptmann Campion und sag ihm, er soll mich sofort da oben bei jenem Wacholder treffen – siehst du, wo ich meine? Du kommst am besten auch dorthin. Beeil dich, wir haben keine Zeit zu verlieren.«

Sobald Campion und Thistle sich zu ihm gesellt hatten, führte Woundwort sie zum Kamm hinauf. Er wollte sehen, was sich am Buchenhang drüben tat. Wenn der Feind sich schon auf der Flucht befand, konnte Thistle mit einer Botschaft an Groundsel und Vervain zurückgeschickt werden, alle sofort heraufzubringen. Wenn nicht, würde er sehen, was Drohungen ausrichteten.

Sie erreichten den Pfad oberhalb der Talmulde und machten sich mit einiger Vorsicht auf den Weg, da die untergehende Sonne sie blendete. Der leichte Westwind trug einen frischen Geruch nach Kaninchen mit sich.

»Wenn sie wirklich fliehen, sind sie nicht weit gekommen«, sagte Woundwort. »Aber ich glaube nicht, daß sie fliehen, ich glaube, sie sind schon im Gehege.«

In diesem Augenblick kam ein Kaninchen aus dem Gras und setzte sich mitten im Pfad auf. Es blieb eine Weile sitzen und kam dann auf sie zu. Es hinkte und hatte ein gespanntes, resolutes Aussehen.

»Du bist General Woundwort, nicht wahr?« sagte das Kaninchen. »Ich bin gekommen, um mit dir zu reden.«

»Hat Thlayli dich geschickt?« fragte Woundwort.

»Ich bin ein Freund von Thlayli«, erwiderte das Kaninchen. »Ich bin gekommen, zu fragen, warum du hier bist und was du willst.«

»Warst du auf der Flußböschung im Regen?« fragte Woundwort.

»Ja, da war ich.«

»Was unvollendet geblieben ist, wird jetzt vollendet werden«, sagte Woundwort. »Wir werden euch vernichten.«

»Das wird nicht so leicht sein«, erwiderte der andere. »Du wirst weniger Kaninchen mit nach Hause nehmen, als du hergebracht hast. Wir beide sollten lieber handelseinig werden.«

»Sehr gut«, sagte Woundwort. »Hier sind meine Bedingungen: Ihr werdet alle Weibchen zurückgeben, die aus Efrafa davongelaufen sind, und ihr werdet die Deserteure Thlayli und Blackavar an meine Owsla ausliefern.«

»Nein, damit können wir uns nicht einverstanden erklären. Ich bin gekommen, etwas ganz anderes und für uns beide viel Besseres vorzuschlagen. Ein Kaninchen hat zwei Ohren, ein Kaninchen hat zwei Augen und zwei Nüstern. So sollten unsere beiden Gehege sein. Sie sollten sich zusammentun – nicht kämpfen. Wir sollten andere Gehege zwischen uns anlegen – zunächst eines zwischen hier und Efrafa, mit Kaninchen von beiden Seiten. Du würdest dadurch nichts verlieren, du würdest gewinnen. Wir würden beide gewinnen. Eine Menge von deinen Kaninchen sind jetzt unglücklich, und du kannst sie nur mit größter Schwierigkeit kontrollieren, aber bei diesem Plan würdest du bald einen Unterschied feststellen. Kaninchen haben ohnehin genug Feinde. Sie sollten sie untereinander nicht noch vermehren. Eine Vereinigung zwischen freien, unabhängigen Gehegen – was hältst du davon?«

In diesem Augenblick, während die Sonne über Watership Down unterging, wurde General Woundwort die Gelegenheit geboten, zu zeigen, ob er wirklich der Führer von Weitblick und Genialität war, für den er sich hielt, oder ob er nicht mehr als ein Tyrann war mit dem Mut und der Schlauheit eines Piraten. Einen Pulsschlag lang blitzte die

Idee des lahmen Kaninchens vor ihm auf. Er begriff sie und erkannte, was sie bedeutete. Beim nächsten Pulsschlag schob er sie beiseite. Die Sonne tauchte in die Wolkenbank, und jetzt konnte er den Pfad genau sehen, der den Kamm entlang zum Buchenhang und zum Blutvergießen führte, auf das er sich mit so viel Energie und Sorgfalt vorbereitet hatte.

»Ich habe keine Zeit, hier zu sitzen und Unsinn zu reden«, sagte Woundwort. »Du hast eine schlechte Position, um mit uns zu verhandeln. Es gibt nichts mehr zu sagen. Thistle, geh zurück und sag Hauptmann Vervain, ich will sofort alle hier oben haben.«

»Und dieses Kaninchen, Sir«, fragte Campion. »Soll ich es töten?«

»Nein«, erwiderte Woundwort. »Da sie ihn geschickt haben, unsere Bedingungen zu erfahren, soll er sie lieber mitnehmen. – Geh und sage Thlayli, wenn die Weibchen nicht mit ihm und Blackavar außerhalb eures Geheges warten, wenn ich dort eintreffe, reiße ich jedem Rammler bis *ni-Frith* morgen die Kehle heraus.«

Das lahme Kaninchen schien etwas erwidern zu wollen, aber Woundwort hatte sich schon abgewandt und erklärte Campion, was er vorhatte. Keiner von ihnen nahm sich die Mühe, das lahme Kaninchen denselben Weg, den es gekommen war, davonhinken zu sehen.

# 44. Eine Botschaft von El-ahrairah

Die erzwungene Passivität ihrer Verteidigung, das endlose Warten wurde unerträglich. Tag und Nacht hörten sie über sich den gedämpften Schlag der Spitzhacken und träumten vom Zusammenbruch der Höhle und jeder gräßlichen Möglichkeit. Sie waren der »Burg-Mentalität« in ihrer extremsten Form ausgesetzt.

Robin Fedden *Crusader Castles*

»Sie haben aufgehört zu graben, Hazel-rah«, sagte Speedwell. »Soweit ich es beurteilen kann, ist niemand im Loch.«

In der dumpfen Dunkelheit der Honigwabe drängte sich Hazel an drei oder vier seiner Kaninchen, die zwischen den Baumwurzeln kauerten, vorbei und erreichte den erhöhten Sims, wo Speedwell lag und auf die Geräusche von oben lauschte. Die Efrafas hatten den Hang im frühen Zwielicht erreicht und sofort mit der Suche auf den Böschungen und unter den Bäumen begonnen, um herauszufinden, wie groß das Gehege war und wo seine Löcher lagen. Sie waren überrascht gewesen, so viele Löcher auf einem so kleinen Gelände zu finden; denn nur wenige von ihnen hatten jemals die Gelegenheit gehabt, ein anderes Gehege als Efrafa kennenzulernen, wo sehr wenige Löcher den Bedürfnissen vieler Kaninchen dienen mußten. Zuerst hatten sie angenommen, daß eine große Zahl von Kaninchen unten sein mußte. Die Stille und Leere des offenen Buchenwaldes machten sie mißtrauisch, und die meisten blieben aus

Angst vor einem Hinterhalt draußen. Woundwort mußte sie beruhigen. Ihre Feinde, erklärte er, waren Dummköpfe, die mehr Läufe gruben, als ein richtig organisiertes Gehege brauchte. Sie würden bald ihren Fehler entdecken; denn jeder einzelne würde geöffnet werden, bis der Ort nicht mehr verteidigt werden konnte. Was den Mist des weißen Vogels anlangte, der im Wald verstreut war, so war er offensichtlich alt. Es gab kein Anzeichen dafür, daß der Vogel irgendwo in der Nähe war. Nichtsdestoweniger blickten sich viele aus dem Mannschaftsstand dauernd vorsichtig um. Bei dem plötzlichen Ruf eines Kiebitzes sprangen eines oder zwei davon und mußten von ihren Offizieren zurückgeholt werden. Die Geschichte von dem Vogel, der für Thlayli im Sturm gekämpft hatte, hatte durch wiederholtes Erzählen in den Bauen von Efrafa nichts an Wirkung eingebüßt.

Woundwort befahl Campion, Wachtposten aufzustellen und eine Patrouille rundherum zu postieren, während Vervain und Groundsel sich die blockierten Löcher vornahmen. Groundsel machte sich an den Böschungen an die Arbeit, während Vervain in den Wald ging, wo die Mündungen der Löcher zwischen den Baumwurzeln lagen. Er stieß sofort auf den offenen Lauf. Er horchte, aber alles war ruhig. Vervain (der es eher gewohnt war, mit Gefangenen umzugehen als mit Feinden) befahl zweien seiner Kaninchen hinunterzugehen. Die Entdeckung des stillen, offenen Laufes machte ihm Hoffnung, das Gehege durch einen plötzlichen Ansturm ins Zentrum einnehmen zu können. Die unglücklichen Kaninchen gehorchten dem Befehl und wurden an einem Punkt, wo der Lauf sich öffnete, von Silver und Buckthorn empfangen. Sie wurden geknufft und durchgeprügelt und kamen gerade noch mit dem Leben davon. Ihr Anblick ermutigte Vervains Gruppe nicht gerade, die ungern in der Dunkelheit vor Mondaufgang grub und wenig Fortschritte machte.

Groundsel, in der Meinung, er müsse ein Beispiel geben, grub sich in den losen, gefallenen Sand eines der Böschungsläufe. Er pflügte durch die weiche Erde wie eine Fliege auf Sommerbutter und hielt seinen Kopf frei, als er sich plötzlich Auge in Auge Blackavar gegenübersah, der seine Vorderzähne in seine Kehle grub. Groundsel, der sein Gewicht nicht einsetzen konnte, schrie und schlug aus, so gut er konnte. Blackavar klammerte sich an ihn, und Groundsel – ein schweres Kaninchen wie alle Efrafa-Offiziere – schleppte ihn ein kurzes Stück vorwärts, ehe er den Griff abschütteln konnte. Blackavar spuckte ein Maulvoll Fell aus und sprang sich frei, mit den Vorderpfoten zuschlagend. Aber Groundsel war schon fort. Er hatte Glück gehabt, nicht ernstlicher verwundet worden zu sein.

Es wurde Woundwort klar, daß es außerordentlich schwierig, wenn nicht unmöglich sein würde, das Gehege in einem Angriff durch die verteidigten Läufe zu nehmen. Eine gute Erfolgschance wäre, wenn mehrere Läufe geöffnet und dann zur selben Zeit angegangen werden könnten, aber er bezweifelte, daß seine Kaninchen das versuchen würden, nach allem, was sie gesehen hatten. Er merkte, daß er vorher nicht genug darüber nachgedacht hatte, was zu tun wäre, wenn der Überraschungseffekt wegfiele und er einen Zugang erzwingen mußte. Darüber mußte er sich am besten gleich Gedanken machen. Als der Mond aufstieg, ließ er Campion holen und besprach es mit ihm.

Campion schlug vor, das Gehege einfach auszuhungern. Das Wetter war warm und trocken, und sie konnten leicht zwei oder drei Tage dableiben. Woundwort wies das ungeduldig zurück. Er war keineswegs selbst davon überzeugt, daß das Tageslicht den weißen Vogel nicht auf sie herunterbringen würde. Sie müßten bis zur Frühdämmerung unter der Erde sein. Aber abgesehen von seiner geheimen Besorgnis, spürte er, daß sein Ruf von einem im Kampf errungenen Sieg abhing. Er hatte seine Owsla mitgebracht, um diese Kaninchen anzugreifen, sie zusammenzuschlagen und zu besiegen. Eine Belagerung wäre ein erbärmlicher Abstieg. Außerdem wollte er so bald wie möglich nach Efrafa zurück. Wie die meisten Kriegsherren war er nie ganz sicher, was hinter seinem Rücken vorging.

»Wenn ich mich recht erinnere«, sagte er, »gab es, nachdem der Hauptteil des Geheges in Nutley Copse genommen und der Kampf so gut wie vorüber war, noch ein paar Kaninchen, die sich in einen kleineren Bau einschlossen, wo man schwer an sie herankommen konnte. Ich gab den Befehl, sie zu erledigen, und kehrte dann mit den Gefangenen nach Efrafa zurück. Wie *wurden* sie erledigt, und wer tat es, weißt du das?«

»Hauptmann Mallow«, sagte Campion. »Er ist natürlich tot, aber ich nehme an, es ist jemand hier, der damals mit dabei war. Ich werde mich darum kümmern.«

Er kehrte mit einem starken, sturen Owsla-Posten namens Ragwort zurück, der nur mit Mühe begriff, was der General wissen wollte. Schließlich jedoch sagte er, der Hauptmann habe ihnen damals, vor mehr als einem Jahr, befohlen, ein Loch senkrecht in den Boden zu graben. Schließlich hatte die Erde unter ihnen nachgegeben, und sie waren zwischen einige Kaninchen gestürzt, die sie bekämpft und besiegt hatten.

»Nun, das dürfte wohl auch der einzige Weg sein, wie wir es schaffen können«, sagte Woundwort zu Campion. »Und wenn wir alle im Schichtdienst darauf ansetzen, sollten wir uns vor Sonnenaufgang durchgegraben haben. Stell sofort deine Wachen wieder auf – nicht mehr als zwei oder drei –, und dann fangen wir gleich an.«

Bald danach vernahmen Hazel und seine Kaninchen unten in der Honigwabe die ersten Kratzgeräusche von oben. Sie merkten bald, daß an zwei Stellen gegraben wurde. Eine war am nördlichen Ende der Honigwabe, oberhalb der Stelle, wo die Baumwurzeln eine Art Kreuzgang bildeten. Hier war das Dach, das über und über von feinen Wurzeln gitterförmig durchzogen war, sehr stark. Die andere schien mehr oder weniger über dem Zentrum der Honigwabe, aber eher näher dem südlichen Ende zu liegen, wo die Halle in gewissen Abständen durch Erdsäulen in Ausbuchtungen und Läufe unterteilt war. Hinter diesen Läufen lagen mehrere Baue. Einer, ausgefüttert mit Haar, das sie von ihrem eigenen Bauch gezupft hatte, enthielt Clover und den von Erde eingefaßten Haufen Gras und Blätter, in dem ihr neugeborener Wurf schlief.

»Na, wir scheinen eine ganze Menge Schwierigkeiten zu machen«, sagte Hazel. »Um so besser. Es wird ihre Klauen abstumpfen, und ich nehme an, daß sie völlig erschöpft sein werden, ehe sie fertig sind. Was hältst du davon, Blackberry?«

»Ich fürchte, es sieht schlecht aus, Hazel-rah«, erwiderte Blackberry. »Es ist wahr, sie sind am oberen Ende in Schwierigkeiten. Da ist noch ein Haufen Erde über uns, und die Wurzeln werden sie eine lange Zeit aufhalten. Aber an diesem Ende wird es leichter für sie sein. Sie werden sicher ziemlich bald durchkommen. Dann wird das Dach einstürzen; und ich wüßte nicht, was wir tun könnten, um sie aufzuhalten.«

Hazel merkte, wie er zitterte, während er sprach. Als die Geräusche des Grabens weitergingen, spürte er, wie sich Angst im Bau ausbreitete. »Sie werden uns nach Efrafa zurückbringen«, flüsterte Vilthuril Thethuthinnang zu. »Die Gehege-Polizei –«

»Sei still«, sagte Hyzenthlay. »Die Rammler reden nicht davon, warum dann wir? Mir ist es lieber, hier zu sein, so, wie's ist, als Efrafa nie verlassen zu haben.«

Es war zwar tapfer gesagt, aber Hazel war nicht der einzige, der ihre Gedanken lesen konnte. Bigwig erinnerte sich an die Nacht, als er sie beruhigt hatte, indem er ihr von den hohen Downs und der Gewißheit ihres Entrinnens erzählt hatte. In der Dunkelheit rieb er seine Nase an Hazels Schulter und drückte ihn an eine Seite des breiten Baus.

»Hör zu, Hazel«, sagte er, »wir sind noch nicht erledigt. Noch lange, nicht. Wenn das Dach nachgibt, kommen sie an diesem Ende der Honigwabe herunter. Aber wir können alle in die Schlafbaue dahinter bringen und die dahin führenden Läufe blockieren. Dann sind sie nicht besser dran.«

»Nun ja, wenn wir das tun, wird es etwas länger dauern«, sagte Hazel. »Aber sie werden bald auch in die Schlafbaue durchbrechen können, wenn sie erst einmal hier drin sind.«

»Wenn sie's tun, werden sie mich da vorfinden«, sagte Bigwig, »und außer mir noch ein paar andere. Ich würde mich nicht wundern, wenn sie sich entschieden, heimzugehen.«

Mit etwas wie Neid merkte Hazel, daß Bigwig sich tatsächlich auf ein Treffen mit den angreifenden Efrafas freute. Er wußte, daß er kämpfen konnte, und er war entschlossen, es zu beweisen. Er dachte an nichts anderes. Die Hoffnungslosigkeit ihrer Situation nahm in seinen Gedanken keinen wichtigen Platz ein. Selbst das Geräusch des Grabens, das immer deutlicher wurde, ließ ihn nur nach der besten Metbode trachten, sein Leben so teuer wie möglich zu verkaufen. Aber was gab es schließlich auch sonst zu tun? Wenigstens würden Bigwigs Vorbereitungen die anderen beschäftigen und vielleicht dazu beitragen, die geheime Angst, die das ganze Gehege erfüllte, zu vertreiben.

»Du hast ganz recht, Bigwig«, sagte er. »Bereiten wir einen kleinen Empfang vor. Willst du Silver und den anderen sagen, was du vorhast, und sie anfangen lassen?«

Als Bigwig seinen Plan Silver und Holly erklärte, schickte Hazel Speedwell ans Nordende der Honigwabe, um auf das Graben zu horchen und laufend zu melden, was er über dessen Fortschritt feststellen könnte. Soweit er sehen konnte, würde es wenig Unterschied machen, ob das Dach dort oder im Mittelpunkt zusammenstürzte, aber zumindest sollte er versuchen, den anderen zu zeigen, daß er seine fünf Sinne beisammen hatte.

»Wir können diese Wände nicht herunterreißen, um den Lauf dazwischen zu versperren, Bigwig«, sagte Holly. »Sie stützen das Dach an diesem Ende, weißt du?«

»Ich weiß«, antwortete Bigwig. »Wir werden in die Wände der Schlafbaue dahinter graben. Sie müssen sowieso größer werden, wenn wir alle zusammen da hineingehen sollen. Dann füllen wir mit der losen Erde die Lükken zwischen den Säulen und stopfen das Ganze zu.«

Seit er aus Efrafa herausgekommen war, stand Bigwigs Ansehen sehr hoch im Kurs. Da sie ihn voller Zuversicht sahen, verdrängten die anderen ihre Furcht, so gut sie konnten, und taten, was er ihnen sagte, vergrößerten die Baue hinter dem Südende der Honigwabe und häuften die weiche Erde in den Eingangsläufen auf, bis das, was eine Kolonnade gewesen war, eine solide Wand wurde. Während einer Arbeitspause meldete Speedwell, daß das Graben über dem Nordende aufgehört hatte. Hazel ging und kauerte sich neben ihn und horchte ebenfalls eine Zeitlang. Es war nichts zu hören. Er ging zurück, wo Buckthorn saß und den Fuß des einzigen offenen Laufes – Kehaars Lauf, wie er genannt wurde – bewachte.

»Weißt du, was los ist?« sagte er. »Sie haben gemerkt, daß sie sich da oben zwischen den Buchenwurzeln befinden, also haben sie's aufgegeben. Sie werden jetzt um so intensiver am anderen Ende arbeiten.«

»Wahrscheinlich, Hazel-rah«, erwiderte Buckthorn. Nach einer Weile sagte er: »Erinnerst du dich an die Ratten in der Scheune? Der Sache sind wir gut entronnen, nicht wahr? Aber ich fürchte, aus dem hier werden wir nicht herauskommen. Es ist schade, nach allem, was wir durchgemacht haben.«

»Wir werden herauskommen«, sagte Hazel mit aller Überzeugung, die er aufbringen konnte. Aber er wußte, daß er, wenn er bliebe, die Verstellung nicht aufrechterhalten konnte. Buckthorn – der anständigste, offenste Bursche, den es gab –, wo würde er um *ni-Frith* morgen sein? Und er selbst – wohin hatte er sie geführt mit all seinen klugen Plänen? Waren sie über das Gemeindeland, zwischen den funkelnden Drähten, durch das Gewitter, die Abzugskanäle auf dem großen Fluß gekommen, um unter den Klauen General Woundworts zu sterben? Sie verdienten den Tod nicht; es war kein gerechtes Ende des klugen Pfades, den sie eingeschlagen hatten. Aber was konnte Woundwort aufhalten? Was konnte sie jetzt retten? Nichts, er wußte es, es sei denn, ein riesiger Schlag würde von außen auf die Efrafas fallen – und da sah er eine Chance. Er wandte sich von Buckthorn ab.

Kratz, kratz, kratz kam das Geräusch vom Graben darüber. Hazel überquerte den Boden im Dunkeln und fand sich neben einem anderen Kaninchen, das still diesseits der neu aufgehäuften Wand kauerte. Er hielt an, beschnüffelte es. Es war Fiver.

»Arbeitest du nicht?« fragte er matt.

»Nein«, erwiderte Fiver. »Ich horche.«

»Auf das Graben, meinst du?«

»Nein, nein, nicht das Graben. Ich versuche, etwas zu hören – etwas, das die anderen nicht hören können. Bloß, daß ich es auch nicht hören kann. Aber es ist nahe. Dunkel. Laubwehe dunkel. Ich gehe fort, Hazel, gehe fort.« Seine Stimme wurde schleppend und schläfrig. »Ich falle. Aber es ist kalt. Kalt.«

Die Luft in dem dunklen Bau war stickig. Hazel beugte sich über Fiver, stieß den schlaffen Körper mit der Nase.

»Kalt«, murmelte Fiver. »Wie – wie. Wie – wie kalt!«

Es herrschte lange Stille.

»Fiver?« sagte Hazel. »Fiver? Kannst du mich hören?«

Plötzlich brach ein furchtbarer Laut aus Fiver; ein Laut, bei dem jedes Kaninchen in schrecklicher Angst zusammenzuckte; ein Laut, den kein Kaninchen je ausgestoßen hatte, den kein Kaninchen die Macht hatte hervorzubringen. Er war tief und gänzlich unnatürlich. Die an der Seite der Wand arbeitenden Kaninchen kauerten sich entsetzt hin. Eines der Weibchen winselte.

»Dreckige kleine Biester«, jaulte Fiver. »Wie – wie könnt ihr es wagen? Raus – raus! Raus – raus!«

Bigwig brach durch den Erdhaufen, zuckend und keuchend.

»In Friths Namen, bringt ihn zum Schweigen!« schnaufte er. »Sie werden alle verrückt werden!«

Schaudernd zerrte Hazel an Fivers Seite.

»Wach auf! Fiver, wach auf!«

Aber Fiver lag in tiefer Trance.

In Hazels Gedanken bogen sich grüne Zweige im Wind. Auf und ab schwankten sie, auf und ab. Da war etwas – etwas, das er zwischen ihnen erhaschen konnte. Was war es?

Wasser fühlte er – und Angst. Dann sah er plötzlich einen Augenblick klar eine kleine, auf der Böschung eines Baches bei Sonnenaufgang kauernde Gruppe Kaninchen, die einem kläffenden Geräusch in dem Wald darüber und dem Gezänk eines Eichelhähers lauschten.

»Wenn ich du wäre, würde ich nicht bis *ni-Frith* warten. Ich würde jetzt gehen. Ich glaube sogar, du wirst es müssen. Da läuft ein großer Hund frei im Wald herum. Da läuft ein großer Hund frei im Wald herum.«

Der Wind blies, die Bäume schüttelten ihre Myriaden Blätter. Der Bach war verschwunden. Er befand sich in der Honigwabe, Bigwig über den bewegungslosen Körper Fivers hinweg im Dunkel anblickend. Das Kratzen von oben klang lauter und näher.

»Bigwig«, sagte Hazel, »tu sofort, was ich sage, sei ein guter Junge. Wir haben kaum Zeit. Geh und hole Dandelion und Blackberry und bring sie zu mir an den Fuß von Kehaars Lauf, schnell.«

Am Fuß des Laufes saß Buckthorn immer noch an derselben Stelle. Er hatte sich bei Fivers Schrei nicht bewegt, aber sein Atem ging kurz, und sein Puls raste. Er und die anderen drei Kaninchen sammelten sich wortlos um Hazel.

»Ich habe einen Plan«, sagte Hazel. »Wenn er funktioniert, wird er Woundwort ein für allemal erledigen. Aber ich habe keine Zeit, ihn zu erklären. Jeder Augenblick zählt jetzt. Dandelion und Blackberry, ihr kommt mit mir. Ihr müßt direkt nach oben aus diesem Lauf heraus und durch die Bäume zum Hügelland laufen. Dann nach Norden, über den Rand und zu den Feldern hinunter. Haltet unter keinen Umständen an. Ihr werdet schneller laufen als ich. Wartet auf mich bei dem Eisenbaum unten.«

»Aber Hazel –«, sagte Blackberry.

»Sobald wir gegangen sind«, sagte Hazel, sich an Bigwig

wendend, »mußt du diesen Lauf blockieren und jeden hinter die Wand, die du gemacht hast, bringen. Wenn sie einbrechen, haltet sie auf, solange ihr könnt. Gebt ihnen auf keinen Fall nach. El-ahrairah hat mir gezeigt, was ich tun muß.«

»Aber wohin gehst du, Hazel?« fragte Bigwig.

»Zur Farm«, sagte Hazel, »um noch ein Seil durchzunagen. Jetzt, ihr zwei, folgt mir den Lauf hinauf – und vergeßt nicht, ihr haltet nicht an, um nichts in der Welt, bis ihr den Hügel hinunter seid. Wenn Kaninchen draußen sind, kämpft nicht – rennt.«

Ohne noch ein Wort zu sagen, jagte er den Tunnel hinauf und in den Wald hinaus, Blackberry und Dandelion hinter ihm.

# 45. Noch einmal Nuthanger Farm

»Mord!« rufen und des Krieges Hund' entfesseln.
Shakespeare *Julius Caesar*

In diesem Augenblick stand General Woundwort draußen im offenen Gras unter der Böschung Thistle und Ragwort in dem scheckigen, gelblichen Mondlicht der frühen Morgenstunden gegenüber.

»Ihr wurdet nicht an der Mündung dieses Laufes postiert, um zu horchen«, sagte er, »sondern um jeden Ausbruch zu verhindern. Ihr hattet kein Recht, euren Posten zu verlassen. Geht sofort zurück.«

»Ich gebe Euch mein Wort, Sir«, sagte Thistle verdrossen, »da unten ist ein Tier, das kein Kaninchen ist. Wir haben es beide gehört.«

»Und habt ihr's gerochen?« fragte Woundwort.

»Nein, Sir. Auch keine Spuren oder Mist gesehen. Aber wir hörten beide ein Tier, und es war kein Kaninchen.«

Mehrere der anderen hatten mit Graben aufgehört, standen in der Nähe und horchten. Sie begannen zu murmeln.

»Sie hatten ein *homba,* das Hauptmann Mallow tötete. Mein Bruder war dabei. Er hat es gesehen.«

»Sie hatten einen großen Vogel, der sich in einen Lichtstrahl verwandelte.«

»Und noch ein anderes Tier, das sie den Fluß hinunter fortnahm.«

»Warum können wir nicht nach Hause gehen?«

»Schluß!« sagte Woundwort. Er trat an die Gruppe heran. »Wer hat das gesagt? Du, nicht wahr? Na schön, dann geh nach Hause. Los, beeil dich! Ich warte. Da ist der Weg – dort drüben.«

Das Kaninchen bewegte sich nicht. Woundwort sah sich langsam um.

»Gut«, sagte er. »Wer noch nach Hause gehen will, nichts wie los! Es ist ein hübscher langer Weg, und ihr werdet keine Offiziere haben, weil die alle graben müssen – und ich auch. Hauptmann Vervain, Hauptmann Groundsel, wollt ihr mit mir kommen? Du, Thistle, gehst hinaus und holst Hauptmann Campion. Und du, Ragwort, gehst zur Mündung dieses Laufes zurück, den du niemals hättest verlassen dürfen.«

Sehr bald wurde das Graben wiederaufgenommen. Das Loch war tief – tiefer, als es Woundwort erwartet hatte, und trotzdem gab es noch kein Anzeichen eines bevorstehenden Einsturzes. Aber alle Kaninchen konnten fühlen, daß nicht weit unter ihnen ein Hohlraum war.

»Haltet euch ran«, sagte Woundwort. »Es wird nicht mehr lange dauern.«

Als Campion zurückkam, meldete er, er habe drei Kaninchen über den Hügel nach Norden fortrennen sehen. Eines schien das lahme Kaninchen zu sein. Er wollte ihnen schon nachsetzen, war aber in Befolgung des Befehls, den Thistle überbrachte, zurückgekehrt.

»Es spielt keine Rolle«, sagte Woundwort. »Laß sie laufen. Es werden dann drei weniger sein, wenn wir eindringen. – Was denn?« fuhr er Ragwort an, als der neben ihm auftauchte. »Was ist denn jetzt schon wieder?«

»Der offene Lauf, Sir«, sagte Ragwort. »Er ist eingebrochen und von unten zugestopft worden.«

»Dann kannst du etwas Nützliches tun«, sagte Woundwort. »Hol diese Wurzel heraus. Nein, die da, du Dummkopf.«

Das Graben ging weiter, als die ersten Lichtstrahlen im Osten durchbrachen.

Das große Feld am Fuß der Böschung war abgeerntet worden, aber das Stroh war noch nicht verbrannt und lag in langen, fahlen Reihen auf den dunkleren Stoppeln, bedeckte die steifen Halme und das Ernteunkraut – Knöterich und Pimpinelle, Ehrenpreis und wilde Stiefmütterchen – farblos und still im schwachen Mondlicht wie ein Zelt. Zwischen den Reihen von Stroh lagen die Stoppeln so offen wie das Hügelland.

»Nun«, sagte Hazel, als sie aus dem Gürtel von Weißdom und Hartriegel herauskamen, wo der Mast für die Hochspannungsleitungen stand, »habt ihr beide wirklich begriffen, was wir vorhaben?«

»Es ist ein bißchen viel verlangt, nicht wahr, Hazel-rah?« antwortete Dandelion. »Aber wir müssen es versuchen, das ist klar. Es gibt nichts anderes, was das Gehege noch retten könnte.«

»Also los«, sagte Hazel. »Das Vorwärtskommen ist jedenfalls leicht, und es ist nur halb so weit, nachdem das Feld jetzt gemäht ist. Kümmert euch nicht um Deckung – lauft einfach ins Freie. Haltet euch aber an mich. Ich werde so schnell laufen, wie ich kann.«

Sie überquerten das Feld ziemlich leicht, Dandelion lief voran. Der einzige Warnruf kam, als sie vier Rebhühner aufschreckten, die über die Hecke nach Westen davonschwirrten und mit ausgebreiteten Flügeln in das Feld dahinter hinuntersegelten. Bald erreichten sie die Straße, und Hazel hielt unter dem Weißdorn auf der nahen Böschung an.

»Nun, Blackberry«, sagte er, »hier verlassen wir dich. Lege dich dicht auf den Boden und bewege dich nicht. Wenn die Zeit kommt, brich nicht zu früh auf. Du hast den besten Kopf von uns allen. Gebrauch ihn – und behalt ihn auch. Wenn du zurückkommst, geh unter die Erde in Kehaars Lauf und bleib da, bis es wieder sicher ist. Ist alles klar?«

»Ja, Hazel-rah«, erwiderte Blackberry. »Aber soweit ich sehen kann, muß ich vermutlich von hier bis zum Eisenbaum ohne Unterbrechung laufen. Es gibt keine Deckung.«

»Ich weiß«, sagte Hazel. »Es läßt sich nicht ändern. Wenn es zum Schlimmsten kommt, wirst du zur Hecke abbiegen und dauernd hinein und herausflitzen müssen. Tu, was du willst. Wir haben keine Zeit, uns aufzuhalten und es auszuarbeiten. Vergewissere dich nur, daß du zum Gehege zurückkommst. Alles hängt von dir ab.«

Blackberry grub sich in das Moos und den Efeu am Fuß des Dornbusches ein. Die beiden anderen überquerten die Straße und liefen hangaufwärts auf die Scheunen neben dem Feldweg zu.

»Gute Wurzeln haben sie da«, sagte Hazel, als sie an ihnen vorbeikamen und die Hecke erreichten. »Schade, daß wir jetzt keine Zeit haben. Wenn alles hinter uns liegt, werden wir einen netten, ruhigen Überfall auf diesen Ort machen.«

»Hoffentlich, Hazel-rah«, sagte Dandelion. »Gehst du direkt zum Feldweg hinauf? Wie ist's mit Katzen?«

»Es ist der schnellste Weg«, sagte Hazel. »Nur darauf kommt es jetzt an.«

Inzwischen war es hell geworden, und mehrere Lerchen

waren schon oben. Als sie sich dem großen Ring von Ulmen näherten, hörten sie noch einmal das schnelle Seufzen und Rascheln über sich, und ein gelbes Blatt kam an den Rand des Grabens heruntergewirbelt. Sie erreichten den Gipfel des Hanges und sahen vor sich die Scheunen und den Farmhof. Die Vögel fingen überall an zu singen, und die Saatkrähen riefen hoch in den Ulmen, aber nichts – nicht einmal ein Sperling – bewegte sich auf der Erde. Direkt vor ihnen, auf der anderen Seite des Farmhofes, dicht beim Haus, stand die Hundehütte. Der Hund war nicht zu sehen, aber der an den Bolzen auf dem flachen Dach gebundene Strick hing über den Rand und verschwand hinter der Schwelle.

»Wir kommen rechtzeitig«, sagte Hazel. »Das Vieh schläft noch. Also, Dandelion, du darfst keinen Fehler machen. Du legst dich dort, gegenüber der Hütte, ins Gras. Wenn der Strick durchgenagt ist, wirst du ihn fallen sehen. Wenn den Hund nicht krank oder taub ist, wird er inzwischen gewarnt sein – wahrscheinlich schon vorher, aber das ist meine Sache. Es liegt an dir, ihn auf dich aufmerksam zu machen und dich von ihm den ganzen Weg zur Straße hinunter jagen zu lassen. Du bist sehr schnell. Paß auf, daß er dich nicht verliert. Benutze die Hecken, wenn du willst, aber vergiß nicht: Er wird den Strick nachziehen. Führ ihn Blackberry zu. Darauf allein kommt es an.«

»Wenn wir uns je wiedersehen, Hazel-rah«, sagte Dandelion, als er Deckung im Grasrand nahm, »sollten wir Material für die beste Geschichte der Welt haben.«

»Und du wirst derjenige sein, der sie erzählt«, sagte Hazel.

Er lief in einem Halbkreis zur Morgenseite fort und erreichte die Wand des Farmhauses. Dann hopste er vorsichtig an der Wand entlang, in das schmale Blumenbeet hinein und wieder heraus. In seinem Kopf war ein Durcheinander von Gerüchen – blühender Phlox, Asche, Kuhdung, Hund, Katze, Hennen, abgestandenes Wasser. Er gelangte hinter die Hütte, die nach Kreosot und fauligem Stroh stank. Ein halb benutzter Ballen Stroh lehnte daran – zweifellos saubere Lagerstreu, die in dem trockenen Wetter nicht wieder überdeckt worden war. Hier hatte er wenigstens ein bißchen Glück, denn er hatte erwartet, nur unter Schwierigkeiten aufs Dach zu gelangen. Er krabbelte das Stroh hinauf. Über einem Teil des verfilzten Daches lag ein zerrissenes Stück einer alten Decke, das naß von Tau war. Hazel setzte sich auf, schnüffelte und legte die Vorderpfoten darauf. Es rutschte nicht. Er zog sich hinauf.

Wieviel Lärm hatte er gemacht? Wie stark war sein Geruch über Teer-, Stroh- und Farmhofgerüchen zu spüren? Er verharrte, bereit zu springen und in Erwartung einer Bewegung unter ihm. Kein Ton. In einem schrecklichen Hundegestank, der ihm Furcht einjagte und alle Nerven »Lauf! Lauf!« rufen ließ, kroch er nach vorn, wo der Bolzen in das Dach geschraubt war. Seine Klauen kratzten leicht, und er hielt wieder an. Immer noch keine Bewegung. Er kauerte sich hin und begann an dem dicken Strick zu knabbern und zu nagen.

Es war leichter, als er gedacht hatte, sehr viel leichter als beim Strick auf dem Boot, obgleich er fast genauso dick war. Das Bootstau war vollgesogen gewesen mit Regen, nachgiebig, schlüpfrig und faserig. Dieses, wenn auch von außen naß von Tau, war innen trocken und leicht. In sehr kurzer Zeit war der innere Strang sichtbar. Seine meißelartigen Vorderzähne bissen stetig, und er spürte die trockenen Fasern reißen. Der Strick war schon so gut wie halb durch.

In diesem Augenblick fühlte er den schweren Körper des Hundes sich unten bewegen. Er streckte sich, schüttelte sich und gähnte. Der Strick bewegte sich ein bißchen, und das Stroh raschelte. Der faulige Geruch kam stark, wie in einer Wolke, herauf.

Es spielt keine Rolle, ob er mich jetzt hört, dachte Hazel. Wenn ich nur den Strick schnell durchgebissen habe, spielt es keine Rolle. Der Hund wird zu Dandelion laufen, wenn ich nur sichergehen kann, daß der Strick reißt, wenn er ihn spannt.

Er zerrte wieder an dem Strick und setzte sich, kurz Atem holend, zurück, blickte über den Pfad dorthin, wo Dandelion wartete. Dann erstarrte er und machte große Augen. Ein kleines Stück hinter Dandelion kauerte die weißbrüstige Katze mit aufgerissenen Augen und peitschendem Schwanz im Gras. Sie hatte beide entdeckt, ihn und Dandelion. Während er hinsah, kroch sie etwas näher. Dandelion lag still, beobachtete angestrengt den vorderen Teil der Hundehütte, wie ihm befohlen worden war. Die Katze straffte sich, um zu springen.

Ehe er wußte, was er tat, stampfte Hazel auf das hohle Dach. Zweimal stampfte er, um dann hinunterzuspringen und zu flüchten. Dandelion reagierte sofort und schoß aus dem Gras heraus auf den offenen Kies. Im selben Augenblick sprang die Katze und landete genau dort, wo er gelegen hatte. Der Hund bellte zweimal rasch und scharf und raste aus der Hütte hinaus. Er erblickte Dandelion sofort und rannte los. Der Strick spannte sich, hielt einen Augenblick und riß dann an der Stelle auseinander, wo Hazel ihn bis auf einen Faden durchgenagt hatte. Die Hütte ruckte nach vorn, kippte vor und zurück und schlug mit einem Stoß auf dem Boden auf. Hazel, der schon das Gleichgewicht verloren hatte, umkrallte die Decke, glitt aus und fiel über den Rand. Er landete schwer auf seinem schwachen Bein und lag kickend da. Der Hund war fort.

Hazel hörte auf auszuschlagen und lag still. Er spürte einen zuckenden Schmerz in seiner Keule, aber er wußte, daß er sich bewegen konnte. Er erinnerte sich an den erhöhten Boden der Scheune hinter dem Farmhof. Er konnte die kurze Entfernung hinüberhinken, unter den Boden schlüpfen und dann zum Graben laufen. Er erhob sich auf seine Vorderläufe.

In diesem Augenblick wurde er zur Seite gestoßen und zu Boden gedrückt. Er fühlte einen leichten, aber scharfen, stechenden Schmerz unter seinem Fell im Rücken. Er schlug mit den Hinterläufen aus, traf aber nichts. Er drehte den Kopf. Die Katze war auf ihm, halb über seinen Körper geduckt. Ihr Schnurrbart streifte sein Ohr. Ihre großen grünen Augen, die Pupillen senkrecht zusammengezogen, schwarze Schlitze im Sonnenschein, starrten in die seinen.

»Kannst du rennen?« zischte die Katze. »Ich glaube nicht.«

# 46. Bigwig setzt sich zur Wehr

Schweres Draufschlagen, das, Gentlemen. Wollen mal sehen, wer am längsten draufschlägt.

Der Herzog von Wellington (bei Waterloo)

Groundsel rappelte sich den steilen Hang des Schachtes hinauf und gesellte sich zu Woundwort in der Grube oben.

»Wir brauchen nicht weiterzugraben, Sir«, sagte er. »Der Boden wird einfallen, wenn jemand jetzt da hinuntergeht.«

»Kannst du ausmachen, was unten ist?« fragte Woundwort. »Ist es ein Lauf oder ein Bau, in den wir eindringen?«

»Ich bin ziemlich sicher, daß es ein Bau ist, Sir«, antwortete Groundsel. »Tatsächlich kommt es mir so vor, als ob es sich um einen ungewöhnlich großen Raum da unten handelt.«

»Wie viele Kaninchen sind deiner Meinung nach drin?«

»Ich konnte überhaupt keine hören. Aber vielleicht verhalten sie sich ruhig und warten darauf, uns anzugreifen, wenn wir einbrechen.«

»Bis jetzt haben sie sich nicht sehr angriffslustig gezeigt«, sagte Woundwort. »Ein armseliger Haufen, würde ich sagen – verstecken sich unter der Erde, und einige von ihnen laufen nachts fort. Ich glaube nicht, daß wir viel Schwierigkeiten haben werden.«

»Es sei denn, Sir –«, sagte Groundsel.

Woundwort sah ihn an und wartete.

»Es sei denn – das Tier greift uns an«, sagte Groundsel. »Was immer es sein mag. Es sieht Ragwort nicht ähnlich, sich etwas einzubilden. Er ist ziemlich stur. Ich versuche nur, vorauszudenken«, fügte er hinzu, als Woundwort immer noch nichts sagte.

»Nun«, sagte Woundwort endlich, »wenn es ein Tier gibt, wird es feststellen, daß auch ich ein Tier bin.« Er kam auf die Böschung hinauf, wo Campion und Vervain mit einer Anzahl anderer Kaninchen warteten.

»Die schwerste Arbeit haben wir jetzt hinter uns«, sagte er. »Wir werden unsere Weibchen heimnehmen können, sobald wir da unten Schluß gemacht haben. Wir werden so vorgehen: Ich werde den Boden des Loches einbrechen und direkt in den Bau hinuntergehen. Ich möchte, daß mir nur drei andere folgen, sonst gibt es ein völliges Durcheinander, und wir werden uns gegenseitig bekämpfen. Vervain, du kommst hinter mir her und bringst noch zwei mit. Sollte es Schwierigkeiten geben, werden wir schon damit fertig werden. Groundsel, du folgst uns. Aber du bleibst im Schacht, verstanden? Spring nicht hinunter, ehe ich's dir befehle. Wenn wir wissen, wo wir sind und was wir tun, kannst du noch ein paar mehr hereinbringen.«

Es gab kein Kaninchen in der Owsla, das nicht Vertrauen zu Woundwort hatte. Als sie hörten, daß er sich darauf vorbereitete, zuerst in die Tiefen des feindlichen Geheges zu gehen, so ruhig, als suchte er Löwenzahn da unten, hob sich die Stimmung seiner Offiziere. Es schien ihnen sehr wahrscheinlich, daß sich das Gehege ohne jeden Kampf ergeben würde. Als der General den endgültigen Angriff auf Nutley Copse angeführt hatte, hatte er drei Kaninchen unter der Erde getötet, und keines hatte mehr gewagt, ihm entgegenzutreten, obgleich es tags zuvor einige harte Kämpfe in den äußeren Läufen gegeben hatte.

»Nun gut«, sagte Woundwort. »Ich will, daß niemand umherstreift. Campion, sorge dafür. Sobald wir einen der blockierten Läufe von innen aufkriegen, kannst du den Ort besetzen. Halte sie hier zusammen, bis ich dir Nachricht gebe, und dann schick sie schnell herein.«

»Viel Glück, Sir«, sagte Campion.

Woundwort sprang in die Grube, legte die Ohren an und ging den Schacht hinunter. Er hatte schon beschlossen, daß er nicht anhalten würde, um zu horchen. Es hatte keinen Zweck, da er beabsichtigte, sofort hineinzubrechen, ohne Rücksicht darauf, ob etwas zu hören war oder nicht. Es war wichtiger, nicht den Anschein zu erwecken, daß er zögerte oder Vervain dazu veranlaßte; und der Feind, wenn er da war, sollte die kürzestmögliche Zeit haben, ihn kommen zu hören. Unten würde entweder ein Lauf oder ein Bau sein. Entweder würde er sofort kämpfen müssen, oder es gäbe zuerst eine Chance für ihn, sich umzusehen und zu erkennen, wo er war. Es spielte keine Rolle. Worauf es ankam, war, Kaninchen zu finden und sie zu töten.

Er gelangte zum Boden des Schachtes. Wie Groundsel gesagt hatte, war er offenkundig dünn – spröde wie Eis auf einer Pfütze – und bestand aus Kalk, Kiesel und leichter Erde. Woundwort fuhr mit den Vorderklauen darüber. Er war ein wenig feucht, hielt einen Augenblick und fiel dann zerbröckelnd ein. Und Woundwort mit ihm.

Er fiel etwa um die Länge seines eigenen Körpers – tief genug, um ihm zu sagen, daß er in einem Bau war. Als er landete, stieß er mit den Hinterläufen aus und sprang dann vor, teils, um Vervain, der ihm folgte, auszuweichen, und teils, um die Wand zu erreichen und kehrtzumachen, ehe er von hinten angegriffen werden konnte. Er fand sich vor einem Haufen weicher Erde – offenbar das Ende eines aus dem Bau hinausführenden, zugeschütteten Laufes – und drehte sich um. Einen Augenblick später war Vervain neben ihm. Das dritte Kaninchen, wer immer es sein mochte, schien Schwierigkeiten zu haben. Sie konnten es beide in der herabgefallenen Erde scharren hören.

»Hier drüben«, sagte Woundwort scharf.

Das Kaninchen, ein kräftiger, schwerer Veteran namens Thunder, gelangte stolpernd zu ihnen.

»Was ist los?« fragte Woundwort.

»Nichts, Sir«, antwortete Thunder, »da liegt bloß ein totes Kaninchen auf dem Boden, und das hat mich einen Augenblick überrascht.«

»Ein totes Kaninchen?« fragte Woundwort. »Bist du sicher, daß es tot ist? Wo ist es?«

»Da drüben, Sir, neben dem Schacht.«

Woundwort durchquerte schnell den Bau. Auf der anderen Seite des Gerölls, das vom Schacht hereingefallen war, lag der schlaffe Körper eines Rammlers. Er beschnupperte ihn und drückte ihn dann mit der Nase.

»Der ist noch nicht lange tot«, sagte er. »Er ist schon beinahe kalt, aber noch nicht steif. Was hältst du davon, Vervain? Kaninchen sterben nicht unter der Erde.«

»Es ist ein sehr kleiner Rammler, Sir«, antwortete Vervain. »Vielleicht hatte er keine Lust zu kämpfen, und die anderen töteten ihn, als er es sagte.«

»Nein, das kann nicht sein. Es ist kein Kratzer an ihm. Nun, laß ihn liegen. Wir müssen weiter, und ein Kaninchen von dieser Größe macht, ob tot oder lebendig, sowieso keinen Unterschied.«

Er begann, sich schnuppernd an der Wand entlangzubewegen. Er passierte die Mündungen zweier blockierter Läufe, gelangte an eine Öffnung zwischen dicken Baumwurzeln und hielt an. Der Ort war augenscheinlich sehr groß – größer als der Ratsbau in Efrafa. Da sie nicht angegriffen wurden, konnte er den Raum zu seinem Vorteil ausnutzen, indem er sofort noch mehr Kaninchen hereinholte. Er lief schnell zum Fuß des Schachtes zurück. Wenn er sich auf seine Hinterläufe stellte, konnte er die Vorderpfoten auf den unebenen Rand des Loches stützen.

»Groundsel?« sagte er.

»Ja, Sir?« antwortete Groundsel von oben.

»Komm und bring noch vier andere mit. Springt an dieser Seite hierunter« – er rückte etwas weg –, »da ist ein totes Kaninchen auf dem Boden – eines der ihren.«

Er erwartete immer noch, jeden Augenblick angegriffen zu werden, aber es blieb alles still. Er horchte weiter, schnupperte die stickige Luft, während die fünf Kaninchen sich nacheinander in den Bau fallen ließen. Dann nahm er Groundsel zu den beiden blockierten Läufen an der Ostwand hinüber. »Reiß sie so schnell, wie du kannst, auf«, sagte er, »und schick zwei Kaninchen los, um herauszufinden, was jenseits der Baumwurzeln liegt. Wenn sie angegriffen werden, hast du dich ihnen sofort anzuschließen.«

»Mit Verlaub, Sir, es ist etwas Seltsames um die Wand am anderen Ende«, sagte Vervain, als Groundsel seine Kaninchen an die Arbeit schickte. »Das meiste ist harte Erde, in der nie gegraben wurde. Aber an ein oder zwei Stellen sind Partien von viel weicherer Füllung. Ich würde sagen, daß durch die Wand führende Läufe erst kürzlich aufgefüllt worden sind – wahrscheinlich gestern abend.«

Woundwort und Vervain gingen an der Südwand der Honigwabe entlang, sorgfältig kratzend und horchend.

»Ich glaube, du hast recht«, sagte Woundwort. »Hast du irgendeine Bewegung von der anderen Seite gehört?«

»Ja, Sir, ungefähr hier«, sagte Vervain.

»Wir werden die Wand an dieser Stelle einreißen«, sagte Woundwort.

»Setze zwei Kaninchen dafür an. Wenn ich recht habe und Thlayli auf der anderen Seite ist, werden sie bald Ärger kriegen. Aber das wollen wir ja – ihn zwingen, sie anzugreifen.«

Als Thunder und Thistle zu graben begannen, kauerte Woundwort sich still hinter sie und wartete.

Noch ehe er das Dach der Honigwabe einfallen hörte, wußte Bigwig, daß es nur eine Frage der Zeit sein konnte, ehe die Efrafas die weichen Stellen in der Südwand entdekken und sich an die Arbeit machen würden, durch eine durchzubrechen. Das würde nicht lange dauern. Dann würde er kämpfen müssen – wahrscheinlich mit Woundwort selbst, und wenn Woundwort sich mit ihm anlegte und sein Gewicht einsetzte, würde er kaum eine Chance haben. Irgendwie mußte er es fertigbringen, ihn am Anfang zu verwunden, ehe er darauf gefaßt war. Aber wie? Er legte Holly das Problem vor.

»Das Dumme ist, daß dieses Gehege nicht zu Verteidigungszwecken gegraben wurde«, sagte Holly. »Dazu war bei uns zu Hause der Tote Lauf da, wie mir der Threarah einmal erzählte. Er wurde angelegt, damit wir, wenn es jemals nötig wäre, unter einem Feind hindurch nach oben gelangen könnten, wo er uns nicht erwartete.«

»Das ist es!« rief Bigwig. »So muß ich's machen! Schau, ich werde mich in den Boden des Laufes hinter dieser blokkierten Öffnung graben. Dann bedeckst du mich mit Erde. Man wird's nicht merken – an diesem Ort herrscht sowieso ein vollständiges Durcheinander. Ich weiß, es ist ein Risiko, aber es wird besser sein, als einfach zu versuchen, einem Kaninchen wie Woundwort gegenüberzutreten.«

»Aber wenn sie irgendwo anders durch die Wand brechen?« wandte Holly ein.

»Du mußt versuchen, sie hier dazu zu bringen«, erwiderte Bigwig. »Wenn du sie auf der anderen Seite hörst, mach Lärm, kratze ein bißchen oder so etwas – genau über mir. Komm, hilf mir graben. Und, Silver, hol alle aus der Honigwabe heraus und schließe diese Wand vollständig.«

»Bigwig«, sagte Pipkin, »ich kann Fiver nicht wecken. Er liegt immer noch da draußen mitten auf dem Boden. Was sollen wir tun?«

»Ich fürchte, wir können jetzt nichts tun«, erwiderte Bigwig. »Es ist jammerschade, aber wir werden ihn zurücklassen müssen.«

»O Bigwig«, rief Pipkin, »laß mich da draußen bei ihm bleiben! Ihr werdet mich überhaupt nicht vermissen, und ich kann weiter versuchen –«

»Hlao-roo«, sagte Holly so freundlich, wie er konnte, »wenn wir niemanden außer Fiver verlieren, ehe diese Sache vorüber ist, dann wird Frith auf unserer Seite kämpfen. Nein, tut mir leid, alter Junge, kein Wort mehr. Wir brauchen dich, wir brauchen jeden. Silver, sorge dafür, daß er mit den anderen zurückgeht.«

Als Woundwort sich durch das Dach der Honigwabe fallen ließ, lag Bigwig schon unter einer dünnen Erdschicht auf der anderen Seite der südlichen Wand, nicht weit von Clovers Bau.

Thunder grub seine Zähne in eine schwache Wurzel und zog sie heraus. Sofort fiel Erde herunter, und eine Lücke öffnete sich, wo er gegraben hatte. Die Wand reichte nicht mehr bis zum Dach. Es war nur ein breiter Haufen weicher Erde, der den Lauf halb füllte. Woundwort, der immer noch still wartete, konnte eine beträchtliche Anzahl Kaninchen am anderen Ende riechen und hören. Er hoffte, daß sie jetzt in den offenen Bau kommen und ihn angreifen würden. Aber sie rührten sich nicht.

Wenn es ums Kämpfen ging, war Woundwort nicht in der Lage, überlegt zu handeln. Menschen und größere Tiere, zum Beispiel Wölfe, haben gewöhnlich eine Vorstellung von ihrer eigenen Zahl und von der des Feindes, und dies wirkt sich auf ihre Kampfbereitschaft und auf ihre Taktik aus. Woundwort hatte nie so zu denken brauchen. Was er aus seiner ganzen Kampferfahrung gelernt hatte, war, daß es beinahe immer welche gibt, die kämpfen wollen, und andere, die nicht wollen, aber fühlen, daß sie's nicht vermeiden können. Mehr als einmal hatte er allein gekämpft und seinen Willen Massen von anderen Kaninchen aufgezwungen. Er tyrannisierte ein großes Gehege mit einer Handvoll ergebener Offiziere. Es kam ihm gar nicht in den Sinn – und wenn es ihm in den Sinn gekommen wäre, hätte er es nicht für ausschlaggebend gehalten –, daß die meisten seiner Kaninchen noch draußen waren, daß die, die bei ihm waren, weniger waren als die auf der anderen Seite der Wand und daß sie, bis Groundsel die Läufe geöffnet hatte, nicht hinauskommen konnten, selbst wenn sie wollten. Solche Dinge zählen nicht unter Kampfkaninchen. Wildheit und Angriffslust sind alles. Woundwort wußte, daß die hinter der Wand ihn fürchteten und daß er schon aus diesem Grunde im Vorteil war.

»Groundsel«, sagte er, »sobald du diese Läufe aufbekommen hast, sage Campion, er soll alle hier herunterschicken. Der Rest von euch folgt mir. Wir werden das erledigt haben, bis die anderen zu uns hereinkommen.«

Woundwort wartete nur, bis Groundsel die beiden Kaninchen zurückbrachte, die ausgeschickt worden waren, unter den Baumwurzeln am nördlichen Ende des Baus zu suchen. Dann kletterte er, Vervain hinter sich, den zusammengefallenen Erdhaufen hinauf und stieß in den engen

Lauf vor. Er konnte das Rascheln und Zusammendrängen von Kaninchen, von Rammlern und Weibchen, im Dunkel vor ihm hören und riechen. Direkt vor ihm waren zwei Rammler, aber sie zogen sich zurück, als er sich den Weg durch den lockeren Boden bahnte. Er stürzte vor und fühlte, wie sich der Boden unter ihm plötzlich hob. Im nächsten Augenblick sprang ein Kaninchen aus der Erde zu seinen Füßen auf und grub seine Zähne in das Gelenk seines linken Vorderlaufs. Woundwort hatte fast jeden Kampf in seinem Leben durch den Einsatz seines Körpergewichts gewonnen. Andere Kaninchen konnten ihm nicht standhalten, und wenn sie einmal unten waren, kamen sie selten wieder hoch. Er versuchte jetzt zu stoßen, aber seine Hinterläufe konnten in dem Haufen lockerer, nachgebender Erde keinen Halt finden. Er bäumte sich auf, und dabei merkte er, daß der Feind unter ihm in einer ausgehobenen Grube von der Größe seines eigenen Körpers kauerte. Er schlug aus und fühlte, wie sich seine Klauen tief in Rücken und Keule gruben. Dann stieß sich das andere Kaninchen, das immer noch seine Zähne in Woundworts Schulter hatte, mit seinen auf den Boden des Grabens gestutzten Hinterläufen ab. Woundwort, dessen Vorderläufe sich vom Boden hoben, wurde rücklings auf den Erdhaufen geworfen. Er schlug aus, aber der Feind hatte sich schon von ihm gelöst und befand sich außerhalb seiner Reichweite.

Woundwort stand auf. Er konnte das Blut an der Innenseite seines linken Vorderlaufes rinnen fühlen. Der Muskel war verwundet. Er konnte sein volles Gewicht nicht mehr darauf stützen. Aber auch seine eigenen Klauen waren blutig, und dieses Blut war nicht sein eigenes.

»Alles in Ordnung, Sir?« fragte Vervain hinter ihm.

»Natürlich, du Dummkopf«, sagte Woundwort. »Folge mir dicht auf.«

Das andere Kaninchen vor ihm sprach: »Ihr sagtet mir einst, ich solle Euch beeindrucken, General. Hoffentlich ist es mir gelungen.«

»Ich sagte dir einst, daß ich dich persönlich töten würde«, erwiderte Woundwort. »Jetzt ist kein weißer Vogel hier, Thlayli.« Er ging das zweite Mal vor.

Bigwigs Hohn war wohlüberlegt. Er hoffte, daß Woundwort sich auf ihn stürzen und ihm eine Chance geben würde, ihn wieder zu beißen. Aber als er, an den Boden gedrückt, wartete, merkte er, daß Woundwort zu klug war, sich anlocken zu lassen. Beim Abschätzen einer neuen Lage immer schnell, ging er langsam vorwärts und hielt sich dicht am Boden. Er beabsichtigte, seine Klauen zu gebrauchen. Ängstlich auf Woundworts Näherkommen horchend, konnte Bigwig die ungleichmäßige Bewegung seiner Vorderpfoten hören, die beinahe in Schlagnähe waren. Instinktiv zog er sich zurück, und dabei fiel ihm das Geräusch auf. Der linke Vorderlauf schleppt nach. Er kann ihn nicht richtig gebrauchen. Er entblößte die rechte Flanke und schlug auf seiner linken Seite aus.

Seine Klauen fanden Woundworts Lauf und rissen ihn seitlich auf; aber ehe er sich zurückziehen konnte, kam Woundworts volles Gewicht auf ihn herunter, und im nächsten Augenblick hatten dessen Zähne sein rechtes Ohr gepackt. Bigwig quietschte, preßte sich an den Boden und schüttelte wie wild den Kopf. Woundwort, der die Angst und Hilflosigkeit seines Feindes fühlte, ließ das Ohr los und hob sich über ihn, bereit zuzubeißen und ihn am Nacken aufzureißen. Einen Augenblick stand er über dem hilflosen Bigwig, mit den Schultern den Lauf ausfüllend. Dann gab sein verwundeter Vorderlauf nach, und er torkelte seitwärts gegen die Wand. Bigwig knuffte ihn zweimal ins Gesicht und fühlte, daß der dritte Hieb durch seinen Schnurrbart ging, als er zurücksprang. Das Geräusch seines schweren Atems kam deutlich von der Spitze des Erdhaufens. Bigwig, dem das Blut von Rücken und Ohr lief, wich nicht und wartete. Plötzlich merkte er, daß er die dunkle kauernde Gestalt General Woundworts in undeutlichen Umrissen erkennen konnte. Die ersten Spuren des Tageslichtes glommen durch das eingebrochene Dach der dahinterliegenden Honigwabe.

# 47. Der aufgehobene Himmel

Der alte Bulle stürzte sich mit gesenktem Kopf auf mich. Aber ich zuckte nicht zurück . . . Ich ging auf ihn los. Und er zuckte zurück.

Flora Thompson *Lark Rise*

Als Hazel stampfte, sprang Dandelion instinktiv vom Grasrand. Wenn ein Loch dagewesen wäre, wäre er darauf zugesprungen. In Sekundenschnelle blickte er links und rechts über den Kies. Dann raste der Hund auf ihn zu, und er drehte sich um und sprang auf die erhöhte Scheune zu. Aber ehe er sie erreichte, wurde ihm klar, daß er nicht unter dem Boden Schutz suchen dürfte. Wenn er das tat, würde der Hund bremsen, und sehr wahrscheinlich würde ihn jemand zurückrufen. Er mußte aus dem Farmhof hinaus und zur Straße hinunter. Er änderte die Richtung und raste den Feldweg hinauf zu den Ulmen.

Er hatte nicht erwartet, daß der Hund ihm so dicht auf den Fersen sein würde. Er konnte seinen Atem hören und wie der lockere Kies unter seinen Pfoten aufspritzte.

Er ist zu schnell für mich! dachte er. Er wird mich kriegen! Im nächsten Augenblick würde er über ihm sein, ihn am Rücken schnappen und sein Leben aus ihm herausreißen. Er wußte, daß Hasen, wenn sie eingeholt werden, ausweichen, indem sie schneller und geschickter Haken schlagen als der sie verfolgende Hund und auf ihrer Spur zurücklaufen. Ich werde zurücklaufen müssen, dachte er verzweifelt. Aber wenn ich's tue, wird er mich den Feldweg rauf- und runterjagen, und der Mann wird ihn heranrufen, oder ich werde ihn abschütteln müssen, indem ich durch die Hecke laufe – dann wird der ganze Plan mißlingen.

Er jagte über den Kamm und hinunter auf den Viehstall zu. Als Hazel ihm gesagt hatte, was er tun sollte, hatte er gemeint, daß seine Aufgabe darin bestehen würde, den Hund anzulocken und ihn dazu zu bringen, ihm zu folgen. Jetzt aber rannte er einfach um sein Leben, und das in einem Tempo, an das er früher nie herangekommen war und das er nicht beibehalten konnte, das wußte er.

Tatsächlich legte Dandelion die dreihundert Meter zum Viehstall in sehr viel weniger als einer halben Minute zurück. Aber als er das Stroh am Eingang erreichte, schien es ihm, als wäre er eine Ewigkeit gerannt. Hazel und den Farmhof hatte es vor langer, langer Zeit gegeben. Er hatte nie in seinem Leben etwas anderes getan, als in entsetzlicher Furcht diesen Feldweg hinunterzurennen, den Atem des Hundes an seinen Keulen fühlend. Im Tor lief ihm eine große Ratte über den Weg, und der Hund bremste deswegen einen Augenblick. Dandelion erreichte den nächsten Schuppen und sprang Hals über Kopf zwischen zwei Strohballen am Fuß eines Haufens. Es war eng dort, und er konnte sich nur mit Mühe umdrehen. Der Hund war im Nu da draußen, kratzte begierig, winselte und warf loses Stroh hoch, als er unten an den Ballen schnüffelte.

»Bleib still sitzen«, sagte eine junge Ratte aus dem Stroh dicht neben ihm. »Er wird in einer Minute fort sein. Sie sind nicht wie Katzen, weißt du?«

»Das ist es ja gerade«, sagte Dandelion keuchend und das Weiße seiner Augen rollend. »Er darf mich nicht verlieren – und Zeit ist alles.«

»Was?« fragte die Ratte verblüfft. »Was sagst du da?«

Ohne zu antworten, schlüpfte Dandelion zu einem anderen Spalt, sammelte sich einen Augenblick und verließ dann die Deckung, rannte über den Hof zum gegenüberliegenden Schuppen. Er war vorn offen, und er lief direkt zu der Bretterverschalung an der Rückseite durch. Unter dem morschen Ende eines Brettes war eine Lücke, durch die er ins Feld dahinter kroch.

Der Hund folgte, zwängte seinen Kopf in die Lücke und drängte sich, vor Erregung bellend, durch. Allmählich hob sich das Brett wie eine Falltür, bis er sich durchzwängen konnte.

Nachdem er jetzt einen besseren Start hatte, hielt sich Dandelion im Freien und lief über das Feld zur Hecke neben der Straße. Er wußte, daß er im Tempo nachließ, aber auch der Hund schien langsamer zu werden. Er wählte einen dichten Teil in der Hecke, schlüpfte durch und überquerte die Straße. Blackberry huschte von der anderen Böschung auf ihn zu. Dandelion ließ sich erschöpft in den Graben fallen. Der Hund war keine sieben Meter auf der anderen Seite der Hecke entfernt. Er konnte keine genügend große Lücke finden.

»Er ist schneller, als ich annahm«, keuchte Dandelion, »aber ich habe ihm die Schärfe genommen. Mehr kann ich nicht tun. Ich muß mich ausruhen. Ich bin erledigt.« Es war offensichtlich, daß Blackberry sich fürchtete.

»Frith helfe mir!« flüsterte er. »Ich werde es nie schaffen.«

»Los, schnell«, sagte Dandelion, »bevor er das Interesse verliert. Ich werde dich einholen und helfen, wenn ich kann.«

Blackberry hopste absichtlich auf die Straße und setzte sich auf. Der Hund sah ihn, jaulte und stieß sein Gewicht gegen die Hecke. Blackberry rannte langsam die Straße entlang auf zwei Tore zu, die weiter unten einander gegenüberlagen. Der Hund blieb auf gleicher Höhe mit ihm. Sobald er sicher war, daß er das Tor auf seiner Seite gesehen hatte und darauf losgehen würde, machte Blackberry kehrt und kletterte auf die Böschung. Draußen in den Stoppeln wartete er auf das Nahen des Hundes.

Es dauerte lange, bis er erschien, und als er sich endlich zwischen dem Torpfosten und der Böschung einen Weg ins Feld bahnte, schenkte er ihm keinerlei Aufmerksamkeit. Er witterte am Fuß der Böschung entlang, scheuchte ein Rebhuhn auf, sprang ihm nach und begann dann, in einem Haufen Ampfer herumzuscharren. Eine Zeitlang hatte Blackberry zu große Angst, sich zu bewegen. Dann hopste er in Verzweiflung langsam auf ihn zu, tat so, als habe er seine Anwesenheit nicht bemerkt. Der Hund sprang ihm nach, schien aber fast sofort das Interesse zu verlieren und fing wieder an, am Boden herumzuschnüffeln. Schließlich, als Blackberry nicht mehr wußte, was er tun sollte, brach der Hund aus eigenem Antrieb über das Feld auf, trottete neben einer der Reihen gedroschenen Strohs entlang, den zerrissenen Strick nachziehend und bei jedem Quietschen oder Rascheln hin und her springend. Blackberry, der hinter einer Parallelreihe Schutz suchte, hielt sich auf seiner Höhe. Auf diese Art legten sie die Entfernung zur Hochspannungsleitung, auf halbem Weg zum Fuß des Hügellandes, zurück. Da holte ihn Dandelion ein.

»Es ist nicht schnell genug, Blackberry! Wir *müssen* uns beeilen. Bigwig kann schon tot sein.«

»Ich weiß, aber wenigstens nimmt er den richtigen Weg. Anfänglich konnte ich ihn nicht dazu bringen, sich überhaupt zu bewegen. Können wir nicht –«

»Er muß mit Tempo zum Hügelland heraufkommen,

oder es wird keine Überraschung sein. Komm, wir locken ihn gemeinsam an. Aber wir müssen uns zuerst vor ihn setzen.«

Sie rannten schnell durch die Stoppeln, bis sie in die Nähe der Bäume kamen. Dann drehten sie um und kreuzten die Richtung des Hundes in voller Sicht. Diesmal nahm er die Verfolgung sofort auf, und die beiden Kaninchen erreichten das Unterholz am Fuß des jähen Abhangs, knapp zehn Meter vor ihm. Als sie zu klettern begannen, hörten sie den Hund krachend durch den spröden Holunder brechen. Er bellte einmal, und dann waren sie auf dem offenen Hang draußen, und der Hund rannte stumm hinter ihnen her.

Das Blut rann Bigwig über Nacken und Vorderlauf hinunter. Er ließ Woundwort, der auf dem Erdhaufen kauerte, nicht aus den Augen und erwartete jeden Moment, daß er vorspränge. Er konnte die Bewegung eines Kaninchens hinter sich hören, aber der Lauf war so eng, daß er sich nicht hätte umdrehen können, selbst wenn es gefahrlos gewesen wäre.

»Alle in Ordnung?« fragte er.

»Alle in Ordnung«, erwiderte Holly. »Komm, Bigwig, laß mich deinen Posten einnehmen. Du mußt dich ausruhen.«

»Kann nicht«, schnaufte Bigwig. »Du könntest hier nicht an mir vorbei – kein Platz –, und wenn ich zurückgehe, kommt das Scheusal hinterher – und dann hättet ihr ihn ungehindert in den Bauen. Überlaß das mir. Ich weiß, was ich tue.«

Bigwig war der Gedanke gekommen, daß in dem engen Lauf selbst sein toter Körper ein beträchtliches Hindernis sein würde. Die Efrafas würden ihn entweder herausholen oder drum herum graben müssen, und das würde eine weitere Verzögerung bedeuten. In dem Bau hinter ihm konnte er Bluebell hören, der offenbar den Weibchen eine Geschichte erzählte. Gute Idee, dachte er. Hält sie bei Laune. Das ist mehr, als ich tun könnte, wenn ich dort sitzen müßte.

»Und dann sagte El-ahrairah zu dem Fuchs: ›Du magst nach Fuchs riechen, und du magst ein Fuchs sein, aber ich kann dir deine Zukunft aus dem Wasser lesen.‹«

Plötzlich sprach Woundwort.

»Thlayli«, sagte er, »weshalb willst du dein Leben wegwerfen? Ich kann, wenn ich will, ein frisches Kaninchen nach dem anderen in diesen Lauf schicken. Du bist zu gut, um getötet zu werden. Komm nach Efrafa zurück. Ich verspreche dir, daß ich dir das Kommando über jedes Kennzeichen, das du dir aussuchst, geben werde. Du hast mein Wort.«

*»Silflay hraka, u embleer rah«*, erwiderte Bigwig.

»›Aha‹, sagte der Fuchs, ›meine Zukunft lesen, ha? Und was siehst du im Wasser, mein Freund? Fette Kaninchen, die durchs Gras laufen, ja, ja?‹«

»Na schön«, sagte Woundwort. »Aber vergiß nicht, Thlayli, du kannst jederzeit diesen Unsinn beenden.«

»›Nein‹, erwiderte El-ahrairah, ›ich sehe keine fetten Kaninchen im Wasser, sondern schnelle Hunde auf der Fährte und meinen Feind um sein Leben rennen.‹«

Bigwig war sich klar, daß Woundwort ebenfalls wußte, daß sein Körper, tot oder lebendig, ein großes Hindernis wäre. Er will, daß ich herauskomme, dachte er. Aber es wird Inlé sein, nicht Efrafa, wo ich von hier aus hingehe.

Plötzlich sprang Woundwort in einem einzigen Satz vor und prallte voll auf Bigwig wie ein von einem Baum fallender Ast. Er machte keinen Versuch, seine Klauen zu gebrauchen. Sein großes Gewicht drängte, Brust an Brust, gegen Bigwig. Mit seitwärts gewandten Köpfen bissen und schnappten sie nach ihren Schultern. Bigwig fühlte, wie er langsam rückwärts rutschte. Er konnte dem ungeheuren Druck nicht widerstehen. Seine Hinterläufe furchten mit ausgestreckten Klauen den Lauf, als er an Boden verlor. In wenigen Augenblicken würde er leibhaftig in den Bau dahinter geschoben werden. Seine letzte Kraft in das Bestreben legend, zu bleiben, wo er war, löste er seine Zähne aus Woundworts Schulter und senkte den Kopf wie ein Zugpferd, das eine schwere Ladung zieht. Trotzdem, er rutschte noch immer. Dann, zunächst ganz allmählich, begann der schreckliche Druck nachzulassen. Seine Klauen fanden im Boden Halt. Woundwort, dessen Zähne in Bigwigs Nacken gegraben waren, schnupfte und würgte. Was Bigwig nicht wußte – seine früheren Schläge hatten Woundwort die Nase aufgerissen. Seine Nüstern waren voll von seinem eigenen Blut, und da er die Zähne in Bigwigs Fell verbissen hatte, konnte er nicht Atem holen. Noch ein Weilchen, und er ließ los. Bigwig, der vollkommen erschöpft war, blieb liegen, wo er war. Nach einigen Augenblicken versuchte er aufzustehen, aber ein Ohnmachtsanfall und eine Empfindung, als drehe er sich in einem Graben voller Blätter unaufhörlich um, überkam ihn. Er schloß die Augen. Es herrschte Stille, und dann hörte er ganz deutlich Fiver in dem hohen Gras sprechen. »Du bist dem Tod näher als ich. Du bist dem Tod näher als ich.«

»Der Draht!« schrie Bigwig. Er schnellte hoch und schlug die Augen auf. Der Lauf war leer. General Woundwort war fort.

Woundwort kletterte in die Honigwabe, die jetzt durch das vom Schacht einfallende Licht schwach erhellt war. Er hatte sich nie so müde gefühlt. Er sah, wie Vervain und Thunder ihn unsicher anblickten. Er setzte sich auf seine Keulen und versuchte, sich mit den Vorderpfoten das Gesicht zu säubern.

»Thlayli wird keine Schwierigkeiten mehr machen«, sagte er. »Du solltest hineingehen und ihn erledigen, Vervain, da er nicht herauskommen wird.«

»Ich soll mit ihm kämpfen, Sir?« fragte Vervain.

»Nun, übernimm ihn ein paar Minuten«, antwortete Woundwort. »Ich will, daß sie anfangen, diese Wand an einer oder zwei anderen Stellen niederzureißen. Dann werde ich zurückgehen.«

Vervain wußte, daß das Unmögliche geschehen war. Den General hatte es am schlimmsten erwischt. Was er sagte, bedeutete: »Gebt mir Deckung. Laßt's die anderen nicht wissen.«

Was in Friths Namen geschieht jetzt? dachte Vervain. Die Wahrheit ist, daß Thlayli die ganze Zeit am besten abgeschnitten hat, seit er ihm erstmals in Efrafa begegnet war. Und je früher wir wieder zurück sind, desto besser.

Er traf auf Woundworts starren, blassen Blick, zögerte einen Augenblick und kletterte dann auf den Erdhaufen. Woundwort hinkte zu den beiden Läufen hinüber, auf halbem Weg die östliche Wand hinunter, die zu öffnen er Groundsel befohlen hatte. Beide Eingänge waren jetzt frei, und die Grabenden waren in den Tunnels nicht zu sehen. Als er näher kam, ging Groundsel rückwärts den entlegenen Tunnel hinunter und begann, seine Klauen an einer vorstehenden Wurzel zu säubern.

»Wie kommst du vorwärts?« fragte Woundwort.

»Dieser Lauf ist offen, Sir«, sagte Groundsel, »aber der andere wird ein bißchen länger dauern, fürchte ich. Er ist fest verstopft.«

»Einer genügt«, sagte Woundwort, »solange sie durch ihn hinunterkommen können. Wir können sie hereinholen und damit anfangen, diese Endwand niederzureißen.«

Er war im Begriff, selbst den Lauf hinaufzugehen, als er Vervain neben sich sah. Einen Augenblick glaubte er, daß er sagen würde, er habe Thlayli getötet. Aber ein zweiter Blick verriet ihm etwas anderes.

»Ich – äh – habe etwas Kies im Auge, Sir«, sagte Vervain. »Ich hole ihn nur heraus, und dann werde ich noch einen Versuch mit ihm machen.«

Wortlos ging Woundwort zum anderen Ende der Honigwabe zurück, und Vervain folgte.

»Du Feigling«, sagte Woundwort ihm ins Ohr. »Wenn meine Autorität zum Teufel geht, wo wird dann deine in einem halben Tag sein? Bist du nicht der bestgehaßte Offizier in Efrafa? Dieses Kaninchen *muß* getötet werden.«

Wieder kletterte er auf den Erdhaufen. Dann blieb er abrupt stehen. Vervain und Thistle, die die Köpfe hoben, um an ihm vorbeizugucken, sahen, warum. Thlayli war den Lauf heraufgekommen und kauerte direkt unter ihnen. Blut hatte das dichte Fellbüschel auf seinem Kopf verfilzt, und ein Ohr, das halb abgetrennt war, hing ihm neben dem Gesicht herunter. Sein Atem ging langsam und mühsam.

»Ihr werdet es viel schwerer finden, mich von hier zurückzudrängen, General«, sagte er.

Mit einer Art müder, dumpfer Überraschung merkte Woundwort, daß er sich fürchtete. Er wollte Thlayli nicht noch einmal angreifen. Er wußte mit wankender Sicherheit, daß er dem nicht gewachsen war. Und wer war es? dachte er. Wer könnte es tun? Nein, sie würden auf einem anderen Weg eindringen müssen, und jeder würde wissen, warum.

»Thlayli«, sagte er, »wir haben einen Lauf hier draußen

freigelegt. Ich kann genügend Kaninchen hereinbringen, um diese Wand an vier Stellen herunterzureißen. Warum kommst du nicht heraus?«

Thlaylis Erwiderung kam leise und keuchend, aber vollkommen klar. »Mein Oberkaninchen hat mir gesagt, ich soll diesen Lauf verteidigen, und bis es etwas anderes sagt, bleibe ich hier.«

»Sein Oberkaninchen?« wiederholte Vervain erstaunt.

Weder Woundwort noch einer seiner Offiziere hatten daran gezweifelt, daß Thlayli das Oberkaninchen seines Geheges war. Doch was er sagte, klang absolut überzeugend. Er sagte die Wahrheit. Und wenn er nicht das Oberkaninchen war, dann mußte es irgendwo ganz in der Nähe noch ein anderes, stärkeres Kaninchen geben. Ein stärkeres Kaninchen als Thlayli. Wo war es? Was tat es in diesem Augenblick?

Woundwort merkte, daß Thistle nicht mehr hinter ihm war.

»Wohin ist dieser junge Bursche gegangen?« fragte er Vervain.

»Er scheint sich davongestohlen zu haben, Sir«, antwortete Vervain.

»Du hättest ihn aufhalten sollen«, sagte Woundwort. »Hol ihn zurück.«

Aber es war Groundsel, der kurz darauf zu ihm zurückkehrte.

»Tut mir leid, Sir«, sagte er, »Thistle ist den geöffneten Lauf hinauf gegangen. Ich glaubte, Ihr hättet ihn geschickt, sonst hätte ich ihn gefragt, was er vorhabe. Ein oder zwei meiner Kaninchen scheinen mitgegangen zu sein – ich weiß nicht, weshalb.«

»Ich werde ihnen schon erzählen, weshalb«, sagte Woundwort. »Kommt mit.«

Er wußte jetzt, was sie zu tun hatten. Jedes Kaninchen, das er mitgebracht hatte, mußte nach unten geschickt werden, um zu graben, und jede verstopfte Lücke in der Wand mußte geöffnet werden. Und was Thlayli betraf, so würden sie ihn einfach lassen, wo er war, und je weniger darüber gesprochen wurde, desto besser. Es durfte keine Kämpfe mehr in engen Läufen geben, und wenn das schreckliche Oberkaninchen schließlich erschiene, würde es von allen Seiten ins Freie gezerrt werden.

Er wandte sich um und wollte den Bau erneut durchqueren, blieb aber, wo er war, und bekam große Augen. Im schwachen Licht unter dem unregelmäßigen Loch im Dach stand ein Kaninchen – kein Efrafa, ein dem General unbekanntes Kaninchen. Es war sehr klein und blickte sich gespannt um – mit aufgerissenen Augen wie ein Junges, das zum erstenmal über der Erde ist –, als ob es nicht ganz sicher wäre, wo es sich befand. Während Woundwort hinschaute, hob es eine zitternde Vorderpfote und fuhr mit ihr tastend über sein Gesicht. Einen Augenblick flackerte im General ein Gefühl aus alten Tagen auf – der Geruch von nassen Kohlblättern in einem Cottage-Garten, der Eindruck eines sorgenfreien, freundlichen Ortes, lange vergessen und verloren.

»Wer zum Teufel ist das?« fragte General Woundwort.

»Es – es muß das Kaninchen sein, das dort gelegen hat, Sir«, antwortete Groundsel. »Das Kaninchen, das wir für tot hielten.«

»Oh, ist es das?« sagte Woundwort. »Nun, das ist so ungefähr dein Kaliber, nicht wahr, Vervain? Das ist eines, mit dem du fertig werden dürftest. Beeil dich«, höhnte er, als Vervain zögerte, da er nicht sicher war, ob der General es ernst meinte, »und komm wieder heraus, sobald du es erledigt hast.«

Vervain ging langsam ein Stück vorwärts. Selbst er empfand wenig Befriedigung bei der Aussicht, ein *tharn* Kaninchen, das halb so groß war wie er, auf einen höhnischen Befehl hin zu töten. Das kleine Kaninchen machte keinerlei Bewegung, weder um sich zurückzuziehen, noch um sich zu verteidigen, sondern starrte ihn nur aus großen Augen an, die, wenn auch sorgenvoll, bestimmt nicht die eines geschlagenen Feindes oder eines Opfers waren. Vor seinem Blick blieb Vervain unsicher stehen, und einige Augenblicke standen sich die beiden in dem trüben Licht gegenüber. Dann sagte das fremde Kaninchen sehr ruhig und ohne eine Spur von Furcht: »Es tut mir von ganzem Herzen um euch leid. Aber ihr könnt uns keinen Vorwurf machen, denn ihr seid in der Absicht gekommen, uns zu töten.«

»Einen Vorwurf machen?« antwortete Vervain. »Weswegen?«

»Daß ihr sterben müßt. Glaube mir, es tut mir leid.«

Vervain hatte früher jede Menge Gefangene getroffen, die ihn vor ihrem Tod verflucht oder bedroht hatten – nicht selten mit übernatürlicher Rache, so ähnlich, wie Bigwig im Sturm Woundwort verflucht hatte. Wenn solche Dinge eine Wirkung auf ihn ausgeübt hätten, wäre er nicht Chef der Owslafa gewesen. Tatsächlich hatte Vervain für fast jede Äußerung, die ein Kaninchen in dieser schrecklichen Lage machte, ohne lange zu überlegen, sofort eine oder zwei aus einem ganzen Vorrat von höhnischen Erwiderungen bereit. Jetzt, als er wie gebannt in die Augen dieses unerklärlichen Feindes starrte – des einzigen, dem er in dieser langen Nacht auf der Suche nach Blutvergießen gegenübergestanden hatte –, überkam ihn Entsetzen, und er empfand Furcht vor seinen Worten, die sanft und unerbittlich wie Schneegestöber über schutzlosem Land waren. Die schattigen Winkel des fremden Baus schienen voller Flüstern und bösartiger Geister, und er erkannte die vor Monaten in den Gräben von Efrafa vergessenen Stimmen von Kaninchen, die er in den Tod befördert hatte.

»Laß mich in Ruhe!« rief Vervain. »Laß mich gehen! Laß mich gehen!«

Stolpernd und umhertappend fand er seinen Weg zu dem geöffneten Lauf und zog sich empor. Oben stieß er auf Woundwort. Der hörte einem von Groundsels Leuten zu, der zitterte und das Weiße seiner Augen zeigte.

»O Sir«, sagte der Junge, »sie sprechen von einem großen Oberkaninchen, größer als ein Hase; und sie hörten ein seltsames Tier –«

»Sei still!« sagte Woundwort. »Folge mir! Los!«

Er gelangte auf die Böschung, blinzelte in die Sonne. Die im Gras verstreuten Kaninchen starrten ihn entsetzt an, einige fragten sich, ob das wirklich der General war. Seine Nase und ein Augenlid hatten tiefe Wunden, und sein ganzes Gesicht war mit Blut bedeckt. Als er von der Böschung herunterhinkte, schleppte sein linker Vorderlauf nach, und er taumelte zur Seite. Er krabbelte ins freie Gras und sah sich um.

»Nun«, sagte Woundwort, »das ist das letzte, was wir zu tun haben, und es wird nicht lange dauern. Unten ist eine Art Wand.« Er hielt inne, fühlte, wie um ihn herum sich Widerstreben und Furcht breitmachten. Er sah Ragwort an, der wegblickte. Zwei andere Kaninchen schlichen sich durch das Gras davon. Er rief sie zurück.

»Was denkt ihr euch eigentlich dabei?« fragte er.

»Nichts, Sir«, erwiderte der eine. »Wir glaubten nur, daß –«

Plötzlich sauste Hauptmann Campion um die Ecke des Abhanges. Vom offenen Hügelland drang ein einziger, hoher Schrei herüber. Im selben Augenblick sprangen zwei fremde Kaninchen nebeneinander über die Böschung in den Wald und verschwanden in einem der Tunnel.

»Lauft!« rief Campion stampfend. »Lauft um euer Leben!«

Er raste zwischen ihnen hindurch und verschwand über das Hügelland. Da sie nicht wußten, was er meinte und wohin sie laufen sollten, wandten sie sich hierhin und dorthin. Fünf stürzten in den geöffneten Lauf hinunter und einige weitere in den Wald. Aber kaum daß sie begonnen hatten, sich zu zerstreuen, sprang ein großer schwarzer Hund in ihre Mitte, schnappte, biß und jagte sie hin und her wie ein Fuchs in einem Hühnerauslauf.

Woundwort allein hielt stand. Als der Rest nach allen Richtungen floh, blieb er, wo er war, zornig und knurrend, mit blutigen Zähnen und blutigen Klauen. Der Hund, der ihm plötzlich in den rauhen Grasbüscheln gegenüberstand, prallte einen Augenblick verblüfft und verwirrt zurück. Dann sprang er vor, und während sie davonliefen, konnte die Owsla den wütenden, kreischenden Ruf ihres Generals hören: »Kommt zurück, ihr Dummköpfe! Hunde sind nicht gefährlich! Kommt zurück und kämpft!«

# 48. Dea ex machina

Und da ich noch grün und sorgenfrei war, berühmt in den Scheunen um den glücklichen Hof, und sang, da die Farm mein Heim war, in der Sonne, die nur einmal jung ist . . .

Dylan Thomas *Fern Hill*

Als Lucy aufwachte, war es im Zimmer schon hell. Die Vorhänge waren nicht vorgezogen, und die Scheibe des Fensterflügels reflektierte einen schwachen Sonnenschein, den sie verlieren und wiederfinden konnte, indem sie ihren Kopf auf dem Kissen bewegte. Eine Ringeltaube rief in den Ulmen. Aber sie wußte, daß ein anderes Geräusch sie aufgeweckt hatte – ein scharfes Geräusch, Teil eines Traumes, der, als sie aufwachte, abgeflossen war wie Wasser aus einem Waschbecken. Vielleicht hatte der Hund gebellt. Aber jetzt war alles ruhig, und sie sah nur das Aufblitzen der Sonne von der Fensterscheibe und hörte den Ruf der Ringeltaube, so wie man bei den ersten Strichen eines Malpinsels auf einem großen Bogen Papier noch nicht sicher ist, wie das Bild werden wird. Der Morgen war schön. Ob es schon Pilze gab? Lohnte es sich, jetzt aufzustehen und zur Wiese hinunterzugehen, um nachzusehen? Es war noch zu trocken und zu heiß – kein gutes Pilz-Wetter. Die Pilze waren wie die Brombeeren – beide brauchten einen Tropfen Regen, ehe sie etwas taugten. Bald würde es morgens feucht sein, und die großen Spinnen würden sich in den Hecken niederlassen – die mit einem weißen Kreuz auf dem Rücken. Jane Pocock war hinten aus dem Schulbus herausgerannt, als sie eine in einer Streichholzschachtel mitgebracht hatte, um sie Miss Tallant zu zeigen.

Spinne, Spinne auf dem Bus,
Die fade Jane, die macht' ein Getu,
Die Spinne kriegt' den Elf-Uhr-plus.

Jetzt konnte sie das sich spiegelnde Licht nicht mehr mit den Augen einfangen. Die Sonne war weitergewandert. Was würde es heute geben? Donnerstag – Markttag in Newbury. Dad würde hinfahren. Der Doktor würde zu Mum kommen. Der Doktor hatte komische Gläser, die auf seiner Nase zwickten und auf jeder Seite einen Fleck hinterließen. Wenn er nicht in Eile war, unterhielt er sich mit ihr. Der Doktor war ein bißchen merkwürdig, wenn man ihn nicht kannte, aber sonst war er nett.

Plötzlich hörte sie wieder ein scharfes Geräusch. Es zerriß den stillen frühen Morgen, so als würde etwas auf den Boden gegossen – ein Kreischen, etwas Erschrockenes, etwas Verzweifeltes. Lucy sprang aus dem Bett und lief ans Fenster. Was immer es war, es kam von draußen. Sie lehnte sich weit hinaus, so daß ihre Füße nicht mehr den Boden berührten und der Sims gegen ihren Magen drückte. Tab war da unten, gleich bei der Hundehütte. Sie hatte was: Es mußte eine Ratte sein, die so quietschte.

»Tab!« rief Lucy scharf. »Tab! Was hast du da?«

Beim Klang ihrer Stimme sah die Katze einen Augenblick auf und blickte sofort wieder auf ihre Beute. Aber es war keine Ratte; es war ein Kaninchen, das neben der Hundehütte auf der Seite lag. Es sah richtig schlimm aus. Schlug um sich und alles. Dann quiekte es wieder.

Lucy rannte im Nachthemd die Treppe hinunter und öffnete die Tür. Auf dem Kies mußte sie humpeln, deshalb wechselte sie auf das Blumenbeet über. Als sie die Hundehütte erreichte, sah die Katze auf und fauchte sie an, hielt mit einer Pfote den Nacken des Kaninchens heruntergedrückt.

»Verschwinde, Tab!« sagte Lucy. »Grausames Ding! Laß es in Ruhe!«

Sie knuffte die Katze, die sie zu kratzen versuchte. Sie hob wieder die Hand, und Tab knurrte, rannte ein paar Meter und blieb stehen, blickte schmollend und wütend zurück. Lucy hob das Kaninchen hoch. Es strampelte einen Augenblick und erstarrte dann in ihrem festen Griff.

»Halt still!« sagte Lucy. »Ich tu dir nichts!«

Sie ging, das Kaninchen im Arm, zum Haus zurück.

»Was hast du angestellt, eh?« sagte ihr Vater, dessen Stiefel über die Fliesen kratzten. »Schau deine Füße an! Hab' ich dir nicht gesagt – was hast du da?«

»'n Kaninchen«, sagte Lucy abwehrend.

»Im Nachthemd, wirst dir noch den Tod holen! Was willst du denn mit ihm?«

»Werd' es behalten.«

»Das tust du nicht!«

»Ach, Dad, es ist so niedlich.«

»Das wird dir nicht für fünf Pfennig was nützen. Du steckst es in den Verschlag, und es wird nur verenden. Du kannst wilde Kaninchen nicht halten. Und wenn es rauskommt, wird es allen möglichen Schaden anrichten.«

»Aber es geht ihm schlecht, Dad. Die Katze hat es angefallen.«

»Die Katze hat getan, was ihr Geschäft ist. Hätt'st sie es lieber zu Ende tun lassen sollen.«

»Ich möcht' es dem Doktor zeigen.«

»Der Doktor hat Wichtigeres zu tun, als sich mit 'nem alten Kaninchen abzugeben. Gib's her.«

Lucy begann zu weinen. Sie hatte nicht umsonst ihr ganzes Leben auf einer Farm verbracht, und sie wußte sehr gut, daß alles, was ihr Vater gesagt hatte, richtig war. Aber sie war aufgebracht bei dem Gedanken, das Kaninchen kaltblütig zu töten. Gewiß, sie wußte nicht recht, was sie mit ihm auf die Dauer anfangen sollte. Sie wollte es dem Doktor zeigen. Sie wußte, daß der Doktor sie für ein richtiges Farmmädchen hielt – ein Landmädchen. Wenn sie ihm Dinge zeigte, die sie gefunden hatte – ein Stieglitzei, einen in einem Marmeladenglas aufgeregt flatternden Distelfalter oder einen Schwamm, der wie eine Orangenschale aussah –, nahm er sie ernst und sprach mit ihr wie mit einer Erwachsenen. Seinen Rat über ein verletztes Kaninchen einzuholen und mit ihm darüber zu sprechen würde sehr erwachsen wirken. Inzwischen würde ihr Vater nachgeben oder auch nicht.

»Ich möchte es nur dem Doktor zeigen, Dad. Es soll ihm kein Leid geschehen. Bloß, es ist nett, mit dem Doktor zu sprechen.«

Obgleich er es nie sagte, war ihr Vater stolz darauf, wie gut sich Lucy mit dem Doktor verstand. Sie war ein richtig kluges Mädchen – würde wahrscheinlich auf die höhere Schule gehen und all das, sagte man. Der Doktor hatte ihm schon ein- oder zweimal gesagt, daß sie wirklich vernünftig mit den Dingen umging, die sie auflas und ihm zeigte. Trotzdem, verdammte Kaninchen. Na ja, würde nichts schaden, solange sie nicht eins frei hier herumlaufen ließe.

»Warum tust du nicht was Vernünftiges«, sagte er, »anstatt hier rumzustehen und zu tun, als ob du nicht ganz bei Trost wärst? Zieh dich an, und dann kannst du es in den alten Käfig stecken, der im Schuppen steht. Den du für die Wellensittiche hattest.«

Lucy hörte auf zu weinen und ging nach oben, immer

noch das Kaninchen im Arm. Sie schloß es in eine Schublade, zog sich an und ging hinaus, um den Käfig zu holen. Auf dem Rückweg las sie etwas Stroh hinter der Hundehütte auf. Ihr Vater kam ihr entgegen.

»Hast du Bob gesehen?«

»Nein«, sagte Lucy. »Wo ist er hin?«

»Hat seinen Strick zerrissen, und fort ist er. Ich wußte zwar, daß der alte Strick nicht mehr viel taugte, aber ich dachte nicht, daß er ihn kaputtkriegen würde. Auf jeden Fall fahre ich heute vormittag nach Newbury. Wenn er wieder auftaucht, dann bind ihn richtig an.«

»Ich schau' nach ihm aus, Dad«, sagte Lucy. »Jetzt bring' ich Mum ein bißchen Frühstück.«

»Na, bist 'n gutes Mädchen. Ich schätze, sie wird bis morgen wieder in Ordnung sein.«

Doktor Adams kam bald nach zehn. Lucy, die später, als sie sollte, ihr Bett machte und ihr Zimmer in Ordnung brachte, hörte seinen Wagen unter den Ulmen am Ende des Feldweges anhalten und ging hinaus, um ihn zu begrüßen, fragte sich dabei, weshalb er nicht wie gewöhnlich vor dem Haus vorgefahren war. Er war ausgestiegen, stand da, die Hände im Rücken, und blickte den Feldweg hinunter, aber er sah sie und rief sie in seiner gewohnten kurz angebundenen Art.

»Äh – Lucy.«

Sie rannte zu ihm hin. Er nahm seinen Kneifer ab und steckte ihn in die Westentasche.

»Ist das euer Hund?«

Der Neufundländer, der ziemlich müde aussah, kam den Feldweg herauf und zog den Strick hinter sich her, den Lucy ergriff.

»Er ist ausgerissen, Doktor. Ich hab' mir Sorgen gemacht.«

Der Neufundländer schnüffelte an Doktor Adams' Schuhen.

»Etwas hat mit ihm gekämpft, glaube ich«, sagte Doktor Adams. Seine Nase ist ganz schön aufgekratzt, und das da an seinem Bein sieht wie ein Biß aus.«

»Was mag es gewesen sein, Doktor?«

»Tja, es kann eine große Ratte gewesen sein oder vielleicht ein Wiesel. Etwas, dem er nachjagte und das sich wehrte.«

»Ich hab' heute morgen ein Kaninchen gekriegt, Doktor. 'n wildes. Es lebt. Ich nahm es der Katze weg. Aber ich glaube, es ist verletzt. Möchten Sie es sehen?«

»Nun, ich gehe lieber erst zu Mrs. Cane, glaube ich.« (Nicht ›zu deiner Mutter‹, dachte Lucy.) »Und wenn ich dann noch Zeit habe, werd' ich mir den Burschen ansehen.«

Zwanzig Minuten später hielt Lucy das Kaninchen so ruhig, wie sie konnte, während Doktor Adams es hier und da sanft mit zwei Fingern drückte.

»Nun, es ist nichts von Bedeutung, soweit ich sehen kann«, sagte er schließlich. »Nichts gebrochen. Aber irgend etwas ist mit diesem Hinterlauf, doch das ist schon vor einiger Zeit passiert, und es ist mehr oder weniger verheilt – soweit es je heilen wird. Die Katze hat es hier gekratzt, siehst du, aber das ist nicht erheblich. Ich denke, es wird in Kürze wieder in Ordnung sein.«

»Aber es hat keinen Zweck, es zu behalten, Doktor, nicht wahr? Im Verschlag, mein' ich.«

»O nein, es könnte in einer Kiste nicht leben. Wenn es nicht herauskäme, würde es bald sterben. Nein, ich würde den armen Kerl laufenlassen – wenn du ihn nicht essen willst.«

Lucy lachte. »Aber Dad wird böse sein, wenn ich es irgendwo in der Nähe freilasse. Er sagt immer, wo ein Kaninchen ist, sind bald hundertundeins.«

»Nun, ich will dir was sagen«, meinte Doktor Adams und zog seine flache Taschenuhr heraus. Er hielt sie in Armeslänge von sich und blickte darauf, denn er war weitsichtig. »Ich muß ein paar Kilometer die Straße hinauf, um eine alte Dame in Cole Henley zu besuchen. Wenn du im Wagen mitkommen willst, kannst du es zwischen den Hügeln freilassen, und ich bringe dich noch vor dem Essen zurück.«

Lucy hüpfte. »Ich will bloß Mum fragen.«

Auf dem Kamm zwischen Hare Warren Down und Watership Down hielt Doktor Adams an.

»Ich glaube, hier ist es so gut wie anderswo«, sagte er. »Da kann es nicht viel Schaden anrichten, wenn man sich's überlegt.«

Sie gingen ein Stückchen ostwärts von der Straße fort, und Lucy setzte das Kaninchen ab. Es saß etwa eine halbe Minute verblüfft da und sprang dann plötzlich über das Gras davon.

»Ja, irgend etwas stimmt nicht mit seinem Lauf, siehst du«, sagte Doktor Adams und deutete hin. »Aber es könnte noch jahrelang ausgezeichnet leben, was das anlangt. Ein echtes Kaninchen, in einem Dornenstrauch geboren.«

# 49. Hazel kehrt heim

Nun, wir sind beide glückliche Teufel gewesen
Und haben's nicht nötig, ein Gelübde oder einen Eid
Zu leisten, um unsere wunderbare Freundschaft zu besiegeln.
  Durch festeren Stoff
  Eng genug gebunden.

Robert Graves *Two Fusiliers*

Obgleich bei Woundwort zum Schluß erste Anzeichen von Verrücktheit erkennbar gewesen waren, erwies sich das, was er tat, dennoch als nicht ganz sinnlos. Es gab keinen Zweifel daran, daß, wenn er es nicht getan hätte, an jenem Morgen auf Watership Down mehr Kaninchen getötet worden wären. So schnell und still war der Hund hinter Dandelion und Blackberry den Hügel heraufgekommen, daß einer von Campions Wachtposten, der nach einer langen Nacht unter einem Grasbüschel döste, in dem Augenblick, als er sich umdrehte und fortzuspringen versuchte, heruntergerissen und getötet wurde. Später – nachdem er Woundwort liegengelassen hatte – trieb sich der Hund einige Zeit auf der Böschung und im offenen Gras herum, bellte und stürzte auf jeden Busch und jeden Haufen Unkraut zu. Aber inzwischen hatten die Efrafas Zeit gehabt, sich zu zerstreuen und zu verstecken, so gut es möglich war. Außerdem zeigte der Hund, der unerwartet gekratzt und gebissen worden war, ein gewisses Widerstreben, sich auf einen Kampf einzulassen. Doch zum Schluß gelang es ihm, das Kaninchen zu stellen und zu töten, das tags zuvor durch Glas verletzt worden war, und damit verzog er sich wieder auf dem Weg, den er gekommen war, und verschwand über den Rand der Böschung.

Von einem erneuten Angriff der Efrafas auf das Gehege konnte jetzt keine Rede mehr sein. Keiner dachte an etwas anderes als daran, sein Leben zu retten. Ihr Führer war verschwunden. Der Hund war von den Kaninchen, die sie hatten töten wollen, auf sie gehetzt worden – da waren sie ganz sicher. Es stand im Einklang mit dem geheimnisvollen Fuchs und dem weißen Vogel. In der Tat hatte Ragwort, das phantasieloseste Kaninchen, das lebte, es unter der Erde vernommen. Campion, der mit Vervain und vier oder fünf anderen in einem Nesselhaufen kauerte, traf auf nichts als zitternde Zustimmung, als er sagte, er sei sicher, daß sie sofort diesen gefährlichen Ort verlassen sollten, wo sie schon viel zu lange geblieben waren.

Ohne Campion wäre wahrscheinlich nicht ein einziges Kaninchen nach Efrafa zurückgekehrt. Doch konnte auch seine Kunst als Patrouillenführer nicht einmal die Hälfte derjenigen, die nach Watership gekommen waren, heimführen. Drei oder vier waren geflüchtet und hatten sich zu weit verlaufen, als daß man sie wiederfinden konnte, und was aus ihnen geworden war, erfuhr man nie. Es waren wahrscheinlich vierzehn oder fünfzehn Kaninchen – nicht mehr –, die mit Campion etwas vor *ni-Frith* aufbrachen, um die lange Wanderung anzutreten, die sie erst tags zuvor in entgegengesetzter Richtung unternommen hatten. Sie waren nicht fähig, die Entfernung bis zum Dunkelwerden zurückzulegen, und es dauerte nicht lange, da hatten sie gegen Schlimmeres als ihre eigene Erschöpfung und ihre niedergedrückte Stimmung anzukämpfen. Schlechte Nachrichten verbreiten sich schnell. Den Gürtel hinunter und darüber hinaus verbreitete sich das Gerücht, daß der furchtbare General Woundwort und seine Owsla auf Watership Down in Stücke gehauen worden waren und was von ihnen übrigblieb, sich in schlechter Verfassung südwärts schleppte, kaum in der Lage, wachsam zu bleiben. Die Tausend begannen heranzurücken – Wiesel, ein Fuchs, selbst ein Kater von einer nahe gelegenen Farm. Bei jedem Halt fehlte wieder ein Kaninchen, und keiner konnte sich erinnern, gesehen zu haben, was ihm zugestoßen war. Eines davon war Vervain. Es war von Anfang an klar, daß ihm nichts mehr blieb, und tatsächlich hatte er wenig Veranlassung, ohne den General nach Efrafa zurückzukehren.

Während all dieser Furcht und Mühsal blieb Campion standfest und wachsam, hielt die Überlebenden zusammen, dachte voraus und ermutigte die Erschöpften, weiterzulaufen. Am Nachmittag des folgenden Tages, während das Kennzeichen »Rechter Vorderlauf« bei *silflay* war, kam er mit einer Handvoll von sechs oder sieben Kaninchen durch die Postenlinie gehinkt. Er selbst war einem Zusammenbruch nahe und kaum imstande, dem Rat Bericht über die Katastrophe zu erstatten.

Nur Groundsel, Thistle und drei andere hatten die Geistesgegenwart gehabt, den geöffneten Lauf hinunterzuspringen, als der Hund kam. Zurück in der Honigwabe, ergaben sich Groundsel und seine Mitgeflohenen sofort Fiver, der immer noch von seiner langen Trance benebelt und kaum soweit zur Besinnung gekommen war, zu begreifen, was vor sich ging. Schließlich, als die fünf Efrafas immer noch in dem Bau kauerten und auf die Geräusche des oben jagenden Hundes lauschten, erholte sich Fiver, ging zur Mündung des Laufes, wo Bigwig halb bewußtlos lag, und es gelang ihm, Holly und Silver begreiflich zu machen, daß die Belagerung beendet war. Es fehlte nicht an Helfern, die verstopften Löcher in der Südwand wieder aufzureißen. Zufällig war Bluebell der erste, der in die Honigwabe durchbrach, und noch viele Tage später ahmte er Hauptmann Fiver an der Spitze einer Menge von Efrafa-Gefangenen nach – »wie eine Blaumeise, die einen Haufen sich mausernder Dohlen zusammentreibt«, wie er sich ausdrückte.

Niemand jedoch hatte Lust, ihnen zu dieser Zeit viel Aufmerksamkeit zu schenken; denn alle Gedanken des Geheges waren bei Hazel und Bigwig. Bigwig schien sterben zu müssen. Er blutete aus einem halben Dutzend Wunden, lag mit geschlossenen Augen in dem Lauf, den er verteidigt hatte, und gab keine Antwort, als Hyzenthlay ihm sagte, die Efrafas wären besiegt und das Gehege gerettet. Nach einiger Zeit gruben sie vorsichtig, um den Lauf zu verbreitern, und als der Tag sich dahinschleppte, blieben die Weibchen abwechselnd neben ihm, leckten ihm die Wunden und horchten auf sein leises unregelmäßiges Atmen.

Zuvor hatten Blackberry und Dandelion sich aus Kehaars Lauf durchgegraben – er war nicht sehr fest verstopft gewesen – und erzählten ihre Geschichte. Dandelion konnte nicht sagen, was mit Hazel geschehen war, nachdem der Hund sich losgerissen hatte, und bis zum frühen Nachmittag befürchtete jeder das Schlimmste. Schließlich bestand Pipkin in großer Unruhe und Sorge darauf, nach Nuthanger aufzubrechen. Fiver sagte sofort, er würde mit ihm gehen, und zusammen verließen sie den Wald und brachen nach Norden über die Hügel auf. Sie waren erst eine kurze Strecke gelaufen, als Fiver, der sich auf einem Ameisenhügel aufrichtete, um sich umzublicken, ein Kaninchen über die Anhöhe im Westen kommen sah. Sie liefen beide näher heran und erkannten Hazel. Fiver lief ihm entgegen, während Pipkin in die Honigwabe zurückraste, um die Nachricht zu überbringen.

Sobald er erfahren hatte, was alles geschehen war – einschließlich dessen, was Groundsel zu sagen hatte –, bat Hazel Holly, sich in Begleitung von zwei bis drei Kaninchen zu vergewissern, ob die Efrafas wirklich fort waren. Dann ging er selbst in den Lauf, wo Bigwig lag. Hyzenthlay blickte auf, als er kam.

»Vor einer kleinen Weile war er wach, Hazel- rah«, sagte sie. »Er fragte, wo du seist, und dann sagte er, sein Ohr täte ihm sehr weh.«

Hazel rieb seine Nase an dem verfilzten Fellschopf. Das Blut war hart geworden und zu spitzen Stacheln geronnen, die in seine Nase piekten.

»Du hast es geschafft, Bigwig«, sagte er. »Sie sind alle fort.«

Mehrere Augenblicke lang bewegte sich Bigwig nicht. Dann schlug er die Augen auf und hob den Kopf, blies die Backen auf und schnupperte an den beiden Kaninchen neben ihm. Er sagte nichts, so daß Hazel sich fragte, ob er verstanden habe. Schließlich flüsterte er: »Iiis Schluß mit Miiister Woundwort, ya?«

»Ya«, erwiderte Hazel. »Ich bin gekommen, dir beim *silflay* zu helfen. Es wird dir guttun, und wir können dich draußen viel besser säubern. Komm, es ist ein reizender Nachmittag, überall Sonne und Blätter.«

Bigwig stand auf und torkelte in die verwüstete Honigwabe. Dort sank er nieder, ruhte, stand wieder auf und erreichte den Fuß von Kehaars Lauf.

»Ich glaubte, er habe mich getötet«, sagte er. »Für mich gibt's keinen Kampf mehr – ich habe genug. Und du – dein Plan hat funktioniert, Hazel- rah, nicht wahr? Gut gemacht. Erkläre ihn mir. Und wie kamst du von der Farm zurück?«

»Ein Mann brachte mich in einem *hrududu*«, sagte Hazel, »fast die ganze Strecke.«

»Und den Rest flogst du wohl, nehme ich an«, sagte Bigwig, »mit einem weißen Stengel im Maul? Komm schon, Hazel-rah, erzähle vernünftig. Was ist, Hyzenthlay?«

»Oh!« sagte Hyzenthlay mit großen Augen. »Oh!«

»Was ist denn?«

»Es stimmt!«

»Was stimmt?«

»Er ist *tatsächlich* in einem *hrududu* nach Hause gefahren. Und ich sah ihn kommen – in jener Nacht in Efrafa, als ich bei dir in deinem Bau war. Erinnerst du dich?«

»Ich erinnere mich«, sagte Bigwig. »Ich erinnere mich auch, was ich sagte. Ich sagte, du solltest es lieber Fiver erzählen. Das ist eine gute Idee – gehen wir zu ihm. Und wenn er dir Glauben schenkt, Hazel-rah, dann will ich's auch.«

# 50. Und zuletzt

Indem ich ferner versichere, überzeugt zu sein, daß die unberechtigte Einmischung des Generals, weit entfernt, ihrem Glück zu schaden, ihnen vielmehr ziemlich dienlich war, indem sie ihre Kenntnis voneinander vertiefte und ihrer Verbindung zusätzlich Stärke gab, überlasse ich es anderen, die Frage zu klären ...

Jane Austen *Northanger Abbey*

Es war ein schöner, klarer Oktoberabend, etwa sechs Wochen später. Obgleich die Blätter noch an den Buchen hingen und der Sonnenschein wärmte, breitete sich ein Gefühl wachsender Leere im weiten Raum des Hügellandes aus. Die Blumen wurden spärlicher. Hier und da zeigte sich eine gelbe Blutwurz im Gras, eine späte Glockenblume oder ein paar Spuren von purpurfarbenen Blüten auf einer braunen, sich kräuselnden Gruppe von Heilkräutern. Aber die meisten Pflanzen, die noch zu sehen waren, trugen Samen. Am Waldrand entlang zeigte sich eine Wand wilder Klematis wie eine Rauchwolke; all ihre süß duftenden Blumen schienen in einen Alt-Männerbart verwandelt. Die Lieder der Insekten wurden seltener und setzten zeitweilig aus. Große Flächen des hohen Grases, einst der strotzende Dschungel des Sommers, waren fast verlassen, nur ein eiliger Käfer oder eine apathische Spinne waren hier und da noch von den Myriaden im August übrig. Ein paar Stechmücken tanzten noch in der hellen Luft, aber die Mauersegler, die auf sie herabgestoßen waren, waren verschwunden, und anstelle ihrer kreischenden Schreie am Himmel klang das Zwitschern eines Rotkehlchens von einem Spindelbaum herunter. Die Felder unter dem Hügel waren alle kahl. Eines war schon gepflügt worden, und die glatten Ränder der Furchen fingen das Licht mit einem stumpfen Glitzern ein, das man vom Kamm oben deutlich erkennen konnte. Auch der Himmel war leer und von einer durchsichtigen Klarheit wie Wasser. Im Juli schien das stille Blau, dick wie Creme, dicht über den grünen Bäumen zu sein, aber jetzt war das Blau hoch und dünn. Die Sonne schlüpfte früher in den Westen, und wenn sie einmal da war, kündigte sie einen Hauch von Frost an, ging langsam und groß und schlaftrunken, hochrot wie die Hagebutten, die das weiße Heidekraut bedeckten, unter. Als der Wind von Süden auffrischte, rieben sich die roten und gelben Buchenblätter mit einem spröden Geräusch aneinander, das mißtönender klang als das unaufhörliche Rascheln früherer Tage. Es war die Zeit des stillen Abgangs, des Aussonderns alles dessen, was dem Winter nicht standhalten konnte.

Viele Menschen sagen, sie genießen den Winter, aber was sie wirklich genießen, ist, gegen ihn gefeit zu sein. Für sie gibt es im Winter kein Nahrungsmittel-Problem. Sie haben ein Kaminfeuer und warme Kleider. Der Winter kann ihnen nichts anhaben und erhöht daher ihr Bewußtsein von Klugheit und Sicherheit. Für Vögel und Tiere wie für arme Menschen ist der Winter etwas anderes. Kaninchen leiden Not wie die meisten Tiere. Gewiß, sie haben mehr Glück als andere, denn irgendwelche Nahrung ist fast immer zu haben. Aber bei Schnee müssen sie oft tagelang hintereinander unter der Erde bleiben und können nur Kügelchen kauen. Sie sind im Winter anfälliger für Krankheiten, und die Kälte setzt ihre Lebenskraft herab. Nichtsdestoweniger können Baue gemütlich und warm sein, besonders wenn sie voll sind. Der Winter ist eine aktivere Paarungszeit als der Spätsommer und der Herbst, und die Zeit der größten Fruchtbarkeit der Weibchen fängt ungefähr im Februar an. Es gibt schöne Tage, an denen *silflay* noch genußreich ist. Für die Unternehmungslustigen haben Überfälle auf Gärten ihren Reiz. Und unter der Erde kann man Geschichten erzählen und spielen – Bob Stones und ähnliches. Für die Kaninchen bleibt der Winter, was er für die Menschen im Mittelalter war – hart, aber für Einfallsreiche erträglich und nicht ganz ohne Vorteile.

Auf der Westseite des Buchenhanges saßen Hazel und Fiver mit Holly, Silver und Groundsel in der Abendsonne. Den Efrafa-Überlebenden war erlaubt worden, sich dem Gehege anzuschließen, und nach einem zweifelhaften Anfang, als sie mit Abneigung und Mißtrauen betrachtet wurden, gewöhnten sie sich ziemlich gut ein, hauptsächlich, weil Hazel entschlossen war, sie aufzunehmen.

Seit der Belagerungsnacht hatte Fiver viel Zeit allein verbracht, und selbst in der Honigwabe oder beim Morgen- und Abend-*silflay* war er oft schweigsam und in Gedanken verloren. Niemand hatte etwas dagegen – »Er schaut direkt durch einen durch auf so eine nette, freundliche Art«, wie Bluebell sich ausdrückte –, denn jeder erkannte auf seine Weise, daß Fiver mehr denn je, ob er wollte oder nicht, vom Strom jener geheimnisvollen Welt beherrscht war, von der er einst zu Hazel in den späten Junitagen, die sie zusammen am Fuß des Hügellandes verbracht hatten, gesprochen hatte. Es war Bigwig, der – als Fiver sich zur Geschichten-Zeit nicht in der Honigwabe einfand – gesagt hatte, daß Fiver jemand war, der teurer als er selbst für den nächtlichen Sieg über die Efrafas bezahlt habe. Und doch war Fiver seinem Weibchen Vilthuril zärtlich zugetan, während sie gelernt hatte, ihn beinahe ebensogut wie Hazel zu verstehen.

Nahe beim Buchenhang spielte Hyzenthlays Wurf von vier jungen Kaninchen im Gras. Sie waren zum ersten Mal vor etwa sieben Tagen zum Grasen hinaufgebracht worden. Wäre Hyzenthlay zum zweiten Mal trächtig gewesen, hätte sie sie inzwischen verlassen, und sie hätten sich um sich selbst kümmern müssen. So jedoch graste sie ganz in der Nähe, beobachtete ihr Spiel und kam hin und wieder heran, um den Kräftigsten zu knuffen und ihn davon abzuhalten, die anderen zu tyrannisieren.

»Ein guter Haufen, weißt du«, sagte Holly. »Ich hoffe, wir kriegen noch mehr von der Sorte.«

»Bis zum Ende des Winters können wir nicht mehr mit sehr vielen rechnen«, sagte Hazel, »obgleich es schon noch ein paar geben wird.«

»Mir scheint, wir können mit allem rechnen«, sagte Holly. »Drei Würfe im Herbst geboren – hast *du* je von so etwas gehört? Frith hatte nicht vorgesehen, daß Kaninchen sich im Hochsommer paaren.«

»Was Clover betrifft, wer weiß?« sagte Hazel. »Sie ist ein Stallhase; es kann für sie ganz natürlich sein, sich zu jeder Zeit fortzupflanzen, ich weiß es nicht. Aber ich bin sicher, daß Hyzenthlay und Vilthuril ihre Würfe im Hochsommer empfingen, weil sie in Efrafa kein normales Leben geführt hatten. Trotzdem sind sie die beiden einzigen, die bis jetzt tatsächlich Würfe gehabt haben.«

»Frith hatte auch nie vorgesehen, daß wir im Hochsommer kämpfen, wenn's darauf ankommt«, sagte Silver. »Alles, was passiert ist, ist unnatürlich – das Kämpfen, die Fortpflanzung –, und alles nur wegen Woundwort. Wenn der nicht unnatürlich war, wer dann?«

»Bigwig hatte recht, als er sagte, daß er überhaupt nicht wie ein Kaninchen war«, meinte Holly. »Er war ein Kampftier – wild wie eine Ratte oder ein Hund. Er kämpfte, weil er sich beim Kampf wirklich sicherer fühlte als auf der Flucht. Gewiß war er tapfer, aber auf unnatürliche Weise, und deswegen wurde er am Ende schließlich vernichtet. Er versuchte, etwas zu tun, was Frith nie mit irgendeinem Kaninchen im Sinn hatte. Ich glaube, er hätte wie die *elil* gejagt, wenn er gekonnt hätte.«

»Er ist nicht tot, wißt ihr«, unterbrach Groundsel.

Die anderen schwiegen.

»Er hat nicht aufgehört zu laufen«, sagte Groundsel leidenschaftlich. »Habt ihr seine Leiche gesehen? Nein. Hat irgend jemand sie gesehen? Nein. Nichts konnte ihn umbringen. Er machte die Kaninchen größer, als sie je gewesen waren – tapferer, geschickter, schlauer. Ich weiß, daß wir dafür bezahlt haben. Einige gaben ihr Leben. Es lohnte sich, zu wissen, daß wir Efrafas waren. Zum ersten Mal rannten die Kaninchen nicht davon. Die *elil* fürchteten uns. Und das war Woundwort zu verdanken – ihm und niemandem sonst. Wir waren nicht gut genug für den General. Verlaßt euch darauf, er wird ein neues Gehege irgendwo anders aufbauen. Aber kein Efrafa-Offizier wird ihn je vergessen.«

»Nun, jetzt werde ich dir mal was sagen«, begann Silver. Aber Hazel fiel ihm ins Wort.

»Du darfst nicht sagen, ihr wäret nicht gut genug für ihn gewesen«, meinte er. »Ihr tatet alles für ihn, was Kaninchen tun konnten, und noch viel mehr. Und was wir alles von euch gelernt haben! Was die Efrafas betrifft, so habe ich gehört, daß es ihnen unter Campion gut geht, selbst wenn einiges nicht mehr so ist wie früher. Und hör zu – im nächsten Frühjahr, wenn ich mich nicht irre, werden wir hier zu viele Kaninchen haben, um uns wohl zu fühlen. Ich werde einige der Jungen ermutigen, ein neues Gehege zwischen hier und Efrafa anzulegen, und ich glaube, ihr werdet Campion bereit finden, einige seiner Kaninchen zu schicken, um sich ihnen anzuschließen. Du wärst genau der Richtige, so einen Plan in die Wirklichkeit umzusetzen.«

»Wird es nicht schwierig sein, sich darüber zu verständigen?«

»Nicht, wenn Kehaar kommt«, sagte Hazel, als sie unbeschwert zu den Löchern der Nordostecke des Hanges zurückhopsten. »Er wird dieser Tage auftauchen, wenn der Sturm sich dem Großen Wasser, von dem er immer sprach, nähert. Er kann Campion eine Botschaft so schnell bringen, wie du zum Eisenbaum und zurück rennen würdest.«

»Bei Frith in den Blättern, ich kenne jemand, der froh sein wird, ihn zu sehen!« sagte Silver. »Jemand, der gar nicht weit weg ist.«

Sie hatten das östliche Ende der Bäume erreicht, und hier, weit draußen im Freien, wo es noch sonnig war, hockte eine kleine Gruppe von drei jungen Kaninchen – größer als die von Hyzenthlay – im hohen Gras und hörte einem ungeschlachten, schlaffohrigen und von der Nase bis zu den Keulen mit Narben bedeckten Veteranen zu – keinem anderen als Bigwig, Hauptmann einer sehr zwanglosen Owsla. Dies waren die Rammler von Clovers Wurf, und sie sahen vielversprechend aus.

»O nein, nein, nein, nein«, sagte Bigwig. »Bei meinen Flügeln und meinem Schnabel, so geht das nicht! Du – wie heißt du? – Scabious –, schau her, ich bin eine Katze, und ich sehe dich in meinem Garten unten den Salat wegkauen. Nun, was tue ich? Komme ich mitten über den Pfad und wedele mit dem Schwanz? Nun, tu ich das?«

»Bitte, Sir, ich habe noch nie eine Katze gesehen«, sagte das junge Kaninchen.

»Nein, hast du nicht«, gab der tapfere Hauptmann zu. »Nun, eine Katze ist ein schreckliches Ding mit einem langen Schwanz. Sie ist mit Fell bedeckt und hat einen sich sträubenden Schnurrbart, und wenn sie kämpft, gibt sie wilde, gehässige Geräusche von sich. Sie ist schlau, verstehst du?«

»O ja, Sir«, antwortete das junge Kaninchen. Nach einer Pause fragte es höflich: »Äh – habt Ihr Euren Schwanz verloren?«

»Wollt Ihr uns von dem Kampf im Sturm erzählen, Sir?« fragte eines der anderen Kaninchen. »Und von dem Wassertunnel?«

»Ja, später«, sagte der unbarmherzige Trainer. »Jetzt schaut her, ja? Ich schlafe in der Sonne, ja? Und ihr wollt an mir vorbei, ja? Also –«

»Sie veräppeln ihn, weißt du«, sagte Silver, »aber sie würden alles für ihn tun.« Holly und Groundsel waren unter die Erde gegangen, und Silver und Hazel gingen wieder in die Sonne hinaus.

»Ich glaube, das würden wir alle«, erwiderte Hazel. »Wenn er an jenem Tag nicht gewesen wäre, wäre der Hund zu spät gekommen. Woundwort und sein Haufen wären nicht mehr oben gewesen. Sie wären unten gewesen und hätten ihren Plan vollendet.«

»Er schlug Woundwort, weißt du«, sagte Silver. »Er hatte ihn geschlagen, ehe der Hund kam. Das wollte ich soeben sagen, aber es ist gut, daß ich's nicht sagte, nehme ich an.«

»Ich frage mich, wie sie mit diesem Winterbau am Hügel unten vorankommen«, sagte Hazel. »Wir werden ihn brauchen, wenn schlechtes Wetter kommt. Dieses Loch im Dach der Honigwabe ist zu gar nichts nütze. Natürlich wird es sich eines Tages von selbst schließen, nehme ich an, aber inzwischen ist es verdammt lästig.«

»Hier kommen jedenfalls die Bau-Gräber«, sagte Silver.

Pipkin und Bluebell kamen zusammen mit drei oder vier Weibchen über den Kamm.

»O Hazel-rah«, sagte Bluebell, »der Bau ist schön, du wirst es sehn, ist frei von Käfer, Wurm und Schneck'. Und dann im Schnee ich runtergeh' –«

»Wie dankbar wir dir dann sein werden«, sagte Hazel. »Ich mein's im Ernst. Die Löcher sind gut verborgen, nicht?«

»Ganz wie in Efrafa, glaube ich«, sagte Bluebell. »Ich habe eins mit heraufgebracht, um dir's zu zeigen. Du kannst es nicht sehen, nicht wahr? Na also. Übrigens, schau dir den alten Bigwig mit diesen Jungen da drüben an. Wenn er jetzt nach Efrafa zurückginge, könnten sie nicht entscheiden, in welches Kennzeichen sie ihn einordnen sollten, was? Er paßt in alle.«

»Kommst du mit uns herüber zur Abendseite, Hazel-rah?« fragte Pipkin. »Wir sind absichtlich früh heraufgekommen, um noch ein bißchen Sonnenschein zu genießen, ehe es dunkel wird.«

»Na schön«, antwortete Hazel gutmütig. »Wir sind zwar eben erst von dort gekommen, Silver und ich, aber ich habe nichts dagegen, noch ein bißchen hinüberzuschlüpfen.«

»Gehen wir doch zu der kleinen Mulde, in der wir damals Kehaar fanden«, sagte Silver. »Sie wird nicht in Windrichtung liegen. Erinnerst du dich, wie er uns verwünschte und versuchte, mit dem Schnabel nach uns zu hacken?«

»Und die Würmer, die wir heranschafften?« sagte Bluebell. »Vergiß sie nicht.«

Als sie sich der Mulde näherten, konnten sie hören, daß sie nicht leer war. Augenscheinlich hatten einige andere denselben Gedanken gehabt.

»Wollen sehen, wie nahe wir herangehen können, ehe sie

uns entdecken«, sagte Silver. »Echter Campion-Stil – kommt.«

Sie näherten sich sehr leise gegen den Wind von Norden. Sie guckten über den Rand und sahen Vilthuril und ihren Wurf in der Sonne liegen. Die Mutter erzählte den jungen Kaninchen eine Geschichte.

»Nachdem sie den Fluß durchschwommen hatten«, sagte Vilthuril, »führte El-ahrairah sein Volk im Dunkeln weiter, durch einen wilden, einsamen Ort. Einige hatten Angst, aber er kannte den Weg, und am Morgen brachte er sie sicher zu einigen sehr schönen grünen Wiesen mit gutem köstlichem Gras. Und hier entdeckten sie ein Gehege; ein Gehege, das behext war. Alle Kaninchen in diesem Gehege waren in der Gewalt eines bösen Zaubers. Sie trugen glänzende Kragen um ihren Hals und sangen wie die Vögel, und einige von ihnen konnten fliegen. Aber obgleich sie so schön aussahen, waren ihre Herzen dunkel und *tharn*. Also sagte das Volk El-ahrairahs: ›Seht, das sind die wundervollen Kaninchen von Fürst Regenbogen. Sie sind selbst wie Fürsten. Wir wollen bei ihnen leben und auch Fürsten werden.‹«

Vilthuril blickte auf und sah die Neuankömmlinge. Sie hielt einen Augenblick inne und fuhr dann fort:

»Aber Frith erschien Rabscuttle im Traum und warnte ihn, daß das Gehege behext wäre. Und er grub in den Boden, um herauszubekommen, wo der Zauber begraben war. Tief grub er, und schwer war die Suche, aber endlich fand er diesen bösen Zauber und zog ihn heraus. Alle flohen vor ihm, aber er verwandelte sich in eine große Ratte und stürzte sich auf El-ahrairah. Dann kämpfte El-ahrairah mit dieser Ratte, der Kampf wogte hin und her, und schließlich zwang er sie unter seine Klauen, und sie verwandelte sich in einen großen weißen Vogel, der zu ihm sprach und ihn segnete.«

»Mir kommt diese Geschichte bekannt vor«, flüsterte Hazel, »aber ich kann mich nicht erinnern, wo ich sie gehört habe.« Bluebell setzte sich und kratzte sich mit dem Hinterlauf am Hals. Die kleinen Kaninchen drehten sich bei der Störung um und waren im Nu aus der Mulde herausgepurzelt, »Hazel-rah! Hazel-rah!« quietschend und von allen Seiten auf ihn springend.

»He, Augenblick«, sagte Hazel und knuffte sie weg. »Ich bin nicht hierhergekommen, um in einen Kampf mit Rowdies verwickelt zu werden! Laßt uns den Rest der Geschichte hören.«

»Aber da kommt ein Mann auf einem Pferd, Hazel-rah«, sagte eines der jungen Kaninchen. »Sollten wir nicht in den Wald laufen?«

»Woher weißt du das?« fragte Hazel. »Ich höre nichts.«

»Ich auch nicht«, sagte Silver, mit aufgestellten Ohren horchend.

Das kleine Kaninchen sah verlegen aus.

»Ich weiß nicht, wieso, Hazel-rah«, antwortete es, »aber ich bin sicher, daß ich mich nicht irre.«

Sie warteten eine Weile, während die rote Sonne tiefer sank. Schließlich, als Vilthuril gerade die Geschichte weitererzählen wollte, hörten sie Huftritte auf dem Rasen, und der Reiter erschien vom Westen und ritt in leichtem Trab den Pfad nach Cannon Heath Down entlang.

»*Der* tut uns nichts«, sagte Silver. »Da brauchen wir nicht zu flüchten, er wird einfach vorbereiten. Aber du bist ein komischer Kauz, Jung Threar, daß du ihn so weit entfernt ausmachen kannst.«

»Er macht immer solche Sachen«, sagte Vilthuril. »Neulich erzählte er mir, wie ein Fluß aussieht, und sagte, er habe ihn im Traum gesehen. Fivers Blut, wißt ihr? Was war da schon anderes zu erwarten?«

»Fivers Blut?« sagte Hazel. »Nun, solange wir etwas von dem haben, würde ich sagen, daß es uns gut geht. Aber es wird kühl hier, nicht wahr? Kommt, gehen wir hinunter und hören wir uns den Rest der Geschichte in einem guten, warmen Bau an. Schaut, da ist Fiver auf der Böschung drüben. Wer ist als erster bei ihm?«

Ein paar Minuten später war kein Kaninchen mehr auf dem Hügel zu sehen. Die Sonne sank unter Ladle Hill, und die Herbststerne begannen im sich verdunkelnden Osten zu leuchten – Perseus und die Pleiaden, Cassiopeia, blasse Fische und das große Quadrat vom Pegasus. Der Wind frischte auf, und bald füllten Myriaden trockener Buchenblätter die Gräben und Mulden und wehten in Windstößen über die dunklen Meilen offenen Grases. Unten aber wurde die Geschichte weitererzählt.

# Nachwort

> Den Dienst der Zeiten hatt' er wohl studiert und war
> Der Bravsten Schüler. Lange hielt er aus;
> Doch welkes Alter überschlich uns beide
> Und nahm uns aus der Bahn.
>
> Shakespeare *Ende gut, alles gut*

> Natürlich war er ein Teil meines Traumes, aber andererseits war auch ich ein Teil seines Traumes.
>
> Lewis Carroll *Through the Looking-Glass*

»Und was geschah zum Schluß?« wird der Leser fragen, der Hazel und seine Kameraden auf all ihren Abenteuern begleitet hat und schließlich mit ihnen in das Gehege zurückgekehrt ist, wohin Fiver sie von den Feldern von Sandleford führte. Der gelehrte Mr. Lockley berichtet, daß wilde Kaninchen zwei oder drei Jahre leben. Er weiß alles über Kaninchen, aber dennoch lebte Hazel länger. Er lebte ein paar saubere Sommer – wie man in jenem Teil der Welt sagt – und lernte den Wechsel der Downs in den Frühling, in den Winter und wieder in den Frühling genau kennen. Er sah mehr junge Kaninchen, als er sich merken konnte. Und wenn zuweilen an einem sonnigen Abend bei den Buchen Geschichten erzählt wurden, konnte er sich nicht genau erinnern, ob sie von ihm oder von einem anderen Kaninchen-Helden aus vergangenen Tagen handelten.

Das Gehege gedieh, und zu gegebener Zeit ging es auch dem neuen Gehege auf dem Gürtel – halb Watership, halb Efrafa – gut – dem Gehege, das Hazel zuerst an jenem furchtbaren Abend ins Auge gefaßt hatte, als er allein aufbrach, um General Woundwort gegenüberzutreten und zu versuchen, seine Freunde mit wenig Aussicht auf Erfolg zu retten. Groundsel war das erste Oberkaninchen, aber er hatte Strawberry und Buckthorn als Ratgeber zur Seite, und er hatte gelernt, keinen zu kennzeichnen oder mehr als eine sehr gelegentliche Weite Patrouille anzuordnen. Campion war sofort bereit, einige Kaninchen von Efrafa zu schicken, und die erste Partie wurde von keinem anderen als Hauptmann Avens angeführt, der sich vernünftig benahm und die Sache ordentlich erledigte.

General Woundwort wurde nie wieder gesehen. Aber es stimmte, daß, wie Groundsel gesagt hatte, niemand je seine Leiche fand, so daß es tatsächlich möglich war, daß dieses außergewöhnliche Kaninchen fortwanderte, um sein wildes Leben irgendwo anders weiterzuführen und den *elil* so erfinderisch wie je zu trotzen. Kehaar, der einmal gefragt wurde, ob er bei seinen Flügen über die Downs nach ihm Ausschau halten würde, erwiderte nur: »Das verdammte Kaninchen – ich ihn nicht sehen, ich ihn nicht sehen wollen.« Ehe noch ein paar Monate vergangen waren, wußte niemand in Watership oder war besonders interessiert daran, ob er oder sein Gefährte von einem oder zwei Efrafa-Elternteilen oder von überhaupt keinem abstammte. Hazel war froh, daß es so war. Und doch hielt sich die Legende, daß irgendwo, draußen im Hügelland, ein großes einsames Kaninchen lebte, ein Riese, der die *elil* wie Mäuse vertrieb und manchmal zum *silflay* zum Himmel ging. Wenn je größere Gefahr im Verzuge wäre, würde er zurückkommen, um für die zu kämpfen, die seinen Namen ehrten. Und Kaninchenmütter erzählten ihren Jungen, daß, wenn sie nicht gehorchten, der General sie holen würde – der General, der der Vetter des Schwarzen Kaninchens selbst war. Dies war Woundworts Denkmal, und wahrscheinlich hätte es ihm nicht mißfallen.

Eines frostigen, tosenden Morgens im März, ich kann nicht sagen, wie viele Frühlinge später, schlummerte Hazel und wachte in seinem Bau auf. Er hatte jüngst viel Zeit da unten verbracht, denn er spürte die Kälte und schien nicht mehr so gut riechen oder laufen zu können wie in vergangenen Tagen. Er hatte wirre Träume gehabt – von Regen und blühendem Holunder –, als er aufwachte und merkte, daß ein Kaninchen still neben ihm lag – zweifellos ein junger Rammler, der ihn um Rat fragen wollte. Der Posten im Lauf draußen hätte ihn eigentlich nicht hereinlassen sollen, ohne vorher zu fragen, was sein Begehr sei. Schadet nichts, dachte Hazel. Er hob den Kopf und sagte: »Willst du mit mir sprechen?«

»Ja, deswegen bin ich gekommen«, erwiderte der andere. »Du kennst mich, nicht wahr?«

»Ja, natürlich«, sagte Hazel, in der Hoffnung, er würde sich alsbald an seinen Namen erinnern. Dann sah er, daß die Ohren des Fremden in einem schwachen silbernen Schein in der Dunkelheit leuchteten »Ja, mein Herr«, sagte er. »Ja, ich kenne Euch.«

»Du hast dich müde gefühlt«, sagte der Fremde, »aber ich kann etwas dagegen tun. Ich bin gekommen, um dich zu fragen, ob du dich meiner Owsla anschließen möchtest. Wir würden uns freuen, dich bei uns zu haben, und es wird dir gefallen. Wenn du fertig bist, können wir gehen.«

Sie gingen hinaus, an dem jungen Posten vorbei, der dem Besucher keine Aufmerksamkeit schenkte. Die Sonne schien, und trotz der Kälte waren ein paar Rammler und

Weibchen beim *silflay,* hielten sich aus dem Wind heraus, als sie an den Frühlingsgras-Schößlingen knabberten. Es schien Hazel, als brauchte er seinen Körper nicht mehr, deshalb ließ er ihn am Rande des Grabens liegen, hielt aber einen Augenblick an, um die Kaninchen zu beobachten und sich an das seltsame Gefühl zu gewöhnen, daß Kraft und Schnelligkeit unermüdlich aus ihm in ihre geschmeidigen jungen Körper und gesunden Sinne flossen.

»Du brauchst dir um sie keine Sorgen zu machen«, sagte sein Begleiter. »Es wird ihnen gut gehen – und Tausenden ihresgleichen. Wenn du weitergehen willst, zeige ich dir, was ich meine.«

Er erreichte den Kamm der Böschung in einem einzigen mächtigen Satz. Hazel folgte, und zusammen glitten sie davon, liefen leichtfüßig durch den Wald hinunter, wo die ersten Primeln zu blühen begannen.

# Inhalt

*Erster Teil – Die Reise*

*Zweiter Teil – Watership Down*



*Dritter Teil – Efrafa*

*Vierter Teil – Hazel-rah*

# Dank

Ich bin dankbar für die Hilfe, die ich nicht nur von meiner Familie, sondern auch von meinen Freunden Reg Sones und Hal Summers erhalten habe, die das Buch lasen und vor der Veröffentlichung wertvolle Vorschläge machten.

Ich möchte auch Mrs. Margaret Apps und Miss Miriam Hobbs herzlich danken, die sich Mühe mit dem Abschreiben gaben und mir sehr halfen.

Ich bin für das Wissen über Kaninchen und ihre Verhaltensweise Mr. R. M. Lockleys bemerkenswertem Buch *Das Geheime Leben der Kaninchen* zu Dank verpflichtet. Wer mehr über die Wanderungen von Jährlingen, über Kinndrüsen-Pressen, Kügelchen-Kauen, über die Wirkungen von überfüllten Gehegen, das Phänomen der Resorbierung von Embryos, die Fähigkeit von männlichen Kaninchen, gegen Wiesel zu kämpfen, oder jedes andere Charakteristikum des Hasenlebens zu wissen wünscht, sollte nach dieser genauen Arbeit greifen.

# Anmerkung

Nuthanger Farm ist ein wirklicher Ort wie alle anderen Orte in diesem Buch. Aber Mr. und Mrs. Cane, ihre kleine Tochter Lucy und ihre Knechte und Mägde sind frei erfunden, und eine Ähnlichkeit mit irgendwelchen mir bekannten lebenden oder toten Personen ist nicht beabsichtigt.